EOSIEN

Zemochsee
Merjuk
Enota
Argoch
Venne
Vennesee
Talis
Agnak
Paler
Vraden
Veldos
Randerasee
Randera
ZEMOCH
Korakach
LAMORKAND
Lamorksee
Gana Dorit
Doar
Belach
Sunda
Lamorka
Moterra
Kadum
Ganda
Kadach
Ganu
Eblash
Dache
Verra
Verrasee
Harga
Onad
Arnek
Cammoriasee
Cammoria
Geras
Lebros
Valles
Borrata
Cam
VALESIEN
CAMMORIEN
Sarrin
Zenga
Madol
Randkus
Miruscum
Lebros
Sarrinium
Zahar
Innenmeer
Außenmeer
Cippria

David Eddings

DAS VERBORGENE LAND

DIE TAMULI-TRILOGIE
Band 3

David Eddings

DAS VERBORGENE LAND

ROMAN

Aus dem
Amerikanischen
von
Lore Straßl

GUSTAV LÜBBE
VERLAG

Titel der Originalausgabe: The Hidden City
Originalverlag: Ballantine Books, a division of Random House, Inc.,
New York / Random House of Canada Limited, Toronto

Aus dem Amerikanischen von Lore Straßl
Redaktionelle Bearbeitung: Wolfgang Neuhaus
Einbandentwurf und Illustrationen: Axel Bertram, Berlin
Umschlagentwurf unter
Verwendung eines Gemäldes von Albert Belasco,
Winter, Kunstverlag Reich's British Art, Baden-Baden
Karten im Vor- und Nachsatz: Helmut W. Pesch
Satz: Kremerdruck GmbH, Lindlar
Gesetzt aus der 10 Punkt ITC Berkeley Oldstyle
der Linotype-Hell AG, Eschborn/Ts.
Druck und Einband:
Friedrich Pustet, Regensburg

Printed in Germany
ISBN 3-7857-0851-3

1 3 2

Für Dr. Bruce Gray
Für seinen Enthusiasmus und seinen fachmännischen Rat –
und dafür, daß er sich um die Gesundheit
unseres Lieblingsautors (und seiner Frau) kümmert.

Und für Diplomkrankenschwester Nancy Gray,
die stets für alle anderen da ist
und darüber ganz vergißt, an sich selbst zu denken.

Paß auf dich auf, Nancy.

INHALT

PROLOG

Professor Itagne von der außenpolitischen Fakultät der Universität zu Matherion saß auf dem Podium und las noch einmal seine Notizen durch. Es war am späten Nachmittag eines herrlichen Frühlingstages und die Fenster des Auditoriums, in dem sich die Fakultät für Politikwissenschaft eingefunden hatte, standen offen, um den würzigen Duft von Blumen und Gras und das ein wenig störende Vogelgezwitscher einzulassen.

Professor Emeritus Gintana, der internationales Handelsrecht lehrte, stand am Rednerpult und leierte eine schier endlose Abhandlung über die Zollbestimmungen des siebenundzwanzigsten Jahrhunderts herunter. Gintana war ein schmächtiger weißhaariger, meist etwas zerstreuter Gelehrter, von dem man immer nur als »der nette alte Herr« sprach. Itagne hörte ihm gar nicht richtig zu.

An der Universität hatte sich herumgesprochen, worüber er referieren würde; deshalb waren sogar die Angehörigen der Fakultäten für angewandte Mathematik und zeitgenössische Alchimie herbeigeströmt und warteten nun mit vor Erwartung glänzenden Augen in dem riesigen Hörsaal. Die Fakultät für Zeitgeschichte saß vollständig in den vordersten Reihen. Ihrer schwarzen Roben wegen sahen sie wie ein Schwarm Krähen aus. Sie waren geschlossen gekommen und hatten sich, um ihren Standpunkt entschlossen vertreten zu können, ein wahres Feuerwerk an Argumenten zurechtgelegt.

Itagne fragte sich müßig, ob er nicht eine plötzliche Unpäßlichkeit vortäuschen sollte. Wie, im Namen Gottes – egal welchen Gottes – konnte er die nächste Stunde überstehen, ohne sich bis auf die Knochen lächerlich zu machen? Natürlich besaß er alle Informationen, aber welcher vernünftig denkende Mensch würde diese Informationen schon für bare Münze nehmen? Ein wahrheitsgetreuer Bericht über die tatsächlichen Hintergründe des Aufstands, der vor kurzem stattgefunden hatte, mußte sich wie das Hirngespinst eines Verrückten anhören. Hielt er sich an die unverfälschte Wahrheit, brauchten die mißgünstigen Kerle von der zeitgeschichtlichen Fakultät nicht einmal den Mund aufzutun. Itagne würde seinen guten Ruf ganz allein, ohne ihr Zutun ruinieren.

Er warf einen letzten, flüchtigen Blick auf seine so umsichtig zusammengestellten Notizen; dann faltete er sie zusammen und schob sie düster in den weiten Ärmel seiner Robe. Was sich heute abend hier ereignen würde, kam einer wüsten Spelunkenkeilerei gewiß näher als einer sachlichen wissenschaftlichen Diskussion. Offensichtlich waren die Herren von der Zeitgeschichte deshalb so vollzählig hier angerückt, um ihn niederzubrüllen. Itagne straffte die Schultern. Also gut! Wenn die Kerle Streit suchten, sollten sie ihn bekommen!

Ein Lüftchen war aufgekommen. Die Vorhänge der hohen Fenster raschelten und blähten sich, und die goldenen Flammenzungen der Öllampen flackerten und tanzten. Es war ein wunderschöner Frühlingsabend, draußen, drinnen, überall – nur nicht in diesem Auditorium.

Es wurde höflich geklatscht, und der alte Professor Gintana verbeugte sich ein wenig aufgeregt und geschmeichelt darüber, daß man seine Anwesenheit überhaupt zur Kenntnis nahm. Seine Notizen in beiden Händen, kehrte er an seinen Platz zurück. Sodann erhob sich der Dekan des Instituts für Politikwissenschaft, um den Hauptvortrag des Abends anzukünden. »Werte Kollegen«, begann er, »ehe Professor Itagne uns die Ehre erweist und mit seinen Ausführungen beginnt, möchte ich die Gelegenheit nutzen, euch einige Besucher von Rang und Namen vorzustellen. Ich bin überzeugt, ihr alle werdet die im folgenden genannten Herren ebenso erfreut wie ich willkommen heißen: Patriarch Emban, Vertreter der Kirche von Chyrellos; Ritter Bevier vom Orden der Cyriniker in Arzium, und Ritter Ulath vom Orden der Genidianer aus Thalesien.«

Wieder ertönte ein höflicher Applaus, als ein bleicher, schlaksiger Student die elenischen Besucher auf die Empore führte und Itagne ihnen entgegeneilte, um sie zu begrüßen. »Dem Himmel sei Dank, daß ihr hier seid!« murmelte er sichtlich erleichtert. »Die gesamte Fakultät für Zeitgeschichte hat sich eingefunden – mit Ausnahme jener, die wahrscheinlich draußen das Pech zum Sieden anschüren und Säcke mit Federn herbeischaffen.«

»Habt Ihr ernsthaft gedacht, Euer Bruder würde Euch den Wölfen zum Fraß vorwerfen, Itagne?« Emban lächelte und ließ sich auf einer Bank unter dem Fenster nieder. »Er war der Meinung, Ihr würdet Euch hier vielleicht einsam fühlen; deshalb schickte er uns, daß wir Euch Gesellschaft leisten.«

Als er an seinen Platz zurückkehrte, fühlte Itagne sich schon besser. Wenn Bevier und Ulath auch keinen geistigen Beistand boten, so konnten sie doch zumindest *tätliche* Angriffe abwehren.

»Und nun, Kollegen und hochverehrte Gäste«, fuhr der Dekan fort, »wird Professor Itagne von der außenpolitischen Fakultät auf ein kürzlich vom Institut für Zeitgeschichte verfaßtes Schriftstück eingehen, das den Titel trägt: Die Cyrga-Affäre: Eine Untersuchung der kürzlichen Krise. – Professor Itagne.«

Itagne erhob sich, schritt entschlossen zum Rednerpult und setzte seine herablassendste Amtsmiene auf. »Dekan Altus, geehrte Kollegen, verehrte Damen, hochgeschätzte Gäste ...« Er machte eine Pause. »Habe ich jemanden ausgelassen?«

Flüchtig ertönte nervöses Lachen. Die Spannung im Auditorium war beinahe mit den Händen zu greifen.

»Es ist mir eine besondere Freude, heute abend so viele unserer Kollegen von der Fakultät für Zeitgeschichte hier zu sehen«, holte Itagne zum ersten Seitenhieb aus. »Da ich über ein Thema reden werde, das diesen Herrn *sehr* am Herzen liegt, ist es auch besser, daß sie anwesend sind und mit eigenen Ohren hören, was ich sage, als daß sie später auf geklitterte Berichte aus zweiter Hand zurückgreifen müssen.« Er lächelte jovial auf die finster blickenden Männer in der vordersten Reihe hinunter. »Können Sie mir folgen, meine Herren, oder gehe ich zu schnell vor?«

»Unverschämtheit!« entrüstete sich ein wohlbeleibter, schwitzender Professor lautstark.

»Es kommt noch dicker, Quinsal«, versicherte Itagne ihm. »Falls Euch die Wahrheit zu schaffen macht, solltet Ihr lieber jetzt sofort gehen.« Er ließ den Blick über die Anwesenden schweifen. »Es heißt, daß die Suche nach Wahrheit die edelste Aufgabe des Menschen ist, daß in den dunklen Wäldern der Unwissenheit jedoch furchterregende Drachen lauern. Die Namen dieser Ungeheuer sind ›Unfähigkeit‹ und ›politische Schönfärberei‹, ›absichtliche Verdrehung von Tatsachen‹ und ›pure verbohrte Dummheit‹. Unsere edlen Freunde von der Zeitgeschichte zogen unerschrocken aus, um in ihrer kürzlich veröffentlichten Abhandlung ›Die Cyrga-Affäre‹ gegen diese Drachen zu kämpfen. Zu meinem tiefsten Bedauern muß ich darauf hinweisen, daß die Drachen Sieger blieben.«

Erneut war Gelächter zu hören, und die Mienen in der vordersten Sitzreihe verfinsterten sich noch mehr.

»An dieser Universität war es ein offenes Geheimnis, daß die Fakultät für Zeitgeschichte keine akademische, sondern eine politische

Abteilung ist«, fuhr Itagne fort. »Seit ihrer Gründung durch den Premierminister schien ihre einzige Daseinsberechtigung darin zu bestehen, über seine absolute Unfähigkeit hinwegzusehen und seine unzähligen Fehler so gut wie möglich zu vertuschen. Gewiß, Premierminister Subat und sein Helfershelfer Innenminister Kolata waren nie an Ehrlichkeit interessiert, aber *bitte*, meine Herren, dies ist eine Universität. Sollten wir nicht zumindest *vortäuschen*, die Wahrheit zu lehren?«

»Unsinn!« brüllte ein dicker Professor in der vordersten Reihe.

»Sehr richtig«, bestätigte Itagne und hielt ein gelbgebundenes Exemplar von *Die Cyrga-Affäre* in die Höhe. »Aber wenn Ihr gewußt habt, daß es Unsinn ist, Professor Pessalt, warum habt Ihr es dann veröffentlicht?«

Das Gelächter im Saal war diesmal noch lauter und übertönte Pessalts gestammelten Versuch einer Antwort.

»Befassen wir uns mit diesem epochalen Werk«, schlug Itagne vor. »Wir alle wissen, daß Pondia Subat ein Ränkeschmied und Dummkopf sondergleichen ist, aber was mich an Eurer ›Cyrga-Affäre‹ verblüfft, ist Eure hartnäckige Bemühung, den styrischen Renegaten Zalasta geradezu zum Heiligen zu erheben. Wie, in Gottes Namen, könnte irgend jemand – und mag er so beschränkt sein wie der Premierminister – diesen Halunken verehren?«

»Wie könnt Ihr es *wagen*, so von dem größten Mann dieses Jahrhunderts zu sprechen!« brüllte ein Professor aus der vordersten Reihe ihn an.

»Wenn Zalasta der größte Mann ist, den dieses Jahrhundert hervorzubringen vermag, Herr Kollege, befürchte ich, daß wir uns in katastrophalen Schwierigkeiten befinden. Die Krise, welche die Fakultät für Zeitgeschichte ›Die Cyrga-Affäre‹ zu nennen beliebt, hatte sich bereits seit mehreren Jahren angekündigt.«

»O ja«, brüllte jemand sarkastisch, »das ist uns nicht entgangen!«

»Wie mich das für euch freut«, rief Itagne zurück und erntete damit weiteres Gelächter aus den Zuhörerreihen. »An wen wandte sich unser Trottel von Premierminister hilfesuchend? An Zalasta, natürlich. Und welche Lösung schlug Zalasta vor? Er riet uns eindringlich, nach dem pandionischen Ritter zu schicken, Prinz Sperber von Elenien. Wieso aber fällt Zalasta ausgerechnet der Name eines Edelmannes als Lösung des Problems ein? Seltsamerweise, ehe dieses

Problem überhaupt zur Sprache kam! Und vor allem, wenn man die alles andere als freundschaftlichen Gefühle der Elenier für die Styriker berücksichtigt! Gewiß, Prinz Sperbers Taten sind legendär, aber aus welchem Grund hat Zalasta sich so sehr nach ihm gesehnt? Und weshalb hat er uns nicht darauf aufmerksam gemacht, daß Sperber Anakha ist, das Werkzeug Bhellioms? Hat er diese Tatsache vorübergehend aus seinem Gedächtnis verdrängt? Hielt er die Macht, die ganze Universen erschafft, gar für unwichtig? Nirgendwo in diesem vor kurzem veröffentlichten Unsinn habe ich auch nur den geringsten Hinweis auf Bhelliom gefunden. Habt Ihr die bedeutendste Begebenheit des vergangenen Zeitalters vorsätzlich übergangen? Wart Ihr so damit beschäftigt, Eurem geliebten Pondia Subat die Anerkennung für politische Entscheidungen zuzuschieben, mit denen er nicht das geringste zu tun hatte, daß Ihr Euch entschieden habt, Bhelliom überhaupt nicht zu erwähnen?«

»Quatsch!« donnerte eine tiefe Stimme.

»Freut mich, Euch kennenzulernen, Professor Quatsch. Mein Name ist Itagne.«

Diesmal schallte dröhnendes Gelächter durch den Saal.

»Er ist nicht auf den Mund gefallen, stimmt's?« murmelte Ulath Bevier laut genug zu, daß Itagne es hören konnte.

Itagne blickte auf. »Kollegen«, fuhr er fort, »ich behaupte, Zalasta war nicht so sehr auf Prinz Sperbers Anwesenheit erpicht, sondern auf die Bhellioms. Bhelliom ist der Born unendlicher Macht, und Zalasta hatte bereits seit drei Jahrhunderten versucht, ihn sich anzueignen – aus Gründen, die zu abscheulich sind, sie hier zu erörtern. Um sein Ziel zu erreichen, schreckte er vor nichts zurück. Er hat seinen Glauben verraten, sein Volk und seine persönliche Integrität – soweit er eine besaß –, um in seinen Besitz zu bringen, was die Trolle ›Blumenstein‹ nennen.«

Der dicke Quinsal plagte sich auf die Füße. »Das schlägt dem Faß den Boden aus! Der Mann hat den Verstand verloren! Jetzt phantasiert er auch noch von Trollen! Dies ist ein akademischer Disput und keine Kinderstunde! Ihr habt Euch das falsche Publikum für Eure Märchen und Gruselgeschichten ausgesucht!«

»Wie wär's, wenn Ihr mir das überlaßt, Itagne?« Ulath hatte sich erhoben und schritt zum Rednerpult. »Ich kann diese Sache in ein, zwei Augenblicken klären.«

»Mit Vergnügen«, versicherte Itagne ihm.

Ulath drückte je eine Prankenhand auf die beiden Seiten des Rednerpults. »Professor Itagne hat mich ersucht, Euch, meine Herren, über ein paar Dinge aufzuklären. Es sieht so aus, als hättet Ihr Schwierigkeiten, die Existenz von Trollen zur Kenntnis zu nehmen.«

»Ziemliche Schwierigkeiten, Herr Ritter!« entgegnete Quinsal. »Trolle sind Gestalten aus den elenischen Mythen, nichts weiter. Von einer tatsächlichen Existenz dieser Wesen zu reden, erscheint mir mehr als lächerlich.«

»Wie erstaunlich! Ich beschäftige mich seit fünf Jahren damit, eine trollische Sprachlehre zusammenzustellen. Wollt Ihr sagen, daß ich meine Zeit vergeudet habe?«

»Ich glaube, Ihr seid so verrückt wie Itagne!«

»Dann solltet Ihr mich lieber nicht reizen, oder? Vor allem deshalb nicht, weil ich viel stärker bin als Ihr.« Ulath blickte blinzelnd zur Saaldecke. »Die Logik sagt uns, daß es unmöglich ist, etwas Nichtvorhandenes zu beweisen. Seid Ihr sicher, daß Ihr Euch Eure Behauptung nicht noch einmal durch den Kopf gehen lassen wollt?«

»Nein, Ritter Ulath. Ich stehe zu dem, was ich eben sagte. So etwas wie Trolle gibt es nicht!«

»Hast du das gehört, Bhlokw?« fragte Ulath mit leicht erhobener Stimme. »Dieser Kerl behauptet, dich gibt es nicht.«

Draußen vor dem Auditorium erschallte ein gewaltiges Brüllen, und die hintere Flügeltür krachte zersplittert in den Saal.

»Ruhig Blut!« ermahnte Bevier Itagne, als dieser zusammenzuckte. »Es ist nur ein Trugbild. Ulath macht sich bloß einen Spaß.«

»Würdet Ihr Euch umdrehen und mir sagen, was Ihr da hinten im Saal seht, Quinsal?« forderte Ulath ihn auf. »Als was würdet Ihr meinen Freund Bhlokw bezeichnen?«

Die Kreatur, die an der Tür kauerte, war von ungeheuerlicher Größe, und ihre Fratze war vor Wut verzerrt. Gierig streckte sie die Pratzen aus.

»Wer hat das behauptet, Ulath?« grollte die Bestie mit furchterregender Stimme. »Ich werde ihn dafür bestrafen! Zerschmettern! Zerreißen! Zerfetzen! Fressen!«

»Beherrscht dieser Troll tatsächlich Tamulisch?« wisperte Itagne.

»Natürlich nicht.« Bevier lächelte. »Ulath übertreibt.«

Die abscheuliche Erscheinung an der Tür erging sich brüllend in einer schaurigen Beschreibung seines Vorhabens mit der gesamten Fakultät für Zeitgeschichte. »Noch irgendwelche Zweifel an der Existenz von Trollen?« erkundigte sich Ulath freundlich, doch bei all den Schreien und dem Krachen umkippender Stühle hörte ihn nicht einer der anwesenden Gelehrten.

Es dauerte eine gute Viertelstunde, wieder einigermaßen Ordnung herzustellen, nachdem Ulath sein Trugbild hatte verschwinden lassen. Als Itagne sich zurück ans Rednerpult stellte, hatten sich alle Zuhörer vorn im Auditorium dicht zusammengedrängt. »Daß Ihr so sehr darauf bedacht seid, Euch keines meiner Worte entgehen zu lassen, rührt mich zutiefst, meine Herren ...« Itagne lächelte. »... aber ich kann durchaus laut genug reden, daß ich auch ganz hinten im Saal deutlich zu hören bin. Ihr braucht euch also nicht so sehr nach vorn zu drängen. – Ich nehme an, der Besuch von Ritter Ulaths liebem Freund hat das kleine Mißverständnis über die Trolle aufgeklärt?« Er blickte Quinsal an, der noch auf dem Boden kauerte und keines vernünftigen Wortes fähig war. »Sehr gut«, fuhr Itagne fort. »Nun denn, in aller Kürze: Prinz Sperber kam nach Tamuli. Elenier sind manchmal recht listig, und so riet Königin Ehlana, Prinz Sperbers Gemahlin, einen Staatsbesuch bei Kaiser Sarabian vorzutäuschen. Sie verbarg ihren Gemahl und dessen Freunde in ihrem Gefolge. Schon kurz nach ihrer Ankunft deckten die Elenier einige Dinge auf, die wir offenbar übersehen hatten. Erstens, Kaiser Sarabian hat tatsächlich einen eigenen Verstand und Willen. Und zweitens, die von Pondia Subat geführte Regierung machte gemeinsame Sache mit unseren Feinden.«

»Hochverrat!« schrillte ein dünner, erkahlender Professor und sprang auf.

»Ach wirklich, Dalash?« fragte Itagne. »Gegen wen?«

»Nun – ich ...«, stammelte Dalash.

»Ihr versteht immer noch nicht, meine Herren?« wandte Itagne sich an die Fakultät für Zeitgeschichte. »Die vorherige Regierung wurde gestürzt – vom Kaiser selbst. Tamuli ist nun eine Monarchie nach elenischem Vorbild, und Kaiser Sarabian regiert durch einstweilige Verfügung. Die frühere Regierung – und ihr Premierminister – sind völlig unwesentlich.«

»Der Premierminister kann seines Amtes nicht enthoben werden!« schrillte Dalash. »Er hat es auf Lebenszeit inne!«

»Selbst wenn dem so wäre, ließe sich dieses Problem auf sehr einfache Weise lösen, meint Ihr nicht?«

»Ihr würdet es nicht *wagen*!«

»Nicht ich, alter Junge. Es fällt unter die Zuständigkeit des Kaisers. Legt euch nicht mit ihm an, sofern ihr nicht erpicht darauf seid, daß er die Stadttore mit euren Köpfen verziert. Aber halten wir uns damit nicht auf; ich möchte vor unserer üblichen Pause noch etwas weiterkommen. – Der fehlgeschlagene Staatsstreich brachte die Sache schließlich ans Licht. Pondia Subat wußte sehr wohl von der Verschwörung und beabsichtigte, untätig zuzuschauen und die Hände zu ringen, während der besoffene Mob alle seine politischen Gegner tötete, offenbar einschließlich des Kaisers. Wenn Professor Dalash von ›Hochverrat‹ reden will, sollte er sich das erst einmal durch den Kopf gehen lassen. Der fehlgeschlagene Coup hatte zur Folge, daß wir auf vieles aufmerksam wurden, nicht nur auf den Hochverrat des Premierministers, sondern auch auf den des Innenministers. Am bedeutungsvollsten jedoch war die Entdeckung, daß *Zalasta* der Urheber dieses Komplotts war, und daß er heimlich mit Ekatas verbündet ist, dem Hohenpriester Cyrgons, dem Gott der vermeintlich ausgestorbenen Cyrgai.

Prinz Sperber hatte keine Wahl, als Bhelliom aus seinem Versteck zurückzuholen und Verstärkung nach Chyrellos zu schicken. Zudem schloß er Bündnisse, unter anderem mit den Delphae – die es wahrhaftig gibt, in all ihrem leuchtenden Grauen.«

»Lächerlich!« rief der selbstherrliche Wortführer der zeitgeschichtlichen Fakultät, der ungeschlachte und muskulöse Professor Pessalt höhnisch. »Ihr erwartet doch nicht ernsthaft, daß wir diesen Unsinn glauben?«

»Ihr habt heute abend bereits einen Troll gesehen, Pessalt«, erinnerte Itagne ihn. »Hättet Ihr auch noch gern den persönlichen Besuch eines Leuchtenden? Das kann ich leicht ermöglichen, falls Ihr möchtet – aber bitte im Freien. Wir würden den Gestank nie wieder los, wenn Ihr hier im Saal zu einer Lache Schleim aufgelöst würdet.«

Dekan Altus räusperte sich mahnend.

»Ich brauche nur noch ein paar Minuten«, versicherte Itagne ihm. Er wandte sich wieder dem Publikum zu. »Nun denn«, fuhr er rasch fort, »da das Thema Trolle erneut zur Sprache kam, möchte ich es ein für allemal richtigstellen. Wie ihr selbst festgestellt habt, gibt es die Trolle wirklich. Sie wurden von Cyrgon, der die Gestalt eines ihrer Götter annahm, aus ihrer Heimat in Nordthalesien nach Tamuli gelockt. Die *echten* Trollgötter waren sehr lange Zeit eingesperrt, und Prinz Sperber bot ihnen ein Tauschgeschäft an – ihre Freiheit für ihre Unterstützung. Dann führte er eine größere Streitmacht nach Nordatan, wo die fehlgeleiteten Trolle Aufstände angezettelt hatten, um die Ataner auf diese Weise zu veranlassen, zur Verteidigung ihrer Heimat zurückzukehren – was uns in einige Verlegenheit gebracht hätte, da die Ataner das Hauptkontingent unserer Streitkräfte bilden. Sperbers Plan bestand darin, unsere Gegner in Sicherheit zu wiegen, doch als Cyrgon und Zalasta die Trolle losschickten, rief Sperber ihre Götter, die sie wieder zurückholten. In seiner Verzweiflung holte Cyrgon eine gewaltige Armee seiner Cyrgai aus der Vergangenheit in unsere Zeit – und ihrem Wesen getreu fraßen die Trolle sie auf.«

»Ihr erwartet doch nicht wirklich, daß wir das schlucken, Itagne?« bemerkte Professor Sarafawn, der Vorsitzende der zeitgeschichtlichen Fakultät und Schwager des Premierministers, abfällig.

»Soll das ein Wortspiel sein, Sarafawn?« fragte Itagne. »Na ja, es spielt keine Rolle. Die kurze Antwort lautet: schluckt es und haltet den Mund. Der Bruder Eurer Gemahlin bestimmt nicht mehr den offiziellen Wortlaut der Geschichte. Der Kaiser will, daß wir die Studenten von nun an die unverfälschte Wahrheit lehren. Ich werde voraussichtlich im kommenden Monat einen Tatsachenbericht herausgeben. Ihr solltet Euch ein Exemplar davon besorgen, Sarafawn, denn in Zukunft werdet Ihr Eure Studenten genau das lehren müssen, was in diesem Bericht steht – vorausgesetzt natürlich, Ihr habt an diesem Institut überhaupt noch eine Zukunft. Für das nächste Jahr wird der Haushaltsplan ziemlich gekürzt, was zur Folge hat, daß einige Abteilungen aufgelöst werden müssen.« Er machte eine Pause. »Seid Ihr handwerklich begabt, Sarafawn? Soviel ich weiß, gibt es in dem Städtchen Jura eine gemütliche kleine Berufsschule. Dakonien wird Euch gefallen.«

Der Dekan räusperte sich aufs neue, diesmal etwas ungeduldiger.

»Verzeiht, Dekan Altus«, entschuldigte sich Itagne. »Die Zeit läuft mir wieder einmal davon. Ich möchte euch nur noch kurz auf eine weitere Entwicklung aufmerksam machen. Trotz ihrer militärischen Niederlage waren Cyrgon und Zalasta keineswegs machtlos. Hinterlistig und voller Heimtücke schlich sich Scarpa, Zalastas unehelicher

Sohn, in die kaiserliche Schloßanlage und entführte Königin Ehlana. Wie er in einem zurückgelassenen Schreiben verkündete, will er Sperber auf diese Weise zwingen, Bhelliom gegen die sichere Rückkehr seiner Gemahlin auszutauschen.

Nach der Pause, auf die Dekan Altus so geduldig gewartet hat, werde ich von Prinz Sperbers Reaktion auf *diese* Entwicklung berichten.«

Erster Teil

BERIT

1

Aus der Wiese stieg kalter Nebel auf, und dünne Wolken trieben vom Westen her über den trostlosen Himmel. Keine Schatten fielen auf den unnachgiebigen, eisenhart gefrorenen Boden. Der Winter verstärkte unerbittlich seine Macht über das Nordkap.

Sperbers Armee, gerüstet in Stahl und Leder und viele tausend Mann stark, war im frostklirrenden Gras der Wiese nahe den Ruinen von Tzada in breiter Front angetreten. Ritter Berit saß inmitten der schwergepanzerten Ordensritter auf seinem Pferd und mußte das grauenvolle Mahl beobachten, das keine Viertelmeile vor ihnen stattfand. Berit war ein junger und idealistischer Ritter, und es fiel ihm schwer, sich mit den Sitten ihrer neuen Verbündeten anzufreunden.

Glücklicherweise waren die Schreie der Entfernung wegen nur gedämpft zu hören, lediglich als Hauch einer unbeschreiblichen Qual, und jene, die schrien, waren genaugenommen auch gar keine richtigen Menschen. Sie waren zu einem Trugleben beschworene Tote, die Abbilder längst verstorbener und vergessener Krieger. Außerdem waren sie Feinde – Angehörige einer grausamen, wilden Rasse, die einen schrecklichen Gott verehrte.

Doch in der eisigen Luft stieg Dampf von ihnen auf, und diese entsetzliche Beobachtung vermochte Ritter Berit nicht abzuschütteln. Zwar sagte er sich immer wieder, daß diese Cyrgai tot waren, leblose Phantome, herbeigerufen durch Cyrgons Magie; aber daß Dampf von ihren ausgeweideten Leibern aufstieg, während die ausgehungerten Trolle sie verschlangen, ließ Berit bis tief in sein Inneres erschauern.

»Schlägt's dir auf den Magen?« fragte Sperber mitfühlend. Sein schwarzer Panzer war stellenweise mit Eis überzogen, und sein verwittertes Gesicht wirkte düster.

Berit schämte sich plötzlich. »Nein, Sperber«, log er rasch. »Es ist nur ...« Er suchte nach den passenden Worten.

»Ich weiß. Es macht mir auch zu schaffen. Aber die Trolle sind nicht bewußt grausam, Berit. Für sie sind wir lediglich Futter. Es ist ihnen angeboren. Man kann nichts dagegen tun.«

»Das ist ein Teil des Problems, Sperber. Die Vorstellung, gefressen zu werden, läßt mir das Blut gefrieren.«

»Würde es dir helfen, wenn ich sagte: ›Lieber sie als wir?‹«

»Nicht besonders.« Berit lachte humorlos. »Vielleicht bin ich noch nicht abgebrüht genug. Den anderen scheint es nichts auszumachen.«

»Es gibt *niemanden*, dem es nichts ausmacht. In dieser Beziehung geht es uns allen genauso wie dir. Halte durch! Wir sind diesen Armeen aus der Vergangenheit schon früher begegnet. Sobald die Generale der Cyrgai von den Trollen vernichtet worden sind, müßten die übrigen Krieger verschwinden, und dann hat die Sache ein Ende.« Sperber runzelte die Stirn.

»Suchen wir Ulath. Mir ist da eben etwas eingefallen. Ich würde ihm gern eine Frage stellen.«

»Gut«, erklärte Berit sich rasch einverstanden. Die beiden schwarz gepanzerten Pandioner wendeten ihre Pferde und ritten durch das mit Reif bedeckte Gras die Front der geschlossenen Formation ihrer Streitkräfte entlang.

Nach etwa dreihundert Metern stießen sie auf Ulath, Tynian und Bevier. »Ich muß dich etwas fragen, Ulath.« Sperber zügelte Faran vor den Freunden.

»*Mich*? Ach, wirklich, Sperber?« Ulath nahm seinen kegelförmigen Helm ab und polierte die glänzend schwarzen Ogerhörner am Ärmel seines grünen Wappenrocks. »Was gibt es für ein Problem?«

»Bisher ist jedesmal dasselbe geschehen, wenn wir diesen Kriegern aus der Vergangenheit begegnet sind. Nachdem wir ihre Anführer getötet hatten, lösten sich die lebenden Toten in ihre Bestandteile auf. Wie werden die Trolle darauf reagieren?«

»Woher sollte ich das wissen?«

»Angeblich bist du doch Sachverständiger, wenn es um Trolle geht.«

»Überleg doch, Sperber! So etwas hat es bisher noch nie gegeben. Was in einer völlig neuen Situation geschehen wird, kann niemand vorhersagen.«

»Dann versuch, es zu erraten«, knurrte Sperber gereizt.

Die beiden funkelten einander an.

»Warum gehst du Ulath damit auf die Nerven, Sperber?« fragte Bevier beinahe sanft. »Sag doch den Trollgöttern, was passieren wird, und überlaß es *ihnen*, mit dem Problem fertig zu werden.«

Sperber fuhr sich nachdenklich übers Gesicht. Seine Hand verursachte ein schabendes Geräusch, als er über die bartstoppelige

Wange strich. »Verzeih, Ulath«, entschuldigte er sich. »Dieser Lärm von dem Bankett da vorn raubt mir jeden klaren Gedanken.«

»Ich weiß genau, wie du dich fühlst.« Ulath verzog das Gesicht. »Aber ich bin froh, daß du diese Sache zur Sprache gebracht hast. Die Trolle werden sich nicht mit Dörrfleisch zufriedengeben, wenn ein paar hundert Meter entfernt frisches Fleisch zu haben ist!« Er setzte seinen Helm wieder auf. »Aber die Trollgötter werden das Versprechen einhalten, das sie Aphrael gegeben haben. Schon deshalb sollten wir sie von der Sachlage unterrichten. Es ist mir sehr wichtig, daß sie ihre Trolle fest im Griff haben, wenn denen das Abendessen schlecht wird. Ich lege nämlich keinen Wert darauf, als ihre Nachspeise zu enden.«

»Ehlana?« rief Sephrenia entsetzt.

»Pst! Nicht so laut!« mahnte Aphrael und schaute sich um. Sie ritten zwar ein Stück hinter der Nachhut, waren aber nicht allein. Aphrael streckte die Hand aus und legte sie flüchtig auf Ch'iels gesenkten weißen Hals, worauf Sephrenias Zelter sich sofort gehorsam ein kleines Stück von Kalten und Xanetia entfernte, scheinbar, um an einigen gefrorenen Grashalmen zu zupfen. »Ich kann keine Einzelheiten erfahren«, murmelte die Kindgöttin. »Melidere ist schwer verwundet, und Mirtai tobt vor Wut, so daß sie in Ketten gelegt werden mußte.«

»Wer hat es getan?«

»Ich weiß es nicht, Sephrenia. Niemand spricht zu Danae. In Gedanken kann ich nur das Wort *Geisel* vernehmen. Es ist jemandem gelungen, in die Burg einzudringen, Ehlana und Alean zu überwältigen und sie aus der Schloßanlage zu schaffen. Sarabian ist außer sich. Er hat überall Wachen aufgestellt, und Danae kann ihr Gemach nicht verlassen, um herauszufinden, was wirklich passiert ist.«

»Wir müssen Sperber Bescheid geben!«

»Auf keinen Fall! Sperber gerät außer sich, wenn er Ehlana in Gefahr weiß. Erst muß er seine Streitkräfte sicher nach Matherion zurückbringen, ehe wir zulassen dürfen, daß er zum Berserker wird.«

»Aber ...«

»Nein, Sephrenia. Er wird es schnell genug erfahren. Aber bevor es soweit ist, müssen alle in Sicherheit sein. Uns bleibt nur noch eine

Woche, dann verschwindet die Sonne hier auf Monate, und alles und jeder hier oben erstarrt zu Eis.«

»Wahrscheinlich hast du recht«, gestand Sephrenia ein. Sie überlegte und starrte auf den mit Reif überzogenen Wald hinter der Wiese. »Das Wort *Geisel* erklärt alles, glaube ich. Besteht eine Möglichkeit, festzustellen, wo genau sich deine Mutter befindet?«

Aphrael schüttelte den Kopf. »Nicht, ohne sie in Gefahr zu bringen. Wenn ich meine Gedanken auf die Suche nach ihr schicke, wird Cyrgon es bemerken und Mutter vielleicht etwas antun, ehe er sich der Situation bewußt wird. Nein, wir müssen uns zuerst einmal darum kümmern, daß Sperber nicht durchdreht, sobald er erfährt, was geschehen ist.« Abrupt sog sie den Atem ein, und ihre dunklen Augen weiteten sich.

»Was hast du?« fragte Sephrenia bestürzt. »Was ist los?«

»Ich *weiß* es nicht!« rief Aphrael. »Etwas Furchtbares!«

Für einen Moment blickte sie heftig um sich, wurde dann ruhiger, um in völliger Konzentration zu erstarren, ehe sie wieder von plötzlicher Wut übermannt wurde.

»Jemand bedient sich eines der verbotenen Zauber, Sephrenia!« Ihre Stimme war so hart wie der gefrorene Boden.

»Bist du sicher?«

»Ganz sicher. Die Luft stinkt danach!«

Djarian, der Totenbeschwörer, war ein ausgemergelter Styriker mit tiefliegenden Augen und hagerer, ja, knochiger Gestalt, die einen eigenartigen, beinahe modrigen Körpergeruch verströmte. Wie die anderen styrischen Gefangenen war auch Djarian gekettet und wurde von entschlossenen Ordensrittern bewacht, die Erfahrung darin hatten, sich erfolgreich gegen styrischen Zauber zur Wehr zu setzen.

Als Sperber und die anderen endlich dazu kamen, die Gefangenen zu befragen, senkte sich ein kaltes, bedrückendes Zwielicht auf das Lager herab, das sie bei den Ruinen von Tzada aufgeschlagen hatten. Die Trollgötter hatten ihre Kreaturen bereits fest im Griff gehabt, als die Freßorgie abrupt geendet hatte. Nun hatten die Trolle sich um ein riesiges Feuer auf der Wiese geschart, mehrere Meilen entfernt. Es sah aus, als hielten sie eine religiöse Andacht.

»Tu so als ob, Bevier«, riet Sperber dem cyrinischen Ritter leise, als Djarian vor sie gezerrt worden war.

»Stell ihm irgendwelche unwichtigen Fragen, bis Xanetia uns das Zeichen gibt, daß sie alles aus seinem Gedächtnis herausgeholt hat.«

Bevier nickte. »Ich kann es so sehr in die Länge ziehen, wie du möchtest, Sperber. Fangen wir an.«

Die flackernden Flammen verliehen Ritter Beviers strahlendweißem Wappenrock einen rötlichen Schimmer, so daß der Cyriniker wie ein Priester aussah, der eine rituelle Handlung vornahm. Ehe er mit dem Verhör begann, rezitierte er feierlich ein langes Gedicht; dann wurde er vollkommen sachlich.

Djarian beantwortete die Fragen knapp und angespannt mit hohlklingender Stimme, die sich anhörte, als käme sie aus einem tiefen Gewölbe. Bevier achtete scheinbar nicht auf das mürrische Benehmen des Gefangenen. Er wirkte überkorrekt, ja pedantisch, und er steigerte diesen Eindruck, indem er fingerlose Handschuhe trug, wie Schreiber und Schriftgelehrte es bei kaltem Wetter tun. Wiederholt stellte er bereits beantwortete Fragen und wies dann auf Unstimmigkeiten in den Antworten des Gefangenen hin.

Nur einmal war Djarian nicht so kurz angebunden, als er in einem plötzlichen Wutanfall Zalasta – und Cyrgon – wortreich verwünschte, weil sie ihn hier, auf diesem verfluchten Schlachtfeld, im Stich gelassen hatten.

»Bevier hört sich genau wie ein Advokat an«, flüsterte Kalten Sperber zu. »Ich kann Advokaten nicht ausstehen!«

»Das tut er mit Absicht«, erklärte Sperber. »Advokaten stellen gern unerwartete Fragen, und das weiß Djarian. Bevier zwingt ihn, gezielt an jene Dinge zu denken, die er nicht verraten sollte; mehr braucht Xanetia nicht. Wir unterschätzen Bevier immer wieder.«

»Das liegt an seiner ewigen Beterei«, meinte Kalten abfällig. »Es ist nicht einfach, jemanden ernst zu nehmen, der ständig betet.«

»Wir sind die Ritter der Kirche, Kalten – Angehörige religiöser Orden!«

»Was hat das damit zu tun?«

»Er betrachtet sich mehr als tot denn als lebend«, berichtete Xanetia später, nachdem die Freunde sich um eines der großen Feuer geschart hatten, das die Ataner zum Schutz gegen die bittere Kälte schürten. Die Flammenglut spiegelte sich im Antlitz der Anarae ebenso wie auf ihrem Gewand aus ungebleichter Wolle.

»Hatten wir recht?« fragte Tynian. »Verstärkt Cyrgon die Wirkung von Djarians Zauber, auf daß er ganze Armeen beschwören kann?«

»Ja«, antwortete sie.

»War seine plötzliche Wut auf Zalasta echt?« erkundigte sich Vanion.

»Durchaus, Eminenz. Die Unzufriedenheit Djarians und seiner Kumpane über Zalastas Führung wächst ständig. Sie betrachten ihn nicht als wahren Kameraden. Es gibt keine gemeinsame Sache mehr für sie. Jeder ist nur noch bemüht, aus ihrem zweifelhaften Bündnis soviel wie möglich für sich selbst herauszuholen. Und jeder giert insgeheim nach dem alleinigen Besitz des Bhelliom.«

»Unfriede zwischen Gegnern ist stets zu begrüßen«, bemerkte Vanion. »Aber ich glaube, wir dürfen die Möglichkeit nicht außer acht lassen, daß sie sich nach den heutigen Ereignissen wieder fest zusammenschließen. Konntet Ihr irgend etwas über ihre möglichen weiteren Absichten erfahren, Anarae?«

»Nein, Hochmeister Vanion. Sie waren überhaupt nicht auf das heutige Geschehen vorbereitet. Eines jedoch beherrschte die Gedankengänge dieses Djarian, und das könnte zur Gefahr werden. Alle Geächteten, die sich um Zalasta geschart haben, fürchten Cyzada von Esos, denn nur er beherrscht zemochische Magie, und nur er vermag die Hand durch jenes Tor zur Unterwelt zu strecken, das von Azash geöffnet wurde. Er kann unvorstellbares Grauen in die Welt bringen. Dieser Djarian hat sich vorgestellt, daß Cyrgon – nachdem alle ihre bisherigen Pläne scheiterten – in seiner Verzweiflung Cyzada befehlen wird, sich seines scheußlichen Könnens zu bedienen, um Kreaturen der Finsternis zu rufen und gegen uns in den Kampf zu schicken.«

Vanion nickte ernst.

»Wie hat sich Stragens Plan auf sie ausgewirkt?« fragte Talen gespannt.

»Es hat sie ungemein aus der Fassung gebracht«, erwiderte Xanetia. »Sie hatten fest mit jenen gerechnet, die nun tot sind.«

»Stragen wird sich freuen, das zu hören. Was hatten sie eigentlich mit all diesen Spionen und Spitzeln vor?«

»Da Zalasta und seine Mitverschwörer über keine Streitkräfte verfügen, die sie gegen die Ataner einsetzen können, wollten sie die geheimen Mitarbeiter des Innenministeriums einsetzen, um nach einem genau durchdachten strategischen Plan tamulische Beamte in den Vasallenkönigreichen zu meucheln, was zu einem unübersehbaren Chaos in Regierungskreisen geführt hätte.«

»Das solltest du dir gut merken, Sperber!« meinte Kalten.

»Ach, wirklich?«

»Kaiser Sarabian hatte starke Skrupel, als er Stragens Plan schließlich zustimmte. Gewiß wird er sich viel besser fühlen, wenn er erfährt, daß Stragen im Grunde genommen nichts anderes getan hat, als unseren Feinden zuvorzukommen und deren Leute zu morden, ehe sie dies mit den unseren tun konnten.«

»Das ist aber keine moralische Rechtfertigung für ungesetzliche Handlungen«, warf Bevier mißbilligend ein.

»Ich weiß«, gestand Kalten. »Aber je schneller man so etwas hinter sich bringt, um so schneller kann man nach dem Ausnahmezustand wieder den Normalzustand herstellen.«

Am nächsten Morgen war der Himmel bedeckt. Dicke dunkle Wolken zogen von Westen her über die Köpfe der Gefährten hinweg. Da es Spätherbst war und sie sich im hohen Norden befanden, konnte man den Eindruck gewinnen, die Sonne ginge im Süden auf. Sie tönte den Himmel über Bhellioms Steilwand feurig orange und langte mit schwachen, rötlichen Strahlen unter die dahineilenden Wolken, um sie mit glühenden Pinseln zu bemalen.

Die Lagerfeuer wirkten kraftlos und winzig gegen die überwältigende Kälte hier auf dem Dach der Welt. Die Ritter und ihre Gefährten trugen Pelzumhänge und kauerten sich dicht an die Feuer.

Aus dem Süden erklang tiefes Grollen, und zuckendes fahles Licht war zu sehen.

»Gewitter?« Kalten blickte Ulath fragend an. »Zu dieser Jahreszeit?«

»So was kommt hin und wieder vor.« Ulath zuckte die Schultern. »Einmal geriet ich nördlich von Heid in ein Gewitter, das einen Schneesturm auslöste: Das war ein recht unerfreuliches Erlebnis.«

»Wer ist heute eigentlich mit dem Kochen dran?« fragte Kalten beiläufig.

»Du!« antwortete Ulath prompt.

Tynian lachte. »Du solltest besser aufpassen, was du sagst, Kalten. Schließlich kennst du die Antwort auf diese Frage genau.«

Brummelnd machte Kalten sich daran, das Feuer zu schüren.

»Ich finde, wir sollten heute zur Küste zurückkehren, Sperber«, meinte Vanion mit ernstem Gesicht. »Bis jetzt sind wir von Unwettern verschont geblieben, aber ich glaube nicht, daß wir uns noch allzu lange darauf verlassen können.«

Sperber nickte.

Das Donnern schwoll an, und die feuerroten Wolken über ihnen erblaßten unter zuckenden Blitzen.

Plötzlich ertönte ein gewaltiges rhythmisches Pochen.

»Schon wieder ein Erdbeben?« rief Kring erschrocken.

»Nein«, beruhigte Khalad ihn, »dann wäre das Geräusch unregelmäßiger. Es hört sich fast so an, als würde jemand eine riesige Trommel schlagen.« Er blickte zur Krone von Bhellioms Mauer hinauf. »Was ist denn das?«

Es sah aus, als rage eine Hügelkuppe aus dem Wald jenseits des scharfen Klippengrates. Das Gebilde ähnelte sogar sehr einer Hügelkuppe – nur daß es sich bewegte.

Da die Sonne sich dahinter befand, waren Einzelheiten nicht zu erkennen. Doch als das Gebilde sich immer weiter erhob, nahm es die Form einer abgeflachten Kuppel an, die zu beiden Seiten Auswüchse besaß, die riesigen Schwingen ähnelten. Und immer noch wuchs es dem Himmel entgegen. Bald war zu erkennen, daß es sich nicht um eine Kuppel handelte. Statt dessen erinnerte das Gebilde an ein ungeheures, auf den Kopf gestelltes Dreieck, bei dem die Basis nach oben zeigte; die schwingengleichen Auswüchse befanden sich an den Seitenschenkeln und unterhalb der Spitze, die in eine massive Säule eingesetzt zu sein schien. Durch das Licht dahinter wirkte es schwarz wie die Nacht; es hob sich und schwoll zur ungeheuren Finsternis an.

Dann hielt es inne.

Und seine Augen öffneten sich.

Zuerst zu schmalen, feurigen Schlitzen, dann immer weiter. Sie waren schräg wie Katzenaugen und glühten heller als die Sonne. Die Vorstellungskraft schauderte vor der Ungeheuerlichkeit dieses ... Etwas zurück. Was zuerst wie gewaltige Schwingen ausgesehen hatte, waren die Ohren dieser Kreatur.

Jetzt öffnete sie das Maul und brüllte. Die Gefährten erkannten, daß es nicht Donner gewesen war, das sie zuvor gehört hatten.

Wieder brüllte das Wesen. Seine Fänge funkelten wie zuckende Blitze, und Flammen troffen herab wie Blut.

»Klæl«, schrie Aphrael schrill.

Wie zwei gewaltige Kuppelberge erhoben sich die Schultern der Bestie über den Klippengrat; schwarzen Segeln gleich ragten Flügel daraus hervor, ähnlich jenen von Fledermäusen.

»Was ist das?« rief Talen entsetzt.

»Es ist Klæl!« kreischte Aphrael.

»Was ist ein Klæl?«

»Nicht *was*, du Dummkopf! *Wer!* Azash und die anderen Älteren Götter haben ihn verbannt. Und nun hat irgendein Narr ihn zurückgeholt!«

Das Monstrum hinter der Klippe richtete sich immer weiter auf, und gigantische Arme mit vielfingrigen Pranken wurden sichtbar. Der Rumpf war ungeheuerlich; Blitze zuckten unter der Haut und beleuchteten mit ihrem Flackern scheußliche Einzelheiten.

Und dann erhob dieser monströse Koloß sich zur vollen Größe und ragte achtzig oder gar hundert Fuß über die Klippe.

Sperber schauderte. »Blaurose!« rief er scharf. »Hilf! Tu etwas!«

»Das ist nicht nötig, Anakha.« Vanions Stimme klang ganz ruhig, als Bhelliom wieder durch seine Lippen sprach. »Klæl ist Cyrgons Griff nur flüchtig entkommen, und gewiß wird Cyrgon seine Kreatur nicht der Gefahr einer Auseinandersetzung mit mir preisgeben.«

»Dieses – Ungeheuer gehört Cyrgon?«

»Im Augenblick. Doch das wird sich ändern, und Cyrgon wird Klæl gehören.«

»Was *tut* es?« rief Betuana.

Das Monstrum über der Klippe hatte eine Riesenfaust erhoben und hämmerte mit Blitzen auf die Erde ein. Die steinerne Mauer erbebte; Sprünge durchzogen sie; Trümmer lösten sich, rollten krachend hinab und schmetterten in den Wald am Fuß der Klippe – bis endlich Teile der Wand mit ohrenbetäubendem Krachen zerbarsten und sich als ungeheure Lawine ins Tal wälzten.

»Klæl hatte nie Zweifel an der Kraft seiner Schwingen«, bemerkte Bhelliom ungerührt. »Er würde gern zum Kampf gegen mich antreten, doch er fürchtet die Höhe der Mauer. So schlägt er eine Treppe für sich.«

Mit einem donnernden Geräusch, ähnlich dem eines Erdbebens,

polterten weitere gewaltige Teile der Wand in die Tiefe und schütteten einen immer höheren Damm aus Steinen auf.

Das Monstrum wütete in rasendem Zorn, bis mehr und mehr Trümmerstücke in die Tiefe rollten und allmählich einen steilen Weg hinauf zur Mauerkrone bildeten.

Und dann verschwand Klæl, und ein heulender Wind tobte über die Mauerwand und fegte die brodelnden Staubwolken der Lawine fort.

Ein weiteres Geräusch war zu vernehmen. Sperber drehte sich rasch um. Die Trolle hatten sich zu Boden geworfen und kreischten vor Angst und Entsetzen.

»Wir haben schon immer von ihm gewußt«, sagte Aphrael nachdenklich. »Wir haben uns gegenseitig Angst eingejagt, indem wir Geschichten über ihn erzählten. Es machte auf verderbte Weise Spaß, sich selbst eine Gänsehaut zu verschaffen. Ich glaube, ich habe mir nie eingestehen wollen, daß es Klæl tatsächlich gibt.«

»Was, genau, ist er denn?« wollte Bevier wissen.

»Böse!« Sie zuckte die Schultern. »Wir sind die Guten – jedenfalls reden wir uns das ein – und Klæl ist das Gegenteil, das Abbild all dessen, was wir uns unter dem Bösen vorstellen. Gäbe es Klæl nicht, müßten wir zugeben, daß das Böse in uns selbst ist. Aber das läßt unsere Eigenliebe nicht zu.«

»Dann ist dieser Klæl der Fürst der Hölle?« fragte Bevier.

»Na ja ... gewissermaßen. Nur ist die Hölle kein Ort, sondern ein Geisteszustand. Der Sage nach gab es Klæl bereits, als die Älteren Götter erschienen – Azash und die anderen. Doch sie wollten die Welt für sich, und er war ihnen im Weg. Nachdem mehrere Götter im Alleingang versucht hatten, Klæl loszuwerden, statt dessen aber selbst zu Nichts wurden, haben die übrigen sich zusammengetan und ihn vertrieben.«

»Woher kam er? Ursprünglich, meine ich?« erkundigte sich Bevier. Der Arzier war sehr am Wesen aller Dinge interessiert.

»Wie, in aller Welt, soll ich das wissen? Ich war nicht da. Frag doch Bhelliom.«

»Mich interessiert weniger, woher dieser Klæl stammt, als was er tun kann«, erklärte Sperber. Er holte Bhelliom aus dem Beutel an seinem Gürtel. »Blaurose«, sagte er, »ich glaube, wir sollten uns über diesen Klæl unterhalten.«

»Das wäre vielleicht angebracht, Anakha«, erwiderte der Edelstein aufs neue durch Vanions Lippen.

»Woher kam er – oder es? Weißt du etwas über seinen Ursprung?«

»Klæl hat keinen Ursprung, Anakha. Es hat ihn immer gegeben – so wie mich!«

»Was ist es? Oder er?«

»Notwendig. Ich möchte dich nicht kränken, Anakha, aber die Notwendigkeit Klæls übersteigt dein Begriffsvermögen. Die Kindgöttin hat Klæl hinreichend erklärt – soweit sie seine Existenz versteht.«

»Das ist – das ist ...«, stammelte Aphrael empört.

Ein schwaches Lächeln huschte über Vanions Lippen. »Versteh es nicht falsch, Aphrael. Ich liebe dich auch so – trotz deiner Beschränkungen. Du bist noch jung. Das Alter wird dir Weisheit und Verständnis bringen.«

»So geht das nicht, Blaurose!« warnte Sephrenia.

»Also gut.« Bhelliom seufzte. »So wollen wir es denn angehen. Klæl wurde tatsächlich von den Älteren Göttern vertrieben, genau wie Aphrael es erzählt hat, doch sein Geist verweilt nach wie vor im Gestein dieser Welt – wie in allen anderen, die ich erschuf. Und was die Älteren Götter zu tun vermochten, können sie auch ungeschehen machen – und die Magie, die Klæl zurückholte, war ein Teil jenes Zaubers, der ihn vertrieben hatte. Offenbar hat ein Sterblicher, der mit dem wundersamen Wirken der Älteren Götter vertraut ist, den Vertreibungszauber umgekehrt, und Klæl ist wieder erschienen.«

»Kann er – oder es – vernichtet werden?«

»Wir sprechen weder von einem ›er‹, noch von einem ›es‹. Wir sprechen von Klæl. Nein, Anakha, Klæl kann nicht vernichtet werden – genausowenig wie ich. Klæl ist ewig.«

Sperber erschauerte unwillkürlich.

»Ich fürchte, wir befinden uns in Schwierigkeiten«, murmelte er seinen Freunden zu.

»Es ist in gewissem Maße meine Schuld. Ich war so sehr mit der Geburt dieses meines letzten Kindes beschäftigt, daß ich darüber notwendige Pflichten vergaß. Bei der Erschaffung einer neuen Welt pflege ich Klæl zu einem gewissen Zeitpunkt daraus zu vertreiben. Dieses Kind jedoch erfreute mich so sehr, daß ich mir mit der Vertreibung Zeit ließ. Da stieß ich auf den roten Staub, der mich zum Gefangenen machte, und die Pflicht, Klæl zu verstoßen, fiel den

Älteren Göttern zu, die diese Aufgabe aber nur sehr unvollkommen erledigten, daß sie *selbst* unvollkommen waren. Dies machte es möglich, Klæl zurückzuholen.«

»Durch Cyrgon?« fragte Sperber dumpf.

»Der Zauber der Vertreibung – und Rückholung – ist styrisch. Cyrgon könnte ihn nicht sprechen.«

»Dann war es vermutlich Cyzada«, erklärte Sephrenia. »Er könnte den Zauber durchaus gekannt haben. Ich glaube aber nicht, daß er ihn freiwillig gesprochen hat.«

»Vermutlich hat Cyrgon ihn dazu gezwungen, kleine Mutter«, warf Kalten ein. »In letzter Zeit lief für Cyrgon und Zalasta nicht alles so, wie sie's erwartet hatten.«

»Aber Klæl rufen!« Aphrael schauderte.

Kalten zuckte die Schultern. »Verzweifelte Menschen lassen sich zu Verzweiflungstaten hinreißen. Warum sollte es bei Göttern anders sein?«

»Was sollen wir tun, Blaurose?« fragte Sperber. »Wegen Klæl, meine ich.«

»Du kannst nichts tun, Anakha. Als du Azash gegenüberstandest, hast du deine Sache gut gemacht. Zweifellos wird das bei Cyrgon nicht anders sein. Gegen Klæl aber wärst du hilflos.«

»Dann sind wir dem Untergang geweiht.« Sperber fühlte sich plötzlich völlig niedergeschlagen.

»Dem Untergang geweiht? Keineswegs! Weshalb läßt du dich auf einmal so leicht entmutigen, mein Freund? Ich habe dich nicht erschaffen, daß du dich gegen Klæl stellst. Das ist *meine* Sache. Natürlich wird Klæl uns in bestimmtem Maße zu schaffen machen, wie es eben seine Art ist. Und dann werden Klæl und ich einander gegenübertreten, wie üblich.«

»Und du wirst ihn wieder vertreiben?«

»Das steht zuvor nie fest, Anakha. Aber ich verspreche dir, daß ich mein möglichstes tun werde, uns von Klæl zu befreien – so, wie *er* alles tun wird, mich loszuwerden. Unser Zweikampf liegt in der Zukunft, und wie ich dir schon oft sagte, ist uns die Zukunft verborgen. Aber ich sehe diesem Zweikampf voll Zuversicht entgegen. Zweifel schwächt die Entschlußkraft, und zaghafte Unsicherheit belastet den Geist. Man soll leichten Herzens und frohgemut in die Schlacht ziehen.«

»Du redest manchmal ganz schön salbungsvoll daher, Weltenmacher«, sagte Aphrael ein wenig boshaft.

»Sei brav«, rügte Bhelliom sanft.

»Anakha!« Es war Ghworg, der Gott des Tötens. Die riesige Gestalt pflügte einen dunklen Pfad durch die silberbereifte Wiese.

»Ich werde die Worte Ghworgs anhören«, erwiderte Sperber.

»Hast *du* Klæl gerufen? Glaubst du, er wird uns helfen, Cyrgon Schmerzen zuzufügen? Es ist nicht gut, wenn du das glaubst! Laß Klæl zurückkehren.«

»Ich habe ihn nicht geholt, Ghworg, ebensowenig der Blumenstein. Wir vermuten, daß Cyrgon ihn gegen uns beschworen hat.«

»Hat der Blumenstein Macht über Klæl?«

»Das ist nicht sicher. Die Macht Klæls ist der des Blumensteins ebenbürtig.«

Der Gott des Tötens hockte sich auf das gefrorene Gras und kratzte mit einer gewaltigen Pranke das zottige Gesicht. »Cyrgon ist noch nicht so wichtig, Anakha«, brummte er in seiner einfältigen Art. »Wir können Cyrgon morgen etwas antun oder irgendwann später. Aber gegen Klæl müssen wir jetzt vorgehen. Wir dürfen nicht bis später warten.«

Sperber stützte ein Knie auf der eisigen Wiese auf. »Deine Worte sind weise, Ghworg.«

Der Gott des Tötens verzog die Lippen zu einem gräßlichen Grinsen. »Das Wort, das du da benutzt hast, ist bei uns nicht üblich, Anakha. Würde Khwaj sagen, ›Ghworg ist weise‹, würde ich ihm Schmerzen zufügen!«

»Ich habe es nicht gesagt, um dich zu erzürnen, Ghworg.«

»Du bist kein Troll, Anakha. Du kennst dich bei uns nicht aus. Wir müssen Klæl Schmerzen zufügen, damit er weggeht. Wie können wir das tun?«

»Wir können ihm nichts anhaben. Nur Blaurose kann ihn vertreiben!«

Ghworg knurrte grauenvoll und schmetterte die Faust auf den gefrorenen Boden.

Sperber hob eine Hand. »Cyrgon hat Klæl gerufen, damit er uns Schmerzen zufügt. Deshalb müssen wir Cyrgon *jetzt* weh tun, nicht erst irgendwann später. Wenn wir Cyrgon Schmerzen zufügen, wird er Angst haben, Klæl zu helfen, sobald der Blumenstein sich daran macht, Klæl Schmerzen zuzufügen und ihn zu vertreiben.«

Ghworg bemühte sich, diese Worte zu verstehen, und grübelte darüber nach. »Was du sagst, ist gut, Anakha«, erklärte er schließlich. »Weißt du denn auch, wie wir Cyrgon am besten Schmerzen zufügen können?«

Sperber überlegte. »Cyrgons Verstand ist nicht wie deiner, Ghworg, noch ist er wie meiner. Wir denken direkt und geradeaus, Cyrgon dagegen gewunden. Er ist verschlagen und hinterlistig. Hier, in den Landen des Winters, hat er eure Kinder gegen unsere Freunde geschickt, auf daß wir hierherkommen und gegen sie kämpfen. Doch eure Kinder waren nicht seine, Cyrgons Hauptstreitmacht. Diese wird aus den Landen der Sonne kommen, um unsere Freunde in der schimmernden Stadt anzugreifen.«

»Ich habe diesen Ort gesehen. Dort hat die Kindgöttin zum erstenmal mit uns gesprochen.«

Sperber zog die Stirn in Falten und versuchte, sich an die Einzelheiten auf Vanions Landkarte zu erinnern. »Es gibt hohes Gelände hier und in Richtung Süden«, sagte er.

Ghworg nickte.

»Noch weiter südlich wird dieses hohe Gelände niedriger, und dann wird es flach.«

»Ich sehe es«, sagte Ghworg. »Du beschreibst es gut, Anakha.« Sperber war erstaunt. Offenbar konnte Ghworg sich den gesamten Kontinent vorstellen.

»In der Mitte dieses flachen Geländes wiederum befindet sich eine hohe Stelle, welche die Menschenwesen die Tamulischen Berge nennen.«

Ghworg nickte bestätigend.

»Die Hauptstreitmacht von Cyrgons Kindern wird an dieser hohen Stelle vorbeikommen, um zu der schimmernden Stadt zu gelangen. An der hohen Stelle ist es kalt; also müssen eure Kinder nicht unter der Sonne leiden.«

»Ich verstehe, wohin deine Gedanken führen, Anakha«, sagte Ghworg. »Wir werden unsere Kinder zu jener hohen Stelle bringen und dort auf Cyrgons Kinder warten. Unsere Kinder werden Aphraels Kinder nicht fressen. Statt dessen werden sie Cyrgons Kinder fressen.«

»Das wird Cyrgon und seinen Dienern Schmerzen zufügen, Ghworg.«

»Dann machen wir es!« Ghworg drehte sich um und deutete zu dem Damm, der sich aus den Steinen der zerstörten Mauer gebildet hatte. »Unsere Kinder werden Klæls Treppe hinaufsteigen, noch ehe die Sonne sich heute schlafen legt.« Er erhob sich abrupt. »Gute Jagd«, brummte er, drehte sich um und kehrte zu seinen Mitgöttern und den immer noch verstörten Trollen zurück.

»Wir müssen vorgehen, als wäre alles völlig normal«, sagte Vanion, nachdem die Freunde sich am frühen Nachmittag wieder ums Feuer geschart hatten. Die Sonne ging bereits unter, wie Sperber bemerkte. »Wahrscheinlich kann Klæl jederzeit an jedem beliebigen Ort auftauchen. Wir können sein Erscheinen ebensowenig planen oder vorausberechnen wie das eines Schneesturms oder Wirbelwinds. Und wenn man eine Gefahr nicht vorausberechnen kann, lassen sich lediglich einige Vorsichtsmaßnahmen ergreifen. Ansonsten muß man die Gefahr ignorieren.«

»Das ist die richtige Einstellung«, lobte Königin Betuana. Sie und Vanion kamen gut miteinander aus.

»Was sollen wir denn tun, Freund Vanion?« erkundigte sich Tikume.

»Wir sind Soldaten, Freund Tikume«, antwortete Vanion. »Wir tun, was Soldaten tun. Wir machen uns bereit, gegen Armeen zu kämpfen, nicht gegen Götter. Scarpa zieht aus den Urwäldern von Arjuna herauf, und ich vermute, daß es zu einem weiteren Angriff aus Cynesga kommen wird. Wahrscheinlich werden die Trolle Scarpa im Weg sein. Doch sie können sich des Klimas wegen nur ein Stück aus den Bergen von Südtamuli entfernen. Nach dem ersten Schock, dort plötzlich Trollen gegenüberzustehen, wird Scarpa vermutlich versuchen, sie weitläufig zu umgehen.« Vanion studierte seine Karte. »Wir müssen an Ort und Stelle Streitkräfte bereit haben, um entweder gegen Scarpa oder eine aus Cynesga anrückende Armee vorzugehen. Ich würde sagen, Samar dürfte der geeignetste Ort dafür sein.«

»Sarna!« widersprach Betuana.

»Sowohl als auch«, warf Ulath ein. »Wenn wir Truppen in Samar stationieren, können sie gegen jeden Feind ziehen, vom Südrand des Atanischen Gebirges bis zum Binnenmeer von Arjun. Zugleich können sie im Osten zuschlagen, südlich der Tamulischen Berge, falls Scarpa den Trollen aus dem Weg geht. Streitkräfte in Sarna wiederum können die Invasionsroute durchs Atanische Gebirge blockieren.«

»Er hat recht«, pflichtete Bevier bei. »Es spaltet zwar unsere Streitkräfte in zwei Teile, aber ich fürchte, wir haben keine andere Wahl.«

»Wir könnten die Ritter und die Peloi in Samar postieren, und die Ataner als Fußsoldaten in Sarna«, fügte Tynian hinzu. »Das untere Sarnatal ist ideal für den Einsatz Berittener, und die Berge um Sarna sind das natürliche Umfeld für Ataner.«

»Beide Positionen sind Verteidigungsstellungen!« wandte Engessa ein. »Kriege lassen sich nicht aus Verteidigungsstellungen heraus gewinnen.«

Sperber und Vanion wechselten einen langen Blick. »In Cynesga einfallen?« fragte Sperber zweifelnd.

»Noch nicht«, entschied Vanion. »Laßt uns damit warten, bis die Ordensritter aus Eosien hier sind. Erst wenn Komier und die anderen die Westgrenze von Cynesga überqueren, dringen wir aus dem Osten ein. Wir werden Cyrgon in die Zange nehmen. Wenn er von beiden Seiten von so gewaltigen Heeren angegriffen wird, kann er jeden Cyrgai beschwören, der je gelebt hat, und wird trotzdem unterliegen.«

»Bis zu dem Augenblick, da er Klæl von der Kette läßt«, fügte Aphrael düster hinzu.

»Nein, Göttin«, beruhigte Sperber sie. »Bhelliom *will*, daß Cyrgon Klæl gegen uns ins Feld schickt. Wenn wir es so machen, wie wir es gerade besprochen haben, zwingen wir Cyrgon geradezu, diesen Angriff zu einem Zeitpunkt und an einem Ort zu führen, die für *uns* günstig sind. Wir suchen uns den Ort aus, Cyrgon wird Klæl freilassen, und ich setze Bhelliom auf ihn an. Dann brauchen wir uns bloß noch zurückzulehnen und zuzuschauen.«

»Wir werden denselben Weg die Mauer hinauf nehmen wie die Trolle, Vanion-Hochmeister«, sagte Engessa am folgenden Morgen. »Wir können ebensogut klettern wie sie.«

»*Wir* werden allerdings etwas länger dafür brauchen«, fügte Tikume hinzu. »Wir müssen Felsbrocken aus dem Weg schaffen, damit unsere Pferde den Hang hinaufkommen.«

»Wir helfen euch dabei, Tikume-Domi«, versprach Engessa.

»Das wär's dann«, meinte Tynian. »Die Ataner und die Peloi begeben sich von hier aus gen Süden, um ihre Stellungen in Sarna und Samar zu beziehen. Wir kehren mit den Rittern zur Küste zurück, und Sorgi wird uns nach Matherion bringen. Von dort aus nehmen wir den Landweg.«

»Was mir Sorgen macht, ist die Schiffsreise«, warf Sperber ein. »Sorgi wird mindestens ein halbes Dutzend Mal fahren müssen.«

Khalad seufzte und rollte die Augen himmelwärts.

»Ich nehme an, du willst mich wieder einmal vor allen anderen blamieren«, sagte Sperber. »Was habe ich diesmal übersehen?«

»Die Flöße, Sperber! Sorgi sammelt sie ein, um sie zu den Holzmärkten im Süden zu schaffen. Er wird sie zu einem langen Ausleger zusammenbinden. Teilt die Ritter auf die Schiffe auf und bringt die Pferde auf den Ausleger, dann gelangen wir alle mit einer einzigen Fahrt nach Matherion.«

»Ich habe die Flöße ganz vergessen«, gestand Sperber verlegen.

»Mit dem Ausleger werden wir nicht sehr schnell vorankommen«, gab Ulath zu bedenken.

Xanetia hatte aufmerksam zugehört. Sie blickte Khalad an; dann fragte sie schüchtern: »Würde eine steife Brise hinter den Flößen helfen, junger Herr?«

»Und ob, Anarae!« rief Khalad begeistert. »Aus Zweigen und Ruten können wir grobe Segel flechten.«

»Wird Cyrgon – oder Klæl – es denn nicht spüren, wenn Ihr den Wind beschwört, teure Schwester?« fragte Sephrenia.

»Cyrgon vermag delphaeische Magie nicht zu spüren, Sephrenia«, entgegnete Xanetia. »Sperber kann Bhelliom fragen, ob Klæl es ebenfalls nicht vermag.«

»Wie habt Ihr das geschafft?« erkundigte sich Aphrael neugierig.

Nun wirkte Xanetia ein wenig verlegen. »Es sollte uns vor Euch und Euresgleichen verbergen, Göttin Aphrael. Als Edaemus seinen Fluch wirksam machte, tat er es so, daß unsere Magie von unseren Feinden nicht erkannt werden konnte, denn zu jener Zeit betrachteten wir Euch als Feinde. Kränkt Euch das, Göttin?«

»Nicht unter *diesen* Umständen, Anarae.« Flöte warf sich in Xanetias Arme und küßte sie herzlich.

2

Der Ausleger, den Kapitän Sorgi aus den Flößen zusammengesetzt hatte, war eine Viertelmeile lang und hundert Fuß breit, und der größte Teil war für die Pferde eingezäunt. Er schaukelte und schlingerte unter dem düsteren Himmel auf seinem Weg gen Süden, und immer wieder fegten heftige Windstöße mit Graupelschauern darüber hinweg. Es war bitterkalt und die jungen Ritter, die das Auslegerfloß bemannten, waren bis über die Ohren in Pelze gehüllt und kauerten die meiste Zeit im zweifelhaften Schutz der flatternden Zelte.

»Auf die kleinen, aber wichtigen Feinheiten kommt es an, Berit«, erklärte Khalad, während er das Seil am Steuerbordende eines ihrer behelfsmäßigen Segel verknotete. »Jede Arbeit setzt sich im Grunde genommen aus Feinheiten zusammen.« Er blinzelte das vereiste Seil entlang auf das, was eher einem Schneefang glich als einem Segel. »Sperber befaßt sich mit dem großen Plan und überläßt die Feinheiten anderen. Das ist auch gut so, denn er ist ein hoffnungsloser Stümper, wenn es um kleine Dinge und echte Arbeit geht.«

»Khalad!« rief Berit schockiert.

»Hast du ihn je gesehen, wenn er mit Werkzeug umzugehen versucht? Schon unser Vater hat uns immer wieder davor gewarnt: ›Laßt Sperber *nie* nach einem Werkzeug greifen!‹ Kalten ist ziemlich gut als Handwerker; Sperber dagegen ist ein hoffnungsloser Fall. Überläßt man ihm irgendeinen Gegenstand, der mit der Hände Arbeit zu tun hat, verletzt er sich damit.« Khalad riß den Kopf hoch und fluchte.

»Was ist los?«

»Hast du es denn nicht gespürt? Die Backbordschlepptaue hängen plötzlich durch! Wecken wir die Seeleute. Wir wollen doch nicht, daß diese träge Schaukel sich wieder breitseits legt.« Die beiden jungen Männer in ihren dicken Pelzen machten sich auf den Weg über die zusammengebundenen vereisten Flöße und plagten sich um den riesigen Pferch herum, in dem sich die Pferde zum Schutz gegen den bitterkalten Rückenwind zusammendrängten.

Der Einfall, aus den Flößen einen Ausleger zu bauen, war in der Theorie sehr gut, doch es ergaben sich ziemliche Probleme mit der Nautik, die sich als weit schwieriger erwies, als sowohl Sorgi wie auch Khalad vermutet hatten. Khalads dicht geflochtene Matten aus Tannenzweigen funktionierten recht gut als Segel und bewegten die Ausleger mit Hilfe von Xanetias Brise stetig südwärts. Doch Sorgis Schiffe sollten die Ausleger auch steuern. Und da begann das Problem. Nicht einmal zwei Schiffe bewegen sich mit exakt der gleichen Geschwindigkeit, auch dann nicht, wenn derselbe Wind sie antreibt. Die fünfzig Schiffe vor ihnen und die fünfundzwanzig entlang jeder Seite des Auslegers mußten navigatorisch genau aufeinander abgestimmt werden, damit das riesige Floß sich in die gewünschte Richtung bewegte. Solange alle genau aufgepaßt hatten, war das gutgegangen, doch nach zwei Tagesreisen lief nicht mehr alles nach Plan. Der Ausleger war seitwärts herum geschwungen, und so sehr die Gefährten sich auch bemüht hatten, ihn wieder in die richtige nautische Position zu bringen – es war unmöglich gewesen. So hatten sie keine andere Wahl gehabt, als die Flöße in der schneidenden Kälte mühevoll auseinander- und wieder neu zusammenzubinden. Anschließend waren sie völlig erschöpft gewesen und hofften, so etwas nicht noch einmal durchmachen zu müssen.

Als sie die Backbordseite des Auslegers erreichten, zog Berit ein verbeultes Messinghorn unter seinem Pelzumhang hervor und zog mit dessen schrillem Klang die Aufmerksamkeit der Backbordschleppschiffe auf sich, während Khalad nach der gelben Fahne griff und sie heftig zu schwenken begann. Die abgesprochenen Signale waren einfach. Die gelbe Flagge bedeutete den Schiffsbesatzungen, mehr Segel zu setzen, um die Schlepptaue straff zu halten; die blaue Flagge wies sie an, Treibanker zu werfen, um den Tauen mehr Spielraum zu geben; und die rote, die Taue zu lösen und sich dann schnellstens in Sicherheit zu bringen.

Die Schlepptaue strafften sich wieder, als Khalads Signal an die Seeleute weitergegeben wurde, welche die eigentliche Arbeit an Bord der Schiffe machten.

»Wie schaffst du es eigentlich, das alles im Griff zu behalten?« fragte Berit seinen Freund. »Und woher weißt du immer so schnell, wenn etwas schiefgeht?«

Khalad verzog das Gesicht. »Ich möchte auf keinen Fall mehrere Tage damit vergeuden, dieses Ungetüm auseinanderzunehmen und wieder zusammenzusetzen, während die Gischtspritzer auf mir gefrieren; deshalb achte ich mit aller Aufmerksamkeit darauf, was mein

Körper mir verrät. Man kann in den Beinen und den Fußsohlen Veränderungen spüren. Wenn ein Tau an Straffheit verliert, fühlt man, wie die Bewegung des Auslegers sich ändert.«

»Gibt es *irgend* etwas, von dem du nichts verstehst?«

»Ich kann nicht besonders gut tanzen.« Khalad blinzelte in die ersten schmerzenden Eistropfen eines neuerlich aufkommenden Graupelschauers. »Es ist Zeit, die Pferde zu füttern und zu tränken«, brummte er. »Machen wir den Novizen ein wenig Dampf unter dem Hintern. Die Kerle sitzen nur herum und protzen mit ihren Adelstiteln. Ein bißchen Arbeit kann ihnen nicht schaden!«

»Du kannst Aristokraten nicht ausstehen, stimmt's?« fragte Berit, während sie sich am Pferch entlang zu den windgepeitschten Zelten der Ritteranwärter kämpften.

»Nein, das ist es nicht. Ich habe nur keine Geduld mit ihnen. Und ich verstehe nicht, wie sie so blind gegenüber allem sein können, was um sie herum geschieht. Ein Titel muß etwas schrecklich Schweres sein, wenn man so sehr daran zu tragen hat, daß man sich um nichts anderes mehr kümmert.«

»Irgendwann wirst du selbst ein Ritter. Das ist dir doch klar, oder?«

»Das war nicht meine Idee! Sperber hat manchmal lächerliche Einfälle. Er bildet sich offenbar ein, meinem Vater Ehre zu erweisen, indem er meine Brüder und mich zu Rittern macht. Ich bin sicher, Vater hätte das als lächerlich empfunden.«

Sie erreichten die Zelte, und Khalad hob die Stimme. »Meine Herren!« rief er. »Steht nicht untätig herum! Macht euch daran, die Pferde zu füttern und zu tränken!« Dann begutachtete er kritisch den Pferch. Fünftausend Pferde hinterlassen eine Menge Beweise für ihre Anwesenheit. »Ich finde, es ist mal wieder an der Zeit, unseren Novizen eine Lektion in der Tugend der Demut zu erteilen«, sagte er leise zu Berit. Dann rief er: »Und wenn ihr damit fertig seid, holt ihr Schaufeln und Schubkarren herbei! Wir möchten doch nicht, daß uns die Arbeit über den Kopf wächst, nicht wahr, meine Herren?«

Berit war noch nicht sehr bewandert, was einige der subtileren Erscheinungen der Magie betraf. Dieser Teil der pandionischen Ausbildung erforderte ein lebenslanges Studium. Doch er war bereits so weit fortgeschritten, daß er eine ›Einmischung‹ erkannte, wenn sie stattfand. Der Ausleger plagte sich *scheinbar* unendlich langsam vorwärts, doch der ungleichmäßige Wechsel der Jahreszeiten verriet so allerlei. Zum einen hätte es viel mehr Zeit in Anspruch nehmen müssen, der eisigen Kälte des hohen Nordens zu entkommen, und zum anderen hätten die Tage nicht in so kurzer Zeit so viel länger werden dürfen. Wie und von wem das auch bewerkstelligt wurde – viel früher, als es eigentlich menschenmöglich gewesen wäre, landeten die Gefährten an einem goldenen Spätherbsttag nur wenige Meilen nördlich von Matherion an einem Sandstrand und führten die Pferde watend von den schwankenden Flößen an Land.

»Kurze Reise«, stellte Khalad lakonisch fest, während er und Berit beobachteten, wie die Novizen die Pferde abluden.

Berit lachte. »Es ist dir also nicht entgangen.«

»Sie gingen ja auch nicht gerade mit sehr viel Fingerspitzengefühl vor. Als die Gischtspritzer plötzlich von einer Minute zur anderen in meinem Bart gefroren, hab' ich mir so meine Gedanken gemacht.« Er blickte Berit fragend an. »Ist Magie sehr schwer zu erlernen?«

»Die Magie eigentlich nicht – im Unterschied zur styrischen Sprache, die keine regelmäßigen Verben kennt. Außerdem gibt es neun Tempora.«

»Berit, bitte rede in verständlichem Elenisch!«

»Du weißt doch, was ein Verb ist, nicht wahr?«

»So ungefähr. Aber was ist ›Tempora‹?«

Diese Fragen halfen Berit irgendwie, sich ein wenig besser zu fühlen. Khalad wußte nicht *alles*. »Wir werden daran arbeiten«, versprach er seinem Freund. »Vielleicht hat Sephrenia ein paar Vorschläge.«

Die Sonne ging in einer wahren Farbenpracht unter, als sie durch das schimmernde Tor in Matherion mit seinen schillernden Kuppeln einritten. Als sie die Schloßanlage erreichten, war es bereits dunkel.

»Was haben die Burschen denn alle?« murmelte Khalad, während sie durchs Tor trotteten.

»Wie meinst du das?« fragte Berit verwirrt.

»Benutz deine Augen, Mann! Die Wachen am Tor haben Sperber angestarrt, als hätten sie damit gerechnet, daß er jeden Moment explodiert oder sich in einen Drachen verwandelt! Da stimmt etwas nicht, Berit!«

Der Hauptteil der Ordensritter begab sich über den dunklen Rasen zu ihren Kasernenunterkünften, während die übrigen zu Pferde, mit klappernden Hufen, die Zugbrücke zu Ehlanas Burg überquerten. Auf dem fackelhellen Burghof saßen sie ab und betraten einzeln und in kleinen Gruppen die Burg.

»Hier ist es sogar noch schlimmer«, murmelte Khalad. »Bleiben wir lieber dicht bei Sperber, damit wir ihn zurückhalten können, falls er plötzlich in Wut gerät. Die Ritter an der Zugbrücke schienen sich regelrecht vor ihm gefürchtet zu haben.«

Sie stiegen die Treppe zu den königlichen Gemächern hinauf. Mirtai befand sich nicht an ihrem gewohnten Platz an der Tür, was Berit noch mehr zu denken gab. Khalad hatte recht. Hier stimmte wirklich etwas nicht.

Kaiser Sarabian in seinem purpurnen Lieblingswams und dem farblich abgestimmten hautengen Beinkleid schritt nervös auf dem blauen Teppich des Salons hin und her und zuckte beim Anblick Sperbers und Vanions zusammen.

»Majestät«, grüßte Sperber knapp und neigte den Kopf. »Schön, Euch wiederzusehen.« Er blickte sich um. »Wo ist Ehlana?« erkundigte er sich, während er seinen Helm auf den Tisch legte.

»Äh – gleich, Sperber. Wie seid Ihr am Nordkap zurecht gekommen?«

»Mehr oder weniger wie geplant. Cyrgon hat keine Macht über die Trolle. Aber wir haben jetzt ein neues Problem, das sich als sogar noch schlimmer erweisen könnte.«

»Ach?«

»Ihr werdet alles erfahren, sobald Ehlana sich zu uns gesellt hat. Es ist keine so schöne Geschichte, als daß wir sie zweimal erzählen möchten.«

Der Kaiser blickte Außenminister Oscagne hilfesuchend an.

»Wir sollten zuerst mit Baroneß Melidere sprechen, Prinz Sperber«, schlug Oscagne vor. »Hier ist .... äh, etwas passiert. Melidere war anwesend und kann Eure Fragen deshalb besser beantworten als wir.«

»Gut.« Sperbers Stimme war ebenso ruhig wie sein Blick, wenngleich Sarabians Nervosität und Oscagnes ausweichende Antwort förmlich hinausschrien, daß etwas Furchtbares passiert war.

Baroneß Melidere saß, mit Kissen gestützt, in ihrem Bett. Sie trug ein hübsches blaues Nachtgewand, das ihr gut stand, doch der dicke Verband über ihrer rechten Schulter war ein deutlicher Hinweis, daß etwas Ernstes vorgefallen war. Ihr Gesicht war zwar bleich, doch ihr Blick fest und ruhig. Stragen saß in seinem weißen Satinwams sichtlich besorgt neben dem Bett.

»Endlich!« Melideres Stimme klang lebhaft, aber sachlich. Nach einem vernichtenden Blick auf Sarabian und seine Ratgeber stellte sie fest: »Ich sehe schon. Diese mutigen Herren möchten es mir überlassen, Euch zu berichten, was hier passiert ist, Prinz Sperber. Ich werde versuchen, mich kurz zu fassen. An einem Abend vor zwei Wochen machten die Königin, Alean und ich uns bereit, zu Bett zu gehen. Es klopfte an der Tür, und vier Männer, die wir für Peloi hielten, traten ein. Ihre Schädel waren glatt rasiert, und sie trugen Peloikleidung. Aber sie waren keine Peloi. Einer von ihnen war Krager. Die drei anderen waren Elron, Baron Parok und Scarpa.«

Scheinbar unbewegt sagte Sperber: »Und?«

»Wie ich sehe, habt Ihr Euch entschieden, vernünftig zu reagieren«, sagte Melidere ruhig. »Gut. Nun – erst einmal haben wir ein paar Beleidigungen gewechselt. Dann erteilte Scarpa Elron den Befehl, mich zu töten – nur um der Königin zu beweisen, daß er es ernst meinte. Elron ging mit dem Messer auf mich los, aber ich lenkte den Stoß unmerklich mit dem Handgelenk ab, ließ mich zu Boden fallen und verschmierte das Blut, damit es so aussah, als wäre ich tödlich getroffen. Ehlana warf sich wild schluchzend über mich. Aber es war nur vorgetäuscht. Sie hatte meine Verstellung bemerkt.« Die Baroneß holte einen Rubinring unter dem Kopfkissen hervor. »Für Euch, Prinz Sperber. Eure Gemahlin hat den Ring in meinem Mieder versteckt. Sie sagte: ›Richtet Sperber aus, daß mir nichts fehlt.‹ Und sie wies mich noch an: ›Sagt ihm auch, daß ich ihm verbiete, Bhelliom herzugeben, egal, was die Kerle mir anzutun drohen.‹ Genau das waren ihre Worte. Dann zog sie eine Decke über mich.«

Sperber nahm den Ring und steckte ihn an einen Finger. »Ich verstehe«, sagte er mit immer noch ruhiger Stimme. »Was geschah dann, Baroneß?«

»Scarpa sagte zu Eurer Gemahlin, daß er und seine Freunde sie und Alean als Geiseln nehmen würden. Er sagte, Ihr hängt törichterweise so sehr an Ehlana, daß Ihr alles für ihre unbeschadete Rückkehr geben würdet. Offenbar hat er die Absicht, sie gegen Bhelliom auszutauschen. Krager hatte bereits ein Schreiben vorbereitet. Er schnitt eine Locke von Ehlanas Haar ab, die er zu diesem Schreiben legte. Ich nehme an, daß es noch weitere Schreiben gibt, und daß die Kerle jedem eine Strähne von Ehlanas Haar beilegen werden, um durch diese authentischen Beweise ihrer Forderung Nachdruck zu verleihen. – Tja, dann packten sie Ehlana und Alean und gingen.«

»Danke, Baroneß«, sagte Sperber ruhig. »Ihr habt erstaunlichen Mut bewiesen. Dürfte ich das Schreiben haben?«

Wieder langte Melidere unter ihr Kopfkissen. Sie brachte ein Stück zusammengefaltetes und versiegeltes Pergament zum Vorschein, das sie Sperber aushändigte.

Berit hatte seine Königin vom ersten Augenblick an – als er sie von dem Kristall geschützt auf ihrem Thron sitzen sah – geliebt, auch wenn er ihr diese Liebe nie gestanden hatte. Als Sperber nun das Siegel brach, das Pergament öffnete und behutsam die platinblonde Locke hervorholte, wurde Berit von glühender Wut gepackt. Seine Hand krampfte sich um den Schaft seiner Streitaxt.

Khalad faßte ihn am Arm, und geistesabwesend stellte Berit fest, wie kräftig der Griff seines Freundes war. »Das nutzt niemandem, Berit!« sagte er streng. »Wie wär's, wenn du mir die Axt gibst, ehe du etwas Törichtes damit anstellst?«

Berit holte zitternd tief Atem und vertrieb seine plötzliche, sinnlose Wut. »Tut mir leid, Khalad«, entschuldigte er sich. »Ich habe für einen Moment die Fassung verloren. Aber jetzt geht es schon wieder.« Er blickte seinen Freund an. »Sperber wird dir auftragen, Krager zu töten, nicht wahr?«

»Das hat er gesagt.«

»Möchtest du ein wenig Hilfe?«

Khalad grinste ihn kurz an. »Es ist immer gut, Gesellschaft zu haben, wenn man etwas unternimmt, das bis zur Ausführung mehrere Tage Planung benötigt. Man fühlt sich dann nicht so einsam.«

Sperber las rasch das Schreiben, während seine freie Hand immer noch zärtlich Ehlanas Locke hielt. Berit sah, wie die Gesichtszüge seines Freundes beim Lesen versteinerten. Dann reichte er Vanion das Schreiben. »Ihr solltet den anderen das vorlesen«, bat er düster.

Vanion nickte und nahm das Pergament. Er räusperte sich.

»›Nun denn, Sperber‹«, las er laut. »›Ich nehme an, daß Euer Wutanfall inzwischen vorüber ist. Ich hoffe, Ihr habt nicht *zu* viele von den Männern getötet, die Eure Gemahlin beschützen sollten.

Die Lage dürfte deutlich genug sein. Wir nehmen Ehlana als Geisel. Ihr *werdet* Euch doch benehmen, alter Junge, nicht wahr? Oder muß ich es ausdrücklich erwähnen? Ihr könnt Eure Frau gern zurückhaben – Ihr braucht uns bloß Bhelliom und die Ringe zum Tausch für sie zu geben. Wir lassen Euch ein paar Tage Zeit, um zu wüten und zu toben und zu versuchen, einen Ausweg zu finden. Dann, wenn Ihr wieder klar und vernünftig denken könnt und erkennt, daß Ihr gar keine andere Wahl habt, als genau das zu tun, wozu man Euch auffordert, werde ich Euch wieder ein paar Zeilen mit genauen Anweisungen zukommen lassen. Seid ein guter Junge und befolgt sie buchstabengetreu. Es würde mir wirklich keinen Spaß machen, Eure Gemahlin gezwungenermaßen zu töten. Zügelt also Euren Einfallsreichtum und versucht keinerlei törichten Schwachsinn.

Gehabt Euch wohl, Sperber, und haltet Ausschau nach meinem nächsten Brief. Ich werde ihm wieder eine Locke Ehlanas beilegen; so werdet Ihr mühelos erkennen, daß der Brief von mir ist. Lest ihn aufmerksam; denn sollte unser Briefwechsel *zu* lange andauern müssen, werden Eurer Gemahlin die Haare knapp, und ich müßte auf ihre Finger zurückgreifen.‹

Der Brief ist mit ›Krager‹ unterschrieben«, endete Vanion.

Mit wutverzerrtem Gesicht schmetterte Kalten die Faust an die Wand.

»Das reicht!« schnaubte Vanion.

»Was werden wir tun?« rief Kalten heftig. »Wir müssen doch *irgend* etwas unternehmen!«

»Wir werden jedenfalls nicht acht Fuß hoch in die Luft springen und dann blindlings losstürmen«, erwiderte Vanion scharf.

»Wo ist Mirtai?« fragte Kring in plötzlich aufkommender Panik.

»Es geht ihr gut, Domi«, versicherte Sarabian. »Sie war allerdings ein bißchen aus der Fassung, als sie herausfand, was geschehen war ...«

»Ein *bißchen*?« murmelte Oscagne. »Es bedurfte zwölf Mann, sie zu beruhigen. Sie ist in ihrer Kammer, Domi Kring – ans Bett gekettet, um ehrlich zu sein. Wir haben dort einige Wachen abgestellt, um zu verhindern, daß sie sich selbst etwas antut.«

Kring drehte sich wortlos um und verließ Melideres Schlafgemach.

»Wir ermüden Euch, Baroneß, nicht wahr?« fragte Sarabian besorgt.

»Nicht im geringsten, Majestät«, erwiderte Melidere ruhig. Sie ließ den Blick über ihre Besucher schweifen. »Es ist ein wenig eng hier. Wie wär's, wenn wir uns in den Salon zurückziehen? Ich könnte mir vorstellen, daß wir uns noch die ganze Nacht die Köpfe über diese Sache zerbrechen. Da könnten wir es uns auch ein bißchen bequemer machen.« Sie warf die Decken zurück und wollte aus dem Bett steigen.

Stragen hielt sie sanft zurück. Dann hob er sie hoch.

»Ich bin nicht zu schwach, meine Beine zu bewegen, Stragen!« protestierte Melidere.

»Solange ich in der Nähe bin, werde ich Euch jede Anstrengung ersparen.« Eisige Wut hatte Stragens übliche höfliche Miene verdrängt. Auch er ließ den Blick über die anderen wandern. »Eines möchte ich von vornherein klarstellen, meine Herren. Wenn wir diese Halunken erwischen, gehört Elron mir! Sollte jemand anderes ihn versehentlich töten, wäre ich sehr, sehr böse!«

Baroneß Melidere machte einen höchst zufriedenen Eindruck und lächelte leicht, als sie den Kopf an Stragens Schulter bettete.

Caalador wartete im Salon auf die anderen. Seine Knie und Ellbogen waren schmutzig, und Spinnweben klebten in seinem Haar. »Ich habe es gefunden, Majestät«, meldete er dem Kaiser. »Es kommt aus dem Keller unter der Kaserne, in der die Ordensritter einquartiert waren.« Dann warf er einen prüfenden Blick auf Sperber. »Ich habe gehört, daß Ihr zurück seid. Es ist uns gelungen, einige Informationen für Euch zusammenzutragen.«

»Das weiß ich zu würdigen, Caalador«, bedankte sich Sperber. Die beinahe unmenschliche Ruhe des großen Pandioners machte den anderen insgeheim ziemlich zu schaffen.

»Nach dem Anschlag auf die Baroneß war Stragen mit den Gedanken stets woanders; deshalb mußte ich mehr oder weniger nach eigenem Gutdünken vorgehen. Ich habe ein paar sehr direkte Schritte unternommen. Es waren ausschließlich meine eigenen Ideen, gebt ihm also nicht die Schuld daran.«

»Schon gut, Caalador.« Stragen legte Melidere behutsam eine Decke um die Schultern. »Was du getan hast, hat meine volle Billigung.«

»Gehe ich recht in der Annahme, daß es zu Greueltaten kam?« fragte Ulath.

»Laßt mich ganz von vorn beginnen«, bat Caalador. Er strich mit beiden Händen durchs Haar, um die Spinnweben herauszuklauben. »Einer der Männer, die auf unserer Erntedank-Liste standen, konnte meinen Meuchlern entkommen. Er schickte mir eine Nachricht, in der er mir als Gegenleistung für sein Leben Informationen anbot. Ich erklärte mich einverstanden und erfuhr Dinge, von denen ich nichts geahnt hatte. Wir wußten zwar, daß sich unter den Rasenflächen der Schloßanlage Tunnels befinden, wir wußten aber nicht, daß ähnliche Geheimgänge unter der gesamten Stadt verlaufen. So konnten Krager und seine Kumpane unbemerkt in die Schloßanlage gelangen und die Königin mit ihrer Leibmagd ebenso unbemerkt hinausbringen.«

»Einen Moment, guter Meister Caalador«, warf Xanetia ein. »Ich habe in das Gedächtnis des Innenministers geblickt. Von solchen Tunnels wußte er nichts, das ist sicher.«

»Das dürfte nicht schwer zu erklären sein, Anarae«, meinte Patriarch Emban. »Ehrgeizige Untergebene verbergen häufig wichtige Erkenntnisse vor ihren Vorgesetzten. Teovin, der Leiter der Geheimpolizei, hatte wahrscheinlich ein Auge auf Kolatas Amt geworfen und sah sich schon als dessen Nachfolger.«

»So ist es wahrscheinlich, Eminenz«, pflichtete Caalador ihm bei. »Jedenfalls wußte mein Informant, wo wenigstens *einige* dieser Tunnels verliefen, und ich schickte Männer hinunter, um Ausschau nach weiteren Gängen zu halten, während ich verschiedene ehemalige, jetzt verhaftete Angehörige der Geheimpolizei verhörte. Meine Methoden waren ziemlich direkt. Diejenigen, die das Verhör überlebten, wurden plötzlich sehr mitteilsam.

In jener Nacht, als die Königin entführt wurde, herrschte in den Tunnels reger Verkehr. Die Diplomaten aus der befestigten cynesganischen Botschaft wußten von dem Plan. Ihnen war klar, daß wir die Mauern niederreißen würden, sobald wir entdeckten, daß die Königin verschwunden war. Also versuchten die Botschaftsangestellten, durch die Tunnels zu entkommen. Aber ich hatte bereits meine Männer in diese Rattenlöcher geschickt. Es kam zu einigen ziemlich lauten Begegnungen, und wir erwischten sämtliche Botschaftsleute. Entweder nahmen wir sie fest, oder wir töteten sie. Der Botschafter selbst blieb am Leben und durfte miterleben, wie ich einige Untersekretäre verhörte. Ich mag Königin Ehlana sehr, deshalb habe ich die Leute ziemlich hart angepackt.« Er blickte Sephrenia an. »Ich glaube nicht, daß ich in Einzelheiten gehen muß«, fügte er hinzu.

»Danke«, murmelte Sephrenia.

»Der Botschafter wußte nicht sehr viel«, fuhr Caalador fort, und es hörte sich beinahe wie eine Entschuldigung an, »aber er hat mir immerhin gesagt, daß Scarpa und seine Kumpane sich in den Süden begeben – was stimmen kann oder auch nicht. Seine Majestät ließ jedenfalls die Häfen Micae und Saranth schließen und schickte vorsichtshalber atanische Patrouillen auf die Straße von Tosa bis zur Küste. Noch konnten wir die Entführer nicht entdecken, also ist Scarpa uns entweder weit voraus, oder er hat sich vorerst irgendwo in der Nähe verkrochen.«

Die Tür schwang auf, und mit finsterer Miene schloß Kring sich den Gefährten an.

»Hast du Mirtai losgekettet?« fragte Tynian.

»Das wäre keine sehr gute Idee, Freund Tynian. Sie fühlt sich persönlich für die Entführung der Königin verantwortlich und will sich umbringen. Ich habe sämtliche Gegenstände mit scharfen Ecken und Kanten aus ihrer Kammer entfernen lassen, aber Mirtai bereits von den Ketten zu befreien, halte ich nicht für ratsam.«

»Habt Ihr auch daran gedacht, ihr den Löffel wegzunehmen?« fragte Talen.

Krings Augen weiteten sich. »O Gott!« entfuhr es ihm, und er flitzte zur Tür.

»Wenn er wenigstens schreien oder mit den Fäusten an die Wand hämmern oder irgendwas in der Art tun würde«, sagte Berit am nächsten Morgen zu Khalad, als sie sich wieder im blauen Salon versammelt hatten. »Statt dessen sitzt er einfach nur so da!«

»Sperber behält seine Gefühle für sich. Er läßt sich vor den anderen nicht gehen«, erwiderte Khalad.

»Es geht um seine *Frau*, Khalad! Aber er sitzt da wie ein Klotz, als würde er so etwas wie Gefühle überhaupt nicht kennen!«

»Er ist nicht so gefühllos, wie es den Anschein hat. Aber zur Zeit ist es für ihn viel wichtiger nachzudenken, als sich seinen Gemütsbewegungen hinzugeben. Er hört zu und fügt alles zusammen. Seine Gefühle spart er sich auf, bis er Scarpa erwischt hat.«

Sperber saß, seine Tochter auf dem Schoß, in einem Sessel. Er schien ins Leere zu starren und streichelte abwesend Prinzessin Danaes Katze.

Hochmeister Vanion berichtete dem Kaiser und den anderen von Klæl sowie von ihrer strategischen Aufteilung der Streitkräfte: Die Trolle in den Tamulischen Bergen im südlichen Mitteltamuli, die Ataner in Sarna, und Tikumes Peloi in Samar.

Flöte saß still auf Sephrenias Schoß. Berit bemerkte etwas, das ihm bisher nie aufgefallen war. Zuerst blickte er nachdenklich auf Prinzessin Danae, dann auf die Kindgöttin. Sie schienen etwa gleichaltrig zu sein, und in Haltung und Benehmen ähnelten sie einander sehr.

Daß die Kindgöttin bei ihnen war, hatte eine seltsame Wirkung auf Kaiser Sarabian. Ihre Anwesenheit machte den brillanten, jedoch oft launischen Herrscher des Kontinents offenbar sprachlos. Unentwegt starrte er sie an. Sein Gesicht war bleich, und es hatte nicht den Anschein, als würde er auch nur eines von Hochmeister Vanions Worten vernehmen.

Schließlich wandte Aphrael sich ihm zu und starrte ihn ebenso durchdringend an, wie er sie.

»Hat deine Mutter dir nie gesagt, daß es unhöflich ist, jemanden anzustarren, Sarabian?« fragte sie.

»Benimm dich!« rügte Sephrenia.

»Er muß es wissen! Wenn ich angehimmelt werden möchte, dann schaffe ich mir ein Hündchen an.«

»Verzeiht, Göttin Aphrael«, entschuldigte sich der Kaiser. »Aber ich habe selten göttliche Besucher.« Noch einmal musterte er sie eingehend. »Ich hoffe, Ihr nehmt es mir nicht übel, aber Ihr seht Prinz Sperbers Tochter ungemein ähnlich. Habt Ihr die königliche Prinzessin bereits kennengelernt?«

Als wäre ihm ein plötzlicher Einfall gekommen, riß Sperber mit einem seltsamen, wilden Ausdruck in den Augen jäh den Kopf hoch.

»Nun, da Ihr es erwähnt – nein.« Flöte schaute zur Prinzessin hinüber. Berit fiel auf, daß auch Sephrenia ein wenig wirr dreinblickte, als Flöte sich von ihrem Schoß rutschen ließ und zu Sperbers Sessel hinübertrippelte. »Hallo, Danae«, sagte die Kindgöttin gleichmütig.

»Hallo, Aphrael!« erwiderte die Prinzessin in beinahe gleichem Tonfall. »Wirst du etwas unternehmen, daß meine Mutter wieder heimkommt?«

»Ich bin schon dabei. Kümmere du dich um deinen Vater, damit er seine unterdrückte Wut auch weiterhin im Zaum hält. Er nutzt keinem von uns, wenn er in Raserei gerät und wir ihn dann beruhigen müssen.«

»Ich weiß. Ich werde tun, was ich kann. Möchtest du meine Katze auf den Arm nehmen?«

Flöte warf einen Blick auf Murr, deren Augen tiefstes Entsetzen verrieten. »Laß nur«, lehnte sie ab. »Ich glaube, sie mag mich nicht.«

»Ich werde mich um meinen Vater kümmern«, versprach Danae der kleinen Göttin. »Kümmere du dich um die anderen.«

»Ja, das tue ich ...« Aphrael hielt inne. »Ich glaube, wir werden gut miteinander auskommen. Hättest du was dagegen, wenn ich mich hin und wieder mal hier sehen ließe?«

»Überhaupt nicht. Du kannst kommen, wann immer du Lust hast, Aphrael.«

Irgend etwas sehr Seltsames ging vor. Berit fand zwar nichts Ungewöhnliches an dem Gespräch der zwei kleinen Mädchen, doch Sperbers Gesicht – und Sephrenias – ließ keinen Zweifel daran, wie bestürzt beide waren. Berit behielt seine gleichmütige Miene bei und schaute in die Runde. Alle anderen lächelten nachsichtig, während sie die kleinen Mädchen beobachteten – alle außer Hochmeister Vanion und Anarae Xanetia, deren Gesichter nicht weniger angespannt waren als Sperbers und Sephrenias. Offenbar war soeben irgend etwas sehr Außergewöhnliches geschehen. Doch so sehr er auch darüber nachdachte, Berit kam beim besten Willen nicht darauf, was es gewesen sein könnte.

»Ich finde, wir sollten diese Möglichkeit nicht außer acht lassen«, sagte Oscagne ernst. »Baroneß Melidere hat ihren scharfen Verstand wiederholt bewiesen.«

»Oh, danke, Exzellenz«, sagte Melidere entzückt.

»Ich habe es nicht als Kompliment gemeint, Baroneß«, entgegnete er gleichmütig. »Wir müssen uns in der jetzigen Lage Eurer Intelligenz bedienen, wenn wir einen Ausweg finden wollen. Im Unterschied zu uns habt Ihr Scarpa gesehen. Haltet Ihr seinen Verstand tatsächlich für verwirrt?«

»O ja, Exzellenz, Scarpa ist vollkommen unzurechnungsfähig! Das schließe ich nicht nur aus *seinem* Verhalten. Krager und die anderen haben ihn so vorsichtig wie eine Kobra behandelt. Sie haben Todesangst vor ihm!«

»Das bestätigt einige der Meldungen, die ich aus der arjunischen Unterwelt erhielt«, warf Caalador ein. »Falls auch nur ein Teil der Berichte stimmen, ist Scarpa tatsächlich ein unberechenbarer Irrer.«

»Wenn Ihr versucht, Sperber und mich zu beruhigen, geht Ihr das auf seltsame Weise an, Caalador«, tadelte Kalten. »Ihr laßt durchblicken, daß die Frauen, die wir lieben, Gefangene eines Verrückten sind! Er ist zu *allem* fähig!«

»Vielleicht ist es nicht ganz so schlimm, wie es aussieht, Ritter Kalten«, meinte Oscagne. »Falls Scarpa nicht bei Verstand ist, wäre es da nicht möglich, daß die Entführung ganz allein *seine* Idee war? In diesem Fall wäre die Lösung des Problems sehr einfach. Prinz Sperber müßte lediglich die Anweisungen im nächsten Brief genau befolgen. Wenn Scarpa dann mit Königin Ehlana und Alean erscheint, brauchte Sperber ihm bloß Bhelliom auszuhändigen. Wir alle wissen, was Scarpa zustößt, sobald er den Stein berührt!«

»Ihr verwechselt Irrsinn mit Schwachsinn, Oscagne«, widersprach Sarabian. »So läuft die Sache bestimmt nicht ab! Zalasta weiß, daß die Ringe ihn schützen würden, falls es ihm je gelänge, Bhelliom in seinen Besitz zu bringen; deshalb müssen wir davon ausgehen, daß auch Scarpa Kenntnis davon hat. Er wird die Ringe verlangen, bevor er auch nur versucht, die Saphirrose zu berühren.«

»Demnach gibt es drei Möglichkeiten«, folgerte Patriarch Emban. »Entweder hat Cyrgon Zalasta angewiesen, die Entführung vorzunehmen, oder Zalasta hatte diese Idee selbst, oder Scarpa ist so vom Wahn besessen, daß er sich einbildet, Bhelliom würde ohne weiteres seinen Befehlen gehorchen.«

»Es gibt noch eine andere Möglichkeit, Eminenz«, warf Ulath ein. »Vielleicht hat Klæl bereits gewissermaßen das Kommando übernommen und zwingt Bhelliom, zu ihrem gewohnten Zweikampf zu *ihm* zu kommen.«

»Was macht das jetzt schon aus?« fragte Sperber plötzlich unerwartet. »Wessen Idee es ist, werden wir erst erfahren, wenn der Betreffende kommt, um den Austausch vorzunehmen.«

»Aber wir täten gut daran, einige Pläne auszuarbeiten, Prinz Sperber«, erklärte Oscagne. »Wir sollten jede Situation durchdenken, damit wir wissen, was zu tun ist.«

»Ich weiß bereits, was ich tun werde, Exzellenz«, versicherte Sperber ihm düster.

»Im Augenblick können wir gar nichts unternehmen«, warf Vanion schnell ein. »Vielleicht kann der nächste Brief uns Hinweise geben, wessen Idee es *wirklich* ist.«

»Dir ist es auch aufgefallen, nicht wahr?« fragte Berit an diesem Abend Khalad, als sie sich daran machten, zu Bett zu gehen.

»Was aufgefallen?«

»Du weißt genau, was ich meine, Khalad. Du siehst doch sonst alles, was sich um dich herum tut. *Nichts* entgeht dir. Sperber und Sephrenia haben sich sehr ungewöhnlich verhalten, als Flöte und Danae sich unterhielten.«

»Stimmt«, gab Khalad gelassen zu. »Na und?«

»Interessiert dich denn gar nicht, weshalb?«

»Dir ist wohl noch nicht der Gedanke gekommen, daß dieses ›Weshalb‹ uns nichts angeht?«

Berit ignorierte die Bemerkung. »Ist dir auch aufgefallen, wie sehr die zwei kleinen Mädchen sich ähneln?«

Khalad zuckte die Schultern. »*Du* bist der Sachverständige für Mädchen.«

Berit errötete heftig und verwünschte sich deshalb insgeheim.

»Du brauchst nicht rot zu werden«, fuhr Khalad fort. »Das ist kein Geheimnis. Kaiserin Elysoun verbirgt ihre Gefühle ebensowenig wie ihren – nun, du weißt schon was.«

»Sie ist ein anständiges Mädchen!« verteidigte Berit die Kaiserin hitzig. »Ihr Volk hat eben andere Moralvorstellungen als das unsere. Treue ist für sie ein Fremdwort, aber es ist nichts Sündhaftes dabei.«

»Das habe ich auch nicht behauptet. Außerdem – wenn ihr Gemahl sich nicht an ihrem Benehmen stört, warum sollte ich es tun? Außerdem bin ich vom Lande. Wir sind in solchen Dingen realistischer. Ich möchte nur nicht, daß du dein Herz *zu* sehr an sie hängst,

Berit. Es könnte ja sein, daß Elysoun mit der Zeit andere Männer besser gefallen.«

»Es ist bereits soweit«, erwiderte Berit. »Aber deshalb will sie unsere Freundschaft nicht beenden. Sie möchte zu mir *und* zu ihm freundlich sein – und zu dem halben Dutzend anderen, die zu erwähnen sie zuvor vergessen hatte.«

»Die Welt braucht mehr Freundschaft, Berit.« Khalad grinste. »Würden die Menschen freundlicher miteinander umgehen, gäbe es nicht so viele Kriege.«

Kragers nächster Brief traf zwei Tage später ein, und wieder wurde seine Echtheit mit einer Locke Ehlanas bestätigt. Der Gedanke, daß der widerliche Säufer mit seinen schmutzigen Händen das platinblonde Haar seiner Königin schändete, erzürnte Berit über alle Maßen. Wieder las Vanion den Brief laut vor, während Sperber ein Stück abseits saß und zärtlich die Locke seiner Gemahlin hielt.

»›Sperber, alter Junge‹«, begann das Schreiben, »›es macht Euch doch nichts aus, wenn ich Euch so nenne, oder? Ich habe es stets bewundert, wenn Martel mit seinen lockeren Sprüchen und dieser respektlosen Anrede daherkam, sobald alles zu seiner Zufriedenheit verlief. Das war allerdings so ziemlich das *einzige*, das ich an ihm bewunderte. – Doch genug dieser nostalgischen Erinnerungen. Ihr werdet eine Reise machen, Sperber. Wir möchten, daß Ihr und Euer Knappe den üblichen Landweg nach Beresa in Südostarjuna nehmt. Ihr werdet die ganze Zeit beobachtet; also macht keine Abstecher und erlaubt nicht, daß Kalten und die anderen Affen Euch heimlich folgen! Laßt auch nicht zu, daß Sephrenia sich als Mäuschen oder als Floh verwandelt in einer Eurer Taschen versteckt. Und benutzt Bhelliom auf *gar keinen Fall*, nicht einmal, um ein Lagerfeuer zu entfachen! Ich weiß, daß wir uns auf Euch verlassen können, alter Junge, da Ihr Ehlana nicht mehr lebend wiederseht, wenn Ihr nicht tut, was wir Euch sagen.

Es ist stets eine Freude, sich mit Euch zu unterhalten, Sperber, besonders, wenn Euch die Hände gebunden sind, wie diesmal. Vergeudet keine Zeit mehr! Nehmt Khalad und den Bhelliom und begebt Euch nach Beresa. Dort erhaltet Ihr weitere Anweisungen.

Mit freundlichen Grüßen

Krager.‹«

3

Sie redeten und redeten, und jedes »Vielleicht« oder »Möglicherweise« oder »Wahrscheinlich« oder »Andererseits« machte Sperber noch nervöser. Es war ohnehin alles bloße Spekulation, ein nutzloses Ratespiel, wobei sich alles im Kreise drehte, ohne irgendwohin zu führen.

Sperber saß ein wenig abseits von den anderen und hielt die fast weißblonde Locke Ehlanas in der Hand. Das Haar fühlte sich seltsam lebendig an und schien sich wie von selbst zärtlich um seine Finger zu wickeln.

Natürlich war es seine Schuld. Er hätte nie zulassen dürfen, daß Ehlana nach Tamuli reiste. Es ging sogar noch weiter. Ihr Leben lang hatte Ehlana sich in Gefahr befunden, und immer nur seinetwegen – weil er Anakha war. Xanetia hatte gesagt, Anakha sei unbesiegbar; aber das erwies sich nun als Irrtum. Anakha war verwundbar wie *jeder* Ehemann. Indem er sich mit Ehlana vermählte, hatte er sie in Gefahr gebracht – eine Gefahr, der sie ihr Leben lang ausgesetzt sein würde.

Er hätte Ehlana niemals heiraten dürfen. Natürlich liebte er sie – aber war es ein Beweis der Liebe, sie solcher Bedrängnis auszusetzen? Lautlos verfluchte er seine Schwäche, diese lächerliche Idee auch nur in Erwägung gezogen zu haben, als Ehlana das Thema Ehe zum erstenmal zur Sprache brachte. Er war Soldat, und Soldaten sollten niemals heiraten – schon gar nicht von Narben gezeichnete, ramponierte alte Veteranen mit zu vielen Jahren auf dem Buckel, zu vielen Schlachten hinter und noch zu vielen Feinden um sich. War er ein selbstsüchtiger alter Narr gewesen? Ein verachtenswerter, halb seniler Lüstling, dem es nur darum ging, sich in der Verliebtheit eines törichten jungen Mädchens zu sonnen? Ehlana hatte in ihrer Unreife beteuert, daß sie sterben würde, wenn er sie nicht zur Frau nahm. Doch er wußte, was von solchen Behauptungen zu halten war. Menschen starben von einem Schwertstoß in den Leib oder an Altersschwäche, aber gewiß nicht an unerwiderter Liebe. Er hätte Ehlana ins Gesicht grinsen und ihren lächerlichen Befehl einfach nicht beachten sollen. Dann hätte er eine passende Vermählung für sie in die Wege leiten können – mit einem gutaussehenden jungen Edelmann aus bestem Hause mit erstklassigen Manieren und einem

Beruf, der keine Gefahren barg. Hätte er so gehandelt, befände sie sich nun in Cimmura, in Sicherheit, statt in den Händen von Verrückten, verderbten Zauberern und fremden Göttern, denen Ehlanas Leben nicht das geringste bedeutete.

Doch alle redeten und redeten. Als ob es in dieser Sache überhaupt eine Wahl gäbe! Nein, Sperber würde den Anweisungen folgen, weil Ehlanas Leben davon abhing. Natürlich würden die anderen ihn umzustimmen versuchen, doch ihre Argumente würden ihn nur noch mehr in Wut versetzen. Das beste wäre, sich mit Bhelliom und Khalad klammheimlich aus Matherion zu stehlen, ohne den anderen noch länger die Chance zu geben, ihn, Sperber, mit ihrem sinnlosen Gerede verrückt zu machen.

Der Hauch eines frühlingshaften Lüftchens an seiner Wange und ein sanftes Stupsen an seiner Hand rissen ihn aus seinen düsteren Überlegungen.

»Es lag nicht in meiner Absicht, Euch in Euren Gedanken zu stören, Herr Ritter«, entschuldigte sich das weiße Reh, »aber meine Herrin möchte mit Euch sprechen.«

Sperber riß überrascht den Kopf herum. Er saß nicht mehr im blauen Salon in Matherion, und die Stimmen der anderen waren dem sanften Plätschern von Wellen an einem goldenen Sandstrand gewichen. Sperbers Sessel stand plötzlich auf dem Marmorboden von Aphraels Tempel auf der kleinen grünen Insel, die sich smaragdgleich aus der See erhob. Unter dem regenbogenfarbenen Himmel säuselte der Wind im Laub der uralten Eichen, die den Alabastertempel umstanden.

»Ihr habt mich vergessen«, klagte das weiße Reh, und Bedauern sprach aus den sanften Augen.

»Nie!« versicherte er ihm. »Ich werde mich immer an dich erinnern, teures Wesen; denn ich liebe dich noch immer so sehr wie bei unserer ersten Begegnung.« Die Worte kamen wie von selbst über Sperbers Lippen.

Das Reh seufzte glücklich und legte den schneeweißen Kopf auf seinen Schoß. Er streichelte den Hals des Tieres und blickte um sich.

Die Kindgöttin Aphrael, ganz in Weiß gewandet und von einem leuchtenden Strahlenkranz umgeben, saß auf einem Ast einer der Eichen ganz in der Nähe. Sie hob ihre Syrinx und spielte eine fast spöttische, trillernde Melodie.

»Was führst du jetzt im Schilde, Aphrael?« rief Sperber zu ihr hinauf und verdrängte mit voller Absicht die blumige Sprache, die ihm über die Lippen wollte.

»Ich dachte, du möchtest dich vielleicht unterhalten«, antwortete sie und senkte die Flöte. »Wolltest du wirklich noch länger in Selbstmitleid schwelgen? Bist du ein Mönch, der sich kasteien will? Soll ich dir eine Peitsche geben, damit du dich geißeln kannst? Nimm dir ruhig so viel Zeit, wie du willst, Vater. Dieser Augenblick, jetzt und hier, wird so lange dauern, wie es mir beliebt.« Sie streckte ein grasfleckiges Füßchen aus, stellte es in die Leere und stieg gelassen eine unsichtbare Treppe zu dem marmornen Fußboden des Tempels hinunter. Dort ließ sie sich anmutig nieder, überkreuzte die Beine an den Fußgelenken und hob ihre Syrinx wieder an die Lippen. »Stört es deine düsteren Grübeleien sehr, wenn ich spiele?«

»Was bildest du dir eigentlich ein?« rief er heftig.

Sie zuckte die Schultern. »Offenbar hast du dieses merkwürdige Bedürfnis nach irgendeiner Buße. Aber dafür ist keine Zeit! Ich würde als Göttin nicht viel taugen, könnte ich nicht beide Bedürfnisse gleichzeitig stillen, nicht wahr?« Sie tippte auf ihre Syrinx. »Hast du irgendwelche Lieblingsweisen, die du gern hören möchtest?«

»Du meinst es ernst, oder?«

»Ja.« Sie blies einen kurzen Triller.

Für einen Moment funkelte er sie finster an; dann gab er es auf. »Können wir uns darüber unterhalten?«

»Du bist zu Verstand gekommen? So schnell? Erstaunlich!«

Sperber ließ den Blick über die Insel schweifen. »Wo liegt dieser Ort?« fragte er neugierig.

Die Kindgöttin zuckte die Schultern. »Wo immer ich es möchte. Ich nehme ihn überallhin mit. Ist es dir wirklich ernst? Ich meine, was du gerade gedacht hast? Wolltest du tatsächlich Bhelliom nehmen, Khalad am Schlafittchen packen, dich auf Farans Rücken schwingen und versuchen, in drei verschiedene Richtungen gleichzeitig zu reiten?«

»Vanion und die anderen tun nichts als reden, reden und nochmals reden, Aphrael, und ihr Gerede führt zu nichts!«

»Hast du mit Bhelliom über dein Vorhaben gesprochen?«

»Es ist *meine* Entscheidung, Aphrael. Ehlana ist *meine* Frau!«

»Wie mutig du bist, Sperber. Du triffst eine Entscheidung, die Bhelliom anbelangt, ohne dich mit ihm zu beraten. Laß dich nicht von seiner scheinbaren Höflichkeit täuschen, Vater. Sie ist nur Teil seines archaischen Verhaltens. Er wird nichts tun, wenn er weiß, daß es falsch ist – egal, wie sehr du dich bemitleidest. Doch wenn du ihm *zu* eigensinnig wirst, läßt er vielleicht ganz einfach eine neue Sonne entstehen – etwa sechs Zoll von deinem Herzen entfernt.«

»Ich habe die Ringe, Aphrael. Noch immer bin *ich* es, der hier die Befehle erteilt!«

Sie lachte ihn aus.

»Glaubst du wirklich, die Ringe würden irgend etwas bedeuten, Sperber? Sie haben keinerlei Macht über Bhelliom. Sie dienten lediglich zur Tarnung! Sie sollten verschleiern, daß Bhelliom ein eigenständiges Bewußtsein hat – und sowohl einen eigenen Willen wie ein eigenes Ziel, das er verfolgt. Er kann die Kraft der Ringe brechen, wann immer er will.«

»Warum brauchte er mich dann?«

»Weil du notwendig bist – wie der Wind oder die Gezeiten oder der Regen. Du bist so notwendig wie Klæl oder Bhelliom oder ich. Eines Tages werden wir hierher zurückkommen und uns lange und eingehend über Notwendigkeiten unterhalten. Aber erst, wenn du das Gefühl hast, dir die Zeit dafür nehmen zu können. Im Augenblick scheinst du sehr ungeduldig zu sein.«

»Und war die gekonnte Vorstellung, die du gestern für uns gegeben hast, ebenfalls eine Notwendigkeit? Wäre die Welt untergegangen, hättest du nicht dieses öffentliche Gespräch mit dir selbst geführt?«

»Was ich gestern getan habe, war nützlich, Vater, aber nicht notwendig. Ich bin, wer ich bin; das kann ich nicht ändern. Wenn es zu einer meiner Doppelexistenzen kommt, sind für gewöhnlich Menschen zugegen, die beide kleinen Mädchen kennen und denen somit die Ähnlichkeit auffällt. Deshalb sorge ich dafür, daß die Mädchen einander in aller Öffentlichkeit begegnen. Das verhindert lästige Fragen und zerstreut jeden möglichen Verdacht.«

»Du hast Murr ganz schön erschreckt, weißt du?«

Sie nickte. »Ich werde es wieder gutmachen. Das war übrigens schon immer ein Problem. Tiere lassen sich nicht täuschen. Sie sehen uns nicht so, wie wir einander sehen.«

Sperber seufzte. »Was soll ich tun, Aphrael?«

»Ich hatte gehofft, ein Besuch hier würde dich wieder zur Vernunft bringen. Ein kurzer Abstecher in die Wirklichkeit hat normalerweise diese Wirkung.«

Sperber blickte zu ihrem ganz persönlichen regenbogenfarbenen Himmel empor. »*Das* ist deine Vorstellung von Wirklichkeit?«

»Gefällt dir meine Wirklichkeit nicht?«

»Sie ist wundervoll.« Er streichelte abwesend den Hals des weißen Rehs. »Aber das alles ist ein Traum!«

»Bist du so sicher, Sperber? Bist du wirklich sicher, daß *dies* nicht die Wirklichkeit und jener andere Ort der Traum ist?«

»Hör auf damit! Es bereitet mir Kopfschmerzen. Was soll ich tun?«

»Ich würde sagen, du solltest dich als erstes eingehend mit Bhelliom beraten. Dein Trübsalblasen und deine Grübelei über eigenmächtige Entscheidungen machen ihm ziemliche Sorgen.«

»Also gut. Und was dann?«

»So weit bin ich noch nicht.« Sie grinste ihn schelmisch an und ahmte Caalador nach: »Aber ich arbeite daran, Schätzchen.«

»Sie kommen unbeschadet wieder frei, Kalten!« versicherte Sperber seinem verzweifelten Freund und legte ihm sanft die Hand auf die Schulter.

Hoffnungsloses Leid sprach aus Kaltens Augen, als er zu ihm aufblickte. »Bist du sicher, Sperber?«

»Ganz bestimmt, sofern wir klaren Kopf behalten. Ehlana befand sich in viel größerer Gefahr, als ich aus Rendor zurückkehrte. Damals haben wir das auch in Ordnung gebracht, nicht wahr?«

»Vermutlich hast du recht.« Kalten richtete sich in seinem Sessel auf und strich sein blaues Wams glatt. Sein Gesicht war finster. »Ich glaube, ich werde mir ein paar Leute vorknöpfen und ihnen die Hölle heiß machen.«

»Hättest du was dagegen, wenn ich mitkomme?«

»Du kannst helfen, wenn du möchtest.« Kalten rieb sich über eine Wange. »Ich habe nachgedacht«, fuhr er dann fort. »Falls du die Anweisungen in Kragers Brief befolgst, kann er dich ein ganzes Jahr und länger von einem Ende Tamulis zum anderen schicken. Das ist dir doch klar?«

»Habe ich eine Wahl? Sie werden mich nicht aus den Augen lassen.«

»Sollen sie doch! Erinnerst du dich, wie wir Berit kennenlernten?«

»Er war Novize im Ordenshaus in Cimmura.« Sperber zuckte die Schultern.

»Nicht, als *ich* ihm zum erstenmal begegnete. Ich war auf dem Rückweg aus dem Exil in Lamorkand und bin in eine Schenke vor Cimmura eingekehrt. Berit war dort mit Kurik zusammen, und er trug deine Rüstung. Wir sind miteinander aufgewachsen – trotzdem habe sogar *ich* ihn mit dir verwechselt. Und wenn *ich* mich täuschen ließ, wird es Kragers Spitzel nicht anders ergehen. Also, wenn schon jemand von einem Ort zum anderen reisen muß, dann übertrag diese Aufgabe doch Berit. Du und ich, wir haben Wichtigeres zu tun.«

Sperber starrte ihn an. »Das ist die beste Idee, die ich seit langem gehört habe!« Er blickte zu den anderen Gefährten hinüber. »Dürfte ich um eure Aufmerksamkeit bitten?«

Alle blickten ihn verdutzt an.

»Es ist an der Zeit, daß wir handeln«, sagte er. »Kalten hat mich daran erinnert, daß wir früher einmal Berit zur Täuschung als Doppelgänger für mich einsetzten. Er und ich haben in etwa die gleiche Statur, mein Plattenpanzer paßt ihm mehr oder weniger, und bei geschlossenem Visier kann niemand sein Gesicht erkennen. Wenn wir ihn dazu überreden können, wieder den narbigen alten Veteranen zu spielen, gelingt es uns vielleicht, mit ein paar Überraschungen für Krager und seine Kumpane aufzuwarten.«

»Es ist gar nicht nötig, mich zu überreden. Ihr braucht mich nicht einmal darum zu bitten, Sperber«, versicherte Berit.

»Informiere dich erst einmal, was du tun sollst, bevor du dich als Freiwilliger meldest, Berit«, riet Khalad seinem Freund.

»Dein Vater pflegte fast genau das gleiche zu sagen«, erinnerte sich Berit.

»Warum hast du dann nicht auf ihn gehört?«

»Das ist ein interessanter Plan, Prinz Sperber«, meldete Oscagne sich zu Wort. »Aber ist er nicht außerordentlich gefährlich?«

»Ich habe keine Angst, Exzellenz!« rief Berit, und seine Stimme klang beinahe entrüstet.

»Ich dachte dabei nicht an die Gefahr für *Euch*, Ritter Berit, sondern für Königin Ehlana. Sobald jemand Eure Maskerade durchschaut ...« Oscagne spreizte die Hände.

»Dann müssen wir eben dafür sorgen, daß seine Maskerade auf keinen Fall durchschaut werden *kann*!« warf Sephrenia ein.

»Er kann sein Visier nicht immer geschlossen halten, Sephrenia!« gab Sarabian zu bedenken.

»Das wird auch nicht erforderlich sein«, erwiderte Sephrenia. Sie blickte Xanetia nachdenklich an. »Vertrauen wir einander genug, daß wir zusammenarbeiten können, Anarae? Bei einer Sache, die ein wenig weitergeht als alles Bisherige.«

»Ich werde Eurem Vorschlag aufmerksam lauschen, meine Schwester.«

»Delphaeische Magie beeinflußt hauptsächlich den Geist und die Seele, nicht wahr?«

Xanetia nickte.

»Das ist wahrscheinlich der Grund dafür, daß niemand sie hören oder fühlen kann. Styrische Magie ist das genaue Gegenteil. Wir ändern die Dinge um uns; unsere Magie wirkt also nach außen. Nun, in diesem Fall wäre weder die delphaeische, noch die styrische Magie allein ausreichend, aber wenn wir sie verbinden ...«

»Ein interessanter Gedanke«, meinte Aphrael nachdenklich.

»Ich fürchte, ich verstehe nicht«, gestand Vanion.

»Die Anarae und ich werden ein bißchen experimentieren müssen«, erklärte Sephrenia ihm. »Und wenn mein Plan funktioniert, müßten wir bewerkstelligen können, daß Berit Sperber so ähnlich sieht, daß die beiden einander als Rasierspiegel benutzen können.«

»Solange wir beide genau wissen, was der andere tut, ist es nicht zu schwierig, Sperber«, versicherte Sephrenia ihm später, als er und Berit sich ihr, Vanion und der Anarae in dem Gemach anschlossen, das Sephrenia mit Vanion teilte.

»Wird es wirklich funktionieren?« fragte er sie zweifelnd.

»Für eine Generalprobe war noch keine Zeit, Sperber«, erwiderte Vanion, »deshalb können wir natürlich nicht völlig sicher sein.«

»Das hört sich aber gar nicht vielversprechend an. Mein Gesicht ist zwar nichts Besonderes, aber es ist mein einziges.«

»Es besteht keine Gefahr für Euch oder den jungen Ritter Berit,

Anakha«, beruhigte Xanetia ihn. »In früheren Zeiten war es häufig erforderlich, daß unsere Leute unser Tal verlassen und sich in anderen Gegenden als Einheimische ausgeben mußten. Auf diese Weise haben wir versucht, unsere wahre Identität zu verbergen.«

»Es funktioniert in etwa so, Sperber«, erklärte Sephrenia. »Xanetia wirkt einen delphaeischen Zauber, der normalerweise Eure Züge auf ihr Gesicht prägen würde. Aber genau in dem Moment, wenn sie *ihren* Zauber freigibt, gebe *ich* einen styrischen frei, der den ihren ablenkt und ihn statt auf sie selbst auf Berit überträgt.«

»Wird denn nicht jeder Styriker in Matherion fühlen, wenn Ihr Euren Zauber wirkt?« fragte Sperber.

»Das ist ja das Schöne daran, Sperber«, rief Aphrael. »Der eigentliche Zauber kommt von Xanetia – und andere können delphaeische Zauber weder hören noch fühlen. Selbst wenn Cyrgon höchstpersönlich sich im angrenzenden Zimmer aufhielte, könnte er ihn nicht hören!«

»Du bist sicher, es funktioniert?«

»Es gibt nur eine Möglichkeit, das festzustellen.«

Natürlich spürte Sperber nicht das geringste; er war schließlich nur das Modell. Doch es brachte ihn leicht aus der Fassung, als er beobachtete, wie Berit sich allmählich veränderte.

Nach Beendigung des kombinierten Zaubers begutachtete Sperber seinen jungen Freund sorgfältig. »Sehe ich von der Seite tatsächlich so aus?« fragte er Vanion ein wenig betroffen.

»Ich kann euch zwei nicht auseinanderhalten.«

»Die Nase ist ganz schön krumm, nicht wahr?«

»Wir dachten, das wüßtet Ihr.«

»So habe ich mich noch nie von der Seite angesehen.« Sperber blickte prüfend in Berits Augen. »Vielleicht solltest du hin und wieder ein bißchen blinzeln«, schlug er vor. »Meine Augen sind nicht mehr so gut, wie sie mal waren. Aber damit muß man halt rechnen, wenn man älter wird.«

Berit nickte. »Ich werde mich bemühen, daran zu denken.« Sogar seine Stimme klang anders.

»Höre ich mich wirklich *so* an?« Sperber war sichtlich bestürzt.

Vanion nickte.

Sperber schüttelte den Kopf. »Jetzt, da ich weiß, wie andere mich sehen und hören, habe ich keine allzu hohe Meinung mehr von mir«, gestand er. Wieder blickte er Berit an. »Ich habe nichts gespürt. Und du?«

Berit nickte und schluckte.

»Wie war es?«

»Ich möchte lieber nicht darüber reden.« Berit betastete mit offenbar widerstrebenden Fingerspitzen sein neues Gesicht und zuckte dabei zusammen.

»Ich kann sie immer noch nicht unterscheiden!« Staunend starrte Kalten erst Berit, dann Sperber an.

»Das ist ja auch der Zweck der Übung«, erinnerte Sperber ihn.

»Welcher von euch beiden bist du?«

»Versuch bitte, ernst zu sein!« rügte Sperber.

»Jetzt, da wir wissen, wie es gemacht wird, können wir noch einige andere Veränderungen vornehmen«, erklärte Sephrenia. »Wir werden euch allen andere Gesichter geben, damit ihr euch frei bewegen könnt – *und* wir werden Männer mit *euren* Gesichtern hier in der Burg postieren. Wir müssen damit rechnen, daß wir alle beobachtet werden, sogar jetzt noch, nach dem Erntedankfest. Aber unser Zauber sollte dieses Problem beheben.«

»Genauere Pläne können wir später noch ausarbeiten«, meinte Vanion. »Sehen wir erst mal zu, daß Berit und Khalad sich auf den Weg machen. Was ist die übliche Route, wenn man von hier nach Beresa reisen will?« Er entrollte seine Karte und breitete sie auf dem Tisch aus.

»Die meisten fahren mit dem Schiff«, antwortete Oscagne. »Wer das nicht will, überquert für gewöhnlich die Halbinsel bis Micae und nimmt von dort ein Schiff über die Bucht zum Festland.«

Vanion studierte stirnrunzelnd die Karte. »Offenbar gibt es dort keine Straßen!«

»Es ist ein verhältnismäßig menschenleeres Gebiet, Hochmeister Vanion ...« Oscagne zuckte die Schultern. »... hauptsächlich Salzsümpfe und dergleichen. Die wenigen Wege, die hindurchführen, sind gewiß auf keiner Karte eingezeichnet.«

»Macht es, so gut ihr könnt«, wandte Vanion sich an die beiden jungen Männer. »Sobald ihr an den Tamulischen Bergen vorüber seid, stoßt ihr auf die Straße, die um die Westseite des Urwalds herumführt.«

»Ich würde mich vor diesen Bergen hüten, Berit«, mahnte Ulath. »Dort hausen jetzt Trolle!«

Berit nickte.

»Und Ihr solltet ein ernstes Wort mit Faran reden, Sperber«, riet Khalad. »Ich glaube nicht, daß er sich täuschen läßt, nur weil Berit jetzt aussieht wie Ihr. Doch Berit muß Faran reiten, wenn die Täuschung vollkommen sein soll.«

»Daran hatte ich gar nicht gedacht«, gestand Sperber.

»Das war mir völlig klar.«

»Also gut«, fuhr Vanion mit seinen Anweisungen für die beiden jungen Männer fort. »Folgt diesem Weg bis Lydros. Dann nehmt die Straße, die um die Südspitze Arjunas herum nach Beresa führt. Das ist die naheliegendste Route. Wahrscheinlich rechnet man damit, daß ihr sie nehmt.«

»Wir werden ziemlich viel Zeit dafür brauchen, Hochmeister Vanion!« gab Khalad zu bedenken.

»Ich weiß. Aber genau das wollen Krager und seine Kumpane offenbar. Hätten sie es eilig, hätten sie Sperber angewiesen, ein Schiff zu nehmen.«

»Gib Berit den Ring deiner Gemahlin, Sperber«, befahl Flöte.

»Wa-as?«

»Zalasta kann die Ringe spüren. Und wenn er es kann, kann Cyrgon es erst recht – und Klæl vermag es ohne Zweifel! Wenn du Berit den Ring nicht gibst, war die Verwandlung seines Gesichts pure Zeitvergeudung.«

»Du setzt Berit und Khalad großer Gefahr aus!« sagte Sephrenia mißbilligend.

»Dafür werden wir bezahlt, kleine Mutter.« Khalad zuckte die Schultern.

»Ich werde über sie wachen«, beruhigte Aphrael ihre Schwester. Sie blickte Berit prüfend an. »Ruf mich!« befahl sie.

»Göttin?«

»Wirk den Zauber, Berit!« forderte sie ihn mit scheinbar erzwungener Geduld auf. »Ich möchte sichergehen, daß du es richtig tust.«

»Oh!« Sorgfältig sprach Berit den Zauber, wobei er die Hände auf verwirrende Weise bewegte.

»Du hast das Wort *kajerasticon* falsch ausgesprochen!« verbesserte sie ihn.

Sephrenia bemühte sich, ein Lachen zu unterdrücken, war aber nicht gerade erfolgreich.

»Was ist daran so komisch?« erkundigte Talen sich neugierig.

»Vergiß, was er gesagt hat!« ermahnte Flöte ihn streng. »Wir sind nicht hier, um unfeine Witze über den Unterschied zwischen Knaben und Mädchen zu wiederholen. Üb den Spruch noch ein wenig, Berit! Und nun versuch die geheime Anrufung!«

»Was ist das?« flüsterte Itagne Vanion zu.

»Man bedient sich ihrer, um Botschaften weiterzuleiten, Exzellenz«, erklärte Vanion. »Sie beschwört die Aufmerksamkeit der Kindgöttin, nicht jedoch ihre Gegenwart. Damit können wir ihr eine Nachricht zuleiten, die sie weiter übermittelt.«

»Ist das nicht ziemlich erniedrigend für die Kindgöttin? Laßt Ihr sie wirklich auf diese Weise Nachrichten übermitteln und in gewisser Weise Botengänge für euch machen?«

»Das ist keine Kränkung für mich, Itagne.« Aphrael lächelte. »Schließlich leben wir doch nur, um denen zu dienen, die wir lieben, nicht wahr?«

Berits Aussprache der zweiten Zauberformel trug ihm keine Rüge ein.

»Das ist der Zauber, den Ihr hauptsächlich benutzen werdet, Berit«, sagte Vanion. »Krager warnte Sperber, sich der Magie zu bedienen, also bemüht Euch, nicht zu auffällig zu sein. Doch falls Ihr unterwegs neue Anweisungen erhaltet, befolgt sie unübersehbar. Aber gebt Aphrael sogleich Bescheid!«

»Eigentlich ist es jetzt gar nicht mehr erforderlich, Berit in Sperbers Panzer zu stecken, meint Ihr nicht auch, Hochmeister Vanion?« fragte Khalad.

»Gut mitgedacht«, lobte Vanion. »Ein Kettenhemd müßte genügen, Berit. Jetzt *wollen* wir ja, daß sie Euer Gesicht sehen.«

»Jawohl, Eminenz.«

»Und jetzt seht zu, daß ihr zwei euch gründlich ausschlaft. Ihr werdet morgen in aller Frühe aufbrechen.«

»Bloß nicht zu früh!« warf Caalador rasch ein. »Wir möchten ja nicht, daß die Spitzel euren Aufbruch verschlafen. Was bringt ein neues Gesicht, wenn man keine Gelegenheit hat, es herzuzeigen, nicht wahr?«

Am Morgen war es kalt und feucht im Burghof, und ein feiner Herbstnebel lag über der schimmernden Stadt. Sperber führte Faran aus der Stallung. »Seid vorsichtig«, ermahnte er die zwei jungen Männer in Kettenhemden und Reiseumhängen.

»Das habt Ihr bereits gesagt!« erwiderte Khalad. »Berit und ich sind nicht taub, wißt Ihr?«

»Du solltest diesen Namen schnell vergessen, Khalad!« rügte Sperber ihn. »Fang endlich an, deinen jungen Freund hier als mich zu betrachten. Ein kleiner Ausrutscher am falschen Ort könnte alles verraten.«

»Ich werde daran denken.«

»Braucht ihr Geld?«

»Ich hab' schon befürchtet, Ihr würdet das nie fragen!«

»Du bist genauso schlimm, wie dein Vater es war.« Sperber zog einen Beutel unter seinem Gürtel hervor und reichte ihn seinem Knappen. Dann trat er vor Faran hin und blickte eindringlich in die Augen des mächtigen Fuchshengstes. »Ich möchte, daß du eine Reise mit Berit machst, Faran. Benimm dich ihm gegenüber genauso, als wäre er ich!«

Faran zuckte mit den Ohren und wandte den Blick ab.

»Hör gefälligst zu, wenn ich mit dir rede!« sagte Sperber scharf. »Es ist wichtig!«

Faran seufzte.

»Er weiß sehr wohl, wovon Ihr sprecht, Sperber«, warf Khalad ein. »Er ist nicht dumm – bloß schlecht gelaunt.«

Sperber reichte Berit die Zügel. Da fiel ihm noch etwas ein. »Wir brauchen ein Kennwort! Jeder von uns wird ein anderes Gesicht bekommen. Infolgedessen würdet Ihr uns nicht erkennen, wenn wir uns persönlich mit euch in Verbindung setzen müssen. Überlegt euch etwas ganz Normales!«

Alle dachten nach.

»Wie wäre es mit *Widderhorn*?« schlug Berit vor. »Es dürfte nicht zu schwierig sein, dieses Wort in einer ganz gewöhnlichen Unterhaltung unterzubringen – und wir haben es schon einmal benutzt.«

Sperber erinnerte sich plötzlich an Ulesim, des heiligen Arashams angeblichen Lieblingsjünger, wie er auf einem Trümmerhaufen stand, wobei Kuriks Armbrustpfeil ihm aus der Stirn ragte. Das letzte Wort, das Ulesim ausgestoßen hatte, ehe er starb, lautete *Wid-*

derhorn. »Sehr gut, Berit – äh – Ritter Sperber, wollte ich sagen. Das ist in der Tat ein Wort, an das wir uns alle erinnern. Jetzt solltet Ihr Euch aber wirklich auf den Weg machen.«

Die beiden nickten und schwangen sich in die Sättel.

»Viel Glück!« wünschte Sperber.

»Euch ebenfalls, Ritter Sperber«, dankte Khalad.

Die zwei jungen Männer wendeten die Pferde in Richtung Zugbrücke und ritten langsam darauf zu.

»Unser einziger wirklicher Anhaltspunkt ist der Name *Beresa*«, sagte Sarabian etwas später nachdenklich. »In Kragers Brief steht, daß Sperber dort weitere Anweisungen erhalten wird.«

»Wer weiß, ob das nicht eine List ist, Majestät«, gab Itagne zu bedenken. »Tatsächlich wäre es durchaus möglich, daß der Austausch irgendwann – und irgendwo – stattfindet. Das *könnte* der Grund für den Befehl sein, den Landweg zu nehmen.«

»Stimmt«, pflichtete Caalador ihm bei. »Vielleicht warten Scarpa und Zalasta an der Westküste der Bucht von Micae, um dort den Austausch vorzunehmen.«

»Wir machen uns hier so viel Mühe!« sagte Talen. »Warum läßt Sperber die Königin nicht einfach durch Bhelliom befreien? Er könnte sie hierher versetzen, ehe Scarpa überhaupt bemerkt, daß sie verschwunden ist.«

»Nein.« Aphrael schüttelte den Kopf. »Das kann Bhelliom ebensowenig wie ich.«

»Warum nicht?«

»Weil wir nicht wissen, *wo* sie ist – und wir können sie nicht suchen, weil der Feind das spüren würde.«

»Oh! Das wußte ich nicht.«

Aphrael verdrehte die Augen. »Männer!« Sie seufzte.

»Es war sehr listig von Ehlana, Melidere ihren Ring zuzustecken«, sagte Sephrenia, »aber wenn sie ihn bei sich behalten hätte, wäre es viel einfacher, sie aufzuspüren.«

Vanion war da anderer Meinung. »Das bezweifle ich, Liebes«, widersprach er. »Gerade Zalasta weiß, daß man zu orten vermag, wo die Ringe sich befinden. Hätte Ehlana ihren Ring noch getragen, hätte Scarpa als erstes Krager oder Elron damit in die entgegengesetzte Richtung geschickt.«

»Du setzt voraus, daß Zalasta mit der Sache zu tun hat«, widersprach Sephrenia. »Aber es ist durchaus möglich, daß Scarpa auf eigene Faust handelt, weißt du.«

»Es ist stets besser, das Schlimmste anzunehmen.« Er zuckte die Schultern. »Unsere Lage ist viel gefährlicher, wenn Zalasta und Cyrgon mit der Geschichte zu tun haben. Steckt jedoch nur Scarpa dahinter, wird es verhältnismäßig leicht sein, sich seiner zu entledigen.«

»Aber erst, nachdem Ehlana und Alean in Sicherheit sind!« warf Sperber ein.

»Das bedarf keiner Erwähnung, Sperber!«

»Dann hängt also alles vom Augenblick des Austausches ab, nicht wahr?« bemerkte Sarabian. »Wir können zwar einige Vorbereitungen treffen, bis zu diesem Zeitpunkt aber nichts Wesentliches unternehmen.«

»Und das bedeutet, daß wir uns nahe an Berit und Khalad halten müssen«, fügte Tynian hinzu.

»Nein!« Aphrael schüttelte den Kopf. »Es würde unser ganzes Vorhaben zunichte machen, wenn ihr alle euch auf die beiden konzentriert. Überlaßt es *mir*, mich in ihrer Nähe zu halten. Ich trage keine Rüstung, also riecht mich auch niemand aus tausend Schritt Entfernung. Itagne hat recht. Der Austausch könnte jederzeit stattfinden. Ich werde Sperber in dem Moment Bescheid geben, in dem Scarpa mit Ehlana und Alean erscheint. Dann kann Bhelliom Sperber direkt über ihnen absetzen. Wir werden die Damen wieder bekommen und mehr oder weniger Herr der Lage sein.«

»Und das bringt uns zur rein militärischen Lage zurück«, sagte Patriarch Emban nachdenklich. »Ich glaube, wir sollten Komier und Bersten benachrichtigen. Wir werden die Ordensritter in Cynesga und Arjuna brauchen, nicht in Edom oder Astel – oder hier in Matherion. Sobald sie aus dem Zemochischen Gebirge kommen, sollen sie nach Südosten reiten. Dann haben wir die Ataner in Sarna, die Ostpeloi und Ordensritter in Samar, die Trolle in den Tamulischen Bergen und Komier sowie Bersten an der Westseite der Wüste von Cynesga. Zu diesem Zeitpunkt werden wir das Land der Cyrgai wie eine weiche Frucht zerquetschen können.«

»Und feststellen, welche Art von Samen herausspringt«, fügte Kalten düster hinzu.

Patriarch Emban, der erste Sekretär der Kirche von Chyrellos, liebte Tabellen und Aufstellungen. Bei jedem Thema, das zur Sprache kam, legte der fette kleine Kirchenherr sofort eine Liste an. Bei den meisten Diskussionen – wenn alles geklärt ist – gehen die Teilnehmer noch einmal die verschiedenen Punkte durch. Das war dann unweigerlich der Zeitpunkt für Embans großen Auftritt. Er brachte seine Liste zum Vorschein. »Also dann«, begann er in einem Tonfall, der unmißverständlich besagte, daß er nun alle Einzelheiten zusammenzufassen beabsichtigte. »Sperber wird mit Durchlaucht Stragen und unserem jungen Herrn Talen per Schiff nach Beresa reisen, richtig?«

»Auf diese Weise wird er an Ort und Stelle sein, falls Berit und Khalad tatsächlich den ganzen Weg bis dorthin zurücklegen müssen, Eminenz«, bestätigte Vanion. »Und da Stragen und Talen in Beresa Verbindungen haben, werden sie wahrscheinlich erfahren, wer sich sonst noch von auswärts in der Stadt aufhält.«

Emban hakte diesen Punkt ab. »Als nächstes: Ritter Kalten, Ritter Bevier und Meister Caalador werden mit einem anderen Schiff reisen und sich in den Urwald von Arjuna begeben.«

Caalador nickte. »Ich habe einen Freund in Delo, der gute Kontakte zu den Räuberbanden in diesen Urwäldern besitzt. Wir werden uns einer dieser Banden anschließen, damit wir Natayos im Auge behalten und Bescheid geben können, sobald Scarpas Armee sich in Marsch setzt.«

»Gut.« Emban hakte auch das ab. »Als nächstes: Ritter Ulath und Ritter Tynian werden zu den Tamulischen Bergen reiten und Verbindung zu den Trollen halten.« Er runzelte die Stirn. »Weshalb Tynian? Er spricht kein Trollisch!«

»Tynian und ich verstehen uns gut«, brummte Ulath. »Ich würde mich schrecklich einsam fühlen, wenn niemand in der Nähe ist, mit dem ich mich unterhalten kann – von den Trollen einmal abgesehen. Ihr könnt Euch gar nicht vorstellen, wie schwermütig es einen stimmen kann, wenn man nur Trolle um sich hat, Eminenz.«

»Tut, was Ihr für richtig haltet, Ritter Ulath.« Emban zuckte die Schultern. »Also weiter: Sephrenia und Anarae Xanetia werden nach Delphaeus reisen, um Anari Cedon über diese neue Entwicklung in Kenntnis zu setzen und zu erklären, was wir vorhaben.«

»*Und* um zu sehen, ob wir Frieden zwischen Styrikum und den Delphae schließen können«, fügte Sephrenia hinzu.

Emban hakte einen weiteren Punkt ab. »Hochmeister Vanion, ›Königin Betuana, Botschafter Itagne und Domi Kring werden die fünftausend Ritter nach Westtamuli führen, damit sie sich ihren Streitkräften anschließen, die bereits in Sarna und Samar eingesetzt sind.«

»Wo ist Domi Kring überhaupt?« Königin Betuana blickte sich suchend nach dem kleinen Mann um.

»Er wacht über Mirtai«, antwortete Prinzessin Danae. »Er hat immer noch ein bißchen Angst, daß sie versuchen könnte, sich umzubringen.«

»Das könnte zum Problem werden«, meinte Bevier. »Unter diesen Umständen ist Kring vielleicht nicht bereit, Matherion zu verlassen.«

»Wir kommen auch ohne ihn zurecht, wenn es sein muß«, meinte Vanion. »ich kann mich direkt mit Tikume in Verbindung setzen. Mit Kring wäre es einfacher, doch es geht auch ohne ihn, falls er wirklich glaubt, Mirtai könnte eine Dummheit anstellen.«

Emban nickte. »Weiter: Kaiser Sarabian, Minister Oscagne und ich bleiben hier in Matherion – sozusagen, um die Stellung zu halten. Die Kindgöttin wird uns auf dem laufenden halten, dafür sorgen, daß wir miteinander in Verbindung bleiben. Habe ich irgend etwas ausgelassen?«

»Und was soll ich tun, Emban?« fragte Danae.

»Du bleibst bei uns in Matherion, königliche Hoheit«, antwortete Emban, »um unsere düsteren Tage und Nächte mit deinem Lächeln zu erhellen.«

»Machst du dich über mich lustig, Emban?«

»Natürlich nicht, Prinzessin.«

Mirtai als todunglücklich zu bezeichnen, wäre eine kaum zu übertreffende Untertreibung gewesen. Sie war gekettet, als Kring sie mit trostloser Miene zur Ratskammer brachte.

»Was ich ihr auch sage, sie hört auf nichts«, erklärte der Domi. »Ich glaube, sie hat sogar vergessen, daß wir einander versprochen sind.«

Die bronzehäutige Riesin blickte stumpf vor sich hin und ließ sich sogleich in hoffnungslosem Elend auf den Boden sinken.

»Sie hat ihre Pflicht gegenüber ihrer Besitzerin vernachlässigt«, sagte Betuana schulterzuckend. »Sie muß Ehlana entweder rächen oder sterben.«

»O nein, Majestät!« sagte Sperbers Tochter mit fester Stimme. Sie rutschte vom Sessel in der Ecke hinunter, von dem aus sie die Besprechung verfolgt hatte, setzte Rollo in der einen und Murr in der anderen Sesselecke ab und ging mit geschäftsmäßiger Miene zu Mirtai hinüber. »Atana Mirtai«, befahl sie scharf, »steh auf!«

Mirtai blickte sie stumpf an; dann erhob sie sich langsam und mit klirrender Kette.

»In Abwesenheit meiner Mutter bin ich die Königin!« erklärte Danae.

Sperber blinzelte.

»Du bist nicht Ehlana«, sagte Mirtai.

»Das behaupte ich auch nicht. Ich stelle lediglich eine nicht zu widerlegende Tatsache fest. Sarabian, ist es nicht so? Geht die Macht meiner Mutter nicht auf mich über, solange sie fort ist?«

»Nun – formalrechtlich gesehen, ja, glaube ich.«

»Formalrechtlich? Daß ich nicht lache! Ich bin Königin Ehlanas Thronerbin. Ich übernehme ihr Amt, bis sie zurückkehrt. Das wiederum bedeutet, daß bis zu ihrer Rückkehr alles mir gehört, was ihr Eigentum ist – ihr Thron, ihre Krone, ihr Geschmeide *und* ihre persönliche Sklavin.«

»Ich würde nicht gern vor Gericht gegen sie antreten müssen«, gestand Emban.

»Danke, Eminenz«, sagte Danae. »Also dann, Atana Mirtai, du hast es gehört. Du bist jetzt *mein* Eigentum!«

Mirtai funkelte sie finster an.

»Laß das!« fauchte Danae. »Und hör gut zu! Ich bin deine Besitzerin, und ich verbiete dir, dich selbst zu töten. *Ebenso* verbiete ich dir, wegzulaufen. Ich brauche dich hier. Du wirst bei Melidere und mir bleiben, und du wirst uns beschützen. Du hast bei meiner Mutter versagt. Versage nicht auch bei mir.«

Mirtai erstarrte; dann sprengte sie mit einer heftigen Drehung der Arme ihre Kette. »Ich werde gehorchen, Majestät«, stieß sie hervor, und ihre Augen blitzten.

Mit selbstzufriedenem Lächeln blickte Danae in die Gesichter der anderen. »Na, seht ihr? So schwierig war das doch gar nicht.«

4

Es war ein kleiner Einmaster, ein Küstenschiff mit leckem Boden und geflickten Segeln. Man konnte auch mit bestem Willen nicht behaupten, daß es in flotter Fahrt das Wasser durchschnitt. Statt dessen trieb es träge voran. Berit und Khalad, in ihren Kettenhemden und den Reiseumhängen darüber, standen am Bug und blickten über die bleigraue Weite der Bucht von Micae, durch die sich das heruntergekommene Schiff plagte.

»Ist das da vorn die Küste?« fragte Berit hoffnungsvoll.

Khalad spähte über das Kabbelwasser. »Nein, nur eine Wolkenbank. Wir sind nicht gerade schnell, Hoheit. Ich fürchte, heute werden wir die Küste nicht mehr erreichen.« Er warf einen raschen Blick über die Schulter und senkte die Stimme. »Bleib nach Sonnenuntergang auf der Hut! Die Besatzung dieses Eimers besteht offenbar aus fragwürdigem Hafengesindel, und der Kapitän scheint nicht viel besser zu sein. Ich glaube, wir sollten heute nacht abwechselnd die Augen offen halten.«

Auch Berit blickte nun zum Heck auf die keineswegs Vertrauen einflößende Meute, die an Deck herumlungerte. »Ich wollte, ich hätte meine Axt dabei«, murmelte er.

»Sag so was ja nicht laut, Berit!« rügte Khalad. »*Sperber* kämpft nie mit der Streitaxt. Das weiß Krager, und möglicherweise steht einer dieser Seeleute in seinen Diensten.«

»Jetzt noch? Nach dem Erntedankfest?«

»Es ist noch nie jemandem eingefallen, wie man *alle* Ratten töten kann, Hoheit, und hier genügt schon ein einziger Spitzel. Benehmen wir uns also am besten so, als würden wir ständig beobachtet und belauscht – nur um sicherzugehen.«

»Ich werde mich viel besser fühlen, wenn wir erst wieder an Land sind. Mußten wir diesen Streckenabschnitt denn unbedingt mit dem Schiff fahren?«

»Das ist so üblich.« Khalad zuckte die Schultern. »Keine Angst, wir können uns diese Burschen vom Leibe halten, wenn's sein muß.«

»Darum geht es mir gar nicht, Khalad. Dieser Eimer wankt durchs Wasser wie ein Wal mit verstauchtem Rücken. Es wühlt meinen Magen auf!«

»Kaut ein Stück trockenes Brot.« Khalad kehrte vorsichtshalber wieder zur förmlichen Anrede zurück.

»Lieber nicht. Es ist *wirklich* scheußlich, Khalad!«

»Aber wir stecken mitten in einem *Abenteuer*, Hoheit«, sagte Khalad gutgelaunt. »Wiegt der Reiz dieses Erlebnisses die Unannehmlichkeit nicht auf?«

»Nein, wahrhaftig nicht!«

»Ihr wolltet doch ein Ritter sein.«

»Ja, schon – nur versuche ich jetzt, mich zu erinnern, weshalb.«

Patriarch Emban war höchst ungehalten. »Das ist wirklich ungeheuerlich, Vanion!« beschwerte er sich, während er neben den anderen her zur Kapelle im Westflügel watschelte. »Wenn Dolmant je erfährt, daß ich an einem geweihten Ort die Ausübung von Hexerei duldete, wird er mich meines Amtes entheben!«

»Es ist der sicherste Ort, Emban«, erklärte Vanion. »Die Behauptung, ›heilige Rituale‹ zu vollziehen, verschafft uns einen guten Vorwand, sämtliche Tamuler aus dem Westflügel zu entfernen. Außerdem wurde die Kapelle wahrscheinlich ohnehin nie richtig geweiht. Ihr dürft nicht vergessen, daß dies nur die Nachbildung einer Burg ist, die lediglich dazu dienen sollte, daß Elenier sich hier wie zu Hause fühlen. Die Erbauer hätten ja gar nicht wissen können, wie das Ritual der Weihe bei uns aussieht.«

»Ihr wißt nicht mit Sicherheit, daß die Kapelle nicht geweiht wurde!«

»Und Ihr nicht, *daß* sie geweiht wurde. Wenn es Euch so zu schaffen macht, Emban, könnt Ihr sie ja neu weihen, sobald wir fertig sind.«

Emban erblaßte. »Ist Euch klar, was alles dazu gehört? Das stundenlange Beten, das schier endlose Knien vor dem Altar, das Fasten!« Sein pausbäckiges Gesicht wurde noch blasser. »Großer Gott, das Fasten!«

Sephrenia, Flöte und Xanetia hatten sich bereits einige Stunden zuvor in die Kapelle gestohlen. Nun saßen sie unauffällig in einer Ecke und lauschten einem Chor Ordensritter, die Kirchenlieder sangen.

Emban und Vanion diskutierten immer noch heftig, als sie sich den Damen anschlossen. »Was habt ihr für ein Problem?« erkundigte sich Sephrenia.

»Patriarch Emban und Hochmeister Vanion sind sich nicht einig, ob die Kapelle geweiht ist oder nicht, kleine Mutter«, erklärte Kalten.

»Sie ist nicht geweiht«, warf Flöte gleichmütig ein.

»Woher willst du das wissen?« fragte Emban heftig.

Sie blickte ihn betont geduldig an. »Wer bin ich denn, Eminenz?«

Er blinzelte. »Oh! Irgendwie vergesse ich das immer. Gibt es tatsächlich eine Möglichkeit für dich, zu erkennen, ob ein Ort geweiht ist oder nicht?«

»*Natürlich!* Glaub mir, Emban, diese Kapelle wurde eurem elenischen Gott nie geweiht.« Sie machte eine Pause. »Doch es gibt hier eine Stelle, gar nicht so weit von hier, die vor etwa achtzehntausend Jahren einem Baum geweiht wurde.«

»Einem *Baum*?«

»Es war ein sehr schöner Baum – eine Eiche. Aus irgendeinem Grund ist es immer eine Eiche. Eine Ulme, zum Beispiel, will offenbar nie jemand anbeten. Früher haben viele Völker Bäume verehrt. Bei denen wußte man, woran man war – bei den Bäumen, meine ich.«

»Wie kann jemand, der bei klarem Verstand ist, einen Baum anbeten?«

»Wer behauptet denn, daß religiöse Menschen bei klarem Verstand sind? Manchmal verwirrt ihr Sterblichen uns ganz gewaltig, weißt du.«

Da es hier in den meisten Fällen darum ging, das Aussehen zu ändern, hatten Sephrenia und Xanetia ein bißchen experimentiert und den Zauber abgewandelt, durch den Berit äußerlich zu Ritter Sperber geworden war. Für Sperber selbst war kein Austausch nötig; deshalb veränderten sie ihn zuerst. Er saß neben seinem alten Freund, Ritter Endrik, einem Veteranen, mit dem er, Kalten und Martel ihr Noviziat durchgestanden hatten. Xanetia ging auf sie zu, während die Farbe aus ihrem Gesicht dem weichen Leuchten wich. Sie studierte Endrik eingehend; dann begann sie den delphaeischen Zauberspruch in ihrem fremdartig klingenden archaischen Tamulisch. Gleichzeitig wirkte Sephrenia den styrischen Zauber.

Sperber spürte gar nichts, als Xanetia ihre magischen Kräfte freisetzte. Dann, im entscheidenden Moment, streckte Sephrenia die Hand aus und gab gleichzeitig den styrischen Zauber frei. *Das* spürte Sperber durchaus. Seine Züge schienen weich zu werden wie erwärmtes Wachs; er konnte regelrecht fühlen, wie sein Gesicht sich veränderte – beinahe wie feuchter Ton, der in des Töpfers Hand geformt wird. Die offensichtliche Verschönerung seiner gebrochenen Nase tat ein kleines bißchen weh, und die Zähne schmerzten, als sie sich bei der Verlängerung seiner Kinnpartie in den Kiefern leicht verschoben.

»Was meinst du?« fragte Sephrenia erwartungsvoll, als die Verwandlung abgeschlossen war.

Vanion verglich die beiden Männer eingehend. »Ich kann mir nicht vorstellen, daß Ihr es noch ähnlicher hättet machen können. Wie fühlt man sich, plötzlich einen Zwilling zu haben, Endrik?«

»Ich habe überhaupt nichts gespürt, Eminenz«, erwiderte Endrik und betrachtete Sperber interessiert.

»Ich schon.« Sperber betastete vorsichtig seine neue Nase. »Vergeht der Schmerz mit der Zeit, Anarae?« fragte er.

»Je schneller Ihr Euch an die Veränderung gewöhnt, desto weniger werdet Ihr es bemerken, Anakha. Ich hatte Euch ja darauf aufmerksam gemacht, daß es ein wenig unangenehm werden könnte, erinnert Ihr Euch?«

»Natürlich.« Sperber zuckte die Schultern. »So schlimm ist es nun auch wieder nicht.«

»Sehe ich wirklich so aus?« fragte Endrik.

»Ja«, versicherte Vanion ihm.

»Ich sollte ein wenig mehr für mich tun. Die Jahre sind nicht sehr freundlich mit mir umgesprungen.«

Kalten lachte. »Niemand bleibt auf die Dauer jung und schön, Endrik.«

»Ist das alles, was Ihr mit den beiden tun mußtet, Anarae?« erkundigte sich Vanion.

»Die Verwandlung ist abgeschlossen, Hochmeister Vanion«, versicherte Xanetia ihm.

»Wir müssen etwas besprechen, Sperber«, sagte Vanion. »Gehen wir in die Sakristei, wo wir nicht im Weg sind, während die Damen den Verwandlungszauber bei den anderen fortführen.«

Sperber nickte, stand auf und folgte seinem Freund zu der kleinen Tür links vom Altar.

Vanion ließ ihm den Vortritt und schloß dann die Tür. »Habt Ihr alles mit Sorgi arrangiert?« vergewisserte er sich.

Sperber setzte sich. »Ich habe gestern mit ihm gesprochen. Ich sagte, ich hätte ein paar Freunde, die nach Beresa wollten, ohne gesehen zu werden. Wie üblich sind ein paar Mann ausgefallen, und deshalb hat Sorgi drei Kojen frei. Stragen, Talen und ich werden uns unter die Besatzung mischen. Auf diese Weise dürften wir Beresa erreichen, ohne aufzufallen.«

»Ich kann mir vorstellen, daß Ihr da tief in den Beutel greifen müßt. Sorgis Preise sind nicht gerade niedrig.«

Sperber massierte seine schmerzenden Kiefer. »So schlimm war es nicht. Sorgi schuldet mir einige Gefallen, und ich gab ihm Zeit, eine Fracht abzuholen, die den größten Teil der Kosten deckt.«

»Ihr werdet Euch von hier direkt zum Hafen begeben?«

Sperber nickte. »Durch den unterirdischen Gang, den Caalador unter der Kaserne entdeckt hat. Ich habe Sorgi versichert, daß seine drei neuen Besatzungsmitglieder gegen Mitternacht an Bord kommen werden.«

»Ihr lauft also schon morgen aus?«

Sperber schüttelte den Kopf. »Übermorgen. Morgen müssen wir erst Sorgis Fracht laden.«

»Ehrliche Arbeit, Sperber?« Vanion lächelte.

»Ihr hört Euch ja schon fast wie Khalad an.«

»Er hält mit seiner Meinung nicht hinter dem Berg, nicht wahr?«

»Das scheint er von seinem Vater geerbt zu haben.«

»Hört auf, Euer Gesicht so zu reiben, Sperber! Die Haut wird ja ganz wund.« Vanion machte eine Pause. »Wie war es?«

»Sehr eigenartig.«

»Schmerzhaft?«

»Die Nase jedenfalls. Es hat sich fast so angefühlt, als wäre sie noch einmal gebrochen worden. Seid bloß froh, daß Ihr das nicht durchmachen müßt.«

»Das wäre auch wenig sinnvoll. Ich brauche ja nicht durch irgendwelche dunklen Gassen zu schleichen wie ihr anderen.« Vanion blickte seinen Freund mitfühlend an. »Wir bekommen Ehlana frei, Sperber!«

»Natürlich. War das alles?« Sperber bemühte sich um eine gleichmütige, beinahe unpersönliche Stimme. Wichtig war, nicht nur im Äußeren, sondern auch innerlich, in den Gefühlen und Gedanken, ein anderer Mensch zu sein.

»Seid vorsichtig und versucht, Euer Temperament im Zaum zu halten.«

Sperber nickte. »Schauen wir nach, wie die anderen zurechtkommen.«

Die Veränderungen waren verwirrend, daran bestand kein Zweifel. Es war schwer zu erkennen, wer gerade redete, und manchmal verblüffte es Sperber, wer seine Fragen beantwortete. Die Gefährten verabschiedeten sich und verließen mit den übrigen Ordensrittern die Kapelle. Sie traten auf den mit Fackeln beleuchteten Burghof, überquerten die Zugbrücke und begaben sich über die nachtdunklen Rasen zur Kaserne der Ritter, wo sie sich umzogen. Sperber, Stragen und Talen schlüpften in teerverschmierte Seemannskleidung, während die übrigen schlichte Gewandung einfacher Bürger anlegten. Dann stiegen sie alle die Kellertreppe hinunter.

Caalador, der nun das kantige Gesicht eines deiranischen Ritters mittleren Alters besaß, führte sie, mit einer rauchigen Fackel in der Rechten, in einen klammen Gang, von dessen Decke und Wänden Spinnweben hingen. Nach etwa einer Meile blieb er stehen und hob die Fackel. »Hier ist Euer Ausgang, Sperber!« Er deutete auf eine schmale, steile Treppe. »Ihr werdet in einer ziemlich anrüchigen Gasse herauskommen, aber sie ist schön dunkel. Viel Glück.«

»Danke, Caalador.« Die beiden schüttelten sich die Hände; dann hob Caalador wieder seine Fackel und führte die anderen durch den modrigen Gang zu weiteren geheimen Ausgängen, während Sperber, Talen und Stragen im Dunkeln zurückblieben.

»Sie begeben sich nicht in Gefahr, Vanion«, beruhigte Flöte den Hochmeister, während die Damen sich reisefertig machten. »Schließlich bin ich bei ihnen und kann mich um sie kümmern.«

»Dann wenigstens *zehn* Ritter.«

Sephrenia schüttelte den Kopf. »Sie wären uns nur im Weg, Liebster. Aber ich möchte, daß *du* vorsichtig bist. Ein Trupp Bewaffneter muß viel eher mit einem Angriff rechnen als eine kleine Gruppe harmloser Reisender.«

»Aber es ist gefährlich für alleinreisende Damen!« wandte Vanion beinahe verzweifelt ein. »Überall lauern Wegelagerer, und in den Wäldern gibt es Räuberbanden!«

»Wir werden nicht lange genug an einem Ort sein, um Wegelagerern oder Räubern aufzufallen«, versicherte Flöte. »In zwei Tagen schon sind wir in Delphaeus. Ich könnte es an einem Tag schaffen, aber ich muß unterwegs ein längeres Gespräch mit Edaemus führen, ehe ich mich in sein Tal begebe. Es könnte eine Weile dauern, ihn zu überzeugen.«

»Wann werdet Ihr Matherion verlassen, Hochmeister Vanion?« fragte Xanetia.

»Gegen Ende der Woche, Anarae. Wir brauchen noch einige Zeit, unsere Ausrüstung zu vervollständigen, und wir müssen uns noch um den Nachschub kümmern.«

»Vergiß nicht, daß du dir was Warmes zum Anziehen einpackst«, ermahnte Sephrenia ihn. »Das Wetter kann jetzt jederzeit umschlagen!«

»Ich werde daran denken, Liebste. Wie lange werdet ihr in Delphaeus bleiben?«

»Das wissen wir noch nicht genau. Aphrael wird dich auf dem laufenden halten. Wir haben eine ganze Menge mit Anari Cedon zu besprechen. Daß Cyrgon Klæl beschworen hat, kompliziert die Sache.«

»Allerdings«, pflichtete Xanetia ihr bei. »Vielleicht müssen wir Edaemus bitten, zurückzukehren.«

»Würde er das tun?«

Flöte lächelte spitzbübisch. »Ich würde ihn überreden. Du weißt ja, wie gut ich das kann. Wenn ich wirklich etwas will, bekomme ich es fast immer.«

»He, du dort! Schlaf nicht ein!« brüllte Sorgis stiernackiger Bootsmann und drohte mit der Peitsche.

Der thalesische Unterweltkönig, der jetzt die Zöpfe und den gezwirbelten Schnurrbart eines blonden genidianischen Ritters trug, ließ den Ballen los, den er eben über Deck trug, und langte nach seinem Dolch.

»Nein!« Sperber stieß ihm den Ellbogen in die Seite. »Hebt den Ballen auf!«

Stragen funkelte ihn kurz an; dann bückte er sich nach dem Ballen. »Das gehörte nicht zur Abmachung!« knurrte er.

»Er wird Euch nicht wirklich peitschen«, beruhigte Talen den vor Wut kochenden Thalesier. »Seeleute jammern zwar immer darüber, aber die Peitsche ist nichts als Schau. Ein Bootsmann, der seine Männer tatsächlich mit der Peitsche schlägt, fliegt während einer Reise für gewöhnlich über die Reling.«

»Vielleicht«, brummte Stragen finster. »Aber ich sage es euch ein für allemal: Wenn dieser Schwachkopf mich mit seiner Peitsche auch nur *berührt*, wird er keine Chance bekommen, zu schwimmen. Ich werde seine Innereien auf dem Deck verstreuen, bevor er auch nur blinzeln kann!«

»He, ihr Neuen!« brüllte der Bootsmann. »Unterhalten könnt ihr euch in der Freizeit! Ihr seid zum Arbeiten hier und nicht, um über das Wetter zu quatschen!« Und wieder ließ er seine Peitsche knallen.

»Sie *könnte* es, Khalad!« beharrte Berit. Er und Khalad ritten unter bedecktem Himmel südwärts einen einsamen Strand entlang, der einen trostlosen Salzsumpf säumte, in dem dürres Röhricht in der steifen Brise raschelnd aneinanderrieb. Khalad stellte sich in den Steigbügeln auf und blickte sich um. Dann setzte er sich wieder in den Sattel. »Eine lächerliche Idee, Herr Ritter!«

»Bemüh dich, alles ein wenig lockerer zu betrachten, Khalad. Aphrael ist eine Göttin. Sie kann *alles* tun, was sie will.«

»Das bezweifle ich nicht. Aber warum sollte sie es *wollen*?«

»Na ja ...« Berit suchte nach den richtigen Worten. »Sie könnte irgendeinen Grund haben, oder nicht? Einen, den weder du noch ich verstehen würden.«

»Ist das auf diese styrische Ausbildung zurückzuführen? Daß du anfängst, hinter jedem Busch Gottheiten zu entdecken? Die beiden sehen sich ein bißchen ähnlich, zugegeben, aber damit hat sich's.«

»Du kannst so skeptisch sein, wie du willst, Khalad. Ich bin nach wie vor überzeugt, daß etwas sehr Merkwürdiges geschieht!«

»Und *ich* bin nach wie vor überzeugt, daß dein Verdacht absurd ist!«

»Absurd oder nicht – ihr ganzes Gehabe ist gleich, ihr Gesichtsausdruck ebenfalls. Und beide strahlen die gleiche selbstgefällige Überlegenheit aus.«

»Kein Wunder. Aphrael ist eine Göttin, und Danae eine Kronprinzessin. Sie *sind* überlegen – zumindest halten sie sich dafür. Und übersiehst du nicht etwas? Wir haben sie beide im selben Gemach und zur selben Zeit gesehen! Sie *sprachen* sogar miteinander!«

»Das hat gar nichts zu sagen, Khalad. Aphrael ist eine Göttin. Wenn sie will, kann sie sich vermutlich an einem Dutzend verschiedenen Orten gleichzeitig aufhalten.«

»Und das bringt uns wieder zu der entscheidenden Frage zurück! Warum sollte sie das tun? Nicht einmal ein Gott tut etwas ohne Grund!«

»Das *wissen* wir nicht, Khalad. Vielleicht tut Aphrael es nur zum Spaß.«

»Bist du wirklich so versessen auf Wunder, Berit?«

»Sie *könnte* es!« beharrte Berit.

»Na und?«

»Möchtest du es denn nicht wissen? Bist du denn kein bißchen neugierig?«

»Nicht besonders.« Khalad zuckte die Schultern.

Ulath und Tynian trugen zusammengestückelte Uniformteile einer der wenigen Einheiten der tamulischen Armee, die Freiwillige aus den elenischen Königreichen von Westdaresien aufnahm. Die Gesichter, die sie sich ausgeliehen hatten, waren die von grauhaarigen Rittern mittleren Alters: Visagen sturmerprobter Veteranen. Das Schiff, auf dem sie fuhren, gehörte zu den heruntergekommenen Seglern, die an den Küsten entlangschipperten. Doch für das bißchen Geld, das sie für die Überfahrt bezahlt hatten, konnten sie nicht mehr erwarten. Sie hatten ihren eigenen Proviant mitgebracht und ihre eigenen geflickten Decken, und sie aßen und schliefen an Deck. Ihr Ziel war ein Dorf an der Küste, etwa fünfundsiebzig Meilen östlich der Ausläufer der Tamulischen Berge. Tagsüber saßen sie herum, tranken billigen Wein und vertrieben sich die Zeit mit Würfelspiel.

Der Himmel war bedeckt, als das Beiboot des Schiffes sie am baufälligen Pier des Dorfes absetzte. Es war ein kalter Tag, und die Tamulischen Berge waren nicht viel mehr als ein verschwommener grauer Streifen am Horizont.

»Wie heißt dieser Pferdehändler gleich wieder?« fragte Tynian.

»Sablis«, brummte Ulath.

Tynian seufzte. »Ich hoffe, Oscagne hat recht. Denn wenn dieser Sablis seinen Pferdehandel inzwischen aufgegeben hat, können wir zu Fuß zu diesen Bergen aufbrechen.«

Ulath ging über den Pier zu einem Kerl mit verkniffenem Gesicht, der ein Fischernetz flickte. »Sagt mir, Freund«, wandte er sich höflich auf tamulisch an den Mann, »wo können wir Sablis finden, den Pferdehändler?«

»Was ist, wenn ich es Euch nicht sagen will?« entgegnete der hagere Netzflicker mit näselnder, greinender Stimme, die ihn als einen jener boshaften Kerle auswies, die lieber sterben würden, als jemandem zu helfen oder auch nur höflich zu sein.

Tynian war diesem Typ schon öfter begegnet: kleinen dummen Männern mit zumeist übersteigertem Selbstwertgefühl, denen es Vergnügen bereitete, andere Menschen – vor allem Fremde – ihre vermeintliche Überlegenheit spüren zu lassen. »Überlaß das mir«, murmelte Tynian und hielt seinen thalesischen Kameraden zurück, indem er ihm eine Hand leicht auf den Arm legte.

»Schönes Netz«, bemerkte Tynian gleichmütig und hob ein Ende auf. Dann zog er sein Messer und begann die Schnüre zu durchtrennen.

»Was *tut* Ihr da?« schrie der übellaunige Fischer.

»Ich zeige Euch das Was«, erklärte Tynian. »Ihr habt gesagt: ›Was ist, wenn ich es Euch nicht sagen will?‹ *Das* ist das Was. Überlegt es Euch. Mein Freund und ich sind nicht in Eile, also laßt Euch Zeit.« Er nahm eine Handvoll Netz und säbelte es mit seinem Messer durch.

»Hört auf!« kreischte der Fischer entsetzt.

»Äh – wo, habt Ihr gesagt, können wir Sablis finden?« fragte Ulath freundlich.

»Seine Koppeln sind am Ostrand des Ortes!« Die Stimme des Mannes überschlug sich. Dann raffte der dürre Kerl sein Netz in beide Arme und drückte es schützend an die Brust, beinahe so, wie eine Mutter ihr Kind.

»Einen schönen Tag noch, Nachbar.« Tynian steckte seinen Dolch wieder ein. »Ich kann Euch gar nicht sagen, wie sehr wir Eure Hilfe zu schätzen wissen.« Damit drehten die beiden Ritter sich um und schritten den Pier entlang zu dem armseligen Dorf.

Ihr Lager war sauber und ordentlich. Alles befand sich genau dort, wo es hingehörte. Berit war nicht entgangen, daß Khalad dabei immer nach dem gleichen Schema vorging. Er hatte offenbar eine genaue Vorstellung von einem idealen Lager, und da es perfekt war, änderte er auch nie etwas daran. In mancher Hinsicht hatte Khalad nun einmal seine Prinzipien.

»Wie weit sind wir heute gekommen?« fragte Berit, nachdem sie ihr Abendessengeschirr abgespült hatten.

»Dreißig Meilen ...« Khalad zuckte die Schultern. »... wie immer. Dreißig Meilen ist das übliche auf ebenem Gelände.«

»Das wird ja *ewig* dauern!« jammerte Berit.

»Nein, auch wenn es einem möglicherweise so vorkommt.« Khalad schaute sich um; dann senkte er die Stimme, daß sie kaum mehr als ein Flüstern war. »Wir sind nicht wirklich in Eile, Berit. Vielleicht sollten wir uns sogar ein bißchen mehr Zeit lassen.«

»Wa-as?«

»Nicht so laut! Sperber und die anderen haben einen weiten Weg, und wir wollen doch sicher sein, daß sie an Ort und Stelle sind, ehe Krager – oder wer auch immer – sich mit uns in Verbindung setzt. Wir wissen nicht, wann oder wo das sein wird; deshalb ist es das beste, langsamer zu reiten, um später anzukommen.« Khalad blickte in die Dunkelheit außerhalb des Feuerscheins. »Wie gut beherrschst du die Magie?«

»Nicht besonders«, gestand Berit und scheuerte eifrig einen Teller. »Ich muß noch viel lernen. Was möchtest du denn?«

»Könntest du eines unserer Pferde humpeln lassen – aber ohne ihm weh zu tun?«

Berit forschte in seinem Gedächtnis. Dann schüttelte er den Kopf. »Ich glaube nicht, daß ich irgendwelche Zauber kenne, die das bewerkstelligen könnten.«

»Das ist wirklich schade. Ein lahmendes Pferd wäre ein guter Grund, nicht so schnell voranzukommen.«

Es kam ganz ohne Vorwarnung: ein eisiges Prickeln, das von Berits Nacken auszugehen schien. »Das genügt nun wirklich«, sagte er mit erhobener Stimme. »Schließlich werde ich nicht dafür bezahlt, Löcher in Blechteller zu schrubben!« Er tauchte den Teller ins Wasser, trocknete ihn mit einem Grasbüschel ab und verstaute ihn wieder in seinem Sattelbeutel.

»Du hast es also auch gespürt?« Khalads Wispern drang durch seine geschlossenen Lippen. Berit zuckte zusammen. Wie konnte Khalad es bemerkt haben?

Berit zurrte die Riemen des Sattelbeutels zu und nickte. »Legen wir ein bißchen was nach und schlafen«, sagte er laut genug, daß es auch außerhalb des Feuerkreises gehört werden konnte. Beide gingen zu dem Haufen aus Reisig und dürren Ästen, den sie zusammengetragen hatten. Berit murmelte den Zauber und verbarg die dazugehörenden Gesten so gut es ging.

»Wer ist es?« Auch diesmal bewegten sich Khalads Lippen nicht.

»Ich weiß es noch nicht genau«, flüsterte Berit zurück. Er gab den Zauber so langsam frei, daß er beinahe aus den Fingerspitzen zu tropfen schien.

Es überspülte ihn wie eine Brandung. Da war etwas, das er zu spüren und zu hören glaubte, in einer Sprache, die ihm bekannt war – nur, daß niemand redete. »Es ist ein Styriker«, sagte er leise.

»Zalasta?«

»Nein, ich glaube nicht. Ihn würde ich erkennen. Dem hier bin ich noch nie persönlich begegnet.«

»Ich fürchte, das Holz wird nicht reichen, Hoheit«, sagte Khalad laut. »Wir brauchen ja auch welches zum Frühstück.«

»Gut bedacht«, lobte Berit. Vorsichtig streckte er die magischen Fühler wieder aus. »Er entfernt sich«, murmelte er. »Wie hast du gemerkt, daß wir beobachtet wurden?«

»Ich habe es gespürt.« Khalad zuckte die Schultern. »Ich spüre es immer, wenn jemand mich beobachtet. – Macht es viel Lärm, wenn du dich mit Aphrael in Verbindung setzt?«

»Nein, das ist einer der guten Zauber. Er verursacht nicht den geringsten Laut.«

»Dann berichte ihr, daß wir tatsächlich beobachtet werden – und zwar von einem Styriker.« Khalad kniete nieder und machte sich daran, seinen Armvoll dürrer Äste auf ihr Lagerfeuer zu schichten. »Deine Tarnung funktioniert offenbar.«

»Wie willst du das wissen?«

»Sie würden keinen Styriker auf uns ansetzen, wenn sie wüßten, wer du wirklich bist.«

»Es sei denn, sie haben nur noch Styriker. Stragens Erntedankfeier könnte wirkungsvoller gewesen sein, als wir dachten.«

»Darüber könnten wir die ganze Nacht diskutieren. Melde Aphrael einfach, daß unser Besucher irgendwo da draußen ist. Sie wird den anderen Bescheid geben. Sollen *sie* sich doch Kopfschmerzen holen, wenn sie versuchen, diesen Vorgang mit Logik zu erklären.«

»Bist du denn gar nicht neugierig?«

»Nicht so neugierig, daß ich meinen Schlaf dafür opfern würde. Das ist einer der Vorteile, ein Bauer zu sein, Herr Ritter. Von uns erwartet niemand, daß wir Lösungen für diese weltbewegenden Probleme finden. Dieses Vergnügen sei euch Edelleuten vergönnt.«

»Danke«, brummte Berit sauer.

Khalad grinste. »Nichts zu danken, mein Ritter.«

Sperber hatte für sein tägliches Brot noch nie körperlich schuften müssen, und er entwickelte einen regelrechten Haß auf Kapitän Sorgis stiernackigen Bootsmann.

Der Kerl war grob, dumm und bösartig. Wenn Sorgi sich auf dem Achterdeck sehen ließ, erwies er sich als übler Speichellecker, doch kaum kehrte er unter Deck zurück, kam der wahre Charakter des Bootsmanns wieder an die Oberfläche. Es schien ihm ein ganz besonderes Vergnügen zu machen, seine neuesten Besatzungsmitglieder zu quälen, indem er ihnen die anstrengendsten, langweiligsten und erniedrigendsten Arbeiten an Bord zuteilte. Sperber verstand jetzt Khalads Klassenvorurteile, und manchmal, des Nachts, ertappte er sich bei der Vorstellung, den hinterhältigen Bootsmann kaltblütig umzubringen.

»Ein jeder haßt seinen Arbeitgeber, Fron«, behauptete Stragen, Sperbers Tarnnamen benutzend. »Das ist etwas ganz Normales im Lauf der Dinge.«

»Ich könnte den Kerl ja ertragen, wenn er sich nicht so große Mühe geben würde, ein widerwärtiger Lump zu sein«, knurrte Sperber, der mit einem Bimsstein das Deck scheuerte.

»Er wird dafür *bezahlt*, widerwärtig zu sein. Wütende Männer arbeiten härter. Dein Problem besteht zum Teil darin, daß du ihm jedesmal in die Augen blickst. Er würde sich nicht ausgerechnet immer dich vornehmen, würdest du die Augen gesenkt halten. Wenn du nicht bald damit anfängst, wird sich diese Seereise als sehr lang für dich erweisen.«

In ihrer derzeitigen Tarnung hatten die beiden beschlossen, einander lieber zu duzen, um nicht aufzufallen.

»Oder eine kurze Reise für den Bootsmann!« entgegnete Sperber finster.

Er grübelte darüber nach, als er in der folgenden Nacht ohne viel

Erfolg versuchte, in seiner Hängematte zu schlafen. Inbrünstig wünschte er sich, er könnte jenen Idioten in Stücke hauen, der auf die Idee verfallen war, Menschen in Hängematten schlafen zu lassen. Das Schlingern des Schiffes schaukelte sie unsanft, und ständig hatte Sperber das Gefühl, jeden Moment hinausgeschleudert zu werden.

Anakha. Die Stimme war lediglich ein Wispern in seinem Kopf.

Sperber war wie betäubt. »Blaurose?«

Ich flehe dich an, Anakha, sprich nicht laut! Deine Stimme ist wie Donnerhall in meinen Ohren. Sprich leise in den Räumen deines Bewußtseins. Ich werde dich hören.

Wie ist das möglich? formte Sperber den Gedanken. *Du bist eingeschlossen!*

Wer hat die Macht, mich einzuschließen, Anakha? Wenn du allein bist und dein Kopf frei ist von störenden Gedanken, können wir uns auf diese Weise unterhalten.

Das wußte ich nicht.

Bis jetzt war es nicht notwendig, daß du es erfährst.

Ich verstehe. Und jetzt ist es nötig?

Ja.

Wie ist es dir gelungen, die Barriere aus Gold zu überwinden?

Für mich ist es keine Barriere, Anakha. Andere dürfen mich nicht innerhalb des Gefängnisses deines kostbaren Behälters aufspüren. Ich aber kann auf diese Weise nach dir greifen. Vor allem, wenn wir einander so nahe sind.

Sperber legte die Hand auf den Lederbeutel, der an einer Lederschnur um seinen Hals hing, und spürte die eckige Form der Schatulle.

Und falls es sich als notwendig erweisen sollte, darf ich dann auf diese Weise mit dir reden?

So, wie du es jetzt tust, Anakha.

Gut zu wissen.

Ich spüre deine Unruhe, Anakha, und ich teile deine Besorgnis um das Wohlergehen deiner Gefährtin.

Das ist freundlich von dir, Blaurose.

Setze alles ein, um die Freigabe deiner Königin zu sichern, Anakha. All deine Kraft, all dein Wissen. Täusche unsere Feinde und vernichte sie. Der Edelstein unter Sperbers Hand hielt kurz inne. *Hör gut zu, mein Freund,* fuhr Bhelliom dann fort, *solltest du keine andere Mög-*

lichkeit sehen, dann scheue nicht, mich gegen die Freiheit deiner Gefährtin einzutauschen.

Das werde ich nicht – denn sie hat es mir verboten.

Sorge dich nicht, falls es dazu kommen sollte, Anakha. Ich werde mich Cyrgon nicht unterwerfen – auch nicht, wenn mein eigen Kind, das ich liebe wie du deines, dadurch in Gefahr gerät. Möge das Wissen dich trösten, daß ich nicht zulasse, daß mein Kind – noch du und alle deinesgleichen – von Cyrgon versklavt werden – oder schlimmer noch, von Klæl. Dazu wird es nie kommen, du hast mein Wort! Sollte es den Anschein haben, daß wir unser Ziel doch nicht erreichen können, gebe ich dir hiermit das feierliche Versprechen, daß ich dieses mein Kind vernichten werde und alle, die hier leben, um ein so widriges Schicksal zu verhindern.

Soll ich mich jetzt besser fühlen, Blaurose?

5

Sie war müde, am Rande des Zusammenbruchs, erschöpft, naß und schmutzig. Ihre Kleidung hing ihr in Fetzen vom Körper, und ihr Haar war verfilzt und strähnig. Doch das alles war unwichtig. Wortlos unterwarf sie sich den Widrigkeiten und Demütigungen, um den Irren, der sie gefangenhielt, davon abzuhalten, der völlig verängstigten Alean etwas anzutun.

Ihr war nur langsam bewußt geworden, daß Scarpa geistesgestört war. Vom ersten Augenblick an hatte sie seine Skrupellosigkeit und Besessenheit erkannt; dann aber, während der schier endlosen Tage ihrer Gefangenschaft, war immer deutlicher geworden, daß er nicht bei Verstand war.

Er war grausam, aber nicht der erste grausame Mann, dem Ehlana begegnet war. Nachdem sie und Alean durch die klammen Gänge unter den Straßen Matherions aus der Stadt gebracht worden waren, hatte man sie grob in die Sättel bereitstehender Pferde gehoben, sie daran festgebunden und mit halsbrecherischer Geschwindigkeit, ohne Rücksicht auf die Pferde, die Straße zum fünfundsiebzig Meilen entfernten Hafen von Micae gebracht, an die Südwestküste der Halbinsel. Ein normaler Mensch mißhandelt keine Tiere, auf die er angewiesen ist. Das war der erste Hinweis auf Scarpas Wahnsinn. Er peitschte die Pferde, bis die bedauernswerten Kreaturen vor Erschöpfung taumelten. Und seine einzigen Worte während dieser furchtbaren vier Tage waren: »Schneller! Schneller!«

Ehlana schauderte bei der Erinnerung an diesen grauenvollen Ritt. Sie hatten ...

Ihr Pferd stolperte auf dem schlammigen Pfad, und sie wurde ruckartig aus ihrer Apathie in die unmittelbare schreckliche Gegenwart gerissen. Der Strick, der ihre Handgelenke an den Sattelknauf band, schnitt ihr ins Fleisch, das wieder zu bluten anfing. Sie bemühte sich, eine andere Haltung einzunehmen, damit der Strick sich nicht tiefer in die bereits offenen Wunden fraß.

»Was tust du da?« Scarpas Stimme war rauh und von durchdringender Lautstärke. Wenn er mit Ehlana sprach, schrie er fast immer.

»Ich versuche nur zu verhindern, daß der Strick tiefer in meine Handgelenke schneidet, Freiherr Scarpa«, antwortete sie unterwürfig. Gleich zu Beginn ihrer Gefangenschaft hatte man ihr befohlen, ihn so anzureden. Wenn sie es nicht tat, würde Alean schlimm mißhandelt, und es wurden ihnen Essen und Wasser vorenthalten.

»Du bist nicht hier, um es dir bequem zu machen, Weibsstück!« brüllte er. »Du bist hier, um zu gehorchen! Wenn du nicht sofort aufhörst, an dem Strick herumzufummeln, lasse ich dir Fesseln aus Draht anlegen!« Die Augen quollen ihm fast aus dem Kopf, und wieder fielen Ehlana die abnormal geweiteten Pupillen auf, und wie seltsam bläulich das Weiß seiner Augen getönt war.

»Jawohl, Euer Liebden«, sagte sie im unterwürfigsten Tonfall.

Er funkelte sie an. Seine Miene verriet Argwohn, und in seinen Augen loderte der Wahnsinn, als er gierig den Blick über Ehlana huschen ließ und nach einem Grund suchte, seine Gefangenen zu bestrafen oder noch mehr zu demütigen.

Ehlana senkte den Kopf und starrte auf den schlammigen Pfad, der sich immer tiefer in den dichten, mit Schlingpflanzen durchsetzten Regenwald an der Südostküste Daresiens hineinschlängelte.

Das Schiff, auf das man sie im Hafen von Micae geschleppt hatte, war schlank und schwarz und gewiß nicht für Zwecke ehrlicher Seefahrt erbaut. Man hatte Ehlana und Alean sofort unter Deck gezerrt und in eine enge, stockfinstere Kammer gesperrt, in der es nach Bilgewasser stank. Nach etwa zwei Stunden auf See war die Tür geöffnet worden, und Krager war mit zwei dunkelhäutigen Seeleuten in den winzigen Verschlag gekommen. Einer der Kerle trug etwas, das wie eine ordentliche Mahlzeit aussah, und der andere zwei Eimer mit heißem Wasser, ein Stück Seife und ein paar Fetzen, die wohl zum Abtrocknen dienen sollten. Ehlana wäre dem Burschen dafür am liebsten um den Hals gefallen.

»Die ganze Sache tut mir wirklich leid, Ehlana«, hatte Krager sich entschuldigt und mit kurzsichtigen Augen geblinzelt. »Ich habe in dieser Angelegenheit leider keinerlei Mitspracherecht. Seid vorsichtig, wenn Ihr mit Scarpa redet. Wahrscheinlich habt Ihr schon bemerkt, daß er nicht bei klarem Verstand ist.« Krager hatte sich nervös umgesehen und schließlich eine Handvoll billige Talgkerzen auf den rohen Holztisch gelegt, ehe er die Tür hinter sich schloß und eine Kette vorhängte.

Fünf Tage waren sie auf See gewesen; dann hatten sie kurz nach Mitternacht Anan erreicht, eine Hafenstadt an der Südostküste, am Rande des Dschungels.

Ehlana und Alean waren rasch in eine von Baron Parok gelenkte, geschlossene Karosse gebracht worden. Während des kurzen Weges vom Schiff zum Gefährt hatte Ehlana heimlich jeden ihrer Wächter gemustert, um irgendeine Schwachstelle zu finden. Obwohl er fast ständig betrunken war, erschien Krager ihr zu gerissen. Parok war Scarpas langjähriger Kumpan, und ganz offensichtlich störte ihn dessen Wahnsinn nicht. Schließlich hatte sie Elron mit prüfenden Blicken betrachtet. Es war ihr nicht entgangen, daß der geckenhafte astelische Poet ihr nicht in die Augen blicken konnte. Die scheinbare Ermordung Melideres erfüllte ihn offenbar mit Gewissensbissen. Elron war ein Poseur, kein Mann der Tat, und der Anblick von Blut drehte ihm den Magen um. Ehlana erinnerte sich, wie stolz er bei ihrer ersten Begegnung auf seine langen Locken gewesen war, und sie fragte sich, wie ihn Scarpa genötigt hatte, seinen Schädel zu rasieren, um sich als einer von Krings Peloi ausgeben zu können. Sie vermutete, daß die erzwungene Opferung seines Haares Groll gegen Scarpa in Elron geweckt hatte. Zudem war offensichtlich, daß er nur widerstrebend an dieser Sache teilnahm. Das alles machte *ihn* zum schwachen Glied in der Kette. So richtete Ehlana ihre Aufmerksamkeit auf Elron, denn die Zeit mochte kommen, da sie es nutzen konnte, daß er nicht mit dem Herzen bei der Sache war.

Die Kutsche hatte sie vom Hafen zu einem großen Haus am Stadtrand von Anan gebracht. Dort hatte Scarpa sich mit einem hageren Mann unterhalten, dessen Gesichtsschnitt ihn als Styriker auswies. Sein Name war Keska, und in seinen Augen lag der Ausdruck eines hoffnungslos Verdammten.

»Die Unbequemlichkeit ist mir *egal*!« hatte Scarpa den Hageren angeschrien. »Auf die *Zeit* kommt es an, Keska, auf die Zeit! Solange es uns nicht umbringt, können wir es schon aushalten!«

Am nächsten Morgen war die Bedeutung dieses Befehls nur allzu offensichtlich geworden. Keska war anscheinend einer dieser ausgestoßenen styrischen Magier, aber kein sehr guter. Mit großer Mühe, die ihm alles abverlangte, konnte er den langen Weg zu Scarpas Ziel verkürzen, aber jeweils nur in kleinen Etappen, und dieses unbeholfene Vorgehen verursachte jedesmal schreckliche Schmerzen. Es war beinahe so, als würde der unbeholfene Magier sie in die Höhe reißen und sie mit jeder Unze seiner Kraft blindlings nach vorn schleudern. Nach jedem dieser gräßlichen, schmerzhaften Sprünge fragte Ehlana sich, ob sie heil davongekommen war. Sie fühlte sich zerrissen und zerschmettert, aber sie tat, was sie konnte, um ihre Schmerzen vor Alean zu verbergen. Das sanfte Mädchen mit den großen Rehaugen weinte nun fast ständig, so sehr machten ihr Schmerz und Angst und die Aussichtslosigkeit ihrer Lage zu schaffen.

Ehlana riß ihre Gedanken in die Gegenwart zurück und schaute sich verstohlen um. Der Abend war nicht mehr fern. Der wolkenbedeckte Himmel verdunkelte sich allmählich, und die Zeit, die Ehlana jeden Tag am meisten fürchtete, rückte unaufhaltsam näher.

Scarpa blickte voll Verachtung auf Keska, der wie eine welke Pflanze, der Erschöpfung nahe, in seinem Sattel zusammengesunken war. »Das ist weit genug!« rief er. »Schlagt das Lager auf und holt die Weibsen von den Pferden.« Seine harten Augen glänzten, als er Ehlana ins Gesicht blickte. »Es ist wieder Zeit, daß die schlampige Königin von Elenien um ihr Abendessen bettelt. Ich kann nur hoffen, daß sie es diesmal mit etwas größerer Überzeugungskraft und Hingabe tut. Es schmerzt mich, ihre Bitte abzuschlagen, wenn sie nicht demütig und unterwürfig genug dargebracht wird.«

»Ehlana«, flüsterte Krager und tippte ihr auf die Schulter. Das Feuer war zur Glut niedergebrannt, und Ehlana konnte von der anderen Seite ihres behelfsmäßigen Lagers Schnarchen hören.

»Ja?« fragte sie knapp.

»Nicht so laut!« Er trug immer noch das schwarze Lederwams der Peloi; sein geschorener Schädel setzte nur kärgliche Haarstoppeln an, und sein nach Wein riechender Atem war schier umwerfend. »Ich tue Euch einen Gefallen, also bringt mich nicht in Gefahr. Ich vermute, Euch ist inzwischen klar, daß Scarpa wahnsinnig ist.«

»Ach, wirklich?« erwiderte sie spöttisch. »Wer hätte das gedacht!«

»Bitte, macht es mir nicht noch schwerer. Offenbar habe ich mich einer kleinen Fehleinschätzung schuldig gemacht. Wäre mir bewußt gewesen, wie verrückt dieser halbstyrische Bastard ist, hätte ich mich nie bereit erklärt, bei diesem Abenteuer mitzumachen!«

»Was ist das für eine seltsame Faszination, die Euch immer wieder zu Geisteskranken zieht, Krager?«

Er zuckte die Schultern. »Möglicherweise mein eigener kleiner Wahnsinn, wer weiß? Scarpa bildet sich tatsächlich ein, er könne seinen Vater hintergehen, ja, sogar Cyrgon! Er glaubt nicht ernsthaft daran, daß Sperber Bhelliom hergeben wird, um Euch zurückzubekommen, und es ist ihm fast schon geglückt, auch die anderen davon zu überzeugen. Ich bin sicher, Ihr habt bemerkt, was er von Frauen hält.«

»Das hat er oft genug bewiesen«, erwiderte sie verbittert. »Teilt er etwa Baron Harparins Vorliebe für Knaben?«

»Scarpa liebt nichts und niemanden außer sich selbst. *Er* ist seine einzige Leidenschaft. Ich habe gesehen, mit welcher Sorgfalt er stundenlang seinen Bart pflegt. Das gibt ihm Muße, sich im Spiegel zu bewundern. Ihr hattet noch keine Gelegenheit, seine liebenswerte Persönlichkeit in ihrer vollen Entfaltung zu erleben. Die Aufgaben auf dieser Reise halten seinen Geist beschäftigt, wie er es zu nennen beliebt. Aber wartet, bis wir erst in Natayos sind! Dann werdet Ihr sehen, wie er seinem Wahn freien Lauf läßt. Im Vergleich mit ihm kommen mir Martel und Annias wie die Vernunft in Person vor. Ich kann es nicht riskieren, zu lange zu bleiben, also hört gut zu. Scarpa glaubt, daß Sperber Bhelliom zwar mitbringen wird, wenn er kommt, aber er ist überzeugt, daß er ihn nicht mitbringt, um ihn gegen Euch auszutauschen, sondern daß Euer Gemahl nur kommt, um gegen Cyrgon zu kämpfen. Und Scarpa ist sicher, daß sie sich in diesem Kampf gegenseitig vernichten werden.«

»Sperber hat Bhelliom, Narr, und Bhelliom verspeist Götter zum Frühstück!«

»Ich bin nicht hier, um mit Euch darüber zu streiten. Vielleicht würde Sperber als Sieger aus dem Kampf hervorgehen, vielleicht auch nicht. Aber das steht nicht zur Debatte. Entscheidend ist, daß Scarpa es glaubt. Und das tut er. Er hat sich eingeredet, daß Sperber und Cyrgon bis zur gegenseitigen Vernichtung kämpfen werden. Und was bleibt? Bhelliom! Scarpa glaubt, nach dem Kampf könne er Bhelliom wie einen Kieselstein vom Boden auflesen.«

»Was ist mit Zalasta?«

»Scarpa rechnet nicht damit, daß Zalasta noch existiert, wenn der Kampf erst vorüber ist, da bin ich sicher. Scarpa ist bereit, *jeden* zu töten, der ihm im Weg steht.«

»Er würde seinen eigenen Vater umbringen?«

Krager zuckte die Schultern. »Blutsbande bedeuten Scarpa nichts. Vor längerer Zeit kam er auf den Gedanken, daß seine Mutter und seine Halbschwestern zu viel über ihn wußten, was die Behörden nicht erfahren sollten, deshalb tötete er sie. Doch er haßte sie ohnehin; deshalb hat das vielleicht nicht viel zu besagen. Falls Sperber und Cyrgon einander wirklich töten, und falls Zalasta während der Festlichkeiten plötzlich und unerwartet sein Leben läßt, *könnte* Scarpa der einzige Verbliebene sein, der Bhelliom tatsächlich in seinen Besitz bringt. Er hat eine ganze Armee in diesen Urwäldern, und wenn er obendrein noch über Bhelliom verfügt, könnte er seine wahnsinnigen Pläne verwirklichen. Er wird gegen Matherion marschieren, die Stadt einnehmen und die Regierung niedermetzeln. Dann krönt er sich selbst zum Kaiser. Ich persönlich setze allerdings dagegen. Also haltet um der Götter willen Euer Temperament im Zaum! Ihr seid für *seine* Pläne nicht von entscheidender Wichtigkeit, wohl aber für Zalastas Vorhaben – und die meinen. Wenn Ihr irgend etwas tut, das Scarpa in Rage bringt, wird er Euch so schnell umbringen, wie er Elron befahl, Eure Hofdame zu töten. Zalasta und ich sind der Meinung, daß Sperber Bhelliom gegen Euch austauschen wird – aber dazu müßt Ihr noch am Leben sein. Bringt diesen Wahnsinnigen nicht in Wut! Wenn er Euch tötet, ist es das Ende all unserer Pläne.«

»Warum erzählt Ihr mir das, Krager? Da ist doch noch etwas, oder?«

»Natürlich. Wenn die Sache für uns schiefgeht, möchte ich gern, daß Ihr bei der Verhandlung zu meinen Gunsten aussagt.«

»Ich fürchte, daraus wird nichts mehr«, entgegnete Ehlana mit bissiger Ironie. »Ihr werdet nicht vor Gericht gestellt, Krager. Sperber hat Euch bereits Khalad überlassen, und Khalad hat etwas anderes mit Euch vor.«

»Khalad?« fragte Krager.

»Kuriks ältester Sohn. Er glaubt, daß Ihr am Tod seines Vaters beteiligt gewesen seid, und deshalb fühlt er sich verpflichtet, Euch zur Rechenschaft zu ziehen. Ich nehme an, Ihr könntet versuchen, es ihm auszureden – doch dann kann ich Euch nur raten, sehr, sehr schnell zu reden. Khalad ist kein Freund vieler Worte. Wahrscheinlich hängt Ihr schon vor einem Fleischerhaken, ehe Ihr den Mund aufgemacht habt.«

Krager schwieg und stahl sich davon. Sein geschorener Schädel schimmerte bleich in der Dunkelheit. Ehlana mußte sich eingestehen, daß sie keinen großen Sieg errungen hatte, doch in ihrer Lage boten Siege jeglicher Art wenigstens ein bißchen Befriedigung.

»Tun sie das wirklich?« Scarpas rauhe Stimme verriet Gier.

»Es ist eine alte Sitte, Euer Liebden«, erwiderte Ehlana unterwürfig und hielt die Augen gesenkt, während sie auf dem schlammigen Pfad weiterritten. »Kaiser Sarabian beabsichtigt jedoch, damit Schluß zu machen.«

»Diese alte Sitte wird nach meiner Krönung sofort wieder eingeführt!« Scarpas Augen glänzten. »Es ist die angemessene Form, einem Menschen den gebührenden Respekt zu erweisen.« In grotesker Nachahmung der kaiserlichen Robe hatte Scarpa sich einen alten Purpurumhang, speckig und glänzend vom vielen Tragen, theatralisch über eine Schulter geschlungen. Nun warf er sich bei jeder Erklärung in lächerliche Posen.

»Wie es Euch beliebt, Freiherr Scarpa.« Es war mühsam, das gleiche immer wieder aufs neue durchzugehen, doch es hielt Scarpas Gedanken beschäftigt, und wenn seine Aufmerksamkeit voll auf die Zeremonien und Gebräuche am Kaiserhof von Matherion gerichtet war, dachte er sich keine neuen Grausamkeiten aus, mit denen er seinen Gefangenen das Leben unerträglich machen konnte.

»Beschreib es noch mal!« befahl er. »Ich will ganz genau wissen, wie es getan werden muß, damit ich jene bestrafen kann, die es nicht richtig machen!«

Ehlana seufzte. »Sobald sich der Kaiser nähert, knien die Hofleute nieder ...«

»Auf beide Knie?«

»Ja, Euer Liebden.«

»Großartig! Einfach großartig!« rief er verzückt. »Weiter! Mach weiter!«

»Dann, während der Kaiser vorbeischreitet, beugen sie sich nach vorn, drücken ihre Handflächen auf den Boden und berühren mit der Stirn die Fliesen.«

»Wunderbar!« Plötzlich kicherte er. Es war ein so hoher, fast jungmädchenhafter Laut, daß Ehlana unwillkürlich zusammenfuhr. Sie musterte ihn aus den Augenwinkeln. Sein Gesicht war zu einem Ausdruck grotesken Fanatismus verzerrt. Plötzlich weiteten sich seine Augen, und seine Miene verriet eine beinahe religiöse Ekstase. »Und die Tamuler, die sich als Herren der Welt betrachten, werden von mir beherrscht!« Mit klingender, bombastischer Stimme rief er: »Alle Macht wird mein sein! Die Herrschaft über die Welt wird in *meinen* Händen liegen, und Ungehorsam wird mit dem Tode bestraft!«

Ehlana erschauerte, während er weiter in irrsinnigen Phantastereien schwelgte.

Und wieder kam er zu ihr, als die feuchte Nacht sich über ihr schlammiges Waldlager senkte, angelockt und gefesselt von einem Hunger, ja, einer Gier, die er nicht im Zaum zu halten vermochte. Es war abstoßend, doch Ehlana wußte, daß gerade ihre Vertrautheit mit den traditionellen Hofzeremonien ihr eine enorme Macht über ihn verlieh. Sein Geltungsbedürfnis war unersättlich, und nur sie konnte es stillen. Hier war Scarpas schwache Stelle, hier hatte sie Macht über ihn – eine Macht, die ihr Kraft und Selbstvertrauen schenkte. Ja, sie fand sogar Gefallen daran, während Krager und die anderen sich in verängstigtem Abscheu zurückzogen.

»Neun Gemahlinnen, sagst du?« Scarpas Stimme klang beinahe flehend, als er fortfuhr: »Warum nicht neunzig? Warum nicht neunhundert?«

»So ist es Tradition, Freiherr Scarpa. Der Grund dafür dürfte offensichtlich sein.«

»Oh, natürlich, natürlich.« Er grübelte mit finsterem Gesicht darüber nach. »*Ich* werde neuntausend haben!« erklärte er. »Und wenn ich mit ihnen fertig bin, überlasse ich sie meinen treuen Soldaten! Keine Frau soll es wagen, sich einzubilden, daß meine Gunst ihr auch nur die geringste Macht verliehe! Alle Frauen sind Huren! Ich werde sie *kaufen* und wegwerfen, sobald ich ihrer müde bin!« Seine Augen quollen schier aus dem Kopf, und er starrte ins Lagerfeuer. Die flackernden Flammen, die sich in diesen Augen spiegelten, schienen zu lodern und zu brodeln wie der Wahnsinn dieses Mannes.

Er lehnte sich vor und legte Ehlana verschwörerisch eine Hand auf den Arm. »Ich sah, was andere zu dumm sind zu sehen«, vertraute er ihr an. »Andere schauen, sehen jedoch nicht – aber *ich* sehe! O ja, ich sehe sehr gut. Sie stecken alle unter einer Decke, weißt du – *alle*! Sie haben mich immer beobachtet. Ich kann mich ihren Blicken nicht entziehen – sie beobachten, beobachten, beobachten – und reden, reden, reden hinter vorgehaltenen Händen, und hauchen einander ihren zimtgewürzten Atem ins Gesicht. Alle sind sie widerlich und verderbt – und alle haben sich gegen mich verschworen! Alle wollen mich zu Fall bringen! Ihre Augen – so sanft und verborgen, verschleiert von den Wimpern, welche die Dolche ihres Hasses verstecken – sie beobachten und beobachten mich.« Seine Stimme wurde immer leiser. »Und sie reden hinter vorgehaltenen Händen, damit ich nicht hören kann, was sie sagen. Sie wispern. Ich höre es ständig. Ich höre das säuselnde Zischeln ihres endlosen Wisperns. Ihre Blicke folgen mir, wohin ich auch gehe – genau wie ihr Lachen und ihr Wispern. Ich höre das Zischeln, Zischeln ihres Wisperns – des endlosen Wisperns –, immer mein Name – Ssscar-pa, Ssscar-pa. Wieder und wieder zischelt er in meinen Ohren. Sie wiegen ihre vollen Hüften und rollen die schwarz umrandeten Augen. Sie intrigieren und schmieden Ränke mit ihrem endlosen, säuselnden Wispern, stets auf der Suche nach neuen Möglichkeiten, mir weh zu tun, mich zu erniedrigen.« Die Augen mit dem blaugetönten Weiß quollen aus den Höhlen, und an seinen Lippen und dem Bart klebten Spritzer seines Speichels. »Ich war nichts. Sie haben mich zu einem Nichts gemacht. Sie nannten mich Selgas Bastard und schenkten mir Kupferstücke, damit ich sie zu den Betten meiner Mutter und meiner Schwestern führe, und sie schlugen mich und spuckten mich an und lachten mich aus, wenn ich weinte, und sie gierten nach meiner Mutter und meinen Schwestern, und rings um mich war das Zischeln in meinen Ohren – und ich konnte ihn auch riechen – diesen süßen, widerlichen Gestank verderbten Fleisches und schaler Lust, der aus ihren feuchten, kloakengleichen Mündern quoll und wisperte ...«

Plötzlich füllten sich seine von Wahnsinn gezeichneten Augen mit schrecklicher Angst. Er wich vor Ehlana zurück, stürzte und preßte das Gesicht in den Schlamm. »Bitte, Mutter!« wimmerte er. »Ich war's nicht! Silbie hat's getan! Bitte, sperr mich nicht wieder da drinnen ein! Bitte, nicht im Dunkeln! Bitte-bitte-bitte nicht im Dunkeln! Nicht im Dunkeln!« Er plagte sich auf die Füße und floh in den Wald und sein »Bitte-bitte-bitte« hallte wider und wider, bis es schließlich erstarb.

Plötzlich überwältigte ein schmerzhaftes, unerträgliches Mitleid Ehlana. Sie senkte den Kopf und weinte.

Zalasta wartete in Natayos auf sie. Im sechzehnten und siebzehnten Jahrhundert hatte Arjunas Kultur sich zu höchster Blüte entfaltet – eine Blüte, die hauptsächlich dem regen Sklavenhandel zu verdanken gewesen war. Eine schlecht vorbereitete Sklavenjagd in Südatan, vereint mit mehreren groben Verfahrensfehlern der tamulischen Verwaltungsbeamten jenes Gebiets, hatten zu einer zügellosen atanischen Strafexpedition mit schrecklichen Folgen geführt. Natayos war seinerzeit ein wahres Kleinod von Stadt gewesen, mit prächtigen Bauten und breiten Prunkstraßen. Jetzt war es eine Ansammlung vergessener, vom Dschungel überwucherter Ruinen. In den eingestürzten, von Schlingpflanzen umrankten Häusern und den einst so einladenden Hallen hausten nun keckernde Affen und farbenprächtige Tropenvögel, während die dunklen Keller und Winkel von Schlangen bewohnt wurden und von huschenden Ratten, ihrer Beute.

Doch inzwischen waren auch Menschen nach Natayos zurückgekehrt. Scarpas Armee war dort einquartiert, und Arjuner, Cynesganer und zusammengewürfelte Einheiten von Eleniern hatten das Viertel um das alte Nordtor der Stadt von Schlingpflanzen, Bäumen, Affen und Reptilien gesäubert, um es einigermaßen bewohnbar zu machen.

Zalasta stützte sich vor dem halbzerfallenen Tor auf seinen Stab. Sein silberbärtiges Gesicht war von Erschöpfung gezeichnet, und hoffnungsloser Schmerz sprach aus seinen Augen. Als sein Sohn mit seinen Gefangenen eintraf, war Zalastas erste Reaktion unbeherrschte Wut. Er fuhr Scarpa in Styrisch an, eine Sprache, die für Schelte offenbar außerordentlich geeignet war – und die Ehlana nicht verstand. Doch es bereitete ihr ungeheure Befriedigung, als sie die stumpfe Angst in Scarpas Gesicht erkannte. Aller Großspurigkeit und vorgetäuschter Überlegenheit zum Trotz schien Scarpa doch eine gewisse Achtung für den alten Styriker zu empfinden, der ihn zufällig gezeugt hatte. Aber zweifellos hatte er auch Angst vor ihm.

Ein einziges Mal nur – und offenbar tief gekränkt über irgend etwas, das Zalasta in abfälligem Ton zu ihm gesagt hatte – richtete Scarpa sich hoch auf und knurrte eine Erwiderung. Zalastas Reaktion darauf war heftig und unmittelbar. Mit einem harten Schlag seines Stabes brachte er seinen Sohn zum Taumeln; dann richtete er den Stab auf ihn und murmelte ein paar Worte. Eine winzige Feuerkugel löste sich aus der Spitze des Stabes und drang in den Leib des noch Taumelnden. Scarpa krümmte sich vor Qualen; seine Finger krallten sich in den Bauch, und seine gellenden Schmerzensschreie zerrissen die Luft. Er stürzte auf den schlammigen Boden, wo er mit Armen und Beinen hilflos um sich schlug. Zalasta, der den tödlichen Stab noch auf ihn gerichtet hielt, beobachtete seinen sich vor Schmerzen krümmenden Sohn mehrere, schier endlose Minuten mit kalten Augen.

»Verstehst du *jetzt*?« fragte er dann eisig und sprach zum erstenmal Tamulisch.

»Ja! Ja, Vater!« schrillte Scarpa. »Ich flehe dich an, hör auf!«

Zalasta ließ ihn noch eine Zeitlang zappeln, sich winden und krümmen, dann erst hob er den Stab. »Du bist *nicht* der Herr hier!« sagte er scharf. »Du bist nichts weiter als ein nutzloser Irrer! Jeder einzelne hier könnte diese Armee besser befehligen als du! Also stelle meine Geduld nicht noch einmal auf die Probe! Das nächste Mal werde ich dem Zauber seinen natürlichen Lauf lassen, ob du nun mein Sohn bist oder nicht. Schmerz ist wie eine Krankheit, Scarpa. Nach ein paar Tagen – oder Wochen – beginnt der Körper zu verfallen. Ein Mensch kann vor Schmerz sterben. Zwing mich nicht, dir das zu beweisen!« Er drehte seinem bleichen, schwitzenden Sohn den Rücken zu. »Ich entschuldige mich, Majestät«, wandte er sich an Ehlana. »Das war nicht, was ich beabsichtigt hatte.«

»Und was *hattet* Ihr beabsichtigt, Zalasta?« fragte sie kalt.

»Die Auseinandersetzung findet zwischen Eurem Gemahl und

mir statt, Ehlana. Nie hätte ich auch nur daran gedacht, Euch solche Unannehmlichkeiten zu bereiten. Diesem Schwachkopf, der bedauerlicherweise mein Sohn ist, fiel nichts Besseres ein, als Euch zu mißhandeln. Ich verspreche Euch, daß er den Sonnenuntergang des Tages nicht erleben wird, an dem er es noch einmal versuchen sollte.«

»Ich verstehe. Die Erniedrigungen und Schmerzen waren nicht Eure Idee, wohl aber die Gefangennahme. Wo ist da der Unterschied, Zalasta?«

Der Styriker seufzte und rieb sich müde über die Augen. »Es ist erforderlich.«

»Aus welchem Grund? Sephrenia wird sich Euch nie hingeben. Selbst wenn es Euch gelingt, Bhelliom und die Ringe in die Hände zu bekommen, könnt Ihr Sephrenias Liebe nicht erzwingen.«

»Es gibt noch andere Gesichtspunkte, Königin Ehlana«, entgegnete er bedrückt. »Bitte nehmt Eure Kammermaid und kommt mit mir. Ich werde Euch zu Eurer Unterkunft bringen.«

»Irgendein Verlies, nehme ich an.«

Er seufzte. »Nein, Ehlana. Eure Gemächer sind sauber und bequem. Dafür habe ich selbst gesorgt. Eure Heimsuchung ist zu Ende, das verspreche ich.«

»Meine Heimsuchung, wie Ihr es nennt, wird erst zu Ende sein, wenn ich wieder mit meinem Gemahl und meiner Tochter vereint bin.«

»Was sehr bald der Fall sein wird, wie wir hoffen. Es liegt jedoch in Prinz Sperbers Hand. Er braucht lediglich die Anweisungen zu befolgen. – Eure Gemächer sind ganz in der Nähe. Bitte, folgt mir.« Er führte sie zu einem nahen Gebäude und schloß die Tür auf.

Ihr Gefängnis war beinahe luxuriös. Es bestand aus mehreren Schlafgemächern, einem Speisesaal, einem riesigen Salon und sogar einer eigenen Küche. Das Gebäude war vermutlich der Palast eines Edelmannes gewesen. Die oberen Stockwerke waren zwar längst zerstört, aber die Räumlichkeiten des Erdgeschosses, deren Decken von mächtigen Bogenstreben gestützt wurden, schienen unbeschädigt zu sein. Das bunt zusammengewürfelte Mobiliar war reich verziert, und auf dem Boden lagen Teppiche. Vor den Fenstern, an denen offenbar erst kürzlich starke Eisenstäbe befestigt worden waren, wie Ehlana bemerkte, flatterten bunte Vorhänge.

Die offenen Kamine waren riesig, und in allen brannten lodernde Feuer – wohl nicht so sehr, um die geringe Kälte arjunischer Winter abzuwehren, sondern um die Räume zu trocknen, die mit modriger Feuchtigkeit von über tausend Jahren Unbewohntsein durchdrungen waren.

Es gab Betten, frisches Linnen und Kleidung arjunischen Schnittes. Doch am wichtigsten für Ehlana war der großzügige Raum mit der riesigen, in den Boden eingelassenen Marmorwanne. Ehlanas Blicke blieben sehnsüchtig an diesem ungeheuren Luxus haften. Ihre Aufmerksamkeit war so sehr davon gebannt, daß sie Zalastas Entschuldigungen kaum hörte. Nachdem sie ein paarmal vage darauf geantwortet hatte, erkannte der Styriker, daß seine weitere Anwesenheit hier nicht mehr geschätzt wurde. Er verabschiedete sich höflich und ging.

»Alean, Liebes«, sagte Ehlana beinahe verträumt, »das ist eine riesige Wanne – bestimmt groß genug für uns beide, meint Ihr nicht?«

Alean starrte mit unverhohlenem Verlangen auf die Wanne »Ganz gewiß, Majestät.«

»Wie lange, glaubt Ihr, würden wir brauchen, genügend Wasser zu erwärmen, daß wir die Wanne füllen können?«

»In der Küche habe ich viele große Töpfe und Kessel gesehen, meine Königin«, sagte das sanfte Mädchen. »Und in allen Kaminen brennen Feuer. Es dürfte gar nicht so lange dauern.«

»Wundervoll!« rief Ehlana begeistert. »Fangen wir an!«

»Wer ist dieser Klæl eigentlich genau, Zalasta?« fragte Ehlana einige Tage später, als er ihr wieder einmal seine Aufwartung machte. Zalasta besuchte sie oft in ihrem Gefängnis, als würde dies seine Schuldgefühle ein wenig mildern, und stets redete er fast ohne Unterlaß – mitunter Unzusammenhängendes, das häufig mehr offenbarte, als er wahrscheinlich beabsichtigte.

»Klæl ist ein Wesen, das ewig lebt«, antwortete er. Ehlana fiel auf, daß der starke Akzent seines Elenisch – der sie so irritiert hatte, als sie sich in Sarsos zum erstenmal begegnet waren – nun verschwunden war. Noch einer seiner Tricks, schloß sie. »Und dadurch unterscheidet sich Klæl von den vergänglichen Göttern dieser Welt«, fuhr Zalasta fort. »Es gibt irgendeine geheimnisvolle Verbindung zwischen ihm und Bhelliom. Sie sind entgegengesetzte Prinzipien oder so etwas. Ich war ein wenig verwirrt, als Cyrgon mir ihre Beziehung erklärte; deshalb verstand ich es nicht ganz.«

»Ja, das kann ich mir vorstellen«, murmelte Ehlana. Ihr Verhältnis zu Zalasta war eigenartig. Wütende Tiraden und Vorwürfe wären nur Zeitvergeudung gewesen; deshalb war Ehlana höflich zu ihm. Zalasta schien dankbar dafür zu sein, und diese Dankbarkeit äußerte sich in einer gewissen Offenheit. Diese Höflichkeit, die sie nichts kostete, ermöglichte es ihr, aus den oft unzusammenhängenden Monologen des Styrikers unbeabsichtigt viel zu erfahren.

»Wie auch immer«, fuhr Zalasta fort. »Cyzada war zu Tode erschrocken, als Cyrgon ihm befahl, Klæl zu beschwören, und der Priester tat sein Bestes, dem Gott dieses Ansinnen auszureden. Doch Cyrgon war unerbittlich, und er kochte vor Wut, als Sperber ihm die Trolle wegnahm. Nie hatten wir mit der Möglichkeit gerechnet, daß Sperber die Trollgötter aus ihrem Gefängnis freilassen würde.«

»Das war Ritter Ulaths Idee«, erklärte Ehlana. »Ulath weiß so manches über Trolle.«

»Offenbar. Wie dem auch sei – Cyrgon zwang Cyzada, Klæl zu rufen. Doch kaum war Klæl erschienen, machte er sich sofort auf die Suche nach Bhelliom. Cyrgon war zutiefst bestürzt. Er hatte Klæl in Reserve halten, ihn sozusagen verstecken wollen, um ihn dann unerwartet auf Sperber zu hetzen. Das ging gründlich schief, als Klæl sogleich zum Nordkap eilte, um Bhelliom zu stellen. Sperber weiß nun, daß Klæl jetzt hier ist – ich habe allerdings keine Ahnung, was er dagegen unternehmen kann. Das ist es ja gerade, was die Beschwörung Klæls von vornherein zu einem so gefährlichen Unternehmen macht: Es gibt keine Kontrolle über dieses Wesen. Ich habe mich bemüht, es Cyrgon zu erklären, doch er hat mir gar nicht zugehört. Unser einziges Ziel ist der Besitz Bhellioms, und Klæl und Bhelliom sind Erzfeinde. Sobald Cyrgon Bhelliom in die Hand bekommt, wird Klæl *ihn* angreifen, und ich bin so gut wie sicher, daß Klæl weit mächtiger ist als er.« Zalasta schaute sich vorsichtig um. »Die Cyrgai sind in vielerlei Hinsicht ein Abbild ihres Gottes, fürchte ich. Cyrgon verabscheut jegliche Art von Intelligenz. Manchmal ist er wirklich erschreckend dumm.«

»Ich weise nur ungern darauf hin, Zalasta«, log Ehlana, »aber Ihr habt die Neigung, Euch Verbündete zu erwählen, die geistig nicht zurechnungsfähig oder verblendet sind. Annias war recht schlau, nehme ich an, doch seine Besessenheit, Erzprälat zu werden, hat sein Urteilsvermögen erheblich getrübt. Martel wurde von seiner Rachsucht in den Wahnsinn getrieben, und nach allem, was ich über Otha hörte, war er so dumm wie ein Klotz. Und Azash hatte nichts anderes im Kopf als die Befriedigung seiner primitiven Bedürfnisse. Vernünftiges Denken war ihm fremd.«

»Ihr wißt alles, nicht wahr, Ehlana? Wie, in aller Welt, habt Ihr das herausgefunden?«

»Ich bin nicht befugt, darüber zu reden«, antwortete sie.

»Na ja, es spielt wohl auch keine Rolle«, murmelte er abwesend. Ein Ausdruck plötzlichen Verlangens huschte über seine Züge. »Wie geht es Sephrenia?«

»Ziemlich gut. Anfangs war sie freilich sehr bestürzt – nachdem sie alles über Euch erfahren hatte –, und Euer Anschlag auf Aphraels Leben war wirklich unüberlegt, wißt Ihr. Erst dadurch ließ Sephrenia sich von Eurem Verrat überzeugen.«

»Ich habe den Kopf verloren«, gestand er. »Diese verdammte Delphae hat mit einem Wimpernzucken dreihundert Jahre geduldiger Arbeit vernichtet!«

»Es geht mich wohl nichts an, aber warum habt Ihr Euch nicht einfach damit abgefunden, daß Sephrenia sich voll und ganz Aphrael verschrieb? Ihr könnt Euch unmöglich gegen die Kindgöttin behaupten, wißt Ihr.«

»Hättet Ihr Euch damit abfinden können, wenn Sperber sich einer anderen verschrieben hätte, Ehlana?« fragte er anklagend.

»Nein«, gab sie zu. »Ich glaube nicht. Aus Liebe tun wir seltsame Dinge, nicht wahr, Zalasta? Aber ich bin wenigstens offen vorgegangen. Es hätte anders für Euch ausgehen können, wenn Ihr Euch nicht für Falschheit und Täuschung entschieden hättet. Aphrael ist nicht völlig unvernünftig.«

»Mag sein«, murmelte er. Dann seufzte er abgrundtief. »Aber das werden wir nie erfahren, nicht wahr?«

»Nein. Dazu ist es jetzt viel zu spät.«

»Der Glaser hat den Sprung in der Scheibe verursacht, als er sie in den Fensterrahmen fügte, meine Königin.« Alean deutete auf das beschädigte Butzenglas in der unteren Fensterecke. »Er war sehr ungeschickt.«

»Woher wißt Ihr so viel darüber, Alean?« fragte Ehlana.

»Mein Vater ging bei einem Glaser in die Lehre, als er noch sehr jung war«, erklärte das rehäugige Mädchen. »In unserem Dorf hat er die Fenster instand gesetzt.« Mit der glühenden Spitze des Schürhakens berührte sie das Bleiband, das die gesprungene Scheibe im Rahmen hielt. »Ich muß sehr behutsam vorgehen.« Sie runzelte angespannt die Stirn. »Aber wenn ich es richtig mache, kann ich es so hinkriegen, daß wir dieses Stück herausnehmen und wieder einfügen können. Dann können wir alles hören, was draußen auf der Straße gesprochen wird. Danach setzen wir es wieder ein, so daß niemand weiß, was wir getan haben. Ich hab' mir gedacht, daß Ihr diese Kerle, die sich aus irgendeinem Grund immer vor dem Fenster treffen, vielleicht belauschen möchtet.«

»Ihr seid ein wahrer Schatz, Alean!« Impulsiv umarmte Ehlana das Mädchen.

»Vorsicht, meine Königin!« rief Alean erschrocken. »Das heiße Eisen!«

Alean hatte recht, was die Männer betraf. Das Fenster mit der geflickten Scheibe befand sich an der Ecke des Hauses, und Zalasta, Scarpa und die anderen waren im Anbau untergebracht. Wann immer sie über etwas außer Hörweite der Soldaten reden wollten, trafen sie sich in der Nische unmittelbar vor dem Fenster. Durch die kleinen Scheiben aus billigem Butzenglas war kaum etwas zu sehen, und so ermöglichte es Aleans kleiner Kunstgriff, daß Ehlana lauschen und sogar ein wenig beobachten konnte, ohne selbst gesehen zu werden.

Am Tag nach ihrem Gespräch mit Zalasta sah sie den weißgewandeten Styriker mit einem Ausdruck düsterster Schwermut näher kommen, dicht gefolgt von Scarpa und Krager. »Du mußt wieder zu dir kommen, Vater!« drängte Scarpa ihn. »Sogar die Soldaten bemerken es schon.«

»Sollen sie doch!« antwortete Zalasta barsch.

»Nein, Vater!« widersprach Scarpa mit klangvoller Bühnenstimme. »Auf gar keinen Fall! Diese Männer sind Tiere. Sie sind selbständigen Denkens nicht fähig. Wenn du mit dem Gesicht eines kleinen Jungen, dessen Hund soeben verreckt ist, durch die Straßen läufst, werden die Männer glauben, daß irgend etwas schiefgegangen ist, und gleich regimentweise desertieren. Es hat mich zu viel Zeit und Mühe gekostet, diese Armee aufzustellen, als daß du sie mir nun mit deinem Selbstmitleid vertreiben darfst.«

»Du würdest es nie verstehen, Scarpa«, entgegnete Zalasta. »Du weißt ja nicht einmal, was Liebe ist. Du liebst nichts und niemanden.«

»O doch, Vater«, fuhr Scarpa auf. »Ich liebe *mich*. Das ist die einzig sinnvolle Art von Liebe.«

Zufällig beobachtete Ehlana in diesem Moment Krager. Der Säufer hatte die Augen nachdenklich zusammengekniffen. Unauffällig hob er seinen offenbar allgegenwärtigen Humpen hinter den Rücken und goß den größten Teil des Weines aus, ehe er das Trinkgefäß an die Lippen hob und unüberhörbar den Rest schlürfte. Dann rülpste er lautstark, murmelte mit schwerer Zunge: »'tschuldigung«, taumelte hin und her und versuchte, sich mit ausgestreckter Hand an die Mauer zu stützen.

Scarpa bedachte ihn gereizt mit einem flüchtigen Blick und kümmerte sich offenbar nicht mehr um ihn – im Gegensatz zu Ehlana, die ihn nachdenklich musterte. Krager war nicht immer auch nur annähernd so betrunken, wie es den Anschein hatte.

»Es war alles umsonst, Scarpa!« jammerte Zalasta. »Ich habe mich für nichts und wieder nichts mit den Aussätzigen, den Entarteten und den Irren verbündet. Ich hatte mir eingebildet, Sephrenia würde sich mir zuwenden, wenn Aphrael nicht mehr wäre. Aber das würde sie niemals tun! Sie würde lieber sterben, als sich mit mir abzugeben!«

Scarpas Pupillen verengten sich. »Dann laß sie doch sterben!« sagte er barsch. »Willst du denn nicht einsehen, daß eine Frau wie die andere ist? Frauen sind Gebrauchsgegenstände – wie Heuballen oder Weinfässer. Sieh dir doch Krager an! Was glaubst du, was er von einem leeren Weinfaß hält? Die neuen, die vollen, die liebt er! Nicht wahr, Krager?«

Krager grinste ihn kurzsichtig an; dann rülpste er aufs neue. »'tschuldigung«, lallte er.

»Ich sehe wirklich keinen Grund für deine Besessenheit«, fuhr Scarpa fort, in Zalastas offener Wunde zu stochern. »Sephrenia ist jetzt nur noch Ware aus zweiter Hand. Vanion hatte sie – Dutzende von Malen. Bist du schon so sehr am Boden zerstört, daß du nimmst, was ein Elenier für dich übrigläßt?«

Vor Wut und Enttäuschung knurrend, schmetterte Zalasta die Faust gegen die Steinwand.

»Vanion ist es wahrscheinlich so sehr gewohnt, sie zu haben, daß er nicht einmal mehr Zeit damit vergeudet, ihr Zärtlichkeiten zuzuflüstern«, bohrte Scarpa weiter. »Er nimmt sich von ihr, was er will, dreht sich um und fängt zu schnarchen an. Du weißt doch, wie Elenier sind, wenn sie in einen gewohnten Trott verfallen. Und Sephrenia ist wahrscheinlich keinen Deut besser. Vanion hat eine Elenierin aus ihr gemacht, Vater. Sie ist keine Styrikerin mehr! Sie ist eine Elenierin geworden – oder noch schlimmer, ein Bastard.« Höhnisch verzog er das Gesicht. »Sie ist nicht besser, als meine Mutter und meine Schwestern es waren – und du weißt ja, *was* sie waren!«

Zalasta verzog schmerzvoll das Gesicht. Er warf den Kopf zurück und heulte regelrecht: »Dann wäre sie mir tot lieber!«

Das bleiche, bärtige Gesicht Scarpas nahm einen verschlagenen Ausdruck an. »Warum tötest du sie dann nicht, Vater?« fragte er mit verschwörerischem Flüstern. »Wenn eine anständige Frau erst einmal von einem Elenier ins Bett gelockt wurde, ist ihr nie mehr zu trauen, weißt du. Selbst wenn du sie dazu bringen könntest, dich zu heiraten, würde sie niemals treu sein.« Heuchlerisch legte er eine Hand auf Zalastas Arm. »Töte sie, Vater!« riet er ihm. »Dann bleiben wenigstens deine Erinnerungen an sie unbefleckt. *Sie* ist es nicht mehr!«

Wieder heulte Zalasta auf und krallte die langen Fingernägel in seinen Bart. Dann drehte er sich rasch um und rannte die Straße entlang davon.

Krager richtete sich auf, und seine scheinbare Trunkenheit schwand. »Ihr seid da ein großes Risiko eingegangen, ist Euch das bewußt?« sagte er vorsichtig.

Scarpa blickte ihn scharf an. »Sehr gut, Krager«, murmelte er. »Ihr habt die Rolle des Besoffenen wirklich glaubhaft gespielt.«

»Ich habe viel Übung.« Krager zuckte die Schultern. »Ihr könnt von Glück reden, daß er Euch nicht ausgelöscht hat, Scarpa – oder noch einmal glühende Blitze durch Eure Gedärme gejagt hat!«

»Dazu war er gar nicht imstande«, erklärte Scarpa höhnisch. »Ich bin selbst ein recht guter Magier und habe genug Erfahrung, um zu wissen, daß man einen klaren Kopf haben muß, will man Zauber wirken. Ich habe dafür gesorgt, daß seine Wut sich immer mehr steigerte. Er hätte nicht einmal genug Zauberkraft aufgebracht, um ein Spinnennetz zu zerreißen. Hoffen wir, daß er Sephrenia auch wirklich tötet! Das würde Sperber den Verstand rauben. Ganz zu schweigen davon, daß Zalasta sich wahrscheinlich selbst die Kehle durchschneidet, wenn die Begierde seines Lebens nur noch ein Klumpen totes Fleisch ist.«

»Ihr haßt ihn zutiefst, nicht wahr?«

»Das würdet Ihr an meiner Stelle auch, Krager. Er hätte mich mitnehmen können, als ich ein Kind war, aber er hat mich nur hin und wieder besucht und mir gezeigt, was es bedeutet, ein Styriker zu sein. Dann ging er allein wieder fort und ließ mich zurück, damit die Huren mich peinigen konnten. Wenn er nicht den Mumm hat, sich selbst die Kehle durchzuschneiden, werde ich ihm liebend gern dabei helfen.«

Scarpas Augen glänzten, und er lächelte breit. »Wo ist Euer Weinfaß, Krager? Ich habe jetzt Lust, mich vollaufen zu lassen.« Er brach in Gelächter aus. Es war ein kicherndes, irres Lachen, freudlos und unmenschlich.

»Es hat keinen Sinn!« Ehlana schleuderte den Kamm durch das Gemach. »Seht Euch nur an, was sie mit meinem Haar gemacht haben!« Sie vergrub das Gesicht in den Händen und weinte.

»Es ist keineswegs hoffnungslos, meine Königin«, versicherte Alean ihr sanft. »Ich kenne da eine Frisur, die in Cammorien beliebt ist.« Sie hob die Fülle platinblonden Haares von Ehlanas rechter Schulter und schlang sie ihr über den Kopf. »Seht Ihr?« sagte sie. »So bedeckt es die geschorenen Stellen, und es schaut obendrein sehr elegant aus.«

Ehlana blickte hoffnungsvoll in den Spiegel. »Es sieht tatsächlich gar nicht *so* schlecht aus«, gab sie zu.

»Und wenn wir unmittelbar hinter Eurem rechten Ohr eine Blume hineinstecken, werdet Ihr umwerfend aussehen.«

»Alean, Ihr seid wundervoll!« rief die Königin glücklich. »Was würde ich ohne Euch tun?«

Sie brauchten über eine Stunde, aber schließlich waren die häßlichen kahlen Stellen bedeckt. Ehlana fand, daß ihre Würde wenigstens zum Teil wiederhergestellt war.

Doch an diesem Abend stattete Krager ihnen einen Besuch ab. Er stand schwankend an der Tür, mit roten, verschleierten Augen und hämischem Grinsen. »Wieder mal Erntezeit, Ehlana«, verkündete er und zog seinen Dolch. »Sieht ganz so aus, als brauchte ich noch ein wenig von Eurem Haar.«

6

Der Himmel blieb bedeckt, doch glücklicherweise hatte es bisher noch nicht geregnet. Der heftige Wind aus der Bucht von Micae jedoch war eisig, und so hatten sie die Umhänge fest um sich geschlungen, um den Unbilden der Witterung zu trotzen. Wenngleich Khalad der Meinung war, daß es für sie von Vorteil sei, sich Zeit zu lassen, wuchs Berits Ungeduld von Stunde zu Stunde. Natürlich wußte er, daß alles, was sie taten, nur ein kleiner Teil der großen Strategie war, doch die Konfrontation war unausbleiblich, und es drängte ihn danach, sie hinter sich zu bringen.

»Wie kannst du nur so geduldig sein?« fragte er Khalad eines Nachmittags, als der Seewind besonders kalt und feucht war.

»Ich bin Bauer«, antwortete Khalad und kratzte sich am kurzen schwarzen Bart. »Die Pflanzen brauchen Zeit, zu wachsen und zu reifen, da erwartet man nicht, daß sich über Nacht etwas daran ändert.«

»Ich habe nie darüber nachgedacht, wie es sein muß, stillzusitzen und auf die Ernte zu warten.«

»Stillsitzen gibt es für einen Bauern nicht«, entgegnete Khalad. »Stets gibt es mehr zu tun, als der Tag Stunden hat. Und sollte man sich wirklich einmal langweilen, kann man ja den Himmel beobachten. Ein plötzlicher Hagelsturm oder anhaltende Trockenheit kann die ganze Arbeit eines Jahres vernichten.«

»Auch daran hab' ich nie gedacht«, erwiderte Berit nachdenklich. »Deshalb kannst du das Wetter so gut vorhersehen, nicht wahr?«

»Es hilft.«

»Aber es ist mehr als bloß das Wetter. Anscheinend weißt du, was um dich herum vorgeht. Als wir uns auf dem Floßausleger befanden, hast du die kleinste Veränderung seiner Bewegungen immer sofort bemerkt.«

»Man muß halt ständig alle Sinne beisammenhaben, Herr Ritter. Die Welt um dich herum schreit pausenlos auf dich ein, aber die meisten Menschen hören es offenbar nicht. Das verwundert mich ehrlich. Ich verstehe nicht, wie Euch so viel entgehen kann.«

Berit war ein wenig gekränkt. »Ach, ja? Und was schreit die Welt dir jetzt zu, das ich nicht hören kann?«

»Sie sagt mir, daß wir für heute nacht einen einigermaßen festen Unterschlupf brauchen. Ein Sturm kommt auf.«

»Woraus schließt du das?«

Khalad wies mit der Hand. »Seht Ihr diese Möwen?«

»Ja. Aber was haben die damit zu tun?«

Khalad seufzte. »Was fressen Möwen?«

»So gut wie alles. Aber hauptsächlich Fisch, nehme ich an.«

»Warum fliegen sie dann landeinwärts? Auf festem Boden werden sie wohl kaum viele Fische finden, stimmt's? Sie haben da draußen in der Bucht irgendwas bemerkt, das ihnen nicht gefällt, und davor fliehen sie. Und Möwen fürchten sich praktisch nur vor einem Sturmwind und hohen Brechern, die damit einhergehen. Da draußen tobt ein Sturm, und er zieht hierher. *Das* schreit die Welt mir momentan zu.«

»Dann ist es im Grunde genommen nur gesunder Menschenverstand, nicht wahr?«

»In der Hauptsache, Sperber – gesunder Menschenverstand und Erfahrung.« Khalad lächelte leicht. »Ich kann immer noch fühlen, daß Kragers Styriker uns da draußen beobachtet. Wenn er ebenso wenig hört und sieht wie Ihr, steht ihm eine schlimme Nacht bevor.«

Berit grinste ein wenig boshaft. »Ich kann nicht behaupten, daß es mir leid tut.«

Die Aussiedlung war größer als ein Dorf, aber nicht groß genug, als daß man sie Städtchen hätte nennen können. Es gab drei Straßen und mindestens sechs mehrstöckige Häuser. Die Straßen waren allerdings nicht gepflastert, und die freilaufenden Schweine suhlten sich im Schlamm. Zwischen den aus Holz erbauten und mit Schilfrohr gedeckten Häusern befand sich ein Gasthof, vor dem zwei klapprige Wagen mit mißgelaunten Maultieren standen. Ulath zügelte den müden alten Gaul, den er in dem Fischerdorf erstanden hatte. »Was meinst du?« fragte er seinen Freund.

»Ich dachte schon, du würdest nie auf die Idee kommen«, brummte Tynian.

»Gut, dann nehmen wir uns hier ein Zimmer. Es ist ohnehin schon später Nachmittag, und ich bin es leid, auf nacktem Boden zu schlafen. Außerdem brauche ich dringend ein Bad.«

Tynian blickte auf die Gipfel der Tamulischen Berge, die sich im Westen scharf vom dämmernden Himmel abzeichneten. »Ich weiß, daß wir uns und den Pferden ein paar Stunden Ruhe gönnen müssen. Aber ich hasse den Gedanken, die Trolle warten zu lassen, Ulath«, sagte er scheinbar ernst.

»Es ist ja nicht so, als hätten wir einen bestimmten Zeitpunkt mit ihnen vereinbart. Trolle würden es nicht einmal bemerken. Sie haben kein ausgeprägtes Zeitgefühl.«

Die Gefährten ritten in den Hof, banden ihre Pferde an ein Geländer vor den Stallungen, und gingen ins Gasthaus.

»Wir brauchen ein Zimmer«, sagte Ulath auf tamulisch mit starkem Akzent.

Der Wirt war ein Männchen mit unstetem Blick. Er schätzte die neuen Gäste rasch ab. Sein Gesicht verzog sich abfällig, als er die zusammengestückelte Uniform bemerkte. Aus mehreren guten Gründen waren Soldaten in ländlichen Gegenden für gewöhnlich nicht gern gesehen. »Na ja«, erklärte der Wirt mit winselnder Stimme. »Ich weiß nicht. Es ist unsere Hauptsaison ...«

»Spätherbst?« unterbrach Tynian ihn ungläubig. »*Das* ist Eure Hauptsaison?«

»Na ja, da sind die vielen Fuhrleute, von denen ich nie genau weiß, wann sie kommen, versteht Ihr ...?«

Ulath blickte über die Schulter des Wirtes in die niedrige, verrauchte Schankstube. »Ich zähle drei Mann!« sagte er finster.

»Jeden Moment können weitere kommen«, rief der Wirt ein bißchen zu hastig.

»*Natürlich*«, sagte Tynian sarkastisch. »Aber wir sind *jetzt* hier, und wir können bezahlen. Wollt Ihr Euch einen sicheren Verdienst entgehen lassen, nur weil gegen Mitternacht vielleicht irgendein Fuhrwerk hier anhält?«

»Mit zwei ausgemusterten Veteranen will er nichts zu tun haben, Korporal«, sagte Ulath. »Komm, reden wir mit dem hiesigen Armeekommissar. Den wird es bestimmt interessieren, wie dieser Bursche Soldaten seiner kaiserlichen Majestät behandelt!«

»Ich bin ein ergebener Untertan seiner kaiserlichen Majestät!«

rief der Wirt rasch. »Es wird mir eine Ehre sein, tapfere Veteranen der Armee zu beherbergen, und ...«

»Wieviel?« unterbrach Tynian den Mann.

»Eine halbe Krone?«

»So ganz klar scheint er sich nicht zu sein, oder was meinst du, Sergeant?« brummte Tynian; dann wandte er sich wieder an den nervösen Wirt. »Wir wollen das Zimmer nicht *kaufen*, Mann! Wir wollen nur eine Nacht darin schlafen!«

Ulath starrte den jetzt verängstigten kleinen Tamuler finster an. »Acht Kupfer!« entgegnete er in einem Tonfall, der keinen Widerspruch duldete.

»Acht?« protestierte der Wirt schrill.

»Nehmt es, oder laßt es bleiben – aber entscheidet Euch schnell. Wir brauchen noch ein wenig Tageslicht, um den Armeekommissar aufzusuchen.«

»Ihr seid ein harter Mann, Sergeant!«

»Niemand hat behauptet, daß das Leben leicht ist, nicht wahr?« Ulath zählte ein paar Münzen ab und klimperte damit. »Wollt Ihr sie, oder wollt Ihr sie nicht?«

Nach einem Moment qualvoller Unentschlossenheit griff der Wirt zögernd nach dem Geld.

»Du hast der Sache den ganzen Spaß genommen«, beklagte sich Tynian, als sie auf den Hof zurückkehrten, um ihre Pferde zu versorgen.

»Ich habe Durst.« Ulath zuckte die Schultern. »Außerdem würden Exsoldaten schon im vorhinein wissen, wieviel sie zu zahlen bereit sind.« Er kratzte sich im Gesicht. »Ob es Ritter Gerad wohl etwas ausmachen würde, wenn ich seinen Bart abrasiere? Dieses Gestrüpp juckt wie verrückt!«

»Es ist nicht *wirklich* Gerads Gesicht, Ulath. Es ist nach wie vor deines. Du bist nur auf eine Weise verändert worden, daß du wie Gerad aussiehst.«

»Ja, aber wenn die Damen unsere Gesichter wieder dorthin zaubern, wo sie waren, werden sie *dieses* als Modell für Gerad nehmen. Und wenn ich mich rasiere, steht er mit einem nackten Gesicht da. Das wird ihm vielleicht nicht gefallen.«

Sie nahmen ihren Pferden die Sättel ab, führten die Tiere in den Stall und kehrten ins Haus zurück, um sich in die Gaststube zu setzen. Tamulische Schenken waren anders als elenische. Beispielsweise waren die Tische viel niedriger, und statt mit einem offenen Kamin beheizte man die Stube mit einem Porzellanofen, obwohl dieser Ofen nicht weniger rauchte als eine offene Feuerstelle. Der Wein wurde in dünnen kleinen Bechern serviert, das Bier in billigen Zinnkrügen. Die Geruchsmischung in der Schankstube war jedoch nicht viel anders als in elenischen Gasthäusern.

Ulath und Tynian nahmen gerade einen Schluck aus ihrem zweiten Krug Bier, als ein sich übertrieben geschäftig gebender Tamuler in einem Umhang, von dem man die Speisekarte der letzten Wochen ablesen konnte, direkt zu ihrem Tisch marschierte. »Ich möchte eure Entlassungspapiere sehen, wenn ihr nichts dagegen habt«, sagte er von oben herab.

»Und wenn doch?« brummte Ulath.

Der Beamte blinzelte. »Was?«

»Ihr sagtet, wenn wir nichts dagegen haben. Was ist, wenn doch?«

»Ich habe die Befugnis, diese Dokumente zu überprüfen.«

»Warum habt Ihr das dann nicht gleich gesagt?« Ulath langte unter seinen roten Uniformrock und zog ein eselsohriges Stück Papier hervor. »In unserem alten Regiment haben Vorgesetzte nie um irgend etwas gebeten, sondern es befohlen!«

Der Tamuler las die Dokumente, die Oscagne als Teil ihrer Tarnung besorgt hatte.

»Scheinen in Ordnung zu sein«, sagte er schließlich in etwas versöhnlicherem Tonfall. »Tut mir leid, wenn ich ein wenig unfreundlich war. Aber wir haben den Befehl erhalten, nach Fahnenflüchtigen Ausschau zu halten – wegen der Unruhen, ihr wißt schon. Wie es scheint, dienen manche Männer gar nicht gern in der Armee, weil sie das Gefühl haben, gegen Windmühlen zu kämpfen.« Er blickte die Gefährten fast ein bißchen neidisch an. »Ihr wart also in Matherion stationiert.«

Tynian nickte. »Es war ein ruhiger Posten. Allerdings gab es ziemlich viele Inspektionen, und ständig mußte alles blitzblank sein! Setzt Euch doch, Kommissar.«

Der Tamuler lächelte schwach. »Leider nur Unterkommissar, Korporal. Für diesen hinterwäldlerischen Bezirk gibt es keine Kommissar-Planstelle.« Er sank auf einen Stuhl. »Wohin wollt ihr, Männer?«

»Nach Hause«, antwortete Ulath. »Nach Verel in Dakonien.«

»Verzeiht meine Offenheit, Sergeant, aber Ihr seht gar nicht wie ein Dakonier aus.«

Ulath zuckte die Schultern. »Ich gerate mehr nach meiner Mutter. Sie war Astelerin. Aber verratet mir eines, Unterkommissar – können wir viel Zeit sparen, wenn wir den Weg durch die Berge nach Sopal nehmen? Von dort könnten wir das Binnenmeer von Arjun mit einer Fähre oder einem Handelsschiff bis nach Tiana überqueren und dann nach Saras hinunterreiten. Von dort ist es ja nicht mehr weit nach Verel.«

»Ich kann euch nur raten, euch von den Tamulischen Bergen fernzuhalten, meine Freunde.«

»Schlechtes Wetter?« fragte Tynian.

»Damit ist zu dieser Jahreszeit immer zu rechnen, Korporal; das habe ich nicht gemeint. Man hört so allerlei Erschreckendes aus diesen Bergen. Anscheinend haben die Bären sich ungewöhnlich stark fortgepflanzt und sich wie die Hasen vermehrt. Jeder Reisende, der in den letzten Wochen von dort kam, hat diese Bestien gesehen. Glücklicherweise sind sie bisher alle vor den Menschen geflüchtet.«

»Bären, sagtet Ihr?«

Der Tamuler lächelte. »Das ist meine Übersetzung. Die unwissenden Bauern in dieser Gegend benutzen das Wort *Ungeheuer*. Aber wir wissen ja alle, was eine große, zottige Kreatur ist, die in den Bergen haust, nicht wahr?«

»O ja! Bauern lassen sich leicht ins Bockshorn jagen, stimmt's?« Ulath lachte und leerte seinen Krug. »Wir waren mal auf Manöver, als ein Bauer auf uns zugerannt kam und behauptete, er würde von einem Rudel Wölfe verfolgt. Als wir uns umschauten, entdeckten wir nur einen einsamen Fuchs. Größe und Zahl wilder Tiere, die ein Bauer sieht, erhöhen sich offenbar mit jeder Stunde.«

»Oder jedem Krug Bier«, warf Tynian ein.

Sie unterhielten sich noch eine Zeitlang mit dem nun recht umgänglichen Beamten, bis dieser ihnen schließlich eine gute Heimreise wünschte und die Schankstube verließ.

»Gut zu wissen, daß die Trolle es so weit in den Süden geschafft haben«, sagte Ulath erfreut. »Ich hätte keinen gesteigerten Wert darauf gelegt, sie erst suchen zu müssen.«

»Sie werden von ihren Göttern geführt, Ulath«, erinnerte Tynian den Gefährten.

»Du kennst die Trollgötter nicht.« Ulath lachte. »Ihr Orientierungssinn läßt ziemlich zu wünschen übrig – wahrscheinlich, weil ihr Kompaß nur zwei Richtungen kennt.«

»Ach?«

»Norden und Nichtnorden. Das erschwert es ein wenig, bestimmte Orte zu finden.«

Das Unwetter war einer der kurzen, heftigen Stürme, wie sie im Spätherbst scheinbar aus dem Nichts zu kommen pflegen. Khalad hatte die Möglichkeit ausgeschlossen, im Salzsumpf irgendeine Art von Unterschlupf zu finden, und sich statt dessen dem Strand zugewendet.

Am Ende einer schmalen Bucht entdeckte er genau das, was er gesucht hatte: einen riesigen Haufen angeschwemmten Holzes. Nach etwa zwei Stunden pausenloser Arbeit hatten er und Berit an der windabgekehrten Seite einen brauchbaren, ja, fast gemütlichen Unterschlupf errichtet.

Bei Einbruch der Dunkelheit brach der Sturm los. Er jagte heulend durch den gewaltigen Treibholzhaufen, warf die Brandung donnernd an den Strand und jagte die Wassermassen des Regens horizontal über den Boden.

Doch Khalad und Berit saßen im Warmen und Trockenen. Sie lehnten mit den Rücken an dem riesigen, gebleichten Stamm, der die Rückseite ihres Unterschlupfes bildete, und streckten dem prasselnden Feuer die Füße entgegen.

»Du versetzt mich immer wieder in Erstaunen, Khalad«, gestand Berit. »Wie konntest du wissen, daß sich unter all diesem Treibholz auch Bretter befinden?«

Khalad zuckte die Schultern. »Weil es meist so ist. Wenn so riesige Berge Treibholz angespült werden, ist immer bearbeitetes Bauholz darunter. Schiffe werden aus Balken und Brettern erbaut, und so manches Schiff wird bei einem Unwetter auf See zerrissen. Dann schwimmen die Bretter herum, bis Wind, Strömung und Gezeiten sie an immer die gleichen geschützten Strände treiben, wo sich bereits anderes Treibgut angesammelt hat.« Er streckte die Hand in die Höhe und tätschelte die Decke ihrer behelfsmäßigen Unterkunft. »Daß wir diesen Lukendeckel fanden, ist allerdings ein großes Glück, das dürft Ihr mir glauben.« Er stand auf und ging zur Öffnung ihres Unterschlupfs. »Es stürmt ganz tüchtig«, bemerkte er. Er kehrte zurück, hielt die Hände übers Feuer und fügte hinzu: »Kalt ist es auch. Wahrscheinlich wird der Regen noch vor Mitternacht zu einem ordentlichen Graupelschauer.«

Berit freute sich sichtlich. »Mir tut jeder leid, den der Sturm in einer solchen Nacht im Freien überrascht hat.« Er grinste.

»Mir auch.« Khalad erwiderte Berits Grinsen. Er senkte die Stimme, obwohl es gar nicht nötig war. »Könnt Ihr irgendeinen Sinn in seinen Gedanken erkennen?« Aus Gründen der Sicherheit hatte Khalad beschlossen, den Freund während der ganzen Reise nicht mehr zu duzen.

»Nein, nichts von Bedeutung«, antwortete Berit. »Jedenfalls fühlt er sich ausgesprochen unbehaglich.«

»Der Arme!«

»Da ist allerdings noch etwas. Er will zu uns, um mit uns zu reden. Er hat irgendeine Botschaft für uns.«

»Wird er heute nacht hierher kommen?«

Berit schüttelte den Kopf. »Er hat den Befehl, sich nicht vor morgen früh mit uns in Verbindung zu setzen. Er hat schreckliche Angst vor seinem Auftraggeber; deshalb wird er sich genauestens an die Anweisungen halten. – Ist der Schinken bald durch?«

Khalad hob mit seinem Dolch den Deckel des Eisentopfs, der am Rand des Feuers halb in der Glut eingebettet war. Der herausquellende Dampf roch köstlich. »Er ist bereits durch. Sobald auch die Bohnen weich sind, können wir essen.«

»Falls sich unser Freund da draußen in Windrichtung von uns aufhält, wird der Duft sein Elend noch schlimmer machen«, meinte Berit schadenfroh.

»Das bezweifle ich, Sperber. Er ist Styriker, und Styriker dürfen kein Schweinefleisch essen.«

»Stimmt. Das hatte ich ganz vergessen. Aber er ist ein Abtrünniger. Vielleicht hat er da auch seine Eßgewohnheiten geändert.«

»Das werden wir am Morgen erfahren. Sobald er zu uns kommt, biete ich ihm ein Stück Schinken an. Schneidet doch ein paar Scheiben von dem Brotlaib ab, dann röste ich sie auf dem Topfdeckel hier.«

Bis zum Morgen ließ der Wind ein wenig nach, und auch der Regen trommelte nur noch hin und wieder auf das Lukendeckeldach. Zum

Frühstück aßen die Gefährten wieder Schinken und weiße Bohnen; dann machten sie sich daran, ihre Sachen zusammenzupacken. »Was meinst du?« fragte Berit.

»Bleiben wir, bis er zu uns gekommen ist. Es regnet noch; da ist es nicht ungewöhnlich, wenn wir noch ein bißchen warten.« Khalad blickte seinen Freund nachdenklich an. »Würde Euch ein kleiner Rat kränken, Hoheit?«

»Natürlich nicht.«

»Ihr seht zwar aus wie Sperber, aber Ihr hört Euch nicht ganz wie er an, ja, Euer ganzes Auftreten stimmt nicht so recht überein. Wenn der Styriker kommt, solltet Ihr ein härteres und kälteres Gesicht machen. Kneift die Augen ein wenig zusammen. Sperber blinzelt ein bißchen. Außerdem solltet Ihr die Stimme etwas leiser und gleichmütiger halten. Sperber spricht sehr ruhig, wenn er verärgert ist – und er nennt Fremde gern ›Nachbar‹. Mit diesem einen Wort kann er eine Menge ausdrücken.«

»Du hast recht! Er nennt so gut wie alle Fremden ›Nachbar‹, nicht wahr? Das hatte ich fast vergessen. Du hast die Erlaubnis, mich jederzeit sofort zu verbessern, wenn ich vom echten Sperber abweiche, Khalad.«

»Erlaubnis?«

»Oh! Keine gute Wortwahl, fürchte ich.«

»Das könnt Ihr laut sagen!«

»In Matherion wurde es ein wenig zu heiß für uns.« Caalador lehnte sich auf seinem Stuhl zurück und blickte durchdringend in das harte Gesicht seines Gegenübers. »Ich nehme an, du verstehst, was ich meine, Orden.«

Der Mann lachte. »O ja!« versicherte er ihm. »Einige Male mußte auch ich schon Hals über Kopf eine Stadt verlassen, weil die Gesetzeshüter Wind von meiner Anwesenheit bekommen hatten.« Orden war ein Elenier aus Vardenaise und betrieb eine Spelunke im Hafenviertel von Delo. Er war ein wohlbeleibter Gauner, der hier ein einträgliches Geschäft machte, weil elenische Gesetzesbrecher sich in der vertrauten Umgebung einer elenischen Schenke wohlfühlten *und* weil Orden bereit war, ihnen Ware abzukaufen – zu etwa einem Zehntel ihres tatsächlichen Wertes –, ohne Fragen zu stellen.

»Was wir wirklich brauchen, ist ein neues Arbeitsfeld, sozusagen.« Caalador zeigte auf Kalten und Bevier, die nun andere Gesichter hatten und grobe, zusammengestückelte Kleidung trugen. »Eine ziemlich hohe Persönlichkeit aus dem Innenministerium war Wortführer der Gruppe von Polizisten, die uns aufhielten und peinliche Fragen stellten.« Er grinste Bevier an, der das Gesicht mit einem ebenfalls cyrinischen Ordensbruder getauscht hatte, einem wahrlich finster aussehenden Ritter, der bei einem Scharmützel in Rendor ein Auge verloren hatte und die leere Höhle mit einer schwarzen Klappe bedeckte. »Meinem einäugigen Freund gefiel das Benehmen dieses Kerls nicht; deshalb hat er ihn mit seinem seltsamen Hackebeil einen Kopf kürzer gemacht.«

Orden blickte auf die Waffe, die Bevier neben seinen Bierkrug auf den Tisch gelegt hatte. »Das ist eine Lochaberstreitaxt, nicht wahr?« fragte er.

Bevier brummte angsteinflößend. Kalten fand die Vorliebe seines Kameraden für dramatische Auftritte übertrieben. Sein jetziges Gesicht und die schwarze Augenklappe hätten schon genügt. Doch daß Bevier als Student begeistertes Mitglied einer Laienbühne gewesen war, schien Grund genug für ihn zu sein, aus jeder Situation eine Art Schmierenkomödie zu machen. Anscheinend wollte er bedrohlich und kampferprobt wirken. Allerdings erreichte er nur, daß er wie ein gemeingefährlicher Irrer aussah.

»Hat eine Lochaber normalerweise nicht einen längeren Schaft?« fragte Orden.

»Der würd' nicht unter meinen Kittel passen«, brummte Bevier, »drum hab' ich zwei Fuß vom Griff abgesägt. Aber auch so geht's ganz gut, wenn man nur fest genug hackt. Das Geschrei und das Blut stören mich nicht weiter. Ganz im Gegenteil.«

Orden schauderte. Es sah aus, als wäre ihm leicht übel. »Das ist die furchterregendste Waffe, die ich je gesehen habe«, gestand er.

»Das ist wohl auch der Grund, weshalb ich sie so mag«, entgegnete Bevier.

Orden blickte Caalador fragend an. »An welches ... äh, Arbeitsfeld habt ihr gedacht, du und dein Freund, Ezek?«

»Na ja, wir haben uns überlegt, wir versuchen uns mal als Straßenräuber oder so was Ähnliches«, antwortete Caalador. »Du weißt schon, frische Luft, körperliche Tätigkeit, nahrhaftes Essen, keine Schergen in der Nähe und so weiter. Auf unsere Köpfe sind ziemlich hohe Belohnungen ausgesetzt, und jetzt, wo der Kaiser das Innenministerium aufgelöst hat, wird die ganze Polizeiarbeit von den Atanern erledigt. Hast du gewußt, daß Ataner sich nicht bestechen lassen?«

Orden nickte düster. »O ja. Ein schlimmer Charakterfehler.« Er blickte ›Ezek‹, der wie ein Deiraner mittleren Alters aussah, nachdenklich an. »Wie wär's, wenn du mir Caalador beschreibst, Ezek? Nicht, daß ich an der Wahrheit deiner Worte zweifle, glaub mir! Aber es ist nun mal so, daß zur Zeit alles drunter und drüber geht. Alle Polizisten, die wir bestochen hatten, sitzen im Gefängnis oder sind tot. Da müssen wir *alle* doppelt vorsichtig sein.«

»Das versteh' ich, und ich nehm's dir nicht übel, Orden«, entgegnete Caalador. »Ich würde niemandem trauen, der in diesen Zeiten *nicht* vorsichtig ist. Caalador ist ein Cammorier; er hat krauses Haar und ein rotes Gesicht. Ist ein stämmiger Kerl – du weißt schon, breite Schultern, Stiernacken und nicht gerade schlank um die Hüften.«

Orden versuchte, ein schlaues Gesicht zu machen. »Was hat er dir gesagt? Wiederhol's wortwörtlich.«

»Aba ja«, erwiderte Caalador mit übertriebenem Dialekt. »Der olle Caalador hat g'sagt, mir soll'n schau'n, daß mir nach Delos komm' und dort zu 'nem Burschn geh'n, der wo Orden heißt – indem daß dieser Bursch weiß, was da in da Untawelt vor sich geht.«

Orden entspannte sich und lachte. »Das ist Caalador, wie er leibt und lebt. Ich wußte schon nach drei Worten, daß du die Wahrheit gesagt hast.«

»Er vergewaltigt die Sprache ganz ordentlich«, pflichtete Caalador ihm bei. »Aber er ist keineswegs so dumm, wie er sich anhört.«

Kalten verbarg sein Lächeln rasch hinter einer Hand.

»Issa sicha nich'.« Auch Orden ahmte kurz den Dialekt nach. »Ich fürchte nur, daß Straßenraub hier nicht viel einbringen wird, Ezek, schon deshalb nicht, weil es nicht sehr viele Straßen gibt. Im Urwald wärt ihr zwar sicher, denn nicht einmal die Ataner können in diesem Dickicht jemanden finden – aber da ist kaum was rauszuholen. Drei Männer allein im Dschungel haben kaum Aussicht auf ein Auskommen. Ich finde, ihr solltet euch einer der Banden da drinnen anschließen. Sie machen sich ein recht gutes Leben, indem sie einsame Herrensitze ausrauben und Ortschaften brandschatzen. Für diesen Beruf werden ziemlich viele Männer gebraucht; deshalb sind die Banden immer auf der Suche nach neuen verläßlichen Mitgliedern.« Er lehnte sich zurück und tippte sich nachdenklich ans Kinn. »Wollt ihr *weit* weg von der Stadt?«

»Je weiter, desto besser«, erwiderte Caalador.

»Narstil hat seine Leute nahe der Ruinen von Natayos. Ich kann euch *garantieren*, daß die Polizei euch *dort* bestimmt nicht stört. Ein Kerl namens Scarpa hat eine ganze Armee in den Ruinen einquartiert. Narstil macht allerlei Geschäfte mit ihm, gefährliche Geschäfte zwar, aber offenbar recht einträgliche.«

»Ich glaube, du hast genau das richtige für uns gefunden, Orden!« rief Caalador erfreut.

Kalten stieß einen tiefen Seufzer der Erleichterung aus. Ohne viele Worte zu machen, war Orden mit der Lösung gekommen, die sie gesucht hatten. Wenn sie sich *dieser* Räuberbande anschlossen, würden sie Natayos nahe genug sein, den Rauch aus den Schornsteinen zu riechen, und das war ein größerer Glückstreffer, als sie sich erhofft hatten.

»Was hältst du davon, Ezek, wenn ich einen Brief an Narstil schreibe und euch empfehle?«

»Wir wären dir sehr dankbar, Orden.«

»Doch bevor ich die Tinte und das Papier verschwende, sollten wir uns vielleicht darüber unterhalten, was ihr mir dafür bezahlt, meint ihr nicht?«

Der Styriker war durchnäßt, schmutzig vom Schlamm und vor Kälte fast blaugefroren. Er zitterte so heftig, daß seine Stimme kaum zu verstehen war, als er ihnen beim Näherkommen zurief: »Ich habe eine Nachricht für euch. Also tut nichts Voreiliges.« Er sprach Elenisch – zu Berits großer Erleichterung, denn sein Styrisch war alles andere als gut. Das war die Schwachstelle bei seiner Tarnung.

»Kommt herein, Nachbar«, forderte er den arg mitgenommen aussehenden Burschen auf, der ein Stück den Strand hinauf stand. »Aber haltet Eure Hände so, daß ich sie sehen kann.«

»Kommandiert mich nicht herum, Elenier!« brauste der Styriker auf. »*Ich* erteile hier die Befehle!«

»Dann bleibt, wo Ihr seid, und teilt uns Eure Botschaft von da aus mit, Nachbar«, erwiderte Berit schroff. »Laßt Euch Zeit, wenn Ihr wollt. Ich hab's trocken und warm in unserem Unterschlupf. Für mich wird es also nicht ungemütlich sein, hier zu warten, bis Ihr Euch entschlossen habt.«

»Es ist eine *schriftliche* Nachricht«, erwiderte der Mann auf styrisch, falls Berit seine Worte richtig übersetzt hatte.

»Freundchen«, sprang Khalad rasch ein, »wir haben hier eine heikle Situation! Es gibt unzählige Möglichkeiten, daß Mißverständnisse entstehen! Also macht mich nicht nervös, indem Ihr in einer Sprache redet, die ich nicht verstehe. Ritter Sperber mag sie ja beherrschen, aber *ich* nicht, und *mein* Messer in Eurem Bauch wird Euch genauso schnell töten wie seines. Hinterher tut's mir vielleicht leid, aber es würde Euch nicht mehr ins Leben zurückrufen!«

»Darf ich in euren Unterschlupf kommen?« fragte der Styriker jetzt wieder auf Elenisch.

»Nur herein, Nachbar«, forderte Berit ihn auf.

Der Bote mit dem grobschlächtigen Gesicht kam nun direkt auf sie zu und blickte sehnsüchtig auf das Feuer.

»Ihr seht wirklich so aus, als wäre es Euch schon mal besser ergangen, alter Junge«, bemerkte Berit. »Ist Euch denn kein Zauber eingefallen, der Euch den Regen hätte vom Leibe halten können?«

Der Styriker beachtete die Bemerkung nicht. »Ich bin beauftragt, Euch dies hier zu geben.« Er langte in eine Tasche seines grobgewebten Kittels und brachte ein in Öltuch gewickeltes Päckchen zum Vorschein.

»Das nächste Mal sagt mir lieber, was Ihr tun wollt, ehe Ihr noch einmal die Hand unter die Kleidung schiebt, Nachbar!« warnte Berit mit leiser Stimme und kniff dabei die Augen zusammen. »Wie mein Freund Euch eben erklärte, gibt es mehr als genug Möglichkeiten, daß Mißverständnisse entstehen. Und falls Ihr mich noch einmal so überrascht, wenn ich Euch so nahe bin, könnte es sich als sehr schädlich für Eure Eingeweide erweisen.«

Der Styriker schluckte schwer und wich sofort einige Schritte zurück, nachdem Berit das Päckchen an sich genommen hatte.

»Hättet Ihr Appetit auf ein Stück Schinken, während Ritter Sperber den Brief liest?« bot Khalad ihm verschmitzt an. »Er ist schön fett! Genau das richtige, Eure Innereien zu schmieren.«

Der Styriker schüttelte sich, und sein Gesicht wurde grün.

»Nach ein paar Stück saftigen fetten Schweinefleisches fühlt man sich gleich ganz anders«, erklärte Khalad ihm vergnügt. »Das kommt wohl von dem vielen Abfall und dem halbverrotteten Fraß, den Schweine in sich hineinstopfen.«

Der Styriker stieß einen würgenden Laut aus.

»Ihr habt Eure Botschaft übermittelt, Nachbar«, sagte Berit nun kalt. »Ich bin sicher, Ihr habt anderswo noch Wichtiges zu erledigen, und wir möchten Euch um keinen Preis aufhalten.«

»Seid Ihr sicher, daß Ihr die Nachricht versteht?«

»Ich habe sie gelesen. Elenier können sehr gut lesen. Wir sind keine Analphabeten wie ihr Styriker. Die Botschaft stimmt mich nicht gerade froh, also ist es besser für Euch, wenn Ihr Euch nicht länger in meiner Nähe aufhaltet!«

Der styrische Bote wich mit verängstigter Miene zurück. Dann warf er sich herum und ergriff die Flucht.

»Was steht drin?« fragte Khalad.

Sanft hielt Berit die beigelegte Locke seiner Königin in der Hand. »Daß es eine Änderung des ursprünglichen Plans gibt. Wir sollen an den Tamulischen Bergen vorbei südwärts ziehen und dann nach Westen abbiegen. Sie wollen jetzt, daß wir uns nach Sopal begeben.«

»Ihr solltet am besten gleich Aphrael benachrichtigen.«

Plötzlich erklang ein vertrautes Trillern. Die beiden jungen Männer wirbelten herum.

Die Kindgöttin saß mit überkreuzten Beinen auf Khalads Decken und blies eine klagende styrische Weise auf ihrer Syrinx. »Warum starrt ihr mich so an?« fragte sie. »Ich hatte euch doch gesagt, daß ich euch im Auge behalte.«

»Ist das wirklich klug, Göttin?« fragte Berit. »Dieser Styriker ist noch gar nicht weit fort. Wahrscheinlich kann er spüren, daß Ihr hier seid.«

»Nicht im Augenblick!« Aphrael lächelte. »Zur Zeit ist er viel zu sehr damit beschäftigt, seinen rebellierenden Magen im Zaum zu halten. Dieses ganze Gerede über Schweinefett war wirklich grausam von dir, Khalad.«

»Ja, ich weiß.«

»Mußtest du eine so bildhafte Darstellung geben?«

»Ich hatte ja keine Ahnung, daß du in der Nähe bist. Was meinst du, sollen wir tun?«

»Reitet nach Sopal, wie es im Brief verlangt wird. Ich verständige die anderen.« Sie machte eine Pause. »Was hast du mit diesem Schinken gemacht, Khalad?« fragte sie neugierig. »Der riecht ja beinahe genießbar!«

»Wahrscheinlich liegt es an den Nelken.« Er hob die Schultern. »*So* versessen auf den Geschmack von Schweinefleisch ist eigentlich kaum jemand, wenn man es genau nimmt. Aber meine Mutter hat mich gelehrt, daß man so gut wie alles appetitlich zubereiten kann, sofern man nur genügend Gewürze verwendet. Vielleicht erinnerst du dich daran, wenn du das nächste Mal die Absicht hast, jemandem Ziegenbraten vorzusetzen.«

Aphrael streckte ihm die Zunge heraus und verschwand.

7

Im Gebirge von Zemoch schneite es. Es war trockener Pulverschnee, der sich in der unbewegten Luft wie eine Wolke aus Federn herabsenkte. Und es war bitterkalt, so daß der dampfende Atem der Ordensritter und ihrer Pferde die Armee wie Bodennebel einhüllte, während sie sich dahinplagte und die Hufe den Pulverschnee wieder in die Luft stäubten.

Die Hochmeister ritten in voller Rüstung und in Pelze gehüllt an der Spitze. Hochmeister Abriel von den Cyrinikern, trotz seines hohen Alters noch erstaunlich rüstig, ritt zwischen Darellon, dem Hochmeister der Azioner, und Ritter Heldin, einem sturmerprobten, altgedienten Veteranen, der bei Sperbers Abwesenheit die Pandioner befehligte. Patriarch Bergsten hielt sich ein Stück abseits von ihnen. Der hünenhafte Kirchenmann steckte bis zu den Ohren in Pelzen. Sein Helm mit den Ogerhörnern verlieh ihm ein wildes, kriegerisches Aussehen, das jedoch durch das kleine, schwarzgebundene Gebetbuch gemildert wurde, in dem er las. Hochmeister Komier von den Genidianern hatte die Kundschafter begleitet.

»Ich habe das Gefühl, mir wird nie wieder richtig warm«, klagte Abriel und zog seinen Pelzumhang noch straffer um sich. »Je älter man wird, desto dünner wird das Blut. Seht zu, daß Ihr nicht zu alt werdet, Darellon.«

»Die Alternative ist auch nicht gerade wünschenswert, Abriel.« Darellon war ein schlanker Deiraner, den seine schwere Rüstung fast verschluckt zu haben schien. Er senkte die Stimme. »Ihr hättet wirklich nicht mitzukommen brauchen, mein Freund! Sarathi hätte Verständnis gehabt.«

»O nein, Darellon. Dies ist wahrscheinlich mein letzter Feldzug. Ich hätte ihn mir um nichts auf der Welt entgehen lassen!« Abriel spähte geradeaus. »Was macht Komier eigentlich da vorn?«

»Hochmeister Komier hat gesagt, daß er sich die Ruinen von Zemoch anschauen möchte«, entgegnete Ritter Heldin in polterndem Baß. »Ich vermute, Thalesiern bereitet es ein gewisses Vergnügen, nach einem Krieg die Trümmer zu betrachten.«

»Thalesier sind ein barbarisches Volk«, brummte Abriel säuerlich. Er warf einen raschen Blick auf Bergsten, der völlig in sein Gebetbuch vertieft zu sein schien. »Das solltet Ihr aber besser für Euch behalten, meine Herren«, ersuchte er Darellon und Heldin.

»Das werde ich ganz bestimmt, Abriel«, versicherte Bergsten, ohne von seinem Gebetbuch aufzublicken.

»Ihr habt unverschämt scharfe Ohren, Eminenz.«

»Das kommt vom Beichte abnehmen. Die Menschen posaunen zwar gern die Sünden anderer heraus, aber wenn sie ihre eigenen gestehen, kann man sie kaum hören.« Bergsten hob den Kopf und streckte die Hand aus. »Komier kommt zurück.«

Der Hochmeister der Genidianer war bester Laune, als er sein Pferd zügelte und der staubfeine Schnee hoch aufwirbelte. »Wenn Sperber eine Ortschaft zerstört, bleibt kein Stein auf dem anderen«, erklärte er vergnügt. »Ich habe Ulath nicht so recht geglaubt, als er erzählte, daß unser Freund das Dach des Azashtempels weggepustet hat. Jetzt glaube ich es. Einen solchen Trümmerhaufen habt ihr noch nie gesehen! Ich kann mir nicht vorstellen, daß in der Stadt auch nur noch *ein* bewohnbares Haus steht!«

»Euch gefällt so was wirklich, stimmt's, Komier?« sagte Abriel vorwurfsvoll.

»Das reicht, meine Herren!« fiel Bergsten rasch ein. »Wir werden dieses alte Streitgespräch nicht neu entfachen. Wir führen auf unterschiedliche Weise Krieg. Arzier erbauen gern Burgen und andere Festungen, und Thalesier reißen sie gern nieder. Das alles gehört zur Kriegführung, und dafür werden wir bezahlt!«

»*Wir*, Eminenz?« grollte Heldin mit leisem Spott in der Stimme.

»Ihr wißt genau, was ich meine, Heldin. Ich persönlich habe natürlich nichts mehr damit zu tun, aber ...«

»Warum habt Ihr dann Eure Streitaxt dabei, Bergsten?« fragte Komier.

Bergsten blickte ihn mißbilligend an. »Um alter Zeiten willen – *und* weil ihr thalesischen Banditen mehr Respekt vor jemandem habt, der eine Axt in der Hand hält.«

»Ritter, Eminenz«, berichtigte Komier seinen Landsmann milde. »Wir werden jetzt Ritter genannt. Wir *waren* mal Banditen, doch inzwischen wissen wir uns zu benehmen.«

»Die Kirche begrüßt es, daß Ihr Euch um Besserung bemüht, mein Sohn, aber sie zweifelt auch nicht daran, daß Ihr das Blaue vom Himmel herunterlügt.«

Abriel unterdrückte ein Lächeln. Bergsten war früher selbst genidianischer Ritter gewesen, und manchmal vergaß er auch jetzt noch seinen hohen geistlichen Stand. »Wer hat die Karte?« fragte er, weniger aus wirklichem Interesse, als um ein drohendes Streitgespräch abzuwenden.

Heldins schwarze Panzerrüstung klirrte, als er einen seiner Satteltbeutel öffnete. »Was möchtet Ihr gern wissen, Eminenz?« erkundigte er sich, während er die Karte hervorholte.

»Das übliche. Wie weit? Wie lange? Mit welchen Unannehmlichkeiten müssen wir als nächstes rechnen?«

»Es sind nur noch wenig mehr als dreihundert Meilen bis zur astelischen Grenze, Eminenz«, erwiderte Heldin nach einem Blick auf seine Karte, »und zweitausendsiebenhundert von dort nach Matherion.«

»Also mindestens noch hundert Tage«, brummte Bergsten mißmutig.

»Und das auch nur, wenn wir keine Schwierigkeiten bekommen, Eminenz«, fügte Darellon hinzu.

»Werft einen Blick über die Schulter, Darellon. Hinter uns reiten hunderttausend Ordensritter. Es gibt *keine* Schwierigkeiten, mit denen wir nicht fertig werden! Was für ein Gelände liegt vor uns, Heldin?«

»Etwa drei Tage östlich von hier befindet sich eine Wasserscheide, Eminenz. Alle Flüsse auf dieser Seite münden in den Merjuker Meerbusen, und die auf der anderen Seite versickern in den astelischen Sumpfgebieten. Ich könnte mir vorstellen, daß unser Weg bergab führt, nachdem wir diese Wasserscheide überquert haben – es sei denn, Otha hat bewirken können, daß hier in Zemoch das Wasser bergauf fließt.«

Ein genidianischer Ritter trabte herbei. »Ein Kurier aus Emsat hat uns soeben eingeholt, Hochmeister Komier«, meldete er. »Er sagt, er habe wichtige Nachrichten für Euch.«

Komier nickte und ritt zum Heer zurück.

Die anderen setzten ihren Weg fort, während die Schneeflocken dichter fielen.

Komier lachte schallend, als er sich wieder zu ihnen gesellte. Den Kurier hatte er mitgebracht.

»Was ist denn so lustig?« fragte Bergsten.

»Wir haben gute Neuigkeiten von zu Hause, Eminenz«, antwortete Komier grinsend. »Erzählt unserem geliebten Patriarchen, was Ihr mir soeben berichtet habt«, forderte er den Kurier auf.

»Jawohl, hoher Herr.« Der Thalesier mit den blonden Zöpfen blickte Bergsten an. »Es geschah vor einigen Wochen, Eminenz, da konnten die Burgdiener eines Morgens den Prinzregenten nirgends finden, keine Spur von ihm! Zwei volle Tage lang haben die Leibwächter die ganze Burg regelrecht auf den Kopf gestellt, aber das kleine Wiesel schien wie vom Erdboden verschluckt zu sein.«

»Hütet Eure Zunge, Mann!« grollte Bergsten. »Schließlich ist Avin der Prinzregent – auch wenn er tatsächlich ein kleines Wiesel ist.«

»Verzeiht, Eminenz. Jedenfalls gab es der ganzen Hauptstadt ein Rätsel auf. Denn sobald Avin Wargunsson sich irgendwohin begab, hat er gleich eine ganze Blaskapelle mitgenommen, die mit Fanfarengeschmetter auf ihn aufmerksam machte. Nun – dann fiel einem Kammerdiener ein volles Faß Wein in Avins Studiergemach auf. Das kam dem Mann merkwürdig vor; denn Avin hielt nicht viel von Wein. Also hat man sich das Faß genauer angeschaut. Offensichtlich war es bereits einmal geöffnet worden; denn auf dem Fußboden befanden sich eingetrocknete Weinlachen. Nun, Eminenz, die Suche nach Avin hatte alle Beteiligten ziemlich durstig gemacht; deshalb beschlossen sie, das Faß zu öffnen. Doch sie stellten fest, daß der Deckel festgenagelt war. Aber in Thalesien nagelt *niemand* ein Weinfaß zu; darum wurden alle sofort mißtrauisch. Sie holten Beißzangen, zogen die Nägel heraus und nahmen den Deckel ab – und da war Avin! Mit dem Gesicht nach unten schwamm er mausetot im Wein.«

»Das kann nicht Euer Ernst sein!«

»O doch, Eminenz. Irgend jemand in Emsat hat offenbar eine merkwürdige Art von Humor. Er hat sich die Mühe gemacht, dieses riesige Faß in Avins Studiergemach zu rollen, nur damit er ihn hineinstopfen und den Deckel zunageln konnte. Avin hat offenbar wild ums Überleben gekämpft. Er hatte Holzsplitter unter den Fingernägeln, und auf der Deckelunterseite befanden sich tiefe Kratzspuren. Es war kein schöner Anblick. Ich glaube, nachdem man ihn herausgefischt hatte, tropfte noch zwei Stunden lang Wein aus ihm heraus. Die Burgdiener bemühten sich, ihn für die Bestattung einigermaßen herzurichten, aber Ihr wißt ja selbst, wie schlecht Rotweinflecken sich entfernen lassen. Avin war so purpurfarben wie ein klarer Himmel beim Sonnenuntergang, als man ihn in der Kathedrale von Emsat aufbahrte.« Der Kurier rieb sich nachdenklich die Wange. »Es war der seltsamste Trauergottesdienst, an dem ich je teilgenommen habe. Der Primas von Emsat hat heldenhaft gekämpft, sein Lachen zu unterdrücken, als er die Abschiedsrede hielt. Tja, er hat diesen Kampf verloren, und das führte dazu, daß die gesamte Trauergemeinde in herzhaftes Gelächter ausbrach. Da lag unser Avin auf dem Katafalk, kleiner als eine halb ausgewachsene Ziege und blau wie eine reife Pflaume, und in der ehrwürdigen Kathedrale krümmte sich alles vor Lachen.«

»Na ja, zumindest galt Avin die allgemeine Aufmerksamkeit«, meinte Komier. »Das war immer sehr wichtig für ihn.«

»O ja. Und er hatte wahrhaftig vollste Aufmerksamkeit, Hochmeister Komier. Aller Augen waren auf ihn gerichtet. Dann, nachdem man ihn in die Königskrypta getragen hatte, feierte die ganze Stadt, und wir alle brachten Trinksprüche auf den im Rotwein verblichenen Avin Wargunsson aus. Es ist nicht leicht, in Thalesien einen Grund zum Lachen zu finden, wenn der Winter vor der Tür steht, doch Avin ist es gelungen, die dunkle Jahreszeit für uns mit Frohsinn zu erhellen.«

»Was war es denn für ein Wein?« fragte Patriarch Bergsten ernst.

»Arzischer Roter, Eminenz.«

»Weiß man, welcher Jahrgang?«

»Ich glaube, vom vergangenen Jahr.«

»Ein hervorragender Tropfen!« Bergsten seufzte. »Es gab wohl keine Möglichkeit, ihn zu retten?«

»Avin?«

»Wer interessiert sich für Avin? Ich meine den Wein.«

»Der war nicht mehr zu retten, nachdem Avin zwei Tage darin herumgeschwommen ist, Eminenz.«

Wieder seufzte Bergsten. »Was für eine Vergeudung«, sagte er voller Bedauern. Dann sank er über seinen Sattelknauf und lachte wie schon lange nicht mehr.

Es war eisig in den Tamulischen Bergen, als Ulath und Tynian durch deren Ausläufer höher und höher ritten. Die Tamulischen Berge zählten zu den geographischen Anomalien, die da und dort scheinbar aus dem Boden wachsen: karstig, karg und ohne offensichtliche Verbindung zu den benachbarten, mit Nadelbäumen bewaldeten Gipfeln. Die Laubbäume der unteren Hänge waren bereits winterkahl.

Die beiden Männer ritten vorsichtig durchs freie Gelände und bemühten sich, möglichst laut zu sein, um auf ihre Anwesenheit aufmerksam zu machen. »Es wäre sehr unklug, einen Troll zu erschrecken«, erklärte Ulath.

»Bist du sicher, daß da überhaupt welche sind?« fragte Tynian, während sie tiefer in die Berge vordrangen.

Ulath nickte. »Ich habe Fußabdrücke gesehen – oder vielmehr Stellen, wo sie versucht haben, ihre Fährten zu verwischen. Trolle geben sich wirklich Mühe, ihre Anwesenheit vor den Menschen zu verbergen. Tja, es ist eben leichter, sich eine Mahlzeit zu schnappen, wenn sie nicht ahnt, daß sie gefressen werden soll.«

»Die Trollgötter haben Aphrael aber versprochen, daß ihre Geschöpfe keine Menschen mehr fressen.«

»Es dürften einige Generationen vergehen, bis es ein paar von ihnen begriffen haben. Trolle können entsetzlich dumm sein, wenn sie es darauf anlegen – und vor allem, wenn es um ihre Lieblingsbeschäftigung geht. Wir sollten jetzt sehr wachsam sein! Sobald wir aus diesem Vorgebirge heraus sind, führe ich die Zeremonie der Trollgötterbeschwörung durch. Danach dürften wir sicher sein. Gerade diese Ausläufer sind gefährlich.«

»Warum führst du diese Zeremonie nicht gleich durch?«

Ulath schüttelte den Kopf. »Das würde von schlechten Manieren zeugen. Trollgötter sollte man nicht rufen, ehe man weiter oben in den Bergen ist – auf *echtem* Trollgebiet.«

»Hier ist aber kein Trollgebiet, Ulath.«

»Jetzt schon. Suchen wir ein gutes Plätzchen für unser Nachtlager.«

Sie errichteten ihr Lager auf einem Stufensims, wodurch sie eine feste Wand hinter und eine steil abfallende vor sich hatten. Dann hielten sie abwechselnd Wache. Als das erste Dämmerlicht die Dunkelheit vom wolkenverhangenen Himmel wusch, rüttelte Tynian Ulath wach. »Am Fuß der Wand raschelt irgendwas im Gebüsch!« flüsterte er.

Ulath setzte sich auf, und seine Rechte legte sich wie von selbst um den Axtgriff. Mit erhobenem Kopf lauschte er. »Ein Troll!« sagte er nach wenigen Augenblicken.

»Woher willst du das wissen?«

»Was immer diesen Lärm verursacht, tut es mit Absicht. Wildtiere würden nicht solchen Krach machen, und die Bären halten bereits ihren Winterschlaf. Der Troll will uns auf sich aufmerksam machen!«

»Was sollen wir tun?«

»Wir schüren unser Feuer und zeigen ihm auf diese Weise, daß wir wach sind. Und keine hastigen Bewegungen!« Er schob seine Decken zur Seite und stand auf, während Tynian Reisig aufs Feuer schichtete.

»Sollen wir ihn einladen, sich an unserem Feuer zu wärmen?« fragte Tynian.

»Ihn friert nicht.«

»Es ist eisig kalt, Ulath!«

»Er hat ein dickes Fell. Trolle entfachen Feuer nur, damit sie besser sehen können, nicht zum Wärmen! Wie wär's, wenn du einstweilen schon mal das Frühstück machst! Der Troll wird nichts unternehmen, ehe der Tag richtig angebrochen ist.«

»Ich bin mit dem Frühstück nicht dran!«

»Aber ich muß Wache halten.«

»Das kann ich genauso gut wie du!«

»Du würdest ja nicht einmal wissen, worauf du achten mußt, Tynian.« Das hörte sich vernünftig an, auch wenn anzunehmen war, daß Ulath sich vor allem vor dem Kochen drücken wollte.

Allmählich wurde es heller. Die Morgendämmerung war stets ein seltsamer Vorgang. Man mochte direkt auf einen dunklen Flecken im Wald blicken, und plötzlich wurde einem bewußt, daß man Bäume und Steine und Dickicht sehen konnte, wo einen Herzschlag zuvor nur Dunkelheit gewesen war.

Tynian brachte Ulath einen Teller mit dampfendem Schinken und einem Stück Brot mit ehemals knuspriger Kruste. »Laß den Schinken auf dem Spieß«, riet Ulath.

Tynian brummte bestätigend; dann nahm er seinen eigenen Teller und setzte sich zu seinem Freund an den Rand des Felssimses. Während sie aßen, behielten sie den Buchenwald am steilen Hang unter ihnen im Auge. »Da ist er!« Ulath streckte die Hand aus. »Direkt neben dem Felsblock.«

»Jetzt sehe ich ihn auch.« Tynian nickte. »Er scheint mit seiner Umgebung zu verschmelzen, nicht wahr?«

»Das gehört zum Wesen eines Trolls, Tynian. Er ist Teil des Waldes.«

»Sephrenia sagt, daß wir entfernt mit den Trollen verwandt sind.«

»Wahrscheinlich hat sie recht. *So* viele Unterschiede zwischen uns und den Trollen gibt es eigentlich gar nicht. Sie sind größer und haben andere Eßgewohnheiten.«

»Wie lange wird das wohl noch dauern?«

»Ich habe keine Ahnung. Soviel ich weiß, hat es so etwas bisher noch nie gegeben!«

»Was wird er als nächstes tun?«

»Sobald er sicher ist, daß wir von seiner Anwesenheit wissen, wird er wahrscheinlich versuchen, sich irgendwie mit uns zu verständigen.«

»Weiß er, daß du Trollisch kannst?«

»Möglich. Die Trollgötter kennen mich und wissen, daß ich zu Sperbers Rudel gehöre.«

»Das ist eine merkwürdige Formulierung.«

»Ich versuche, wie ein Troll zu denken. Wenn ich das schaffe, kann ich vielleicht vorhersehen, was er als nächstes tun wird.«

Da brüllte der Troll zu ihnen hinauf.

»Was hat er gesagt?« fragte Tynian nervös.

»Er möchte wissen, was er tun soll. Er ist sehr verwirrt.«

»*Er* ist verwirrt? Was bin dann *ich*?«

»Er hat den Auftrag, auf uns zu warten und uns zu den Trollgöttern zu bringen. Er hat keine Ahnung von unseren Sitten und Gebräuchen und weiß nicht, wie er sich uns gegenüber benehmen muß. Wir müssen ihm weiterhelfen. Steck dein Schwert ein! Wir wollen die Dinge doch nicht noch schlimmer machen, als sie ohnehin sind.« Ulath erhob sich. Er achtete darauf, sich nicht zu hastig zu bewegen. Dann hob er die Stimme und rief auf Trollisch den Hang hinunter: »Komm zu diesem Kind Khwajs herauf, das wir gemacht haben. Wir werden miteinander essen und sprechen, was wir tun müssen.«

»Was hast du ihm gesagt?«

»Ich habe ihn zum Frühstück eingeladen.«

»Du hast *was*? Nur ein paar Fuß von uns entfernt soll ein Troll zu *fressen* anfangen?«

»Es ist eine Vorsichtsmaßnahme. Es wäre unhöflich von ihm, uns zu töten, nachdem er Essen von uns angenommen hat.«

»*Unhöflich?* Das da unten ist ein *Troll*, Ulath!«

»Nur weil er ein Troll ist, heißt das noch lange nicht, daß er schlechte Manieren hat. Ach, ehe ich's vergesse: Wenn er in unser Lager kommt, wird er uns beschnüffeln wollen. Es gehört sich, daß auch wir ihn beschnüffeln. Er wird nicht sehr gut riechen, aber tu's trotzdem! Trolle beschnuppern sich, um einander zu erkennen, wenn sie sich je wiederbegegnen.«

»Ich glaube, du hast den Verstand verloren!«

»Halte dich ganz einfach an mich und überlaß das Reden mir.«

»Was sollte ich *sonst* tun? Ich beherrsche kein Trollisch! Schon vergessen?«

»Du kannst kein Trollisch? Das ist ja ein Ding! Ich dachte, jeder gebildete Mensch beherrscht diese Sprache.«

Fast lautlos näherte sich ihnen der Troll durch den Buchenwald. Häufig benutzte er die Arme, zog sich daran weiter und bewegte sich mit dem ganzen Körper. Er war etwa drei Meter groß und hatte einen glänzenden braunen Pelz. Mit Ausnahme des Gesichts ähnelte er in gewisser Weise einem riesigen Affen, und aus seinen tiefliegenden Augen sprach ein Schimmer von Intelligenz. Er kletterte auf den Sims, wo die Gefährten ihr Lager aufgeschlagen hatten; dann hockte er sich nieder und stützte die Unterarme auf die Knie, wobei er darauf achtete, daß seine Pranken zu sehen waren. »Ich habe keinen Prügel«, erklärte er halb knurrend.

Gestenreich legte Ulath seine Axt zur Seite und streckte die leeren Hände aus. »Ich habe keinen Prügel«, erwiderte er den üblichen

Trollgruß. »Nimm deinen Waffengürtel ab, Tynian«, murmelte er. »Schieb ihn ein Stück von dir weg.«

Zuerst wollte Tynian sich weigern, tat dann aber wie geheißen.

»Das Kind von Khwaj, das du gemacht hast, ist gut.« Der Troll zeigte auf ihr Feuer. »Khwaj wird sich freuen.«

»Es ist gut, die Götter zu erfreuen«, erwiderte Ulath.

Der Troll hieb plötzlich die Fäuste auf den Boden. »Das ist nicht, wie es sein sollte!« rief er unglücklich.

»Nein«, bestätigte Ulath und kauerte sich auf ähnliche Weise nieder wie der Troll. »Das ist es nicht. Aber die Götter haben ihre Gründe dafür. Sie haben gesagt, wir dürfen einander nicht töten. Sie haben auch gesagt, wir dürfen einander nicht fressen.«

»Ich habe gehört, wie sie das sagten. Vielleicht haben wir sie falsch verstanden.«

»Das glaube ich nicht.«

»Könnte es sein, daß ihr Kopf krank ist?«

»Das ist möglich. Trotzdem müssen wir ihnen gehorchen.«

»Wovon redet ihr eigentlich?« erkundigte Tynian sich nervös. Ulath zuckte die Schultern. »Wir philosophieren.«

Tynian starrte ihn an.

»Es ist ziemlich kompliziert. Es geht darum, ob wir moralisch verpflichtet sind, den Göttern zu gehorchen, falls sie verrückt geworden sind. Ich behaupte, ja. Natürlich ist meine Meinung in unserer Lage ein wenig von Eigeninteresse geprägt.«

»Kann es nicht reden?« Der Troll zeigte auf Tynian. »Ist dieses Vogelpiepsen der einzige Laut, den es machen kann?«

»Das Vogelpiepsen dient unseresgleichen als Sprache. Wirst du mit uns essen?«

Der Troll blickte auf ihre Pferde und leckte sich die Lippen. »Das?«

»Nein.« Ulath schüttelte den Kopf. »Das sind die Tiere, die uns tragen.«

»Sind eure Beine krank? Sind sie darum so kurz?«

»Nein. Die Tiere können schneller laufen als wir. Sie tragen uns, wenn wir rasch vorankommen wollen.«

»Was für ein Essen habt ihr?«

»Schwein.«

»Schwein ist gut. Reh ist besser.«

»Ja.«

»Wo ist das Schwein? Ist es tot? Wenn es noch lebt, töte ich es.«

»Es ist tot.«

Der Troll schaute sich um. »Ich sehe es nicht.«

»Wir haben nur einen Teil davon mitgebracht.« Ulath zeigte auf den Riesenschinken am Spieß über dem Feuer.

»Teilt ihr euer Essen mit dem Kind von Khwaj?«

Ulath beschloß, den Vorgang des Kochens nicht ausgerechnet jetzt zu erklären. »Ja«, antwortete er. »Das ist bei uns so Sitte.«

»Freut sich Khwaj, daß ihr euer Essen mit seinem Kind teilt?«

»Wir nehmen es an.« Ulath zog seinen Dolch, hob den Spieß vom Feuer und säbelte ein gut drei Pfund schweres Stück von dem Schinken ab.

»Sind eure Zähne krank?« Das klang sogar mitfühlend. »Ich hatte auch mal einen kranken Zahn. Hat sehr weh getan.«

»Unseresgleichen haben keine scharfen Zähne«, erklärte Ulath dem Troll. »Nimmst du von unserem Essen?«

»Ja.« Der riesige Troll richtete sich auf und stapfte zum Feuer.

»Das Essen war nahe dem Kind von Khwaj«, warnte Ulath. »Es ist heiß. Es könnte deinem Mund weh tun.«

»Ich heiße Bhlokw«, stellte der Troll sich nun vor.

»Ich heiße Ulath.«

»U-lat? Das ist ein merkwürdiger Name.« Bhlokw zeigte auf Tynian. »Wie heißt es?«

»Tynian«, antwortete Ulath.

»Tin-jan. Das ist noch seltsamer als U-lat.«

»Das Vogelpiepsen unserer Sprache läßt unsere Namen seltsam klingen.«

Der Troll beugte sich vor und beschnüffelte Ulaths Kopf. Ulath mußte allen Mut zusammennehmen, um nicht aufzubrüllen und sich zum nächsten Baum zu flüchten. Er schnüffelte nun seinerseits an Bhlokws Pelz. Der Troll roch gar nicht mal *so* widerlich. Dann beschnüffelten das Ungeheuer und Tynian einander. »Jetzt kenne ich euch«, erklärte Bhlokw.

»Das ist gut.« Ulath streckte ihm das Riesenstück dampfenden Schinken entgegen.

Bhlokw nahm es und stopfte es sich in den Mund, spuckte es jedoch sofort wieder aus und in seine Pranke.

»Heiß«, brummte er ein wenig verlegen.

»Wir pusten darauf, um es ein bißchen kühler zu machen, damit wir es essen können, ohne unserem Mund weh zu tun«, erklärte Ulath ihm.

Bhlokw blies eine Zeitlang heftig auf das Schinkenstück. Dann stopfte er es wieder in den Mund. Für einen Moment kaute er nachdenklich. Dann schluckte er. »Es ist anders«, sagte er diplomatisch. Er seufzte. »Es gefällt mir nicht, U-lat«, gestand er bedrückt. »Das ist nicht, wie es sein sollte.«

»Nein. So ist es nicht«, bestätigte Ulath.

»Wir sollten einander töten. Ich habe euch Menschendinge getötet und gegessen, seit ihr zum erstenmal in die Trollberge gekommen seid. *So* sollte es sein. Ich glaube, die Götter sind krank im Kopf, sonst würden sie uns so was nicht befehlen.« Er seufzte abgrundtief. »Aber dein Gedanke ist richtig. Wir müssen tun, was sie uns befehlen. Vielleicht wird ihr Kopf irgendwann wieder gesund, und sie lassen uns einander wieder töten und essen.« Abrupt stand er auf. »Sie wollen euch sehen. Ich bringe euch zu ihnen.«

»Gut. Gehen wir.«

Diesen ganzen Tag und die Hälfte des nächsten folgten die Gefährten Bhlokw immer bergauf, bis er sie schließlich auf eine schneebedeckte Lichtung führte, auf der ein Feuer in einer großen Grube brannte. Dort erwarteten die Trollgötter sie.

»Aphrael kam zu uns«, erklärte ihnen die Monstrosität namens Ghworg.

»Sie hat uns gesagt, daß sie zu euch will«, erwiderte Ulath, »und daß sie zu uns kommt und uns erzählt, wenn etwas passiert, das wir wissen sollten.«

»Sie hat ihren Mund an unsere Gesichter gedrückt.« Ghworg wirkte ziemlich verwirrt.

»Das tut sie gern. Es macht ihr Freude.«

»Es hat nicht wehgetan«, gab Ghworg ein wenig skeptisch zu und berührte die Wange, wo Aphrael ihn geküßt hatte.

Tynian fragte leise: »Was hat er gesagt?«

»Das Aphrael hier war und mit ihnen geredet hat«, antwortete Ulath. »Sie hat diese Ungeheuer sogar geküßt! Du kennst ja Aphrael.«

»Sie hat die Trollgötter *geküßt*?« Tynian wurde kreidebleich.

»Was hat es gesagt?« erkundigte sich Ghworg.

»Es wollte, daß ich ihm sagte, was du gesagt hast.«

»Das ist nicht gut, Ulath-von-Thalesien. Es sollte nicht mit Worten zu dir reden, die wir nicht verstehen. Wie heißt es?«

»Tynian-von-Deira.«

»Ich werde es so machen, daß Tynian-von-Deira unsere Zunge spricht.«

»Wappne dich!« warnte Ulath seinen Freund.

»Was? Was hat er vor?«

»Ghworg wird dir Trollisch beibringen.«

»Aber – einen Moment mal ...« Abrupt preßte Tynian sich die Hände an die Schläfen, schrie auf und stürzte zappelnd und sich windend in den Schnee. Der krampfartige Anfall verebbte rasch, doch Tynian war nun noch bleicher und zitterte am ganzen Körper, als er sich mit weit aufgerissenen, wirren Augen aufsetzte.

»Du bist Tynian-von-Deira?« fragte Ghworg auf Trollisch.

»J-ja«, antwortete Tynian mit bebender Stimme.

»Verstehst du meine Worte?«

»J-ja.«

»Das ist gut. Dann sprich nicht mehr diese andere Zunge, wenn du in unserer Nähe bist. Wir wissen nicht, ob wir dir trauen können, wenn du das tust.«

»Ich werde daran denken.«

»Das ist gut. Aphrael kam zu uns. Sie sagte, dem mit dem Namen Berit wurde befohlen, sich nicht zu dem Ort Beresa zu begeben, sondern zu dem Ort Sopal. Sie sagte, ihr würdet verstehen, was das bedeutet.« Er blickte die beiden stirnrunzelnd an. »Versteht ihr es?«

»Verstehen wir es?« wandte Tynian sich auf Trollisch an Ulath.

»Ich bin mir nicht sicher.« Ulath stand auf, ging zu seinem Pferd und zog eine Landkarte aus seinem Sattelbeutel. Dann kehrte er zum Feuer zurück. »Das ist ein Bild vom Boden«, erklärte er der ungeheuerlichen Wesenheit. »Wir machen diese Bilder, damit wir wissen, wohin wir reisen.«

Schlee warf einen flüchtigen Blick auf die Karte. »So sieht der Boden nicht aus«, erklärte er, ging in die Hocke und stieß die gewaltigen Finger durch den Schnee in den Schmutz darunter. »*So* sieht der Boden aus!«

Ulath fuhr zusammen, als die Erde unter seinen Füßen leicht erbebte. Dann starrte er auf Schlees beinahe künstlerisches Werk. Es war keine Landkarte, die er geschaffen hatte, sondern eine stark verkleinerte Reliefdarstellung des gesamten Kontinents. »Das ist ein *sehr* gutes Bild vom Boden!« lobte er verwundert.

Schlee zuckte die mächtigen Schultern. »Ich habe meine Hand in den Boden gesteckt und seine Form gespürt. *So* sieht er aus.«

»Wo ist Beresa?« wandte Tynian sich an Ulath, der staunend die haarfeinen Bäumchen betrachtete, die wie zweitägige Bartstoppeln an den Flanken winziger Berge emporwuchsen.

Ulath studierte seine Karte, dann schritt er gut zehn Fuß südwärts zu einer schimmernden Oberfläche mit winzigen Wellen. Seine Füße versanken leicht in Schlees Relief des südlichen Tamulischen Meeres. »Beresa liegt genau hier!« antwortete er auf Trollisch. Dabei bückte er sich und tippte mit einer Fingerkuppe auf einen Punkt an der Küste.

»Das ist, wohin jene, die Anakhas Gefährtin wegnahmen, ihm zu gehen befahlen«, erklärte Tynian den Trollgöttern.

»Wir verstehen nicht!« brummte Khwaj.

»Anakha liebt seine Gefährtin.«

»So soll es auch sein.«

»Er wird wütend, wenn seine Gefährtin sich in Gefahr befindet. Jene, die sie ihm wegnahmen, wissen das. Sie sagten, sie werden Anakha die Gefährtin nicht zurückgeben, wenn er ihnen nicht den Blumenstein gibt.«

Jetzt legten alle Trollgötter verwirrt die Stirn in Falten und bemühten sich, diese Worte und deren Sinn zu enträtseln. Plötzlich brüllte Khwaj auf und spie eine gewaltige, lodernde Feuerwolke aus, die den Schnee auf gut hundertfünfzig Schritt in allen Richtungen schmolz. »Das ist niederträchtig!« donnerte er. »Es ist nicht richtig, das zu tun! Sie führen Krieg gegen Anakha, nicht gegen seine Gefährtin! Ich werde diese Verruchten finden! Ich werde sie in ein Feuer verwandeln, das nie erlöscht. Sie werden für immer und alle Zeit vor Schmerzen heulen!«

Tynian schauderte bei dieser Vorstellung. Dann erklärte er – mit viel Hilfe von Ulath – ihre Tarnung, und durch welche List sie erst ermöglicht worden war.

»Siehst du nun wirklich anders aus als zuvor, Ulath-von-Thalesien?« fragte Ghworg und musterte Ulath neugierig.

»Ganz anders, Ghworg.«

»Das ist seltsam. Mir kommst du gleich vor.« Der Gott dachte über seine Worte nach. »Aber vielleicht ist es gar nicht so seltsam«, meinte er schließlich. »Alle von eurer Art kommen mir gleich vor.« Er ballte die riesige Pranke. »Khwaj hat recht. Wir müssen den Verruchten Schmerzen zufügen. Zeig uns, wohin dieser Berit gehen sollte.«

Ulath warf noch einmal einen Blick auf seine Karte; dann überquerte er das Miniaturrelief zum Rand des Binnenmeeres von Arjun. Wieder bückte er sich und tippte mit dem Finger auf einen Punkt an der Küste. »Genau hier, Ghworg.« Er bückte sich noch tiefer und starrte auf die Binnenmeerküste. »Es ist wirklich da!« krächzte er verblüfft. »Ich kann sogar die Häuser sehen! Das ist Sopal!«

»Natürlich«, brummte Schlee nicht ohne Stolz. »Es wäre kein gutes Bild, wenn ich etwas ausließe.«

»Wir wurden irregeführt«, sagte Tynian. »Wir dachten, unsere Feinde wären an dem Ort Beresa. Dort sind sie aber nicht! Statt dessen halten sie sich an dem Ort Sopal auf. Der Mann, den wir Berit nennen, hat den Blumenstein nicht. Anakha hat die Saphirrose. Anakha bringt sie nach Beresa. Wenn die Verruchten an den Ort Sopal kommen, um Berit zu treffen, wird er den Blumenstein nicht bei sich haben, um ihn den Verruchten zu geben. Sie werden wütend sein und Anakhas Gefährtin vielleicht Schmerzen zufügen.«

Ghworg starrte düster auf Tynian. »Ich habe ihn unsere Sprache vielleicht zu gut gelehrt«, murmelte er. »Er redet viel zuviel!«

Schlee hatte Tynians Worten dagegen aufmerksam gelauscht. »Aber er hat wahr gesprochen. Anakhas Gefährtin wird sich in Gefahr befinden. Jene, die sie fortgeschleppt haben, töten sie möglicherweise sogar.« Die Haut seiner ungeheuren Schultern zuckte, als er abwesend die Schneeflocken abschüttelte, die unaufhörlich auf ihn herniederrieselten, und sein Gesicht verzog sich bei der ungewohnten geistigen Anstrengung. »Ich könnte mir vorstellen, daß Anakha dann wütend sein wird – vielleicht so wütend, daß er den Blumenstein erheben und die Welt verschwinden lassen wird. Wir müssen die Verruchten davon abhalten, Anakhas Gefährtin weh zu tun!«

»Tynian-von-Deira und ich werden uns zu dem Ort Sopal begeben«, erklärte Ulath. »Die Verruchten werden uns nicht erkennen, da unsere Gesichter verändert wurden. Wir werden in der Nähe sein, wenn die Verruchten dem mit Namen Berit sagen, daß sie ihm Anakhas Gefährtin im Austausch für den Blumenstein geben. Dann werden wir sie töten und Anakhas Gefährtin zurückbringen.«

»Es spricht gut!« wandte Zoka sich an die übrigen Trollgötter. »Es denkt richtig. Helfen wir ihm und dem anderen – aber erlauben wir ihm nicht, die Verruchten zu töten. Sie zu töten ist nicht genug. Khwajs Vorschlag ist besser. Khwaj soll sie zu Feuern machen, die nie erlöschen. Sie sollen für immer brennen. Das ist besser!«

»Ich werde diese Menschendinge in die Zeit versetzen, die sich nicht bewegt«, erbot sich Ghnomb. »Solange die Welt stillsteht, werden wir sie in Schlees Bild auf dem Boden beobachten, während sie sich zu dem Ort Sopal begeben.«

»Könnt ihr wirklich etwas so Kleines wie ein Menschending in Schlees Bild auf dem Boden sehen?« fragte Ulath den Gott des Essens erstaunt.

»Könnt *ihr* das nicht?« Ghnomb wirkte sogar noch überraschter als Ulath. »Wir werden euch Bhlokw zur Hilfe mitgeben und alles, was geschieht, in Schlees Bild auf dem Boden beobachten. Sobald die Verruchten dem Mann Berit Anakhas Gefährtin zeigen, um zu beweisen, daß sie sie wirklich haben, werdet ihr, du und Tynian-von-Deira, aus der Zeit treten, die sich nicht bewegt, und ihnen Anakhas Gefährtin wegnehmen.«

»Dann werde *ich* in Schlees Bild vom Boden langen und sie in die Hände heben«, fügte Khwaj grimmig hinzu. »Ich werde sie hierherbringen und Feuer aus ihnen machen, das nie verlöscht.«

»Kannst du tatsächlich in Schlees Bild am Boden greifen und die Verruchten aus der wirklichen Welt holen?« fragte Ulath und staunte noch mehr als zuvor.

»Das ist ganz einfach.« Khwaj zuckte die Schultern.

Tynian schüttelte heftig den Kopf.

»Was ist?« fragte Schlee barsch.

»Der Zalasta Genannte kann auch in die Zeit kommen, die sich nicht bewegt. Wir haben gesehen, wie er das tut.«

»Das macht nichts«, versicherte ihm Khwaj. »Der Zalasta Genannte ist einer der Verruchten. Ich mache auch ihn zu einem Feuer, das nie erlöscht. Das Feuer wird dort ebenso heiß sein wie dies hier.«

Nachdem sie den Felsgrat hinter sich hatten, der die westwärts strömenden Flüsse von den nach Osten fließenden trennte, wurde der Schnee schwerer und nasser. Die gewaltige Wolke feuchter Luft, die dauernd über den astelischen Sümpfen hing, griff nach den Osthängen des Zemochischen Gebirges und löste die ungeheuren Schneefälle aus, welche die Wälder begruben und die Pässe unbegehbar machten. Während sie dem Tal der Südgabelung am Esos zur zemochischen Stadt Basne folgten, mußten die Ordensritter sich ihren Weg durch nasse Schneewehen und Wächten bahnen.

Hochmeister Abriel vom Cyrinischen Ritterorden hatte diesen Feldzug voller Zuversicht angetreten. Er befand sich bei guter Gesundheit, und lebenslange militärische Übungen hatten seinen Körper in Höchstform gehalten. Dennoch ließ sich nicht bestreiten, daß er sich den Siebzigern näherte, und er mußte erkennen, daß ihm der Aufbruch von Morgen zu Morgen schwerer fiel. Allerdings hätte er das nie eingestanden.

Eines Vormittags, als der Schnee in dichten Flocken fiel, kehrte einer der Spähtrupps, die sich etwa eine Tagesreise vor ihnen befanden, mit drei in Ziegenfelle gehüllten Zemochern zurück. Sie waren dünn und schmutzig und völlig verängstigt. Patriarch Bergsten ritt ihnen entgegen, um sie zu befragen. Als die Spitze der Streitkräfte ihn wieder einholte, hatte der hünenhafte Kirchenmann eine hitzige Auseinandersetzung mit einem arzischen Ritter.

»Aber es sind Zemocher, Eminenz!« wandte der Ritter ein.

»Wir führten Krieg gegen Otha, Herr Ritter«, sagte Bergsten eisig, »nicht gegen diese abergläubischen armen Teufel! Gebt ihnen zu essen und warme Kleidung und laßt sie laufen!«

»Aber ...«

»Ihr wollt doch nicht etwa Schwierigkeiten machen, Herr Ritter?« fragte Bergsten drohend und schien noch größer zu werden, als er ohnehin schon war.

Der Ritter schien zu überlegen; dann wich er ein paar Schritte zurück. »Äh – nein, Eminenz«, entgegnete er. »Ich glaube nicht.«

»Unsere Heilige Mutter Kirche freut sich über Euren Gehorsam, mein Sohn«, brummte Bergsten.

»Wußten diese drei irgend etwas Brauchbares?« fragte Komier.

»Nicht viel.« Bergsten stemmte sich wieder in seinen Sattel. »Irgendwo östlich von Argoch befinden sich irgendwelche Streitkräfte in Marsch. Aber den Berichten so furchtsamer und abergläubischer Menschen darf man nicht allzu viel Glauben schenken. Wer weiß schon, was sie wirklich gesehen haben?«

»Es hört sich aber ganz nach einem Kampf an!« Komier rieb sich erwartungsvoll die Hände.

»Das bezweifle ich«, widersprach Bergsten. »Soweit ich es diesem zusammenhanglosen Gebrabbel entnehmen konnte, setzt die Streitmacht sich hauptsächlich aus irregulären Truppen zusammen – irgendwelche religiösen Geiferer. Unsere Heilige Mutter in Chyrellos hat sich in diesem Teil der Welt kaum Freunde gemacht, als sie im neunten Jahrhundert die verschiedenen elenischen Glaubensgemeinschaften in Westdaresien wieder zu einer einzigen Religion zusammenfügen wollte.«

»Das war vor nahezu zweitausend Jahren, Bergsten!« gab Komier zu bedenken. »Eine arg lange Zeit, Groll zu hegen und zu pflegen.«

Bergsten zuckte die Schultern. »Alter Groll hält sich am hartnäckigsten. Schickt Eure Kundschafter noch ein Stück weiter aus, Komier. Wollen doch mal sehen, ob wir einen genaueren und glaubhafteren Bericht über das Empfangskomitee bekommen können. Ein paar Gefangene wären vielleicht ganz nützlich.«

»Ich weiß durchaus, wie man so etwas macht, Bergsten!«

»Dann macht es und sitzt nicht bloß herum und redet darüber!«

Sie zogen an Argoch vorbei, als Komiers Späher mit mehreren Gefangenen zurückkehrten. Patriarch Bergsten befragte die armselig gekleideten und unwissenden elenischen Gefangenen kurz; dann befahl er, sie wieder freizulassen.

»Eminenz!« erregte sich Darellon. »Das war sehr unklug! Diese Burschen werden zu ihren Anführern zurücklaufen und ihnen alles berichten, was sie gesehen haben.«

»Eben«, entgegnete Bergsten. »Genau das will ich ja. Außerdem möchte ich, daß sie all ihren Freunden erzählen, sie hätten hunderttausend Ordensritter aus dem Gebirge kommen sehen. Ich stachle sie zur Fahnenflucht an, Darellon. Wir wollen diese armen, irregeleiteten Ketzer ja nicht abschlachten. Wir wollen sie lediglich aus dem Weg haben.«

»Ich halte es immer noch für strategisch unklug, Eminenz.«

»Euch steht eine eigene Meinung zu, mein Sohn«, erwiderte Bergsten. »Es geht hier nicht um ein Glaubensgebot, und in diesem Fall hat unsere Heilige Mutter durchaus nichts gegen Meinungsverschiedenheiten und Diskussionen einzuwenden.«

»Genau das dachte ich eben auch, wißt Ihr.«

Im breiten Tal des Esos, unmittelbar südlich der zemochischen Stadt Basne – knappe hundert Meilen westlich der astelischen Grenze –, stießen sie auf die gegnerische Streitmacht. Die Meldungen der Späher und die Informationen, die sie von den Gefangenen erhalten hatten, erwiesen sich als richtig. Was sich ihnen da in den Weg stellte, war weniger eine militärische Truppe als eine schlecht bewaffnete Horde, die sich in heillosem Durcheinander vorwärts bewegte.

Die Hochmeister der vier Orden scharten sich um Patriarch Bersten, um eine kurze Lagebesprechung zu halten. »Sie sind Angehörige unseres eigenen Glaubens«, erinnerte Bergsten die anderen. »Unsere Meinungsverschiedenheiten liegen im Bereich der Kirchenverwaltung, nicht im Glauben als solchem. So etwas läßt sich nicht auf dem Schlachtfeld bereinigen. Ich möchte nicht, daß zu viele von diesen Leuten getötet werden.«

»Da sehe ich keine große Gefahr, Eminenz«, beruhigte Hochmeister Abriel ihn.

»Auf einen von uns kommen zwei von ihnen«, warf Ritter Heldin ein.

»Ein Sturmangriff dürfte für gleiche Kräfteverhältnisse sorgen, Heldin«, erwiderte Abriel. »Diese Männer sind keine Soldaten. Sie sind momentan zwar wild auf den Kampf, aber sie sind nicht ausgebildet, und die Hälfte von ihnen ist lediglich mit Heu- und Mistgabeln bewaffnet. Wenn wir unsere Visiere herunterklappen, unsere Lanzen einlegen und auf sie losstürmen, werden sie rennen wie die Hasen.«

Des ehrwürdigen Hochmeisters Einschätzung der Lage sollte sich zum Teil als richtig erweisen, zum anderen jedoch als folgenschwerer Irrtum – als tödlicher Irrtum sogar, was Abriel selbst betraf. Die Ritter fächerten in exakter Formation aus und bildeten eine breite Front, die sich über das gesamte Tal erstreckte: Cyriniker, Pandioner, Genidianer und Alzioner, alle in stählernen Plattenrüstungen und in den Sätteln ihrer kampferprobten Streitrosse; eine ungeheure Armee und die Zurschaustellung organisierter militärischer Kraft – vielleicht sogar der größten Streitmacht der Welt.

Die Hochmeister warteten genau in der Mitte der vordersten Reihe, während ihre Untergebenen die hinteren Reihen zusammenstellten und die Kuriere nach vorn galoppierten, um zu melden, daß alles einsatzbereit war.

»Das dürfte genügen, um sie einzuschüchtern«, sagte Komier ungeduldig. »Ich glaube nicht, daß wir auch den Troß zum Sturm einsetzen müssen.« Er ließ den Blick über seine Freunde schweifen. »Wollen wir es angehen, meine Herren? Zeigen wir diesem Gesindel da vorn, wie *echte* Soldaten einen Angriff beginnen!« Er gab einem riesigen genidianischen Ritter ein knappes Zeichen, und der blonde Hüne blies schmetternd seine Ogerhorntrompete.

Die Ritter in der vordersten Reihe klappten ihre Visiere herunter und stießen ihren Pferden die Fersen in die Weichen. Die zu absolutem Gehorsam und vollkommener Einsatzbereitschaft ausgebildeten Ritter und Pferde galoppierten in einer völlig geraden Linie, wie eine Stahlmauer, die sich vorwärts bewegte.

Mitten im Sturm senkten sie die erhobenen Lanzen und richteten die stählernen Spitzen in einer funkelnden Linie auf die gegnerische Armee – und dort begann im selben Augenblick eine wilde Flucht. Die schlecht ausgebildeten Leibeigenen und Bauern brachen aus den Reihen aus, warfen ihre Waffen von sich und rannten los, kreischend vor Angst und so schnell ihre Beine sie trugen. Da und dort hielten einige besser ausgebildete Einheiten dem Ansturm der Angreifer stand, doch die Flucht ihrer Verbündeten setzte die Flanken ihres Heeres ungeschützt dem Gegner aus.

Die Ritter warfen sich waffenklirrend auf diese wenigen Einheiten. Wieder einmal verspürte Abriel das Hochgefühl, das ihn bei jeder Schlacht überkam. Seine Lanze zersplitterte an einem hastig vorgestreckten Schild. Abriel schleuderte die nun nutzlose Waffe von sich und zog sein Schwert. Er schaute sich um und bemerkte, daß sich hinter den Bauern und Leibeigenen andere Streitkräfte verborgen hatten – und daß *diese* Armee anders als jede andere war, die er je zuvor gesehen hatte. Die Soldaten waren groß, größer sogar als die Thalesier. Sie trugen Kettenhemden und Brustharnische; letztere lagen so eng an ihren Körpern an, daß jeder Muskel sich unter dem schimmernden Stahl abzeichnete. Ihre ehernen Helme waren den Köpfen seltsamer, bizarrer Tiere nachgebildet und besaßen keine herkömmlichen Visiere, sondern waren statt dessen mit stählernen Masken versehen, die so geschmiedet waren, daß sie individuelle Gesichtszüge aufwiesen.

So sehen wahrscheinlich diese Krieger hinter den Masken aus, ging es Abriel durch den Kopf. Plötzlich lief dem cyrinischen Hochmeister ein eisiger Schauer über den Rücken, als er erkannte, daß diese furchteinflößenden, entsetzlichen Wesen keine Menschen waren.

In der Mitte dieser nichtmenschlichen Armee befand sich ein Lederzelt in ungewöhnlicher Kuppelform: ein geripptes schwarzes Zelt von gigantischen Ausmaßen.

Doch da bewegte es sich, öffnete sich, entfaltete zwei gewaltige, geschwungene Flügel, ähnlich jenen von Fledermäusen. Und dann erhob sich unter dem Schutz dieser Schwingen ein Wesen von unvorstellbarer Größe, ein Geschöpf vollkommener Finsternis mit einem Kopf wie ein umgedrehter Keil und breiten, nach oben spitz zulaufenden Ohren. Zwei Augen loderten in einem auf schreckliche Weise nicht vorhandenen Gesicht, und zwei riesige Arme reckten sich gierig nach vorn. Blitze zuckten unter der glänzenden schwarzen Haut, und der Boden, auf dem die Kreatur stand, rauchte und wurde zu schwarzer Asche versengt.

Abriel wurde von einer seltsamen, tiefen Ruhe durchdrungen. Er hob sein Visier, um diesem Geschöpf der Hölle fest in die Augen zu blicken.

»Endlich«, murmelte er. »Endlich ein geziemender Gegner.« Er klappte sein Visier wieder zu, zog seinen mächtigen Schild vor den Körper und hob das Schwert, das er über ein halbes Jahrhundert ehrenhaft geführt hatte. Seine völlig ruhigen Hände schwangen die Waffe, und er stürmte an gegen diese Monstrosität, die sich immer noch vor ihm erhob, höher und höher. »Für Gott und Arzium!« rief Abriel herausfordernd. Er wappnete sich und stürmte geradewegs ins Nichts.

8

Edaemus als gekränkt zu bezeichnen, wäre eine maßlose Untertreibung gewesen. Das verschwommene weiße Licht, als das der Gott der Delphae zu sehen war, flackerte an den Rändern in einem wilden, verwirrenden roten Farbenspiel, und von dem feinen Pulverschnee in der kleinen Mulde oberhalb des Tales der Delphae stiegen Dampfschwaden auf, als der göttliche Zorn ihn zum Schmelzen brachte. »Nein!« rief Edaemus unerbittlich. »Kommt nicht in Frage!«

»Aber Vetter, sei doch vernünftig«, versuchte Aphrael ihn umzustimmen. »Die Lage hat sich geändert! Du klammerst dich da an etwas, das längst jeglichen Sinnes entbehrt! ›Ewige Feindschaft‹ mag ja früher gerechtfertigt erschienen sein, und ich gebe zu, daß meine Familie sich während des Krieges mit den Cyrgai nicht gerade anständig benommen hat, aber das ist doch schon so lange her! Jetzt noch an deinen verletzten Gefühlen festzuhalten, ist kindisch!«

»Wie *konntest* du nur, Xanetia?« rief Edaemus anklagend. »Wie *konntest* du das tun?«

»Es war zu unserem Besten, Geliebter«, antwortete sie. Sephrenia war verblüfft über diese enge persönliche Beziehung Xanetias zu ihrem Gott. »Du selbst hast mir befohlen, Anakha zu unterstützen. Da er Sephrenia zutiefst verehrt, *mußte* ich zu einer Übereinstimmung mit ihm kommen. Als Sephrenia und ich die Mauer der Feindschaft durchbrochen hatten, die zwischen uns stand, und als wir uns einander vertrauensvoll näherten, milderten Respekt und ein gemeinsames Ziel unseren traditionellen gegenseitigen Haß, der sich fast wie von selbst in tiefe Zuneigung verwandelte. In meinem Herzen ist sie nun meine teure Schwester.«

»Das ist ungeheuerlich! In meinem Beisein wirst du nie wieder so von dieser Styrikerin sprechen!«

»Wie du befiehlst, Geliebter.« Sie senkte ergeben den Kopf; dann aber riß sie das Kinn hoch, und ihr inneres Licht war nun von blendender Helligkeit. »Aber tief in meinem Herzen werde ich stets so *denken*!«

»Bist du jetzt endlich bereit, zuzuhören, Edaemus?« fragte Aphrael. »Oder möchtest du dich erst noch ein Jahrhundert lang einem kindischen Tobsuchtsanfall hingeben?«

»Du bist sehr keck, Aphrael!« rügte er.

»Ja, ich weiß. Das ist eine der Eigenschaften, die man an mir so entzückend findet. Aber du weißt doch, daß Cyrgon versucht, Bhelliom in seine Gewalt zu bekommen, nicht wahr? Oder warst du zu beschäftigt, mit den Sternen Bockspringen zu spielen, daß du über die Geschehnisse hier nicht auf dem laufenden bist?«

»Benimm dich!« tadelte Sephrenia scharf.

»Er macht mich *rasend*! Seit zehntausend Jahren hegt und pflegt er seinen Haß, und wenn man ihm etwas sagt, benimmt er sich wie eine Mimose.« Die Kindgöttin musterte kritisch die leuchtende Erscheinung des Gottes der Delphae. »Deine Lichterspiele imponieren mir nicht, Edaemus. Wenn ich mir die Mühe machen würde, könnte ich das auch.«

Edaemus' Licht flackerte noch greller, und sein rötlicher Strahlenkranz wurde rußig.

»Wie langweilig!« Aphrael seufzte. »Tut mir leid, Xanetia, aber wir vergeuden hier nur unsere Zeit. Ich sehe schon – Bhelliom und ich müssen allein mit Klæl fertig werden. Dein schwerfälliger Gott wäre ohnedies keine Hilfe.«

»*Klæl*!« krächzte Edaemus.

»Ah! Spitzt du doch endlich die Ohren?« Sie verzog das Gesicht. »Bist du *nun* bereit, mir zuzuhören?«

»Wer hat das getan? Wer hat Klæl wieder auf die Erde losgelassen?«

»Also, *ich* bestimmt nicht! Zuerst haben alle nach Cyrgons Pfeife getanzt, doch plötzlich dreht Anakha den Spieß um. Du weißt doch, daß Cyrgon sich mit Niederlagen nicht abfinden kann, also bricht er einfach die Regeln. Was ist? Wirst du uns jetzt helfen, oder möchtest du lieber noch ein paar Millionen Jahre schmollend herumsitzen? Rasch, Edaemus, entscheide dich! Ich will keine Zeit vergeuden!«

»Wie kommt Ihr darauf, daß ich mehr Männer brauche?« fragte Narstil heftig. Er war ein dünner, ja, fast skelettdürrer Arjuner mit knochigen Armen und eingefallenen Wangen. Er saß an einem Tisch unter einer breiten Baumkrone inmitten seines Lagers tief im arjunischen Dschungel.

»Euer Geschäft ist nicht gerade ungefährlich.« Caalador zuckte die Schultern und schaute sich in dem vollgestopften Lager um. »Ihr stehlt Möbelstücke und Teppiche und Wandbehänge. Das bedeutet, daß Ihr ganze Ortschaften ausgeplündert und abgelegene Landhäuser überfallen habt. Die Betroffenen wehren sich, und das geht nicht ohne Verluste ab. Etwa die Hälfte Eurer Männer tragen Verbände, und zweifellos bleiben bei jedem Eurer Plünderzüge einige Eurer Leute tot zurück. Ihr braucht Verstärkung, daran besteht kein Zweifel.«

»Ich habe derzeit keinen Bedarf.«

»Ich kann dafür sorgen, daß sich das rasch ändert«, brummte Bevier drohend und zog melodramatisch den Daumen über die Schneide seiner Lochaberaxt.

»Hört zu, Narstil«, sagte Caalador nun in etwas freundlicherem Tonfall, »wir haben Eure Männer gesehen. Seid ehrlich! Ihr habt da eine Meute mißratener Bürschchen aus der Gegend um Euch geschart, die in Schwierigkeiten geraten waren, weil sie Hühner geklaut oder die Ziegen anderer verschachert hatten. Profis habt Ihr nur wenige, und *wir* sind Profis! Eure bösen Buben prahlen bloß und geben sich alle Mühe, einander zu beeindrucken, indem sie gefährlich und verschlagen dreinschauen, aber es liegt ihnen nicht, jemanden kaltblütig zu töten; deshalb bekommen gerade sie etwas ab, wenn es zum Kampf kommt. *Uns* macht das Töten nichts aus. Wir sind es gewöhnt. Eure jungen Heißsporne dagegen müssen einander beweisen, wie tüchtig sie sind. Wir nicht. Orden weiß, wer wir sind. Sonst hätte er Euch diese Empfehlung nicht geschickt.« Er kniff die Augen leicht zusammen. »Glaubt mir, Narstil, das Leben wird für uns alle viel leichter, wenn wir *mit* Euch arbeiten, statt hier selbst etwas aufzuziehen.«

Mit einemmal wirkte Narstil gar nicht mehr so selbstsicher. »Ich werde es mir überlegen«, versprach er.

»Tut das. Und kommt gar nicht erst auf den Gedanken, mögliche Konkurrenz im vorhinein verhindern zu wollen. Eure bösen Jungs könnten uns nicht das Wasser reichen, und wir sähen uns gezwungen, es sehr persönlich zu nehmen.«

»Hör auf damit!« warnte Sephrenia ihre Schwester, als sie zu viert durch die engen, korridorähnlichen Straßen von Delphaeus zum Haus Cedons unterwegs waren, dem Anari von Xanetias Volk.

»Edaemus tut es auch«, konterte Aphrael.

»Es ist seine Stadt und sein Volk! Du aber bist Gast hier, und da gehört es sich nicht.«

Xanetia blickte die beiden verwirrt an.

»Meine Schwester prahlt schon wieder«, erklärte Sephrenia.

»Ist gar nicht wahr!« protestierte Aphrael.

»O doch! Das wissen wir beide ganz genau. Es ist ja auch nicht das erste Mal. Also, hör auf!«

»Ich verstehe wirklich nicht«, gestand Xanetia.

»Das liegt daran, liebe Schwester, daß Ihr an Aphraels Gesellschaft gewöhnt seid«, erklärte Sephrenia müde. »Sie soll in Gegenwart von Anbetern anderer Gottheiten nicht auf diese Weise mit ihrer eigenen Göttlichkeit prahlen. das zeugt von den allerschlechtesten Manieren, und das weiß sie. Sie tut es nur, um Edaemus zu ärgern. Erstaunlich, daß sie mit dieser übertriebenen Zurschaustellung ihrer göttlichen Persönlichkeit nicht bereits die ganze Stadt dem Erdboden gleichgemacht oder zumindest das Stroh auf den Dächern angezündet hat.«

»Das sind gehässige Worte, Sephrenia!« beschwerte sich Aphrael.

»Dann benimm dich!«

»Nur, wenn Edaemus sich ebenfalls benimmt!«

Sephrenia seufzte und verdrehte die Augen himmelwärts.

Sie betraten den Südflügel des weitläufigen Gebäudes, das die Stadt Delphaeus war, und folgten einem dämmrigen Gang zu Cedons Tür. Der Anari wartete auf sie; Staunen sprach aus seinem Greisengesicht. Er fiel auf die Knie, als sich ihm das Licht näherte, das Edaemus verkörperte.

Der Gott dämpfte das Leuchten, nahm menschliche Gestalt an und half Cedon sogleich sanft auf die Füße. »Das ist nicht nötig, mein alter Freund«, versicherte er dem Greis.

»Aber Edaemus«, rief Aphrael. »Du siehst ja richtig gut aus! Du solltest dich nicht hinter diesem blendenden Licht vor uns verstecken.«

Ein schwaches Lächeln huschte über das ewig junge Antlitz des delphaeischen Gottes. »Versuche nicht, mich mit Schmeicheleien zu betören, Aphrael. Ich kenne dich und weiß, wozu du fähig bist. So leicht wirst du mich nicht umgarnen.«

»Ach, wirklich? Du bist bereits umgarnt, Edaemus. Ich spiele jetzt nur mit dir. Meine Hand liegt schon um dein Herz. Bald werde ich sie darum schließen und dich zu meinem Eigen machen.« Ihr Lachen klang wie Silberglöckchen.

»Aber das ist eine Sache zwischen dir und mir, Vetter. Momentan haben wir anderes zu tun.«

Xanetia umarmte den greisen Cedon voller Zuneigung. »Wie du mühelos erkennst, mein lieber alter Freund, brechen gewaltige Veränderungen über uns herein – eine tödliche Gefahr, die unsere ganze

Welt verändert. Widmen wir uns als erstes dieser Bedrohung; dann können wir uns in Ruhe die Zeit nehmen, den Wandel der Dinge zu bestaunen.«

Cedon führte seine Besucher die drei abgetretenen Stufen hinunter in sein niedriges Gemach mit den nach innen gewölbten, weiß getünchten Wänden, der gemütlichen Einrichtung und dem wohltuenden, offenen Feuer.

»Erzähl ihnen, was sich zugetragen hat, Xanetia«, bat Aphrael und setzte sich auf Sephrenias Schoß. »Das erklärt vielleicht, weshalb ich alle Regeln außer acht lassen und hierher kommen mußte.« Sie warf Edaemus einen schelmischen Blick zu. »Egal, was du jetzt vielleicht denkst, Vetter, aber ich habe durchaus gute Manieren, und wir befinden uns in einem Notfall.«

Sephrenia lehnte sich in ihrem Sessel zurück, als Xanetia über die Ereignisse der vergangenen Monate zu berichten begann. Von Delphaeus ging ein Friede aus, eine wohltuende Ruhe, die Sephrenia bei ihrem letzten Besuch nicht bemerkt hatte. Ihr Herz und ihre Gedanken waren damals so von Haß besessen gewesen, daß sie kaum Notiz von ihrer Umgebung genommen hatte. Die Delphae hatten Sperber angefleht, ihr Tal vom Rest der Welt abzuschließen, aber das erschien Sephrenia unnötig. Die Delphae gehörten gar nicht mehr zur wirklichen Welt; sie schienen nicht einmal mehr menschlich zu sein. Insgeheim und gegen ihr besseres Wissen beneidete Sephrenia sie um ihre ... ihre ... ihr fiel das Wort nicht mehr ein.

»Ärgerlich, nicht wahr?« murmelte die Kindgöttin. »Das Wort, nach dem du suchst, ist Serenität.«

»Und du tust alles, was in deiner Macht steht, diese Serenität zu stören, nicht wahr?«

»Die Delphae sind nach wie vor Teil dieser Welt, Sephrenia – zumindest noch eine Zeitlang. Ich erinnere sie lediglich daran, daß wir anderen noch hier sind.«

»Du benimmst dich Edaemus gegenüber ausgesprochen mies!«

»Ich versuche nur, ihn in die Wirklichkeit zurückzuholen. Er war die letzten hundert Jahrhunderte allein und hat vergessen, wie es ist, uns andere um sich zu haben. *Daran* erinnere ich ihn. Es ist zu seinem Besten, glaub mir. Er hatte bereits eine gewisse ... Selbstgefälligkeit entwickelt.« Sie rutschte vom Schoß ihrer Schwester. »Wird Zeit, daß ich ihm eine weitere Lektion erteile.« Sie durchquerte das

Gemach, stellte sich vor Edaemus und blickte ihm mit ihren großen, dunklen Augen flehend ins Gesicht.

Der Gott der Delphae war so gefangen von Xanetias Bericht, daß er Aphrael kaum bemerkte, und als sie ihm die Arme entgegenstreckte, hob er sie geistesabwesend auf den Schoß.

Sephrenia lächelte.

»Und vor kurzem«, beendete Xanetia ihren Bericht, »erhielt Ritter Berit weitere Anweisungen. Er soll nunmehr einen anderen Weg einschlagen und sich zur Stadt Sopal am Binnenmeer von Arjun begeben. Er hat die Kindgöttin über diese Richtungsänderung in Kenntnis gesetzt, und sie hat ihrerseits uns anderen Bescheid gegeben. Die Trollgötter haben die Absicht, die Ritter Ulath und Tynian nach Sopal zu bringen und sie dort in der ›Nichtzeit‹, wie sie es nennen, zu verstecken. Sobald unsere Feinde mit Königin Ehlana erscheinen, um sie gegen Bhelliom auszutauschen, wollen sie aus ihrem Versteck springen und sie befreien.«

»›Nichtzeit‹?« fragte Cedon verwirrt.

»Ein vorübergehendes Anhalten der Zeit«, erklärte Aphrael. »Trolle sind Jäger, und ihre Götter haben eine neue Art von Versteck für sie gefunden, damit sie sich unbemerkt an ihre Beute heranpirschen können. Ziemlich schlau, aber nicht ohne Nachteile.«

Edaemus fragte sie irgend etwas in der Sprache, die Sephrenia mehrmals vergeblich zu lernen versucht hatte. Aphrael antwortete rasch in sachlichem Tonfall und begleitete ihre Worte mit verwirrenden Gesten.

»Ah!« sagte Edaemus schließlich und bediente sich wieder des Tamulischen, während seine Miene verriet, daß er verstanden hatte. »Es ist eine eigenartige Vorstellung.«

Aphrael verzog das Gesicht. »Ach, du weißt ja, wie die Trollgötter sind.«

»Und sie sind wirklich auf deine unverschämten Bedingungen eingegangen?«

»Ich hatte etwas, das sie haben wollten.« Aphrael zuckte die Schultern. »Seit dreihundert Jahrhunderten haben sie versucht, eine Möglichkeit zu finden, Bhelliom zu entkommen. Natürlich haben meine Bedingungen ihnen gar nicht gefallen, aber sie hatten kaum eine Wahl.«

»Du bist grausam, Aphrael.«

»Eigentlich nicht. Mein Motiv war dringende Notwendigkeit, und Notwendigkeit ist weder grausam noch nötig. Sie *ist* ganz einfach. Als ich die Trollgötter vor einigen Tagen kurz besuchte, habe ich jedem ein paar Küsse gegeben. Danach fühlten sie sich besser – jedenfalls, als sie erkannt hatten, daß ich nicht die Absicht hatte, ein Stück Fleisch aus ihnen herauszubeißen.«

»Das hast du doch nicht *wirklich* getan!«

»So übel sind sie gar nicht«, rechtfertigte Aphrael sich. »Na ja, vielleicht hätte ich sie statt der Küsse hinter den Ohren kraulen können, aber das hätte sie möglicherweise gekränkt; also hab' ich sie geküßt.« Sie lächelte. »Ein paar Küsse mehr, und sie hätten mir wie Hündchen die Finger geleckt.«

Edaemus richtete sich auf. Plötzlich blinzelte er, als würde ihm jetzt erst bewußt, wo Aphrael saß.

Sie bedachte ihn mit einem neuerlichen geheimnisvollen Lächeln und tätschelte seine Wange. »Ist schon gut, Vetter. Auch du wirst dich damit abfinden müssen. Irgendwann tun sie das alle.« Sie rutschte von seinem Schoß hinunter und kehrte zu ihrer Schwester zurück.

»Das ist *mein* Platz!« knurrte ein fetter Bursche unbestimmbarer Rasse drohend, als Kalten seine Sattelbeutel und die Deckenrolle auf eine freie Stelle unter einem großen Baum warf.

»Das *war* er vielleicht«, brummte Kalten.

»Du kannst nicht einfach hierher spazieren und einem anderen den Platz wegnehmen!«

»Ach? Verstößt das etwa gegen das Gesetz oder so was?« Kalten richtete sich auf. Er war mindestens einen Kopf größer als der andere und wirkte in seinem Kettenhemd ziemlich einschüchternd. »Meine Freunde und ich haben die Absicht, hier zu nächtigen«, erklärte er mit frostiger Stimme. »Also nimm dein Bettzeug und den ganzen anderen Kram und leg dich woanders hin!«

»Ich bin's nicht gewohnt, mich von Eleniern herumkommandieren zu lassen!«

»Dein Pech! Verschwinde jetzt, ich hab' zu tun.« Kalten war alles andere als guter Laune. Aleans gefährliche Lage machte ihm unaufhörlich zu schaffen, und schon der geringste Anlaß ließ ihn aus der Haut fahren. Offenbar war seine Gereiztheit in seinem Gesicht abzulesen, denn der Dicke wich ein paar Schritte zurück.

»Weiter!« befahl Kalten drohend.

»Ich komme wieder!« plusterte der Kerl sich auf und wich noch ein paar Schritte zurück. »Mit allen meinen Freunden!«

»Ich kann's kaum erwarten.« Kalten drehte dem Mann, den er verjagt hatte, abfällig den Rücken zu.

Caalador und Bevier kamen zu ihrem Freund. »Schwierigkeiten?« fragte Caalador.

»So würde ich es nicht nennen.« Kalten zuckte die Schultern. »Ich habe dem Burschen nur klargemacht, wer das Sagen hat. Jedesmal, wenn sich eine neue, schwer einzuschätzende Situation ergibt, muß man ein paar Leute herumschubsen, damit alle anderen erkennen, daß man nicht die Absicht hat, sich irgendwas gefallen zu lassen. Machen wir's uns gemütlich.«

Sie hatten ihr Zelt aufgeschlagen und trugen Laub und Moos für das Nachtlager zusammen, als Narstil bei ihnen vorbeischaute. »Wie ich sehe, richtet ihr euch ein, Ezek«, wandte er sich an Caalador. Sein Tonfall war versöhnlich, wenn auch nicht gerade herzlich.

»Nur noch ein paar Handgriffe, dann haben wir's«, erklärte Caalador. »Ich bin froh, daß du vorbeigekommen bist, Narstil. Wir haben gehört, daß nicht weit von hier eine Armee lagert. Macht sie euch zu schaffen?«

»Wir haben eine Abmachung«, erwiderte Narstil. »Wir stehlen den Soldaten nichts, und sie kümmern sich nicht um uns. Das in Natayos ist jedoch keine richtige Armee, eher eine riesige Schar Rebellen. Sie wollen die Regierung stürzen.«

»Will das nicht jeder?«

Narstil lachte. »Ehrlich gesagt, ist diese Meute in Natayos sehr gut für *mein* Geschäft. Schon daß diese Burschen hier sind, hält die Polizei von diesem Teil des Dschungels fern. Und ein Grund, daß sie *uns* dulden, ist der, daß wir Reisende berauben – das hält Neugierige davon ab, in Natayos herumzuschnüffeln. Wir machen gute Geschäfte mit den Rebellen. Sie kaufen so gut wie alles, was wir stehlen.«

»Wie weit liegt dieses Natayos von hier entfernt?«

»Etwa zehn Meilen. Es ist eine alte Ruine. Scarpa – der Anführer dort – ist vor zwei Jahren mit seinen Rebellen dahingezogen. Er hat die Ruine befestigt und bringt von Tag zu Tag weitere seiner Anhänger herbei. Ich kann ihn nicht ausstehen, aber Geschäft ist Geschäft.«

»Wie ist er denn so?«

»Irrsinnig. An manchen Tagen ist er so verrückt, daß er den Mond anheult. Er ist überzeugt, daß er eines Tages Kaiser sein wird. Ich nehme an, es dauert nicht mehr lange, dann setzt er seine Meute in Marsch. In diesem Dschungel ist er ziemlich sicher, aber sobald er sich auf freies Gelände wagt, werden die Ataner ihn an Ort und Stelle zu Hundefutter zerhacken.«

»Sollen wir uns deshalb Sorgen machen?« fragte Bevier.

»Mir persönlich könnte nichts gleichgültiger sein«, versicherte Narstil dem scheinbar einäugigen Schurken. »Aber die Geschäfte, die ich mit Scarpa mache, würden mir sehr fehlen.«

»Kann jeder Natayos nach Belieben betreten und verlassen?« fragte Kalten, als würde es ihn nur beiläufig interessieren.

»Wenn du ein mit Essen und Trinken vollbepacktes Maultier dabeihast, werden sie dich mit offenen Armen aufnehmen. Ich schicke alle paar Tage einen Ochsenkarren mit Bierfässern hinunter. Ihr wißt ja, wie gern Soldaten Bier saufen.«

»O ja!« bestätigte Kalten. »Ich hab' im Lauf der Zeit so einige Soldaten kennengelernt. Für sie bleibt die ganze Welt stehen, wenn jemand ein Bierfaß anzapft.«

»Es ist eine unserer besonderen Fähigkeiten, das Licht zu beherrschen, das aus uns strahlt«, erklärte Cedon. »Wir können es hell leuchten lassen oder beinahe zum Erlöschen bringen. Nur ist die Tarnung nicht vollkommen. Ein leichtes Schimmern ist durchaus möglich, und wir müssen auf der Hut sein, daß unser Schatten unsere Anwesenheit nicht verrät. Aber mit großer Achtsamkeit können wir so gut wie unsichtbar werden.«

»Also, da gibt es wirklich fesselnde Gegensätze«, stellte Aphrael fest. »Die Trollgötter beeinflussen die Zeit, ihr das Licht, und ich die Aufmerksamkeit der Personen, von denen ich nicht bemerkt werden möchte. Aber letztendlich ist alles ein Versuch, sich so gut wie möglich unsichtbar zu machen.«

»Kennt Ihr irgend jemanden, der wirklich unsichtbar sein kann, Göttin?« fragte Xanetia.

»*Ich* nicht. Du, Vetter?«

Edaemus schüttelte den Kopf.

»Aber wir können uns *fast* unsichtbar machen«, sagte die Kindgöttin. »Echte Unsichtbarkeit hätte wahrscheinlich Nachteile. Es ist eine sehr gute Idee, Anari Cedon, aber ich möchte nicht, daß Xanetia sich auf irgendeine Weise in Gefahr bringt. Dazu liebe ich sie viel zu sehr.«

Xanetia errötete leicht; dann blickte sie Edaemus beinahe schuldbewußt an. Sephrenia lachte. »Ich muß dich ernsthaft warnen, Edaemus. Achte gut auf deine Anbeter. Meine Göttin ist offenkundig eine Diebin. Sie stiehlt Gedanken.« Sie runzelte nachdenklich die Stirn. »Es könnte sehr nützlich sein, wenn Xanetia sich unbemerkt nach Sopal begibt. Ihre Fähigkeit, in das Gedächtnis anderer einzudringen, würde es ihr ermöglichen, rasch herauszufinden, ob sich Ehlana dort befindet oder nicht. Wenn ja, können wir die erforderlichen Schritte unternehmen. Wenn nicht, wissen wir, daß Sopal nur eine weitere Ablenkung war.«

Cedon blickte Edaemus an. »Ich fürchte, Geliebter, daß wir uns intensiver und in weiterem Umkreis mit der Welt um uns herum befassen müssen, als wir ursprünglich vorhatten. Anakhas Besorgnis um die Sicherheit seiner Gemahlin hat für ihn Vorrang vor allem anderen, und die Erfüllung des Versprechens, das er gegeben hat, ist gefährdet, solange Ehlana nicht heil und gesund bei ihm zurück ist.«

Edaemus seufzte. »So wie du sagst, mein Anari, mag es sehr wohl sein. Obgleich es mir nicht gefällt, scheint mir, daß wir unsere Abneigung verdrängen und uns an der Suche nach Anakhas Gemahlin beteiligen müssen, indem wir ihm alle Hilfe angedeihen lassen, die in unserer Macht steht.«

»Bist du wirklich sicher, daß du damit zu tun haben willst, Edaemus?« fragte Aphrael. »*Wirklich* sicher?«

»Ich habe mich entschieden, Aphrael.«

»Interessiert es dich denn kein bißchen, warum mich das Schicksal eines elenischen Paares so sehr berührt? Immerhin haben Elenier ihren eigenen Gott, wie du weißt. Warum, meinst du, bin *ich* dann so interessiert an ihnen?«

»Weshalb mußt du immer nur so weitschweifig reden und kommst nicht gleich zum Kern der Sache, Aphrael?«

»Weil ich andere gern überrasche«, antwortete sie fröhlich. »Ich möchte dir ehrlich für deine Besorgnis um das Wohlergehen meiner Mutter und meines Vaters danken, Vetter. Du hast mich tief ins Herz gerührt.«

Er starrte sie bestürzt an. »*Du hast doch nicht ...?*« stieß er hervor.

»Jemand mußte es tun.« Sie zuckte die Schultern. »Einer von uns muß ein Auge auf Bhelliom haben. Anakha ist Bhellioms Geschöpf, doch solange ich meine Hand um sein Herz habe, kann ich sein Handeln mehr oder weniger lenken.«

»Aber sie sind *Elenier*!«

»Werde endlich erwachsen, Edaemus! Elenier, Styriker, Delphae – was macht das für einen Unterschied? Sie sind alle liebenswert, wenn man sein Herz nicht verschließt.«

»Aber sie essen *Schweine*!«

»Ich weiß.« Aphrael schauderte. »Glaub mir, das weiß ich. Aber ich arbeite schon daran.«

Senga war ein gutmütiger Räuber von so gemischtem rassischen Ursprung, daß niemand genau zu sagen vermochte, was er denn nun eigentlich war. Er grinste ununterbrochen, war laut und fröhlich und hatte ein ansteckendes Lachen. Kalten mochte ihn, und Senga hatte in dem elenischen Geächteten offenbar einen Gleichgesinnten gefunden, den er als Col kannte. Er lachte, während er quer durch Narstils unordentliches Lager schritt, wo Möbelstücke und anderer Haushaltsbedarf in wirren Stapeln auf dem kahlen Boden lagen. »He, Col!« brüllte er, als er sich dem Baum näherte, unter dem Kalten, Caalador und Bevier ihr Zelt aufgeschlagen hatten. »Du hättest mitkommen sollen. Ein Ochsenkarren voll Bierfässer öffnet in Natayos jede Tür!«

»Armeen machen mich nervös, Senga«, erwiderte Kalten. »Die Offiziere versuchen ständig, einen zu rekrutieren – für gewöhnlich, indem sie das Schwert auf einen gerichtet halten. Und mehr als zwei Generale an einem Ort sind meist zu moralistisch für meinen Geschmack. Aus irgendeinem Grund bringt der Begriff ›Kriegsrecht‹ mein Blut zum Stocken.«

»Scarpa ist in einer Kaschemme aufgewachsen, mein Freund«, erklärte Senga ihm. »Und seine Mutter war eine Hure. Deshalb ist er an die verworfenere Seite des menschlichen Charakters gewöhnt.«

»Und hast du ein gutes Geschäft gemacht?« erkundigte sich Kalten.

Senga grinste, verdrehte die Augen und zeigte ihnen einen prallen Säckel. »Und ob! Ich denke sogar darüber nach, ob ich das Schurkenleben nicht aufgeben und eine eigene Brauerei betreiben sollte. Das einzige Problem ist allerdings, daß unsere Freunde wohl nicht mehr allzu lange in Natayos bleiben werden. Würde ich wirklich Brauer, und meine Kunden marschierten allesamt los, um sich von den Atanern umbringen zu lassen, müßte ich mein ganzes Bier allein trinken, und *so* durstig ist niemand!«

»Ach? Wie kommst du auf die Idee, daß diese Rebellen weiterziehen wollen?«

»Ich weiß nicht, es ist nur so ein Gefühl.« Senga legte sich auf den Boden und bot Kalten seinen Weinbeutel an. »Scarpa ist bereits seit mehreren Wochen unterwegs. Er und zwei oder drei Elenier haben Natayos im vergangenen Monat verlassen. Ich habe mit vielen Leuten gesprochen, aber keiner hatte eine Ahnung, warum Scarpa weg ist oder wohin.«

Kalten bemühte sich, eine gleichmütige Miene beizubehalten. »Ich hab' gehört, er ist nicht ganz richtig im Kopf, und Verrückte brauchen keinen Grund für ihr Tun.«

»Scarpa mag ja wirklich verrückt sein, aber er versteht es, seine Rebellen zu begeistern. Wenn er beschließt, eine Rede zu halten, sollte man sich tunlichst ein bequemes Plätzchen suchen, denn weniger als sechs Stunden dauern seine Reden nie. Wie dem auch sei – vor einer Weile ist er verschwunden, und seine Armee hatte sich für den Winter eingerichtet. Doch seit er zurück ist, sieht alles ganz anders aus.«

Kalten horchte auf. »Er ist zurück?«

»O ja, mein Freund. Komm, laß mich trinken.« Senga nahm seinen Beutel zurück und spritzte den Wein in seinen weit geöffneten Mund. Dann wischte er sich das Kinn mit dem Handrücken ab. »Er und seine elenischen Freunde kamen vor knapp vier Tagen nach Natayos zurückgeritten. Sie brachten zwei Frauen mit, wie ich hörte.«

Kalten setzte sich zu Boden und tat hastig so, als wollte er seinen Schwertgürtel enger schnallen, um seine plötzliche Erregung zu verbergen. »Ich dachte, Scarpa mag Frauen nicht.«

»Das stimmt auch, mein Freund. Aber nach allem, was man sich erzählt, sind diese beiden Frauen nicht irgendwelche Dirnen, die er unterwegs aufgelesen hat. Hätte Scarpa sich sonst die Mühe gemacht, die Frauen nach Natayos zu bringen? Hätte er ihnen sonst die Hände gefesselt? Und der Bursche, mit dem ich sprach, sagte mir, daß die Frauen zwar ziemlich mitgenommen waren, aber nicht wie Schankmaiden aussahen. Genauer betrachten konnte er sie allerdings nicht, denn Scarpa drängte sie sofort in ein Haus, das offenbar für jemand Besonderes hergerichtet worden war – vornehme Möbel und Teppiche und dergleichen.«

»War irgend etwas Ungewöhnliches an den Frauen?« fragte Kalten und hielt beinahe den Atem an.

Senga zuckte die Schultern und genehmigte sich einen weiteren Schluck. »Offenbar wurden sie nicht wie gewöhnliche Weiber behandelt, aber das war auch schon alles.« Er kratzte sich am Kopf. »Nein, halt. Dieser Bursche hatte noch etwas gesagt ... aber *was*?«

Diesmal hielt Kalten wirklich den Atem an.

»Ach, ja«, rief Senga. »Jetzt erinnere ich mich. Der Kerl sagte, daß diese zwei Frauen Elenierinnen sind. Ist *das* nicht merkwürdig?«

9

Beresa an der Südostküste von Arjuna war eine häßliche Stadt, die wie eine Kröte zwischen dem Südtamulischen Meer und dem sumpfigen Dschungel kauerte. Der Hauptwirtschaftszweig des Gebietes war die Holzkohlenherstellung, und der beißende Rauch hing wie ein Fluch in der feuchten Luft über der planlosen Ansammlung niedriger Häuser.

Kapitän Sorgi warf in einiger Entfernung von der Hafenanlage Anker und ging zur Besprechung mit dem Hafenmeister an Land.

Sperber, Stragen und Talen, die ihre Arbeitskittel trugen, lehnten an der Backbordreling und spähten über das übelriechende Wasser auf ihr Reiseziel. »Ich habe eine großartige Idee, Fron«, wandte Stragen sich an Sperber.

»Ach?« Sperber blickte ihn fragend an.

»Verschwinden wir jetzt einfach!«

»Das nennst du eine großartige Idee, Vymer?« Talen lachte. Sie hatten sich inzwischen recht gut an ihre angenommenen Namen gewöhnt, und es gab keine Versprecher mehr.

Sperber schaute sich heimlich um und vergewisserte sich, daß niemand in Hörweite war. »Ein echter Seemann würde nie verschwinden, ohne seine Heuer kassiert zu haben. Wir wollen doch keinen Verdacht erregen! Außerdem gibt es ohnedies nichts mehr zu tun, als die Fracht zu löschen.«

»Unter der allgegenwärtigen Peitsche des Bootsmannes«, fügte Stragen düster hinzu. »Dieser Kerl strapaziert meine Selbstbeherrschung über Gebühr. Am liebsten würde ich ihm den Hals umdrehen, wenn er mich bloß anblickt!«

»Dieses eine, letzte Mal müssen wir ihn schon noch ertragen«, ermahnte Sperber den Gefährten. »Die ganze Stadt wird voller mißtrauischer Augen sein. Ohne Zweifel hat Krager Handlanger hier, die dafür sorgen sollen, daß ich nicht versuche, hinter seinem Rücken Verstärkung herbeizuschmuggeln.«

»Das könnte der Schwachpunkt an diesem Plan sein, Fron«, gab Stragen zu bedenken. »Sorgi weiß, daß wir keine gewöhnlichen Seeleute sind. Neigt er zur Redseligkeit?«

Sperber schüttelte den Kopf. »Über Sorgis Lippen kommt kein unbedachtes Wort. Er wurde dafür bezahlt, uns unauffällig nach Beresa zu bringen, und Sorgi tut immer, wofür er bezahlt wird.«

Der Kapitän kehrte am Spätnachmittag zurück. Sie lichteten den Anker und legten an einem der langen Piers an. Am nächsten Morgen löschten sie die Fracht. Der Bootsmann knallte nur wenige Male mit der Peitsche, und die Arbeit war rasch getan.

Als die Frachträume geleert waren, reihten die Männer sich auf und schritten im Gänsemarsch übers Achterdeck, wo Sorgi mit einer Liste und Stapeln abgezählter Münzen an einem kleinen Tisch saß. Jeden, dem er die Heuer auszahlte, bedachte er mit einer kurzen Rede. Die Worte variierten leicht, doch der Sinn war stets der gleiche. »Mach mir an Land keine Dummheiten und kehr rechtzeitig an Bord zurück. Ich werd' nicht auf dich warten, falls du nicht zurück bist, wenn ich in See steche!« Auch als er Sperber und seine Freunde auszahlte, änderte Sorgi seine Rede nicht. Sein Gesicht verriet in keiner Weise, daß er zu ihnen sprach und nicht zu gewöhnlichen Besatzungsmitgliedern.

Schließlich schlurften Sperber und seine beiden Gefährten, ihre Seesäcke über den Schultern, die Laufplanke hinunter. »Jetzt verstehe ich, warum Seeleute so unternehmungslustig sind, wenn sie einen Hafen erreichen«, sagte Sperber. »Das war nun wirklich keine allzu lange Seereise; trotzdem habe ich das Bedürfnis, kräftig über die Stränge zu schlagen.«

»Wohin gehen wir?« fragte Talen, als sie die Straße erreichten.

»Es gibt da die ›Seemannsruh‹, einen angeblich recht ruhigen und sauberen Gasthof. Er liegt ein Stück außerhalb der allzu lauten Hafengegend. Dort könnten wir gewissermaßen unser Hauptquartier aufschlagen.«

Die Sonne ging bereits unter, als sie durch die lauten, übelriechenden Straßen Beresas schlenderten. Die Häuser waren hauptsächlich aus Holzbalken erbaut, da Stein im sumpfigen Delta des Arjuns selten war. Allerdings schien das Holz bereits vor der Verarbeitung von Fäulnis befallen gewesen zu sein. Moos und Pilze wucherten überall, und die Luft war dick von der kalten Feuchtigkeit und dem beißenden Holzrauch der Köhlereien vor der Stadt. Die Haut der Arjuner war merklich dunkler als die ihrer tamulischen Vettern im Norden. Ihre Augen wirkten unstet, und selbst wenn sie gleichmütig durch die schlammigen Straßen ihrer häßlichen Stadt spazierten, vermittelte es den Eindruck von Verstohlenheit.

Während die drei Gefährten durch die dreckigen Straßen schritten, murmelte Sperber heimlich den Zauber und gab ihn behutsam frei, um ja nicht die Beobachter darauf aufmerksam zu machen, von deren Anwesenheit er überzeugt war.

»Und?« flüsterte Talen. Er war schon lange genug bei Sperber, um zu erkennen, daß der große Pandioner sich soeben der Magie bedient hatte.

»Sie sind da draußen«, antwortete Sperber. »Ich kann drei von ihnen spüren.«

»Konzentrieren sie sich auf uns?« fragte Stragen angespannt.

Sperber schüttelte den Kopf. »Nein. Sie beobachten alles und jeden. Sie sind keine Styriker; deshalb werden sie nicht wissen, daß ich sie gesucht habe. Gehen wir einfach weiter. Falls sie uns folgen, sage ich euch Bescheid.«

Die *Seemannsruh* war ein viereckiges, sauberes Haus, dessen Inneres mit Fischernetzen und seemännischem Krimskrams geschmückt war. Ein wohlbeleibter Kapitän im Ruhestand und seine nicht minder beleibte Frau führten die Pension. Sie duldeten keinen Unfug unter ihrem Dach und jeder, der bei ihnen absteigen wollte, mußte zuvor eine lange Liste von Hausregeln über sich ergehen lassen. Von einigen Dingen, die hier verboten waren, hatte Sperber noch nie gehört.

»Wohin jetzt?« fragte Talen, nachdem sie ihre Seesäcke im zugewiesenen Zimmer verstaut hatten und wieder auf die schlammige Straße getreten waren.

»Zurück zum Hafen«, erwiderte Stragen. »Der hiesige Diebeskönig heißt Estokin. Er macht hauptsächlich mit Schmugglern Geschäfte, aber auch mit Seeleuten, die sich aus den Frachträumen ihrer Schiffe bedient haben. Ich habe ein Schreiben von Caalador dabei. Angeblich hat er uns hierher geschickt, damit wir uns vergewissern, daß er wirklich seinen gerechten Anteil an den Einnahmen während des Erntedankfestes bekommen hat. Arjuner sind nicht gerade als vertrauenswürdig bekannt; darum wird Estokin über unseren Besuch nicht sehr überrascht sein.«

Estokin, der Arjuner, sah aus, als wäre er zum Gauner geboren. Er hatte das vielleicht tückischste Gesicht, das Sperber je gesehen hatte. Sein linkes Auge spähte stets in nordöstliche Richtung, und das rechte zuckte laufend. Sein dünner, borstiger Bart trug nicht gerade dazu bei, sein von schuppigem Ausschlag bedecktes Gesicht zu zieren, das er fast unentwegt kratzte, wodurch weiße Hautflocken wie vom Winterhimmel herabschneiten. Seine hohe, näselnde Stimme hörte sich wie das Summen eines riesigen, hungrigen Insekts an, und er stank nach Knoblauch, billigem Wein und Salzhering.

»Beschuldigt Caalador mich etwa, ich hätte ihn betrogen, Vymer?« fragte er mit leicht übertriebener Entrüstung.

»Natürlich nicht.« Stragen lehnte sich in dem klapprigen Sessel im Hinterzimmer der stinkigen Hafenspelunke zurück. »Wenn das der Fall wäre, dann wärst du bereits tot! Caalador will sich nur vergewissern, daß wir niemand übersehen haben. Waren die Einheimischen sehr bestürzt, als die Leichen gefunden wurden?«

Estokin blinzelte Stragen mit dem rechten Auge an. »Was ist ihm die Auskunft wert?«

»Wir haben die Anweisung, dich am Leben zu lassen, wenn du dich hilfsbereit zeigst«, entgegnete Stragen kalt.

»So kannst du mich nicht bedrohen, Vymer!« spielte Estokin sich auf.

»Ich hab' dich nicht bedroht, alter Junge. Ich hab' dir nur gesagt, wie die Dinge stehen. Aber kommen wir zur Sache. Wer hat sich hier in Beresa über die Morde aufgeregt?«

»Nicht sehr viele.« Stragens kühle Überlegenheit hatte Estokin offenbar zu denken gegeben. »Vor allem ein Styriker, der vor dem Erntedankfest sehr freigiebig mit seinem Geld gewesen war.«

»Was hat er gekauft?«

»Hauptsächlich Informationen. Er stand auf der Liste, die Caalador mir gegeben hat; aber er konnte sich in Sicherheit bringen. Er ist in den Dschungel geritten. Zwei meiner Meuchler sind ihm auf der Fährte.«

»Ich würde gern mit dem Kerl reden, bevor sie ihn in den ewigen Schlaf schicken.«

»Wird sich wohl nicht mehr machen lassen. Dazu sind sie schon viel zu weit in den Dschungel vorgedrungen.« Estokin kratzte sich an der Stirn und löste dabei wieder ein Schneegestöber aus.

»Ich weiß nicht, warum Caalador all diese Leute umbringen lassen wollte«, sagte er, »und ich glaub', ich will's auch gar nicht wissen. Aber es stinkt ein bißchen nach Politik, und hier in Arjuna bedeutet das, die Sache hat irgendwie mit Scarpa zu tun. Du solltest Caalador vielleicht warnen, sehr vorsichtig zu sein. Ich hab' mit ein paar Deserteuren aus dem Rebellenlager im Dschungel gesprochen, und wir alle hier haben Geschichten darüber gehört, wie verrückt Scarpa ist. Wenn bloß die Hälfte von dem stimmt, was ich gehört hab', dann ist Scarpa der schlimmste Irre, der je gelebt hat.«

Sperbers Magen verkrampfte sich.

Vater?

Rasch setzte Sperber sich im Bett auf.

Bist du wach? fragte die Kindgöttin, und ihre Stimme drang lautstark in seine Gedanken.

»Natürlich. Aber red nicht so laut! Da klappern mir ja meine Zähne.«

Ich wollte nur sicher sein, daß du mich hörst. Es hat sich was getan. Berit und Khalad haben neue Anweisungen von Krager erhalten. Sie sollen sich nach Sopal begeben, statt nach Beresa zu kommen.

Sperber fluchte.

Bitte nicht solche Worte, Vater. Ich bin ja noch ein kleines Mädchen, wie du weißt.

Er ignorierte die Bemerkung. »Soll der Austausch in Sopal stattfinden?«

Schwer zu sagen. Bevier hat sich ebenfalls mit mir in Verbindung gesetzt. Kalten hat sich mit einem Gesetzlosen unterhalten, der den Soldaten in Natayos Bier verkauft. Der Mann hat erzählt, daß Scarpa in diese Stadt zurückgekehrt ist – mit zwei elenischen Frauen.

Sperbers Herz schlug schneller. »Und? Stimmt diese Meldung?«

Kalten glaubt es jedenfalls. Der Bursche hatte keinen Grund zu lügen. Allerdings hat Kaltens Bierhändler die Frauen nicht mit eigenen Augen gesehen, also schraub deine Hoffnungen nicht zu hoch. Es könnte durchaus eine raffiniert eingefädelte Sache sein. Zalasta ist in Natayos. Es kann sein, daß er dich dorthin locken oder dich überlisten will, so daß du die Geheimnisse ausplauderst. Er kennt dich gut genug, um zu wissen, daß du alles versuchen wirst, irgend etwas Unerwartetes zu tun.

»Kannst du herausfinden, ob deine Mutter in Natayos ist?«

Ich fürchte nein. Scarpa ist keine Gefahr, doch an Zalasta komme ich nicht vorbei. Es ist zu riskant!

»Was tut sich sonst noch?«

Ulath und Tynian haben die Trollgötter erreicht. Ghnomb bringt sie nach Sopal – in seiner eingefrorenen Zeit, auf die er so stolz ist. Sie werden dort sein, wenn Berit und Khalad eintreffen. Ghnomb kennt noch eine andere Methode, die Zeit zu manipulieren; er wird Ulath und Tynian von Augenblick zu Augenblick versetzen. Der Vorgang ist ein wenig kompliziert, aber sie werden jedenfalls dort sein und beobachten, ohne daß irgend jemand sie sehen kann. Falls Scarpa und Zalasta versuchen, den Austausch in Sopal vorzunehmen, werden Tynian und Ulath sofort auf sie losgehen, um Mutter und Alean zu befreien.

»Kann Zalasta ihnen in diesen ... eingefrorenen Augenblicken denn nicht folgen?«

Das würde wenig nützen, Vater. Khwaj war empört, als er hörte, was mit Mutter geschehen ist; deshalb wird er ihm in der Nichtzeit auflauern. Sollte Zalasta wirklich versuchen, Ulath und Tynian zu folgen, wird Khwaj ihn in Brand setzen – und dieses Feuer wird nie erlöschen.

»Ich glaube, es könnte noch soweit kommen, daß ich Khwaj ins Herz schließe!«

Sephrenia und Xanetia sind in Delphaeus, fuhr Aphrael fort. *Edaemus ist stur, doch die Neuigkeit über Klæl hat seinen Baum ins Schwanken gebracht; deshalb glaube ich, daß ich ihn von seinem Ast herunterschütteln kann. Er weiß, daß die Abmachung, die du mit Cedon getroffen hast, durch Mutters Gefangenschaft gefährdet ist; darum hat er sich einverstanden erklärt, uns zu helfen. Ich werde ihn weiter bearbeiten. Mög-*

licherweise erklärt er sich dann sogar einverstanden, die Delphae aus ihrem Tal herauszulassen. Sie könnten uns von enormer Hilfe sein.

»Warum hast du mir das nicht schon früher erzählt?«

Was hättest du dann getan, Sperber? Wärst du von Sorgis Schiff gesprungen und an Land geschwommen?

»Ich muß so etwas wissen, sobald es geschieht, Aphrael!«

Warum? Es genügt, wenn ich mir Sorgen darüber mache, Sperber. Du bekommst davon bloß schrecklich miese Laune.

Er ging nicht darauf ein. »Ich werde Bhelliom davon in Kenntnis setzen.«

Auf keinen Fall! Wir dürfen die Schatulle nicht öffnen! In diesem Fall würden Cyrgon oder Klæl sofort von der Anwesenheit Bhellioms wissen.

»Ach, hatte ich dir das noch gar nicht gesagt?« fragte er mit sanftem Spott. »Ich brauche die Schatulle nicht zu öffnen, um mit Bhelliom zu reden. Wir können uns durch das Metall miteinander unterhalten.«

Warum hast du mir das nicht erzählt?

»Was hättest du dann getan? Wärst du ins Meer gesprungen und Sorgis Schiff hinterher geschwommen?«

Nach längerem Schweigen sagte sie: *Es macht dir richtig Spaß, mir die Worte im Mund zu verdrehen und sie mir dann wieder an den Kopf zu werfen, nicht wahr, Sperber?*

»Natürlich. Gibt es sonst noch etwas, in das du mich einweihen wolltest, Göttin?«

Doch ihre Präsenz war nicht mehr zu spüren, und nur gekränktes Schweigen blieb zurück.

»Wo ist – äh – Vymer?« fragte Sperber Talen, als der Junge einige Minuten später das Zimmer betrat.

»Er ist weggegangen, um etwas zu erledigen«, antwortete Talen ausweichend.

»Was will er erledigen?«

»Er hat mich gebeten, dir nichts davon zu sagen.«

»Dann bitte *ich* dich jetzt, nicht auf ihn zu hören – und im Unterschied zu ihm kann ich dir die Hände um den Hals legen.«

»Das ist ein ganz und gar schäbiger Charakterzug von dir!«

»Niemand ist vollkommen. Was führt er im Schilde?«

Talen seufzte. »Einer von Estokins Männern kam hierher – kurz nachdem du zu Bett gegangen warst. Er sagte, daß drei Elenier in der Stadt sind, die gutes Geld für Informationen über Fremde bezahlen, die beabsichtigen, längere Zeit hier zu bleiben. Vymer hat beschlossen, ihnen einen Besuch abzustatten.« Talen blickte bedeutungsvoll auf die Wände ihres engen Zimmers. »Ich nehme an, er möchte herausfinden, was genau sie unter ›gutem Geld‹ verstehen. Du kennst ja Vymer, wenn irgendwo Gewinn zu machen ist.«

»Er hätte mir Bescheid sagen sollen«, brummte Sperber.

»Teilen ist nicht gerade Vymers starke Seite, Fron.« Talen tippte sich aufs Ohr; dann drückte er kurz einen Finger auf die Lippen. »Wie wär's, wenn wir uns nach ihm umsehen?«

»Gute Idee.« Nachdem Sperber sich rasch angezogen hatte, stürmten die beiden die Treppe hinunter auf die Straße.

»Ich hatte soeben ein religiöses Erlebnis«, murmelte Sperber, als sie die lärmende Hafengegend erreichten.

»Ach?«

»Eine dieser göttlichen Erscheinungen.«

»Aha. Und was hatte dein göttlicher Bote zu verkünden?«

»Einer unserer Freunde, der mit der gebrochenen Nase, hat wieder einen von diesen besonderen Briefen erhalten. Er soll sich jetzt nach Sopal begeben, statt hierherzukommen.«

Talen murmelte eine sehr unfeine Verwünschung.

»Du sprichst mir aus der Seele! He, ist das nicht Vymer, der da die Straße entlangtorkelt?« Sperber deutete auf einen blonden Mann in teerverschmiertem Kittel, der ihnen mit unsicheren Schritten entgegenkam.

Talen musterte den Burschen. »Ich glaube, du hast recht.« Er verzog das Gesicht. »Die Damen, die gewisse Veränderungen mit uns vorgenommen haben, sind offenbar ein wenig zu weit gegangen. Vymer hat nicht einmal mehr denselben Gang wie ... Vymer.«

»Was macht ihr so spät noch auf der Straße?« fragte Stragen, als er die Gefährten erreicht hatte.

»Wir haben dich schrecklich vermißt.«

»Ach? Ich bin tief gerührt. Machen wir einen Strandspaziergang, meine Freunde. Ich hab' Sehnsucht nach dem Geruch von Salzwasser – und dem lauten Donnern der Brandung.«

Sie schritten an den letzten Piers vorbei und hinaus auf den Sand, bis sie das Ufer erreichten und hinaus auf die langen Brecher blickten, die vom Südtamulischen Meer heranrollten und sich auf den nassen Sand warfen. Die Wolken hatten sich aufgelöst und dem strahlenden Mond Platz gemacht.

Nun, da keine fremden Ohren sie mehr hören konnten, fragte Sperber scharf: »Was habt Ihr gemacht, Stragen?«

»Ich habe uns im Geheimdienst der anderen Seite rekrutiert.«

»Ihr habt was?«

»Die drei Burschen, die Ihr bemerkt habt, als wir hier ankamen, brauchten ein paar tüchtige Mitarbeiter. Ich habe uns als Freiwillige gemeldet.«

»Habt Ihr den Verstand verloren?«

»Ganz und gar nicht. Überlegt doch mal, Sperber! Wie könnten wir besser an Informationen herankommen? Unsere Feier zum Erntedankfest hat ihre Reihen drastisch gelichtet; deshalb können sie es sich nicht leisten, wählerisch zu sein. Erst habe ich Estokin bezahlt, daß er für uns bürgt, und dann habe ich den Kerlen einige Lügen aufgetischt. Sie rechnen damit, daß ein gewisser Ritter Sperber die Stadt mit scharfäugigen Burschen überflutet. Wir sollen ihnen jeden melden, der sich auch nur *ein bißchen* verdächtig benimmt. Ich habe die Kerle schon auf einen Hauptverdächtigen aufmerksam gemacht.«

»Ach? Und wer ist das?«

»Kapitän Sorgis Bootsmann – ihr wißt schon, der Bursche mit der Peitsche.«

Sperber mußte unwillkürlich lachen. »Das war ausgesprochen boshaft von Euch, Stragen.«

»Ich halte es für eine großartige Idee.«

»Aphrael ist Sperber erschienen«, sagte Talen. »Sie hat ihm mitgeteilt, daß Berit und mein Bruder angewiesen wurden, die Richtung zu ändern. Jetzt sollen sie sich zur Abwechslung nach Sopal an der Küste des Binnenmeeres von Arjun begeben.«

Stragen fluchte.

»Genauso hab' ich auch reagiert«, sagte Talen.

»Wir hätten wohl damit rechnen müssen«, meinte Sperber. »Krager arbeitet für die andere Seite und kennt uns gut genug, um viele unserer Schritte vorauszuahnen und entsprechend zu handeln.« Plötzlich hämmerte er die Faust auf die Handfläche und stieß hervor: »Ich wollte, ich könnte mit Sephrenia reden!«

»Das könnt Ihr doch, wenn ich mich recht entsinne«, entgegnete Stragen. »Hat Aphrael es nicht einmal so eingerichtet, daß Ihr und Sephrenia euch unterhalten konntet, als sie in Sarsos war und Ihr in Cimmura?«

Sperber kam sich wie ein Trottel vor und verzog seufzend das Gesicht. »Das hatte ich vergessen«, gestand er.

»Schon gut, alter Junge.« Stragen grinste. »Euch drückt eine Menge auf der Seele. Wie wär's, wenn Ihr ein Wort mit Ihrer göttlichen kleinen Launenhaftigkeit sprecht und sie überredet, irgendwo einen Kriegsrat einzuberufen? Ich finde, es wäre die richtige Zeit für ein nettes, altmodisches Rendezvous.«

Sperber wußte, wo er war, ehe er die Augen aufschlug. Der Duft von Wildblumen und Baumblüten verriet ihm, daß er sich am Ewigen Born in Aphraels höchstpersönlicher Realität befand.

»Seid Ihr jetzt wach, Anakha?« fragte das weiße Reh und stupste mit der Nase seine Hand.

»Ja, sanftes Geschöpf«, antwortete er und schmiegte kurz die Wange an den Kopf des Tieres. Er befand sich wieder in dem Pavillon und blickte durch die Lichtöffnung auf die Blumenwiese, das blaue Meer dahinter und den regenbogenfarbenen Himmel darüber.

»Die anderen harren Euer auf der kleinen Insel«, erklärte ihm das Reh.

»Dann wollen wir uns beeilen.« Sperber stieg aus dem Bett und folgte dem Tier aus dem Pavillon auf die Wiese, wo die weiße Tigerin ihren großpfotigen Jungen nachsichtig beim tolpatschigen Spiel zusah. Sperber fragte sich beiläufig, ob es dieselben Jungen waren, die sie bewacht hatte, als er vor sechs Jahren zum erstenmal in diesem Zauberreich gewesen war.

Aber natürlich, Sperber, murmelte Aphraels Stimme in sein Ohr. *Hier ändert sich niemals etwas.*

Er lächelte.

Das weiße Reh führte ihn zu dem wunderschönen, aber wenig seetüchtigen Boot mit Schwanenhals, Segeln wie Schwingen und feinem Zierrat, von dem so viel aus dem Wasser ragte, daß ein Nieser das Boot hätte kentern lassen, wäre es im Wasser der wirklichen Welt getrieben.

Kritikaster, rügte Aphrael.

Es ist dein Traum, Göttin. Du kannst darin jede Unmöglichkeit entstehen lassen, ganz wie es dir gefällt.

Oh, danke, Sperber! sagte sie ironisch.

Das smaragdgrüne Inselchen mit den uralten Eichen und Aphraels Alabastertempel erstrahlten in der saphirblauen See, und nach wenigen Minuten legte das Schwanenhalsboot am goldenen Strand an. Sperber schaute sich um, während er auf den Sand stieg. Hier, in diesem ewigen Traum, besaßen die Gefährten ihre gewohnten Gesichter. Einige von ihnen waren schon des öfteren auf der Insel gewesen, doch jene, die zum erstenmal hier waren, konnten ihr Staunen nicht verbergen. Sie alle lagen in dem weichen, üppigen Gras der Zauberinsel.

Die Kindgöttin und Sephrenia saßen auf einer Alabasterbank im Tempel. Aphraels Miene war nachdenklich, während sie auf ihrer Syrinx eine komplizierte styrische Weise in Moll spielte. »Wieso kommst du erst jetzt, Sperber?« Sie senkte ihr Instrument.

»Die für meine Reise zuständige Person hat einen kleinen Umweg mit mir gemacht«, antwortete er. »Sind wir alle hier?«

»Alle, die hier sein sollen! Kommt herauf, ihr alle, und laßt uns beginnen.«

Sie stiegen den Hang zum Tempel hinauf.

»Wo ist dieser Ort?« fragte Sarabian ehrfürchtig.

»Aphrael trägt ihn in ihrer Phantasie mit sich, Majestät«, erwiderte Vanion. »Hin und wieder lädt sie uns hierher ein. Sie gibt gern damit an.«

»Das ist eine Kränkung, Vanion!« rügte ihn die Kindgöttin.

»Aber ich habe doch recht, nicht wahr?«

»Natürlich. Trotzdem wäre es höflicher gewesen, es zu verschweigen.«

»Irgendwie fühle ich mich hier anders«, bemerkte Caalador. »Besser.«

Vanion lächelte. »Es ist ein heilender Ort, mein Freund. Zum Ende des Zemochischen Krieges war ich sehr krank. Ich lag im Sterben, um ehrlich zu sein. Aphrael brachte mich für etwa einen Monat hierher, und ich wurde kerngesund.«

Als sie alle den kleinen Tempel erreicht hatten, nahmen sie auf den Marmorbänken rund um den Säulenkreis Platz. Sperber schaute sich stirnrunzelnd um. »Wo ist Emban?« fragte er ihre Gastgeberin.

»Seine Anwesenheit wäre nicht schicklich, Sperber. Euer elenischer Gott duldet Ausnahmen im Fall von Ordensrittern; aber er bekäme wahrscheinlich einen Tobsuchtsanfall, brächte ich einen Patriarchen seiner Kirche hierher. Ich habe auch die Ataner nicht eingeladen – und die Peloi ebensowenig.« Sie lächelte. »Weder die einen noch die anderen können sich mit dem Gedanken abfinden, daß es mehr als nur einen Gott gibt, und dieser Ort würde sie wahrscheinlich noch mehr verwirren.« Sie verdrehte die Augen. »Du kannst dir nicht vorstellen, wie lange ich gebraucht habe, Edaemus zu überreden, Xanetia mitkommen zu lassen. Er mißbilligt alles an mir. Er hält mich für frivol!«

»Dich?« Sperber tat erstaunt. »Wie kann er so was auch nur denken?«

»Kommen wir zur Sache!« rief Sephrenia. »Wie wär's, wenn Ihr beginnt, Berit? Im großen und ganzen wissen wir, was geschehen ist, aber wir kennen keine Einzelheiten.«

»Jawohl, erhabene Sephrenia.« Der junge Ritter berichtete. »Khalad und ich folgten der Küste abwärts. Praktisch von dem Moment an, als wir an Land kamen, wurden wir beobachtet. Ich bediente mich des Zaubers und konnte den Beobachter auf diese Weise als Styriker identifizieren. Nach mehreren Tagen kam er zu uns und gab uns einen weiteren dieser Briefe von Krager. In dem Schreiben wies er uns an, der Küste weiter zu folgen, doch statt südwärts zu ziehen, landeinwärts nach Sopal abzubiegen, sobald wir die Tamulischen Berge hinter uns hatten. In Sopal sollten wir weitere Anweisungen erhalten. Der Brief war zweifellos von Krager; denn auch ihm war eine Strähne von Königin Ehlanas Haar beigelegt.«

»Schon deshalb werde ich mir Krager vorknöpfen, sobald ich ihn eingeholt habe!« erklärte Khalad düster. »Er soll wissen, wie sehr wir es ihm übelnehmen, daß er Hand an das Haar der Königin gelegt hat. Glaubt mir, Sperber, bevor ich mit ihm fertig bin, wird er es bereuen – bitter bereuen!«

»Ich setze großes Vertrauen in dich, Khalad«, erwiderte Sperber.

»Oh«, sagte Khalad, »da fällt mir etwas ein. Weiß jemand von euch, wie man ein Pferd zum Hinken bringt, ohne ihm weh zu tun? Berit und ich möchten hin und wieder ein bißchen langsamer sein, ohne Verdacht zu erregen. Ein zeitweilig lahmendes Pferd wäre eine gute Erklärung für die Burschen, die uns beobachten.«

»Ich werde mit Faran reden«, versprach Aphrael.

»Auf dem Weg nach Sopal braucht ihr nicht zu hinken«, versprach Ulath, an Khalad gewandt. »Ghnomb wird dafür sorgen, daß Tynian und ich längst dort sind, bevor ihr eintrefft. Vielleicht seht ihr uns dort, vielleicht auch nicht. Bei manchen Dingen, die ich den Trollgöttern zu erklären versuche, habe ich einige Schwierigkeiten. Wie dem auch sei – wir werden euch jedenfalls sehen können. Falls ich es Ghnomb nicht begreiflich machen kann, schiebe ich dir einen Zettel in die Tasche.«

»Falls wir doch sichtbar werden, seid ihr bestimmt *begeistert* von unserem Reisebegleiter.«

Berit blickte ihn verwirrt an. »*Wer* ist es denn, Freund Tynian?«

»Bhlokw. Er ist ein Troll.«

»Es ist Ghnombs Idee«, erklärte Ulath. »Bevor ich mit den Trollgöttern sprechen kann, muß ich erst eine kleine Zeremonie über mich ergehen lassen. Bei Bhlokw ist das nicht nötig, und das beschleunigt unsere Verständigung, wenn er dabei ist. Auf jeden Fall werden wir dort sein, wenngleich nicht sichtbar. Falls Scarpa und Zalasta den Austausch in Sopal vornehmen wollen, treten wir aus der Nichtzeit, schnappen uns euch und verschwinden wieder.«

»Das setzt voraus, daß die Entführer Königin Ehlana nach Sopal bringen, um den Austausch vorzunehmen«, meinte Itagne. »Doch es gibt einiges, das nicht zusammenpaßt. Ritter Kalten hat gerüchteweise erfahren, daß Scarpa die Königin und ihre Kammerjungfer in Natayos festhält.«

»Darauf würde ich nicht unbedingt wetten, Exzellenz«, warf Kalten ein. »Es ist eine Information aus mindestens zweiter Hand. Der Bursche, mit dem ich geredet habe, ist wahrscheinlich nicht gescheit genug, Geschichten zu erfinden, hatte aber keinen Grund, mich anzulügen. Also hat er seine Information von jemand anderem. Das macht die Sache ziemlich wurmstichig.«

»Da habt Ihr genau den wunden Punkt getroffen, Ritter Kalten«, sagte Sarabian. »Soldaten tratschen schlimmer als alte Weiber.« Er zupfte sich an einem Ohr und blickte zum regenbogenfarbenen Himmel empor. »Die andere Seite weiß, daß ich nicht vollkommen auf das Innenministerium angewiesen war, was Informationen betraf. Deshalb rechnet sie bestimmt damit, daß ich Agenten in Natayos habe. Diese Geschichte, die Ritter Kalten hörte, könnte nur für uns in Umlauf gesetzt worden sein. Prinz Sperber, besteht die Möglichkeit, dieses Gerücht von Bhelliom bestätigen zu lassen?«

»Das ist zu gefährlich!« wehrte Sephrenia ab. »Zalasta würde es sofort erfahren, wenn Sperber Bhelliom fragt.«

»Da bin ich mir nicht so sicher, kleine Mutter«, widersprach Sperber. »Wir haben erst kürzlich festgestellt, daß die mit Gold ausgekleidete Schatulle Bhelliom nicht völlig isoliert. Ich habe das starke Gefühl, daß vieles von dem, was wir über Bhelliom zu wissen *glauben*, reine Irreführung ist. Die Ringe leisten offenbar so gut wie nichts; möglicherweise dienen sie als Mittel der Verständigung. Und die Metallschatulle spielt offenbar auch keine große Rolle. Es *könnte* sein, daß Bhelliom uns einen Floh ins Ohr setzte, um uns davon abzuhalten, ihn mit Eisen zu umhüllen. Ich vermute es zwar nur, aber ich würde sagen, Bhelliom empfindet es immer noch als schmerzhaft, wenn er mit Eisen in Berührung kommt. Aber ob es *so* schmerzhaft ist, daß es ihn gefangenhalten kann, ist keineswegs sicher.«

»Er hat recht«, sagte Aphrael zu ihrer Schwester. »Vieles von dem, was wir über Bhelliom wissen, stammt von Ghwerig, und Bhelliom hatte uneingeschränkte Kontrolle über Ghwerig. Wir glaubten, daß Ghwerig weiß, wovon er redet – aber das war unser Fehler.«

»Das beantwortet nicht die Frage, ob Bhelliom uns helfen könnte, Informationen über Natayos zu erhalten«, fuhr Sperber fort. »Experimente können wir uns nämlich nicht leisten.«

»Ich werde mich nach Natayos begeben«, sagte Xanetia ruhig. »Ursprünglich wollte ich mich unsichtbar in Sopal umsehen. Da sich aber Ritter Tynian und Ritter Ulath bereits dort befinden, die durchaus in der Lage sind, festzustellen, ob die Königin sich in dieser Stadt aufhält, werde ich nach Natayos reisen und mich dort nach ihr umschauen.«

»Kommt nicht in Frage!« rief Sarabian. »Ich verbiete es!«

»Ich bin nicht Eure Untertanin, Sarabian von Tamuli«, erinnerte sie ihn. »Und habt keine Angst. Ich werde nicht in Gefahr sein. Niemand wird wissen, daß ich dort bin. Ich aber kann die Gedanken und das Gedächtnis anderer lesen. So werde ich rasch erfahren, ob die Königin und ihre Magd sich in Natayos befinden oder nicht. Wir Delphae haben Anakha versprochen, ihm unsere besonderen Fähigkeiten zur Verfügung zu stellen, als wir unseren Pakt mit ihm schlossen. Das will ich nun tun.«

»Es ist zu gefährlich!« wandte Sarabian hartnäckig ein.

»Mir scheint, Ihr habt meine *andere* Gabe vergessen, Sarabian von Tamuli«, erwiderte Xanetia. »Edaemus' Fluch – und das bedeutet, daß meine Berührung noch immer den Tod bringen kann, wenn ich es möchte. Also sorgt Euch nicht um mich, Sarabian. Sollten die Umstände mich dazu zwingen, kann ich in Natayos Tod und Schrecken verbreiten. Obgleich es mich schmerzt, dies zu gestehen – ich kann Natayos aufs neue zur Öde machen, zu unkrautüberwucherten Ruinen, in denen nur noch Tote vorzufinden sind.«

10

Sarna in Westtamul lag unmittelbar südlich der atanischen Grenze in der tiefen Schlucht des Flusses gleichen Namens. Die Berge rundum ragten steil und zerklüftet in den Himmel, und das dunkle Grün, das sie überwucherte, rauschte fast pausenlos im Wind, der aus der Wildnis im Norden herabfegte.

Es war kalt, und die bleigrauen Wolken spien schneidende Graupel, als Vanions Armee aus Ordensrittern sich den langen, steilen Weg zur Schlucht hinabplagte. Vanion und Itagne, in ihre schweren Umhänge gehüllt, ritten an der Spitze.

»Ich wäre viel lieber auf Aphraels Insel geblieben.« Fröstelnd zog Itagne den Umhang fester um sich. »Ich muß gestehen, diese Jahreszeit mochte ich nie besonders.«

»Wir sind fast da, Exzellenz«, versicherte Vanion ihm.

»Sind Feldzüge im Winter üblich, Hochmeister Vanion?« fragte Itagne. »In Eosien, meine ich.«

»Wir bemühen uns, sie zu vermeiden«, erwiderte Vanion. »Zwar überfallen die Lamorker einander auch im Winter, aber wir anderen lassen da für gewöhnlich mehr Vernunft walten.«

»Es ist eine abscheuliche Zeit für Kriegszüge.«

Vanion lächelte schwach. »Da habt Ihr recht, mein Freund. Aber *das* ist nicht der Grund, weshalb wir sie dann vermeiden. Es ist eine Frage der Wirtschaftlichkeit. Im Winter kommt ein Krieg viel teurer, da man zu allem anderen auch noch Heu für die Pferde kaufen muß. Die immensen Ausgaben sind der Grund für die Friedlichkeit der elenischen Könige, wenn Schnee den Boden bedeckt.« Vanion stellte sich in den Steigbügeln auf, um besser nach vorn sehen zu können. »Betuana wartet!« stellte er fest. »Beeilen wir uns, zu ihr zu kommen.«

Itagne nickte, und sie trieben ihre Pferde zu einem holprigen Trott an.

Die Königin von Atan hatte sich bei Dasan am Ostrand des Gebirges von ihnen getrennt, entschlossen, die Vorhut zu bilden. Natürlich hatte Betuana mehrere gute Gründe dafür, doch Vanion vermutete insgeheim, daß ihre Entscheidung mehr von Ungeduld als von Notwendigkeit beeinflußt gewesen war. Betuana war zu höflich, darüber zu reden, doch es war offensichtlich, daß sie nichts von Pferden hielt und sich daher selten eine Gelegenheit entgehen ließ, zu beweisen, daß Ataner zu Fuß schneller waren. Sie und Engessa, beide in Otterpelzkleidung, warteten am Straßenrand, etwa eine Meile vor der Stadt.

»Gab es irgendwelche Schwierigkeiten?« erkundigte sich die atanische Königin.

»Nein, Majestät.« Vanions schwarzer Panzer klapperte, als er sich aus dem Sattel schwang. »Wir wurden beobachtet, aber das ist nichts Ungewöhnliches. Hat sich in Cynesga etwas getan?«

»Sie ziehen zur Grenze hinauf, Vanion-Hochmeister«, antwortete Engessa. »Sehr vorsichtig gehen sie es nicht an. Wir haben zwar ihre Linien da und dort durchbrochen und stellen ihren Kundschaftern Hinterhalte, um sie zu verunsichern, aber es ist ziemlich klar, daß sie die Absicht haben, mit ihrer gesamten Streitmacht die Grenze zu überrennen.«

Vanion nickte. »Das ist mehr oder weniger, was wir erwartet haben. Wenn es Euch recht ist, Majestät, hätte ich gern, daß meine Männer versorgt sind, bevor wir alles besprechen. Ich kann besser denken, wenn alles geregelt ist, bis in die Kleinigkeiten.«

»Selbstverständlich«, versicherte Betuana ihm. »Engessa-Atan und ich haben bereits Unterkünfte für die Männer bereitstellen lassen. Wann werdet Ihr nach Samar aufbrechen?«

»Morgen oder übermorgen, Betuana-Königin. Vorläufig sind nur wenige von Tikomes Peloi hier; die anderen haben noch einen weiten Weg zurückzulegen.«

»Er hat Verstärkung aus Pela angefordert, Vanion-Eminenz«, erklärte Engessa. »In etwa einer Woche werdet Ihr hier eine größere Truppe haben.«

»Gut. Dann reite ich jetzt zurück und treibe die Ritter zur Eile an. Wir haben viel zu bereden.«

Die Nacht senkte sich früh auf die Schluchtsohle hinab, und es war bereits stockdunkel, als Vanion sich den anderen im Hauptquartier der atanischen Garnison der Stadt anschließen konnte. Wie in Atan üblich, war auch die Kaserne ein rein zweckgebundenes, schmuckloses Gebäude. Die einzige Ausnahme im Sitzungsraum, in dem sie zusammenkamen, war eine große Landkarte, die eine ganze Wand bedeckte. Sie war farbig und wies da und dort phantasievolle Bebilderungen auf. Vanion hatte in aller Eile gebadet und trug nun schlichte Kleidung. Die Erfahrung hatte ihn gelehrt, daß eine Rüstung zwar beeindruckend und manchmal sogar nützlich sein konnte, daß es bedauerlicherweise aber noch niemandem gelungen war, sie bequem zu gestalten oder ihr den typischen Geruch nach Schweiß und altem Leder zu nehmen.

»Sind die Unterkünfte zufriedenstellend?« fragte Betuana.

»Sehr, Majestät«, erwiderte Vanion und setzte sich. »Hat man Euch bereits über die Einzelheiten unseres Treffens mit der Kindgöttin verständigt?«

Sie nickte. »Itagne-Botschafter gab mir Kunde.« Nach kurzer Pause fügte sie hinzu: »Es würde mich interessieren, warum ich ausgeschlossen wurde.«

»Theologische Rücksichtnahme, Majestät«, erklärte Vanion. »Wie man mir sagte, legen die Götter in solchen Dingen auf eine außerordentlich umständliche Etikette wert. Aphrael wollte durch eine Einladung seiner Kinder Euren Gott nicht beleidigen, indem sie seine Kinder einlud, ihn aber nicht. Zudem fehlten noch einige andere bedeutende Persönlichkeiten. So waren zwar Kaiser Sarabian und Botschafter Itagne dort, nicht aber Außenminister Oscagne.«

Itagne zog nachdenklich die Stirn kraus. »Der Kaiser und ich sind Skeptiker – ich glaube, ihr würdet uns Agnostiker nennen. Oscagne hingegen ist durch und durch Atheist. Könnte das der Grund sein?«

»Möglicherweise. Ich werde Aphrael fragen, wenn ich das nächste Mal mit ihr rede.«

Engessa schaute sich um. »Ich habe Kring-Domi nicht gesehen, als wir Euch trafen, Vanion-Hochmeister.«

»Kurz nach Eurer und Seiner Majestät Abreise ist Kring mit seinen Männern in Richtung Samar aufgebrochen. Er war der Ansicht, dort mehr ausrichten zu können als hier in Sarna – und Ihr wißt ja, was die Westpeloi für Berge und Wälder empfinden –. Haben die Cynesganer eigentlich bereits Ausfälle über die Grenze gemacht?«

»Nein, Vanion-Hochmeister«, antwortete Engessa. »Sie sammeln sich an für sie wichtigen strategischen Punkten und schaffen Vorräte herbei.« Er stand auf und trat an die Karte. »Eine größere Truppe hat Cynesga vor kurzem verlassen.« Er zeigte auf die cynesganische Hauptstadt. »Sie haben an der Grenze Stellung bezogen – fast unmittelbar uns gegenüber. Eine weitere Truppe liegt an der Grenze nach Sarna.«

Vanion nickte. »Cyrgon ist in mancher Hinsicht mehr ein General als ein Gott. Von befestigten Städten hält er nichts. Bevor er tiefer nach Tamul vordringen kann, wird er Samar und Sarna dem Erdboden gleichmachen müssen. Ich vermute, die Streitkräfte, denen ihr euch hier gegenüberseht, haben den Befehl, Sarna anzugreifen, die Südgrenze Atans abzuriegeln und dann nordostwärts Richtung Tualas zu marschieren. Gewiß hätten sie es lieber, wenn nicht das ganze Volk der Ataner diese Berge herabströmt.«

»So viele Cynesganer gibt es gar nicht, daß sie mein Volk kampfunfähig machen könnten!« versicherte Betuana ihm.

»Ich bin davon überzeugt, Majestät. Aber es gibt wahrscheinlich genügend Krieger, Euren Vormarsch zu bremsen, und Cyrgon kann sich ganze Armeen aus der Vergangenheit holen, um Euch zusätzlich zu behindern.« Vanion studierte die Karte mit gespitzten Lippen. »Ich glaube, ich weiß, wohin er will. Matherion liegt auf einer Halbinsel, und dieser schmale Landstreifen bei Tosa ist der Schlüssel dazu. Wenn ich eine Wette darauf abschließen müßte, würde ich sagen, daß die große Schlacht irgendwo dort stattfinden wird. Scarpa wird von Natayos aus nach Norden ziehen. Die Südcynesganer haben die Absicht, Samar einzunehmen und dann um die Nordküste des Binnenmeers von Arjun herumzuziehen, um sich Scarpa in der Nähe der Tamulischen Berge anzuschließen. Von dort aus kann die vereinte Armee an der Westküste der Bucht von Micae nach Tosa hinaufmarschieren.« Er lächelte leicht. »Natürlich wird sie in den Tamulischen Bergen eine sehr unangenehme Überraschung erleben. Ich könnte mir vorstellen, daß Cyrgon sich wünschen wird, er hätte nie auch nur von Trollen *gehört*, ehe dies alles vorbei ist.«

»Ich werde von Nordatan eine Armee nach Tosa schicken, Vanion-Hochmeister«, versprach Betuana. »Aber ich werde so viele von meinen Leuten entlang den Süd- und Ostgrenzen Stellung beziehen lassen, daß ich die Cynesganer aufhalten und sie das Fürchten lehren kann.«

»Inzwischen, glaube ich, können wir ihre Vorbereitungen unterbrechen«, fügte Engessa hinzu. »Größere Vorstöße über diese Grenze werden ihren Hauptangriff verzögern.«

»Und das ist alles, was wir wirklich brauchen.« Vanion lachte verschmitzt. »Wenn wir sie lange genug aufhalten können, wird Cyrgon feststellen, daß hunderttausend Ordensritter über seine Westgrenze eindringen. Und das dürfte der Zeitpunkt sein, da er sein Tosa-Vorhaben vergißt.«

»Mach dir seinetwegen keine Sorgen, Fron«, versuchte Stragen Sperber zu beruhigen. »Er kann sehr gut allein zurechtkommen!«

»Ich glaube, manchmal vergessen wir, daß er fast noch ein Kind ist, Vymer. Er braucht sich noch nicht einmal regelmäßig zu rasieren.«

»Reldin war schon kein Kind mehr, ehe er in den Stimmbruch kam.« Stragen lehnte sich nachdenklich auf seinem Bett zurück. »In unserem Gewerbe hat man eine sehr kurze Kindheit – falls überhaupt. Es wäre sicher schön gewesen, mit Bällen zu spielen und Kaulquappen zu fangen, aber ...« Er zuckte die Schultern.

»Was wirst du tun, wenn das alles vorbei ist?« fragte Sperber, der es inzwischen aufgegeben hatte, zwischen dem Du und dem Ihr hin und her zu springen. »Vorausgesetzt, wir bleiben am Leben.«

»Es gibt da eine gewisse Dame in unserem näheren Bekanntenkreis, die vor einiger Zeit vorgeschlagen hat, daß wir heiraten. Es ist Teil einer sehr vielversprechenden Vereinbarung von Geschäft und Gefühl. Die Vorstellung, eine Ehe einzugehen, hat mir nie zugesagt, aber dieses Geschäft ist einfach zu gut, als daß ich es mir entgehen lassen möchte.«

»Steckt da nicht noch mehr dahinter?«

»Ja«, gab Stragen zu. »Nach dem, was sie in jener Nacht in Matherion getan hat, kann ich einfach nicht mehr ohne sie leben. Sie ist einer der klügsten und mutigsten Menschen, die mir je untergekommen sind.«

»Und hübsch obendrein.«

»Ah, das ist dir also auch aufgefallen.« Stragen seufzte. »Ich fürchte, es kommt noch soweit, daß ich ein zumindest *halbwegs* achtbarer Mann werde, mein Freund.«

»Wie schrecklich!«

»Ja, nicht wahr? Aber zuerst muß ich noch eine Kleinigkeit erledigen. Ich glaube, ich werde meiner Liebsten den Kopf eines bestimmten astelischen Poeten verehren. Falls ich einen guten Ausstopfer auftreiben kann, lasse ich den Kopf vielleicht sogar für sie präparieren.«

»Das ist ein Hochzeitsgeschenk, von dem ein Mädchen nur träumen kann.«

»Na ja, vielleicht nicht *jedes* Mädchen ...« Stragen grinste. »Aber ich liebe eine ganz besondere junge Dame.«

»Aber es sind doch *so* viele, U-lat«, sagte Bhlokw klagend. »Einen einzigen würden sie gar nicht vermissen!«

»Ich fürchte schon, Bhlokw«, versicherte Ulath dem riesigen, braunbepelzten Troll. »Die Menschendinge sind nicht wie das Wild. Sie achten ganz genau auf die anderen Angehörigen der Herde. Wenn du einen von ihnen frißt, würden sie wissen, daß wir hier sind. Fang und friß statt dessen einen ihrer Hunde.«

»Ist Hund gut-zu-fressen?«

»Das weiß ich nicht. Friß einen und sag mir, ob er dir geschmeckt hat.«

Bhlokw brummelte irgend etwas und kauerte sich nieder.

Der Vorgang, den Ghnomb »den Augenblick in zwei Stücke brechen« genannt hatte, hatte einige seltsame Auswirkungen: Der helllichte Mittag wurde zur Dämmerung, und die Bürger Sopals schienen sich schnell und ruckartig zu bewegen. Der Gott des Essens hatte den Gefährten versichert, daß sie unsichtbar sein würden, da sie sich immer nur für den Bruchteil eines Augenblicks an einem bestimmten Ort aufhielten. Ulath entdeckte zwar einen großen logischen Fehler in dieser Erklärung, doch der Zauber wirkte trotzdem.

Kopfschüttelnd kehrte Tynian auf die Straße zurück. »Man kann sie unmöglich verstehen«, berichtete er. »Hin und wieder ein, zwei Worte, aber alles andere ist das reinste Kauderwelsch.«

»Es redet wieder in Vogeltönen!« beschwerte sich Bhlokw.

»Sprich lieber wieder Trollisch, Tynian«, riet Ulath. »Du machst Bhlokw nervös.«

»Oh, verzeiht. Ich hab' gerade nicht daran gedacht«, entschuldigte er sich in der grauenhaften Sprache der Trolle. »Ich – ich ...«, stammelte er. »Wenn man möchte, daß man irgend etwas *nicht* getan hätte – wie sagt man dann auf Trollisch?« fragte er ihren zotteligen Begleiter.

»So ein Wort gibt es nicht, Tin-in«, erwiderte Bhlokw.

»Kannst du Ghnomb bitten, dafür zu sorgen, daß wir verstehen können, was die Menschendinge sagen?« ersuchte Ulath ihn.

»Warum? Was macht das aus?« Bhlokw blickte ihn verwirrt an.

»Wenn wir wissen, was sie sagen, wissen wir auch, welcher Herde wir folgen sollen«, erklärte Tynian. »Das werden dann jene sein, die von den Bösen wissen.«

»Das wissen sie nicht *alle*?« staunte der Troll.

»Nein, nur wenige.«

»Die Menschendinge sind sehr seltsam. Ich werde mit Ghnomb reden. Vielleicht versteht er das.« Er erhob sich und ragte gewaltig über den Menschen auf. »Wenn ich zurück bin, werd' ich das tun.«

»Wo gehst du hin?« erkundigte Tynian sich höflich.

»Ich hab' Hunger. Ich geh' und fresse einen Hund. Dann komm' ich zurück und red' mit Ghnomb.« Nach kurzer Pause fügte er hinzu: »Ich kann auch für euch einen Hund bringen, wenn ihr Hunger habt.«

»Äh – nein, Bhlokw«, erwiderte Tynian. »Ich habe im Moment keinen Hunger. Aber es ist nett, daß du an uns gedacht hast.«

»Wir sind jetzt Rudelgefährten.« Bhlokw zuckte die Schultern. »Da gehört sich das.« Er schlurfte die Straße entlang.

»Es ist gar nicht so weit«, versicherte Aphrael ihrer Schwester, als sie mit Xanetia aus dem Tal der Delphae nach Dirgis in Südatan ritten. »Aber Edaemus widerstrebt es immer noch, uns zu helfen. Deshalb halte ich es für angebracht, mich von meiner besten Seite zu zeigen. Er könnte es als Beleidigung auffassen, würde ich in der Heimat seiner Kinder meine Teilzeitarbeit zu verrichten beginnen.«

»Mit diesem Wort hast du es bisher noch nie beschrieben«, bemerkte Sephrenia.

»Sperbers Einfluß, nehme ich an«, meinte die Kindgöttin. »Es ist ein recht brauchbarer Begriff. Er umschreibt Dinge, die wir nicht vor Fremden besprechen wollen. Aber in Dirgis werden wir weit genug von der Heimat der Delphae entfernt sein, daß ich mich nach Herzenslust daran zu schaffen machen kann.«

»Was meint Ihr, Göttin? Wie lange werden wir bis Natayos brauchen?« fragte Xanetia. Sie hatte ihre Hautfarbe wieder geändert und ihr inneres Leuchten unterdrückt, um die typischen Merkmale ihrer Rasse zu verbergen.

»Nicht mehr als ein paar Stunden – in Echtzeit.« Aphrael zuckte die Schultern. »Ich kann nicht ganz so wild herumspringen wie Bhelliom, aber notfalls kann ich Teile der Zeit überbrücken und große Strecken sehr schnell zurücklegen. Würden wir uns in einer wirklich verzweifelten Lage befinden, könnte ich uns nach Natayos fliegen.«

Sephrenia schauderte. »*So* verzweifelt ist unsere Lage nicht, Aphrael.«

Xanetia blickte ihre styrische Schwester verwundert an.

»Es macht sie schwindelig«, erklärte Aphrael.

»Nein, Aphrael«, verbesserte Sephrenia sie, »nicht schwindelig. Ich bekomme einfach Angst. Es ist ein furchtbares Erlebnis, Xanetia. Sie hat es mir in den vergangenen dreihundert Jahren etwa fünfmal angetan. Danach war ich jedesmal wochenlang völlig fertig.«

»Und ich habe dir jedesmal gesagt, du sollst nicht hinunter schauen, Sephrenia!« erinnerte Aphrael sie. »Hättest du statt dessen zu den Wolken hinauf geblickt, hätte es dir gar nichts ausgemacht.«

»Ich komme einfach nicht dagegen an, Aphrael.«

»Ist es wirklich so erschreckend?« fragte Xanetia.

»Oh, Ihr macht Euch keine Vorstellung, Xanetia! Man segelt mit nichts als etwa fünftausend Fuß leere Luft zwischen einem selbst und dem Boden dahin. Es ist *grauenhaft*!«

»Wir werden nicht fliegen«, beruhigte Aphrael sie.

»Dann will ich sofort ein Dankgebet sprechen.«

»Wir übernachten in Dirgis«, wechselte Aphrael das Thema. »Morgen früh reisen wir nach Natayos weiter. Sephrenia und ich verbergen uns im Wald, Xanetia, während du dich in die Stadt begibst und dich umsiehst. Falls Mutter wirklich dort gefangengehalten wird, dürften wir diese Sache rasch bereinigen. Sperber braucht nur zu erfahren, wo sie ist, dann wird er auf Scarpa und seinen Vater hinunterdonnern wie ein rachsüchtiger Berg. Wenn er mit seinen Feinden fertig ist, wird Natayos nicht einmal mehr eine Ruine sein – nur noch ein riesiger Krater.«

»Er hat sie wirklich gesehen«, berichtete Talen. »Seine Beschreibung war zu gut, als daß er es sich nur ausgedacht haben könnte.« Der junge Dieb war soeben von einem Ausflug in die Unterweltviertel Beresas zurückgekehrt.

»Was ist er für ein Mensch?« fragte Sperber. »Es ist zu wichtig für uns, als daß wir uns auf Gerüchte verlassen dürften.«

»Er ist Daziter«, antwortete Talen. »In den Gossen von Jura aufgewachsen. Seine politische Einstellung reicht gerade bis zu seinem Geldbeutel. Er hat darauf gehofft, an der Plünderung Matherions teilnehmen zu können. Das war der Hauptgrund, daß der Kerl überhaupt zu Scarpas Armee gegangen ist. Ganz sicher ist er kein Mann mit hohen Idealen. Als er nach Natayos kam und befürchten mußte, daß die ganze Sache in Kampf ausarten würde, verlor er das Interesse. Wie dem auch sei – ich bin in der schäbigsten Spelunke, die ich je betreten habe, auf den Kerl gestoßen, und er war stockbesoffen. Glaubt mir, Fron, er war nicht in dem Zustand, daß er mich hätte belügen können! Ich hab' ihm vorgeflunkert, zu Scarpas Armee gehen zu wollen, und da wurde er richtig väterlich zu mir. ›Schschlag dir dasch ausch'm Kopf, Junge. Sischt schrecklisch dort ...‹ Und so weiter, und so fort. Er meinte, Scarpa sei ein gemeingefährlicher Irrer, der sich für unschlagbar hält und sich einbildete, die Ataner bloß anpusten zu müssen, dann würden sie verschwinden. Außerdem sagte der Kerl, er hätte gerade den Entschluß gefaßt, zu desertieren, als Scarpa mit Krager, Elron und Baron Parok nach Natayos zurückkam. Sie hatten die Königin und Alean dabei, und Zalasta empfing sie am Tor. Der Daziter war zufällig in der Nähe; deshalb konnte er hören, was sie sagten. Offenbar ist Zalasta nach wie vor rücksichtsvoller als sein mißratener Bengel. Es gefiel ihm gar nicht, wie Scarpa seine Gefangenen behandelt hatte. Die beiden gerieten in Streit, und Zalasta bearbeitete seinen unartigen Sohn sehr schmerzhaft mit Magie. Wahrscheinlich hat Scarpa sich eine Zeitlang wie ein Wurm auf einem heißen Stein gewunden. Dann hat Zalasta die Damen zu einem großen Haus geführt, das extra für sie hergerichtet worden war. Nach den Worten meines Deserteurs ist dieses Haus beinahe luxuriös – sieht man von den Gittern vor den Fenstern ab.«

»Der Mann könnte das alles einstudiert haben!« gab Sperber besorgt zu bedenken. »Vielleicht war er gar nicht so betrunken, wie es den Anschein hatte.«

»Glaubt mir, Fron, er war besoffen!« versicherte Talen ihm grob. »Auf dem Weg zu der Spelunke hab' ich mir einen Beutel angeeignet – nur, um in Übung zu bleiben –; deshalb hatte ich eine hübsche Summe Geld. Ich hab' soviel Schnaps in den Kerl hineingetrichtert, daß ein ganzes Regiment gelallt hätte.«

»Ich glaube, er hat recht, Fron«, warf Stragen ein. »Es sind einfach zu viele Einzelheiten, als daß es eine erfundene Geschichte sein könnte.«

»Und selbst wenn dieser Deserteur ausgeschickt worden wäre, sich *unseretwegen* Lügenmären auszudenken – warum hätte er dann Zeit und Mühe an einen jungen Taschendieb vergeuden sollen?« fügte Talen hinzu. »Keiner von uns schaut mehr so aus, wie Zalasta uns das letzte Mal gesehen hat. Und ich bezweifle, daß selbst *er* auf den Gedanken kommen könnte, daß Sephrenia und Xanetia sich zusammengetan haben, um unser Äußeres zu verändern.«

»Trotzdem bin ich der Meinung, wir sollten jetzt nichts unternehmen«, sagte Sperber. »Aphrael wird Xanetia in ungefähr einem Tag in Natayos absetzen, und die Anari kann mühelos herausfinden, ob es sich bei den Gefangenen in dem luxuriösen Haus tatsächlich um Ehlana und Alean handelt!«

»Wir könnten uns aber wenigstens ein bißchen näher heranwagen!« brummte Stragen.

»Warum?« Sperber tippte auf die Wulst unter seinem Kittel. »Entfernung spielt für meinen blauen Freund hier keine Rolle. Sobald ich Gewißheit habe, daß Ehlana sich dort befindet, werden wir Zalasta und seinem Bastard einen Besuch abstatten. Vielleicht fordere ich sogar Khwaj auf, uns zu begleiten. Er hat bestimmt Pläne mit ihnen, die mich interessieren.«

Das Licht wurde plötzlich grell, und die Bürger von Sopal bewegten sich nicht mehr ruckartig wie Marionetten, sondern wieder wie normale Menschen. Es hatte einen halben Tag gedauert, Ghnomb zu erklären, weshalb sie in die Echtzeit zurück mußten, doch der Gott des Essens hatte immer noch ernste Bedenken.

»Ich warte in der Schenke dort an der Straße«, sagte Tynian zu

Ulath, als die beiden aus der engen Gasse traten. »Erinnerst du dich an die Parole?«

Ulath brummte. »Ich werde nicht lange brauchen.« Er überquerte die Straße und trat zu den zwei Reisenden, die eben erst in die Stadt gekommen waren. »Das ist ein interessanter Sattelknauf, den Ihr da habt, Nachbar«, sprach er einen Mann mit gebrochener Nase auf einem Fuchshengst an. »Woraus besteht er? Aus *Widderhorn*?«

Berit starrte Ulath erstaunt an; dann ließ er in der schmalen Straße am Osttor von Sopal rasch den Blick in die Runde schweifen.

»Danach hab' ich den Sattler gar nicht gefragt, Sergeant«, antwortete er, nachdem ihm der schäbige Uniformrock des blonden Eleniers aufgefallen war. »Äh – vielleicht hättet Ihr einen guten Rat für meinen jungen Freund und mich.«

»Fragt. Für einen Rat verlang' ich nichts.«

»Kennt Ihr vielleicht einen guten Gasthof hier in Sopal?«

»Der, in dem mein Freund und ich abgestiegen sind, ist ganz annehmbar. Ihr findet ihn etwa drei Querstraßen von hier.« Ulath wies in Richtung Stadtmitte. »Vor der Tür hängt ein Schild mit einem Eber darauf. Allerdings hat der Eber keine Ähnlichkeit mit irgendwelchen Keilern, die *ich* je gesehen hab'.«

»Wir werden uns dort mal umschauen.«

»Vielleicht sehen wir uns dann ja wieder. Nach dem Abendessen sitzen wir für gewöhnlich in der Schankstube.«

»Falls wir uns entschließen, dort abzusteigen, werden wir euch eine Zeitlang Gesellschaft leisten.«

Ulath nickte. Er schlenderte die Straße hinauf, trat in die Schenke und setzte sich zu Tynian an den Tisch neben dem Feuer. »Wo ist unser zottiger Freund?« erkundigte er sich.

»Er holt sich einen weiteren Hund«, erwiderte Tynian.

»Du hast da möglicherweise einen Fehler gemacht, Sergeant. Offensichtlich schmecken ihm die Tiere. Wenn wir noch viel länger in der Stadt bleiben, gibt's hier möglicherweise bald keinen einzigen Hund mehr.«

Ulath lehnte sich zurück. »Ich bin da draußen einem Elenier begegnet«, sagte er laut genug, daß auch die anderen Gäste es hören konnten.

»Ach?« murmelte Tynian gleichmütig. »Asteler oder Edomer?«

»Schwer zu sagen. Er hat sich wohl irgendwann mal die Nase gebrochen; deshalb konnte ich seine Rasse nicht so richtig erkennen. Er hat einen guten Gasthof gesucht. Da hab' ich ihm den empfohlen, in dem wir abgestiegen sind. Vielleicht sehen wir ihn ja dort. Hat gut getan, endlich mal wieder jemand Elenisch reden zu hören. Mir hängt dieses tamulische Gebrabbel zum Hals raus. Wenn du ausgetrunken hast, sollten wir zum Hafen runterspazieren und zusehen, daß wir jemand finden, der uns nach Tiana übersetzt.«

Tynian leerte seinen Krug. »Gehen wir.« Er stand auf.

Die beiden verließen die Schenke und spazierten zu ihrem Gasthof zurück. Sie unterhielten sich gleichmütig und ließen sich Zeit wie jemand, der nichts Dringendes zu tun hat.

»Ich werd' mal das Eisen am linken vorderen Huf nachsehen lassen«, erklärte Ulath, als sie vor dem Gasthof angelangt waren. »Geh du schon mal hinein. Ich komm' dann in die Schankstube.«

Tynian lachte. »Wohin sonst?«

Khalad befand sich im Pferdestall, wie Ulath es erwartet hatte. Er tat so, als wäre er intensiv damit beschäftigt, Faran zu striegeln. »Ah«, sagte Ulath. »Ihr und Euer Freund habt Euch also entschlossen, hier abzusteigen.«

»Der Gasthof scheint sauber und gemütlich zu sein.« Khalad zuckte die Schultern.

»Hör gut zu«, sagte Ulath und senkte die Stimme zu einem Wispern. »Wir haben so einiges erfahren. Hier wird sich nichts tun. Bald bekommt ihr wieder eine von diesen Botschaften.«

Khalad nickte.

»Man wird euch darin anweisen, den See nach Tiana zu überqueren. Seid vorsichtig, worüber ihr euch auf dem Schiff unterhaltet! Es wird ein Bursche an Bord sein, der für die andere Seite arbeitet – ein Arjuner mit einer langen Narbe auf der Wange.«

»Ich werde unauffällig nach ihm Ausschau halten«, versprach Khalad.

»In Tiana bekommt ihr dann einen weiteren Brief. Darin wird man euch auffordern, um den See herum nach Arjun zu reiten.«

»Das ist ein Umweg!« wandte Khalad ein. »Wir könnten von hier aus die Straße nehmen, dann wären wir doppelt so schnell!«

»Offenbar will die andere Seite nicht, daß ihr schon so rasch dort seid. Wahrscheinlich haben sie noch weitere Eisen im Feuer. Ich möchte zwar keinen Eid darauf schwören, aber ich glaube, sie werden euch von Arjun aus nach Derel schicken. Wenn Kalten recht hat und Ehlana in Natayos festgehalten wird, wäre das der nächste logische Schritt.«

Wieder nickte Khalad. »Ich werde Berit Bescheid geben. Es dürfte besser sein, wenn wir uns nicht in der Schankstube sehen lassen. Ich bin sicher, man überwacht uns, und wenn wir uns mit anderen Eleniern unterhalten, wird die gegnerische Seite bestimmt hellhörig.«

Die Pferde im Stall begannen zu wiehern und traten gegen die Wände ihrer Boxen.

»Was haben die Tiere plötzlich?« wunderte sich Khalad. »Und woher kommt dieser merkwürdige Geruch?«

Ulath stieß eine Verwünschung aus. Dann hob er die Stimme und sagte auf Trollisch: »Bhlokw! Es ist nicht gut, wenn du auf diese Weise in die Behausungen der Menschendinge kommst. Du hast Hunde gefressen, und die Menschendinger und ihre Tiere können deinen Geruch nicht ertragen!«

Beleidigtes Schweigen breitete sich aus, als Ulaths unsichtbarer Reisebegleiter den Stall verließ.

Betuana und Engessa, beide in glänzender Otterfellkleidung, begleiteten Vanion und die Ritter südlich von Sarna. Auf Engessas Vorschlag marschierten sie genau westwärts, um von den Bergen von Ostcynesga hinunter und auf die Ebene zu kommen.

»Wir haben sie beobachtet, Vanion-Hochmeister«, sagte der riesenhafte Ataner, während er neben Vanions Pferd herrannte. »Ihr Hauptversorgungslager befindet sich etwa fünfzehn Meilen westlich der Grenze.«

»Hattet Ihr die Absicht, irgend etwas Dringendes zu erledigen, Majestät?« fragte Vanion Betuana, die an seiner anderen Seite rannte.

»Das alles kann warten. Was habt Ihr vor?«

»Da wir schon mal hier sind, könnten wir einen kleinen Umweg machen und ihr Vorratslager niederbrennen. Meine Ritter werden schon ein bißchen unruhig. Da würde ihnen eine kleine Übung guttun.«

»Es ist ziemlich kalt«, bemerkte Betuana mit dem Hauch eines Lächelns. »Ein Feuer wäre recht angenehm.«

»Nun denn, wollen wir?«

»Warum nicht?«

Das cynesganische Vorratslager nahm eine Fläche von etwa fünf Morgen ein. Es lag in einem felsigen, kahlen Becken und wurde von einem Regiment Cynesganer in wallenden Roben bewacht. Als die Kolonne gepanzerter Ritter sich näherte, galoppierten die Verteidiger ihnen entgegen. Gerade dieses Manöver war ein taktischer Fehler. Der kiesbedeckte Boden der Wüste von Cynesga war flach und völlig deckungslos, da es keinerlei Erhebungen gab. Deshalb hielt nichts den Ansturm der Ordensritter auf. Ein gewaltiges Krachen und Dröhnen erklang, als die beiden Heere aufeinanderprallten. Nach kurzem Stocken drangen die Ritter weiter vor und stampften mit den beschlagenen Hufen ihrer Streitrosse über die Verwundeten und Toten hinweg, während die wiehernden Pferde der Cynesganer voller Panik flüchteten.

»Beeindruckend«, gestand Betuana, während sie neben Vanions Pferd herrannte. »Aber ist es nicht lästig, manchmal monatelang das Gewicht und den Geruch der Rüstung zu ertragen, nur um wenige Minuten Spaß zu haben?«

»Jede Art von Kriegsführung hat Vor- und Nachteile, Majestät.« Vanion schob sein Visier hoch. »Der Sinn und Zweck eines Sturmangriffs in Rüstung besteht ja zum Teil darin, den Gegner in Angst und Schrecken zu versetzen und einzuschüchtern, um eine gewaltsame Auseinandersetzung möglicherweise zu vermeiden. Dadurch kommt es langfristig zu geringen Verlusten an Menschenleben.«

»Panik hervorzurufen ist in der Tat eine gute Waffe, Vanion-Hochmeister«, pflichtete Betuana bei.

»Uns gefällt es.« Er lächelte. »Zünden wir das Feuer an, auf daß Majestät sich die Zehen wärmen kann.«

»Das wäre schön.« Auch Betuana lächelte.

Unmittelbar vor ihnen hob sich eine staubbedeckte Anhöhe, die wie eine leicht abgerundete Pyramide aussah, und ihnen den Weg zum Vorratslager versperrte. Nur mit Gesten wies Vanion seine Ritter an, sich zu trennen, um von beiden Seiten der Anhöhe über die gewaltigen Vorratsmengen von Cyrgons Armee hinwegzustürmen. Mit stählernem, rasselndem Donner, der unversöhnliche Kampfbereitschaft verkündete, galoppierten sie voran.

Plötzlich bewegte sich der Hügel. Der Staub, der die Hänge bedeckte, stieg in einer gewaltigen Wolke auf, und die zwei gigantischen dunklen Schwingen breiteten sich aus und enthüllten die keilförmige Fratze von Klæl. Diese Kreatur tiefster Finsternis brüllte markerschütternd, und hinter den verzerrten Lefzen wurden die zerklüfteten Fänge aus Blitzen sichtbar.

Und von den gewaltigen Schwingen geschützt kam eine Armee hervor, wie Vanion sie noch nie gesehen hatte.

Die Krieger waren so groß wie die Ataner, doch ungeschlachter, und ihre stählernen Harnische saßen wie eine zweite Haut, durch die jeder einzelne angespannte Muskel zu erkennen war. Ihre Helme waren mit exotischem Zierat geschmückt – mit Hörnern, Geweihen oder starren Stahlflügeln. Und so wie die Harnische bedeckten auch die Visiere eng die Gesichter und zeigten auf das genaueste die furchterregenden Züge jedes einzelnen Kriegers. Es war nichts Menschliches an diesen Gesichtern, die wie poliert aussahen: Die Stirn war außerordentlich breit und das Antlitz lief keilförmig bis zum spitzen Kinn zusammen, genau wie bei Klæl. Aus den Augenschlitzen blitzte es, und statt einer Nase wies jedes Gesicht zwei Löcher auf. Der Mund jeder Maske war geöffnet und voller nadelspitzer Zähne.

Die riesenhaften Krieger schwärmten unter Klæls Schwingen hervor, während seine Blitze rundum zuckten, und schwangen Waffen, die teils Streitkolben, teils Streitaxt waren – stählerne Monstrositäten wie aus einem Alptraum.

Ein geordneter Rückzug war nicht mehr möglich. Noch ehe sie sich ein Bild von ihren Gegnern machen konnten, befanden sich die Ritter, die sich noch in donnerndem Galopp bewegten, bereits in Kampfstellung.

Der Lärm, als die beiden Armeen aufeinanderprallten, erschütterte die Erde, und das scharfe, stählerne Krachen zersprang zu einem Chaos gräßlicher Geräusche – Klirren und Dröhnen, Schreien und Stöhnen, das furchterfüllte Wiehern von Pferden und das Reißen von Metall.

»Blast zum Rückzug!« brüllte Vanion dem Führer der Genidianer zu. »Blast ins Ogerhorn, so fest Ihr könnt, Mann! Holt unsere Leute da heraus!«

Das Gemetzel war grauenvoll. Pferde und Reiter wurden von Klæls unmenschlicher Armee zerfetzt. Vanion hieb seinem Pferd die Sporen in die Weichen, daß es vorwärtsschoß. Der Hochmeister der Pandioner stieß seine Lanze durch den Harnisch eines der fremdartigen Gegner und sah das Blut spritzen. Jedenfalls hielt er es für Blut – eine dicke, gelbe Flüssigkeit quoll aus den Stahllippen der Maske. Die Kreatur wich zurück, schwang jedoch noch immer ihre furchtbare Waffe. Vanion riß die Hände von der Lanze, die den Gegner durchbohrt hatte, und zog sein Schwert.

Er kämpfte voller Verbissenheit und Verzweiflung. Seine Schläge waren so wuchtig, daß sie einen Menschen längst zerstückelt hätten, doch die Kreatur brachten sie nicht zu Fall. Doch schließlich gelang es Vanion, seinen schrecklichen Gegner niederzuhacken – beinahe so, wie ein Bauer einen zähen Dornbusch in Stücke spaltet.

»Engessa!« Betuanas gellender Wut- und Verzweiflungsschrei erhob sich über den Schlachtlärm.

Hastig wendete Vanion sein Pferd. Er sah, wie die atanische Königin ihrem schwerverwundeten General zu Hilfe eilte. Selbst die monströsen Kreaturen, die Klæl auf die Ordensritter gehetzt hatte, zuckten vor Betuanas Zorn zurück, als sie sich mit der Waffe einen Weg zu Engessas Seite bahnte.

Auch Vanion hieb und stach sich einen Weg frei, um zu Betuana zu gelangen. Sein blitzendes Schwert ließ gelbes Blut in Fontänen emporschießen.

»Könnt Ihr ihn tragen?« brüllte er Betuana zu.

Sie bückte sich und hob ihren gefallenen Freund scheinbar mühelos auf die Arme.

»Zieht Euch zurück!« rief Vanion. »Ich decke Euch!« Und damit warf er sein Pferd den Ungeheuern entgegen, die auf sie losstürmen wollten.

Betuanas Miene verriet Hoffnungslosigkeit, als sie mit Engessas schlaffem Körper vom Schlachtfeld rannte, und Tränen strömten über ihr Gesicht.

Vanion biß die Zähne zusammen, hob sein Schwert und griff an.

Sephrenia war todmüde, als sie Dirgis erreichten. »Ich habe keinen Hunger«, erklärte sie Xanetia und Aphrael, nachdem sie ein Zimmer in einem ansehnlichen Gasthaus nahe der Ortsmitte genommen hatten. »Ich möchte nur ein heißes Bad und zwölf Stunden ungestörten Schlaf.«

»Fühlt Ihr Euch nicht wohl, Schwester?« fragte Xanetia besorgt.

Sephrenia lächelte erschöpft. »Nein, Liebes.« Sie legte der Anarae eine Hand auf den Arm. »Nur ein wenig müde. Allmählich fordert dieses ständige Umhereilen seinen Tribut von mir. Setzt ihr zwei euch in die Gaststube, und gönnt euch ein gutes Abendessen. Aber seid so nett, und laßt mir eine kleine Kanne Tee aufs Zimmer bringen. Das genügt mir einstweilen. Morgen werde ich ausgiebig frühstücken. Und tut mir den Gefallen und seid leise, wenn ihr heraufkommt und zu Bett geht.«

Sephrenia verbrachte eine entspannende halbe Stunde in einer mit dampfendem Wasser gefüllten Wanne im Badehaus. Dann kehrte sie, in ihre styrische Robe gehüllt und mit einer Kerze in der Hand, auf ihr Zimmer zurück.

Es war kein großer Raum, aber warm und gemütlich und mit einem dieser Porzellanöfen beheizt, wie sie in Tamuli üblich sind. Sephrenia zog einen Stuhl nahe an den Ofen und begann, ihr langes schwarzes Haar zu bürsten.

»Eitel, Sephrenia? Nach all diesen Jahren?«

Beim Klang dieser vertrauten Stimme fuhr sie zusammen. Zalasta war kaum wiederzuerkennen. Er hatte seine styrische Robe abgelegt und trug statt dessen ein Lederwams arjunischen Schnittes, eine Drillichhose und schwere Stiefel mit dicker Sohle. Er hatte sich sogar so weit von den Traditionen seines Volkes entfernt, daß er am Gürtel ein Kurzschwert trug. Sein weißes Haar und der Bart waren ungepflegt und seine Wangen hohl. »Bitte, mach keine Szene, Liebste«, sagte er. Seine Stimme klang müde ohne jede Regung, sah man vom Selbstmitleid ab. Er seufzte. »Was haben wir falsch gemacht, Sephrenia? Was hat uns getrennt und in diesen beklagenswerten Zustand versetzt?«

»Du möchtest doch nicht wirklich, daß ich dir darauf antworte, Zalasta? Warum konntest du es nicht einfach dabei belassen, wie es war? Ich *habe* dich geliebt – nicht auf *diese* Weise, natürlich. Aber es *war* Liebe. Konntest du dich nicht damit zufriedengeben und die andere Art von Liebe vergessen?«

»Offenbar nicht. Dieser Gedanke ist mir gar nicht gekommen.«

»Sperber wird dich umbringen!«

»Kann sein. Aber um ehrlich zu sein, es ist mir egal.«

»Was soll das heißen? Warum bist du hierher gekommen?«

»Ich wollte dich ein letztes Mal sehen – noch einmal deine Stimme hören.« Er erhob sich von dem Stuhl in der Ecke. »Es hätte alles ganz anders kommen können, wäre Aphrael nicht gewesen! *Sie* hat dich in die Lande der Elenier gebracht und verdorben. Du bist Styrikerin, Sephrenia. Wir Styriker sollten uns nicht mit den elenischen Barbaren abgeben. Wir dürften überhaupt nichts mit ihnen zu tun haben!«

»Du täuschst dich, Zalasta. Anakha ist Elenier. Also *müssen* wir uns mit ihnen abgeben. Du solltest jetzt besser gehen. Aphrael ist unten beim Abendessen. Wenn sie dich hier vorfindet, wird sie dein Herz als Nachspeise verzehren.«

»Ich gehe sofort. Nur eine Sache muß ich zuvor noch erledigen. Danach kann Aphrael mit mir tun, was ihr beliebt.« Zalastas Gesicht verzog sich plötzlich in bitterem Schmerz. »Warum, Sephrenia? Warum? Wie kannst du die unreine Berührung dieses elenischen Wilden ertragen?«

»Vanion? Das würdest du nicht verstehen. Das übersteigt dein Begriffsvermögen.« Sie stand auf und blickte ihn herausfordernd an. »Tu, was immer du tun mußt, und dann gehe! Schon bei deinem Anblick wird mir übel.«

»Wie du meinst.« Mit einemmal wirkte sein Gesicht kalt wie Stein.

Es überraschte Sephrenia gar nicht einmal so sehr, als er einen langen Bronzedolch unter seinem Wams hervorzog. Trotz allem war er noch so sehr Styriker, daß er die Berührung von Stahl verabscheute. »Du kannst dir nicht vorstellen, wie sehr ich dies bedaure«, sagte er und kam näher.

Sie versuchte sich zu wehren, krallte nach seinem Gesicht und seinen Augen, während sie um Hilfe schrie. Sie verspürte sogar einen kurzen Augenblick der Befriedigung, als es ihr gelang, seinen Bart zu fassen und als sie sah, wie er vor Schmerz zusammenzuckte. Sie zerrte am Bart, riß seinen Kopf hin und her. Dann aber gelang es ihm, sich loszureißen und sie heftig von sich zu stoßen. Sie stolperte nach hinten und fiel halb über einen Stuhl – und damit war sie ihm ausgeliefert. Während sie sich noch mühte, auf die Füße zu kommen, packte er sie am Haar. In diesem Augenblick wußte Sephrenia, daß sie nichts mehr ausrichten konnte. Verzweifelt beschwor sie Vanions Gesicht aus dem Gedächtnis herbei und füllte, noch während sie aufs neue nach Zalasta schlug, ihre Augen und ihr Herz mit den Zügen des geliebten Mannes.

In diesem Moment stieß Zalasta den Dolch tief in ihre Brust und zerrte ihn mit großer Anstrengung wieder heraus.

Sephrenia schrie auf und fiel nach hinten. Als sie die Hände auf die Wunde drückte, spürte sie, wie das Blut zwischen den Fingern hervorschoß.

Zalasta fing sie auf. »Ich liebe dich, Sephrenia«, flüsterte er mit gebrochener Stimme, während das Lebenslicht aus ihren Augen schwand.

Zweiter Teil

NATAYOS

11

»Ich finde einfach niemanden, der bereit wäre, lange genug an einem Fleck zu bleiben, daß ich ihm ein paar Fragen stellen könnte!« beklagte sich Komier, als er am Spätnachmittag eines wolkenverhangenen Tages mit seinen Kundschaftern zurückkehrte. Verärgert blickte er zurück über die winterbrachen Äcker, die alle säuberlich mit niedrigen Steinmauern eingezäunt waren, und bewegte behutsam seinen gebrochenen rechten Arm. »Diese astelischen Leibeigenen werfen einen Blick auf uns, und schon fliehen sie wie aufgescheuchtes Wild in den Wald.«

»Wo befinden wir uns hier eigentlich?« erkundigte sich Darellon. Am Sattelknauf hing sein Helm, der an einer Seite dermaßen eingebeult war, daß er nicht mehr über den verbundenen Kopf paßte. Darellons Augen waren matt, und sein Verband war blutgetränkt.

Komier kramte seine Karte hervor und studierte sie. »So genau kann ich das nicht sagen. Vor uns liegt der Astel«, antwortete er. »Auf der anderen Seite haben wir eine Stadt gesehen – Darsas wahrscheinlich. Aber ich bin an niemanden herangekommen, der es mir hätte bestätigen können. Ich weiß ja, daß ich nicht gerade der bestaussehendste Mann auf der Welt bin, aber noch nie zuvor sind die Leute so in Panik vor mir geflohen wie hier.«

»Emban hat uns vorgewarnt«, erinnerte Bergsten ihn. »In den ländlichen Gegenden wimmelt es von Aufwieglern. Sie erzählen den Leibeigenen, wir alle hätten Hörner und Schwänze und kämen hierher, um ihre Kirchen niederzubrennen und sie mit dem Schwert zu Ketzereien zu zwingen. Dieser sogenannte Säbel scheint hinter all dem zu stecken.«

»Genau auf den Kerl habe ich's abgesehen«, murmelte Komier finster. »Ich werde ihn zur Strecke bringen und auf offener Flamme rösten!«

»Wir sollten die Einheimischen nicht noch mehr verschrecken, Komier«, warnte Darellon. »Unser derzeitiger Zustand eignet sich nicht gerade für irgendwelche weiteren Waffengänge.« Er warf einen bedeutungsvollen Blick auf die arg mitgenommene Kolonne und die lange Wagenreihe mit den Schwerverwundeten.

»Seid Ihr irgendwo auf Hinweise für organisierten Widerstand gestoßen?« wandte Heldin sich an Komier.

»Noch nicht. Wie die Dinge tatsächlich stehen, werden wir vermutlich feststellen, wenn wir Darsas erreicht haben. Falls die Brücke über den Astel niedergerissen wurde und es auf der Brustwehr der Stadtmauer von Bogenschützen wimmelt, wissen wir, daß Säbels Botschaft von Friede und Freundschaft die Verantwortlichen erreicht hat.« Das Gesicht des genidianischen Hochmeisters verdunkelte sich, und er straffte die Schultern. »Na ja, es wäre nicht das erste Mal, daß ich mir den Weg in eine Stadt erkämpfen muß. Demnach wär's keine neue Erfahrung für mich.«

»Du hast es bereits geschafft, daß Abriel und etwa ein Drittel der Ordensritter gefallen sind, Komier«, sagte Bergsten unverblümt. »Das allein schon sichert dir einen festen Platz in der Geschichte. Versuchen wir es erst einmal mit Unterhandlungen, bevor wir Stadttore zerschmettern und Häuser in Schutt und Asche legen!«

»Du hattest schon ein loses Mundwerk, als wir noch Novizen waren, Bergsten. Ich hätte etwas dagegen tun sollen, ehe du in deinen Priesterrock geschlüpft bist.«

Bergsten prüfte die Schneide seiner Streitaxt. »Ich kann meinen Priesterrock ausziehen, wann immer du möchtest, alter Freund«, erbot er sich.

»Konzentrieren wir uns wieder auf das Wesentliche, meine Herren.« Darellons Stimme klang erschöpft. »Unsere Verwundeten müssen versorgt werden. Jetzt ist wirklich nicht die richtige Zeit, Streit anzufangen – weder mit den Einheimischen noch untereinander. Ich bin der Meinung, wir vier sollten mit einer weißen Fahne voraus reiten und feststellen, woher der Wind weht, ehe wir mit dem Bau von Belagerungsmaschinen beginnen.«

»Höre ich hier die Stimme der Vernunft?« fragte Heldin.

Sie banden einen leuchtendweißen cyrinischen Umhang an Ritter Heldins Lanze und ritten durch den düsteren Nachmittag zum Westufer des Astels.

Die stolze alte Stadt auf der anderen Seite des Flusses, mit ihren prächtigen Bauten und hohen Türmen, konnte ihren elenischen Ursprung nicht verleugnen. Mit ihren flatternden rotblaugoldenen Fahnen schien sie zu verkünden, daß sie schon seit unendlicher Zeit hier stand und daß es ja niemand wagen sollte, ihre hohen, breiten Mauern und die schweren, geschlossenen Tore zu stürmen. Die Brücke über den Astel wurde von hünenhaften, bronzehäutigen

Kriegern mit leichter Rüstung, aber sehr bedrohlich aussehenden Waffen bewacht. »Ataner«, stellte Ritter Heldin fest. »Gegen diese Leute wollen wir nun wahrhaftig nicht kämpfen!«

Die Reihen der düster blickenden Fußsoldaten teilten sich und ein greiser, runzeliger Tamuler in goldfarbenem Umhang kam mit einem ganz in Schwarz gekleideten, bärtigen astelischen Priester auf sie zu. »Seid gegrüßt, meine Herren Ritter«, wandte der haarlose greise Tamuler sich mit beinahe staubtrockener Stimme an die gepanzerten Männer. »König Alberen ist ein wenig neugierig, was Eure Absichten betrifft. Ordensritter sieht man in diesem Teil der Welt nicht oft.«

»Ihr dürftet Botschafter Fontan sein«, meinte Bergsten. »Emban hat Euch sehr gut beschrieben.«

»Ich dachte, er hätte bessere Manieren.«

Bergsten lächelte leicht. »Vielleicht möchtet Ihr einen Boten in die Stadt zurückschicken, Exzellenz. Versichert Seiner Majestät, daß wir durchaus friedliche Absichten hegen.«

»Ich bin sicher, er wird es mit Freuden zur Kenntnis nehmen.«

»Emban und Ritter Tynian sind vor etwa zwei Monaten nach Chyrellos zurückgekehrt«, fuhr Bergsten fort. »Sperber ließ ausrichten, daß die Dinge hier aus den Fugen gerieten. Deshalb hat Dolmant uns hierher geschickt. Wir sollen helfen, die Ruhe wieder herzustellen.« Der hünenhafte Patriarch verzog das Gesicht. »Leider haben die Dinge sich anders entwickelt als geplant. Bei Basne kam es zu einem höchst unliebsamen Zwischenfall, und jetzt haben wir viele Verwundete, die ärztliche Versorgung brauchen.«

»Ich werde sofort in den Abteien Bescheid geben lassen, Herr Ritter«, versprach der bärtige Priester, der neben Fontan stand.

»Bergsten ist kein Ritter mehr, Ehrwürden«, erklärte Komier ihm. »Früher war er einer, aber Gott hatte andere Pläne mit ihm. Jetzt ist er Patriarch der Kirche. Gewiß ist er ein frommer und sanftmütiger Mann, aber es ist uns noch nicht gelungen, ihm die Streitaxt abzunehmen.«

»Wo sind meine Manieren geblieben?« klagte Fontan. »Mein Freund hier ist Erzmandrit Monsel, das gesalbte Oberhaupt der Kirche von Astel.«

»Eminenz.« Bergsten verneigte sich höflich.

»Eminenz«, erwiderte Monsel und blickte neugierig auf den

Geistlichen, der wie ein Krieger aussah. »Euer Freund Emban und ich hatten einige sehr anregende Diskussionen über unsere unterschiedlichen Auffassungen, was die theologischen Grundsätze betrifft. Vielleicht hättet Ihr Lust, diese Gespräche mit mir fortzuführen? Aber sehen wir uns erst einmal eure Verwundeten an. Wie viele sind es in etwa?«

»Zweitausend, grob geschätzt, Eminenz«, antwortete Komier düster. »Es ist schwierig, die genaue Zahl zu nennen, da Stunde für Stunde Dutzende wie die Fliegen dahinsterben.«

»Um Gottes willen! Gegen wen habt ihr da oben in den Bergen gekämpft?« stieß Monsel entsetzt hervor.

»Gegen den Fürsten der Hölle höchstpersönlich, soweit wir es erkennen konnten, Eminenz«, antwortete Darellon. »Dreißigtausend Gefallene mußten wir auf dem Schlachtfeld zurücklassen – hauptsächlich Cyriniker. Abriel, ihr Hochmeister, führte den Sturmangriff, und seine Ritter folgten dichtauf. Sie waren schon mitten im Kampfgetümmel, ehe sie zu erkennen vermochten, mit wem sie es zu tun hatten.« Er seufzte. »Abriel ging auf die siebzig zu. Offenbar war er der Ansicht, zum letzten Mal in die Schlacht zu ziehen.«

»Da hatte er recht«, brummte Komier grimmig. »Es blieb nicht einmal genug von ihm übrig, daß es für eine Beerdigung reichte.«

»Aber er starb einen Heldentod«, fügte Heldin hinzu. »Könntet Ihr uns schnelle Kuriere zur Verfügung stellen, Exzellenz? Sperber und Vanion rechnen mit unserer baldigen Ankunft in Matherion. Wir sollten die beiden lieber wissen lassen, daß unser Eintreffen sich verzögert.«

»Er heißt Valash«, sagte Stragen zu Sperber und Talen, als die drei, immer noch in ihren teerverschmierten Seemannskitteln, aus der lauten, fackelerhellten Straße in die dunkle, übelriechende Gasse gingen. »Er und seine beiden Freunde sind Daziter aus Verel.«

»Hast du herausfinden können, für wen sie arbeiten?« fragte Sperber, als sie anhielten, damit ihre Augen sich der Dunkelheit und ihre Nasen sich dem Gestank anpassen konnten. Die Gassen von Beresa waren schmutziger als die in jeder anderen Stadt.

»Ich hörte, wie einer von ihnen Ogerajin erwähnte«, antwortete Stragen. »Damit war eigentlich zu rechnen. Ogerajin und Zalasta sind ja offenbar alte Freunde.«

»Ich dachte, Ogerajins Hirn wäre bereits im Zustand der Verwesung«, wandte Talen ein.

»Vielleicht hat er noch seine lichten Momente. Aber im Grunde spielt es gar keine Rolle, wer Valash und seine Freunde geschickt hat. Solange sie hier sind, erstatten sie Krager Bericht. Wenn ich es recht verstanden habe, sollen sie hier den Schaden abschätzen, den wir ihnen beim Erntedankfest zugefügt haben, und melden, was sie so nebenbei erfahren können. Sie haben Geld, aber sie wollen nicht gern viel davon ausgeben. Es geht ihnen hier nur um den Gewinn – und die Gelegenheit, wichtig und bedeutungsvoll zu erscheinen.«

»Kommt Krager hierher, um ihre Berichte entgegenzunehmen?« wollte Sperber wissen.

»In letzter Zeit war Krager nicht hier. Valash hält durch Boten Verbindung zu ihm. Die drei Daziter sind für diese Sache viel zu kleine Leuchten. Sie wollen soviel wie möglich von dem Geld für sich behalten, das Ogerajin ihnen gegeben hat; andererseits möchten sie auf keinen Fall etwas Wichtiges versäumen. Sie sind alles andere als Profis. Die meiste Zeit verbringen sie damit, Möglichkeiten zu finden, wie sie an Informationen kommen können, ohne dafür zu bezahlen.«

»Der große Traum jedes kleinen Gauners«, bemerkte Talen. »Womit haben sie sich denn in Verel ihren Lebensunterhalt verdient?«

»Sie verkauften Kinder an Leute, deren Neigung in diese Richtung geht«, erwiderte Stragen angewidert. »Ogerajin war einer ihrer besten Kunden.«

»Die Kerle sind der schlimmste Abschaum, was?«

»Wahrscheinlich sogar noch schlimmer.« Stragen ließ den Blick in die Runde schweifen, um sicherzugehen, daß sie allein waren. »Valash möchte euch zwei kennenlernen.« Er wies zum Ende der Gasse. »Dort die Treppe geht's zu ihm hinauf. Einer seiner Hehler hat ihm einen Winkel dieses Speichers vermietet.«

Talen lächelte boshaft. »Falls diese Daziter ein bißchen zu viele falsche Informationen und an den Haaren herbeigezogene Gerüchte an Krager weitergeben, könnte er ziemlich schnell zu dem Schluß kommen, daß sie ihm nicht mehr von Nutzen sind. Meint ihr nicht auch?«

»Anzunehmen.« Stragen zuckte die Schultern.

»Das spornt in gewisser Hinsicht meine Kreativität an.«

»Ach? Wieso?«

»Ich hab' was gegen Leute, die Kinder verkaufen. Es ist etwas Persönliches. Also, gehen wir zu diesem Valash. Ich muß wissen, ob er wirklich so einfältig ist, wie Ihr sagt.«

Sie stiegen die wacklige Außentreppe zu einer nicht gerade stabilen Tür hinauf, die vielfach zusammengeflickt war und die man, wie es aussah, bestimmt schon mehrmals eingetreten hatte. Der Speicher hinter dieser Tür war vollgestopft mit allen möglichen abgetragenen Kleidungsstücken, altersschwachen Möbeln und ramponierten Küchenutensilien. Selbst kaum noch reparaturfähige landwirtschaftliche Geräte standen, dick mit Staub bedeckt, in den Ecken. Talen rümpfte die Nase.

»Offenbar gibt's Leute, die selbst den letzten Dreck stehlen.«

Eine einsame Kerze flackerte an der hinteren Wand des Speichers, und ein knochiger Elenier döste in ihrem unsteten Licht an einem Tisch. Er trug ein kurzes, grünes Brokatwams von dakonischem Schnitt, und sein schütteres lehmfarbenes Haar stand beinahe senkrecht von seinem flachen Schädel ab und ließ unwillkürlich an einen dünnen, schmutzigen Heiligenschein denken. Als die Gefährten durch den Speicherraum zu ihm gingen, rührte er sich und griff rasch nach einigen Papieren, die er auf wichtigtuerische Weise aufeinanderlegte. Kurz bevor sie ihn erreichten, blickte er mit gespielter Ungeduld auf. »Ihr habt Euch verspätet, Vymer!« rügte er ihn mit hoher, näselnder Stimme.

»Verzeiht, Meister Valash«, entschuldigte Stragen sich unterwürfig. »Fron und ich waren damit beschäftigt, Reldin, unseren jungen Kameraden hier, aus einer ziemlich angespannten Lage zu befreien. Reldin ist sehr tüchtig, übernimmt sich manchmal aber ein wenig. Doch Ihr wolltet ja meine Mitarbeiter kennenlernen.« Er legte eine Hand auf Sperbers Schulter. »Das ist Fron. Er ist ein Schläger; deshalb überlassen wir ihm alle Probleme, die sich mit ein paar schnellen Hieben oder einem Tritt in die Magengegend aus der Welt schaffen lassen. Der Junge ist Reldin, der geschickteste Dieb, der mir je untergekommen ist. Er kann sich durch Mauselöcher hindurchwinden, und seine Ohren sind so scharf, daß er hört, wenn am anderen Ende der Stadt Ameisen die Straße überqueren.«

»Ich will ihn nur anwerben, Vymer«, brummte Valash, »nicht kaufen.« Er kicherte über seinen Witz; dann grinste er die Freunde an und erwartete sichtlich, daß sie in sein Lachen einstimmten. Talen dachte gar nicht daran. Seine Augen glitzerten eisig.

Die Reaktion der Gefährten auf seinen dürftigen Witz machte Valash ein wenig verlegen. »Warum tragt ihr alle Seemannskleidung?« fragte er, mehr um etwas zu sagen als aus echter Neugier.

Stragen zuckte die Schultern. »Beresa ist eine Hafenstadt, Meister Valash. Auf den Straßen wimmelt es von Seeleuten, da fallen ein paar mehr nicht sonderlich auf.«

»Habt ihr was für mich, das mich möglicherweise interessieren könnte?« Er bemühte sich vergeblich um einen überlegenen, gelangweilten Tonfall.

Talen nahm die Mütze ab. »Das müßt Ihr selbst entscheiden, Meister Valash.« Er verbeugte sich unbeholfen. »Mir ist da tatsächlich etwas aufgefallen. Wenn Ihr es hören wollt ...?«

»Rede!« forderte Valash ihn auf.

»Na ja, Meister, da ist dieser reiche tamulische Kaufmann, der ein Haus im besten Viertel der Stadt besitzt. An der Wand seiner Studierstube hängt ein Teppich, auf den ich schon eine Weile ein Auge geworfen hab'. Es ist ein sehr teures Stück – ganz fein geknüpft, und die Farben sind kaum verblaßt. Das Problem ist bloß, daß er die ganze Wand bedeckt. Ein guter Wandteppich kann ein Vermögen einbringen – allerdings nur, wenn er in einem Stück ist. Doch um diesen Teppich aus dem Haus zu bekommen, muß man ihn zerschneiden, und dann ist er nicht mehr viel wert. Jedenfalls bin ich vor kurzem in dieses Haus eingestiegen, um vielleicht eine Möglichkeit zu finden, ihn hinauszuschaffen, *ohne* ihn zu zerstückeln. Der Kaufmann saß jedoch in seiner Studierstube und hatte einen Besucher – irgendeinen Edlen vom Kaiserhof in Matherion. Ich lauschte an der Tür. Der Edelmann erzählte dem Kaufmann Klatsch und Tratsch aus dem kaiserlichen Schloß. Alle sagen, daß der Kaiser gar nicht erfreut über diese Leute aus Eosien ist. Der Umsturzversuch im vergangenen Herbst hat ihn ganz schön erschreckt, und er möchte gern zu einer Einigung mit seinen Feinden kommen. Doch dieser Sperber aus Eosien läßt es nicht zu. Sarabian ist überzeugt, daß sie nicht siegen können; deshalb hat er heimlich eine Flotte zusammengestellt und die Schiffe mit Schätzen beladen. Sobald es so aussieht, als würde es zu größeren Schwierigkeiten kommen, wird er auf das Flaggschiff fliehen. Die Höflinge wissen von seinen Plänen, darum treffen sie heimlich ihre eigenen Vorbereitungen, um sich in Sicherheit zu bringen, ehe der Kampf beginnt. Eines gar nicht so fernen Morgens wird dieser Sperber aufwachen, und vor seinen Toren wird eine feindliche Armee aufmarschiert sein. Und keiner ist mehr da, der an seiner Seite kämpft.« Talen legte eine Pause ein. »War das die Art von Information, an der Ihr interessiert seid?«

Der Daziter bemühte sich, seine Erregung zu verbergen und eine gleichgültige Miene aufzusetzen. »Das alles bestätigt nur, was wir bereits erfahren haben.« Großmütig schob er zwei kleine Silbermünzen über den Tisch. »Ich werde Panem-Dea informieren. Mal sehen, was sie davon halten.«

Talen blickte auf die Münzen, dann auf Valash. Heftig setzte er seine Mütze wieder auf. »Ich geh' jetzt, Vymer«, sagte er stumpf, »und vergeud' nie wieder meine Zeit mit diesem Geizhals!«

»Warte!« sagte Stragen. »Laß mich erst mit ihm reden.«

»Ihr macht da einen großen Fehler, Valash«, warnte Sperber den Daziter. »Ihr tragt unübersehbar einen schweren Beutel an Eurem Gürtel. Wenn Ihr versucht, Reldin zu betrügen, kommt er eines Nachts zurück, schneidet den Boden auf und läßt Euch nicht einmal soviel übrig, daß Ihr ein Frühstück bezahlen könnt.«

Valash legte schützend die Hand um den Beutel. Dann öffnete er ihn sichtlich widerstrebend.

»Ich dachte, Scarpa ist in Natayos«, sagte Stragen gleichmütig. »Hat er sein Hauptquartier nach Panem-Dea verlegt?«

Valash schwitzte, als er widerstrebend ein paar Münzen herausnahm. Bei jeder einzelnen zögerte er, so, als würde er sich von einem alten Freund trennen. »Es gibt vieles, das Ihr über unser Unternehmen noch nicht wißt, Vymer«, entgegnete er. Er bedachte Talen mit einem beinahe flehenden Blick, als er das Geld zaudernd über den Tisch schob.

Talen machte keine Anstalten, danach zu greifen.

Nach einem beinahe wimmernden Laut legte Valash noch ein paar Münzen hinzu.

»So ist es ein bißchen besser«, murmelte Talen und steckte das Geld ein.

»Dann ist Scarpa umgezogen?« fragte Stragen.

»Natürlich nicht!« erwiderte Valash. »Ihr habt doch nicht gedacht, daß er seine *ganze* Armee in Natayos hat, oder?«

»So hatte ich es gehört. Dann hat er also noch andere Stützpunkte?«

»Natürlich! Nur ein Narr sammelt seine gesamten Streitkräfte an einem Ort – und Ihr dürft mir glauben, Scarpa ist alles andere als ein Narr. Er rekrutiert bereits seit Jahren Männer aus den elenischen Königreichen von Westtamul. Er schickte sie alle nach Lüdros und von dort nach Panem-Dea zur Ausbildung. Später kommen sie entweder nach Synaqua oder Norenja. Nur seine Elitetruppen liegen in Natayos. Seine Streitkräfte sind mindestens um ein Fünffaches größer, als die meisten Leute ahnen. In den Urwäldern wimmelt es nur so von seinen Männern.«

Sperber verbarg sein Lächeln. Valashs Geltungsbedürfnis schien so riesig zu sein, daß er Dinge verriet, über die er nicht hätte reden dürfen.

»Ich wußte wirklich nicht, daß Scarpas Armee so groß ist«, gab Stragen zu. »Aber jetzt fühle ich mich besser. Es wäre schön, zur Abwechslung mal auf der Seite des Siegers zu sein.«

»Ja, das wär' an der Zeit«, warf Sperber brummig ein. »Ich werd' es leid, aus jeder Stadt vertrieben zu werden, bevor ich auch nur dazu komm', meinen Seesack auszupacken.« Er blickte Valash an. »Da wir gerade dieses Thema angeschnitten haben – was meint Ihr? Könnten wir damit rechnen, daß Scarpas Männer uns draußen im Busch aufnehmen, falls sich irgendwelche Schwierigkeiten ergeben und wir die Beine in die Hand nehmen müssen?«

»Was sollte denn schiefgehen?«

»Habt Ihr Euch je einen Ataner näher angesehen, Valash? Sie sind so groß wie Bäume und haben Nacken wie Stiere. Und sie sind nicht gerade freundlich. Deshalb würde ich gern ein ruhiges Plätzchen haben, falls ich mich unerwartet in Sicherheit bringen muß.«

Valashs Miene wurde argwöhnisch, als wäre ihm plötzlich bewußt geworden, daß er bereits zu viel gesagt hatte.

»Ah, ich glaube, wir haben alles gehört, was wir wissen müssen, Fron«, warf Stragen beruhigend ein. »Es *gibt* also sichere Plätze, falls wir welche brauchen sollten. Gewiß weiß Meister Valash viele Dinge, über die er nicht reden sollte.«

Valash nahm eine noch wichtigtuerische Haltung an und blickte verschwörerisch drein. »Ihr begreift die Situation vollkommen, Vymer. Es wäre nicht angebracht, daß ich über Dinge rede, die Freiherr

Scarpa mir unter dem Siegel der Vertraulichkeit mitgeteilt hat.« Wieder griff er geschäftig nach seinen Papieren.

»Wir werden Euch nicht mehr von wichtigen Dingen abhalten, Meister Valash«, versicherte Stragen ihm in entschuldigendem Tonfall und machte einige Schritte rückwärts. »Wir werden uns noch ein wenig in der Stadt umsehen und Euch Bescheid geben, falls wir auf etwas Interessantes stoßen sollten.«

»Ich wäre Euch sehr dankbar, Vymer.« Während seine Besucher gingen, blätterte Valash noch immer in seinen obskuren Papieren.

»So ein eingebildeter Esel«, murmelte Talen, als sie die baufällige Treppe zur Gasse hinunterstiegen.

»Woher weißt du so viel über Wandteppiche?« fragte ihn Sperber.

»Ich weiß überhaupt nichts darüber.«

»Du hast aber so geredet, als verstündest du eine Menge davon.«

»Ich rede über viele Dinge, von denen ich nicht das geringste verstehe. Das füllt Gesprächspausen, wenn man versucht, jemandem was anzudrehen, das vollkommen wertlos ist. Als ich das Wort ›Wandteppich‹ erwähnte, erkannte ich an Valashs Augen, daß er nicht mehr davon versteht als ich. Er war zu sehr damit beschäftigt, uns vorzuspielen, was für eine wichtige Persönlichkeit er ist, als daß er auf irgendwas anderes geachtet hätte. An ihm ließe sich ein Vermögen verdienen. Ich könnte ihm blaue Butter verkaufen.«

Sperber blickte ihn verdutzt an.

»Das ist eine Redewendung in Betrügerkreisen«, erklärte Stragen. Die Bedeutung ist ziemlich anrüchig.«

»Das glaube ich gern!«

»Soll ich's dir erklären?«

»Nicht unbedingt.«

»Ist das Familientradition oder eine Ausdrucksweise der Ehrerbietung deinem Vater gegenüber?« fragte Berit Khalad, als die beiden in Kettenrüstung und grauen Umhängen an der Bugreling des schmuddeligen Frachters lehnten, der sich über das Binnenmeer von Arjun von Sopal nach Tiana plagte.

Khalad zuckte die Schultern. »Nein, nichts dergleichen. Alle Männer in unserer Familie haben einen sehr starken Bartwuchs – von Talen abgesehen. Würde ich mir keinen Bart wachsen lassen, müßte ich mich täglich zweimal rasieren. So stutze ich ihn einmal die Woche mit einer Schere und lasse es darauf beruhen. Auf diese Weise spart man viel Zeit.«

Berit rieb sich die Wange. »Ich frage mich, was Sperber tun würde, falls ich mir einen Bart wachsen ließe.«

»*Er* würde vermutlich nichts tun, aber Königin Ehlana würde dich wahrscheinlich schälen wie einen Apfel. Sie liebt sein Gesicht genau so, wie es ist. Sie liebt sogar seine krumme Nase.«

»Sieht so aus, als hätten wir da ein Unwetter vor uns.« Berit wies in Richtung Westen.

Khalad runzelte die Stirn. »Woher ist das so plötzlich gekommen? Noch vor einer Minute war der Himmel klar. Komisch, daß ich sein Aufkommen nicht gerochen habe.«

Die Wolkenbank am westlichen Horizont war von tiefem Rotschwarz. Sie wogte heftig und schwoll mit unglaublicher Geschwindigkeit nach oben an. Blitze flackerten tief in ihrem Innern, und Donnergrollen breitete sich über dem dunklen, kabbeligen Wasser aus.

»Ich hoffe, diese Seeleute wissen, was sie tun«, sagte Berit nervös. »Das scheint ein gefährlicher Sturm zu werden.«

Sie beobachteten die tintige Wolke weiterhin, die bereits den gesamten westlichen Himmel verdunkelte.

»Das ist kein natürliches Gewitter, Berit.« Khalads Stimme klang angespannt. »Es kommt viel zu schnell.«

Plötzlich krachte ein ohrenbetäubender Donnerschlag, und die Wolke schien zu erbleichen und erzitterte unter der Wucht der Blitze, die in ihrem Innern tobten. Die beiden jungen Männer sahen die schattenhafte Form in dem Augenblick, als die bläulich grellen Blitze die Dunkelheit vertrieben und enthüllten, was in der Wolke verborgen gewesen war.

»Klæl!« keuchte Berit, während er auf die monströse, geflügelte Gestalt in der wogenden Sturmfront starrte.

Der nächste Donnerschlag zerriß den Himmel, und das ärmliche Schiff erschauderte. Klæls keilförmige Fratze, von einer Wolke verschleiert, schien sich zu kräuseln und seine Form zu verändern. Seine Schlitzaugen flammten in plötzlicher Wut. Die gewaltigen Fledermausflügel peitschten auf den herannahenden Sturm ein, und aus dem grauenvollen Maul Klæls drang ohrenbetäubendes Gebrüll, als das Ungeheuer in wilder Raserei tobte. Seine riesigen Arme streckten sich in die trübe Luft, und die Klauen zuckten, als würden sie gierig nach irgend etwas packen.

Dann war das Monstrum verschwunden, und die unnatürliche und jetzt harmlose Wolke trieb zerfetzt gen Südosten, bis sie nur noch ein schmutziger Punkt am Horizont war. Doch die Luft stank nun, Übelkeit erregend, nach Schwefel.

»Gib Aphrael sofort Bescheid«, riet Khalad seinem Freund. »Klæl ist wieder erschienen. Er hat nach irgend etwas Ausschau gehalten, konnte es aber nicht finden. Weiß der Himmel, wo er als nächstes suchen wird!«

»Komiers Arm ist dreifach gebrochen!« brummte Ritter Heldin, als er sich Patriarch Bergsten, der das Kettenhemd noch nicht abgelegt hatte, Botschafter Fontan und Erzmandrit Monsel in Monsels von Büchern überquellendem Studiergemach im Ostflügel des Schlosses zugesellte. »Und Darellon sieht immer noch alles doppelt. Komier braucht keine Bettruhe; er kann mit uns kommen. Aber ich glaube, wir sollten Darellon lieber hier lassen, bis er sich erholt hat.«

»Wie viele von unsren Männern können noch aufrecht auf einem Pferd sitzen?« erkundigte sich Bergsten.

»Höchstens vierzigtausend, Eminenz.«

»Wir müssen eben das Beste aus dem machen, was wir haben. Offenbar wußte Emban, daß wir diesen Weg nehmen würden, denn er hat dutzendweise Boten gesandt. In Südosttamul spitzen die Dinge sich zu. Sperbers Gemahlin wurde als Geisel entführt, und unsere Feinde wollen sie gegen Bhelliom austauschen. In den Dschungeln von Arjuna macht eine Rebellenarmee sich bereit, gegen Matherion zu marschieren, und zwei weitere Heere sammeln sich an der Ostgrenze von Cynesga. Falls alle diese Streitkräfte sich zusammentun, ist das Spiel aus. Sperber möchte, daß wir nach Osten über die Steppen reiten, bis die Marschen von Astel hinter uns liegen, dann gen Süden ziehen und die cynesganische Hauptstadt belagern. Er braucht eine Ablenkung, um diese Armeen von der Grenze wegzulocken.«

Ritter Heldin holte seine Karte hervor. »Das wäre machbar«, sagte er, nachdem er sie eingehend studiert hatte. »Aber sind wir dafür nicht ein bißchen zu wenig Leute?«

»Wir werden es schon schaffen. Vanion ist auf dem Schlachtfeld und wird an der cynesganischen Grenze von einer zahlenmäßig starken Übermacht bedrängt. Falls es uns nicht gelingt, die Feinde durch ein paar gezielte Aktionen abzulenken, steht Vanion auf verlorenem Posten und wird hoffnungslos überrannt.«

Heldin blickte den hünenhaften thalesischen Patriarchen nachdenklich an. »Es wird Euch nicht gefallen, Eminenz«, sagte er, »aber wir haben keine Wahl.«

»Heraus damit!« forderte Bergsten ihn auf.

»Ihr solltet Eure Soutane ablegen und den Befehl übernehmen. Abriel ist gefallen, Darellon ist kampfunfähig, und wenn Komier zu kämpfen versucht, wird das Gewicht seiner Streitaxt ihn zum Krüppel machen.«

»*Ihr* seid noch da, Heldin. Ihr könnt unser Feldherr sein.«

Heldin schüttelte den Kopf. »Ich bin kein Hochmeister, Eminenz, und das weiß jeder in der Armee. Außerdem bin ich Pandioner, und die anderen Orden hegen keine sehr freundlichen Gefühle für uns. Wir haben uns in den letzten zwei Jahrhunderten nicht viele Freunde gemacht. Die anderen werden mich nicht als Befehlshaber akzeptieren. Ihr aber seid Patriarch und sprecht für Sarathi – und die Kirche. Die Männer werden Euch ohne Widerspruch folgen.«

»Das kommt nicht in Frage!«

»Dann werden wir hier warten müssen, bis Dolmant uns einen neuen Heerführer schickt.«

»Wir *dürfen* nicht warten!«

»Ganz meine Meinung. Habe ich Eure Erlaubnis, den Rittern mitzuteilen, daß Ihr den Oberbefehl übernehmt?«

»Das kann ich nicht, Heldin. Ihr wißt, daß es mir untersagt ist, mich der Magie zu bedienen!«

»Da wird sich schon ein Weg finden, Eminenz. Unter allen Dienstgraden gibt es viele fähige Männer, die sich auf Magie verstehen. Ihr braucht uns nur zu befehlen, was geschehen soll, und wir kümmern uns darum.«

»Ich habe einen Eid geleistet!«

»Zuvor habt Ihr noch einen anderen Eid geleistet, Patriarch Bergsten. Ihr habt geschworen, die Kirche zu verteidigen. *Dieser* Eid hat in unserer derzeitigen Lage Vorrang.«

Der schwarzberockte Erzmandrit mit dem gewaltigen Bart sah den zaudernden Thalesier nachdenklich an. Dann fragte er beinahe gleichmütig: »Würdet Ihr gern eine unabhängige Meinung hören, Bergsten?«

Bergsten funkelte ihn finster an.

»Ihr bekommt sie trotzdem zu hören«, erklärte der astelische Geistliche ungerührt. »Aufgrund des Wesens unseres Gegners sehen wir uns einer ›Krise der Kirche‹ gegenüber – und die Macht setzt andere Regeln außer Kraft. Gott braucht Eure Axt, Bergsten, nicht Eure Theologie.« Er blickte den thalesischen Patriarchen mit halb zusammengekniffenen Augen an. »Das scheint Euch nicht zu überzeugen.«

»Ich möchte wirklich nicht beleidigend sein, Monsel, aber die Floskel von der ›Krise der Kirche‹ kann nicht jedesmal hervorgekramt, entstaubt und als Ausrede benutzt werden, wenn wir irgendeine Regel beugen wollen.«

»Also gut, versuchen wir es anders. Hier ist Astel, und Eure Kirche in Chyrellos erkennt *meine* Autorität hier an. Solange wir in Astel sind, spreche ich für Gott.«

Bergsten nahm seinen Helm vom Kopf und polierte abwesend die glänzend schwarzen Ogerhörner. »Theoretisch«, gab er zu.

»Theorien sind die Seele der Doktrin, Eminenz.« Monsels Bart sträubte sich im Eifer des Disputs. »Erkennt Ihr an, daß ich hier in Astel für Gott spreche?«

»Also gut, um des lieben Friedens willen, ja.«

»Ich bin froh, daß Ihr es so betrachtet; es wäre mir nämlich gar nicht leicht gefallen, Euch zu exkommunizieren. Nun denn, ich spreche hier für Gott, und Gott will, daß Ihr den Befehl über die Ordensritter übernehmt. Zieht aus und vernichtet Gottes Feinde, mein Sohn, und möge der Himmel Euren Arm stärken!«

Bergsten schaute blinzelnd aus dem Fenster, blickte nachdenklich auf den schmutziggrauen Himmel und ließ sich dieses Scheinargument noch einmal durch den Kopf gehen. »Ihr übernehmt die volle Verantwortung, Monsel?« fragte er schließlich.

»Ja.«

»Das genügt mir.« Bergsten stülpte sich den Helm wieder über den Kopf. »Ritter Heldin, teilt den Männern mit, daß ich den Befehl über die vier Orden übernehme. Weist sie an, die nötigen Vorbereitungen zu treffen. Wir brechen im Morgengrauen auf.«

Heldin nahm Haltung an. »Jawohl, General Bergsten.«

Anakha, erschallte Bhellioms Stimme in Sperbers Kopf. *Erwache! Erwache!*

Noch ehe er die Augen öffnete, spürte Sperber, daß etwas leicht das Band um seinen Hals berührte. Er packte die kleine Hand und hob die Lider. »Was erlaubst du dir?« fuhr er die Kindgöttin an.

»Ich *brauche* den Bhelliom, Sperber!« rief Aphrael verzweifelt, wobei ihr Tränen über die Wangen liefen.

»Was ist los, Aphrael? Beruhige dich und erzähl mir, was geschehen ist.«

»Sephrenia ist erstochen worden! Sie stirbt! Bitte, Sperber! Gib mir den Bhelliom!«

Sperber war so schnell wie nie auf den Beinen. »Wo ist das geschehen?«

»In Dirgis. Sie wollte gerade zu Bett gehen, als Zalasta auf ihr Zimmer kam. Er stieß ihr einen Dolch ins *Herz*, Sperber! Bitte, Vater, gib mir den Bhelliom! Ich brauche ihn, um Sephrenia zu retten!«

»Sie lebt?«

»Ja, aber ich weiß nicht, wie lange noch. Xanetia ist bei ihr. Sie hält Sephrenias Atem mit einem delphaeischen Zauber in Gang, aber sie stirbt, meine Schwester *stirbt*!« Aphrael wimmerte und warf sich hilflos weinend in Sperbers Arme.

»Hör auf, Aphrael. Das nutzt nichts! Wann ist es passiert?«

»Vor knapp zwei Stunden. Nur Bhelliom kann sie retten!«

»Das geht nicht, Aphrael. Wenn wir Bhelliom aus der Schatulle nehmen, wird Cyrgon sofort erkennen, daß wir ihn zu überlisten versuchen, und dann tötet Scarpa deine Mutter!«

Die Kindgöttin klammerte sich an ihn und schluchzte heftig. »Ich *weiß*«, jammerte sie. »Was sollen wir tun, Vater? Wir dürfen sie doch nicht einfach sterben lassen!«

»Kannst *du* denn nichts tun?«

»Der Dolch ist ihr ins Herz gedrungen, Sperber! Das kann ich nicht ungeschehen machen. Diese Macht hat nur Bhelliom!«

In Sperbers Innerem tobte ein Aufruhr, und er hämmerte die Faust an die Wand. »Was kann ich tun?« brüllte er zum Himmel. »Was, in Gottes Namen, kann ich tun?«

Beherrsche dich, Anakha! Bhellioms Stimme erklang tadelnd in seinem Kopf. *Mit diesem ungeziemenden Benehmen nützt du weder Sephrenia noch deiner Gefährtin!*

Wir müssen etwas tun, Blaurose!

In deiner gegenwärtigen Verfassung bist du nicht fähig, Entscheidungen zu treffen. Deshalb mußt du meinen Anweisungen folgen. Mache dich sofort auf den Weg und tue, worum die Kindgöttin dich bittet!

Damit verurteilst du meine Gemahlin!

Das ist nicht gewiß, Anakha. Sephrenia aber steht bereits mit einem Fuß im Grab. Daran besteht kein Zweifel. Ihr Leben ist in unmittelbarer Gefahr!

Nein! Das kann ich nicht tun!

Du hast mir zu gehorchen, Anakha! Du bist mein Geschöpf und unterstehst meinem Willen! Geh und tue, was ich dir befohlen habe!

12

Sperber kramte in seinem Seesack und warf achtlos Kleidungsstücke auf den Boden.

»Was *tust* du?« rief Aphrael aufgebracht. »Wir müssen uns beeilen!«

»Ich muß Stragen eine Nachricht hinterlassen, aber ich kann kein Papier finden.«

»Da!« Sie streckte die Hand aus, und ein Blatt Pergament erschien zwischen ihren Fingern.

»Danke.« Er griff danach, durchstöberte jedoch weiterhin den Seesack.

»*Mach* schon, Sperber!«

»Ich brauche noch was zum Schreiben!«

Aphrael murmelte irgend etwas auf styrisch und händigte ihm einen Federkiel und ein winziges Tintenfaß aus.

Vymer, kritzelte Sperber, *es ist etwas Unvorhergesehenes, Unaufschiebbares dazwischengekommen, und ich muß eine Zeitlang fort. Paß gut auf Reldin auf.* Er unterschrieb mit *Fron*. Dann legte er das Blatt auf Stragens Bett.

»Können wir *jetzt* aufbrechen?« fragte Aphrael ungeduldig.

»Wie willst du es anstellen?« Er langte nach seinem Umhang.

»Zuerst müssen wir aus der Stadt hinaus. Ich möchte nicht, daß jemand uns sieht. Wo ist der nächste Wald?«

»Im Osten. Zum Waldrand ist es etwa eine Meile.«

»Gehen wir!«

Sie verließen das Zimmer, eilten die Treppe hinunter und auf die Straße. Sperber hob Aphrael auf den Arm und schlang seinen Umhang bis zu den Schultern um sie.

»Ich kann laufen!« protestierte sie.

»Nicht, ohne Aufmerksamkeit zu erregen. Du bist Styrikerin; das würde sofort auffallen.« Er schritt, Aphrael auf dem linken Arm, die Straße hinunter.

»Geht's nicht ein bißchen schneller?«

»Überlaß diesen Teil der Reise mir, Aphrael. Würde ich losrennen, würden die Leute glauben, ich hätte dich entführt.« Er ließ den Blick umherschweifen, um sich zu vergewissern, daß niemand auf der schlammigen Straße nahe genug war, sie zu hören. »Wie willst du es machen?« fragte er. »Vergiß nicht, daß da draußen Leute sind, die spüren können, wenn du den natürlichen Lauf der Dinge beeinflußt! Wir dürfen aber keine Aufmerksamkeit erregen!«

Sie kräuselte die Stirn. »Ich weiß es selbst noch nicht genau. Ich war völlig durcheinander, als ich hierher kam.«

»*Versuchst* du, deine Mutter umzubringen?«

»Wie kannst du nur so gemein sein!« Sie spitzte die Lippen. »Es gibt immer einen gewissen Geräuschpegel«, murmelte sie dann nachdenklich.

»Wie meinst du das?«

»Das ist einer der Nachteile, daß unsere zwei Welten sich auf diese Weise überlappen. Die Geräusche der einen dringen zur anderen durch. Der Großteil der Menschen kann uns nicht hören – auch nicht fühlen –, wenn wir herumstreifen; aber *wir* hören und fühlen einander ohne Ausnahme.«

Sperber überquerte die Straße, um möglichen Raufbolden auszuweichen, da sie sich einer Seemannsschenke näherten, aus deren Tür heftiger Streit zu hören war. »Wenn die anderen dich hören können, wie willst du dann verbergen, was du tust?«

»Du hast mich nicht aussprechen lassen, Sperber. Wir sind nicht allein hier. Rings um uns sind andere – meine Familie, die tamulischen Götter, euer elenischer Gott, alle möglichen Naturgeister und andere Wesenheiten, und in der Luft wimmelt es nur so von den Machtlosen. Mitunter schwärmen sie aus wie eine Schar Wandervögel.«

Sperber blieb stehen und machte einen Schritt zurück, um einen wackligen, mit Holzkohle beladenen Karren vorbeizulassen. »Wer sind diese ›Machtlosen‹?« fragte er. »Sind sie gefährlich?«

»Wohl kaum. Sie existieren nicht einmal mehr wirklich. Es sind lediglich Überbleibsel aus alten Mythen und Legenden.«

»Sind sie wirklich? Könnte ich sie sehen?«

»Nur, wenn du an sie glaubst. Früher einmal waren sie Götter, doch ihre Anbeter starben entweder aus, oder sie nahmen einen anderen Glauben an. Unstofflich, ja, ohne auch nur irgendwelcher Gedanken fähig zu sein, flattern die Machtlosen am Rande der Wirklichkeit umher. Nur die Erinnerung ist ihnen geblieben.« Aphrael seufzte. »Wir kommen aus der Mode, Sperber – wie Gewänder des vergangenen Jahres und die alten Schuhe und Hüte. Die Machtlosen sind gewissermaßen abgelegte Götter, die mit den Jahren laufend schrumpfen, bis sie schließlich nichts mehr sind als ein schmerzliches Wimmern.« Wieder seufzte sie; dann fuhr sie fort: »Wie dem auch sei – da sind diese unendlich vielen Geräusche im Hintergrund. Das macht es manchmal sehr schwer, sich auf bestimmte Machtlose zu konzentrieren oder sie überhaupt zu finden.«

Sie kamen an einer weiteren Schenke vorbei, aus der Johlen und gegrölte Lieder zu hören waren. »Sind diese Geräusche etwa so ähnlich?« Sperber deutete mit dem Kopf auf die Tür der Schenke. »Sinnloser Lärm, der die Ohren erfüllt und verhindert, daß man hört, wonach man wirklich lauscht?«

»Mehr oder weniger. Wir haben allerdings einige Sinne mehr als ihr Menschen. Dadurch wissen wir beispielsweise, wenn unseresgleichen in der Nähe sind, und wir wissen, wenn sie etwas beeinflussen, wie du es nennst. Aber vielleicht kann ich bei all dem anderen Lärm verbergen, was ich tue. – Wie weit haben wir es noch?«

Sperber bog an der nächsten Ecke in eine ruhige Straße ein. »Wir kommen jetzt an den Stadtrand.« Er nahm sie auf den anderen Arm und legte eine schnellere Gangart ein, während er der Straße folgte. Die Häuser hier am Stadtrand von Beresa waren stabiler erbaut und hielten einen hochmütigen Abstand von der Straße ein. »Sobald wir die Kohlenmeiler hinter uns haben, sind wir am Waldrand. Bist du *sicher*, daß diese Geräusche, die ich nicht hören kann, laut genug sind, deine Zauber zu verbergen?«

»Ich werde zusehen, daß ich ein bißchen Hilfe bekomme. Cyrgon weiß nicht genau, wo ich bin, und er wird ein Weilchen brauchen, mich zu erkennen und meinen genauen Standort festzustellen. Ich werde einige der anderen bitten, hierherzukommen und ein kleines Fest zu veranstalten. Wenn sie laut genug sind und ich schnell genug handle, wird Cyrgon nicht einmal wissen, daß ich hier gewesen bin.«

Nur ein paar Köhler versorgten die Feuer in den Meilern, die Beresa wie ein Ring umgaben. Die Männer waren betrunken und rußig von ihrer Arbeit, und ihr Wahrnehmungsvermögen war sichtlich getrübt. Sie taumelten um die rauchigen Flammen herum wie Teufel, die ums Höllenfeuer tanzten. Sperber schritt nun noch schneller dahin und trug die verstörte Kindgöttin zum dunklen Waldrand.

»Ich muß den Himmel sehen können«, erklärte sie ihm. »Kein Zweig darf mir die Sicht versperren.« Sie machte eine Pause. »Hast du Angst vor großen Höhen?«

»Nicht besonders. Warum?«

»Ich wollte es nur wissen. Erschrick nicht, wenn's losgeht. Dir wird nichts geschehen. Du bist vollkommen sicher, solange ich deine Hand halte.« Wieder machte sie eine Pause. »O je!« murmelte sie. »Da ist mir noch etwas eingefallen.«

»Was?« Sperber drückte einen Ast zur Seite und trat in den dunklen Wald.

»Ich muß wirklich sein, wenn ich das tue!«

»Was meinst du mit ›wirklich‹? Du bist doch jetzt wirklich, oder nicht?«

»Nicht ganz. Stell keine Fragen, Sperber. Such ganz einfach eine kleine Lichtung, und kümmere dich eine Zeitlang nicht um mich. Ich muß um Unterstützung bitten – falls ich sie überhaupt finden kann.«

Er bahnte sich einen Weg durchs Dickicht. Sein Magen hatte sich verkrampft, und sein Herz lag wie ein Stein in seiner Brust. Die schreckliche Zwangslage, in der sie sich befanden, zerrte an ihm, schien ihn zu zerreißen. Sephrenia lag im Sterben, doch um sie retten zu können, brachte er Ehlana in Lebensgefahr. Nur kraft Bhelioms Willen setzte er noch Fuß vor Fuß. Sperbers eigener Wille war gelähmt durch diesen Zwiespalt und die hoffnungslos erscheinende Lage der beiden Frauen, die er mehr als alles auf der Welt liebte. Verzweifelt und wütend bahnte er sich durch die wild wuchernden Zweige und Dornenranken einen Weg.

Dann endlich war er hindurch und gelangte auf eine kleine, mit dichtem Moos gepolsterte Lichtung, wo sich in einem Teich, der von einem gurgelnden Bach gespeist wurde, der Sternenhimmel spiegelte. Es war ein friedlicher, beinahe verzauberter Ort, doch Sperber nahm die stille Schönheit kaum wahr. Er blieb stehen und setzte Aphrael ab. Ihr Gesichtchen war ausdruckslos, und ihre Augen starrten blicklos gen Himmel. Sperber wartete angespannt.

»*Endlich!*« rief sie schließlich gereizt. »Es ist so schwierig, ihnen etwas zu erklären. Nie hören sie lange genug zu brabbeln auf, daß sie zuhören könnten!«

»Von wem redest du?«

»Von den tamulischen Göttern. Jetzt kann ich gut verstehen, weshalb Oscagne Atheist ist. Na ja, schließlich konnte ich sie doch überreden, *hier* zu spielen. Das dürfte dich und mich vor Cyrgon verbergen.«

»*Spielen?*«

»Sie sind Kinder, Sperber. Kleine Kinder, die herumlaufen und toben und kreischen und monatelang Fangen spielen. Cyrgon kann sie nicht ausstehen. Er würde sich nie auch nur in ihre Nähe begeben. Das müßte uns helfen. In ein paar Minuten werden sie hier sein; dann können wir anfangen. Dreh dich um, Vater. Ich mag es nicht, daß mir jemand zusieht, wenn ich mich verändere.«

»Ich habe dich schon mal gesehen – dein Spiegelbild jedenfalls.«

»Das macht mir nichts aus. Aber der Vorgang selbst ist ein wenig entwürdigend. Also, dreh dich um, Vater. Du würdest es ja doch nicht verstehen.«

Gehorsam wandte Sperber ihr den Rücken zu und blickte zum Nachthimmel empor. Mehrere vertraute Sternbilder waren nicht zu sehen, oder sie befanden sich an der falschen Stelle.

»Gut, Vater. Jetzt darfst du dich wieder umdrehen.« Ihre Stimme klang voller und melodischer.

Er drehte sich um. »Würdest du *bitte* etwas anziehen?«

»Warum?«

»Tu's einfach, Aphrael. Nimm Rücksicht auf meine menschlichen Eigenarten.«

»Das ist reine Zeitvergeudung.« Sie streckte die Rechte aus, ergriff einen feinen Schleier, den sie aus Nichts gesponnen hatte, und schlang ihn um sich. »Besser?« fragte sie.

»Nicht viel. Können wir unseren Weg jetzt fortsetzen?«

»Gleich.« Für einen Moment schien sie in weite Ferne zu blicken. »Sie kommen. Irgend etwas hatte sie kurz abgelenkt – aber dazu braucht es nicht viel. Hör mir jetzt gut zu. Versuche ganz ruhig zu bleiben. Du brauchst nur fest daran zu denken, daß dir nichts passiert; denn das würde ich nie zulassen. Du wirst nicht hinunterfallen.«

»Hinunterfallen? Wovon? Was redest du eigentlich?«

»Du wirst es gleich sehen. Ich würde es auf andere Weise tun. Aber wir *müssen* so schnell wie möglich nach Dirgis, und ich möchte nicht, daß Cyrgon Zeit hat, mich zu orten. Wir gehen es langsam und in mehreren Etappen an, damit du dich daran gewöhnst.« Sie drehte leicht den Kopf. »Sie sind hier! Dann wollen wir!«

Sperber war, als könne er fernes Kinderlachen hören, aber es mochte auch nur der Wind sein, der durch die Baumkronen strich.

»Gib mir die Hand!« wies Aphrael ihn an.

Sperber griff nach ihrer Hand. Sie kam ihm sehr warm und irgendwie ungemein beruhigend vor.

»Blick einfach zum Himmel, Sperber«, wies die unbeschreiblich schöne junge Frau ihn an.

Er hob das Gesicht und sah den oberen Rand des Mondes blaß leuchtend über den Wipfeln erscheinen.

»Du darfst jetzt hinunterschauen.«

Sie standen etwa zehn Fuß über dem gekräuselten Wasser des Teiches. Sperbers Muskeln spannten sich.

»Hör sofort auf!« rügte sie ihn. »Entspann dich. Wir vergeuden nur Zeit, wenn ich dich wie ein mit Wasser vollgesogenes Kanu durch die Luft zerren muß.«

Sperber versuchte es, doch ohne großen Erfolg, obwohl er sicher war, daß seine Augen ihn trogen, denn er *spürte* festen Boden unter den Füßen. Versuchsweise stampfte er auf – und tatsächlich der Boden war so fest, wie er nur sein konnte.

»Das ist bloß für den Anfang«, erklärte die Göttin ihm. »Schon nach kurzer Zeit wirst du es nicht mehr brauchen. Ich muß nur immer Sephrenia ...« Ihre Stimme brach, und sie schluchzte auf. »*Bitte*, reiß dich zusammen, Sperber«, flehte sie ihn an. »Wir *müssen* uns beeilen. Schau wieder zum Himmel. Wir steigen noch ein wenig höher.«

Er spürte gar nichts, kein Rauschen der Luft, und vor allem auch keine Angst in den Eingeweiden. Doch als er wieder in die Tiefe schaute, war die Lichtung mit ihrem verzauberten Teich zu einem Punkt geschrumpft. Die winzigen Lichter Beresas glitzerten aus Miniaturfenstern, und der Mond hatte einen langen, glühenden Pfad über das Tamulische Meer gezogen.

»Ist alles in Ordnung mit dir?«

Sie redete immer noch wie Aphrael, doch ihre Stimme und vor allem ihr Aussehen waren völlig anders. Eigenartigerweise vereinte ihr Gesicht Flötes Züge mit denen Danaes; sie war nun die Frau, die irgendwie aus den beiden kleinen Mädchen erwachsen war. Sperber antwortete nicht, sondern stampfte mit einem Fuß auf das feste Nichts unter ihm.

»Ich werde das nicht aufrechterhalten können, wenn es richtig losgeht!« warnte Aphrael. »Dazu werden wir zu schnell sein. Halte dich einfach an meiner Hand fest, aber verkrampf nicht, damit du mir nicht die Finger brichst!«

»Dann tu lieber nichts allzu Überraschendes. Werden dir Flügel wachsen?«

»Was für ein absurder Gedanke! Ich bin doch kein Vogel, Sperber! Flügel wären mir nur im Wege. So, lehn dich jetzt zurück und entspann dich.« Sie blickte ihn nachdenklich an. »Du hältst dich wirklich gut. Sephrenia würde etwa an diesem Punkt bereits in Panik ausbrechen. Möchtest du lieber sitzen?«

»Worauf?«

»Nicht so wichtig. Vielleicht sollten wir doch besser stehen. Hol jetzt mal tief Luft, dann gehen wir es wieder an.«

Sperber stellte fest, daß es ihm half, wenn er in die Höhe blickte. Sobald er die Sterne und den soeben aufgegangenen Mond betrachtete, konnte er die schreckliche Leere unter ihnen nicht sehen.

Nicht das geringste deutete darauf hin, daß sie sich bewegten: Sperber pfiff kein Wind um die Ohren, und sein Umhang flatterte nicht. Er stand hochaufgerichtet, hielt Aphraels Hand und blickte angestrengt auf den Mond, der schwerfällig im Süden zurückblieb.

Plötzlich stieg ein bleiches Leuchten unter ihnen auf.

»Oh, verflixt!« murmelte die Göttin.

»Was ist passiert?« Sperbers Stimme klang so schrill, daß es ihm selbst auffiel.

»Wolken!«

Er spähte hinunter und erblickte eine Märchenwelt. Im Mondschein glühende weiße Wolken erstreckten sich endlos in alle Richtungen. Ein Gebirge aus luftigem Dunst erhob sich aus einer faltigen, unstofflichen Ebene. Bizarre Gebilde, die Säulen und Burgen ähnelten, standen wie Wachtposten dazwischen. Sperber konnte sich der Faszination dieses Anblicks nicht entziehen. »Wunderschön«, flüsterte er, als die sanfte mondbeschienene Landschaft in ruhigem Fließen unter ihnen vorbeizog.

»Vielleicht. Aber ich kann den Erdboden nicht sehen!«

»Ich glaube, mir ist es lieber so.«

»Mir nicht, Sperber. Ich kann nicht erkennen, wo ich bin, und weiß deshalb nicht, wohin ich fliege. Bhelliom kann einen Ort finden, wenn er nur den Namen erfährt. Ich vermag das leider nicht. Ich brauche Orientierungspunkte, doch bei dieser dichten Wolkendecke kann ich sie nicht finden.«

»Warum richtest du dich nicht nach den Sternen?«

»Wa-as?«

»Das machen die Seeleute auf dem Meer. Die Sterne bewegen sich nicht; deshalb wählen die Schiffer einen bestimmten Stern oder auch ein Sternbild aus und steuern darauf zu.«

Langes Schweigen setzte ein, während die Wolken unter ihnen sich scheinbar rasch nach hinten bewegten, allmählich langsamer wurden und schließlich anzuhalten schienen.

»Manchmal bist du so klug, Sperber, daß ich dich nicht ausstehen kann!« sagte die Göttin, die seine Hand hielt, spöttisch.

»Soll das heißen, du bist nie auf diesen Gedanken gekommen?« fragte er ungläubig.

»Ich fliege nur selten nachts«, verteidigte sie sich. »So, jetzt lande ich. Ich muß unbedingt einen Orientierungspunkt finden.«

Sie schwebten in die Tiefe. Die Wolken brausten ihnen entgegen, und schon waren sie von dichtem, haftendem Dunst umgeben. »Sie sind aus Nebel, nicht wahr? Die Wolken, meine ich«, sagte Sperber erstaunt.

»Was hast du denn gedacht, woraus sie sind?«

»Ich weiß nicht. Ich habe noch nie darüber nachgedacht. Jedenfalls finde ich es irgendwie seltsam.«

Sie stießen aus der Unterseite der Wolken heraus. Wolken, die nun nicht mehr in Mondschein getaucht waren, hingen dicht über ihren Köpfen wie eine schmutzige Stubendecke, die das Licht verbarg. Die Erde unter ihnen war in beinahe totale Finsternis gehüllt. In der Luft stehend schwebten sie dahin und schlugen einmal diese, dann die andere Richtung ein, während sie in die Tiefe spähten, um etwas Erkennbares zu finden.

»Da drüben!« flüsterte Sperber. »Das dürfte eine größere Stadt sein, den vielen Lichtern nach zu schließen.«

Sie flogen in diese Richtung, von dem Licht angezogen wie Insekten, die ihrem Instinkt folgten. Als Sperber hinunterspähte, kam ihm alles sehr unwirklich vor. Die Stadt unter ihnen erschien ihm unendlich winzig. Wie das Spielzeug eines Kindes kauerte sie am Ufer einer großen Wasserfläche. Sperber kratzte sich an der Wange und versuchte, sich an die Einzelheiten seiner Karte zu erinnern. »Das ist wahrscheinlich Sopal. Dieser riesige See muß das Binnenmehr von Arnun sein.« Er hielt inne, und seine Gedanken überschlugen sich. »Das sind fast tausend Meilen von unserem Ausgangspunkt, Aphrael!« stieß er verwundert hervor.

»Ja – falls die Stadt tatsächlich Sopal ist.«

»Es *muß* Sopal sein. Das Binnenmeer von Arjun ist das einzige große Gewässer in diesem Teil des Kontinents, und Sopal befindet sich an seiner Ostseite. Arjun liegt südlich davon, und Tiana westlich.« Er starrte Aphrael ungläubig an. »Tausend Meilen! Dabei haben wir Beresa erst vor einer halben Stunde verlassen! Wie schnell fliegen wir?«

»Was spielt das für eine Rolle? Wir sind hier. Nur das ist wichtig.« Die junge Frau, die Sperbers Hand hielt, blickte nachdenklich auf die Miniaturstadt am Ufer des Binnenmeeres. »Dirgis liegt ein Stück weiter westlich, also dürfen wir nicht in gerader Linie nach Norden fliegen.« Sie drehte sich ganz leicht mitten in der Luft, bis sie in Richtung Nordnordwest blickten. »Das dürfte so ungefähr stimmen. Beweg den Kopf nicht, Sperber. Schau in diese Richtung. Wir steigen wieder auf, und du suchst einen Stern aus.«

Rasch tauchten sie durch die Wolken, und Sperber sah die vertraute Konstellation des Wolfes über dem dunstigen Horizont geradeaus. »Dort! Die fünf Sterne, die in Form eines Hundekopfes beisammenstehen.«

»So einen Hund habe *ich* noch nie gesehen.«

»Du mußt eben deine Phantasie gebrauchen. Wie kommt es eigentlich, daß du nie dran gedacht hast, dich bei deinen Flügen nach den Sternen zu richten?«

Sie zuckte die Schultern. »Wahrscheinlich, weil ich weiter sehen kann als ihr Menschen. Ihr erblickt das Firmament als eine Art umgedrehte Schüssel, auf deren Oberfläche Sterne gemalt sind, welche sich alle in etwa der gleichen Entfernung von euch befinden. Deshalb seht ihr diese Sternhaufen in Form eines Hundekopfes. Das kann ich nicht; denn ich erkenne die unterschiedlichen Entfernungen. Also, behalt deinen Hund im Auge, Sperber, und gib mir sofort Bescheid, falls wir von der Richtung abkommen.«

Die in Mondschein gebadeten Wolken unter ihnen begannen langsam nach hinten zu fließen, und schweigend flog Aphrael eine Zeitlang mit Sperber dahin. »Das ist gar nicht so unangenehm«, bemerkte Sperber schließlich. »Jedenfalls nicht, nachdem man sich daran gewöhnt hat.«

»Es ist besser, als zu laufen«, entgegnete die in einen Schleier gehüllte Göttin.

»Aber zu Anfang haben sich mir die Haare aufgestellt.«

»Über dieses Stadium ist Sephrenia nie hinausgekommen. Kaum heben ihre Füße vom Boden ab, gerät sie in helle Panik.«

Plötzlich fiel Sperber etwas ein. »Einen Moment mal!« sagte er. »Als wir damals Ghwerig getötet und den Bhelliom gestohlen haben, bist du aus dem Abgrund in seiner Höhle empor geschwebt, und Sephrenia wandelte dir durch die Luft entgegen. Von Panik war damals wahrhaftig nichts an ihr zu bemerken.«

»Stimmt. Es war die vielleicht mutigste Tat ihres Lebens. Aus Stolz auf sie wäre mir schier das Herz geborsten.«

»War Sephrenia überhaupt bei Bewußtsein? Als du sie gefunden hast, meine ich.«

»Sie wacht ab und zu auf. Jedenfalls konnte sie uns erzählen, wer sie überfallen hat. Es gelang mir, ihren Herzschlag zu verlangsamen und ihre Schmerzen zu stillen. Sie ist jetzt sehr ruhig.« Aphraels Stimme zitterte. »Sie erwartet ihren Tod, Sperber! Sie spürt die Wunde in ihrem Herzen und weiß, was das bedeutet. Als ich sie verließ, hat sie Xanetia gerade eine letzte Botschaft für Vanion aufgetragen.« Die junge Göttin unterdrückte ein Schluchzen. »Könnten wir über etwas anderes reden?«

»Natürlich.« Sperber wandte den Blick vom Nachthimmel ab. »Geradeaus vor uns ragen Berggipfel aus den Wolken.«

»Dann sind wir fast am Ziel. Dirgis liegt in dem großen Becken hinter dem ersten Grat.«

Aphrael verringerte nach und nach ihre hohe Geschwindigkeit. Sie flogen über die südlichen Ausläufer des Atanischen Gebirges hinweg, dessen Gipfel wie eiserstarrte Inseln aus den Wolken stachen, und stellten fest, daß nur eine dünne Wolkenschicht das dahinterliegende Becken bedeckte.

Nun gingen sie nieder und schwebten wie Fallschirmchen von Pusteblumen auf die bewaldeten Hügel und Täler zu – eine Landschaft, die sich im Mondschein ganz in Grautönen zeigte. Links, in einiger Entfernung, hoben sich die Lichter einer weiteren Stadt ab: rot flackernde Fackeln in schmalen Straßen, und goldener Kerzenschein in kleinen Fenstern. »Das ist Dirgis«, sagte Aphrael. »Wir werden etwas außerhalb landen. Ich sollte mich wohl zurückverwandeln, ehe wir die Stadt betreten.«

»Entweder das, oder du ziehst etwas weniger Durchsichtiges an.«

»Das macht dir wohl schwer zu schaffen, nicht wahr, Sperber? Bin ich denn häßlich?«

»Nein. Ganz im Gegenteil – und gerade das macht mir zu schaffen. Ich kann nicht verstehen, warum du nackt herumlaufen mußt, Aphrael.«

»Ich bin nicht wirklich eine Frau, Sperber. Jedenfalls nicht auf die Weise, die dir offenbar so zu schaffen macht. Kannst du dir nicht vorstellen, ich wäre eine Stute – oder ein Reh?«

»Nein, das kann ich nicht. Tu einfach, was du tun mußt, Aphrael. Ich glaube nicht, daß wir darüber reden müssen, als was ich dich sehe.«

»Errötest du etwa, Sperber?«

»Allerdings. Können wir jetzt das Thema wechseln?«

»Ich finde das wirklich süß.«

»Würdest du jetzt bitte aufhören?«

In einem abgeschiedenen kleinen Tal, etwa eine halbe Meile vom Stadtrand entfernt, setzten sie auf. Sperber drehte Aphrael den Rücken zu, während die Kindgöttin die vertrautere Gestalt der styrischen Waise annahm, die sie alle als Flöte kannten. »Besser?« fragte sie, als Sperber sich zu ihr umdrehte.

»Viel besser!« Er hob sie auf den Arm und machte sich mit schnellen Schritten auf den Weg zur Stadt. Er konzentrierte sich darauf; denn das half ihm, an nichts anderes zu denken.

Sie begaben sich geradenwegs in die Stadt, wo sie von der Hauptstraße abbogen und zu einem großen, zweistöckigen Haus gingen. »Das ist es«, erklärte Aphrael. »Wir gehen einfach rein und die Treppe hinauf. Ich sorge dafür, daß der Hauswirt in die entgegengesetzte Richtung blickt.«

Sperber stieß die Tür auf, durchquerte die Schankstube im Erdgeschoß und stieg die Treppe hinauf.

Xanetia erstrahlte in beinahe grellem Licht. Sie wiegte Sephrenia in den Armen. Die beiden Frauen saßen auf einem schmalen Bett in einem Zimmer mit Wänden aus nur leicht behauenen Holzbalken. Es war einer dieser gemütlichen kleinen Räume, wie man sie in Berggasthöfen auf der ganzen Welt finden kann, mit einem Porzellanofen, zwei Stühlen neben jedem Bett und einem Nachtkästchen. Ein Kerzenpaar warf sein goldenes Licht auf die beiden Frauen auf dem Bett. Sephrenias Gewand war auf der Brust blutgetränkt, und ihr Gesicht war totenbleich. Sperber blickte sie an, und in seinem Innern schienen plötzlich Flammen zu lodern. »Dafür wird Zalasta schlimmen Schmerz erleiden!« stieß er auf Trollisch hervor.

Aphrael blickte ihn erstaunt an. Dann sprach auch sie in der kehligen Zunge der Trolle. »Dein Gedanke ist gut, Anakha!« stimmte sie heftig bei. »Füge ihm viel Schmerz zu!« Beide schienen sie den reißenden Laut des trollischen Wortes für *Schmerz* als sehr befriedigend zu empfinden. »Vergiß jedoch nicht, daß sein Herz *mir* gehört!« erinnerte sie ihn. »Irgendwelche Veränderungen?« wandte sie sich dann in Tamulisch an Xanetia.

»Nein, Göttin«, antwortete Xanetia mit einer Stimme, die verriet, daß sie der Erschöpfung nahe war. »Ich gebe unserer teueren Schwester von meiner eigenen Kraft, um sie am Leben zu erhalten, aber sie ist fast schon verbraucht. Bald werden sie und ich sterben.«

»Nein, gütige Xanetia«, widersprach Aphrael. »Ich werde euch nicht beide verlieren. Doch hab keine Angst! Anakha ist mit Bhelliom gekommen, euch beide zu retten.«

»Das darf nicht sein!« rief Xanetia bestürzt. »Das würde Anakhas Königin in Lebensgefahr bringen. Dann ist es besser, Eure Schwester und ich sterben!«

»Laß diesen Edelmut, Xanetia!« rügte Aphrael. »Das tut mir ja bis in die Haarwurzeln weh! Sprich mit Bhelliom, Sperber. Stelle fest, wie wir diese Sache anpacken müssen.«

»Blaurose!« Sperber berührte die Schatulle unter seinem Kittel.

Ich höre dich, Anakha. Die Stimme in Sperbers Kopf war ein Wispern.

»Wir sind nun an dem Ort, wo Sephrenia dem Tod nahe darniederliegt.«

Ja.

»Was müssen wir jetzt tun? Ich flehe dich an, Blaurose, mach die Gefahr für meine Gemahlin nicht größer!«

Deine Mahnung ist unziemlich, Anakha. Sie spricht von mangelndem Vertrauen! Unterwirf dich meinem Willen. Ich muß durch deine Lippen zu Anarae Xanetia sprechen. Eine eigenartige Mattigkeit befiel Sperber und er fühlte, wie seine Bewußtheit sich aus dem Körper löste.

»Höre mich, Xanetia.« Es war Sperbers leicht veränderte Stimme, doch er war sich nicht bewußt, diese Worte gesprochen zu haben.

»Ich höre dich, Weltenmacher«, antwortete die Anarae unendlich müde.

»Überlasse der Kindgöttin die Bürde, ihre Schwester zu stützen. Ich brauche deine Hände.«

Aphrael ließ sich auf dem Bett nieder. Sie nahm Xanetia Sephrenia ab und hielt sie sanft in den Armen.

Hole die Schatulle hervor, Anakha, wies Bhelliom ihn an, *und gib sie Xanetia.*

Sperbers Bewegungen waren ruckhaft, als er die Schatulle aus seinem Kittel nahm und sich die Lederschnur über den Kopf zog.

»Sammle die Friedfertigkeit um dich, die Edeaemus' Zauber dir geschenkt hat, Xanetia«, wies Bhelliom die Anarae mit Sperbers Stimme an, »und umschließe die Schatulle und meine Essenz mit den Händen, auf daß dein innerer Friede erfülle, was du in den Fingern hältst.«

Xanetia nickte und streckte die leuchtenden Hände aus, um Sperber die Schatulle abzunehmen.

»Sehr gut. Nun schließe die Kindgöttin in die Arme und übergib mich ihr.«

Xanetia drückte Aphrael und Sephrenia an sich.

»Ausgezeichnet. Du hast einen wachen Verstand, Xanetia. So ist es sogar noch besser. Aphrael, öffne du nun die Schatulle und nimm mich heraus.« Bhelliom machte eine Pause. Dann fügte er überraschend und in für ihn uncharakteristischer Umgangssprache hinzu: »Keine Tricks! Versuche nicht, mich mit List und deinen sanften Berührungen zu betören!«

»Das ist absurd, Weltenschöpfer!«

»Ich kenne dich, Aphrael, und ich weiß, daß du viel gefährlicher bist, als Azash es je war oder Cyrgon es je sein könnte. Wir wollen uns nun beide voll und ganz auf die Heilung deiner Schwester konzentrieren.«

Die Kindgöttin öffnete den Schatullendeckel und nahm die funkelnde Saphirrose heraus. Wie betäubt beobachtete Sperber, daß das gleichmäßige weiße Strahlen Xanetias einen leicht bläulichen Schimmer annahm, als Bhellioms Blühen sich mit ihrem Leuchten vereinte.

»Laß mich nun ihre Wunde berühren, auf daß ich die Verletzung heile, die Zalasta ihr zugefügt hat.«

Sperber war Soldat und verstand viel von Verletzungen. Sein Magen verkrampfte sich, als er die tiefe, klaffende Wunde in der oberen Rundung der linken Brust Sephrenias sah.

Aphrael streckte die Hand aus, die Bhelliom hielt, und berührte damit behutsam die blutende Wunde.

Sephrenia fing blau zu glühen an. Mühsam hob sie den Kopf. »Nein«, sagte sie schwach und wollte Aphraels Hand wegschieben.

Sperber nahm ihre Hände in die seinen und hielt sie fest. »Ist schon gut, kleine Mutter«, log er mit leiser Stimme. »Alles ist gut!«

Die Wunde in Sephrenias Brust hatte sich geschlossen und eine häßliche purpurne Narbe zurückgelassen. Noch während sie beobachteten, setzte die Saphirrose ihr Werk fort. Die Narbe schrumpfte zu einer schmalen weißen Linie zusammen, die allmählich völlig schwand.

Sephrenia fing zu husten an. Es war ein gurgelnder Laut, wie jemand ihn ausstoßen mochte, der zu ertrinken drohte.

»Gib mir die Schüssel, Sperber«, bat Aphrael. »Sie muß das Blut aus ihrer Lunge husten.«

Sperber nahm die große, nicht sehr tiefe Waschschüssel vom Nachtkästchen und reichte sie Aphrael.

»Da«, sagte sie. »Du kannst ihn jetzt zurückhaben.« Sie reichte ihm die geschlossene Schatulle und hielt Sephrenia die Schüssel unters Kinn. »So ist es gut«, ermutigte sie ihre Schwester, als die zierliche Frau Blut zu husten begann. »Es muß alles heraus.«

Sperber wandte den Blick ab. Es war kein schöner Anblick.

Beruhige dich, Anakha, sagte Bhelliom sanft in seinem Kopf. *Deine Feinde wissen nicht, was geschehen ist.* Der Edelstein machte eine Pause. *Ich habe Edaemus verkannt; denn er ist sehr klug. Mir deucht, kein anderer hätte die wahre Bedeutung seines Tuns erkennen können. Seine Kinder mit dem Fluch zu belegen, war die einzige wirksame Möglichkeit, dies zu verbergen. Mich schaudert, wenn ich mir den Schmerz vorstelle, den es ihm bereitet hat.*

Ich verstehe nicht, gestand Sperber.

Ein Segen klingt und schimmert in der klaren Luft wie Glockengeläut, Anakha; ein Fluch aber ist dunkel und stumm. Wäre das Leuchten, das von Anarae Xanetia ausgeht, ein Segen, würde die ganze Welt es hören und seine allgewaltige Liebe fühlen. Darum hat Edaemus es statt dessen zum Fluch gemacht. Darin liegt seine Weisheit. Die Verfluchten sind ausgestoßen und verborgen, und niemand – weder Mensch noch Gott – kann ihr Kommen und Gehen im ganzen Land hören oder fühlen. Als Anarae Xanetia die Schatulle in die Hände nahm, verbarg sie jeden Laut und alle anderen Hinweise auf meine Anwesenheit. Und als sie Aphrael und Sephrenia in die Arme schloß und sie in ihre leuchtende Dunkelheit hüllte, konnte kein Lebender mich spüren. Deine Gefährtin ist sicher – für den Augenblick. Deine Feinde wissen nicht, was geschehen ist.

Sperbers Herz machte einen Freudensprung. *Ich bedauere meinen Mangel an Vertrauen zutiefst, Blaurose*, entschuldigte er sich.

Du warst verzweifelt, Anakha. Ich verzeihe dir.

»Sperber ...« Sephrenias Stimme war ein schwaches Wispern.

»Ja, kleine Mutter?« Er trat rasch an ihr Bett.

»Ihr hättet Euch nicht dazu überreden lassen dürfen. Ihr habt Ehlana in schreckliche Gefahr gestürzt. Ich habe Euch für stärker gehalten.«

»Alles ist gut, Sephrenia«, versicherte er ihr noch einmal. »Bhelliom hat es mir soeben erklärt. Als Ihr geheilt wurdet, hat niemand das geringste gefühlt oder gehört.«

»Wie ist das möglich?«

»Es lag an Xanetias Anwesenheit – und ihrer Berührung. Bhelliom erklärte, daß sie vollkommen abgeschirmt hat, was geschehen ist. Es hat etwas mit dem Unterschied zwischen einem Segen und einem Fluch zu tun, so wie ich es verstehe. Wie dem auch sei – was soeben geschah, hat Ehlana nicht in Gefahr gebracht. Wie fühlt Ihr Euch?«

»Wie ein halb ertränktes Kätzchen, falls Ihr es wirklich wissen wollt.« Sie lächelte schwach. Dann seufzte sie. »So etwas hätte ich Zalasta niemals zugetraut.«

»Ich werde dafür sorgen, daß er sich wünscht, nie auch nur daran *gedacht* zu haben!« sagte Sperber grimmig. »Ich werde ihm das Herz aus dem Leib reißen, es auf einem Spieß braten und es dann Aphrael auf einem Silbertablett servieren.«

»Ist er nicht ein lieber Junge?« sagte Aphrael bewundernd.

»Nein!« Sephrenias Stimme war nun erstaunlich fest. »Ich weiß eure Fürsorge zu schätzen, meine Lieben, aber ich will nicht, daß einer von euch Zalasta irgend etwas antut. Er hat *mir* den Dolch ins Herz gestoßen; deshalb möchte auch ich es sein, der beschließt, wer Zalasta bekommt.«

»Das ist nur recht und billig«, sagte Sperber.

»Was hast du vor, Sephrenia?« fragte Aphrael.

»Vanion wird furchtbar erschrecken, wenn er davon hört. Ich möchte nicht, daß er tobt und das ganze Mobiliar zertrümmert; deshalb werde ich *ihm* Zalasta geben – schön verpackt und mit einer feuerroten Schleife verziert.«

»Ich werde sein Herz trotzdem bekommen«, beharrte Aphrael.

13

Graue Wolken bedeckten den Himmel, und ein kalter, trockener Wind fegte über den kahlen Boden der Wüste von Cynesga, als Vanion mit den geschlagenen Streitkräften den Rückzug nach Osten antrat. Gut die Hälfte seiner gepanzerten Ritter war im Kampf gegen Klæls Soldaten gefallen, und nur wenige der Überlebenden waren mit leichten Verletzungen davongekommen. Mit einer Armee war Vanion von Sarna aufgebrochen, nun kehrte er an der Spitze einer Kolonne entmutigter und zu Tode erschöpfter Verwundeter zurück –

und das nach einer Auseinandersetzung, die vom militärischen Standpunkt betrachtet eigentlich nur ein Scharmützel gewesen war.

Vier Ataner trugen Engessa auf einer Bahre; Königin Betuana, das Gesicht von Leid gezeichnet, schritt an seiner Seite. Vanion seufzte. Engessa atmete kaum noch.

Der Hochmeister richtete sich in seinem Sattel auf. Er bemühte sich, Schock und Entsetzen abzuschütteln und klar zu denken. Der Kampf gegen Klæls Krieger hatte sein Heer aus Ordensrittern dezimiert; doch gerade *sie* waren das Herzstück der Armee und imstande gewesen, einen übermächtigen natürlichen Feind in Schach zu halten. Ohne diese gepanzerten Reiter war die Ostgrenze Tamuls nicht mehr sicher.

Vanion stieß eine Verwünschung hervor. Jetzt blieb ihm nur noch, die anderen über die veränderte Lage in Kenntnis zu setzen.

»Ritter Endrik!« rief er dem alten Veteran zu, der ein Stück hinter ihm ritt. »Übernehmt hier. Ich muß etwas erledigen.«

Endrik ritt heran.

»Führt die Männer weiter nach Osten«, befahl Vanion ihm. »Ich bin bald zurück.« Er spornte sein müdes Pferd zu einem leichten Galopp an und ritt voraus.

Als er sich etwa eine Meile vor der Spitze der Kolonne befand, zügelte er sein Pferd und sprach den Rufzauber.

Nichts tat sich.

Er versuchte es noch einmal, eindringlicher.

Was? Aphraels Stimme in seinem Kopf klang gereizt und ungeduldig.

Ich habe schlechte Neuigkeiten, Göttin.

Was kann denn noch alles schiefgehen? Beeil dich, Vanion! Ich bin zur Zeit sehr beschäftigt.

Wir sind in der Wüste auf Klæl gestoßen. Er hatte eine Armee von Riesen dabei, die uns niedergemetzelt haben. Richte Sperber aus, daß wir Samar wahrscheinlich nicht halten können, falls die Cynesganer es belagern. Ich habe mehr als die Hälfte meiner Ritter verloren, und der Zustand der noch übrigen erlaubt es nicht, sie einzusetzen. Tikumes Peloi sind tapfere Männer, aber sie haben keinerlei Erfahrung, was Belagerungen angeht.

Wann ist das passiert?

Vor etwa vier Stunden. Kannst du Abriel und die anderen Hochmei-

ster erreichen? Sie dürften inzwischen in Zemoch oder Westastel sein. Sie müssen vor Klæl gewarnt werden. Sag ihnen, sie dürfen sich auf keinen Fall in Kampfhandlungen mit Klæls Truppen einlassen! Wir sind ihnen nicht gewachsen. Falls auch noch die andern Ordensritter überfallen und geschlagen werden, verlieren wir diesen Krieg.

Wer sind diese Riesen, von denen du sprichst, Vanion?

Wir hatten keine Zeit, sie zu fragen. Jedenfalls sind sie größer als die Ataner – fast so groß wie Trolle. Sie tragen hautenge Rüstungen und stählerne Gesichtsmasken. Und Waffen, wie die ihren, habe ich nie zuvor gesehen. Und noch etwas – diese Kerle haben gelbes Blut.

Gelb? Unmöglich!

Trotzdem ist es gelb. Du kannst ja herkommen und dir meine Klinge anschauen. Ich konnte einige von ihnen erschlagen, als ich Betuanas Rückzug gedeckt habe.

Rückzug? Betuana?

Sie hat Engessa aus dem Getümmel gerettet.

Was ist mit Engessa?

Er war an der Spitze, und Klæls Soldaten bedrängten ihn. Er kämpfte tapfer, hatte gegen die Ungeheuer aber keine Chance. Darauf unternahmen wir einen Sturmangriff, und Betuana hieb sich einen Weg zu Engessa frei. Ich befahl den Rückzug und deckte Betuana, während sie Engessa aus dem Gefahrenbereich schleppte. Wir bringen ihn nach Sarna; aber ich halte es für vergebliche Liebesmüh. Ihm wurde eine Seite des Schädels eingeschlagen. Ich fürchte, wir werden ihn verlieren.

Sag das nicht, Vanion. Sag das nie. Es gibt immer Hoffnung.

In diesem Fall nicht sehr viel, Göttin. Wenn einem Menschen beinahe der Schädel gespalten wird, kann man nicht viel mehr für ihn tun, als ihm ein Grab zu schaufeln.

Ich werde ihn nicht sterben lassen, Vanion! Wann könnt ihr zurück in Sarna sein?

In zwei Tagen, Aphrael. So lange haben wir gebraucht, hierherzukommen.

Kann Engessa bis dahin durchhalten?

Das bezweifle ich.

Aphrael stieß ein sehr unfeines Wort auf styrisch hervor. *Wo seid ihr?* fragte sie dann.

Ungefähr sechzig Meilen südlich von Sarna, gut fünfzehn Meilen in der Wüste.

Bleibt dort. Ich komme. Ich werde euch schon finden.

Sei Betuana gegenüber behutsam. Sie benimmt sich zur Zeit sehr merkwürdig.

Was meinst du damit? Ich habe keine Zeit, Rätsel zu lösen.

Ich weiß es selbst nicht so recht, Aphrael. Betuana ist eine Kriegerin, und ihr ist klar, daß nicht alle Soldaten aus einer Schlacht zurückkehren. Ihre Reaktion auf Engessas Verwundung ist – na ja – sehr ungewöhnlich. Sie ist nicht mehr sie selbst.

Sie ist Atanerin, Vanion. Und Ataner lassen sich sehr von ihren Gefühlen beeinflussen. Halte jetzt deine Kolonne an. Ich bin in Kürze bei euch.

Vanion nickte, als könnte Aphrael ihn sehen; dann wendete er sein Pferd und trabte zu seinen Rittern zurück.

»Irgendeine Veränderung seines Zustands?« fragte er Königin Betuana.

Sie hob ihr tränenüberströmtes Gesicht. »Einmal hat er die Augen geöffnet, Vanion-Hochmeister. Aber ich glaube nicht, daß er mich gesehen hat.« Sie hatte ihre Hand um die Engessas geschlungen.

»Ich habe mit Aphrael gesprochen. Sie wird hierher kommen und sich ihn ansehen. Gebt die Hoffnung noch nicht auf, Betuana. Aphrael hat *mich* geheilt, und ich war dem Tod näher als Engessa.«

»Er ist ziemlich widerstandsfähig«, sagte sie. »Falls die Kindgöttin seine Wunde heilen kann, ehe es zu spät ist ...« Sie konnte nicht mehr weiterreden.

»Er wird es schaffen, Majestät.« Vanion bemühte sich, überzeugter zu klingen, als er war. »Könnt Ihr Euren Gemahl verständigen – über Klæl, meine ich? Er sollte wissen, welch schreckliche Wesen Klæl unter seinen Schwingen verbirgt.«

»Ich werde einen Boten schicken. Soll ich Androl anweisen, nach Sarna zu kommen, statt nach Tosa zu marschieren? Klæl ist *jetzt* hier, während es noch eine geraume Weile dauern wird, bis Scarpas Armee Tosa erreicht – falls überhaupt, denn es könnte ja sein, daß die Trolle ihm einen Strich durch die Rechnung machen.«

»Warten wir, bis ich mit den anderen sprechen konnte. Hat König Androl sich bereits auf den Weg gemacht?«

»Müßte er eigentlich. Androl zögert keinen Augenblick, wenn ich ihn um etwas bitte. Er ist ein guter Mann – und sehr, sehr mutig.« Das hörte sich fast so an, als wollte sie ihren Gemahl gegen eine unausgesprochene Kritik verteidigen, doch Vanion entging nicht, daß sie dabei Engessas fahles Gesicht streichelte.

»Er muß in sehr großer Eile gewesen sein«, murmelte Stragen, der sich noch immer keinen Reim auf Sperbers kurze Nachricht machen konnte.

»Er konnte nie sehr gut Briefe schreiben ...« Talen zuckte die Schultern. »Außer damals, als er sich tagelang Lügengeschichten über unser angebliches Tun auf der Insel Tega einfallen ließ.«

»Vielleicht hat er sich dabei verausgabt.« Stragen faltete die Nachricht zusammen, stutzte, und betrachtete sie genauer. »Pergament!« stellte er fest. »Wie ist er zu Pergament gekommen?«

»Wer weiß? Vielleicht erzählt er es uns ja, wenn er zurück ist. Kommt, machen wir einen Spaziergang am Strand. Ich muß mir die Füße vertreten.«

»Na gut.« Stragen griff nach seinem Umhang und stieg mit dem jüngeren Dieb die Treppe hinunter auf die Straße.

Das Südtamulische Meer war ruhig, und der Mond warf seinen silbernen Schein auf die stille, dunkle Wasserfläche.

»Wunderschön«, murmelte Talen, als die beiden den feuchten Sand am Ufer erreichten.

»Ja«, pflichtete Stragen ihm bei.

»Ich glaub', ich hab' eine Idee«, sagte Talen.

»Ich auch«, murmelte Stragen.

»Sprecht!«

»Du zuerst.«

»Na gut. Die Cynesganer sammeln sich an der Grenze, richtig?«

»Ja.«

»Ein geschickt verbreitetes Gerücht könnte sie entsammeln.«

»Ich glaube, so ein Wort gibt es gar nicht.«

»Sind wir hierher gekommen, um uns über den Wortschatz zu unterhalten? Was werden die Cynesganer tun, wenn sie hören, daß die Ordensritter kommen? Würden sie sich nicht gezwungen sehen, ihnen eine Armee entgegenzusenden?«

»Ich glaube, Sperber und Vanion möchten das Kommen der Ritter mehr oder weniger geheimhalten.«

»Würdet Ihr mir bitte verraten, Stragen, wie man den Aufmarsch von hunderttausend Mann geheimhält? Nehmen wir mal an, ich erzähle Valash, ich hätte aus sehr vertrauenswürdiger Quelle erfahren, daß eine Flotte mit Kirchenbannern auf jedem Schiff die Südspitze von Dakonien umrundet hat und sich Kaftal nähert. Würde das der anderen Seite nicht einige Sorgen bereiten? Selbst, wenn sie von den Rittern wissen, die quer durch Zemoch marschieren, müßten sie dieser Flotte doch Truppen entgegenschicken. Sie dürfen auf keinen Fall die Möglichkeit außer acht lassen, daß die Ordensritter sich ihnen aus zwei verschiedenen Richtungen nähern.«

Stragen lachte plötzlich.

»Was findet Ihr so komisch?«

»Du und ich sind schon zu lange beisammen, Talen. Wir fangen an, das gleiche zu denken. Ich hatte mir überlegt, Valash vorzuschwindeln, daß die Ataner die ostastelische Steppe überqueren, um durch Nordcynesga auf die Hauptstadt zuzustoßen.«

»Guter Plan«, lobte Talen.

»Deiner ebenfalls.« Stragen blinzelte über das mondbeschienene Wasser. »Beide Geschichten sind strategisch glaubhaft. Sie schildern genau die Truppenbewegungen, auf die ein militärischer Führer kommen würde. Was wir *wirklich* planen, ist ein gleichzeitiger Überraschungsangriff aus dem Osten und dem Westen. Wenn wir Cyrgon weismachen können, daß wir statt dessen aus dem Norden und Süden zuschlagen, locken wir ihn so weit aus seiner Stellung, daß er seine Armeen unmöglich rechtzeitig zurückbringen kann, um sich gegen unsere wirklichen Angriffe zur Wehr zu setzen.«

»Ganz zu schweigen davon, daß wir seine Armee spalten.«

»Aber wir müssen vorsichtig sein«, mahnte Stragen. »Meines Erachtens ist nicht einmal Valash so leichtgläubig, daß er diese Geschichten schluckt, wenn wir sie ihm beide gleichzeitig vorsetzen. Wir müssen sie gut verteilen und ihn stückweise damit füttern. Mir wär's am liebsten, er würde diese Geschichte über die Ataner von jemand anderem als mir erfahren.«

»Sperber könnte Aphrael wahrscheinlich veranlassen, dafür zu sorgen«, meinte Talen.

»Falls er überhaupt zurückkommt. Seine Nachricht war ziemlich vage. Trotzdem sollten wir die Dinge ins Rollen bringen. Wir können deine Geschichte ein wenig ändern. Ziehe deine vorgetäuschte Flotte nach Valesien zurück. Cyrgon soll sich erst einmal den Kopf darüber zerbrechen, bevor wir ihm Kaftal als das Ziel der Flotte nennen. Ich lasse durchblicken, daß die Ataner sich in der Nähe ihrer Nordwestgrenze sammeln. Dabei belassen wir es, bis Sperber zurück ist.«

Talen mußte plötzlich lachen.

»Was ist los?«

»Das alles ist beinahe rechtens, nicht wahr?«

»Ja, das könnte man, glaube ich, sagen. Siehst du darin ein Problem?«

»Wenn es rechtens ist, warum macht es mir dann so viel Spaß?«

»Nichts?« fragte Ulath. Er öffnete den Kragen seiner roten Uniformjacke.

»Nicht ein Ton!« antwortete Tynian. »Ich habe den Rufzauber jetzt schon viermal versucht, aber sie rührt sich nicht!«

»Vielleicht ist sie zu beschäftigt.«

»Das wäre natürlich möglich.«

Ulath rieb sich nachdenklich das Kinn. »Ich glaube, ich werde Ritter Gerads Bart jetzt doch abschaben – weißt du, es *könnte* daran liegen, daß wir uns in der Nichtzeit befinden. Als wir es das erste Mal getan haben – damals in Pelosien – hat nicht einer unserer Zauber gewirkt.«

»Aber hier handelt es sich um eine andere Art von Zauber, Ulath. Ich versuche ja gar nicht, etwas zu *tun*. Ich möchte nur mit Aphrael reden.«

»Ja, aber du vermischst eine Magie mit der anderen. Du willst dich eines styrischen Zaubers bedienen, während du bis zu den Ohren in einem trollischen steckst.«

»Vielleicht ist *das* des Rätsels Lösung! Ich versuche es noch einmal, wenn wir in Arjun und wieder in der Echtzeit sind.«

Bhlokw schlurfte durch das graue Licht des von Ghnomb erstarrten Augenblicks zu ihnen zurück und kam dabei an einer Schar Vögel vorbei, die reglos in der Luft hing. »Es gibt einige Baue von Menschendingen im nächsten Tal«, berichtete er.

»Viele oder wenige?« fragte Ulath.

»Viele«, erwiderte Bhlokw. »Ob die Menschendinge dort Hunde haben?«

»In der Nähe von Menschendingbauen gibt es immer Hunde, Bhlokw.«

»Dann sollten wir uns beeilen.« Der zottige Troll hielt kurz inne; dann fragte er: »Wie nennen die Menschendinge diesen Ort?«

»Ich glaube, es ist Arjun.«

»Das ist der Ort, an den wir wollen, nicht wahr?«

»Ja.«

»Warum?«

»Die Bösen haben dem Menschending mit Namen Berit befohlen, dorthin zu gehen. Wir sind der Meinung, wir sollten uns in Ghnombs gebrochenem Moment dorthin begeben und dem Vogelpiepsen der Menschendinge lauschen. Vielleicht sagt einer der Bösen, wohin Berit als nächstes gehen soll. Der nächste Ort ist möglicherweise der, wo Anakhas Gefährtin sich befindet. Es wäre gut, das zu wissen.«

Bhlokws pelzige Stirn kräuselte sich, während er sich mühte, diese Darlegungen zu verstehen. »Sind die Jagden der Menschendinge immer so nicht-leicht?«

»Wir Menschendinge haben leider eine besondere Vorliebe für nicht-leichte Dinge.«

»Tut das nicht eurem Kopf weh?«

Ulath lächelte, achtete jedoch darauf, dabei nicht die Zähne zu zeigen. »Manchmal ja«, gab er zu.

»Es ist mein Gedanke, daß eine leichte Jagd besser ist als eine nicht-leichte. Die Jagden der Menschendinge sind so nicht-leicht, daß ich manchmal vergesse, warum ich jage. Trolle jagen Dinge-zu-Essen. Die Menschendinge jagen Gedanken.«

Ulath staunte über diese Erkenntnis des Trolls. »Was du da sagst, ist richtig«, gestand er. »Die Menschendinge jagen tatsächlich Gedanken. Wir messen ihnen großen Wert bei.«

»Gedanken sind gut, U-lat, aber man kann sie nicht essen.«

»Wir jagen Gedanken, nachdem unsere Bäuche voll sind.«

»Das macht Trolle und Menschendinge so anders, U-lat. Ich bin ein Troll. Mein Bauch ist nie voll. Laßt uns eilen. Es ist mein Gedanke, daß es gut sein wird zu wissen, ob die Hunde von diesem Ort so gut-zu-essen sind wie die Hunde von dem anderen Ort.« Er machte eine Pause. »Ich will dich nicht beleidigen, U-lat, aber es ist mein Gedanke, daß die Hunde von den Menschendingen mehr gut-zu-essen sind als die Menschendinge selber.« Er kratzte sich mit einer zottigen Pranke an der Wange. »Ich würde immer noch ein

Menschending essen, wenn mein Bauch leer ist, aber Hund würde ich lieber essen.«

»Dann wollen wir einen Hund suchen.«

»Dein Gedanke ist gut, U-lat.« Die riesige Kreatur streckte die Pranke aus und tätschelte Ulath liebevoll den Kopf, daß der wahrhaftig nicht schwächliche Thalesier fast in die Knie ging.

Behutsam legte die Kindgöttin die Fingerspitzen an die Seiten von Engessas gebrochenem Schädel, und ihr Blick wurde abwesend.

»Nun?« fragte Vanion ungeduldig.

»Dräng mich nicht, Vanion. Das Gehirn ist etwas sehr Kompliziertes.« Sie setzte ihre sanfte Untersuchung fort. »Unmöglich!« murmelte sie schließlich, während sie die Finger zurückzog.

Betuana stöhnte.

»Hör auf zu jammern, Betuana«, tadelte Aphrael sie sanft. »Ich meinte damit nur, daß ich es nicht *hier* tun kann. Um Engessa zu heilen, muß ich ihn woanders hinbringen.«

Vanion blickte sie fragend an. »Auf die Insel?«

Die Kindgöttin nickte. »Dort habe ich die Dinge unter Kontrolle. Hier befinden wir uns in Cynesga – in Cyrgons Hoheitsgebiet. Ich kann mir nicht vorstellen, daß er mir die Erlaubnis gäbe, und wenn ich ihn noch so nett bitten würde. Kannst du hier beten, Betuana?«

Die Königin der Ataner schüttelte den Kopf. »Nein. Nur in Atan.«

»Ich werde mit eurem Gott darüber reden. Es ist Zeit, daß er ein bißchen weltoffener wird.« Sie beugte sich wieder über Engessa und legte ihm die Hand auf die Brust.

Der Atem des atanischen Generals schien auszusetzen, und plötzlich überzog Rauhreif sein Gesicht und den Körper.

»Ihr habt ihn getötet!« rief Betuana mit schriller Stimme.

»Pst, Ruhe! Ich habe ihn nur eingefroren, um die Blutung zu stillen, bis ich ihn zur Insel bringen kann. Die Verwundung selbst ist gar nicht so sehr das Problem, sondern die Blutung, die das übrige Gehirn beschädigt. Das Einfrieren verringert sie, und mehr kann ich derzeit nicht tun. Aber es müßte genügen, ihn nach Sarna zu bringen, ohne seinen Zustand noch weiter zu verschlechtern.«

»Es ist hoffnungslos!« klagte Betuana verzweifelt.

»Was redest du da? In ein oder zwei Tagen kann ich ihn wieder auf den Beinen haben – doch zuvor muß ich ihn auf die Insel bringen, wo mir die Zeit untersteht. Mit dem Gehirn wird es keine Schwierigkeiten geben. Aber das Herz ist so ... ach, vergiß, was ich gesagt habe, und hör gut zu, Betuana. Sobald ihr, du und Vanion, Engessa nach Sarna gebracht habt, begibst du dich zur atanischen Grenze, so schnell du nur laufen kannst. Sobald du darüber bist, wirfst du dich auf die Knie und betest zu deinem Gott. Er wird stur und eigensinnig sein – das ist er immer! –, aber laß nicht locker! Fall ihm so lange auf die Nerven, bis er nachgibt. Ich brauche eine Erlaubnis, Engessa auf meine Insel zu schaffen. Wenn gar nichts anderes hilft, dann versprich ihm, daß ich auch ihm irgendwann einmal einen Gefallen tun werde. Aber übertreib damit nicht. Du mußt immer wieder betonen, daß *ich* Engessa retten kann, *er* dagegen nicht!«

»Ich werde tun, wie Ihr befehlt, Göttin!« versicherte Betuana.

»Ich habe nicht *befohlen*, Betuana, nur vorgeschlagen. Ich habe nicht das Recht, dir zu befehlen.« Die Kindgöttin drehte sich zu Vanion um.« Zeig mir dein Schwert. Ich möchte mir dieses gelbe Blut ansehen.«

Vanion zog seine Klinge und streckte sie ihr mit dem Griff voraus entgegen.

Sie schüttelte sich. »Halt *du* es, Lieber. Bei der Berührung von Stahl wird mir übel.« Sie betrachtete blinzelnd die Flecken auf der Klinge. »Seltsam«, murmelte sie. »Das ist gar kein Blut!«

»Es kam aber aus ihren Körpern, wenn wir sie verwundeten!«

»Möglich, aber Blut ist es trotzdem nicht. Es sieht aus wie flüssige Galle. Klæl holt sich seine Verbündeten von weit her. Diese Riesen, mit denen ihr es zu tun hattet, sind nicht von hier, Vanion. Ihresgleichen gibt es auf *dieser* Welt nicht!«

»Das ist uns sofort aufgefallen, Göttin.«

»Ich spreche nicht von ihrer Größe oder Gestalt. Sie haben offenbar nicht einmal die gleichen inneren Organe wie Menschen und Tiere. Ich vermute, sie besitzen nicht einmal eine Lunge!«

»Jedes Lebewesen hat eine Lunge, Aphrael – außer vielleicht Fische.«

»Das gilt *hier*, Lieber. Wenn diese Kreaturen statt Blut eine solche Flüssigkeit in den Adern haben, dann ist es ihre Leber, die ...« Stirnrunzelnd hielt sie inne. »Hm, es *könnte* möglich sein«, murmelte sie ein wenig zweifelnd. »Puh, ich möchte die Luft auf ihrer Welt nicht riechen müssen!«

»Dir ist doch klar, daß ich nicht die leiseste Ahnung habe, wovon du redest, oder?«

Aphrael lächelte. »Das macht nichts, Vanion. Ich liebe dich trotzdem.«

»Danke.«

»Ist schon gut.«

»Es *könnte* gutes Land sein, Freund Tikume.« Kring zupfte an seinem schwarzen Lederwams und ließ den Blick über die felsige Wüste schweifen. »Es ist offenes Land und nicht allzu zerklüftet. Es brauchte bloß Wasser – und einige gute Leute.« Die beiden ritten an der Spitze ihres ungeordneten Trupps aus Peloi-Kriegern.

Tikume grinste. »Wenn man es recht bedenkt, Freund Kring, ist das im Grunde genommen alles, was die Hölle wirklich braucht.«

Kring lachte. »Wie weit ist es bis zu diesem cynesganischen Lager?«

»Noch etwa fünfzehn Meilen. Es dürfte ein leichter Kampf werden, Domi Kring. Die Cynesganer sind beritten und kämpfen mit Krummschwertern, so ähnlich wie eure Säbel; aber ihre Pferde sind minderwertig und taugen nicht viel, und die Cynesganer sind zu bequem, mit ihren Schwertern zu üben. Außerdem tragen sie wallende Roben mit weiten, baumelnden Ärmeln, so daß sie sich beim Kampf meist in ihrer eigenen Kleidung verfangen.«

Kring grinste wölfisch.

»Sie laufen jedoch recht gut«, fügte Tikume hinzu, »aber sie kommen immer zurück.«

»Ins selbe Lager?« fragte Kring ungläubig.

Tikume nickte. »Das macht es sogar noch leichter. Wir müssen sie nicht einmal suchen.«

»Unvorstellbar! Sind ihre Anführer etwa verrottende Baumstümpfe?«

»Soviel ich gehört habe, erhalten sie ihre Befehle von Cyrgon.« Tikume rieb sich den frisch barbierten Schädel. »Hältst du es für eine Sünde zu sagen, daß sogar ein Gott dumm sein kann?«

»Solange du es nicht von *unserem* Gott behauptest, hast du meines Erachtens nichts zu befürchten.«

»Also, mit der Kirche möchte ich mich wirklich nicht anlegen.«

»Patriarch Emban ist ein vernünftiger Mann, Domi Tikume. Er

wird dich bestimmt nicht verraten, wenn du unfreundliche Dinge über unseren Feind sagst.« Kring richtete sich in den Steigbügeln auf, um über die bräunliche, steinübersäte Weite der Wüste von Cynesga zu spähen. »Ich kann es kaum erwarten«, gestand er. »Es scheint mir eine Ewigkeit her, seit ich zum letzen Mal so richtig gekämpft habe.« Er ließ sich wieder in den Sattel sinken. »Oh, fast hätte ich es vergessen. Ich habe mit Freund Oscagne über die Möglichkeit einer Prämie für cynesganische Ohren gesprochen. Er wollte absolut nichts davon hören.«

»Das ist höchst bedauerlich. Die Aussicht auf eine Belohnung stärkt den Kampfgeist.«

»Es kann sogar zur Gewohnheit werden. Droben in Nordatan haben wir gegen Trolle gekämpft. Ich hatte einem toten Troll bereits ein Ohr halb abgesäbelt, als ich mich plötzlich daran erinnerte, daß es mir niemand abkaufen würde. – Der Hügel dort sieht aber merkwürdig aus, findest du nicht?« Er deutete auf eine beinahe makellose Kuppel, die aus dem Wüstenboden ragte.

»Ja, wirklich ungewöhnlich«, pflichtete Tikume bei. »Es ist überhaupt kein Geröll am Hang – nur Staub.«

»Vielleicht eine Art Staubdüne? In Rendor gibt es Sanddünen, die genauso aussehen. Dort wirbelt der Wind den Sand herum, bis er sich zu solchen runden Hügeln aufgehäuft hat.«

»Verhält Staub sich denn genauso wie Sand?«

»Offenbar. Da vorn haben wir den Beweis.«

Und dann, während sie noch darauf blickten, geriet der Hügel in Bewegung und verwandelte sich in die grauenhafte Fratze Klæls. Das Ungetüm erhob sich schwerfällig, wobei gewaltige Katarakte aus Staub von seinen glänzend schwarzen Schwingen flossen.

Kring riß heftig an den Zügeln. »Ich *wußte*, daß mit diesem Hügel etwas nicht stimmte!« Er verfluchte seine Unaufmerksamkeit und befahl seinen Männern, Angriffsstellung zu beziehen.

»Diesmal ist er nicht allein gekommen!« rief Tikume. »Sieh doch! Er hat Soldaten unter seinen Schwingen versteckt!«

»Verdammt große Kerle, nicht wahr?« Kring spähte blinzelnd zu den gerüsteten Kriegern, die auf sie losstürmten. »Aber ob groß oder klein – sie sind Fußsoldaten. Das ist uns Vorteil genug, nicht wahr?«

»Und ob!« Tikume grinste. »Das dürfte ein größerer Spaß werden, als hinter Cynesganern herzujagen.«

»Ich frage mich, ob sie Ohren haben.« Kring zückte seinen Säbel. »Falls ja, sollten wir sie vielleicht doch einsammeln. Ich habe die Hoffnung nicht aufgegeben, daß Freund Oscagne sich doch noch erweichen läßt.«

»Dies herauszufinden, gibt es nur eine Möglichkeit!« Tikume hob seinen Speer und stürmte voran.

Diese Taktik der Peloi schien Klæls Soldaten zu verwirren. Die ungestümen Pferde der Nomaden waren behende wie Rotwild, und daß die östlichen Peloi statt mit dem Säbel mit dem Wurfspieß kämpften, war ein weiterer Vorteil. Die Reiter teilten sich in kleine Gruppen, bildeten Formationen und griffen an. Jede Rotte konzentrierte sich auf ein anderes der in Stahl gerüsteten Ungeheuer, und jeder Peloi stieß seinen Spieß aus nächster Nähe in den Leib eines der Riesen und wich sogleich zur Seite, um dem Gegner kein Verteidigungsziel zu bieten. Nach mehreren solcher Angriffe waren die vorderen Reihen der feindlichen Krieger beinahe gespickt mit Kurzspießen.

Für die gepanzerten Soldaten schien die Lage immer hoffnungsloser zu werden. Sie schlugen mit ihren schweren Streitkolben nach ihren flinken Angreifern, hieben für gewöhnlich jedoch nur durch die Luft und erzielten kaum einen wirkungsvollen Treffer.

»Guter Kampf!« rief Kring seinem Freund nach mehreren Sturmangriffen keuchend zu. »Sie sind zwar riesig, aber nicht schnell genug.«

»Und auch in keiner besonders guten Verfassung«, fügte Tikume hinzu. »Der letzte, den ich aufgespießt habe, hat wie ein undichter Blasebalg geschnauft.«

»Ja, offenbar haben sie wirklich Schwierigkeiten mit dem Atmen, nicht wahr?« pflichtete Kring ihm bei. Plötzlich kniff er die Augen zusammen. »Warte mal! Sag deinen Kindern, sie sollen nur auf die Kreaturen zustürmen, kurz vor ihnen umdrehen und keine Wurfspieße mehr vergeuden!«

»Was soll das, Domi? Was hast du vor?«

»Warst du schon mal im Hochgebirge?«

»Ein paarmal. Wieso?«

»Erinnerst du dich, wie schwer es da oben ist, genug Luft zu bekommen?«

»Ganz am Anfang, ja. Ich hab' mich ziemlich benommen gefühlt.«

»Eben! Ich weiß zwar nicht, wo Klæl seine Soldaten rekrutiert hat; aber sie sind ganz bestimmt nicht von hier. Ich habe den Eindruck, sie sind dichtere Luft gewöhnt. Zwingen wir sie dazu, uns zu verfolgen. Warum sollten wir uns die Mühe machen, jemanden zu töten, wenn die Luft uns diese Arbeit abnehmen kann?«

»Einen Versuch wäre es wert.« Tikume zuckte die Schultern. »Es macht aber bei weitem nicht soviel Spaß.«

»Den können wir uns später mit den Cynesganern machen«, tröstete ihn Kring. »Erst wollen wir Klæls Fußsoldaten zu Tode hetzen. Dann können wir Cyrgons Reiterei niedermachen!«

»Richte dich einfach nach mir«, forderte Stragen Talen auf, als sie die wacklige Treppe zu dem Speicherraum hinaufstiegen. »Ich kenne Valash inzwischen recht gut, so daß ich seine Reaktion ein bißchen besser abschätzen kann als du.«

»Wie Ihr meint«, entgegnete Talen schulterzuckend. »Ihr kommt besser mit ihm klar als ich.«

Stragen öffnete die Tür zum Speicherraum. Abgestandene Luft schlug ihnen entgegen. Dann bahnten die beiden sich ihren Weg durch das wirre Durcheinander zu Valashs Ecke.

Der dürre Daziter im Brokatwams war heute nicht allein. Ein hagerer Styriker mit offenen, schwärenden Wunden im Gesicht saß zusammengesackt am Tisch. Der rechte Arm des Mannes baumelte kraftlos an seiner Seite; die rechte Hälfte des mit Geschwüren gezeichneten Gesichts hing ebenfalls schlaff hinab, und das rechte Auge wurde vom Lid fast gänzlich bedeckt. Er murmelte vor sich hin, offenbar ohne sich seiner Umgebung bewußt zu sein.

»Jetzt ist keine gute Zeit, Vymer«, sagte Valash.

»Aber es ist außerordentlich wichtig, Meister Valash«, rief Stragen rasch.

»Na gut. Aber faßt Euch kurz.«

Beim Näherkommen drehte Talen sich der Magen um. Von dem fast bewußtlosen Styriker ging ein überwältigender Gestank nach verwesendem Fleisch aus.

»Das ist mein Gebieter«, sagte Valash knapp.

»Ogerajin?« fragte Stragen.

»Woher kennt Ihr seinen Namen?«

»Ihr habt ihn einmal erwähnt, glaube ich – vielleicht war es auch einer Eurer Freunde. Ist er nicht zu krank, um auf den Beinen zu sein?«

»Das dürfte Euch nichts angehen, Vymer. Was ist das für eine wichtige Information, die Ihr für mich habt?«

»Nicht ich, Meister Valash. Reldin hat etwas in Erfahrung gebracht.«

»Dann rede schon, Junge!«

»Jawohl, Meister Valash.« Talen deutete eine Verneigung an. »Ich war heute in einer Hafenschenke und konnte die Gespräche einiger edomischer Seeleute mit anhören. Sie waren sichtlich aufgeregt; deshalb hab' ich mich unauffällig ein bißchen näher zu ihnen gesetzt, um vielleicht herauszufinden, weshalb sie so außer Fassung waren. Tja, Ihr wißt ja, wie Edomer über die Kirche von Chyrellos denken.«

»Komm zur Sache, Reldin!«

»Jawohl, Meister Valash. Ich wollte vorab nur die äußeren Umstände erklären. Jedenfalls war einer dieser Edomer eben erst eingelaufen. Er wies die anderen an, sofort jemanden in Edom zu benachrichtigen – Rebal, glaube ich, sagte er. Offenbar war dieser Seemann gerade erst von Valesien gekommen. Als sein Schiff dort auslief, kam es an einer Flotte vorbei, die sich dem Hafen von Valles näherte.«

»Was ist so bedeutungsvoll daran?« fragte Valash ungehalten.

»Ich wollte gerade darauf zu sprechen kommen. Daß dieser Seemann so aufgeregt war, lag daran, daß alle Schiffe besagter Flotte die Banner der Kirche von Chyrellos gehißt hatten und sich überall an der Reling Männer in Panzerrüstung drängten. Er faselte irgend etwas davon, daß die Ordensritter hierher kämen, um ganz Tamuli ihren Glauben aufzuzwingen.«

Valash starrte ihn entsetzt und offenen Mundes an.

»Sobald ich das gehört hatte, hab' ich mich davongestohlen. Vymer meinte, es würde Euch vielleicht interessieren; aber ich war mir da nicht so sicher. Es kann uns doch egal sein, wenn Elenier über Religion streiten. Das betrifft uns ja nicht, oder?«

»Wie viele Schiffe waren es?« würgte Valash hervor, und die Augen quollen ihm aus den Höhlen.

»So genau war der Seemann nicht, Meister Valash.« Talen grinste. »Ich hatte das Gefühl, daß er gar nicht fähig war, so weit zu zählen. Aber soviel ich verstanden habe, erstreckte diese Flotte sich von Horizont zu Horizont. Wenn diese Männer in Rüstung tatsächlich

Ordensritter sind, würde ich denken, daß sie *alle* an Bord dieser Schiffe sind. Ich habe schon so manches über diese Burschen gehört, und ich möchte ganz bestimmt nicht, daß sie hinter *mir* her sind. Wieviel, meint Ihr, ist diese Information wert, Meister Valash?«

Valash langte geistesabwesend nach seinem Beutel.

»Waren kürzlich irgendwelche Boten aus den Lagern in den Wäldern hier, Meister Valash?« fragte Stragen plötzlich.

»Das dürfte Euch nicht interessieren, Vymer.«

»Wie Ihr meint, Meister Valash. Ich dachte nur, Ihr solltet sie vielleicht warnen, sich so frei heraus in der Öffentlichkeit zu unterhalten. Mir sind da zwei Burschen aufgefallen. Sie sahen aus, als würden sie im Wald hausen. Einer sagte zum anderen, daß sie nichts tun könnten, solange Scarpa keine Anweisungen von Cyrga habe. Wer ist Cyrga? Ich habe noch nie von ihm gehört.«

»Das ist kein Wer, Vymer«, erklärte Talen ihm, »sondern ein Wo. Cyrga ist eine Stadt drüben in Cynesga.«

»Ach, wirklich?« Stragen spielte den Neugierigen. »Den Namen habe ich noch nie zuvor gehört. Wo liegt diese Stadt? Welchen Weg müßte man nach Cyrga nehmen?«

»Der Weg führt dicht am Brunnen von Vigay vorbei!« warf der sieche Ogerajin theatralisch ein.

Valash entrang sich ein würgender Laut, und er schwenkte abwehrend die Hände vor dem Gesicht seines Gebieters, doch Ogerajin wischte sie zur Seite. »Seht zu, daß ihr den Morgen im Rücken habt!« fuhr der Styriker fort.

»Meister Ogerajin!« warnte Valash mit quiekender Stimme.

»Ruhe, Bube!« brüllte Ogerajin ihn an. »Ich werde die Frage dieses Reisenden beantworten. Wenn es ihm gefällt, vor Cyrgons Antlitz zu treten, um sein getreuer Diener zu werden, muß er wissen, wie er zu ihm findet. Nachdem der Brunnen von Vigay hinter Euch liegt, folgt dem Weg nordwestwärts in die Wüste, in Richtung der Verbotenen Berge, wohin sich niemand ohne Cyrgons Erlaubnis begeben darf, es sei denn, auf eigene Gefahr. Sobald Ihr diese finsteren Höhen erreicht, sucht die Säulen Cyrgons; denn wenn sie Euch nicht den Weg weisen, wird Cyrga Euch für immer verborgen bleiben.«

»Bitte, Meister!« flehte Valash händeringend. In seinen Augen hatte sein Gebieter sich offensichtlich in einen redseligen alten Irren verwandelt.

»Ich habe dir Schweigen geboten, Bube! Noch ein Wort, und es ist dein Tod!« Ogerajin wandte sich wieder Stragen zu und fixierte ihn mit dem einen ihm verbliebenen Auge. »Laßt Euch nicht von der Salzwüste abschrecken, Reisender, welche die Nomaden nicht zu überqueren wagen. Reitet kühn über das tödliche Weiß, in der nur jene Elenden ihr Leben fristen, die vom Gesetz verdammt wurden, in Fronarbeit das kostbare Salz zu gewinnen.

Am Rande der Salzwüste seht Ihr sie dann vor Euch, tief am Horizont: die dunklen Umrisse der Verbotenen Berge. Und wenn es Cyrgon gefällt, werden seine feurigen weißen Säulen Euch zu seiner verborgenen Stadt führen.

Laßt Euch nicht von der Ebene der Gebeine erschrecken. Die Skelette sind jene der Namenlosen, welche sich bis zum Tod für Cyrgons Auserwählte plagen und der Wüste ausgesetzt werden, sobald sie ihren Zweck erfüllt haben.

Habt Ihr die Ebene der Gebeine hinter Euch, gelangt Ihr zum Tor der Täuschung, welches Cyrga bewacht, die Verborgene Stadt. Das Auge Sterblicher vermag dieses Tor nicht zu erkennen. Grell erhebt es sich als eine von Rissen durchzogene Mauer vor den Verbotenen Bergen und versperrt den Weg dorthin. Ihr braucht jedoch nur den Blick auf Cyrgons weiße Säulen und den Schritt zu der Leere dazwischen zu richten. Traut nicht dem Bild, das Euer Auge Euch vorgaukelt; denn die scheinbar feste Mauer ist wie Dunst und wird Euch den Weg nicht verwehren. Schreitet unbeirrt hindurch und folgt dem dunklen Korridor zum Tal der Helden, in dem Cyrgons ungezählte Regimenter in unruhigem Schlaf des Fanfarenschalls seiner mächtigen Stimme harren, die sie herbeirufen wird, auf daß sie seine Feinde aufs neue vernichten.«

Valash trat einen Schritt zurück und winkte Talen drängend zu, mit ihm zu kommen.

Neugierig folgte Talen dem Daziter.

»Achte nicht auf Meister Ogerajin, Junge!« beschwor Valash Talen. »Er fühlt sich seit einiger Zeit nicht wohl und leidet hin und wieder unter solchen Anfällen.«

»Das habe ich mir bereits gedacht, Meister Valash. Solltet Ihr ihn nicht zu einem Arzt bringen? Er phantasiert, wißt Ihr?«

»Ein Arzt könnte nichts mehr für ihn tun.« Valash zuckte die Schultern. »Nur mach Vymer klar, daß der alte Mann gar nicht weiß, wovon er redet.« Valash schien ungewöhnlich besorgt über Ogerajins Wahnzustände zu sein.

»Das weiß er bereits, Meister Valash. Wenn jemand so geschwollen daherredet, kann man ziemlich sicher sein, daß er nicht mehr richtig im Kopf ist.«

Der sieche Styriker erging sich derweil immer noch in seinen pathetischen Schilderungen. »Jenseits des Tales der Helden werdet Ihr Cyrgons Born, der die Verborgene Stadt mit Wasser versorgt, in der Sonne glitzern sehen.

In der Nähe des Borns, in den von künstlichen Wasserläufen durchzogenen Feldern, werdet Ihr das schwarze Cyrga wie einen Berg innerhalb seiner nachtschwarzen Mauern aufragen sehen. Begebt Euch furchtlos dorthin, hinein in die Stadt der Gesegneten, Cyrga. Steigt die steilen Stufen zum Gipfel dieses vom Dunkel umgebenen Berges hinauf, und dort, an der Krone der bekannten Welt, werdet Ihr inmitten dieser Schwärze das Weiß finden, wo die Säulen aus Kalkstein das Dach des Allerheiligsten tragen, in dem Cyrgon für alle Ewigkeit den heiligen Altar beleuchtet.

Werfet Euch sodann vor dem Antlitz des Herrschers jener Welt auf den Boden und ruft: *›Vanet, tyek Alcor! Yala Cyrgon!‹* Und sollte es ihm gefallen, wird er Euch erhören. Gefällt es ihm jedoch nicht, wird er Euch in Staub verwandeln.

Das, Reisender, ist der Weg zur Verborgenen Stadt, die am Herzen des Mächtigen Cyrgon liegt, des Königs und Gottes von allem, was je war und je sein wird.«

Dann verzog sich das Gesicht des wahnsinnigen Styrikers zu einer Maske grotesker Heiterkeit, und er begann schrill und durchdringend zu kichern.

14

»Du darfst dich jetzt umdrehen, Sperber.«

»Hast du etwas an?«

Sie seufzte. »Einen Moment noch.« Ein seidiges Rauschen war zu hören. »Genügt dir das?« fragte sie spöttisch.

Er drehte sich um. Die Göttin hatte sich in eine schimmernde weiße Robe gehüllt. »So ist es ein bißchen besser«, brummte er.

»So was von prüde! Gib mir die Hand.«

Er ergriff ihre schmale Hand. Dann schwebten sie himmelwärts, aus den bewaldeten Hügeln östlich von Dirgis hinaus. »Sarna liegt südsüdwestlich von hier«, erklärte er ihr.

»Ich weiß, wo es liegt!« entgegnete sie scharf.

»Ich wollte doch nur helfen!«

Während sie durch die Lüfte eilten, floß unter ihnen der Boden rasch rückwärts dahin.

»Kann man uns vom Erdboden aus sehen?« fragte Sperber neugierig.

»Natürlich nicht. Warum?«

»Na ja, es könnte so manche verrückte Geschichte in den Volkssagen erklären.«

»Ihr Menschen habt eine bemerkenswerte Phantasie. Ihr könnt auch ohne unser Zutun verrückte Geschichten erfinden.«

»Du bist heute nicht gerade bester Laune. Wie lange werden wir bis Sarna brauchen?«

»Nur ein paar Minuten.«

»Fliegen ist eine interessante Art zu reisen.«

»Es wird überbewertet.«

Sie glitten eine Zeitlang schweigend dahin, bis Aphrael rief: »Das dort ist Sarna!«

»Glaubst du, daß Vanion bereits eingetroffen ist?«

»Das bezweifle ich. Aber ich nehme an, irgendwann am heutigen Tag wird er schon noch kommen. So, wir landen jetzt.« Aphrael ging auf einer Lichtung nieder, etwa eine Meile vom Nordrand der Stadt, und nahm wieder die vertrautere Gestalt Flötes an. »Trag mich«, forderte sie Sperber auf und streckte die Ärmchen zu ihm empor.

»Du könntest ruhig mal zu Fuß gehen!«

»Ich habe dich den weiten Weg von Dirgis bis hierher getragen. Also, komm schon, Sperber!«

Er lächelte. »Ich wollte dich nur ärgern, Aphrael.« Er hob sie auf die Arme und schritt durch den Wald in Richtung Stadt. »Wohin?« erkundigte er sich.

»Zur atanischen Kaserne. Vanion sagte, daß Itagne dort ist.« Sie runzelte die Stirn. »Also, das ist *wirklich* unglaublich!« rief sie verärgert.

»Was ist los?«

»Ritter Anosian ist ein hoffnungsloser Stümper! Ich komme mit seiner Botschaft beim besten Willen nicht klar!«

»Wo ist er denn?«

»In Samar. Er versucht, mir etwas mitzuteilen, was Kring und Tikume eben herausgefunden haben. Doch es kommt nur etwa jedes dritte Wort durch. Dieser Mann hat seine Hausaufgaben nicht gemacht! Er kann sich einfach nicht konzentrieren.«

»Na ja, Anosian ist ein bißchen ... wie soll ich sagen ...«

»*Faul* ist das Wort, nach dem du suchst, Sperber.«

»Er setzt seine Energie sehr sparsam ein«, verteidigte Sperber seinen Mitpandioner.

»Natürlich ...« Sie zog die Stirn kraus. »Einen Moment mal ...«

»Was ist los?«

»Ich dachte gerade, daß Tynian vermutlich nicht sehr wählerisch war, als er in Chyrellos die Ritter um sich scharte.«

»Er brachte die besten Männer mit, die er bekommen konnte.«

»Ich glaube, gerade da liegt das Problem! Ich hab' mich schon die ganze Zeit gefragt, weshalb keine Meldungen von Komier kommen. Ich fürchte, Tynian ließ ihm nicht einen Pandioner, der weniger unbegabt ist als Anosian. Ihr seid nicht gar so viele, die sich gedanklich weiter als ein paar Meilen verständlich machen können, und offenbar hat Tynian sie alle um sich geschart.«

»Konntest du dir denn gar keine Vorstellung machen, was Anosian mitteilen wollte?«

»Es hatte irgendwas mit dem Atmen zu tun. Jemand hat Schwierigkeiten damit. Ich werde selbst mal nach ihm sehen, sobald wir mit Itagne gesprochen haben. Vielleicht kann Anosian sich verständlicher ausdrücken, wenn ich im gleichen Zimmer bin wie er.«

»Sei nett.«

Sie schritten durch das Stadttor, und Sperber trug die Kindgöttin durch die schmalen Straßen zur düsteren steinernen Festung, in der die hiesige atanische Kaserne untergebracht war.

Sie fanden den rot berobten Itagne in einem Konferenzsaal, wo er eine wandgroße Karte studierte.

»Ah, Itagne«, sagte Sperber, »da seid Ihr ja!«

Er setzte Flöte ab.

»Ich fürchte, ich hatte noch nicht das Vergnügen ...«

»Ich bin es, Itagne – Sperber.«

»Daran werde ich mich *nie* gewöhnen! Ich dachte, Ihr seid in Beresa.«

»War ich auch – bis gestern.«

»Wie seid Ihr so schnell hierher gekommen?«

Sperber legte eine Hand auf Flötes Kinderschulter. »Bedarf es einer Erklärung?«

»Oh! Und was führt Euch nach Sarna?«

»Vanion stand in der Wüste einem gefährlichen Feind gegenüber und mußte den Rückzug befehlen. Er kommt hierher. Betuana und er bringen Engessa auf einer Bahre mit.«

»Wollt Ihr damit sagen, jemand auf dieser Welt ist stark genug, Engessa zu verwunden?«

»Vielleicht niemand von *dieser* Welt, Itagne«, antwortete Aphrael. »Offenbar hat Klæl eine Armee aus einer anderen Welt mitgebracht. Es sind sehr seltsame Gestalten. Vanion und Betuana dürften am Nachmittag hier sein. Dann muß Betuana sofort auf atanischen Boden. Wie weit ist das von hier?«

Itagne blickte auf die Karte. »Fünfundvierzig Meilen.«

»Gut. Dann wird sie nicht sehr lange brauchen. Ehe ich Engessa auf meine Insel schaffen kann, braucht sie die Einwilligung ihres Gottes. Eine Seite seines Schädels wurde eingeschlagen. Das kann ich hier nicht heilen.«

»Großer Gott!« entfuhr es Itagne. »Was tut sich sonst?«

»Bedauerlicherweise eine Menge«, erwiderte Sperber. »Zalasta hat versucht, Sephrenia zu ermorden.«

»Das kann nicht Euer Ernst sein!«

»Ist es aber leider. Wir mußten Bhelliom einsetzen, um ihr Leben zu retten.«

»Sperber!« Itagnes Augen weiteten sich vor Bestürzung.

»Ist schon gut, Itagne«, beruhigte Aphrael ihn. Sie ging auf ihn zu und streckte ihm die Hände entgegen.

»Gefährdet das nicht Königin Ehlana?« Itagne hob die Kindgöttin auf die Arme.

Sperber schüttelte den Kopf. »Xanetia kann diese verräterischen Geräusche unhörbar machen. Ehlana ist dadurch in keine zusätzliche Gefahr geraten – zumindest hat Bhelliom mir dies versichert.«

»Dem Himmel sei Dank!«

»Na ja, eigentlich war es Bhellioms Idee«, warf Aphrael ein. »Aber wir haben immer noch einige Probleme. Vanions Zusammenstoß mit Klæls Armee hat ihn etwa die Hälfte seiner Ritter gekostet.«

»Das ist ja furchtbar! Ohne diese Männer werden wir Samar nicht halten können!«

»Das ist gar nicht so sicher, Itagne«, beruhigte Aphrael ihn. »Ich habe aus Samar eine Nachricht von einem Pandioner namens Anosian erhalten. Sie ist zwar in einem argen Kauderwelsch, aber ich konnte ihr zumindest soviel entnehmen, daß Kring und Tikume irgend etwas Wichtiges über Klæls Soldaten herausgefunden haben. Ich werde mich umgehend nach Samar begeben und feststellen, was da vor sich geht.«

»Klæl läßt Berit und Khalad nicht aus den Augen«, fuhr Sperber fort. »Sie haben ihn gesehen, als sie das Binnenmeer von Arjun überquerten.« Er fuhr sich übers Gesicht. »Fällt dir noch etwas ein, Aphrael?«

»Eine Menge. Aber es hat nicht so viel mit dem Grund unseres Hierseins zu tun.« Sie küßte Itagne und rutschte von ihm hinunter, bis sie zwischen den beiden Männern stand. »Ich werde nicht sehr lange brauchen«, versprach sie. »Falls Vanion eintrifft, ehe ich zurück bin, dann bringt ihm die Neuigkeit über Sephrenia schonend bei und versichert ihm, daß sie bald wieder ganz gesund ist. Paßt gut auf ihn auf, meine Herren. Wir haben Winter, und das Dach dieses Gebäudes wird noch gebraucht.« Sie ging zur Tür, öffnete sie und verschwand, während sie über die Schwelle stieg.

Tiana lag am Nordufer des großen Sees, den man das Binnenmeer von Arjun nannte. Es war eine betriebsame tamulische Stadt mit einem sehr großen Hafen. Sobald der heruntergekommene Frachter anlegte, führten Berit und Khalad ihre Pferde von Bord und saßen auf. »Wie heißt doch dieser Gasthof gleich?« fragte Khalad.

»›Zur weißen Möwe‹«, antwortete Berit.

»Wie poetisch!«

»Andere Wirte hatten die üblichen Namen vermutlich bereits für ihre Schenken benutzt. Es wäre zu verwirrend, in einer Stadt mehr als einen Löwen, Drachen, Eber oder dergleichen zu haben.«

»Nach und nach gibt Krager uns genauere Hinweise«, stellte Khalad fest. »Als er uns nach Sopal schickte, nannte er nur den Namen der Stadt. Jetzt sucht er schon die Herberge für uns aus. Das *könnte* bedeuten, daß wir uns allmählich dem Ende unseres kleinen Ausflugs nähern.«

»Ritter Ulath sagte, daß sie uns von hier aus nach Arjuna schicken werden.«

»Wenn ich gewußt hätte, daß wir soviel Zeit rund um diesen See verbringen würden, hätte ich eine Angel mitgenommen.«

»So scharf auf Fisch bin ich persönlich nicht.«

»Wer ist das schon? Aber es ist eine gute Ausrede, ins Freie zu kommen. Meine Brüder und ich haben festgestellt, daß unsere Mütter immer irgendwas für uns zu tun finden, wenn wir uns zu lange ums Haus herum aufhalten.«

»Ihr habt eine merkwürdige Familie, Khalad. Fast alle anderen Menschen haben nur eine Mutter.«

»Es war Vaters Idee. – Dort ist die ›Weiße Möwe‹.« Khalad deutete die Straße hinauf.

Der Gasthof war erstaunlich sauber und gediegen, mit gepflegten Stallungen und überaus reinlichen Zimmern. Die beiden jungen Männer kümmerten sich um ihre Pferde, verstauten ihre Sattelbeutel in ihrem Zimmer und begaben sich sogleich in das Badehaus an der Hinterseite des Gasthofes.

Nach dem Bad fühlten sie sich sogleich viel besser und setzten sich in die Schankstube, um bei einem Krug Bier die Zeit bis zum Abendessen angenehm zu vertreiben. Khalad erhob sich vom Tisch und betrachtete eingehend den Porzellanofen. »Das ist eine interessante Idee«, wandte er sich an Berit. »Ich frage mich, ob sie in Eosien Freunde finden würde.«

»Ich persönlich blicke gern in die Flammen«, erklärte Berit.

»Wenn das alles ist, kannst du ja Kerzen anstarren, so lange du willst. Ein offenes Feuer gibt nicht halb soviel Wärme, aber doppelt soviel Schmutz wie ein Ofen, auf dem man außerdem noch kochen kann. Wenn wir erst wieder zu Hause sind, werde ich einen für meine Mütter bauen.«

Berit lachte. »Wenn du ihre Küche auseinandernimmst, wirst du ihre Besen zu spüren bekommen!«

»Das glaube ich nicht. Ein Eintopf ohne Asche und Ruß könnte ihnen gefallen.«

Der Mann, der auf ihren Tisch zukam, trug einen Kittel mit tief ins Gesicht gezogener Kapuze. »Es stört euch doch nicht, wenn ich euch Gesellschaft leiste?« fragte er und schob die Kapuze ein wenig zurück.

Es war derselbe Styriker, den sie zuletzt an der Bucht von Micae gesehen hatten.

»Ihr kommt rasch herum, Nachbar«, sagte Berit. »Aber im Gegensatz zu uns habt Ihr Euer Ziel immer gekannt.«

»Wie lange hat es gedauert, bis Ihr wieder trocken wart?« fragte Khalad.

»Lassen wir dieses Gerede«, sagte der Styriker kalt. »Ich habe neue Anweisungen für Euch.«

»Oh! Ihr seid nicht hergekommen, um unsere Bekanntschaft zu vertiefen?« fragte Khalad. »Da bin ich bitter enttäuscht.«

»Sehr komisch. Ich werde jetzt in meine Tasche greifen, um den Brief herauszuholen. Also zieht nicht gleich Eure Messer.«

»Ich käme gar nicht auf diese Idee, alter Junge«, versicherte Khalad ihm feixend.

»Das ist für Euch, Sperber.« Der Styriker händigte Berit das versiegelte Pergament aus.

Berit öffnete es. Behutsam nahm er das kleine Büschel Haar von Königin Ehlana heraus; dann las er laut: ›Sperber, begebt Euch auf dem Landweg nach Arjun. Dort erhaltet Ihr weitere Anweisungen. Krager.‹

»Er muß betrunkener gewesen sein als üblich«, bemerkte Khalad. »Diesmal hat er sich gar keine Mühe mit höhnischen Bemerkungen gemacht. Reine Neugier, Freund – warum hat er uns von Sopal aus nicht geradenwegs nach Arjun geschickt? Er hätte allen eine Menge Zeit sparen können.«

»Das geht Euch wirklich nichts an, Elenier. Ihr habt lediglich die Anweisungen zu befolgen.«

»Ich bin ein Bauer, Styriker, und gewöhnt, zu gehorchen. Prinz Sperber jedoch könnte ein wenig ungeduldig werden, und Ungeduld macht ihn sehr übellaunig.« Khalad blinzelte ins fleischige Gesicht des Boten. »Da wir gerade bei diesem Thema sind, möchte ich Euch einen freundlichen Rat geben, alter Junge. Von hier nach Arjun sind es etwa zwanzig Tagesritte. Bis wir dort ankommen, wird Sperber noch übellauniger sein als sonst. Solltet Ihr ihm auch die nächste Botschaft überbringen müssen, würde ich ihm an Eurer Stelle nicht zu nahe kommen.«

»Ich glaube, wir finden schon eine Möglichkeit für ihn, seine schlechte Laune abzureagieren«, entgegnete der Styriker hämisch. »Ihr *habt* keine zwanzig Tage, Arjun zu erreichen. Ihr müßt in vierzehn Tagen dort sein!« Er erhob sich. »Kommt nicht zu spät!« Er drehte sich um und schritt zur Tür.

»Gehen wir!« sagte Khalad.

»Wohin?«

»Ihm nach.«

»Wozu?«

Khalad seufzte. »Um ihn uns gründlich vorzuknöpfen«, erklärte er betont geduldig. »Ich möchte ihn durchsuchen – vielleicht hat er ja die nächste Botschaft schon bei sich.«

»Bist du verrückt? Wenn wir das tun, töten sie die Königin!«

»Nur, weil wir ihren unwichtigen kleinen Boten in die Mangel nehmen? Lächerlich! Sie wollen den Bhelliom, und die Königin ist das einzige, wofür sie ihn bekommen können. Wenn wir wollten, könnten wir jeden ihrer Kuriere umbringen, ohne daß sie ihr etwas antun würden. Komm schon, machen wir diesem Styriker ein wenig angst und wühlen in seinen Taschen herum. Wenn wir die nächste Botschaft in die Hände kriegen, könnten wir ihnen zuvorkommen.«

»Weißt du was? Ich glaube, du hast recht. Sie werden der Königin doch *wirklich* nichts tun?«

»Ganz sicher nicht. Bringen wir diesem Styriker ein bißchen Manieren bei. Genau das würde Sperber nämlich tun.«

»Ja, wahrscheinlich.« Berit blickte seinen Freund eingehend an. »Du ärgerst dich über diesen Kerl, nicht wahr?«

»Allerdings. Mir gefällt sein Verhalten nicht.«

»Na gut, dann wollen wir es ändern.«

»Ich werde nichts Unüberlegtes tun«, versicherte ihnen Kalten. »Ich will mich nur umsehen.« Die drei saßen in dem heillosen Durcheinander von Narstils Dschungellager unter ihrem Baum. Sie hatten ein Feuer entfacht und grillten darüber drei gestohlene Hühnchen am Spieß, deren Fett in die Flammen tropfte.

»Es kann nicht schaden«, meinte Caalador zu Bevier. »Falls es je dazu kommen sollte, daß wir hinein müssen, wäre es ganz gut, wenn wir uns darin auskennen.«

»Bist du sicher, daß dein Temperament nicht mit dir durchgehen wird?« fragte Bevier und blickte Kalten dabei prüfend an. »Du bist dort ganz auf dich allein gestellt, weißt du?«

»Ich bin erwachsen, Bevier«, erwiderte Kalten. »Ich werde nichts Auffälliges tun, bis alles wieder seinen normalen Gang geht. Vielleicht bekommen wir keine solche Chance mehr. Senga hat mich aufgefordert, mitzukommen und ihm beim Bierverkauf zu helfen. Das ist das Normalste auf der Welt, und niemand wird mich erkennen. Mag sein, daß ich in Natayos wertvolle Informationen aufschnappe – und falls ich zufällig jemanden, den ich kenne, an einem Fenster stehen sehen sollte, wüßten wir genau, wo die beiden Damen sich befinden. Dann kann unser Freund mit der gebrochenen Nase sich mit seinem blauen Begleiter unterhalten und die Damen herausholen, noch ehe jemand auch nur zum Blinzeln kommt. Anschließend begeben wir uns alle dorthin, um gewissen Leuten nachdrücklich zu erklären, was wir empfinden.«

»Ich bin dafür«, wandte Caalador sich an Bevier.

»Der Plan ist gewiß nicht schlecht«, gab Bevier zu, »aber – äh – Col hat keine Möglichkeit, um Hilfe zu rufen, falls er in Schwierigkeiten gerät.«

»Ich werde keine Hilfe brauchen, weil ich nichts Auffälliges tun werde. Versuch nicht weiter, es mir auszureden, Shallag, denn es wird dir nicht gelingen.«

Senga kam quer durch das Lager auf sie zu. »Der Karren ist beladen, Col!« rief er. »Bist du fertig?«

Kalten stand auf. »Jederzeit, Senga«, rief er zurück. Er zog sein halbgares Hühnchen vom Spieß und ging zu seinem neuen Freund. »Ich bin's leid, hier nur herumzusitzen und Bäume zu zählen.«

Die beiden brauchten etwa drei Stunden bis Natayos, denn ein Ochse läßt sich nur ungern zur Eile antreiben. Der offenbar viel benutzte Pfad schlängelte sich durch den Dschungel und nahm offenbar den Weg des geringsten Widerstandes.

»Dort ist es«, sagte Senga, als der Karren durch die Furt eines schmalen Flusses holperte. Er deutete über eine Lichtung mit zahlreichen Baumstümpfen auf eine antike Stadt, eine so alte Ruine, daß die Jahrhunderte die Steine glatt und rund geschliffen hatten. »Halte dich dicht an mich, solange wir dort sind, Col. Es gibt ein paar Plätze, denen wir uns nicht nähern dürfen. Dazu gehört ein Haus gleich beim Tor – da sind sie ganz besonders streng.«

»Ach?« murmelte Kalten und spähte blinzelnd zu den moosüberwucherten Ruinen vor ihnen. »Was ist denn in diesem Haus, daß sie da so eigen sind?«

»Keine Ahnung. Und so groß ist meine Neugier nicht, daß ich durch Fragen meinen Hals riskieren möchte.«

»Vielleicht ist es ihre Schatzkammer«, mutmaßte Kalten. »Wenn diese Armee wirklich so groß ist, wie du sagst, haben sie bestimmt eine Menge Plündergut zusammengetragen.«

Senga zuckte die Schultern. »Möglich. Aber ich hab' nicht die Absicht, mich mit den vielen Wachen anzulegen, nur um es herauszufinden. Wir sind hier, um Bier zu verkaufen, Col. Auf diese Weise bekommen wir einen ganz schönen Anteil an ihren Schätzen, und noch dazu ohne jedes Risiko.«

»Aber das ist so *ehrlich*!« wandte Kalten grinsend ein. »Ist ehrliche Arbeit nicht schändlich für jemand wie uns?«

Senga lachte und berührte den Ochsen nur leicht mit einem langen, dünnen Stock. Der knarrende Karren rumpelte über den holprigen Boden und hielt vor der zerbröckelnden Stadtmauer an.

»He, Senga!« begrüßte einer der schlampigen Wachen am Tor Kaltens Freund. »Wo warst du so lange? Wir sind schon fast ausgedörrt, seit du das letzte Mal da warst.«

»Ihr Burschen seid schuld, wenn mein Brauer sich überarbeitet!« rügte Senga. »Er kann mit eurem Durst nicht Schritt halten. Das Bier muß schließlich erst ein *bißchen* reifen, ehe ihr es trinken könnt. Ungegorenes Bier ist gar nicht bekömmlich!«

»Du hast den Preis doch nicht etwa schon wieder erhöht?«

»Nein, der Preis ist wie zuvor.«

»Ich wette, er ist zehnmal so hoch wie der, den du fürs Bier bezahlt hast.«

»*Ganz* so groß ist mein Gewinn nun auch wieder nicht. Wo sollen wir das Bier ausschenken?«

»Am gleichen Fleck wie letztes Mal. Ich werde den Jungs Bescheid sagen. Dann können sie sich schon mal anstellen.«

»Diesmal hätt' ich aber gern ein paar Wachen, Mondra«, erklärte Senga. »Ich will nicht, daß es wieder zu einem solchen Aufruhr kommt wie vergangene Woche, als das letzte Faß leer wurde.«

»Ich werd' mich darum kümmern. Aber heb mir ja genügend auf!«

Der Ochsenkarren rumpelte durch das Tor auf eine breite Straße, wo die Kopfsteine fast schon wieder moosfrei waren. Offensichtlich war hier in Natayos in den letzten Jahren viel ausgebessert worden. Die behauenen Steine der eingefallenen Mauern hatte man neu, aber ziemlich sorglos aufgestapelt und mit entrindeten Baumstämmen abgestützt. Zerfallene Dächer, in denen sich kreischende, tropische Vögel eingenistet hatten, waren durch Matten aus grob geflochtenen biegsamen Zweigen ersetzt worden. Da und dort zeigten halbverbrannte Haufen aus Baumholz und Gesträuch, wo unerfahrene Arbeiter versucht hatten, sich der Unmengen von Gestrüpp zu entledigen, das sie aus Häusern und von den Straßen entfernt hatten. Die Männer, die hier einquartiert waren, lungerten auf den Straßen herum. Es handelte sich um Elenier aus Astel, Edomer und Daziter, Arjuner und Cynesganer. Es war eine schlecht gekleidete, heruntergekommene Meute, die nicht den Eindruck vermittelte, als *wüßte* sie auch nur, was das Wort Disziplin bedeutete.

»Was verlangst du dafür?« Kalten klopfte auf eines der Fässer.

»Einen Penny pro Halbeschoppenbecher«, antwortete Senga.

»Das ist Wucher!«

»Die Kerle *müssen* es ja nicht kaufen.« Senga zuckte die Schultern. »Kassier das Geld, bevor du einschenkst. Laß dich bloß nicht mit Versprechen abspeisen.«

Kalten lachte. »Du hast meine Gewissensbisse beseitigt, Senga. Bei *diesem* Preis ist das wirklich nicht ehrlich.«

»Da drüben ist das Haus, das ich erwähnt habe.«

Kalten bemühte sich, gleichmütig dreinzublicken, als er sich zu der ziemlich stabil zusammengeflickten Ruine umdrehte. »Sie wollen *wirklich* nicht, daß da jemand hineinschaut. Bei diesen Gittern am Fenster könnte man meinen, daß es sich um Kerker handelt, stimmt's?«

»Nicht ganz, Col. Die Gitter sollen niemand drinnen halten, sondern die Leute von dem Bau *fernhalten*!«

Kalten brummelte etwas und starrte weiterhin angestrengt auf das Haus. Die vergitterten Fenster hatten Glasscheiben – billiges, trübes Glas, das unfachmännisch eingesetzt war. Vorhänge im Innern verhinderten, daß man sehen konnte, was oder wer sich dahinter aufhielt. An der Haustür und an jeder Ecke waren Wachen postiert. Vor hilflosem Zorn hätte Kalten am liebsten laut aufgeheult. Das sanfte

Mädchen, das zum Mittelpunkt seines Lebens geworden war, befand sich wahrscheinlich keine zwanzig Meter von ihm entfernt, hätte sich aber ebensogut auf der erdabgewandten Seite des Mondes aufhalten können. Und selbst, wenn sie ihn durch das trübe Glas zu sehen vermocht hätte, würde sie ihn seiner veränderten Züge wegen nicht erkennen.

Senga bezahlte die Wachen auf dem Platz mit Bier; dann machten er und sein Freund sich an die Arbeit. Scarpas Rebellen grölten und lachten und waren offenbar im ganzen guter Laune. Sie stellten sich in einer Reihe auf und traten jeweils paarweise an den Karren heran, wo Senga und Kalten ihre Trinkbehälter mit bernsteinfarbenem Bier füllten. Es gab ein paar Auseinandersetzungen darüber, wieviel Flüssigkeit in die verschiedenen Becher, Krüge und Kannen ging, doch Sengas Entscheidung war unumstößlich, und jeder, der zu laut aufbegehrte, wurde ans Ende der Schlange zurückgeschickt, wo ihm eine gute Stunde Zeit blieb, über seinen Protest nachzudenken, bis er sich wieder nach vorn gearbeitet hatte.

Nachdem die beiden Bierlieferanten das letzte Faß geleert und die enttäuschten Kunden davon geschickt hatten, die zu spät gekommen waren, sah Kalten eine bekannte Gestalt über den Platz zum Ochsenkarren wanken. Krager sah gar nicht gut aus. Sein Schädel war kahl geschoren und bleich wie ein Fischbauch, und sein hageres Gesicht von Jahrzehnten zügellosen Saufens gezeichnet. Seine ehemals so prächtige Kleidung hing ihm ausgebeult, zerknittert und schmutzig vom Körper, den in fast regelmäßigen Abständen ein heftiges Zittern durchlief.

»Ihr habt wohl keinen Wein mitgebracht?« fragte er Senga.

»Er wird kaum verlangt«, erklärte Senga ihm und klappte die hintere Ladeplanke wieder hoch. »So gut wie alle hier wollen Bier.«

»Wißt Ihr, wo man Wein bekommen *kann*?«

»Ich werde mich umhören. Was hättet Ihr gern für welchen?«

»Arzischen Roten, wenn Ihr ihn auftreiben könnt.«

Senga pfiff durch die Zähne. »Dafür müßtet Ihr aber tief in die Tasche greifen, mein Freund. Hiesigen Roten würde ich zwar irgendwo für Euch finden, aber importierten ... Das wird ein großes Loch in Euren Geldbeutel fressen.«

Krager blickte ihn feixend an. »Kein Problem«, versicherte er mit schwerer Zunge. »An Geld mangelt es mir im Moment nicht. Die

Rotweine von hier schmecken wie Schweinepisse. Ich will *richtigen* Wein!«

»Das könnte eine Zeitlang dauern«, meinte Senga unschlüssig. »Ich kenne jemand in Delo, der Euch vielleicht arzischen Roten besorgen könnte, aber nach Delo ist es ziemlich weit.«

»Wann kommt Ihr wieder hierher?«

»In zwei, drei Tagen. Die Brauerei, von der ich dieses Gesöff beziehe, arbeitet Tag und Nacht – trotzdem könnte ich die doppelte und dreifache Menge verkaufen.«

»Dann bringt mir beim nächsten Mal zwei Fässer vom hiesigen Roten mit, auch wenn er nach Schweinepisse schmeckt. Aber seht zu, daß Ihr mir so rasch wie möglich echten arzischen Wein besorgt.«

»Ihr könnt Euch auf mich verlassen«, versicherte Senga ihm. Er blickte Krager eindringlich an. »Ich brauch' aber einen Vorschuß. Ich muß den Arzier *kaufen*, bevor ich ihn Euch verkaufen kann. Ich verdiene zwar nicht schlecht, aber *so* reich bin ich noch lange nicht.«

Krager kramte in seinem Beutel.

Plötzlich wurde Kalten von einer beinahe unerträglichen Ungeduld gepackt. Er war jetzt sicher, daß Alean sich hier befand. Kragers Anwesenheit bestätigte es geradezu. Ohne Zweifel wurden die beiden Damen in dem Haus mit den vergitterten Fenstern festgehalten. Er mußte unbedingt zu Narstils Lager zurück, damit Bevier Aphrael Bescheid geben konnte. Wenn Xanetia Natayos unbemerkt zu betreten vermochte, konnte sie entweder die Hausmauern durchdringen oder Kragers vom Suff zerstörte Gedanken erforschen, um zu bestätigen, was nun so gut wie sicher war.

Wenn alles nach Plan verlief, würden er und Sperber in wenigen Tagen wieder mit den geliebten Frauen vereint sein. *Dann* konnten sie alle hierher kommen und mit den Verantwortlichen so allerlei Unangenehmes anstellen.

Vanion und Betuana erreichten Sarna erst am Spätnachmittag, doch die atanische Königin gönnte sich kaum eine Pause, ehe sie zur Grenze aufbrach.

»Es war grauenvoll, Sperber.« Vanion lehnte sich müde im Sessel zurück und legte seinen Helm auf den Tisch. »Solche Krieger habe ich noch nie gesehen. Sie sind riesig, sie sind schnell, und ihre Haut ist so zäh, daß meine Klinge meist davon abprallte. Ich weiß nicht, wo Klæl diese Krieger gefunden hat, aber sie haben gelbes Blut, und sie haben meine Männer mühelos zerfleischt.«

»Kring und Tikume sind ihnen ebenfalls begegnet, soviel ich weiß«, berichtete Sperber. »Anosian hat versucht, Aphrael Bescheid zu geben, kam aber mit dem Zauberspruch nicht zurecht, so daß sie kaum etwas davon verstehen konnte. Sie ist ziemlich unzufrieden mit Tynian. Als er die Ritter versammelte, die er nach Matherion mitbrachte, hat er versehentlich genau *die* Pandonier ausgewählt, die so gut wie keine Begabung für die styrische Magie besitzen. Deshalb kann sie keinerlei Berichte von Komier erhalten.«

»Wir sollten jemand zu ihm schicken, der die Berichte übermittelt – nur würde er Wochen brauchen, bis er dort ankommt!«

»Nicht, wenn Aphrael ihn dorthin bringt«, widersprach Sperber. »Sie hat mich von Beresa nach Sopal getragen – das sind fast tausend Meilen! – in nur einer halben Stunde.«

»Das meint Ihr doch nicht ernst!«

»Das Fliegen wird Euch gefallen, Vanion.«

»Du redest zuviel, Sperber.«

Beide Männer drehten sich rasch um. Die Kindgöttin saß in einem Sessel an der rückwärtigen Wand des Gemachs und hatte die grasfleckigen Füßchen auf den Tisch gelegt.

»Ich *wünschte*, du würdest das nicht tun!« klagte Sperber.

»Hättest du gern eine Art Ankündigung, Sperber? Unmengen von Geistern, die Lobeshymnen singen, um mein Kommen kundzutun? Das wäre zwar etwas sehr dick aufgetragen, ließe sich aber machen, wenn du darauf bestehst.«

»Vergiß einfach, was ich gesagt habe.«

»Gut, wie du meinst. – Ich habe mich mit Anosian unterhalten, und er übt jetzt – sehr fleißig! Kring und Tikume sind draußen in der Wüste auf Klæl und seine Soldaten gestoßen und haben etwas entdeckt, das Ihr, meine Herren, wissen solltet. Ich hatte recht, Vanion. Klæls Soldaten haben statt Blut flüssige Galle in den Adern, und sie atmen mit der Leber. Das bedeutet, daß die Luft ihrer Heimatwelt ganz anders ist als die hiesige – wahrscheinlich ähnelt sie Sumpfgas. Sie enthält eine Substanz, die sie brauchen, aus unserer Luft aber nicht bekommen können. Die Peloi haben sich ihrer üblichen Angriffs- und Ausweichtaktik bedient, und nach einer Weile begannen diese Monstren zusammenzubrechen. Wenn ihr ihnen das nächste

Mal begegnet, dann macht einfach kehrt und rennt davon. Falls sie versuchen, euch zu verfolgen, ersticken sie. – Ist Betuana schon zur Grenze unterwegs?«

»Ja, Göttin«, antwortete Itagne.

»Gut. Je schneller Engessa auf meine Insel kommt, desto schneller habe ich ihn kuriert.«

»Ich wollte dich deshalb schon fragen«, warf Sperber ein. »Du hast gesagt, daß sein Hirn Schaden erlitten hat.«

»Ja.«

»Das Hirn ist etwas sehr Kompliziertes, nicht wahr?«

»Na ja, eure Gehirne sind nicht so komplex wie unsere, aber keinesfalls simpel.«

»Und du kannst Engessas Hirn auf deiner Insel heilen?«

»Natürlich.«

»Wenn du ein Hirn in Ordnung bringen kannst, müßtest du doch eigentlich auch jemandes Herz heilen können. Warum hast du Sephrenia dann nicht einfach auf deine Insel geholt und sie dort geheilt? Warum bist du statt dessen nach Beresa gekommen und hast versucht, Bhelliom zu stehlen?«

Vanion sprang auf. »*Wa-as*?«

»Großartig, Sperber!« sagte Aphrael trocken. »Dein Feingefühl ist umwerfend! – Sephrenia geht es gut, Vanion. Bhelliom hat sie ins Leben zurückgebracht.«

Vanion schmetterte die Faust auf den Tisch. Er vermochte sich nur mit größter Willenskraft zu beherrschen. »Würde jemand die Güte haben, mich wissen zu lassen, was geschehen ist?« fragte er mit eisiger Stimme.

»Wir waren in Dirgis.« Aphrael zuckte die Schultern. »Sephrenia hielt sich allein in unserem Zimmer auf, als Zalasta hereinkam und ihr einen Dolch ins Herz stieß.«

»Großer Gott!«

»Es geht ihr gut, Vanion. Bhelliom hat dafür gesorgt. Ihre Genesung schreitet schnell voran. Xanetia ist bei ihr.«

Vanion ging zur Tür.

»Oh, komm zurück!« wies die Kindgöttin ihn an. »Sobald ich Engessa auf die Insel gebracht und mich seiner Verletzungen angenommen habe, bringe ich dich nach Dirgis. Sephrenia schläft jetzt sowieso, und du hast sie ja oft genug schlafen sehen!«

Vanion errötete leicht und blickte ein wenig einfältig drein.

»Du hast meine Frage immer noch nicht beantwortet!« erinnerte Sperber die Kindgöttin. »Wenn du ein Hirn heilen kannst, warum dann nicht ein Herz?«

»Weil ich ein Gehirn ruhigstellen kann, um daran zu arbeiten, Sperber«, sagte sie geduldig und mit übertriebener Leidensmiene. »Das Herz aber darf nicht zu schlagen aufhören. Doch ich kann nicht daran arbeiten, wenn es so herumhüpft.«

»Oh! Das verstehe ich.«

»Weißt du zufällig, wo ich Zalasta finden kann?« fragte Vanion mit furchterregender Stimme.

»Wahrscheinlich ist er nach Natayos zurückgekehrt«, antwortete Aphrael.

»Könntest du mich dorthin bringen, nachdem ich Sephrenia besucht habe? Ich würde ihn mir *wirklich* gern vornehmen!«

»Ich bekomme sein Herz!« sagte die Kindgöttin.

Vanion bedachte sie mit einem eigenartigen Blick.

»Es ist nur eine Witzelei zwischen uns beiden«, erklärte Sperber ihm.

»Ich mache keinen Witz, Sperber«, sagte Aphrael düster.

»Wir dürfen auf keinen Fall nach Natayos!« warnte Sperber. »Falls man Ehlana dort festhält, wird Scarpa sie töten, sobald wir an das Tor pochen. Außerdem werdet Ihr wohl erst mit Khwaj verhandeln müssen, bevor Ihr versucht, Zalasta etwas anzutun!«

»Khwaj?« fragte Vanion verwundert.

»Tynian erzählte Aphrael, daß Khwaj seine eigenen Pläne mit unserem styrischen Freund hat. Er will ihn in einem Feuer schmoren lassen!«

»Ich habe da einige interessantere Ideen«, knirschte Vanion.

»Darauf würde ich nicht wetten. Khwaj möchte Zalasta in Flammen setzen, ohne sein Leben zu beenden – für immer und alle Zeit.«

Vanion dachte darüber nach. »Welch vergnügliche Vorstellung«, sagte er schließlich.

»Majestät!« flüsterte Alean eindringlich. »Kommt schnell! Zalasta ist zurückgekehrt.«

Ehlana zog die von Alean hergestellte Kopfbedeckung aus Leinen tief in die Stirn und trat zu ihrer Kammerzofe an das zerbrochene

Fenster. Die einem Nonnenschleier nachempfundene Kopfbedeckung war Aleans Idee gewesen. Sie lag dicht an und bedeckte auch den Hals und die Unterseite des Kinns. Auch wenn sie nicht gerade bequem war, verbarg sie doch die Verwüstung, die Kragers Messer mit Ehlanas Haar angerichtet hatte. Die Königin bückte sich, um durch die dreieckige Öffnung schauen zu können, die aus der Scheibe gebrochen war.

Zalastas Gesicht war schmerzverzerrt, und seine Augen wirkten wie tot. Scarpa kam mit diensteifriger Miene herbeigeeilt.

»Und?« fragte er.

»Geh weg, Scarpa!«

»Ich wollte doch nur sehen, ob es dir gut geht, Vater«, erwiderte Scarpa verschlagen. Er hatte sich stümperhaft eine Krone aus einer Eßschüssel gefertigt, die aus gehämmertem Gold bestand. Zweifellos ahnte er nicht, wie lächerlich er mit diesem Putz auf seinem kahlgeschorenen Schädel aussah.

»Laß mich in Ruhe! Geh mir aus den Augen!«

»Ist sie tot?« Scarpa achtete nicht auf die schreckliche Drohung im Tonfall seines Vaters.

Zalastas Gesicht schien zu erstarren. »Ja«, antwortete er tonlos. »Ich habe ihr meinen Dolch geradewegs ins Herz gestoßen. Aber ich weiß nicht, ob ich mit dieser Untat noch leben kann. Bitte, bleib, Scarpa! Immerhin war es *deine* Idee. Es war ein so großartiger Einfall, daß ich dich vielleicht dafür belohnen möchte.«

Scarpa wich zurück. Der Wahnsinn in seinen Augen wich nackter Angst.

Zalasta brüllte zwei styrische Worte und streckte die Rechte aus. Die Finger krümmten sich wie Haken. Scarpa preßte die Hände auf den Leib und schrie markerschütternd. Seine behelfsmäßige Krone fiel mit dumpfem Laut zu Boden, während Zalasta ihn unerbittlich zurückzerrte.

»Du bist allzu leicht zu durchschauen, Scarpa«, knirschte Zalasta, dessen Gesicht nur wenige Zoll von dem seines Sohnes entfernt war. »Aber dein Plan hatte einen kleinen Fehler. Es ist durchaus möglich, daß ich mich töte für das, was ich Sephrenia angetan habe. Aber zuerst töte ich dich – auf so schreckliche Weise, wie ich nur kann. Ich habe dich nie gemocht, Scarpa. Ich empfand nur eine gewisse Verantwortung für dich – aber das ist ein Wort, das du ohnehin nicht verstehen würdest.« Seine Augen funkelten plötzlich. »Dein Wahnsinn muß ansteckend sein, mein Sohn. Ich spüre, wie auch ich den Verstand verliere. Du hast mich überredet, Sephrenia umzubringen. Dabei habe ich sie viel mehr geliebt, als ich dich je lieben könnte.« Er entkrampfte die Finger. »Lauf, Scarpa! Heb deine wertlose Spielzeugkrone auf und lauf. Ich werde dich überall finden, wenn ich beschlossen habe, dich zu töten.«

Scarpa floh, doch Ehlana sah es nicht. Tränen verschleierten ihr den Blick. Mit einem leiderfüllten Wimmern wandte sie sich vom Fenster ab.

15

Es schneite in Sarna, als Sperber am nächsten Morgen erwachte. Dichte, schwere Flocken wirbelten und tanzten im Wind, der aus den Bergen Atans herbeipfiff. Sperber blickte verärgert durchs Fenster seiner Kasernenunterkunft; dann zog er sich an und machte sich auf den Weg, nach den anderen zu schauen.

Mit einem Stoß Papieren auf dem Schoß saß Itagne neben dem Ofen in der Kriegskammer. »Gibt's etwas Wichtiges?« Sperber blickte beim Eintreten auf die Unterlagen.

»Wohl kaum.« Itagne schnitt eine Grimasse und legte die Papiere auf den Tisch. »Im vergangenen Frühjahr beging ich einen schlimmen Fehler, ehe Oscagne mich aus meinem friedlichen Leben riß und nach Cynestra schickte. Ich hielt auf der Universität einen Vortrag über Außenpolitik, und mir entglitten unbedacht die schrecklichen Worte: ›Schreibt eine Arbeit darüber.‹. Jetzt habe ich eine ganze Wagenladung dieser geistigen Ergüsse, durch die ich mich hindurchackern muß.« Er schüttelte sich.

»Schlimm?«

»Unbeschreiblich. Studenten der unteren Semester sollte man verbieten, einen Federkiel auch bloß in die Hand zu nehmen. Bis jetzt habe ich fünfzehn nur leicht unterschiedliche Versionen meiner Rede zu Gesicht bekommen – allesamt in diesem gräßlichen Stil von Möchtegern-Gelehrten zusammengestoppelt, den man als Zeitgeist bezeichnet.«

»Wo ist Vanion?«

»Er schaut nach seinen Verwundeten. Habt Ihr Aphrael heute schon gesehen?«

Sperber schüttelte den Kopf. »Sie kann überall sein!«

»Hat sie Euch tatsächlich von Dirgis hierher geflogen?«

»O ja. Und zuvor von Beresa nach Dirgis. Es ist ein ungewöhnliches Erlebnis, und es beginnt jedesmal mit der gleichen Diskussion.«

Itagne blickte ihn fragend an.

»Bevor es losgeht, muß Aphrael sich in ihre richtige Gestalt zurückverwandeln.«

»Grelles Licht? Glorienschein und das ganze wunderbare Repertoire?«

»Nein, nichts dergleichen. Es ist nur, daß sie sich uns stets als kleines Mädchen zeigt, obwohl sie in Wahrheit eine junge Frau ist.«

»Und um was geht es dann bei dieser Diskussion?«

»Ich muß sie jedesmal dazu überreden, Kleidung zu tragen. Offenbar brauchen Götter keine, und der Begriff Sittsamkeit ist ihnen immer noch nicht so recht verständlich. Es kann einen ganz schön verwirren, wenn Aphrael so plötzlich in ihrer Nacktheit erscheint.«

»Das kann ich mir vorstellen.«

Die Tür schwang auf. Vanion trat ein und bürstete sich den Schnee von seinem Umhang.

»Wie geht es den Männern?« erkundigte sich Sperber.

»Nicht besonders gut«, antwortete der Hochmeister düster. »Ich wünschte, wir hätten mehr über Klæls Soldaten gewußt, ehe wir in den Kampf mit ihnen verstrickt wurden. Ich habe dabei unnötigerweise sehr viele gute Ritter verloren. Hätte ich logische Schlußfolgerungen gezogen, müßte ich Verdacht geschöpft haben, als sie uns bei unserem Rückzug nicht verfolgten!«

»Wie lange dauerte der Angriff?«

»Es kam uns zwar wie Stunden vor, aber wahrscheinlich waren es kaum mehr als zehn Minuten.«

»Sobald ihr nach Samar kommt, solltet Ihr mit Kring und Tikume reden. Es wäre gut, wenn wir wüßten, wie lange diese Krieger sich in unserer Luft aufhalten können, bevor sie die Kräfte verlassen.«

Vanion nickte.

An diesem Vormittag gab es für die Gefährten nichts zu tun, und so zogen die Stunden sich schleppend dahin.

Kurz bevor die Sonne den höchsten Punkt am Himmel erreichte, kam Betuana in ihrer hautengen Otterfellkleidung aus dem wirbelnden Schnee gelaufen. Beinahe neiderfüllt konstatierten die erschöpften Männer das übermenschliche Durchhaltevermögen dieser Frau. Sie war weder außer Atem, noch schien ihr Gesicht gerötet, als sie das Gemach betrat, in dem die Gefährten warteten. »Erfrischend!« murmelte sie abwesend, während sie aus ihrer Oberbekleidung schlüpfte. Sie griff nach einer Strähne ihres triefnassen nachtschwarzen Haares, um sie mißbilligend zu betrachten. »Hat jemand einen Kamm bei sich?« erkundigte sie sich.

Alle fuhren zusammen, als am hinteren Ende des Gemachs plötzlich Fanfaren schmetterten. Als sie herumwirbelten, sahen sie die Kindgöttin, von fast blendendem Licht umgeben, heiter und zufrieden mitten in der Luft sitzen. Sie blickte Sperber an. »Ist es das, was du dir vorgestellt hast?« fragte sie.

Er verdrehte die Augen. »Muß das sein?« stöhnte er. Dann bannte ihr lächelndes Gesicht seine Augen. »Ich gebe auf, Aphrael. Du hast gewonnen.«

»Natürlich. Ich gewinne immer.« Sie ließ sich sanft auf den Boden sinken, und ihr Glorienschein erlosch. »Komm her, Betuana. Ich bringe dein Haar in Ordnung.« Sie streckte die Hände aus. Sogleich erschien in einer Hand ein Kamm und in der anderen ein Badetuch.

Die Königin der Ataner ließ sich in einem der Sessel nieder.

»Was hat er gesagt?« fragte Aphrael, während sie Betuanas langes Haar trocknete.

»Beim ersten Mal sagte er nein«, antwortete die Königin, »genau wie beim zweiten und dritten Mal. Doch beim zwölften Mal, wenn ich mich recht entsinne, gab er nach.«

»Ich wußte es!« Aphrael lächelte, ohne mit dem Trocknen von Betuanas Haar innezuhalten.

»Gibt es da etwas, von dem wir nichts wissen?« fragte Vanion.

»Die Ataner rufen ihren Gott so selten an, daß er völlig überfordert ist, wenn ihn mal jemand um etwas bittet. Wahrscheinlich war er mit etwas anderem beschäftigt, und jedesmal, wenn Betuana ihn anrief, mußte er es beiseite legen, um nachzusehen, was sie wollte. Es fällt ihm schwer, zwei Dinge gleichzeitig zu tun.«

»Ich war sehr höflich.« Betuana lächelte. »Aber ich bat ihn immer wieder. Er hat Angst vor Euch, Göttin.«

»Ich weiß.« Aphrael legte das Badetuch nieder und griff nach dem Kamm. »Er glaubt, ich würde seine Seele stehlen oder so was Ähnliches. Er geht mir in weitem Bogen aus dem Weg.«

»Ich erklärte ihm, daß ich ihn anrufen würde, bis er mir endlich die Erlaubnis erteilte«, fuhr Betuana fort. »Und schließlich ließ er sich erweichen.«

»So ist es bei allen männlichen Wesen.« Aphrael zuckte die Schultern. »Wenn sie oft genug darum bittet, bekommt eine Frau letztendlich doch, was sie will.«

»Das nennt man ›auf die Nerven gehen‹, Göttin«, rügte Sperber.

»Du hast wohl Lust, dir ein paar Tage pausenloses Fanfarengeschmetter anzuhören, Sperber?«

»Äh – nein, danke. Aber nett von dir, es mir anzubieten.«

»Er hat seine Erlaubnis *eindeutig* gegeben?« fragte Aphrael die Königin.

Betuana lächelte. »Durchaus. Ich wiederhole seine Worte: ›Sag ihr, sie kann tun, was sie will! Nur laß mich endlich in Frieden.‹«

»Gut. Dann bringe ich Engessa sogleich zur Insel.« Aphrael schürzte die Lippen. »Du solltest einen Läufer zu deinem Gemahl schicken und ihm wegen Klæls Soldaten Bescheid geben. Und da ich deinen Gemahl kenne, halte ich es für angebracht, daß du ihm sofort *befiehlst*, nicht anzugreifen. Vor ihm bin ich noch nie einem Sterblichen begegnet, der so unfähig ist wie er, einer bewaffneten Auseinandersetzung aus dem Weg zu gehen. Er scheint solche Schwierigkeiten direkt anzuziehen.«

»Ich werde *versuchen*, es ihm zu erklären«, entgegnete Betuana zweifelnd.

»Viel Glück. Da hast du.« Aphrael gab ihr den Kamm. »Ich schaffe Engessa jetzt auf die Insel, taue ihn auf und nehme mich seiner an.«

Ulath ließ am Stadtrand anhalten, und Bhlokw rief Ghnomb herbei. Als der Trollgott des Essens erschien, hielt er das halb gefressene Hinterteil eines großen Tieres in einer Riesenpranke.

»Wir haben den Ort erreicht, an den der Mann mit Namen Berit befohlen wurde«, erklärte Ulath dem riesigen Trollgott. »Es wäre gut, wenn wir jetzt aus der Nichtzeit in die Zeit der unterbrochenen Augenblicke wechselten.«

Ghnomb starrte ihn verständnislos an.

»U-lat und Tin-in jagen Gedanken«, erklärte Bhlokw. »Die Menschendinge haben Bäuche ebenso in ihrem Kopf wie die Bäuche in ihren Bäuchen. Sie müssen beide Bäuche füllen. Ihre Bauch-Bäuche sind jetzt voll. Darum bitten sie um das. Es ist ihr Wunsch, jetzt ihre Kopf-Bäuche zu füllen.«

Auf Ghnombs viehischem Gesicht zeichnete sich allmähliches Begreifen ab. »Warum hast du das nicht gleich gesagt, Ulath-von-Thalesien?«

Ulath suchte nach einer Antwort.

»Es war Bhlokw, der herausgefunden hat, daß wir Kopf-Bäuche haben«, warf nun Tynian ein. »Wir wußten das nicht. Wir wußten nur, daß unsere Köpfe hungrig waren. Es ist gut, daß Ghworg uns Bhlokw zum Jagen mitgegeben hat. Bhlokw ist ein sehr guter Jäger.«

Bhlokw strahlte.

Ulath beeilte sich, die Metapher noch verständlicher zu machen »Unsere Kopf-Bäuche hungern nach Gedanken über die Verruchten. Wir können diesen Gedanken in den Vogelgeräuschen folgen, welche die Menschendinge machen, wenn sie sprechen. Wir werden auf einer Seite des unterbrochenen Augenblicks stehen, wo sie uns nicht sehen können, und ihren Vogelgeräuschen lauschen. Dann folgen wir diesen Spuren zu jenen, die wir jagen, und sie werden nicht wissen, daß wir da sind. Danach lauschen wir den Vogelgeräuschen, die *sie* machen und erfahren, wo sie Anakhas Gefährtin versteckt haben.«

»Ihr jagt gut«, lobte Ghnomb. »An diese Art von Jagd hatte ich noch nicht gedacht. Es ist fast so gut wie die Jagd auf Dinge-zu-Essen. Ich werde euch bei der Jagd helfen.«

»Wir sind dir sehr dankbar dafür«, versicherte Tynian dem Troll.

Arjun war die Metropole des Königreichs Arjuna, eine große Stadt am Südufer des Sees. Das Königsschloß und die Paläste der Edlen lagen in den Bergen am Südrand der Stadt, deren Handelszentrum sich nahe dem Ufer befand.

Ulath und Tynian versteckten ihre Pferde und begaben sich zu Fuß durch das graue Zwielicht von Ghnombs unterbrochenen Augenblicken in die Stadt. Dann trennten sie sich, um nach der Nahrung zu suchen, die ihre Kopfbäuche ersehnten. Bhlokw hielt derweil nach Hunden Ausschau.

Es war schon fast Abend, als Ulath aus einer weiteren der vielen heruntergekommenen Schenken in der Hafengegend trat. »Wenn wir so weitermachen, brauchen wir einen Monat«, brummte er vor sich hin. Der Name Scarpa war in mehreren Gesprächen erwähnt worden, und jedesmal war Ulath neugierig näher herangerückt, um zu lauschen. Doch Scarpa und seine Armee waren hier bedauerlicherweise alltägliche Themen, und Ulath hatte nichts Brauchbares aufschnappen können.

»Marsch, aus dem Weg!« erklang eine barsche, gebieterische Stimme. Ulath drehte sich um, neugierig, wer da so herrisch und arrogant war.

Auf einem edlen Rappen saß ein prächtig gekleideter Daziter, dessen Gesicht deutliche Spuren wüster Ausschweifungen und tiefer Verderbtheit zeigte.

Obwohl er den Kerl noch nie zuvor gesehen hatte, erkannte ihn Ulath sofort. Talens Bleistift hatte dieses Gesicht beinahe perfekt wiedergegeben. Ulath lächelte. »So ist es schon ein bißchen besser.« Er trat auf die Straße hinaus und folgte dem tänzelnden Pferd.

Ihr Ziel war einer der Prunkbauten unweit des Königsschlosses. Ein Lakei eilte aus dem Haus, um den Elenier zu begrüßen. »Ihr werdet sehnsüchtig erwartet, edler Herr.« Er verbeugte sich tief.

»Hol jemand, der sich um mein Pferd kümmert«, befahl der Elenier, ehe er absaß. »Sind alle hier?«

»Jawohl, Baron Parok.«

»Erstaunlich. Steh nicht so herum, Tölpel! Führe mich sofort zu ihnen!«

»Jawohl, edler Herr.«

Wieder lächelte Ulath und folgte ihnen ins Haus.

Das Gemach, zu dem der Lakai ihnen vorausging, war offenbar ein Studierzimmer. An den Wänden befanden sich Bücherschränke; doch die Bände sahen aus, als wären sie noch nie aufgeschlagen worden. Etwa ein Dutzend Männer hielten sich in diesem Raum auf: einige Elenier, einige Arjuner und sogar ein Styriker.

»Kommen wir zur Sache.« Achtlos warf Baron Parok seinen Hut mit dem Federbusch und seine Handschuhe auf den Tisch. »Was habt ihr zu berichten?«

»Prinz Sperber ist in Tiana angekommen, Baron Parok«, meldete der Styriker.

»Das haben wir erwartet.«

»Aber wir haben nicht damit gerechnet, daß er meinen Vetter so behandeln würde! Er und sein unverschämter Knappe folgten unserem Boten und überfielen ihn. Sie rissen ihm die Kleider vom Leibe und drehten seine Taschen von innen nach außen.«

Parok lachte barsch. »Ich habe Euren Vetter kennengelernt, Zorek, und ich bin sicher, daß er so etwas weidlich verdient hat. Was hat er denn zu dem Prinzen gesagt, daß der ihm diese Behandlung angedeihen ließ?«

»Er übergab ihm die Botschaft, Euer Gnaden, aber dieser Grobian von Knappe schien von der Aussicht einer Zwanzigtagereise zu Pferd nicht begeistert zu sein. Das kränkte meinen Vetter, und er erklärte ihnen, daß sie es in diesem Fall eben in vierzehn Tagen schaffen müßten, die Reise hinter sich zu bringen!«

»Das gehörte *nicht* zu unseren Anweisungen!« schnaubte Parok. »Hat Sperber ihn getötet?«

»Nein, Euer Gnaden«, antwortete Zorek mürrisch.

»Wie bedauerlich«, knurrte Parok. »Jetzt muß ich das selbst in die Hand nehmen. Sobald ich Zeit habe, werde ich mir Euren Vetter vorknöpfen und seine Eingeweide zur Abschreckung für alle anderen an einen Zaun hängen. Ihr werdet nicht dafür bezahlt, selbstherrlich zu handeln, sondern um Befehle auszuführen.« Er schaute sich um. »Wer hat die nächste Nachricht?«

»Ich, Euer Gnaden«, rief ein offenbar wohlhabender Edomer.

»Dann wartet besser, ehe Ihr sie übergebt. Durch seine Dummheit hat Zoreks Vetter unseren Zeitplan über den Haufen geworfen. Lassen wir Sperber hier erst einmal eine Woche zappeln. *Dann* gebt ihm das Schreiben, in dem er aufgefordert wird, sich nach Derel zu begeben. Freiherr Scarpa will seine Armee erst gen Norden in Marsch setzen, bevor wir Sperber zum Austausch nach Natayos senden.«

»Baron Parok«, warf ein Arjuner hochnäsig ein. Der Mann hatte dicke Tränensäcke und war in ein Brokatwams gekleidet. »Diese eine Woche könnte für meinen König eine echte Gefahr bedeuten. Sperber ist für seine Unvernunft bekannt und in der jetzigen Situation zu allem fähig. Außerdem hat er diesen Stein der Macht immer noch in seinem Besitz. Seine Majestät möchte auf keinen Fall, daß dieser elenische Barbar tagelang hier in Arjun herumlungert und auf schlimme Gedanken kommt. Schickt ihn sofort nach Derel. Wenn Sperber schon eine Stadt vernichtet, dann lieber Derel statt Arjun.«

»Ihr habt erstaunlich scharfe Ohren, Herzog Milanis«, sagte Parok spöttisch. »Könnt Ihr *wahrhaftig* hören, was König Rakya sagt, wenn Ihr Euch eine Meile von seinem Schloß entfernt aufhaltet?«

»Ich bin hier, um die Interessen Seiner Majestät zu vertreten, Baron. Ich habe das uneingeschränkte Recht, für ihn zu reden. Das Bündnis Seiner Majestät mit Freiherr Scarpa ist *nicht* in einen Diamanten geschnitten. Schickt Prinz Sperber weiter. Wir wollen ihn nicht hier in Arjun!«

»Und wenn ich es nicht tue?«

Milanis zuckte die Schultern. »Dann wird Seine Majestät das Bündnis außer Kraft setzen und dem tamulischen Botschafter einen vollständigen Bericht übergeben, in dem alles steht, was Ihr zu tun beabsichtigt.«

»Ich sehe schon – die alte Weisheit, daß es eine Dummheit ist, einem Arjuner zu trauen, stimmt immer noch.«

»Tut einfach, was man Euch sagt, Parok!« schnaubte Milanis. »Langweilt mich nicht mit Euren ermüdenden Protesten und rassischen Verunglimpfungen. Der Bericht Seiner Majestät an den Botschafter ist bereits geschrieben. Und ich glaube, nun gibt es auch einen guten Grund, ihn zu überbringen.«

Ein Lakai trat mit einem Tablett ein, auf dem eine Karaffe und Weingläser standen. Als die Tür geöffnet wurde, nutzte Ulath die Gelegenheit, aus dem Gemach zu schleichen. Es würde eine Weile dauern, bis er Tynian und Bhlokw gefunden hatte, und dann mußten sie sofort eine ausführliche Nachricht an Aphrael verfassen.

Nachdem Ulath sich aus dem Haus geschlichen hatte, klatschte er triumphierend in die Hände und tat mit einem Begeisterungsschrei einen Luftsprung. Dann riß er sich zusammen und machte sich daran, seine Gefährten zu suchen.

Ritter Heldin in seiner schwarzen Panzerrüstung kehrte zu Patriarch Bergsten an der Spitze der Kolonne zurück.

»Hattet Ihr Glück?« fragte Bergsten.

Heldin schüttelte den Kopf. »Ritter Tynian hätte nicht sorgfältiger sein können«, polterte er mit seiner Baßstimme. »Da war kein einziger Pandioner, den er sich nicht persönlich vornahm. Ich glaube, er hat jeden rekrutiert, der styrische Worte auch nur *aussprechen* kann.«

»*Ihr* kennt doch die Zaubersprüche!«

»Das schon, aber Aphrael kann mich nicht hören. Meine Stimme ist zu tief für ihre Ohren.«

»Das läßt einige sehr interessante theologische Schlußfolgerungen zu«, murmelte Bergsten nachdenklich.

»Könnten wir zu einem anderen Zeitpunkt darauf zurückkommen, Eminenz? Wir müssen jetzt unbedingt eine Möglichkeit finden, Sperber und Vanion über das Geschehnis in Zemoch zu informieren. Der Krieg könnte längst beendet sein, bis Botschafter Fontans Boten sie erreichen.«

»Sprecht mit den anderen Orden, Heldin«, riet Bergsten.

»Das dürfte wohl keinen Sinn haben, Eminenz. Jeder Orden wirkt durch den persönlichen Gott des Styrikers, der seine Ritter in die Geheimnisse einwies. Wir müssen Aphrael Bescheid geben. *Sie* ist direkt mit Sperber verbunden.«

»Heldin, Ihr habt Euch während Eures Noviziats zu sehr mit Waffenübungen beschäftigt. Theologie *hat* einen Zweck.«

»Jawohl, Eminenz.« Heldin rollte seufzend die Augen himmelwärts und wappnete sich gegen eine Predigt.

»Laßt das!« rügte Bergsten. »Ich spreche nicht von *elenischer* Theologie, sondern vom Irrglauben der Styriker. Wie viele styrische Götter gibt es?«

»Tausend, Eminenz!« antwortete Heldin, ohne lange überlegen zu müssen. »Sephrenia hat das immer wieder betont.«

»Existieren diese tausend Jüngeren Götter unabhängig voneinander?«

»Soviel ich weiß, sind sie miteinander verwandt – wie eine große Familie.«

»Erstaunlich. Ihr habt *wahrhaftig* zugehört, wenn Sephrenia Euch unterrichtete. Ihr Pandioner betet Aphrael an, nicht wahr?«

»*Anbeten* ist ein irreführender Begriff, Eminenz.«

»Ich habe so allerlei Geschichten über Aphrael gehört, Heldin.« Bergsten lächelte. »Sie hat ihre eigene Agende und versucht, die gesamte Menschheit für sich zu gewinnen. Ich bin Angehöriger des genidianischen Ordens.« Er machte eine Pause. »Ich *war* es«, verbesserte er sich. »Wir rufen Hankaan, die Cyriniker Romalic, und die

Alzioner Setras. Könnt Ihr Euch vorstellen, daß diese styrischen Götter sich in ihrem dunstigen Himmel irgendwo über den Wolken hin und wieder miteinander unterhalten?«

»Ich bitte Euch, hört auf! Das ist ja die reinste Haarspalterei, Bergsten. Ich habe etwas übersehen, das ist alles. Ich bin nicht dumm.«

»Das habe ich auch niemals behauptet, alter Junge.« Bergsten lächelte. »Ihr habt lediglich ein wenig spirituelle Anleitung gebraucht. Und vor allem dafür ist unsere Heilige Mutter nun einmal da. Kommt mit Euren spirituellen Problemen zu *mir*, mein Sohn. Ich werde Euch behutsam führen – und wenn das nicht genügt, nehme ich meine Axt und treib' Euch an.«

»Ich sehe schon, daß Eure Eminenz die Ansichten der Kirche mit Worten *und* Waffen vertritt«, entgegnete Heldin säuerlich.

»Das ist *mein* spirituelles Problem, mein Sohn, nicht Eures. Geht jetzt und sucht einen Alzioner. Aphrael und Setras sollen einander besonders nahestehen. Ich glaube, wir können uns darauf verlassen, daß Setras seiner diebischen kleinen Base alles ausrichten wird.«

»*Eminenz!*« entrüstete sich Heldin.

»Die Kirche hat seit Jahrhunderten ihr Auge auf Aphrael. Wir wissen alles über eure niedliche Kindgöttin und ihre Kniffe. Laßt Euch nicht von ihr küssen, mein Freund – denn wenn sie das tut, stiehlt sie Euch die Seele, ohne daß Ihr es merkt.«

Diesmal waren es zwölf wacklige Ochsenkarren, allesamt mit Bierfässern beladen. Mehrere Dutzend von Narstils Gesetzlosen halfen Senga, das Bier zu bewachen und auszuschenken, darunter Caalador und Bevier, die geschickt in die Meute eingeschleust worden waren.

»Ich bin immer noch der Meinung, daß du einen Fehler machst, Senga«, sagte Kalten zu seinem gutmütigen Arbeitgeber, während ihr klappriger Karren über den Dschungelpfad nach Natayos holperte. »Du beherrschst den Markt, warum willst du da die Preise senken?«

»Hör zu, Col«, erklärte Senga geduldig. »Als ich einst hierher kam, hatte ich nur eine einzige Karrenladung Bier. Ich konnte jeden Preis dafür verlangen, weil Bier so rar war.«

»Verständlich.«

»Jetzt aber kann ich unbegrenzt viel heranschaffen. Und nun mache ich meinen Gewinn an der Menge, statt am Preis.«

»Das verstehe ich nicht.«

»Dann werde ich's anders ausdrücken. Was würdest du lieber tun – einem Mann zehn Kronen stehlen oder zehntausend Mann je ein Kupferstück?«

Kalten rechnete es schnell mit den Fingern aus. »Oh!« sagte er. »Jetzt verstehe ich, was du meinst. Sehr schlau, Senga.«

Senga plusterte sich ein wenig auf. »Es schadet nie, ein wenig vorauszudenken, Col. Meine *echte* Sorge gilt der Tatsache, daß es gar nicht so schwierig ist, Bier zu brauen. Wenn irgendein schlauer Bursche an ein Rezept herankäme, könnte er hier seine eigene Brauerei errichten. Ich möchte mich aber gar nicht gern mit Konkurrenten herumschlagen und in einen Preiskrieg verwickelt werden, nachdem gerade alles so gut für mich zu laufen angefangen hat.«

Sie hatten Narstils Lager im Morgengrauen verlassen, und es war früher Vormittag, als sie sich Natayos näherten. Ohne aufgehalten zu werden, fuhren sie durchs Tor, rumpelten an dem Haus mit den vergitterten Fenstern vorbei und schenkten ihr Bier auf demselben Platz aus wie beim letzten Mal. Als Sengas bester Mitarbeiter war Kalten nun für die Sicherheit verantwortlich. Der Ruf, den er sich gleich zu Anfang in Narstils Lager erworben hatte – daß mit ihm nicht gut Kirschen essen sei – sorgte dafür, daß keiner der Gesetzlosen sich seinen Befehlen widersetzte, und die Anwesenheit von Bevier, der mit seiner Augenklappe und der bedrohlichen Lochaberaxt furchteinflößend aussah, verlieh Senga zusätzlich Autorität.

»Wir werden hier nicht allzuviel erreichen, Col«, murmelte Caalador, als er neben Kalten bei einem der von unzähligen Durstigen belagerten Bierkarren Wache stand. »Der alte Senga ist so besorgt, daß irgendein Kerl sich drücken könnte, ohne bezahlt zu haben, daß wir wie Hofhunde an der kurzen Kette angeleint sind.«

»Warte bis später, Ezek«, beruhigte Kalten ihn. »Sobald alle angetrunken sind, können wir uns freier bewegen.«

Seine kurzschäftige Lochaber in der Hand, schlurfte Bevier zu ihnen herüber. Unwillkürlich machten ihm alle Platz. »Mir ist da eben etwas eingefallen«, sagte er.

»Du möchtest jemanden erschlagen?« fragte Kalten.

»Laß deine Späßchen, Col. Wie wär's, wenn du deinen Freund Senga zur Seite nimmst und ihm vorschlägst, daß er hier in Natayos einen ständigen Bierverkauf einrichtet? Das wäre doch naheliegend, und es würde uns dreien einen guten Grund verschaffen, hierzubleiben. Wenn wir eine von diesen Ruinen zu einer Schenke umbauen, könnten wir uns hier als Schankwirte betätigen. Das ist doch vernünftiger, als Bier auf der Ladefläche eines Ochsenkarrens auszuschenken.«

»Da hat er recht, Col«, stimmte Caalador zu. »Der olle Shallag sieht zwar aus, als würde er Blut zum Frühstück saufen, aber sein Hirn hinter dieser Augenklappe funktioniert noch recht gut.«

Kalten dachte nach. »Wir könnten uns so richtig in Natayos einrichten und alles im Auge behalten.« Er schaute sich um. »Senga macht sich ein wenig Sorgen, ihm könnte hier irgend jemand Konkurrenz machen«, sagte er so, daß die Soldaten in der Nähe es hören mußten. »Wenn wir drei aber hier sind, könnten wir vermutlich jeden, der es versucht, davon überzeugen, daß es gesünder für ihn ist, sich ein anderes Steckenpferd zu suchen. Ich geh' und rede mit Senga. Dann werden wir ja sehen, was er davon hält.«

Er fand seinen gutmütigen Freund an einem behelfsmäßigen Tisch hinter einem der Ochsenkarren. Der Gesetzlose zählte mit fast verträumter Miene die bisherigen Einnahmen. »Oh, das ist einfach *großartig*, Col!« sagte er erfreut.

»Es sind doch bloß Kupferstücke!«

»Das schon, aber es sind so *viele*!«

»Shallag hat eine Idee.«

»Er möchte die Reihen lichten, indem er jedem dritten Kerl in der Schlange den Kopf abhackt?«

»Also, *so* schlimm ist Shallag nun auch wieder nicht!«

»Sagst du! Jeder im Lager hat schon Alpträume wegen dem Burschen.«

»Seit er in Arjun angekommen ist, hat er noch keinen einzigen Mann getötet!«

»Er spart sie sich auf. Er wartet bloß, bis er ein paar Dutzend beisammen hat, um sie dann alle auf einmal abzuschlachten!«

»Willst du nun seine Idee hören, oder bist du mit deinen dummen Witzen noch nicht zu Ende?«

»Entschuldige. Also, sprich.«

»Er meint, wir sollten eine von diesen leeren Ruinen zu einer Schenke umbauen.«

»Du meinst, eine richtige Schankstube? Mit Theke und Tischen und Stühlen und was sonst noch dazugehört?«

»Warum nicht? Jetzt, wo dein Brauer Tag und Nacht arbeitet, kann das Bier in Strömen fließen. Und schließlich sind deine Kunden *hier*. Wenn du hier eine Schenke errichtest, kannst du jeden Tag von morgens bis abends Bier verkaufen, nicht bloß einmal in der Woche, wozu du dann auch noch extra herkommen mußt. Außerdem würden deine Kunden sich in überschaubarer Zahl einstellen, statt gleich regimentweise.«

»Daran hatte ich noch nie gedacht«, gestand Senga. »Ich glaubte, ich könnte hier schnellen Gewinn machen und mich dann über die Grenze verziehen. Dabei kann ich hier eine *richtige* Schenke führen, Col – ein richtiges, ehrliches Geschäft. Ich bräuchte nie wieder zu stehlen!«

»Ich kenne deine Preisliste, Senga. Mach dir nichts vor. Du stiehlst immer noch!«

Senga achtete gar nicht auf ihn. »Vielleicht könnte ich sie ›Sengas Palast‹ nennen«, meinte er verträumt. Er runzelte die Stirn. »Nein, das wäre etwas zu großspurig für eine Schenke. Ich glaube, ich nenne sie einfach nur ›Bei Senga‹. Das wäre doch ein dauerhafteres Andenken als ein Grabpfosten, in den lediglich der Tag eingekerbt ist, an dem man mich aufgehängt hat.« Dann schüttelte er den Kopf und seufzte. »Es geht doch nicht, Col«, sagte er bedauernd. »Würde ich dich und meine anderen Wachen wieder mitnehmen, würden Scarpas Soldaten einfach in die Schenke marschieren und all mein Bier saufen, ohne zu bezahlen.«

»Du brauchst uns ja nicht mitzunehmen. Wir können hierbleiben und dafür sorgen, daß die Kerle auch bezahlen, was sie saufen.«

»Ich glaube nicht, daß es Narstil gefallen würde, wenn wir abends nicht zurück im Lager wären.«

»Senga«, sagte Kalten sanft, »brauchst du Narstil denn überhaupt noch? Du bist jetzt ein ehrbarer Geschäftsmann, da solltest du gar nicht mit Banditen verkehren.«

Senga lachte. »Du gehst das ein bißchen zu schnell für mich an, Col. Gib mir ein wenig Zeit, das alles zu verdauen.« Dann fluchte er plötzlich.

»Was ist los?«

»Es ist eine großartige Idee, Col, aber sie läßt sich nicht verwirklichen.«

»Warum nicht?«

»Weil ich Scarpas Genehmigung brauche, wenn ich hier eine Schenke eröffne. Und ich werde mich ganz bestimmt nicht in seine Nähe begeben, um ihn darum zu ersuchen.«

»Ich glaube, das mußt du auch gar nicht, mein Freund. Ich habe gestern in diesem Plunderhaufen in Narstils Lager herumgestöbert – und rate mal, was ich gefunden habe!«

»Was denn?«

»Ein kunstvoll silberbeschlagenes Faß mit arzischem Rotwein. Es hat sogar einen silbernen Zapfhahn. Der Kerl, der es geklaut hat, kannte seinen Wert nicht – er ist Biertrinker. Ich konnte es ihm um eine halbe Krone abluchsen. Ich verkaufe es dir, und du kannst es diesem Krager verehren. Überlaß es einfach *ihm*, Scarpa zu überreden, daß er dir die Erlaubnis erteilt, hier eine Schenke zu eröffnen.«

»Col, du bist ein Genie! Wieviel verlangst du für das Faß arzischen Roten?«

»Oh – fünf Kronen, würde ich sagen.«

»*Fünf Kronen?* Zehnmal soviel, wie du dafür bezahlt hast? Das ist Raub!«

»Du mußt es ja wissen, Senga. Du bist mein Freund, aber Geschäft ist Geschäft.«

Sie fanden Krager mit trüben Augen auf einem halbzerfallenen Mauerstück sitzen, von wo aus er die Meute durstiger Soldaten ohne großes Interesse beobachtete. Er hielt einen Zinnbecher in der Hand, aus dem er hin und wieder mit sichtlichem Abscheu einen Schluck trank.

»Ah, da seid Ihr ja, Meister Krager«, begrüßte Senga ihn jovial. »Wie wär's, wenn Ihr Euren Becher ausleert und einen Schluck hiervon probiert?« Er tätschelte das silberverzierte kleine Weinfaß, das er sich unter den Arm geklemmt hatte.

»Ist das auch ein hiesiges Gesöff?« fragte Krager.

»Versucht es und sagt, was Ihr davon haltet«, erwiderte Senga.

Krager goß den Wein auf den Boden und streckte seinen Zinnbecher aus. Senga drehte den silbernen Zapfhahn auf und füllte den Becher etwa zur Hälfte.

Krager schaute blinzelnd hinein und roch mißtrauisch daran. Dann verdrehte er verzückt die Augen. »Oh, welch eine Wonne!« hauchte er ehrfürchtig. Er nahm einen winzigen Schluck und schien vor Seligkeit zu erbeben.

»Ich dachte mir, daß er Euch schmeckt«, sagte Senga. »Nun, da ich Eure Aufmerksamkeit habe, würde ich Euch gern einen Vorschlag machen. Ich möchte hier in Natayos eine Schenke eröffnen, doch dazu brauche ich eine Genehmigung. Ich würde es als großen Gefallen betrachten, wenn Ihr bei Freiherr Scarpa ein gutes Wort für mich einlegt. Ich bin auch gern bereit, mich erkenntlich zu zeigen, falls Ihr mir seine Erlaubnis beschafft.«

»*Wie* erkenntlich?« erkundigte Krager sich rasch.

»Zum Beispiel *so.*« Senga tätschelte das silberverzierte Faß. »Versichert Freiherr Scarpa, daß ihm und seinen Leuten durch die Schenke keine Schwierigkeiten erwachsen. Ich werde mir eins von den leeren Häusern aussuchen, die sich ein Stück außerhalb des Hauptlagers befinden, es säubern und das Dach dafür selbst anfertigen. Ich bringe mein eigenes Sicherheitspersonal und sorge dafür, daß sich keine seiner Soldaten zu sehr besaufen.«

»Fangt schon damit an, Meister Senga«, riet Krager ihm, ohne den Blick vom Faß zu nehmen. »Ihr habt mein persönliches Versprechen, daß Ihr Freiherr Scarpas Erlaubnis bekommt.« Er langte nach dem Faß.

Senga wich einen Schritt zurück. »*Nachher*, Meister Krager«, sagte er fest. »Seid im Augenblick meiner Wertschätzung versichert. Meine *Dankbarkeit* ist Euer, sobald ich Freiherr Scarpas Genehmigung zur Errichtung der Schenke habe.«

Da kam Elron über den geschäftigen Platz gerannt. »Krager!« rief er mit schriller Stimme. »Kommt sofort! Freiherr Scarpa ist außer sich vor Wut! Er hat uns alle ins Hauptquartier befohlen! Auf der Stelle!«

Krager erhob sich. »Was ist denn los?«

»Cyzada ist soeben von Cynesga angekommen. Er hat Zalasta und Freiherr Scarpa erzählt, daß Klæl sich den Burschen angeschaut hat, dem wir die ganze Zeit folgten. Er ist nicht Sperber, Krager! Wer immer er ist – er sieht zwar so aus wie Sperber, aber Klæl erkannte sofort, daß er jemand anderes ist!«

»Ich *weiß*, daß er es ist, Majestät«, beharrte Alean.

»Alean, Liebes«, sagte Ehlana sanft. »Er sieht überhaupt nicht wie Ritter Kalten aus!«

»Ich weiß nicht, wie sie es gemacht haben, aber da draußen auf der Straße, das ist wirklich Kalten«, versicherte das Mädchen ihr überzeugt. »Jedesmal, wenn er vorbeigeht, singt mein Herz.«

Ehlana spähte durch die kleine Öffnung im Fenster. Der Mann sah wie ein Elenier aus, daran bestand kein Zweifel, und immerhin war Sephrenia eine Magierin.

Beim Gedanken an Sephrenia kamen Ehlana wieder Tränen. Sie richtete sich auf und fuhr sich rasch über die Augen. »Der Mann ist jetzt nicht mehr zu sehen«, sagte sie. »Wie kommt es, daß Ihr so sicher seid, Liebes?«

»Weil ich ihn an tausenderlei Dingen erkenne, meine Königin – an Kleinigkeiten. Die Art und Weise, wie er den Kopf hält, die seltsame Art, wie er beim Gehen die Schultern bewegt, sein Lachen, und wie er seinen Schwertgürtel umgeschnallt hat. Irgendwie wurde sein Gesicht verändert, aber ich weiß, daß er es ist.«

»Ihr *könntet* recht haben, Alean«, gab Ehlana zu, wenngleich immer noch zweifelnd. »Ich würde Sperber wahrscheinlich in einer Menschenmenge erkennen, egal, *wessen* Gesicht er gerade trägt.«

»So ist es, Majestät. Unsere Herzen erkennen die Männer, die wir lieben.«

Ehlana schritt unruhig auf und ab, zupfte unbewußt immer wieder nervös ihr Kopftuch zurecht. »Unmöglich ist es nicht. Sperber hat mir erzählt, wie er sich in Rendor viele Male unkenntlich machte. Und styrische Magie ist vielleicht sogar imstande, Gesichter zu verändern. Und selbst wenn Sephrenia es nicht geschafft hätte – Bhelliom hätte bestimmt keine Schwierigkeiten damit. Vertrauen wir unserem Herzen, und gehen wir davon aus, daß der Mann da draußen *wirklich* Kalten ist.«

»Ich *weiß*, daß er es ist, Majestät.«

»Es wäre plausibel«, sagte Ehlana nachdenklich. »Wenn Sperber irgendwie herausgefunden hat, daß wir hier sind, möchte er gewiß einige von unseren Freunden in der Nähe wissen, wenn die anderen kommen, um uns zu befreien.« Sie zog die Stirn kraus, als ihr etwas einfiel. »Aber vielleicht weiß er es doch nicht sicher. Kalten ist möglicherweise nur hier, um sich umzusehen. Wir müssen ihn auf uns aufmerksam machen, müssen ihm die Gewißheit geben, daß wir hier sind, ehe er vielleicht aufgibt und weiterzieht.«

»Aber meine Königin!« protestierte das Mädchen mit den großen sanften Augen. »Wenn wir ihm zurufen, bringen wir ihn in schreckliche Gefahr.« Sie bückte sich und schaute wieder auf die Straße hinaus. »Er kommt zurück!« sagte sie.

»Singt, Alean!« rief Ehlana rasch.

»Wa-as?«

»Singt! Wenn irgend jemand auf der Welt Eure Stimme erkennt, dann Kalten.«

Aleans Augen weiteten sich plötzlich. »Ja, ganz bestimmt!«

»Ich werde mich ans Fenster stellen und sein Gesicht beobachten. Ihr müßt aus tiefster Seele singen, Alean! Ihr müßt ihm das Herz brechen!«

Aleans Stimme zitterte leicht, als ihr klarer Sopran mühelos ungeahnte Höhen erklomm. Sie sang die uralte Ballade von einem blauäugigen Liebsten; ein Lied, das eine ganz besondere Bedeutung für ihre Kammermaid und den blonden Pandioner hatte, wie Ehlana wußte.

Wieder spähte die Königin aus dem Fenster. Der ziemlich ärmlich gekleidete Mann auf der Straße stand stockstill, wie angewurzelt, beim Klang von Aleans heller Stimme.

Ehlanas Zweifel verflogen. Es *war* Kalten! Tränen strömten ihm über die Wangen, und sein Gesicht hatte einen sehnsüchtigen, ehrfürchtigen Ausdruck angenommen.

Und dann tat er etwas so Unerwartetes, daß Ehlana sich gezwungen sah, ihre überkommene Meinung über seinen Mangel an Intelligenz zu revidieren. Kalten setzte sich auf die moosigen Kopfsteine, zog einen Schuh aus und pfiff eine Begleitung zu Aleans Lied. Er wußte Bescheid. Und er pfiff, um es ihnen zu verstehen zu geben. Nicht einmal Sperber hätte so rasch reagieren oder ihnen auf so geschickte Weise mitteilen können, daß er sich ihrer Lage bewußt war.

»Das genügt, Alean!« flüsterte Ehlana. »Er hat unsere Botschaft verstanden.«

Alean hörte zu singen auf.

»Was tust du da?« rief einer der arjunischen Wachtposten, die an der Tür standen, mit schroffer Stimme und erschien im Blickfeld der Frauen.

»Hab' einen Stein im Schuh«, erklärte Kalten und schüttelte den Schuh, den er soeben ausgezogen hatte. »Hat mir wie ein Messer in den Fuß geschnitten!«

»Sieh zu, daß du endlich weiterkommst!«

Kaltens schlüpfte wieder in seinen Schuh und stand auf. »Freund«, sagte er mit eiskalter Ruhe, »du wirst bald dienstfrei haben und möchtest dir dann in Sengas Schenke vielleicht gern ein paar Krüge Bier genehmigen. Ich bin dort für die Ordnung zuständig. Wenn du *hier* mit mir Streit anfangen willst, könnte ich vielleicht auf die Idee kommen, daß du ein Randalierer bist und *dort* Hausverbot bekommst. Kapiert?«

»Ich hab' den Befehl, alle von diesem Haus fernzuhalten«, erwiderte der Posten, dessen Stimme mit einemmal freundlich klang.

»Aber auf höfliche Weise, Freund, ganz höflich! Hier ist jeder bis an die Zähne bewaffnet, also sollten wir nett zueinander sein.« Kalten warf einen verstohlenen Blick auf das vergitterte Fenster, durch das Ehlana ihn beobachtete. »Ich habe Höflichkeit und Demut gelernt, als ich mich mit Shallag zusammentat – du weißt schon, der Einäugige mit der Lochaberaxt.«

Der Posten schauderte. »Ist er wirklich so gefährlich, wie er aussieht?«

»Noch gefährlicher. Er hackt dir den Kopf ab, wenn du ihn bloß anniest.« Kalten straffte die Schultern. »Wird Zeit, daß ich in die Schenke zurückkehre. Wie mein Freund Ezek immer zu sagen pflegt: ›Wer bloß auf der faulen Haut liegt, der hat's noch nie zu 'nem reichen Mann gebracht.‹ Komm in die Schenke, wenn du Feierabend hast, mein Bester. Ich spendier' dir einen Krug Bier.«

Immer noch das Lied vom blauäugigen Liebsten pfeifend, schlenderte er die Straße hinauf.

»Er ist großartig, Alean!« rief Ehlana frohen Herzens. »Und laßt Euch nicht von diesem Gesicht täuschen. Er hat mir in zwei Minuten mehr mitgeteilt, als Sperber es in einer Stunde vermocht hätte.«

Alean blickte sie verwundert an. »Majestät?«

»Er weiß, daß wir hier sind. Während Ihr gesungen habt, pfiff er die Begleitung. Er ließ mich auch wissen, daß Ritter Bevier und Caalador bei ihm sind.«

»Wie hat er Euch *das* denn mitgeteilt?«

»Er sprach zu dem Posten. In Daresien ist Bevier zur Zeit wahrscheinlich der einzige Mann mit einer Lochaberaxt, und der Sprechweise nach, die er seinem anderen Freund in den Mund legte, kann es sich bei dem nur um Caalador handeln. Die Männer wissen, daß wir hier sind, Alean – und wenn sie es wissen, weiß Sperber es erst recht! Wir könnten schon zu packen anfangen, wenn wir etwas zu packen hätten. Wir werden nicht mehr lange hier sein! Wir kehren nach Matherion zurück!« Sie lachte glücklich und umarmte ihre Kammermaid.

Kalten mühte sich, eine unverfängliche Miene zu wahren, als er durch die moosbedeckten Straßen zu Sengas Schenke zurückkehrte, doch die Erregung über das soeben Geschehene war noch nicht abgeklungen, und es fiel ihm schwer, sich das Lachen zu verkneifen.

Scarpas Armee hatte bei ihrer Ankunft das nördliche Viertel von Natayos in einen halbwegs bewohnbaren Zustand versetzt, doch der Großteil der einstigen Stadt war immer noch eine von Pflanzen überwucherte Ruine. Senga hatte für seine Schenke mehrere Standorte in Betracht gezogen und klugerweise beschlossen, sich ein gutes Stück tiefer in der alten Stadt niederzulassen, um Einmischung durch wichtigtuerische Sergeanten oder kleine elenische Offiziere mit vielen Vorurteilen, aber wenig Verstand möglichst von vornherein zu vermeiden. Senga hatte ein gedrungen wirkendes Gebäude gefunden, mit festen Wänden, jedoch ohne Dach. Aber dieser Mangel ließ sich mit Zeltleinwand leicht beheben. Senga hatte erwogen, für gutes Geld Soldaten während ihrer Freizeit damit zu beschäftigen, die Straße, die von Scarpas Hauptlager zur Schenke führte, von Gestrüpp und anderen Hindernissen zu säubern, doch Caalador hatte ihm abgeraten. »'s ist unnötig, Senga«, hatte der Cammorier mit dem neuen Gesicht dem geplagten Geschäftsmann versichert. »Die durstigen Soldaten werden die Straße von selber freiräumen, da brauchst du ihnen keine Kupfermünze dafür zu bezahlen.« Die Schenke kauerte inmitten von Ruinen. Von den benachbarten leeren Gebäuden hob sie sich nur durch ihr Zeltplanendach und das schlichte Schild vor der Tür ab, auf dem »BEI SENGA« stand.

Kalten betrat die Schenke durch den Seiteneingang und blieb kurz stehen, damit seine Augen sich an das schummrige Licht gewöhnen konnten. Obwohl erst Mittag, war die Schankstube ziemlich voll, und die sechs beschürzten Gesetzlosen aus Narstils Lager eilten hinter einer Theke aus einfachen Brettern hin und her, schenkten schäumendes Bier ein und kassierten.

Kalten schaute sich nach Bevier und Caalador um und bahnte sich einen Weg zu ihnen. Sie saßen an einem Tisch an der nächsten Seitenwand. Beviers Lochaber mit dem verkürzten Schaft und Caaladors schwere Keule lagen gut sichtbar auf der Tischplatte, als ständige Mahnung an die durstigen Gäste, daß hier keine Schlägereien geduldet wurden.

Kalten nahm bei seinen Freunden Platz und bemühte sich, seine Begeisterung im Zaum zu halten. »Sie sind hier!« flüsterte er.

Caalador blickte sich in der Schankstube um. »Na ja«, sagte er gedehnt. »Nicht *alle*, aber wohl doch die meisten, die dienstfrei haben.«

»Ich rede nicht von dieser Meute, Ezek. Ich meine das Haus mit den vergitterten Fenstern. In diesem Haus sind zweifellos die Leute, die wir suchen.«

»Woher weißt du das?« flüsterte Bevier angespannt. »Hast du sie gesehen?«

»War gar nicht nötig. Eine der beiden steht mir sehr nahe. Sie hat mich erkannt – sogar mit diesem Gesicht. Aber fragt mich nicht, wie.«

»Bist du sicher?« bohrte Bevier nach.

»Ganz sicher. Sie hat zu singen angefangen. Diese Stimme würde ich sogar inmitten eines Gewitters erkennen. Sie sang ein sehr altes Lied, das eine ganz besondere Bedeutung für uns beide hat. Unsere Freundinnen in dem Haus haben mich erkannt, da besteht nicht der geringste Zweifel. Und die eine, von der ich gesprochen habe, singt dieses Lied nur für mich!«

»Du hattest wohl keine Möglichkeit, sie wissen zu lassen, daß du ihre Botschaft erhalten hast?« fragte Caalador. »Ich meine, ohne daß du ihnen die Tür eingerannt hättest.«

»Ich brauchte die Tür gar nicht einzurennen. Ich hab' das Lied mitgepfiffen. Das hab' ich früher schon getan, um mich meiner Freundin mitzuteilen. Dann habe ich ein Gespräch mit einem Wachtposten angefangen. Ich ließ dabei genug Hinweise fallen, daß die beiden im Haus jetzt wissen, was sie wissen sollten.«

Caalador lehnte sich auf dem Stuhl zurück. »Deine Idee mit dieser Schenke erweist sich als wirklich gut, Shallag. Seit wir hier sind, haben wir eine Menge nützliche Informationen aufgeschnappt.«

Kalten schaute sich in der Schenke um. »Zur Zeit ist es ziemlich ruhig. Der Radau wird bestimmt nicht vor Sonnenuntergang beginnen. Wie wär's, wenn wir einen kleinen Spaziergang durch die Ruinen machen? Ich finde, wir sollten ein bißchen mit einem gewissen kleinen Mädchen plaudern. Diesmal haben wir wirklich *gute* Neuigkeiten für sie.«

»Gehen wir's an.« Caalador stand auf, bahnte sich einen Weg zur Theke und sprach kurz zu dem Gesetzlosen, der soeben Bier ausschenkte; dann schritt er voraus ins Freie. Sie begaben sich hinter die Schenke und gingen durch eine überwucherte Nebenstraße, die an zerfallenen Häusern vorbeiführte, auf deren Trümmern laut schreiende bunte Vögel saßen. Die drei Gefährten traten in eine Ruine. Kalten und Caalador standen Wache, während Bevier den Zauber wirkte.

Der Cyriniker grinste, als er sich zu den Freunden gesellte. »Du solltest dich wappnen, Kalten!« warnte er.

»Wogegen?«

»Aphrael will dich mit Küssen überhäufen, sobald sie dich wiedersieht.«

»Ich glaube, damit kann ich leben. Darf ich daraus schließen, daß sie sich gefreut hat?«

»Bei ihrem Begeisterungsschrei wäre mir beinahe das Trommelfell geplatzt.«

»Tja, wie sagt sie so gern? ›Wir leben nur, um unseren Lieben Freude zu machen‹.«

Scarpa schrie, noch ehe er durch die Tür kam. Seine Stimme war hoch und schrill, seine Augen quollen aus den Höhlen, und seine behelfsmäßige Krone saß ihm schief auf dem Kopf. Er tobte vor wilder Wut. Geifer schäumte ihm von Lippen und Bart, als er in das Gemach stürmte. »Dein Gemahl hat dich verraten, Weibsbild!« schrie er Ehlana gellend an. »Für seinen Verrat wirst du mit dem Leben bezahlen!« Die Hände zu Klauen gekrümmt, ging er auf sie zu.

Plötzlich stand Zalasta an der Tür. »Nein!« befahl er eisig.

Scarpa wirbelte zu seinem Vater herum. »Halte dich heraus!«

kreischte er. »Sie ist *meine* Gefangene! Ich werde sie für Sperbers Verrat bestrafen!«

»Nein, das wirst du nicht. Du wirst tun, was ich dir befehle!« Zalasta sprach nun Elenisch; von seinem früheren Akzent war nicht das geringste zu bemerken.

»Er hat meinen Befehlen zuwidergehandelt! Das muß er mir büßen!«

»Bist du so dumm, daß du nicht damit gerechnet hast? Ich hatte dir gesagt, wie listig dieser Mann ist! Aber dein beschränkter Verstand ist vom Größenwahn so sehr umnebelt, daß du nicht hören wolltest.«

»Ich habe ihm den *Befehl* erteilt!« Scarpas Stimme hatte sich zu einem schrillen Quieken erhoben. Er stampfte mit dem einen Fuß auf, dann mit dem anderen. Schließlich fing er vor Wut wie ein Derwisch zu tanzen an. »Ich bin der *Kaiser*! Er *muß* mir gehorchen!«

Diesmal machte Zalasta sich gar nicht erst die Mühe, sich der Magie zu bedienen. Er schwang lediglich den Stab und streckte seinen tobenden Sohn mit einem einzigen Schlag zu Boden. Die Krone rollte davon.

»Du drehst mir den Magen um.« Seine Stimme troff von Verachtung. »Ich kann weder deinen mangelnden Respekt noch deine kindischen Wutanfälle dulden. Du bist *nicht* der Kaiser. In diesem Zustand bist du nicht einmal zurechnungsfähig!« Sein Gesicht war ausdruckslos, und seine Augen schienen in weite Fernen zu blicken. »Hüte dich, Scarpa«, warnte er mit furchterregender Stimme. »Es gibt auf dieser Welt nichts mehr, das ich noch liebe. Du hast mich von allen menschlichen Bindungen befreit. Wenn du mich ärgerst, zerquetsche ich dich wie eine Laus!«

Scarpa, auf dessen Gesicht immer noch Geifer schäumte, wich auf allen vieren vor dem furchterregenden alten Mann zurück.

»Was ist geschehen?« fragte Ehlana besorgt.

»Einer meiner Leute – Cyzada von Esos – ist soeben von Cynesga gekommen«, antwortete Zalasta ruhig. »Er brachte Neuigkeiten, mit denen wir eigentlich hätten rechnen müssen. Euer Gemahl ist ein listenreicher Mann, Ehlana. Wir dachten, wir hätten ihn erwischt, doch es ist ihm gelungen, uns wieder ein Schnippchen zu schlagen.«

»Ich verstehe nicht ...«

»Wir hatten ihm Anweisungen hinterlassen, als wir Euch entführten. Er sollte nach Beresa in Südarjuna reiten, nur in Begleitung seines Knappen. Wir ließen ihn beobachten, und scheinbar tat er wie geheißen. Aber eben nur *scheinbar*. Offensichtlich liebt er Euch nicht so sehr, wie wir annahmen.«

»Er hat lediglich *meine* Anweisung befolgt, Zalasta. Ich befahl ihm, Bhelliom unter keinen Umständen aus der Hand zu geben.«

»Wie ist Euch das gelungen?« fragte Zalasta sichtlich erstaunt.

»Euer vom Wahn besessener Sohn befahl Elron, Baronesse Melidere zu töten. Elron ist in jeder Beziehung ein hoffnungsloser Versager. Es gelang Melidere, seinen Schwertstich abzulenken. Ich habe einige sehr tüchtige Leute, Zalasta. Melidere stellte sich tot; sie war eine sehr überzeugende Schauspielerin. Ich täuschte Hysterie vor und flüsterte ihr Anweisungen zu, während ich eine Decke über sie zog. Ehlana bedachte den alten Mann mit einem zutiefst spöttischen Blick. »Ihr werdet alt und nachlässig, Zalasta. Euch fiel nicht einmal auf, daß ich meinen Ring nicht mehr trage. Ich hatte ihn Melidere zugesteckt.«

»Sehr einfallsreich, Ehlana«, murmelte er. »Ihr und Euer Gemahl seid höchst anregende Feinde.«

»Wie schön, daß es Euch gefällt. Wie hat Sperber Euch hereingelegt?«

»Das wissen wir nicht so genau. Von dem Moment an, als er die Schloßanlage in Matherion verließ, stand er unter Beobachtung. Er hat unsere Anweisungen buchstabengetreu befolgt. Wir änderten sogar mehrmals den ursprünglichen Plan, um mögliche Täuschungen zu verhindern. Dann entfloh Klæl aufs neue und suchte nach Bhelliom. Der Mann, den wir für Sperber hielten, überquerte mit seinem Knappen Khalad auf einem Schiff das Binnenmeer von Arjun. Klæl warf nur einen Blick auf ihn und erkannte sofort, daß der Mann, der Euer Gemahl zu sein *schien*, nicht Anakha war. Das ist die Neuigkeit, die Cyzada soeben brachte.«

Ehlana lächelte ihn fast selig an. »Also ist Sperber jetzt irgendwo da draußen – mit Bhelliom in der Hand und Mordlust im Herzen – und Ihr habt nicht die leiseste Ahnung, wo er sein könnte. Wahrscheinlich wißt Ihr nicht einmal, wie er aussieht. Ein ziemliches Problem für Euch, Zalasta.«

»So ist es, Majestät. Ihr begreift wesentlich schneller als meine Kollegen.«

»Das ist wirklich nicht schwierig. Ihr seid ja von Schwachsinnigen umgeben. Welchen meiner Geistesblitze bewundert Ihr gerade?«

Er lächelte schwach. »Ich mag Euch, Ehlana. Ihr habt Mut und Verstand. Meine Schwachsinnigen, wie Ihr sie nennt, haben den wesentlichen Punkt noch nicht erkannt, was die List Eures Gemahls angeht. Wenn es ihm gelungen ist, daß jemand wie er aussieht, dann ist er bestimmt ebenso imstande, seine *eigenen* Züge zu verändern.«

»Das tut er oft, Zalasta. Er hat große Erfahrung darin, aus seiner Zeit in Rendor. Um Euch herum bricht alles zusammen, nicht wahr? Ich würde Euch raten, schnellstens zu verschwinden.«

»Ich werde tatsächlich in Kürze abreisen, aber *Ihr* kommt mit. Erteilt Eurer Kammermaid die Anweisung, Vorbereitungen für eine Reise zu treffen.«

»Was sagst du da?« Scarpa plagte sich auf die Füße. »Sie *darf* nicht von hier weg! Wir nehmen den Austausch hier vor!«

»Du Schwachkopf!« sagte Zalasta verächtlich. »Du bildest dir doch nicht *wirklich* ein, ich nehme deine Unbotmäßigkeit noch länger hin, oder? Ich hatte nie die Absicht, dich auch nur in die Nähe von Bhelliom kommen zu lassen!«

Scarpa starrte ihn an.

»Es war ein unüberlegter Versuch, dein Leben zu retten, du Narr. Bhelliom hätte dich in dem Augenblick vernichtet, da du nach ihm greifen wolltest.«

»Nicht, wenn ich die Ringe hätte. Sie würden mich schützen!« Wieder loderte der Wahnsinn in Scarpas Augen.

»Die Ringe sind fauler Zauber!« erklärte Zalasta höhnisch. »Sie haben nicht die geringste Macht über Bhelliom.«

»Du lügst!«

»Das möchtest du gern glauben, nicht wahr, Scarpa? Du hattest gedacht, die größte Macht des Universums beherrschen zu können, in dem du dir ein Paar Ringe an die Finger steckst. Ghwerig, der Trollzwerg, hat diese Ringe auf Bhellioms Geheiß angefertigt. Sie waren bestimmt, einen *Troll* zu täuschen und ihn glauben zu machen, er besäße ein wenig Macht über den Stein. *Bhelliom* hat Ghwerig dazu gebracht, die Ringe zu schmieden; dann sorgte er dafür, daß Aphrael sie stahl. Alle Aufmerksamkeit war dermaßen auf die Ringe gerichtet, daß niemand auch nur daran dachte, Bhelliom aus der thalesischen Königskrone zu stehlen.«

Scarpa sagte hämisch. »Du hast dich gerade selbst verraten, alter Mann! Wenn Bhelliom so tödlich ist, wie konnten ihn da die Könige von Thalesien berühren, ohne zu sterben?«

»Weil Bhelliom *lebt*, Dummkopf! Er hat ein Bewußtsein! Er tötet nur jene, die er töten *will* – und du gehörst zweifellos dazu. Obwohl du mein Sohn bist, gerate sogar ich nicht selten in Versuchung, dich zu töten. In deiner Unüberlegtheit hast du dir gedacht, du bräuchtest dir Bhelliom nur zu nehmen, dann könntest du ihm sogleich Befehle erteilen. Habe ich recht?«

Scarpa lief aus Verlegenheit rot an.

»Geht es denn nicht in deinen kranken Kopf, daß nur ein Gott – oder Anakha – Bhelliom unbeschadet in die Hand nehmen und ihm Anweisungen geben kann? Warum, glaubst du, habe ich ein Bündnis mit Azash geschlossen – und später mit Cyrgon? Dachtest du etwa, ich hätte religiöse Gründe dafür?« Er lächelte grausam. »Hast du dir wirklich eingebildet, Bhelliom hätte dich mir ebenbürtig gemacht, Scarpa? Du wolltest dir die Ringe über die Finger ziehen, dir Bhelliom schnappen und ihm befehlen, mich zu töten, nicht wahr? Fast wünschte ich, die Lage wäre anders. Wie gern hätte ich deinen Gesichtsausdruck gesehen, wenn Bhelliom dich in Stein verwandelt!« Zalasta richtete sich hoch auf. »Genug!« Er ging zur Tür. »Kommt herein!« brüllte er. »Ihr alle!«

Furchtsam und zögernd traten die Männer ein. Krager war vor lauter Angst fast nüchtern, und Elron hätte sich am liebsten verkrochen. Der dritte war ein dürrer Styriker mit langem Bart, struppigen Brauen und eingesunkenen fanatischen Augen.

»Meine Herren«, begann Zalasta, »diese neue Entwicklung erfordert Änderungen unserer Pläne. Mein Sohn und ich haben die Angelegenheit besprochen. Offenbar hat er beschlossen, weiterleben zu wollen, denn er hat sich einverstanden erklärt, meine Anweisungen zu befolgen. Ich werde die Königin und ihre Kammermaid an einen anderen Ort bringen. Natayos ist nicht mehr sicher. Sperber könnte buchstäblich überall sein. Möglicherweise ist er bereits hier. Ich möchte, daß ihr mit Scarpa dableibt. Schickt die Botschaften weiterhin an diesen falschen Sperber. Unsere Feinde dürfen nicht erfahren, daß wir sie durchschaut haben. Wartet zwei Tage; dann sendet Anweisungen nach Panem-Dea. Man soll eine angemessene Unterkunft für zwei sehr hochgestellte Damen herrichten. Anschließend wartet noch einmal zwei Tage; dann schickt eine geschlossene Kutsche dorthin. Diese Schwachköpfe in Panem-Dea kennen so etwas wie Sicherheitsmaßnahmen überhaupt nicht; deshalb dürfte der Wortlaut Eurer Nachricht in ganz Südarjuna bekannt sein, noch ehe Euer Bote eintrifft. Cyzada, ich möchte, daß *Ihr* ein wachsames Auge auf meinen geistesgestörten Sohn habt. Befolgt er meine Anweisungen nicht bis aufs Wort, befehle ich Euch, einen von Azashs Dienern aus der Unterwelt zu rufen, auf daß er diesen Schwachkopf tötet. Laßt Euch etwas einfallen, alter Junge. Sucht den grausamsten und gräßlichsten Dämon aus, den Ihr finden könnt. Falls Scarpa mir wieder nicht gehorcht, sorgt dafür, daß er einen sehr langen und qualvollen Tod erleidet. Man soll ihn von hier bis Matherion schreien hören!«

Cyzadas Augen leuchteten in plötzlicher, grausamer Vorfreude auf. Er bedachte Scarpa, der mit einemmal einen vollkommen vernünftigen Eindruck machte, mit einem furchtbaren Lächeln. »Ich kümmere mich darum, Zalasta«, versprach er mit hohl klingender Stimme. »Ich weiß jetzt schon, wen ich für diesen Zweck beschwören werde.«

Scarpa wich entsetzt zurück.

»Wohin werdet Ihr die Gefangenen bringen, erhabener Zalasta?« fragte Elron zittrig. »Wo könnt Ihr sicher sein vor diesem rachsüchtigen Ungeheuer, das Anakha genannt wird?«

»Das braucht Ihr nicht zu wissen, Elron«, erwiderte Zalasta. »Die Pandioner sind für ihre Strenge bei der Befragung von Gefangenen bekannt. Wenn Ihr es nicht wißt, könnt Ihr es ihnen nicht verraten – nicht einmal, wenn sie Euch foltern.«

»Foltern?« Elrons Augen weiteten sich, und seine Stimme klang wie ein angstvolles Quieken.

»Dies ist die wirkliche Welt, Elron, nicht der Tagtraum eines weltfremden Poeten. Die Zeit der Possenreißerei ist nun vorbei. Aber ich bin sicher, Ihr werdet eine gelungene Vorstellung geben und uns mit dem Heldenmut beeindrucken, mit dem Ihr die Qualen ertragt, die man Euch ohne Zweifel zufügen wird, wenn man Euch erwischt.«

Elron war der Ohnmacht nahe.

17

Ihre königliche Hoheit, Kronprinzessin Danae von Elenien, saß gedankenverloren auf einer abgelegenen Fensterbank in einem oberen Stockwerk der Burg Ihrer Mutter. Das Wetter war wechselhaft, und zur Zeit fegte ein heftiger Windstoß welke Blätter wie huschende braune Mäuse über den Rasen unterhalb des Fensters. Danae streichelte abwesend ihre schnurrende Katze, während sie verschiedene Möglichkeiten überdachte.

Mirtai, die Hand am Schwertgriff, grimmig und unerbittlich in atanischem Harnisch aus poliertem Stahl und schwarzem Leder, stand in mürrischem Gehorsam ein gutes Stück entfernt auf dem Korridor.

»Du bist immer noch böse auf mich, nicht wahr?« fragte Danae die goldene Riesin, ohne sich auch nur umzudrehen.

»Es steht mir nicht zu, das Benehmen meiner Besitzer zu mißbilligen«, antwortete Mirtai stur.

»Hör schon auf damit. Komm her!«

Mirtai marschierte gehorsam zu ihrer kleinen Herrin. »Ja?«

»Ich werde es noch einmal versuchen. Bitte, hör mir diesmal zu!«

»Wie Eure Majestät befiehlt.«

»Das wird ausgesprochen lästig, ist dir das klar? Wir lieben dich, Mirtai.«

»Spricht Eure Majestät im Pluralis majestatis?«

»So langsam machst du mich wütend! Ich habe einen Namen, den du sehr wohl kennst! Wir *alle* lieben dich, und es hätte uns das Herz gebrochen, wenn du dich getötet hättest. Ich habe deshalb ein bißchen grob zu dir gesprochen, damit du wieder zur Vernunft kommst.«

»Ich weiß, warum du es getan hast, Danae. Aber mußtest du mich im Beisein der anderen so demütigen?«

»Ich möchte mich dafür entschuldigen.«

»Das kannst du gar nicht. Du bist eine Königin, und Königinnen *dürfen* sich nicht entschuldigen.«

»Ich schon, wenn ich es will!« Danae machte eine kurze Pause. »Tja, das war's!« fügte sie dann hinzu.

Mirtai lachte, und plötzlich schlang sie die Arme um das kleine Mädchen. »Du wirst nie lernen, eine Königin zu sein, Danae.«

»Oh, das würde ich nicht sagen. Königin zu sein bedeutet nur, daß man bekommt, was man will. Ich bekomme immer, was ich will. Für so was Einfaches brauche ich keine Krone und auch keine Armee.«

»Du bist ein sehr verzogenes Mädchen, Majestät.«

»Ich weiß. Und ich genieße jede Minute.«

Da hörte die Prinzessin ein schwaches, weit entferntes Murmeln – ein Geräusch, das so leise war, daß Mirtai es nicht einmal erahnen konnte.

»Würdest du bitte Melidere zu mir schicken?« bat sie, seufzte und verdrehte die Augen. »Ich bin sicher, sie sucht mich sowieso schon. Wahrscheinlich ist es wieder mal an der Zeit für eine dieser Mädchen-Unterrichtsstunden.«

»Melidere unterweist dich in höfischem Benehmen und den üblichen guten Manieren, Danae«, rügte Mirtai. »Wenn du Königin werden willst, mußt du das beherrschen.«

»Was mich angeht, halte ich das alles für lächerlich. Aber geh schon voraus, Mirtai. Ich komme in ein paar Minuten nach.«

Die Riesin eilte den Gang entlang, und Danae fragte leise in die Luft: »Was gibt es, Setras?«

»Du beherrscht das alles doch, Aphrael.« Ihr lockenköpfiger Vetter erschien plötzlich neben ihr. »Warum nimmst du da Unterricht?«

»Weil es Melidere etwas zu tun gibt und verhindert, daß sie auf dumme Gedanken kommt. Ich habe sehr viel Zeit und Mühe darauf verwendet, sie und Stragen zusammenzubringen. Ich möchte nicht, daß Melidere meine Arbeit zunichte macht, indem sie sich aus Langeweile anderswo und vor allem anderswie vergnügt.«

»Das ist dir sehr wichtig, nicht wahr?« Die Frage klang verwundert. »Warum interessiert es dich überhaupt, was die Menschen tun, um sich fortzupflanzen?«

»Das würdest du nicht verstehen, Setras. Dazu bist du noch zu jung.«

»Ich bin so alt wie du!«

»Ja, aber du achtest nicht darauf, was deine Anbeter tun, wenn sie allein zusammen sind.«

»Ich *weiß*, was sie tun. Es ist lächerlich.«

»*Ihnen* gefällt es offenbar.«

Er rümpfte die Nase. »Blumen sind da viel schicklicher.«

»Wolltest du darüber mit mir reden?«

»Oh, jetzt hätte ich es fast vergessen. Ich habe eine Nachricht für dich. Es gibt da einen alzionischen Ritter – einen von denen, die *mir* dienen. Ich glaube, du kennst ihn. Er ist ein mondgesichtiger Bursche namens Tynian.«

»Ja.«

»Wie du weißt, kehrte er nach Chyrellos zurück, um Hilfe zu holen. Und dort hat er, wenngleich unbeabsichtigt, sämtliche Pandioner ausgewählt, die geschickt genug sind, Botschaften an dich weiterzuleiten. Er hat sie alle in diesen Teil der Welt mitgebracht, so daß es unter den Ordensrittern keinen einzigen mehr gab, der dir hätte mitteilen können, was in Zemoch passiert ist.«

»Ja, das weiß ich bereits. Anakha wird sich in dieser Sache mit Tynian besprechen. Was ist denn in Zemoch geschehen?«

»Die Ordensritter stießen auf Klæl. Ein Drittel von ihnen verlor dabei das Leben.«

Aphrael stieß eine Reihe unfeiner Verwünschungen aus.

»Aphrael!« entsetzte sich Setras. »So etwas sagt man nicht!«

»Ich schon! Warum hast du mir das nicht sofort mitgeteilt, Setras?«

»Weil ich wegen dem anderen neugierig war«, gestand er. »Es ist ja nicht so, daß sie *alle* getötet wurden, Aphrael. Es gibt noch sehr viele von ihnen. In Kürze werden es wieder so viele sein wie zuvor. Sie sind unheimlich fruchtbar, weißt du.«

»Ich liebe sie *alle*, du Dämlack. Ich will keinen einzigen verlieren!«

»Du bist schrecklich besitzergreifend. Das ist einer deiner Fehler, Kusinchen. Du kannst sie nicht *alle* behalten.«

»An deiner Stelle würde ich nicht darauf wetten, Setras. Ich fange jetzt erst richtig an.« Sie warf die Hände in die Luft. »Es ist unmöglich! Du verstehst die Botschaft ja nicht einmal, die du mir übermitteln willst. Wo sind die Ordensritter jetzt?«

»Sie überqueren die große Steppe von Mittelastel, um in Cynesga einzufallen. Wahrscheinlich stoßen sie dort wieder auf Klæl. Ich hoffe, sie werden nicht *alle* umgebracht.«

»Wer hat den Befehl?«

»Als sie aus Chyrellos losmarschierten, war ein alter Mann namens Abriel der oberste Feldherr, einer von Romalics Dienern. Aber er ist in Zemoch gefallen. Daraufhin hat ein Hoherpriester der Kirche des Elenischen Gottes das Kommando übernommen. Ein Thalesier. Er heißt Bergsten.«

»Das hätte ich mir denken können«, murmelte Aphrael. »Zuerst habe ich noch ein paar Dinge zu erledigen, dann suche ich Bergsten auf und lasse mir *richtig* Bericht erstatten.«

»Ich wollte doch nur helfen!« sagte Setras leicht gekränkt.

»Das hast du auch, Vetter«, erwiderte Aphrael nachsichtig. »Du kannst ja nichts dafür, daß du nicht wußtest, was inzwischen hier geschehen ist.«

»Ich muß mich mit wichtigeren Dingen befassen, Aphrael«, stellte er geziert fest. »Besuch mich doch mal in meinem Atelier. Vor ein paar Tagen habe ich einen Sonnenuntergang erschaffen, der wahrscheinlich eines meiner besten Werke bislang ist. Er ist so schön, daß ich beschlossen habe, ihn zu behalten.«

»Setras! Du darfst die Sonne nicht einfach auf diese Weise anhalten!«

»Dort lebt niemand, Aphrael! Keiner wird es bemerken.«

»O je!« Sie vergrub das Gesicht in den Händen.

»Jetzt bist du enttäuscht von mir, nicht wahr?« Seine Unterlippe zitterte leicht, und seine großen, leuchtenden Augen füllten sich mit plötzlichen Tränen. »Dabei gebe ich mir soviel Mühe, daß du und die anderen stolz auf mich sein können!«

»Enttäuscht von dir? Das wäre ein bißchen dick aufgetragen«, sagte sie. »Wie dem auch sei, ich liebe dich trotzdem.«

Sein Gesicht leuchtete auf. »Dann ist alles in Ordnung?«

»Aber natürlich, Setras.« Sie küßte ihn. »Geh jetzt. Ich muß mit diesen anderen reden.«

»Du *wirst* mich doch in meinem Atelier besuchen und meinen Sonnenuntergang bewundern, nicht wahr?«

»Natürlich, Vetter. So, aber jetzt geh.« Sie hob ihre schlafende Katze auf den Arm und blies ihr ins Ohr. »Wach auf, Murr!«

Die gelben Augen öffneten sich.

»Kehre zu unserem gemeinsamen Schlupfwinkel zurück«, wies die kleine Prinzessin das Tier in der Katzensprache an. »Ich muß etwas erledigen.« Sie stellte Murr auf den Boden. Die Katze machte einen Buckel, bog den Schwanz zu einem geschmeidigen Fragezeichen und gähnte. Dann tapste sie den Korridor entlang.

Danae schaute sich um, lauschte und spähte, um sicherzugehen, daß sie hier allein war. In den Räumlichkeiten der Burg hielten sich einige männliche menschliche Wesen auf, und die Erscheinung einer nackten Göttin erregte sie stets. Natürlich war es schmeichelhaft, doch für jemanden, der nicht das geringste Bedürfnis hatte, sich fortzupflanzen, war es auch ein wenig verwirrend. So sehr sie es versucht hatte – es war Aphrael nie gelungen, den unüberlegten, ziellosen Paarungstrieb der menschlichen Männer zu begreifen.

Die Kindgöttin nahm flüchtig ihre wahre Gestalt an; dann wurde sie zu beiden kleinen Mädchen zugleich.

»Du wirst älter, Danae«, stellte Flöte fest.

»Kann man es wirklich schon merken?«

»Ein bißchen. Aber es wird noch eine ganze Weile dauern, ehe du eine erwachsene Frau sein wirst. Bist du sicher, daß du das wirklich auf dich nehmen willst?«

»Es könnte uns allen helfen, sie ein bißchen besser zu verstehen. Ich glaube, Setras weiß nicht einmal, daß es einen Mann und eine Frau braucht, um – na, du weißt schon.« Danae errötete.

»Setras ist keine große Leuchte. Darf ich Mirtai ausleihen?« fragte Flöte.

»Wozu?«

»Du brauchst sie hier nicht unbedingt, und nach den Geschehnissen in Dirgis hätte ich gern, daß jemand über Sephrenia wacht, dem ich vertrauen kann.«

»Gute Idee. Reden wir mit Sarabian und den anderen. Sie können Boten zu denjenigen schicken, zu denen wir keine Verbindung haben.«

Flöte nickte. »Es wäre sehr viel einfacher, würden sie *alle* uns gehören.«

Danae lachte. »Ich glaube, Setras hatte recht. Wir sind *wirklich* besitzergreifend, nicht wahr?«

»Wir lieben sie doch alle, Danae. Ich sehe keinen Grund, weshalb sie uns nicht auch lieben sollten.«

Die beiden kleinen Mädchen trippelten Hand in Hand den Korridor entlang. »Danae«, sagte Flöte, »glaubst du, Mirtai könnte Höhenangst haben?«

»Er sieht wirklich so aus wie auf dem Bild, das Talen gezeichnet hat, findest du nicht?« flüsterte Tynian Ulath zu.

»Ja, sehr«, bestätigte Ulath. »Der Junge hat ein bemerkenswertes Talent.«

»Ja, und er kann auch gut zeichnen.«

Ulath lachte. Dann betrachtete er die Männer, die sich um Parok geschart hatten, und zog Tynian ein Stück weiter von ihnen weg. »Parok erteilt hier die Befehle«, flüsterte er. »Aber der Arjuner in dem schreiend bunten Wams spricht für König Rakya.«

»Sarabian wird über den König von Arjuna sehr verärgert sein.«

Ulath nickte. »Es würde mich gar nicht wundern, wenn schon bald ein anderer auf dem arjunischen Thron säße.«

»Was, genau, hat Parok über Natayos gesagt? Du wirst ihn doch nicht etwa mißverstanden haben, oder?«

»Ganz sicher nicht, Tynian. Kurz vor der Auseinandersetzung mit Herzog Milanis meinte Parok, Scarpa wolle seine Armee aus Natayos abziehen, ehe Sperber die letzte Botschaft bekommt. Ich hätte beinahe laut gejubelt, als Parok sagte, sie würden Sperber nach Natayos schicken, um Ehlana dort gegen Bhelliom auszutauschen.«

»Trotzdem müssen wir vorsichtig sein. Es wäre möglich, daß sie Ehlana anderswo festhalten und sie erst in letzter Minute nach Natayos bringen.«

Ulath zuckte die Schultern. »Sobald Xanetia dort ist, werden wir Gewißheit haben.«

Die Tür zum Gemach mit den Bücherschränken schwang auf, und ein Lakai stürmte herein.

»Eine wichtige Botschaft ist aus Natayos eingetroffen, Baron«, wandte er sich an Parok. »Der Kurier hat sein Pferd schier zuschanden geritten.«

»Pferde sind billig. Schick den Mann herein.«

»Es fällt mir immer leichter, diesen Kerl nicht zu mögen«, murmelte Tynian.

»Geht mir genauso«, brummte Ulath und blickte nachdenklich auf. »Wir sind doch gewissermaßen unsichtbar, nicht wahr?«

»Sagt jedenfalls Ghnomb.«

»Kannst du dir Paroks Gesichtsausdruck vorstellen, wenn er plötzlich von einem unsichtbaren Messer aufgeschlitzt würde?«

»Und langsam!« fügte Tynian hinzu. »Ganz, ganz langsam!«

Der Bote aus Natayos war ein schäbig gekleideter Daziter, der vor Erschöpfung taumelte, als er ins Gemach schwankte. »Baron!« keuchte er. »Gott sei Dank habe ich Euch gefunden!«

»Sprich, Bursche!«

»Dürfte ich zuvor einen Schluck Wasser haben?«

»Sprich erst, dann darfst du trinken, was du willst.«

»Durchlaucht Stragen befahl mir, Euch auszurichten, daß der Mann, den Ihr beobachtet, *nicht* Sperber ist.«

»Ah, jetzt hat Scarpa also völlig den Verstand verloren.«

»Nein, Baron. Zalasta hat es bestätigt. Ein gewisser Klæl hat sich den Mann angeschaut, dem Ihr die Schreiben schickt. Sie dachten, Ihr wüßtet, wer dieser Klæl ist. Jedenfalls ließ er ausrichten, daß der Mann mit der gebrochenen Nase zwar *aussieht* wie Sperber, in Wahrheit aber nicht Sperber ist. Dieser Klæl muß eine Möglichkeit haben, den Unterschied mit Gewißheit zu erkennen.«

Parok fluchte wild.

»Das reicht!« knurrte Tynian. »Ich werde Aphrael sofort Bescheid geben. Wir müssen Berit und Khalad umgehend in Sicherheit bringen.«

»Hat Scarpa Sperbers Gemahlin getötet?« fragte Baron Parok den Boten.

»Nein, Euer Gnaden. Er wollte es, aber Zalasta hielt ihn zurück. Ich soll Euch ausrichten, daß Ihr nichts unternehmen sollt, was den Betrüger darauf hinweisen könnte, daß wir ihn durchschaut haben. Zalasta braucht eine gewisse Zeit, die Gefangenen an einen sicheren Ort zu bringen. Er will so weitermachen, als wäre nichts passiert. Nachdem er die beiden Frauen in Sicherheit gebracht hat, wird er Euch Bescheid geben, daß Ihr den Mann töten könnt, der sich als Sperber ausgibt.«

»Demnach hat Zalasta wieder volle Befehlsgewalt?«

»Jawohl, Baron Parok. Durchlaucht Scarpa ist ein wenig – äh – verwirrt könnte man wahrscheinlich sagen.«

»Man könnte auch ›total verrückt‹ sagen. Das träfe es wohl besser.« Parok begann hin und her zu stapfen. »Ich hatte mich schon gefragt, wieviel noch fehlt, ehe Scarpa völlig dem Wahnsinn verfällt. Na ja, so ist es wahrscheinlich besser. Zalasta ist zwar Styriker, aber er hat einen klaren Kopf. Reite zurück und richte ihm aus, daß ich seine Botschaft erhalten habe und nichts tun werde, seine Pläne zu gefährden. Laß ihn wissen, daß ich keine echte Zuneigung zu Scarpa empfinde und nur ihm, Zalasta, treu ergeben bin.«

»Jawohl, Euer Gnaden!«

Herzog Milanis erhob sich und ging zum Fenster, um es zu schließen. »Woher, in Gottes Namen, kommt dieser gräßliche Gestank?«

Tynian drehte sich um und sah den riesigen Troll unmittelbar hinter ihnen stehen. »Bhlokw«, sagte er, »es ist nicht gut, wenn du auf diese Weise in den Bau von Menschendingen kommst.«

»Khwaj hat mich geschickt, Tin-in«, erklärte Bhlokw. »Khwaj will nicht mehr warten. Er will die Verruchten für immer brennen lassen.«

In diesem Augenblick erschien der ungeheure Gott inmitten Feuer und Rauch. »Eure Jagd dauert zu lange, Ulath-von-Thalesien. Habt ihr schon eines der verruchten Menschendinge gefunden? Wenn ja, dann zeigt es mir. Ich werde es für immer brennen lassen.«

Tynian und Ulath wechselten einen langen Blick. Dann grinste Tynian wölfisch. »Warum nicht?« meinte er.

»Ja, warum nicht?« pflichtete Ulath ihm bei. Er blickte den flackernden Feuergott an. »Unsere Jagd ist erfolgreich, Khwaj«, versicherte er ihm. »Wir haben eines von jenen Menschendingen gefunden, die Anakhas Gefährtin raubten. Du darfst es jetzt für immer brennen lassen.« Er legte eine Pause ein. »Da sind aber noch mehr, hinter denen wir her sind«, fügte er hinzu. »Und wir dürfen sie nicht verscheuchen, damit es nicht schwieriger wird, sie zu jagen. Kann Ghnomb jenes Menschending, das wir hier gefunden haben, in die Nichtzeit versetzen? Dort kannst du deinen Spaß mit ihm haben. Wenn es in der Nichtzeit brennt, können die anderen seiner Herde den Rauch nicht riechen und seine Schmerzensschreie nicht hören – und dann werden sie auch nicht weglaufen.«

»Dein Gedanke ist gut, Ulath-von-Thalesien«, pflichtete Khwaj ihm bei. »Ich werde mit Ghnomb darüber reden. Er wird es so machen, daß das Menschending, welches brennen soll, in der Zeit brennt, die sich nicht bewegt. Welches von denen hier ist es?«

»Das da«, antwortete Ulath und zeigte auf Baron Parok.

Herzog Milanis drehte sich gerade vom Fenster um, als er plötzlich innehielt und zu einer in der Bewegung erstarrten Statue wurde.

Baron Parok setzte sein ruheloses Hin und Her fort. »Wir werden zusätzliche Vorkehrungen treffen müssen«, sagte er, ohne zu ahnen, daß die Männer um ihn herum sich nicht mehr rührten. Er drehte sich um und stieß gegen den erschöpften Boten von Natayos. »Aus dem Weg, du Narr!« schnaubte er.

Der Mann rührte sich nicht.

»Ich habe dir befohlen, Zalasta eine Botschaft zu überbringen!« tobte Parok. »Wieso bist du immer noch hier?« Er schlug dem Kurier ins Gesicht und schrie vor Schmerzen auf, als seine Hand etwas traf, das härter als Stein war. Entsetzt blickte er sich um. »Was ist los mit euch?« schrie er schrill.

»Was hat das Menschending gesagt?« Khwajs Stimme klang furchterregend.

Parok stierte den monströsen Trollgott an, kreischte und stürmte zur Tür.

»Es versteht nicht, daß es jetzt in Nichtzeit ist«, antwortete Ulath auf Trollisch.

»Es sollte wissen, warum es bestraft wird!« entschied Khwaj. »Wird es verstehen, wenn du in den Vogelgeräuschen der Menschendinge zu ihm sprichst?«

»Ich werde dafür sorgen, daß es versteht«, versprach Ulath.

»Gut, sehr gut. Dann sprich zu ihm.«

Parok hämmerte hilflos auf die unbewegliche Tür ein.

»Das wird Euch nichts nützen, alter Junge«, versicherte Ulath dem panikerfüllten dazitischen Edelmann höflich. »Die Dinge haben keine gute Wendung für Euch genommen, Baron. Dieser ungeheuerliche Bursche hier, dem Rauch aus den Ohren quillt, ist der Trollgott Khwaj. Es gefällt ihm gar nicht, daß Ihr Königin Ehlana entführt habt.«

»Wer seid Ihr?« kreischte Parok. »Was geht hier vor?«

»Man hat Euch zur Bestrafung hierher gebracht, Baron«, erklärte Tynian ihm. »Wie mein Freund Euch eben erklärte, ist Khwaj sehr wütend auf Euch. Trolle sind außerordentlich moralistische Wesen. Untaten, die wir als gegeben hinnehmen – wie Geiselnahme, Giftmorde und Entführungen mit Lösegeldforderungen – erzürnen sie ungeheuerlich. Doch einen kleinen Vorteil hat es für Euch. Ihr werdet das ewige Leben bekommen, Baron Parok. Ihr werdet niemals sterben.«

»Was redet Ihr da?«

»Das werdet Ihr schon sehen.«

»Versteht das Menschending jetzt?« fragte Khwaj ungeduldig.

»Wir nehmen es an«, antwortete Ulath auf Trollisch.

»Gut.« Unerbittlich näherte Khwaj sich dem zitternden Daziter, der nicht weiter zurückweichen konnte, und streckte eine gewaltige Pranke aus, die er auf Paroks Kopf fallen ließ. »Brenn!« knurrte er.

Baron Parok schrie gellend.

Sein Gesicht schien sich zu spalten, und weißglühendes Feuer schoß aus seiner Haut. Sein Wams rauchte für einen Augenblick, loderte auf und zerfiel zu Asche.

Paroks Gestalt war noch die eines Mannes, jedoch in Flammen gezeichnet. Der Baron brannte, ohne vom Feuer verzehrt zu werden. Er tanzte und heulte in unendlicher Qual.

Khwaj schlug mit einer Riesenpratze auf die Tür. Sie barst in flammenden Stücken nach außen. »Geh!« donnerte er. »Lauf! Lauf für immer und brenn für alle Zeit!«

Der lodernde Daziter ergriff kreischend die Flucht.

Die Stadt Arjun war in jenem ewigen Augenblick des immerwährenden Jetzt erstarrt. Regungslos wie Statuen standen Einwohner da. Sie bemerkten den Brennenden nicht, der durch die stillen Straßen rannte. Sie hörten seine furchtbaren Schmerzensschreie nicht. Sie sahen ihn nicht zum See laufen.

Flammend stürmte Baron Parok dahin und zog fetten, schwarzen Rauch hinter sich her. Er gelangte zu den Hafenanlagen und flüchtete lodernd auf eine Landungsbrücke, die sich in das dunkle Wasser des Binnenmeers von Arjun erstreckte. Als Parok das Ende des Piers erreichte, blieb er nicht stehen, sondern sprang sehnsuchtsvoll in das kühlende, löschende Wasser. Doch die Oberfläche des Sees gab nicht nach; sie war hart wie Diamant. Die flammende Erscheinung heulte vor Verzweiflung, kniete sich auf die funkelnde Oberfläche und hämmerte mit beiden Fäusten darauf, flehte das Wasser an, ihn aufzunehmen und in der gesegneten Kühle ertrinken zu lassen. Doch von des Trollgottes furchtbarem Befehl getrieben, sprang Parok auf. Die menschenförmige ewige Flamme rannte, immer noch gellend vor Schmerzen schreiend, auf die kristallene Oberfläche hinaus, bis sie nur noch als heller Funke auf dem nachtdunklen See zu sehen war. Ihr wimmernder Schrei aus schrecklichem Schmerz und unendlicher Einsamkeit hallte an der gleichgültigen Küste wider.

»Ich wünschte, Sperber würde endlich wiederkommen«, murmelte Talen, als er und Stragen die baufällige Stiege zu dem Speicherraum erklommen. »Wir haben ziemlich wichtige Informationen, aber keine Möglichkeit, die anderen davon zu unterrichten.«

»Das läßt sich derzeit leider nicht ändern«, entgegnete Stragen. »Schauen wir mal, wie Valash auf die Geschichte reagiert, die du erfunden hast. Laß ihn im Ungewissen, bis wir sicher sein können, woran wir sind.«

»Und werdet Ihr mich dann lehren, wie man die Taschen Ahnungsloser ausräumt?«

»Oh, entschuldige.« Stragen seufzte. »Ich gebe ja zu, daß du weißt, was du tust.«

»*Danke*, Vymer! O danke, danke!« rief Talen mit übertriebener Herzlichkeit.

»Du hast zu viel Zeit mit Prinzessin Danae verbracht«, brummte Stragen mürrisch. »Ich hoffe, sie heiratet dich *wirklich*. Du verdienst es!«

»Seid still, Stragen! *Noch* kann ich schneller rennen als sie.«

»Davonrennen hilft nicht immer, Reldin. Auch ich habe geglaubt, ich könnte es, aber dann hat Melidere mir mit einem einzigen Wort den Teppich unter den Füßen weggezogen.«

»Ach. Und was war das für ein Wort?«

»›Profit‹, mein junger Freund. Sie hat mit unbegrenzten Mengen Geld vor meinem Gesicht herumgewedelt.«

»Und da seid Ihr schwach geworden!« sagte Talen anklagend. »Für Geld habt Ihr die Junggesellen dieser Welt verraten!«

»Hättest du das nicht getan? Es ging schließlich nicht um ein paar Kupfermünzen!«

»Nein, aber um das Prinzip«, entgegnete Talen von oben herab. »Ich würde mich für Geld jedenfalls nicht verkaufen!«

»Ich glaube nicht, daß Danae es bei dir mit Geld versuchen wird, du Unschuldslamm. Würdest du ihr jetzt, auf der Stelle, davonlaufen, könntest du ihr *vielleicht* noch entkommen, obwohl ich es bezweifle. Ich kannte deinen Vater und weiß, daß es in eurer Familie eine ganz gewisse Vorliebe gibt. Danae kriegt dich, Talen! Du hast keine Chance!«

»Könnten wir vielleicht über etwas anderes reden? Dieses Thema gefällt mir gar nicht.«

Stragen lachte, und sie traten durch die geflickte Tür am Ende der Treppe.

Im schwachen Licht einer einzigen Kerze saß Valash und hörte mit gequältem Gesicht ergeben zu, während Ogerajin wirres Zeug stammelte.

»Sein Zustand hat sich offenbar nicht gebessert«, sagte Stragen leise, als er und Talen sich zu den beiden am Tisch gesellten.

»Er *wird* auch nicht besser, Vymer.« Valash seufzte. »Ich weiß, wie diese Krankheit verläuft. Kommt ihm nicht zu nahe. Sie ist in diesem Stadium besonders ansteckend.«

»Ich möchte wirklich nicht bekommen, was er hat.« Talen schüttelte sich.

»Hast du was für mich?« Valash blickte ihn an.

»Ich bin mir nicht ganz sicher, Meister Valash«, antwortete Talen vorsichtig. »Die Burschen, von denen ich es hab', sind nicht sehr zuverlässig, glaub' ich. Aber vielleicht solltet Ihr trotzdem Panem-Dea davon in Kenntnis setzen. Es betrifft Eure Freunde dort ziemlich direkt. Könnte sein, daß sie ein paar zusätzliche Vorkehrungen treffen möchten.«

»Sprich!« forderte Valash ihn ungeduldig auf.

»Ich hab' in einer Hafenkaschemme zwei arjunische Soldaten belauscht – *echte* arjunische Soldaten, meine ich, keine Kerle, die Durchlaucht Scarpa rekrutiert hat. Sie unterhielten sich über bestimmte Anordnungen, die kurz zuvor aus der Hauptstadt von Arjuna eingetroffen waren. Soweit ich ihren Worten entnehmen konnte, erhielten die Männer den Befehl, sich auf einen Sturmangriff im Urwald vorzubereiten. Die beiden Soldaten *vermuten*, daß sie Durchlaucht Scarpas Lager in Panem-Dea angreifen werden.«

»Unmöglich!« schnaubte Valash.

»Sie sagten, die Anordnungen seien direkt von König Rakya gekommen. Natürlich wurden die Befehle direkt an die Offiziere gesandt; da könnten diese zwei Soldaten schon ein bißchen was durcheinandergebracht haben. Aber sie waren sicher, daß die arjunische Armee Scarpas überfallen wird. Ich dachte, das solltet Ihr wissen.«

»Diese Soldaten waren besoffen, Reldin. König Rakya ist unser Verbündeter!«

»Wirklich? Das ist ja erstaunlich. Dann sollte Rakya dies aber auch seine Truppen wissen lassen. Die beiden Soldaten, die ich belauschte, schwärmten schon von der Riesenbeute, die sie in Panem-Dea machen würden.«

»Die Königin kommt nach Panem-Dea«, sang Ogerajin plötzlich heiser zur Melodie eines alten Kinderlieds. »Die Königin kommt nach Panem-Dea.« Dann brach er in schrilles Lachen aus.

Plötzlicher Zorn huschte über Valashs Gesicht. »Beruhigt Euch, Meister Ogerajin«, sagte er mit einem besorgten Blick auf Stragen und Talen.

»Die Königin kommt in einer Kutsche nach Panem-Dea«, sang Ogerajin ungerührt weiter.

»Achtet nicht auf ihn«, sagte Valash ein bißchen zu schnell. »Er plappert nur Unsinn.«

»Sein Verstand läßt *wirklich* nach«, bemerkte Stragen.

»Sechs weiße Pferde mit silbernem Zaum ...«, trällerte Ogerajin weiter.

»Habt Ihr je einen solchen Schwachsinn gehört?« Valash lachte gezwungen.

»Vielleicht ist unsere Anwesenheit daran schuld«, meinte Stragen. »Schläft er später am Abend ein?«

»Meistens.«

»Gut. Von jetzt an werden Reldin und ich erst gegen Mitternacht herkommen, wenn er im Reich der Träume ist.«

»Das wäre nett von euch, Vymer.« Valash blickte die beiden mit immer noch besorgtem Gesicht an. »Er war nicht immer so, wißt Ihr. Es ist die Krankheit.«

»Das dachte ich mir schon. Vermutlich weiß er gar nicht, was er daherredet.«

»Eben. Genau. Er ist völlig wirr im Kopf. Vergeßt seinen irren Gesang einfach, ja?« Valash riß seinen Beutel vom Gürtel und fischte mehrere Münzen heraus. »Hier! Kommt wieder, wenn er eingeschlafen ist!«

Die beiden Diebe verbeugten sich und gingen.

»Er ist ganz schön nervös«, stellte Talen fest, als sie wieder die Treppe hinunterstiegen.

»Und wie! Er hat sich sogar freiwillig von ein paar Münzen getrennt!«

»Wohin?« fragte Talen am Fuß der Stiege.

»Zur Zeit nirgendwohin. Behalte das für dich, Talen.«

»Was?«

Doch Stragen sprach bereits in wohlklingendem Styrisch und fächelte die Finger in kompliziertem Muster in der Luft.

Talen starrte Stragen ungläubig an, als dieser die Hände mit den Handflächen nach oben hob und eine werfende Bewegung machte, so, als würde er eine Brieftaube in die Höhe schleudern. Seine Augen wirkten abwesend, und seine Lippen bewegten sich eine Zeitlang tonlos. Dann lächelte er. »Hab' sie überrascht! So, dann wollen wir.«

»Was geht hier vor?« fragte Talen heftig.

»Ich habe Aphrael mitgeteilt, was wir gerade herausgefunden haben.« Stragen zuckte die Schultern.

»*Ihr*? Wann habt Ihr styrische Magie gelernt?«

»So schwierig ist sie gar nicht, Talen.« Stragen grinste. »Ich habe oft genug gesehen, wie Sperber es macht, und immerhin spreche ich Styrisch. Die Gesten waren ein bißchen kompliziert, doch Aphrael hat sie mir erklärt. Das nächste Mal wird es schon besser gehen.«

»Woher wußtet Ihr, daß es funktionieren würde?«

»Sicher war ich mir nicht, aber ich hielt es für an der Zeit, es mal zu versuchen. Aphrael hat mich gelobt.«

»Euch ist doch klar, daß Ihr Euch damit freiwillig in ihren Dienst begeben habt, nicht wahr? *Soviel* weiß ich jedenfalls über sie. Jetzt seid Ihr ihr Sklave, Stragen! Jetzt gehört Ihr zu Aphrael!«

»Na und?« Stragen zuckte die Schultern. »Es gibt Schlimmeres. Aphrael stiehlt selbst; deshalb bin ich sicher, daß wir gut miteinander auskommen werden.« Er straffte die Schultern. »Also, gehen wir?«

18

»Bist du ganz sicher?« fragte Sperber die Kindgöttin aufgeregt.

»Kalten ist jedenfalls überzeugt davon. Er ging an dem Haus vorbei, und Alean fing an zu singen. Er würde doch ihre Stimme erkennen, oder nicht?«

Sperber nickte. »Mit ihrem Gesang könnte sie ihn von den Toten auferwecken. Wie schnell kannst du mich nach Natayos bringen?«

»Erst befördern wir die anderen nach Dirgis. Ich möchte Xanetia und Sephrenia Bescheid geben, was sich getan hat.«

»Das weiß ich bereits alles. Ich muß nach Natayos, Aphrael!«

»Eile mit Weile, Sperber. Wir brauchen nicht lange für den Abstecher nach Dirgis, und wer weiß, vielleicht haben die anderen einige nützliche Ideen.«

»Aphrael ...«, protestierte er.

»Wir werden es auf *meine* Weise tun, Sperber! So lange dauert es nicht, und in der Zwischenzeit wird deine Wut sich ein wenig legen. Im Augenblick bist du für niemanden von großem Nutzen. Die anderen sind schon reisefertig und warten auf uns. Holen wir sie, und dann auf nach Dirgis.«

Es kam zu einer kleinen Meinungsverschiedenheit, bevor sie aufbrachen. »Ich brauche kein Pferd!« beharrte Betuana. Sie bückte sich und schnürte einen ihrer Halbstiefel fester zu.

Aphrael seufzte. »Bitte, Betuana, tu's mir zuliebe.«

»Ich kann schneller rennen als ein Pferd. Warum soll ich mich da mit einem belasten?«

»Weil du weißt, wie weit es von hier nach Dirgis ist, das Pferd aber nicht. So ist es leichter für mich. Bitte, Betuana, tu's für mich.« Die Kindgöttin blickte die gerüstete atanische Königin beschwörend an.

Betuana lachte und gab sich geschlagen.

So traten sie alle auf den schneebedeckten Innenhof, saßen auf und ritten hinaus auf die Straßen von Sarna. Dicke Wolken bedeckten den Himmel und verhüllten die Berge. Es schneite pausenlos. Sie verließen die Stadt durch das Osttor und plagten sich den steilen Hang der Schlucht hinauf.

Sperber, Itagne und Vanion ritten an der Spitze und trampelten für die Königin der Ataner, die Aphrael unter dem dicken Umhang in den Armen hielt, einen Weg durch den Schnee. Sperber dachte über die beunruhigenden zwei Persönlichkeiten der Kindgöttin nach. Er wußte, daß sie weiser war, als er es je begreifen konnte; trotzdem war sie in vieler Hinsicht ein kleines Mädchen. Dann erinnerte er sich an die nackte Wirklichkeit der *wahren* Göttin, und jegliche Hoffnung schwand, sie jemals zu verstehen.

»Können wir nicht ein bißchen schneller reiten?« fragte Vanion. Unbeschreibliche Ungeduld quälte Sperbers Freund, seit er von dem Anschlag auf Sephrenia wußte, und Sperber hatte schon mehrmals befürchtet, er müßte ihn mit Gewalt zurückhalten. »Ob schnell oder langsam, spielt keine Rolle, Vanion«, sagte er. »Wir können rennen oder kriechen und werden trotzdem etwa zur selben Zeit ankommen.«

»Wie könnt Ihr nur so ruhig sein?«

Sperber bemühte sich um ein Lächeln. »Mit der Zeit gewöhnt man sich daran.«

Ungefähr eine Viertelstunde später überquerten sie den Kamm dieses langgestreckten Hügels und blickten hinunter auf Dirgis – wo die Sonne hell schien.

»Das gibt es nicht!« rief Itagne. Dann drehte er sich um und blickte den Weg zurück, den sie eben heraufgekommen waren, und plötzlich weiteten sich seine Augen.

»Ich habe dich gebeten, das nicht zu tun, Itagne!« erinnerte Aphrael ihn.

»Dort unten schneit es immer noch!« stieß er gepreßt hervor, »aber ...« Er starrte auf die in der Sonne blitzende, schneebedeckte Wiese, die vor ihnen lag.

»Warum müssen die Leute *immer* ausgerechnet da stehenbleiben?« fragte das kleine Mädchen verärgert. »Reite einfach weiter, Itagne. Sobald du den Übergang zwischen den zwei Orten hinter dir hast, wird es dir nichts mehr ausmachen.«

Itagne blickte entschlossen nach vorn und ritt in den hellen Sonnenschein. »Habt Ihr das verstanden, Sperber?« fragte er angespannt.

»So einigermaßen. Wollt Ihr wirklich wissen, was passiert, wenn Ihr den Punkt überschreitet, wo soeben zweihundert Meilen verschwanden?«

Itagne schauderte.

Sie ritten den Berg hinunter und in die Stadt. »Wie weit ist es noch?« fragte Vanion ungeduldig.

»Nur noch ein kleines Stück«, versicherte Sperber. »Es ist keine sehr große Stadt.«

Sie ritten durch die schmalen Straßen, wo der Schnee in hohen Haufen an die Hauswände geschaufelt war. Als sie das Gasthaus erreichten, saßen sie auf dem Hof dahinter ab.

»Inzwischen geht es ihm wieder recht gut, Betuana«, versicherte Aphrael der atanischen Königin. »Ich halte ihn in tiefem Schlaf, damit sein Körper die Gelegenheit hat, sich zu erneuern.«

»Wer wacht über ihn? Vielleicht sollte ich nach ihm sehen!«

»Nein, Betuana«, wehrte Aphrael ab. »Ich darf dich nicht dorthin bringen. Noch nicht.«

»Aber er ist allein!«

»Er ist keineswegs allein! Ich bin bei ihm!«

»Aber ...« Betuana starrte das kleine Mädchen an.

»Versuch' nicht, daran zu denken.« Die Kindgöttin schürzte die Lippen. »Engessa-Atan ist ein undurchschaubarer Mann, weißt du – wahrscheinlich, weil er so ruhig ist. Bis ich in seinen Geist eindringen konnte, wußte ich gar nicht, wie erstaunlich er wirklich ist.«

»Ich habe es immer gewußt.« Betuana nickte. »Wie lange wird es erforderlich sein, ihn von mir – von uns – fernzuhalten?«

Aphrael überging den Versprecher der Königin. »Ein paar Wochen. Ich möchte sicher sein können, daß alles geheilt ist. – Aber gehen wir jetzt ins Haus, bevor Vanion aus der Haut fährt!«

Sperber führte sie in das Gasthaus, wo der Wirt sich offenbar so sehr damit beschäftigte, einen Tisch abzuwischen, daß er für alles andere blind war. Sie stiegen die Treppe hinauf, und Sperber bemerkte erstaunt, daß Mirtai vor Sephrenias Tür Wache hielt.

»Was macht *Ihr* denn hier?« fragte er. »Ich dachte, Ihr seid in Matherion.«

»Man hat mich ausgeliehen wie einen alten Umhang«, antwortete die Riesin.

»Du weißt genau, daß das nicht stimmt, Mirtai!« rügte Aphrael sie. »Dort, wo Danae sich jetzt befindet, ist sie vollkommen sicher, während ich hier zu Sephrenias Schutz jemanden brauchte, dem ich voll vertrauen kann. Gehen wir hinein.«

Sephrenia saß aufrecht im Bett, von Xanetia wachsam behütet. Warmer Sonnenschein erhellte das Zimmer.

Vanion eilte zu der Frau, die er liebte, kniete sich neben ihr Bett und umarmte sie behutsam. »Nie wieder werde ich dich aus den Augen lassen!« versprach er mit schwerer Zunge.

Sephrenia nahm sein Gesicht in beide Hände und küßte ihn.

»Du tust dir weh!«

»Pst, Vanion!« Sie legte ihm die Arme um den Hals und drückte sein Gesicht fest an sich.

In Aphraels großen Augen schimmerten Tränen. Dann machte sie eine ungeduldige Bewegung, als wolle sie die Gefühle abschütteln, die so plötzlich über sie hereingebrochen waren.

»Kommen wir zur Sache!« sagte sie entschlossen. »Seit unserem letzten Beisammensein ist sehr viel passiert.«

»Und nur Schlimmes«, fügte Itagne düster hinzu.

»Nein, nicht nur«, verbesserte Aphrael ihm. »Das Schlimmste ist, daß Klæl die Ordensritter im Zemochgebirge überfiel. Er hatte diese fremdartigen Soldaten bei sich, und unsere Freunde verloren durch Tod und Verwundung die Hälfte ihrer Streitmacht.«

»Großer Gott!« ächzte Itagne.

Da Sperber die Einzelheiten der kürzlichen Ereignisse kannte, beschäftigten seine Gedanken sich mit der Herkunft der geheimnisvollen Krieger Klæls. Er drückte die Fingerspitzen an die Schatulle unter seinem Kittel. *Blaurose*, sagte er in der Stille seines Geistes.

Ich höre dich, Anakha.

Unsere Freunde sind Klæl erneut begegnet. Er hat Soldaten von anderswo hierher gebracht.

Das war zu erwarten. Seiner ungeheuren Größe wegen ist Klæl nicht imstande, selbst an Kampfhandlungen gegen Menschen teilzunehmen.

Sind wir in seinen Augen wie Mäuse? fragte Sperber.

Du unterschätzt euch, Anakha.

Vielleicht. Aber wie mir scheint, sind diese Soldaten nicht von dieser Welt. Ihr Blut ist gelb, und ihre Gesichter ähneln Klæls häßlicher Fratze.

Ah, sagte die Stimme in Sperbers Kopf. *Erinnerst du dich, wie ich dir einmal erzählte, daß Klæl und ich einen schon traditionellen Wettkampf um den Besitz der unterschiedlichen Welten führen, die ich erschaffen habe?*

Ja.

Es schmerzt mich, zugeben zu müssen, daß ich aus diesen Kämpfen nicht immer als Sieger hervorging, so daß Klæl mir einige dieser Welten entrang. Von einer – Arzera, vermute ich – hat er diese Kreaturen geholt, denen du und deine Gefährten begegnet seid.

Die Wesen sind furchterregend, Blaurose, aber nicht unbesiegbar. Wir haben bemerkt, daß sie Atemschwierigkeiten bekamen, je länger ihr Aufenthalt währte.

Es würde mich wundern, wäre dies nicht der Fall. Die Luft Arzeras würde eure Lungen zerstören, würdet ihr auch nur einen einzigen Atemzug nehmen. Die Luft dieser Welt ist so süß und gesund, daß sie von deinesgleichen und allen anderen Geschöpfen hier auf einfache Weise auf-

genommen werden kann. Dieses Glück haben die Kreaturen von Arzera nicht. Die Luft ihrer Heimatwelt ist ätzend, und ihre Methode der Atmung ist viel komplizierter als die eure. Außerdem ist das, was für euch tödlich wäre, für sie zur unabdingbaren Notwendigkeit geworden. Ich bin sicher, im Vergleich finden sie eure Luft dünn und unzureichend.

Und tödlich? bohrte Sperber nach.

Mit der Zeit ganz gewiß.

Würdest du bitte schätzen, wie lange es dauern könnte, bis unsere Luft sie umbringt?

Du bist barbarisch, Anakha!

Wir sind ihnen zahlenmäßig unterlegen, Blaurose! Klæls Krieger sind eine gefährliche Bedrohung unserer Existenz. Wir müssen *wissen, wie lange sie hier überleben können.*

Das dürfte von Krieger zu Krieger unterschiedlich sein. Gewiß nicht länger als einen Tag, und körperliche Anstrengung dürfte ihren Untergang beschleunigen.

Ich danke dir, Blaurose. Meine Gefährten und ich werden uns Vorgehensweisen ausdenken, um diese Information bestmöglich zu nutzen.

»Hör zu, Sperber!« rügte Aphrael ihn.

»Verzeih«, entschuldigte er sich. »Ich hatte eine Besprechung mit unserem Freund.« Er tätschelte die Wulst unter seinem Kittel und blickte Vanion an. »Ich habe noch etwas über die Schwäche von Klæls Soldaten erfahren. Wir müssen weitere Taktiken ausarbeiten.«

Vanion nickte.

»Bist du sicher, daß mit Berit und Khalad alles in Ordnung ist?« fragte Sephrenia das kleine Mädchen.

Aphrael nickte. »Zalasta möchte nicht, daß wir erfahren, daß er unsere Täuschung durchschaut hat. Er erteilt allen seinen Leuten Befehle, so zu tun, als wäre nichts geschehen.« Sie überlegte kurz. »Ich glaube, das ist vorerst alles. Bergsten kommt über die Steppe; Kalten, Bevier und Caalador sind bereits in Natayos; und Ulath, Tynian und ihr Trollbegleiter werden in Kürze dort eintreffen.«

»Könnt Ihr dem Kaiser Bescheid geben?« fragte Itagne die Kindgöttin. »Er sollte wissen, daß der König von Arjuna sich mit Scarpa verbündet hat.«

»Ich kümmere mich darum«, versprach sie. Dann legte sie die Stirn kraus. »Sephrenia, hast du Stragen Unterricht in den Geheimnissen erteilt?«

»Nein. Wieso?«

»Er sprach den Zauber der geheimen Beschwörung. Er hat es zwar nicht besonders gut gemacht, doch es ist ihm immerhin gelungen, meine Aufmerksamkeit zu erregen.«

»Wie, in Gottes Namen, hat er das gelernt?« rief Vanion.

»Wahrscheinlich, indem er euch beobachtet hat. Stragen hat eine sehr rasche Auffassungsgabe, und er spricht Styrisch. Geheimnisse zu stehlen ist für ihn vermutlich fast das gleiche, wie Taschen auszuleeren. Wie dem auch sei – durch Stragen erfuhr ich von Scarpas weiteren Lagern. Er und Talen liefern dem Daziter falsche Informationen, um die andere Seite zu verwirren.«

»Mir deucht, es ist an der Zeit, mich nach Natayos zu begeben«, warf Xanetia ein. »Wir müssen uns vergewissern, daß Anakhas Königin dort ist, und Vorbereitungen für ihre Befreiung treffen.«

»*Bevor* Zalasta versucht, sie anderswohin zu bringen«, fügte Sperber hinzu. »Am besten, ich komme mit. Die anderen sind bereits dort, und Kalten braucht möglicherweise eine zügelnde Hand, ehe er etwas Unüberlegtes tut. Außerdem – falls Ehlana und Alean dort sind, sollten wir sie gleich außer Gefahr bringen. Dann zerstreue ich Scarpas Armee, und anschließend suchen wir Cyrgon auf.«

»Und Zalasta!« warf Vanion düster ein.

»Ach, übrigens, führt jemand eine Liste der Personen, die wir bestrafen wollen?« fragte Aphrael. »Wenn ja, kann er Baron Paroks Namen abhaken.«

»Hat Ulath ihn getötet?« erkundigte sich Sperber.

»Oh, er ist nicht tot, Sperber. Weißt du, als Khwaj Ulath und Tynian bedrängte, ihm von den Leuten zu erzählen, die Ehlana entführt haben, nannten sie Paroks Namen.«

»Was ist denn geschehen?« wollte Itagne wissen.

»Gnomb ließ die Zeit erstarren.« Aphrael zuckte die Schultern. »Dann steckte Khwaj Baron Parok in Brand. Er ist vollkommen in Flammen gehüllt und versucht, vor dem schrecklichen Schmerz davonzulaufen, doch er wird in jenem leeren, starren Augenblick für alle Ewigkeit laufen und brennen.«

»Großer Gott!« entfuhr es Itagne entsetzt.

»Ich werde das an Khwaj weitergeben, Itagne«, versprach die Kindgöttin. »Ich bin sicher, er freut sich über dein Lob.«

Die Luft war kühl und trocken und der Himmel von eigenartigem Grau. Tynian und Ulath ritten in erstarrter Zeit aus Arjun. Bhlokw rannte zwischen ihren Pferden. »Wie lange, glaubst du, werden wir nach Natayos brauchen?« fragte Tynian.

»Oh«, antwortete Ulath. »Keine Ahnung – ein paar Sekunden wahrscheinlich.«

»Sehr komisch.«

»Mir gefällt es.« Ulath blickte zu der Vogelschar hinauf, die mitten in der Luft über ihnen zu hängen schien. »Ich frage mich, ob ein Mensch in dieser Nichtzeit überhaupt altert.«

»Weiß ich nicht. Aber du könntest ja mal Baron Parok fragen, wenn er dir über den Weg läuft.«

»Ich bezweifle, daß er gut zu verstehen wäre.« Ulath kratzte sich die bärtige Wange. »Ich werde dieses Ding ganz bestimmt abrasieren! Wenn es Gerad nicht gefällt, ist es halt sein Pech.« Plötzlich fiel ihm etwas ein, das er ihrem zottigen Freund schon geraume Zeit hatte sagen wollen. »Bhlokw?«

»Ja, U-lat?«

»Es stimmt uns traurig, daß unsere Jagd uns zu den Landen der Sonne führt, wo die Hitze dich schmerzen wird.«

»Sie schmerzt mich nicht, U-lat. Es gibt keine Hitze und keine Kälte in der Nichtzeit.«

Ulath starrte ihn verblüfft an.

»Bist du sicher?« fragte er ungläubig.

»Fühlst du Hitze?«

»Nein«, gestand Ulath. »Ich hatte gedacht ...« Er hielt inne, runzelte die Stirn und versuchte, seine nächste Bemerkung in verständlichem Trollisch zu formulieren. »Wir waren sehr weit im Norden, als du und dein Rudel die Kinder Cyrgons fraßen, die tot und nichttot zugleich waren.«

»Ja, es war im Norden von wo wir jetzt sind.«

»Dann hat Ghnomb dich und dein Rudel in Nichtzeit gebracht.«

»Ja.«

»Danach führte Ghworg euch in die Lande der Sonne.«

»Ja.«

»Und das hat dir keinen Schmerz gemacht?«

»Nein. Der Schmerz wurde von den Dingen gemacht, die nicht waren, wie sie sein sollten.«

»Welche Dinge waren nicht, wie sie sein sollten?«

»Alle Trolle waren ein Rudel. So sollte es nicht sein. So kann man nicht gut jagen.« Bhlokw rieb sich mit einer kräftigen Pranke das Gesicht. »Wir haben nicht so gejagt, als wir im Trollgebiet waren, wo wir sein sollten. Ich dachte, daß Ghworgs Kopf krank ist, als er zu uns kam und uns befahl, das Eis-das-nie-schmilzt zu diesem Ort zu überqueren. Es war nicht Ghworg, der das getan hat. Es war Cyrgon. Cyrgon hatte Ghworgs Aussehen angenommen und mit Ghworgs Stimme gesprochen. Es war mein Kopf, der krank war. Er hätte mir sagen sollen, daß es nicht Ghworg war.«

»Schmerzt es dich, daß die Trolle jetzt ein Rudel sind?«

»Schmerzt sehr, U-lat. Ich mag nicht, wenn Dinge nicht sind, wie sie sein sollten. Ich kenne Grek viele Schneezeiten. Sein Rudel jagt im Trollgebiet neben meinem. Ich mag Grek nicht. Seit zwei Schneezeiten ist es mein Gedanke, ihn zu töten. Das macht mir Schmerz.«

»Es wird nicht immer so bleiben, Bhlokw«, beruhigte Ulath den Troll. »Wenn wir alle Kinder Cyrgons getötet haben, werden die Götter die Trolle ins Trollgebiet zurückbringen. Dann werden die Dinge wieder, wie sie sein sollen.«

»Es wird mich froh machen, wenn es wieder so ist. Ich möchte Grek wirklich gern töten.« Bhlokw schlurfte kummervoll davon.

»Worum ging es bei der ganzen Sache eigentlich?« fragte Tynian.

»Ich bin mir nicht sicher«, gestand Ulath. »Manches von dem, was er sagte, habe ich verstanden, manches wiederum nicht. Aber vielleicht ist es ohnehin besser, wenn wir nicht wissen, um was es geht.«

»Im Moment können wir nur hoffen, daß die Trollgötter in der Lage sind, die tollwütigen Mordgelüste ihrer Kinder zu zügeln!« sagte Tynian inbrünstig.

»Trollwütig«, verbesserte Ulath seinen Freund.

»Was?«

»Du sagtest *tollwütig*. Aber Bhlokw hat vor, Grek zu töten, weil er wütend auf ihn ist. Und Grek ist ein Troll. Das richtige Wort ist demnach *trollwütig*.«

»Das sind Wortklaubereien, Ulath.«

»Aber so und nicht anders ist es richtig«, dozierte Ulath ein wenig rechthaberisch.

Es war noch sehr früh, als Aphrael am nächsten Morgen von Sarna zurückkehrte. Am Osthimmel verkündete ein helles Grau bereits den kommenden Tag, während am westlichen Horizont noch der Mond das Regiment führte.

Sperber und Xanetia hatten keine halbe Stunde gewartet, als sie Flötes vertrautes Trillern hörten, das sich aus dem dunklen Wald näherte.

»Das ging aber schnell!« Sperber staunte, als die Kindgöttin sich zu ihnen gesellte.

»Sarna liegt ja nicht im äußersten Winkel des Kontinents, Sperber«, entgegnete sie. »Jedenfalls habe ich alle untergebracht.« Sie lächelte. »Vanion kann schrecklich lästig sein! Als ich sie verließ, wollte er unbedingt, daß Sephrenia sich hinlegt.

»Sie war wirklich sehr geschwächt, Aphrael«, erinnerte Sperber sie.

»Aber jetzt nicht mehr! Sie muß aufstehen und sich Bewegung verschaffen. Dreht euch um.«

Xanetia schaute sie verwundert an.

»Das ist eine ihrer kleinen Eigenheiten«, erklärte Sperber. »Sie mag es nicht, wenn jemand ihr beim Verwandeln zusieht.« Er blickte die Kindgöttin an. »Vergiß diesmal nicht, dir was anzuziehen, Aphrael. Wir wollen doch die Anarae nicht in Verlegenheit bringen.«

»Du kannst einem damit ganz schön auf die Nerven gehen, Sperber. Also, bitte, dreht euch jetzt um.«

Es dauerte nur Augenblicke. »Jetzt dürft ihr wieder herschauen«, sagte Aphrael. Sperber bemerkte, daß die Göttin auch diesmal die weiße Satinrobe trug.

»Ihr seid über alle Maßen schön, Göttin!« hauchte Xanetia.

Aphrael zuckte die Schultern. »Ich schwindle oft. Vertraust du mir, Anarae?«

»Mit meinem Leben, Göttin Aphrael.«

»Ich hoffe, du nimmst dir ein Beispiel daran, Sperber.«

»Hast du für eine Lärmkulisse gesorgt, damit Zalasta nicht hören kann, was du tust?«

»Das ist nicht nötig. Xanetia kommt ja mit, und ihre Anwesenheit verbirgt alles.«

»Oh. Daran hatte ich gar nicht gedacht«, gestand er.

»Also, Anarae, wir werden einander jetzt an der Hand halten und uns in die Luft erheben. Es ist besser, wenn du nicht nach unten schaust. Sobald wir über den Gipfeln dieser Berge sind, fliegen wir los. Du wirst weder Wind noch Kälte spüren, ja, nicht einmal das Gefühl haben, daß wir uns bewegen. Halte dich einfach an meiner Hand fest und versuch, an etwas anderes zu denken. Es wird nicht lange dauern.« Sie blinzelte zum östlichen Horizont. »Also los. Ich möchte, daß wir in Natayos sind und dort in einem guten Versteck unterkriechen, ehe Scarpas Soldaten aus ihren Decken schlüpfen.« Sie streckte die Hände aus. Sperber und Xanetia griffen danach.

Sperber wappnete sich und beobachtete, wie der Boden unter ihren Füßen zurückblieb, während sie sich rasch dem morgengrauen Himmel näherten.

»Du quetschst meine Hand, Sperber!« rügte Aphrael.

»Entschuldige. Ich habe mich immer noch nicht so recht an diese Art der Fortbewegung gewöhnt.« Er blickte zu Xanetia hinüber. Selbst als sie höher und höher stiegen, blieb die leuchtende Anarae ein Bild unerschütterlicher Ruhe.

»Die Welt ist schön«, flüsterte sie bewundernd.

»Sofern man hoch genug ist, ihre Häßlichkeit nicht zu sehen.« Aphrael lächelte. »Ich komme manchmal hier herauf, um nachzudenken; denn hier werde ich kaum gestört.« Sie orientierte sich an der inzwischen aufgegangenen Sonne, die den Himmel ringsum in flammend gelbrotes Licht tauchte. Dann nickte Aphrael auf seltsame Weise und richtete sich entschlossen nach Südosten.

Die Erde unter ihnen begann nun rasch dahinzufließen; sie kam nach vorn auf sie zu und zog sich hinter ihnen ebenso schnell zurück.

»Das deucht mir eine vergnügliche Art zu reisen«, bemerkte Xanetia.

»Mir hat's immer schon gefallen«, stimmte Aphrael zu. »Vor allem geht es so viel schneller, als sich auf dem Pferderücken dahinzuplagen.«

Von schier gespenstischer Stille umgeben, flogen sie gen Südosten.

»Das Binnenmeer von Arjun.« Sperber deutete auf ein großes Gewässer tief unter ihnen, auf der rechten Seite.

»So klein?« In Xanetias Stimme lag Enttäuschung. »Ich hatte es für größer gehalten.«

»Wir fliegen in sehr großer Höhe«, erklärte Aphrael. »Aus der Ferne sieht alles winzig klein aus.«

Sie eilten weiter dahin und befanden sich bald über dem dichten grünen Dschungel, der die Südostküste des Kontinents bedeckte.

»Wir werden jetzt etwas tiefer gehen«, warnte Aphrael. »Ich will mich an Delo orientieren. Dann biegen wir nach Südwesten ab, um Natayos zu erreichen.«

»Werden wir vom Boden aus nicht gesehen?« fragte Xanetia.

»Nein, obwohl es eine interessante Vorstellung ist. Dein Licht würde den Leuten zu denken geben. Neue Religionen könnten entstehen, würden Menschen Engel über ihren Köpfen vorüberfliegen sehen. – Dort ist Delo!«

Die Hafenstadt sah wie ein Kinderspielzeug aus, das achtlos an der Küste des tiefblauen Tamulischen Meeres liegen gelassen worden war. Die Gefährten bogen jetzt nach Südwesten ab und folgten, allmählich tiefergehend, der Küste, bis sie den Dschungel erreichten.

Aphrael spähte angestrengt in das dichte Grün. »Dort!« rief sie triumphierend.

Vielleicht wäre es schwieriger gewesen, die Ruinenstadt zu finden, hätten nicht Scarpas Soldaten das nördliche Viertel vom Dickicht und den Bäumen freigeräumt, die den Rest der uralten Stadt überwucherten. Die grauen Steine der halb verfallenen Häuser zeichneten sich scharf im Licht des Sonnenaufgangs ab, und die frisch geräumte Straße, die sich in Nordrichtung erstreckte, erschien wie eine ins dunkle Grün des Dschungels gehauene gelbe Narbe. Die Gefährten setzten etwa eine Viertelmeile nördlich der Ruinen sanft auf dieser Straße auf. Sperber führte Aphrael und die Anarae sofort gut hundert Schritt in das dichte Unterholz. Jeder Nerv war vor Erregung angespannt. Falls Kalten recht hatte, befand er sich keine Meile mehr von dem Haus entfernt, in dem Ehlana gefangengehalten wurde.

»Geh schon voraus, Xanetia«, forderte Aphrael die Anarae auf. »Ich muß mich noch einmal deiner Fähigkeiten vergewissern, bevor du in die Stadt gehst. Die Sache ist wichtig; aber ich möchte dich auf keinen Fall in Gefahr bringen. Wir müssen ganz sichergehen, daß niemand dich sehen kann.«

»Ihr macht Euch zu große Sorgen um mich, Göttin. Wir haben unseren besonderen Schutz im Laufe der Jahrhunderte vervollkommnet.« Sie richtete sich auf, und ihr Gesicht nahm einen Ausdruck schier übernatürlicher Ruhe an. Ihre Gestalt schien zu schimmern und weiche, regenbogenfarbene Blitze zuckten unter ihrer schlichten, grob gewebten Wollrobe. Allmählich verschwamm Xanetia, wurde immer undeutlicher.

Dann waren nur noch flüchtig ihre Umrisse zu erkennen; sie waren durchscheinend, so daß Sperber den Stamm eines Baumes sehen konnte, der hinter der Anarae stand.

»Wie gelingt es Euch, Dinge sichtbar zu machen, die Ihr mit dem Körper verdeckt?« erkundigte Aphrael sich neugierig.

»Wir beugen das Licht, Göttin und beeinflussen somit die Sinneswahrnehmung. Das ist die Hauptursache. Das Licht strömt um uns herum wie ein schneller Fluß und trägt die Abbildungen jener Dinge mit sich, die unsere Körper normalerweise verbergen müßten.«

»Sehr interessant«, sagte Aphrael nachdenklich. »An diese Möglichkeit habe ich niemals auch nur gedacht.«

»Wir müssen allerdings vorsichtig sein«, erklärte Xanetia, »denn unsere Schatten können uns verraten.«

»Dagegen könnt ihr leicht etwas tun. Ihr braucht euch nur dem Sonnenschein fernzuhalten.«

Sperber unterdrückte ein Lächeln. Selbst eine Göttin wartete manchmal mit allgemein bekannten Ratschlägen auf.

»Ich werde mich sorgfältig an Euren Rat halten, Göttin«, antwortete Xanetia, ohne eine Miene zu verziehen.

»Machst du dich über mich lustig, Xanetia?«

»Selbstverständlich nicht, Göttin Aphrael.« Inzwischen waren auch Xanetias Umrisse verschwunden, und ihre Stimme schien aus dem Nichts zu erklingen. »Ans Werk!« Ihre scheinbar körperlose Stimme näherte sich bereits der Straße. »Ich werde bald zurückkehren.«

»Ich muß Edaemus bewundern«, gestand Aphrael. »Das ist eine außerordentlich kluge Methode, sich zu verbergen. – Dreh dich um, Sperber. Ich verwandle mich zurück.«

Nachdem die Kindgöttin die vertraute Gestalt Flötes angenommen hatte, machten sie und Sperber es sich bequem und warteten, während die Sonne in diesem Teil der Welt allmählich aufging. Der Dschungel dampfte, und die Luft war voller Vogelgezwitscher und dem Summen von Insekten. Der Augenblick schien sich schier endlos zu dehnen. Sie waren so nahe bei Ehlana, daß Sperber beinahe vermeinte, ihren vertrauten Duft zu riechen. »Sind Ulath und Tynian bereits hier?« fragte er, jedoch mehr, um irgend etwas zu sagen, als aus Neugier.

»Wahrscheinlich«, antwortete Flöte. »Sie sind gestern von Arjun aufgebrochen. Wahrscheinlich kam es ihnen wie drei Wochen vor, aber für alle anderen dauerte es kaum länger als einen Herzschlag.«

»Ob sie wohl in der Nichtzeit blieben oder sich unter Scarpas Soldaten mischten?«

»Schwer zu sagen. Vielleicht hätte ich es feststellen sollen, ehe Xanetia aufbrach.«

Da hörten sie, wie sich mehrere Männer auf der Straße unterhielten. Sperber schlich näher; Aphrael hielt sich dicht hinter ihm.

»Weil ich diesen Soldaten nicht traue, Col«, sagte ein wild aussehender Bursche zu einem blonden Elenier.

»Es ist doch nicht mehr Nacht, Senga. Niemand wird deine Bierwagen am hellichten Tag überfallen.«

»Man kann nicht vorsichtig genug sein! Das Geld wird knapp hier in Natayos, und dieses Bier ist der Lebenssaft meines Geschäfts. Ein Durstiger, dem das Geld ausgeht, ist zu allem fähig.«

»Hast du schon daran gedacht, mit deinen Preisen ein wenig herunterzugehen?« fragte ein finsterer Kerl mit schwarzer Augenklappe.

»Fällt dir nichts besseres ein, Shallag?« brummte Senga.

»War ja nur ein Vorschlag.« Der Einäugige zuckte die Schultern, als der Trupp schwerbewaffneter Männer außer Hörweite marschierte.

»Du hast sie doch erkannt, nicht wahr?« flüsterte Aphrael.

»Kalten und Bevier, ja. Caalador habe ich allerdings nicht gesehen.« Sperber überlegte kurz. »Bist du hier sicher? Alleine, meine ich?«

»Nein! Es ist *furchtbar* gefährlich, Sperber – die vielen Löwen und Tiger und Bären und so weiter.«

»Es war eine dumme Frage, nicht wahr?«

»Kann man wohl sagen. Was hast du vor?«

»Kalten und Bevier arbeiten offensichtlich für den Mann, den sie mit Senga anredeten. Vielleicht können sie ein gutes Wort für mich einlegen. Wie es aussieht, können sie sich in Natayos frei bewegen. Wenn dieser Senga mich als Aufpasser für sein Bier einstellt, hätte ich eine gute Möglichkeit, unauffällig in die Stadt zu gelangen.«

»Wirst du dich beherrschen können, wenn du Mutter so nahe bist?«

»Ich werde nichts Unüberlegtes tun, Aphrael!«

»Dann ist es wohl in Ordnung. Du hast meine Erlaubnis.«

»O *danke*, Göttin Aphrael. Danke, danke, danke!«

»Du hast ein freches Mundwerk, Sperber«, sagte sie ein wenig pikiert.

»Ich befinde mich seit einiger Zeit ja auch in frecher Gesellschaft«, stichelte er zurück.

»Ich muß kurz nach Sarna zurück«, erklärte Aphrael. »Versuch bitte die nächste Stunde zu überstehen, ohne in allzu große Schwierigkeiten zu geraten.«

»Du wirst mir schrecklich fehlen.« Er grinste.

»Du hast heute aber eine eigenartige Auffassung von Humor.«

»Ich fühle mich großartig. Wenn alles gut geht, habe ich deine Mutter noch vor Sonnenuntergang befreit.«

»Wir werden sehen.«

Sie warteten, während die Sonne am Osthimmel langsam höher stieg. Dann hörten sie aus dem Norden das Rumpeln näher kommender Karren. »Ich halte dich auf dem laufenden«, versprach Sperber. Er trat aus dem Dickicht und stellte sich wartend an den Rand der schlammigen Straße.

Der erste Wagen, der von vier geduldigen Ochsen gezogen wurde, bog knarrend um eine Kurve. Auf der Ladefläche häuften sich Bierfässer. Der Mann namens Senga saß auf dem Kutschbock neben dem finsteren Fuhrmann. Kalten, dessen Miene Sperber trotz des fremden Gesichts seltsam vertraut war, hockte ganz oben auf den Fässern.

»He, Col!« rief Sperber. »Dachte ich mir doch, daß es *deine* Stimme war, die ich hörte, als ihr vor einer Weile hier vorbeigekommen seid.«

»Ich werd' verrückt, wenn das nicht Fron ist!« rief Kalten und grinste breit. Sperber fragte sich plötzlich, was möglicherweise geschehen wäre, hätte Kalten ihn nicht erkannt. Kalten lachte jetzt ehrlich erfreut. »Wir dachten alle, du hättest wieder auf einem Schiff angeheuert, als in Matherion alles für uns schiefging.«

»Das habe ich auch, aber nicht für lange.« Sperber zuckte die Schultern. »Da war ein Bootsmann, der ein bißchen zu freigebig mit seiner Peitsche umging. Eines Nachts mußte er wohl beschlossen haben, über Bord zu gehen und zur Küste zu schwimmen. Möchte wissen, weshalb er so plötzlich auf diese Idee kam. Wir waren noch gut zwanzig Seemeilen vom Land entfernt, als ich ihm über die Reling half.«

»Manche Leute tun manchmal seltsame Dinge. Und was machst du jetzt hier?«

»Ich hab' von dieser Armee gehört und mir gedacht, hier wär' vielleicht ein gutes Versteck. Hab' gehört, daß dieser Scarpa vorhat, Matherion anzugreifen. Ich hab' dort noch ein paar alte Rechnungen zu begleichen, drum dacht' ich, ich schließ mich an, bloß so zum Spaß, und weil ich ein paar Münzen recht gut gebrauchen kann.«

»Ich glaub', wir könnten da was Besseres für dich finden, als in Scarpas Armee zu dienen.« Kalten stupste Sengas Schulter mit den Zehen. »Der Kerl, der da bis zu den Knöcheln im Schlamm steht, ist ein alter Freund aus Matherion. Er heißt Fron, und er kann sich sehr gut durchsetzen. Als die Ordnungshüter uns in Matherion hoppnehmen wollten, stand er Schulter an Schulter mit Shallag und wehrte die Kerle ab, bis wir anderen uns in Sicherheit gebracht hatten. Meinst du, du hättest in deinem Geschäft noch Verwendung für einen tüchtigen Totschläger?«

»Bürgst du für ihn, Col?«

»Ich könnte mir keine bessere Hilfe wünschen, wenn wir in Schwierigkeiten geraten sollten.«

»Du bist für die Sicherheit zuständig.« Senga zuckte die Schultern. »Du kannst jeden anwerben, den du willst.«

»Ich hatte gehofft, daß du so denkst.« Kalten winkte Sperber zu. »Klettere zu mir herauf, Fron. Ich werde dir die Wunder von Natayos zeigen.«

»Von einem Bierwagen aus?«

»Kannst du dir einen schöneren Platz vorstellen?«

19

Kring traf am Spätnachmittag jenes Tages in Sarna ein, an dem Aphrael Sephrenia und die anderen von Dirgis dorthin gebracht hatte. Mirtai begab sich hinunter auf den Hof der atanischen Garnison, um ihren O-beinigen Verlobten zu begrüßen. Die beiden umarmten sich ein wenig förmlich und betraten dann das Gebäude.

»Sie kommt mir sehr zurückhaltend vor«, sagte Vanion leise zu Betuana. Die beiden hatten die Verlobten durch das Fenster des Sitzungssaals beobachtet.

»Es ist unziemlich, in der Öffentlichkeit Zuneigung zu zeigen, Vanion-Hochmeister«, erklärte die Königin. »Die Schicklichkeit muß gewahrt werden, auch wenn das Herz es viel lieber anders hätte.«

»Aha.«

»Ho, Freund Vanion!« rief Kring, als er und seine hochgewachsene Liebste den Saal betraten. »Euch hab' ich gesucht.«

»Ich freue mich ebenfalls, Euch wiederzusehen, Freund Kring. Wie ist die Lage in Samar?«

»Ruhig. Die Cynesganer haben sich von der Grenze zurückgezogen. Tut sich etwas im Süden, worüber ich nicht unterrichtet wurde?«

»Nicht, daß ich wüßte. Wieso fragt Ihr?«

»Die Cynesganer hatten sich unmittelbar gegenüber von uns an der Grenze gesammelt. Wir rechneten damit, daß sie jeden Augenblick herüberkommen würden, um Samar zu belagern. Dann aber, vor wenigen Tagen erst, traten sie den Rückzug an und ließen nur ein paar kleinere Einheiten an der Grenze zurück. Die ganze restliche Armee marschierte gen Süden.«

Vanion runzelte die Stirn. »Warum haben sie das getan?« fragte er sich.

»Wahrscheinlich, um den Ordensrittern gegenüberzutreten«, antwortete Aphrael.

Überrascht drehte Vanion sich um und sah die Kindgöttin ruhig an ihrem Lieblingsplatz sitzen – auf Sephrenias Schoß. Einen Augenblick zuvor war sie ganz bestimmt noch nicht dort gewesen. Doch es wäre sinnlos, sie darauf anzusprechen. Aphrael würde sich nie ändern. »Die Ordensritter kommen nicht aus dieser Richtung, Göttin«, versicherte Vanion.

»Das wissen *wir*, aber Stragen und Talen sind in Beresa nicht untätig gewesen. Sie konnten diesen dazitischen Spion davon überzeugen, daß im Golf von Dakonien eine riesige Flotte unter dem Kirchenbanner Stellung bezieht. Offenbar hat der Daziter diese Nachricht weitergeleitet, und das Oberkommando der Cynesganer hat sie so ernst genommen, daß es den Großteil seiner Streitmacht los schickte, um Südcynesga zu verteidigen.«

»Aber sie wissen doch, daß die Ordensritter auf dem Landweg durch Astel kommen!«

»Das wissen sie von *dieser* Streitmacht, Hochmeister Vanion«, warf Itagne ein. »Nun aber sind sie anscheinend überzeugt, daß sich eine weitere auf dem Seeweg nähert.«

»So viele sind wir gar nicht, Itagne.«

»Das wißt Ihr, und das weiß ich, Eminenz. Aber hier in Tamuli ist man allgemein der Ansicht, daß es mindestens eine Million von euch gibt. Der Begriff *Ordensritter* beschwört Visionen von Armeen herauf, die sich von Horizont zu Horizont erstrecken.«

Vanion zog die Brauen zusammen. »Oh!« sagte er schließlich. »Ich glaube, ich verstehe jetzt. Während der Zemochischen Kriege haben wir uns mit den Armeen der Könige von Eosien zusammengeschlossen. Die tamulischen Beobachter müssen geglaubt haben, jeder Krieger in Rüstung sei ein Ordensritter.«

»Ich glaube, ich werde mich mal mit dem Kaiser unterhalten«, sagte Itagne nachdenklich. »Euer Diebespaar hat es sich meines Erachtens verdient, in den Adelsstand erhoben zu werden. Diese erfundene Flotte hat offenbar die halbe cynesganische Armee von der Grenze abgezogen und auch die Arjuner in helle Aufregung versetzt. Wahrscheinlich befinden sich jetzt schon alle auf dem Marsch nach Süden.«

Vanion grinste. »Es ist eine großartige kleine Flotte – und die Seeleute brauchen nicht einmal verköstigt zu werden. Wir sollten bei dieser Geschichte bleiben.« Er blickte die Kindgöttin an. »Könntest du für ein paar Trugbilder sorgen, Aphrael?«

»Drachen? Engelscharen?«

»Wie wär's statt dessen mit tausend Schiffen, Seite an Seite am Horizont?«

»Was bekomme ich dafür?«

»Benimm dich«, rügte Sephrenia sie mit sanftem Lächeln.

»Wo hättest du deine Trugschiffe denn gern, Vanion?«

Er dachte nach. »Laß sie doch einfach an der Küste von Dakonien und Westarjuna auf und ab schaukeln«, schlug er vor. »Das dürfte die Cynesganer und Arjuner auf Trab halten, weil sie sich entscheiden müssen, wo sie ihre Verteidigungsstellungen einrichten.«

»Ich kümmere mich sofort darum«, versprach Aphrael und rutschte vom Schoß ihrer Schwester, »bevor ich es vergesse.«

Sephrenia lächelte. »Wann hast du jemals etwas vergessen?«

»Ich weiß nicht. Aber irgendwann einmal bestimmt. Wahrscheinlich habe ich nur vergessen, wann genau das war.« Sie bedachte alle mit einem schalkhaften Lächeln und verschwand.

Kring saß neben Mirtai, blickte nachdenklich zur Decke und strich sich dabei geistesabwesend über den stoppeligen Kopf. Die andere Hand konnte er nicht benutzen, da Mirtai Besitz von ihr ergriffen hatte. Ihre zufriedene Miene sagte deutlich, daß sie nicht die Absicht hatte, Krings Hand so bald loszulassen.

»Wenn Aphrael diese cynesganischen Truppen lange genug ablenken kann, werden Tikume und ich Samar ohne Hilfe halten können«, versicherte der Domi. »Erst recht, da wir jetzt wissen, wie Klæls Soldaten beizukommen ist.« Er rieb sich noch heftiger den Kopf.

»Hör auf damit. Ich werde dich rasieren, sobald wir hier fertig sind«, versprach Mirtai.

»Ja, Liebste«, entgegnete er erleichtert.

»Ach, bevor ich's vergesse«, warf Vanion ein. »Sperber hat sich mit Bhelliom unterhalten. Klæls Soldaten können unsere Luft höchstens einen Tag lang atmen, dann sterben sie. Der Vorgang wird durch körperliche Anstrengung noch beschleunigt. Wenn Ihr ihnen wieder begegnet, dann macht ihnen Beine, daß sie ins Schnaufen kommen.«

Kring nickte.

Ein überdurchschnittlich großer Ataner kam ins Zimmer und murmelte Itagne etwas zu.

»Ich bin jetzt wirklich sehr beschäftigt, alter Junge«, wehrte Itagne ihn ab.

»Er besteht darauf, Itagne-Botschafter.«

»Also gut.« Itagne erhob sich. »Ich bin gleich wieder zurück, Hochmeister Vanion«, entschuldigte er sich und folgte dem Ataner aus dem Zimmer.

»Hat Sperber herausgefunden, aus welchem Land Klæls Soldaten stammen, Freund Vanion?« wollte Kring wissen. »Ich würde einen weiten Bogen darum machen.«

»Ich glaube nicht, daß Ihr Euch Gedanken darüber machen müßt, Domi Kring.« Sephrenia lächelte. »Klæls Soldaten wurden von irgendeinem Ort jenseits der Sterne hierher gebracht.«

Kring runzelte die Stirn. »Ihr solltet vielleicht mit Sperber reden, Freund Vanion«, riet er. »Ich habe nichts gegen einen guten Kampf, aber wenn Sperber die Absicht hat, dem ganzen Universum den Krieg zu erklären, sollte er uns in seine Pläne einweihen.«

»Ich werde bestimmt mit ihm darüber reden, Domi Kring«, versprach Vanion. Dann seufzte er. »Ich wollte, wir hätten schon von Anfang an über Klæls Soldaten Bescheid gewußt. Die Ordensritter wurden im Gebirge von Zemoch in einen Kampf mit ihnen verwickelt. Gut die Hälfte fiel oder wurde schwer verwundet.«

»Das tut mir leid, Freund Vanion. Habt Ihr viele gute alte Kameraden verloren?«

»Viele, Domi Kring«, antwortete Vanion düster. »Sehr viele.«

Kring wandte sich an Betuana. »Wie ist Freund Engessas Zustand?«

»Aphrael sagte, daß seine Genesung Fortschritte macht, Domi. Aber das möchte ich gern mit eigenen Augen sehen.«

Itagne kehrte mit einem Tamuler in ziemlich altmodischer Kleidung zurück. »Sorgt bitte dafür, daß wir nicht gestört werden«, wies er die atanische Wache auf dem Korridor an. Dann schloß und verriegelte er die Tür. »Ich habe zur Abwechslung einmal gute Neuigkeiten«, sagte er und legte dem Fremden die Hand auf die Schulter. »Das ist Ekrasios, ein guter Freund ... wenngleich ich ihn eben erst kennengelernt habe.«

Betuana runzelte die Stirn. »Das ist kein tamulischer Name«, stellte sie fest.

»Stimmt, Majestät«, bestätigte Itagne. »Es ist ein delphaeischer. Die Sprache der Delphae ist sehr melodisch. Wahrscheinlich rührt es daher, daß sie sich noch immer des klassischen Tamulisch befleißigen. Mein Freund ist nur rasch hierher gekommen, um uns wissen zu lassen, daß die Delphae beschlossen haben, ihre wundersame Abgeschiedenheit wenigstens zeitweise zu verlassen. Ekrasios, das ist Hochmeister Vanion, der enge Freund von Anakha. Diese majestätische Dame ist Betuana, die Königin der Ataner. Der nicht sehr große Mann ist Domi Kring von den Westpeloi. Das sehr hochgewachsene hübsche Mädchen, das Domi Kring die Hand zu zerquetschen droht, ist Mirtai, seine Verlobte, und die schöne, zierliche Styrikerin ist Sephrenia, die Hohepriestierin der Göttin Aphrael.«

»Eine edle Gesellschaft.« Ekrasios verbeugte sich formvollendet. »Ich bringe Grüße von dem geliebten, hochverehrten Edaemus. Die Göttin Aphrael hat ihn überzeugt, daß wir in der gegenwärtigen Lage zusammenhalten müssen. Er hat deshalb das uns seit Jahrhunderten auferlegte Verbot gelockert. Ich wurde zu Euch gesandt, Hochmeister Vanion, um Euch wissen zu lassen, daß ich und viele meiner Gefährten Euch zur sofortigen Verfügung stehen. Wo könnten wir am wirkungsvollsten eingesetzt werden, um unserer gemeinsamen guten Sache zu dienen?«

»Gestattet Ihr, Hochmeister Vanion?« fiel Itagne ein. »Mir kam soeben der Gedanke, daß die Delphae vielleicht am besten geeignet wären, die Ruinen in den arjunischen Urwäldern zu leeren. Wenn Ekrasios und seine Freunde in ihrer ganzen leuchtenden Pracht dort unten an den Toren sämtlicher Lager Scarpas erschienen, würden die Rebellen wahrscheinlich vor Entsetzen die Waffen fallen lassen und zurück nach Hause eilen, um friedlicheren Beschäftigungen nachzugehen – so schnell sie nur können!«

»Das ist gut«, murmelte Mirtai beipflichtend.

»Er kommt ganz schön rum, findest du nicht auch?« wandte Ulath sich an Tynian, während der Bierwagen, mit Sperber und Kalten hoch oben auf den Fässern, über die uralte Straße rumpelte. »Vor kurzem war er doch angeblich noch in Dirgis.«

»Für den ollen Sperber gibt's eben keine natürlichen Regeln nicht«, versuchte Tynian mehr schlecht als recht Caalador nachzuahmen. »Was meinst du, sollten wir in die Echtzeit zurückkehren? Oder lieber bleiben, wo wir sind?«

»Ich finde, wir können nützlicher sein, wenn wir uns außer Sicht halten«, antwortete Ulath.

»Ist mir durchaus recht. Aber wie können wir Sperber und die anderen darauf aufmerksam machen, daß wir hier sind?«

»Ich steck' ihm einen Zettel in die Tasche – oder puste ihm ins Ohr.«

»Das dürfte seine Aufmerksamkeit erregen!«

Bhlokw schlurfte über die Straße heran. Die Enttäuschung in seinem affenähnlichen Gesicht war nicht zu übersehen. »Gibt keine Hunde hier«, berichtete er auf Trollisch.

»Soldaten halten sich normalerweise keine, Bhlokw«, erklärte Tynian.

»Ich habe aber Hunger, Tin-in! Ob die Menschendinge hier wohl eines aus ihrer Herde vermissen würden? Ein ganz kleines, vielleicht?«

»Ich fürchte, wir haben hier ein echtes Problem«, flüsterte Tynian Ulath zu. »Es ist auf jeden Fall in unserem Interesse, daß unser Freund genug zu essen bekommt.«

Ulath kratzte seine jetzt glattrasierte Wange. »Wir können ihn nicht einfach frei schalten und walten lassen. Er würde Aufmerksamkeit erregen, wenn er sich Leute grapscht und in seine Nichtzeit entführt.«

»Er ist unsichtbar, Ulath!«

»Schon, aber wenn irgendein Arjuner plötzlich verschwindet und seine Knochen aus dem Nirgendwo geworfen werden, fällt das mit Sicherheit auf.« Er wandte sich wieder dem Troll zu. »Es ist unser Gedanke, daß es nicht gut wäre, wenn du hier Menschendinge tötest und ißt, Bhlokw. Wir jagen hier Gedanken, und wenn du Menschendinge tötest und ißt, wirst du die Gedanken verscheuchen.«

»Ich mag dieses Jagen von Gedanken nicht, U-lat«, beklagte sich Bhlokw. »Es macht Dinge nicht-einfach.«

»Der Wald ist nah, Bhlokw«, sagte Tynian. »Es muß dort viele Dinge geben, die gut-zu-essen sind.«

»Ich bin kein Oger, Tin-jan«, entrüstete sich Bhlokw leicht gekränkt. »Ich esse keine Bäume!«

»Es müßte dort zwischen den Bäumen Kreaturen geben, die gut-zu-essen sind, Bhlokw«, versicherte Ulath ihm. »Das wollte Tin-jan damit sagen. Es war nicht sein Gedanke, dich zu beleidigen.«

Bhlokw funkelte Tynian kurz an. »Ich gehe jetzt jagen!« sagte er abrupt. Damit drehte er sich um und schlurfte davon.

»Du mußt vorsichtig sein, Tynian«, warnte Ulath seinen Freund. »Wenn du es darauf anlegst, daß ein Troll über dich herfällt, brauchst du nur durchblicken zu lassen, daß er möglicherweise ein Oger ist.«

»Haben die tatsächlich *Vorurteile*?« staunte Tynian.

»Und *wie*«, erwiderte Ulath. »Trolle und Oger hassen einander seit Anbeginn der Zeit.«

»Und ich dachte, Voreingenommenheit wäre ausschließlich eine unschöne Eigenschaft der Menschen.«

»Leider nicht. Komm, folgen wir Sperber und machen ihn auf uns aufmerksam. Vielleicht hat er was für uns zu tun.«

Sie folgten der Bierkarawane, die soeben die geräumten Straßen verließ und sich jenem Teil von Natayos näherte, der noch von Gestrüpp überwuchert war. Die Wagen holperten über einen erst kürzlich freigeräumten Weg und bogen dann zur Rückseite eines mit Zeltplanen bedeckten Gebäudes ein, an dem ein schlichtes Schild mit der Aufschrift »BEI SENGA« hing.

»Auf eine Sache kann man sich verlassen«, sagte Tynian. »Wo es Bier gibt, ist Kalten nicht weit.«

»Das stimmt«, bestätigte Ulath. »Warte hier. Ich sag' Sperber Bescheid, daß wir in Natayos sind.« Er schlenderte hinüber zu Sperber, Kalten und Bevier, die – mit ihren veränderten Zügen ungewohnt aussehend – ein wenig abseits standen, während Senga das Entladen der Fässer überwachte. *»Widderhorn«*, sagte Ulath leise. »Laßt euch nichts anmerken und fangt nicht an, euch umzuschauen. Ihr könnt mich nicht sehen.«

»Ulath?« staunte Kalten.

»Stimmt genau. Tynian, Bhlokw und ich kamen gestern an. Wir haben uns inzwischen umgesehen.«

»Wie ist es euch gelungen, unsichtbar zu bleiben?« fragte der scheinbar einäugige Bevier.

»Wir sind es eigentlich gar nicht. Ghnomb bricht die Sekunden in zwei Teile. Wir sind nur während des kleineren Teils gegenwärtig. Deshalb könnt ihr uns nicht sehen.«

»Aber ihr könnt *uns* sehen?«

»Ja.«

»Das ist gegen jede Logik!«

»Ich weiß, aber Ghnomb *glaubt*, daß es funktioniert, und ich nehme an, daß sein Glaube stärker ausgeprägt ist als sein logisches Denkvermögen. Wie dem auch sei, Tynian und ich sind hier, und niemand kann uns sehen. Habt ihr etwas für uns zu tun?«

»Könnt ihr euch in das Haus beim Tor einschleichen?« fragte Sperber rasch. »Das mit den vergitterten Fenstern?«

»Unmöglich. Wir haben es bereits in Erwägung gezogen. Viel zu viele Wachen an den Türen! Bhlokw hat sogar versucht, durchs Dach hineinzukommen, aber es ist ihm nicht gelungen.«

»Meine *Frau* ist in diesem Haus, Ulath!« stieß Sperber hervor. »Soll das heißen, daß ihr versucht habt, einen *Troll* hineinzuschicken?«

»Bhlokw hätte ihr ganz bestimmt nichts getan, Sperber – vielleicht hätte er sie ungewollt erschreckt, aber er hätte ihr wirklich nichts angetan. Wir dachten, es könnte ihm vielleicht gelingen, durchs Dach einzudringen, sich Ehlana und Alean unter die Arme zu klemmen und rauszutragen.« Ulath machte eine Pause. »Im Grunde war es gar nicht unsere Idee, Sperber. Bhlokw hat sich erboten – na ja, eigentlich nicht einmal das. Er ist einfach die Wand hinaufgeklettert, ehe wir ihn aufhalten konnten. Er sagte: ›Ich werde sie holen. Ich werde Anakhas Gefährtin und ihre Freundin herausbringen, dann können wir alle diese Kinder von Cyrgon töten und essen.‹ Bhlokw ist manchmal ein wenig impulsiv, aber er hat das Herz am rechten Fleck. Ich gebe es ungern zu, aber so langsam mag ich ihn.«

Kalten schaute sich nervös um. »Wo ist er jetzt?« fragte er.

»Auf Jagd. Als wir uns in den Küstenstädten herumtrieben, konnten wir ihn davon abbringen, Menschen zu fressen und statt dessen lieber Hunde zu vertilgen. Seitdem hat er sich von Hunden ernährt. Sie schmecken ihm wirklich vorzüglich. Aber hier in Natayos gibt es keine Hunde. Deshalb schaut er sich im Wald um – wahrscheinlich jagt er Elefanten oder dergleichen.« Aus den Augenwinkeln sah Ulath plötzlich einen eigentümlich flackernden Lichtschein. »Was, in Gottes Namen, ist *das*?« entfuhr es ihm.

»*Was?*« fragte Kalten und schaute sich verblüfft um.

»Da kommt gerade irgendwas um die Hausecke, das wie aus Regenbogen gemacht ist!« Offenen Mundes starrte Ulath auf die buntschimmernde Gestalt, die auf sie zukam. Das vielfarbige Licht blendete ihn.

»Das ist Xanetia«, erklärte Sperber. »Kannst du sie tatsächlich *sehen*?«

»Soll das heißen, *ihr* könnt sie *nicht* sehen?«

»Sie ist unsichtbar, Ulath!«

»Für mich ganz bestimmt nicht.«

»Es muß etwas mit der eigentümlichen Zeit zu tun haben, in der du dich aufhältst, mein Freund«, meinte Bevier. »Du solltest Xanetia lieber wissen lassen, daß du sie sehen kannst. Es könnte sich möglicherweise irgendwann einmal als wichtig erweisen.«

Der schimmernde Regenbogen hielt ein paar Schritte entfernt an. »Anakha«, sagte Xanetia leise.

»Ich höre Euch, Anarae«, erwiderte Sperber.

»Es schmerzt mich, gestehen zu müssen, daß ich versagt habe«, gestand sie. »Scarpas Verstand ist dermaßen verwirrt, daß ich seinem Gedächtnis keine zusammenhängenden Gedankengänge entnehmen kann. Ich bin jedoch behutsam in das Gedächtnis einiger seiner Anhänger eingedrungen und muß Euch nun leider sagen, daß Eure Königin nicht mehr hier in Natayos ist. Als unsere Feinde unsere List mit dem jungen Ritter Berit aufdeckten, hat Zalasta im Schutz der Dunkelheit mit Eurer Gemahlin und ihrer Kammermaid Natayos verlassen. Ich werde mich bemühen, aus den Gedanken anderer ihren neuen Aufenthaltsort zu erfahren.«

Ulaths Herz schmerzte vor Mitgefühl, als er sah, wie sich plötzlich quälende Verzweiflung auf Sperbers Gesicht ausbreitete.

In schier endlosen Regimentern rannten die hochgewachsenen Krieger mit knapper Rüstung und ihren im kühlen Dämmerlicht schimmernden bronzefarbenen Armen und Beinen leichtfüßig dahin. Der sie fast alle überragende König Androl lief an der Spitze seiner Armee. Es tat gut, wieder auf dem Marsch zu sein, und die Aussicht auf eine Schlacht berauschte ihn. Kampf war bedeutungsvoll, und man konnte die Ergebnisse *sehen*. Die Abwesenheit seiner Gemahlin hatte dem unvorbereiteten Androl unzählige kleine Verwaltungspflichten aufgebürdet, und natürlich füllte es ihn nicht aus, Entscheidungen über Dinge zu treffen, die ihn nicht interessierten und die er nicht verstand. Doch es war noch enttäuschender und ermüdender, keine sofortigen Ergebnisse zu sehen, die ihm verraten hätten, ob seine Entscheidungen richtig gewesen waren.

Wieder einmal dankte der König der Ataner seinem Gott, daß er ihm Betuana zur Gemahlin gegeben hatte. Sie ergänzten einander großartig. Nie verlor die Königin den Überblick, weder in großen noch in kleinen Dingen, und nie übersah sie die kleinste Kleinigkeit. Sie hatte einen regen Verstand, und im Unterschied zu ihrem Gemahl entgingen ihr keine Feinheiten, keine Nuancen. Androl dagegen war praktischer veranlagt, ein Mann der Tat. Nur zu gern überließ er es seiner Gemahlin, die lästigen Entscheidungen in Politik und Verwaltung zu treffen. Niemals stellte er in Frage, was Betuana beschlossen hatte, und führte alle ihre Anweisungen aus. Und so war es auch besser. Der König von Atan war sich im klaren darüber, daß er nur auf dem Schlachtfeld eine gute Figur machte, nicht aber auf diplomatischem Parkett. Und er wußte, daß seine Gemahlin liebevoll darüber hinwegsah, wenn er hin und wieder seine Herrscherpflichten vernachlässigte. Er hoffte nur, daß er sie nicht zu sehr enttäuschte.

Betuanas Vorschlag – in militärischen Belangen erteilte sie Androl nie Befehle –, daß er die Hauptmacht ihrer Streitkräfte zum Südufer des Samasees führen solle, um sich auf eine große Schlacht bei Tosa vorzubereiten, war genau die Art kriegerischer Unternehmungen, die Androl liebte. Alles lief einfach und unkompliziert ab; es brauchten keine lästigen Entscheidungen getroffen zu werden, die Feinde waren bekannt und die langweiligen Einzelheiten aus dem Weg geräumt.

Er lächelte, als er seine Armee in die letzten Ausläufer des Gebirges etwa hundertfünfzig Meilen südöstlich von Tualas führte. Betuanas Nachricht hatte angedeutet, daß die Schlacht bei Tosa titanisch zu werden versprach: ein gewaltiger Waffengang ebenso gewaltiger Armeen, die so erbittert gegeneinander kämpften, daß das Klirren der Schwerter bis zum Himmel schallte. Nach dieser Schlacht würde Betuana stolz auf ihn sein; das wußte Androl.

Der Weg durch die Ausläufer des Gebirges führte zu einem langen Grat hinauf, dann durch einen schmalen Paß und von dort hinunter zur tiefen Klamm eines Wildbachs, der diese Schlucht im Laufe von Jahrtausenden aus dem Felsen genagt hatte.

König Androl atmete ein wenig schwer, als er den Grat überquerte und seine Streitkräfte durch den Paß führte. Ein Feldzug war zwar anstrengend, aber bei weitem nicht so sehr wie die nutzlosen Gespräche mit Botschafter Norkan, die ihn wertvolle Zeit gekostet und die Geduld geraubt hatten. Ein Krieger sollte sich nie vom Übungsplatz fortlocken lassen.

Androl rannte ein wenig schneller, während er seine Armee am Südufer des tosenden Wildbachs hinunter in die Klamm führte. Er ging davon aus, daß seine Krieger ebenfalls Ermüdungserscheinungen zeigten und hoffte, am Samasee eine geeignete Stelle für ein Lager mit riesigem Übungsgelände zu finden, auf dem die notwendigen Waffen- und Körperübungen durchgeführt werden konnten, um die Männer wieder in Höchstform zu bringen. Insgeheim war Androl sicher, *jeden* Gegner besiegen zu können, solange seine Krieger gut ausgebildet und in bester körperlicher Verfassung waren.

»Androl-König!« brüllte General Pemaas über das Tosen des Wildbachs hinweg. »Seht!«

»Was ist?« rief Androl zurück und griff zum Schwert, während er sich bereits umdrehte.

»Oben an der Klamm – rechts!«

Androl legte den Kopf weit in den Nacken, um die steile Felswand hinaufzuspähen.

Der König von Atan hatte in seinem Leben schon vieles gesehen, doch nichts glich dieser gigantischen, monströsen Gestalt, die sich plötzlich über ihnen erhob.

Das Monstrum war von glänzendem Schwarz, wie poliertes Leder, und besaß ungeheure, ausgebreitete Schwingen, die in der Form jenen von Fledermäusen ähnelten. Feurige Augenschlitze und ein klaffendes Maul, aus dem Feuer troff, ließen seinen keilförmigen Kopf noch furchterregender erscheinen.

König Androl betrachtete das Ungeheuer und überlegte. Das Problem bestand natürlich darin, daß die monströse Gestalt sich dort oben am Rand der Klamm befand, während er und seine Krieger unten auf der Sohle standen.

Natürlich könnte er den Weg, den er gekommen war, zurück und hinauf zum Paß rennen, um die Felsblöcke klettern und auf diese Weise den Rand erreichen. Aber das würde der Kreatur eine zu gute Gelegenheit verschaffen, die Flucht zu ergreifen, und er müßte ihr nachjagen, um sie töten zu können. In seiner derzeitigen Verfassung wäre das ziemlich umständlich. Natürlich könnte er einfach die Felswand hinaufklettern, doch auch das würde Zeit kosten. Außerdem könnte die Kreatur ihn vermutlich sehen und würde zu fliehen versuchen.

Erstaunlicherweise sorgte die riesige Kreatur selbst für die Lösung des Problems. Sie erhob die gewaltigen Arme und begann mit irgend etwas, das ein Feuer besonderer Art zu sein schien, auf den Fels über der Klamm einzuschlagen.

Androl lächelte, als die steinerne Wand langsam nach außen kippte und donnernd in die Klamm rutschte. Die einfältige Bestie sorgte zuvorkommend für die Möglichkeit ihrer eigenen Vernichtung. Wie konnte sie nur *so* dumm sein?

König Androl wich geschickt einem herabpolternden Felsblock aus und schätzte sorgfältig den rasch wachsenden Geröllhaufen ab, der sich um den Fuß der Klammwand bildete.

Die Bestie hatte doch tatsächlich die Absicht, anzugreifen! Androl lachte erfreut. Die Kreatur war ebenso töricht wie tapfer, doch Tapferkeit war eine Eigenschaft, die er auch an seinen Feinden bewunderte. Schließlich wußte das ganze Universum, daß Androl von Atan unbesiegbar war. Dennoch wollte dieses arme, hirnlose Vieh seine kümmerliche Kraft gegen den mächtigsten Krieger aller Zeiten einsetzen.

Androl blickte abwartend auf den steilen, zusehends wachsenden Geröllhang, ohne auf die Schreie jener Soldaten zu achten, die nicht behende genug waren, der auf sie herabpolternden Steinlawine auszuweichen. Ah, fast hoch genug! Nur noch ein paar Fuß ...

... und dann besaß der Hang nach Androls Schätzung die richtige Höhe, ihm Zugang zu der dummen Kreatur zu gewähren, die da hoch oben brüllte und mit den mächtigen Flügeln schlug. Androl wich einem weiteren Felsbrocken aus und begann seinen Ansturm. Kletternd, ausweichend, springend, näherte er sich rasch der dem Untergang geweihten Bestie hoch über ihm.

Als er fast oben war, blieb er kurz stehen, zog sein Schwert und wappnete sich für den Angriff.

Und dann stürmte er mit einem wilden Schlachtruf das letzte Stück des Hanges hinauf, ohne den flüchtigen Anflug von Mitleid zu beachten, den er für die tapfere, aber so schrecklich dumme Kreatur empfand, die er jetzt töten würde.

»Wo wollt ihr hin?« Ein fetter Daziter in schäbigem Uniformwams richtete einen Langspieß auf Sperber und Kalten, die einen wackligen, mit zwei großen Fässern beladenen Karren um die Hausecke zogen.

»Wir haben eine Lieferung von Senga für Meister Krager«, antwortete Kalten dem Dicken.

»Das kann jeder sagen!«

»Frag ihn doch«, schlug Kalten vor.

»Ich möchte ihn lieber nicht stören.«

»Dann solltest du uns durchlassen. Meister Krager wartet schon geraume Zeit auf diesen Wein. Wenn du verhinderst, daß wir ihn liefern, dann möchte ich nicht in deiner Haut stecken. Vielleicht wird Meister Krager dann so wütend, daß er sich an Durchlaucht Scarpa wendet.«

Die plötzliche Angst des Wächters war unverkennbar. »Wartet hier!« wies er Sperber und Kalten an, drehte sich um und schritt die Rückseite des Hauses entlang zu der schweren Tür.

»Ich halte mich im Hintergrund, wenn wir im Haus sind«, flüsterte Sperber seinem Freund zu. »Falls er fragt, dann sag einfach, du hättest mich unterwegs aufgelesen, um dir zu helfen, den Karren zu ziehen.«

Kalten nickte.

»Seid Ihr hier, Anarae?« Sperber schaute sich um, obwohl er wußte, daß er sie gar nicht sehen könnte.

»An Eurer Seite, Anakha«, erwiderte sie leise.

»Wir werden versuchen, ihn möglichst lange reden zu lassen. Wahrscheinlich ist er betrunken. Stellt das ein Problem für Euch dar?«

»Ich habe die Gedanken dieses Krager früher schon gelesen. Bis sie unverständlich werden, kann er sehr viel trinken. Falls es Euch möglich ist, lenkt seine Aufmerksamkeit auf das Haus, in dem Eure Königin gefangengehalten wurde. Dann denkt er vielleicht an Dinge, die von Interesse für uns sein könnten.«

»Ich werde sehen, was ich tun kann, Anarae«, versprach Kalten.

Der dazitische Wächter kam zurück. »Er empfängt euch«, sagte er knapp.

Kalten feixte. »Das habe ich nie bezweifelt. Meister Krager ist regelrecht versessen auf diesen Wein.« Er und Sperber hoben die Deichselstangen und zogen den Karren über den unebenen steinigen Boden an der Rückseite der halb wiederhergerichteten Ruine, die offenbar Scarpas Hauptquartier war.

Krager erwartete sie bereits aufgeregt an der Tür. Sein Schädel war geschoren; ansonsten aber sah er kaum anders aus als früher. Er hatte einen Stoppelbart und war unordentlich gekleidet; seine kurzsichtigen Augen waren blutunterlaufen, und seine Hände zitterten.

»Bringt sie herein!« befahl er in seiner vertrauten, rostig klingenden Stimme.

Kalten und Sperber setzten die Deichselstangen auf dem Bogen auf, lösten die Stricke, mit denen die beiden Fässer festgebunden waren, und stellten ein Faß einstweilen behutsam auf den Boden. Dann maß Kalten mit einem Stück des Strickes die Höhe des Fasses, anschließend die Breite der Tür. »Knapp«, stellte er fest. »Kipp es vorsichtig um, Fron. Wir können es hineinrollen.«

Sperber hob das Faß auf die Längsseite; dann rollten er und sein Freund es durch die Tür in das unordentliche Zimmer dahinter. An einer Wand stand ein ungemachtes Bett, und fast überall auf dem Boden lagen Kleidungsstücke herum. Es stank säuerlich nach billigem Fusel und Kragers ungewaschenem Körper. In einer Ecke häuften sich leere Fässer und Scherben irdener Flaschen.

»Wo sollen wir die Fässer hinstellen, Meister Krager?« fragte Kalten.

»Egal. Irgendwohin«, antwortete Krager ungeduldig.

»Das ist nicht wohl überlegt«, sagte Kalten kritisch. »Sie sind zu schwer, als daß Ihr sie allein heben könntet. Sucht lieber jetzt gleich einen passenden Platz für sie aus.«

»Da mögt Ihr recht haben.« Blinzelnd schaute Krager sich im Zimmer um. Dann trat er zu einer Stelle neben dem Kopfende des Bettes und stieß die dort herumliegende Kleidung mit den Zehen aus dem Weg. »Stellt die Fässer hier auf«, wies er die Männer schließlich an.

»Äh ... bevor wir weitermachen, sollten wir vielleicht kassieren. Das ist sehr teurer Wein, Meister Krager.«

»Wieviel?«

»Fünfzig Kronen pro Faß. Senga sagte, arzischer Roter ist sehr schwer zu bekommen, so weit von Arzium entfernt.«

»*Fünfzig Kronen?*« rief Krager.

»Pro Faß!« wiederholte Kalten. »Er befahl mir auch, die Fässer für Euch zu öffnen.«

»Ich weiß, wie man ein Weinfaß öffnet, Col!«

»Daran zweifle ich nicht, aber Senga ist ein ehrlicher Geschäftsmann. Er sagte, ich muß dafür sorgen, daß Ihr auch wirklich zufrieden seid, bevor ich Euer Geld nehme.« Er rollte das Faß zur Wand. »Hilf mir, es aufstellen, Fron«, bat er Sperber. Gemeinsam richteten sie das Faß auf; dann zog Kalten einen Beitel unter dem Gürtel hervor. »Mit Bier ist das viel einfacher«, bemerkte er. »Man sollte diese arzischen Winzer mal auf die Vorteile eines Spundlochs an der Faßseite aufmerksam machen!«

Vorsichtig stemmte er den Faßdeckel auf, während Krager, einen Becher in der Hand, erwartungsvoll neben ihm stand.

»Na, dann kostet mal, Meister Krager.« Kalten hob den Deckel ab und trat zur Seite.

Krager tauchte seinen Becher in die dunkelrote Flüssigkeit, hob ihn mit zitternder Hand an die Lippen und nahm einen tiefen Schluck. »Köstlich«, seufzte er glücklich.

»Ich werde Senga ausrichten, daß Ihr zufrieden seit.« Kalten lachte. »Von einem Halsabschneider sollte man so was eigentlich nicht erwarten, aber Senga ist sehr darauf bedacht, seine Kunden zufriedenzustellen. Könnt Ihr Euch vorstellen, daß er uns sogar ein Faß ausleeren ließ, weil das Bier darin sauer geworden war? – Komm, Fron, holen wir das zweite Faß. Meister Krager soll auch davon probieren, dann kassieren wir.«

Die beiden gingen hinaus und holten das zweite Faß vom Karren.

»Frag ihn, warum sie die Wachen von dem Haus beim Tor abgezogen haben«, murmelte Sperber.

»Mach' ich«, ächzte Kalten, als sie das Faß auf dem Boden hatten.

Sie rollten es in Kragers Zimmer und stellten es neben das erste. Kalten stemmte den Deckel auf, und Krager kostete den Wein.

»Zufrieden?« fragte Kalten.

»Und ob«, antwortete Krager. Er schenkte seinen Becher noch einmal voll und ließ sich glücklich auf sein Bett sinken. »Hervorragend!«

»Gut, dann bekommen wir hundert Kronen von Euch.«

Krager zog einen schweren Säckel unter seinem Gürtel hervor und warf ihn achtlos Kalten zu. »Da, nehmt das Geld selber raus. Aber stehlt nicht zuviel.«

»Das ist eine geschäftliche Angelegenheit, Meister Krager!« sagte Kalten. »Wenn ich Euch berauben wollte, würde ich Euch meinen Dolch an die Kehle drücken.« Mit dem Arm fegte er einige Kleidungsstücke und steinharte Brotscheiben von einem Tisch; dann öffnete er den Säckel und begann, Münzen herauszuzählen. »Uns ist aufgefallen, daß alle Wachen von dem Haus mit den Gitterstäben abgezogen wurden«, sagte er. »Noch vor zwei Tagen konnte man nicht einmal auf zwanzig Schritt Entfernung daran vorübergehen, doch heute morgen haben Fron und ich den Karren direkt an der Vordertür vorbeigezogen, und niemand achtete auch nur auf uns. Was immer darin so Wertvolles aufbewahrt wurde – hat Durchlaucht Scarpa es woanders hinbringen lassen?«

Kragers aufgedunsenes Gesicht wurde plötzlich wachsam. »Das geht Euch gar nichts an, Col!«

»Hab' ich auch nicht behauptet. Aber vielleicht solltet Ihr Durchlaucht Scarpa mal darauf hinweisen, daß er nichts verändern soll, wenn er nicht möchte, daß den Leuten so was auffällt. Er hätte die Wachen lassen sollen, wo sie waren. Senga und wir anderen sind allesamt Räuber, wißt Ihr, und wir waren mehr oder weniger davon überzeugt, daß Durchlaucht Scarpa das Haus als seine Schatzkammer benutzt hat. Bei dem Wort *Schatz* spitzen wir die Ohren.«

Krager starrte ihn an; dann begann er zu lachen.

»Was ist daran so komisch?« Kalten blickte von den Münzen auf.

»Es war in der Tat ein Schatz, Col ...« Krager grinste. »... aber nicht von der Sorte, die man zählen kann.«

»Wie Ihr schon gesagt habt – es geht mich nichts an. Aber jeder, der in Sengas Schenke arbeitet, weiß, daß der Schatz an einen anderen Ort gebracht wurde. Ich bin sicher, es dauert nicht mehr lange, dann werden die Leute auf Suche nach der neuen Schatzkammer in sämtlichen Ruinen herumstochern.«

»Sollen sie.« Krager zuckte die Schultern. »Der Schatz ist inzwischen schon sehr weit fort von hier.«

»Ich hoffe, ihr habt ihn gut bewacht. Im Urwald da draußen wimmelt's von Burschen wie Fron und mir. – Würdet Ihr jetzt hierher kommen und nachzählen, was ich aus Eurem Beutel genommen habe?«

»Ich traue Euch, Col.«

»Dann seid Ihr ein Narr.«

»Nehmt noch zehn Kronen für Euch und Euren Helfer heraus«, forderte Krager ihn freigebig auf. »Und dann laßt mich mit meinen beiden neuen Freunden hier allein.«

»Ihr seid sehr großzügig, Meister Krager.« Kalten nahm noch einige Münzen aus dem Säckel und verstaute sie zusammen mit denen, die er zuvor abgezählt hatte, in der Seitentasche seines Kittels.

»Gehen wir, Fron«, wandte er sich an Sperber. »Meister Krager möchte allein sein.«

»Richtet Senga meinen Dank aus«, Krager füllte seinen Becher aufs neue, »und bittet ihn, die Augen nach weiteren Fässern von diesem köstlichen Jahrgang offenzuhalten. Ich nehme jedes, das er finden kann.«

»Ich werde es ihm ausrichten, Meister Krager. Einen schönen Tag noch.« Kalten verließ mit seinem Freund das übelriechende Zimmer.

Sperber schloß die Tür hinter ihnen und streckte die Hand aus.

»Was willst du?« fragte Kalten.

»Meine fünf Kronen«, sagte Sperber. »Wir wollen doch gerecht teilen, nicht wahr?«

»Ihr seid sehr schlau, Ritter Kalten«, hörten sie Xanetias Flüstern. »Ihr habt seine Gedanken außerordentlich geschickt in die für uns günstigste Richtung gelenkt.«

Kalten zählte bedächtig eine Münze nach der anderen in Sperbers Hand. »Was habt Ihr herausgefunden, Anarae?« fragte er angespannt.

»Vor etwa zwei Tagen fuhr eine geschlossene Kutsche von diesem Ort nach Panem-Dea, nachdem sie mit übertriebenem Getue – unter schwerer Bewachung – an der Tür des Hauses angehalten hatte, auf das unsere ganze Aufmerksamkeit gerichtet war. Diese Kutsche diente lediglich zur Vorspiegelung falscher Tatsachen. Jene, die wir suchen, befinden sich nicht darin. Sie sind schon lange zuvor mit Zalasta von Natayos aufgebrochen.«

»Weiß Krager, wohin Zalasta sie brachte?« fragte Sperber.

»Nein. Zalasta wollte es offenbar niemanden hier wissen lassen«, antwortete Xanetia. »Aber Krager ist stets wachsam, sobald er einen Vorteil für sich wittert. Wenn er von Zalastas Vorhaben erfuhr, konnte es ihn das Leben retten, falls dabei etwas schiefging. Deshalb bemühte er sich unverdrossen, des Styrikers Pläne zu erfahren. Indem er vortäuschte, sinnlos betrunken zu sein, gelang es ihm, an Informationen zu kommen, als Zalasta sich mit seinem Kameraden Cyzada unterhielt. Die beiden redeten Styrisch miteinander, doch Krager versteht diese Sprache ein wenig, was keiner von uns wußte. Auf diese Weise konnte er dem Gespräch der beiden genau jene Information entnehmen, die ihn – und uns – am meisten interessiert.«

»Das ist ja ein Ding!« sagte Kalten erstaunt. »Krager ist ein schlauer Fuchs, ob betrunken oder nüchtern. Wohin bringt Zalasta die Damen, Anarae?«

Xanetia seufzte. »Es ist keine gute Neuigkeit, Ritter Kalten. Ich fürchte, Zalasta will die Königin und ihre Kammermaid nach Cyrga bringen, in das verborgene Land, wo Cyrgon herrscht. Und er hat die Macht zu bewirken, daß wir jene, die wir lieben, niemals finden können.«

Dritter Teil

CYRGA

20

Wenn man sie nur schlafen ließe! Die Welt um sie herum erschien verzerrt, unwirklich; sie sah sich selbst in gleichgültiger Benommenheit, als ihr erschöpfter Körper nach Schlaf schrie – oder sogar nach dem Tod. Sie vermochte sich kaum auf den Beinen zu halten, während sie am Fenster stand und auf die Sklaven hinunter blickte, die sich auf den Feldern um den See abplagten. Aus dieser Entfernung sahen sie fast wie Ameisen aus, die über die winterbrachen Felder krochen, während sie mit einfachen Geräten die Erde bearbeiteten. Andere Sklaven sammelten Brennholz unter den Bäumen an den Hängen des Beckens; die gedämpften Geräusche ihrer Äxte stiegen zu dem dunklen Turm empor, aus dem Ehlana blickte.

Alean lag auf einer harten Holzbank; ob schlafend oder tot, vermochte Ehlana nicht mehr zu erkennen. Jedenfalls beneidete sie ihre sanfte Kammermaid.

Natürlich waren sie nicht allein. Sie waren nie allein. Zalasta, dessen Gesicht eingefallen war vor Müdigkeit, sprach unentwegt mit König Santheocles. Ehlana war zu erschöpft, als daß sie den Sinn der leiernden Worte des hageren Styrikers hätte verstehen können. Abwesend betrachtete sie den König der Cyrgai, einen Mann in enganliegendem stählernem Brustharnisch, einem kurzen Lederrock und kunstvollem stählernen Unterarmschutz. Santheocles war von edelster Herkunft; Generationen sorgfältig ausgewählter Elternteile hatten diese hehren, von seinem Volk so sehr bewunderten Züge hervorgebracht. Er war hochgewachsen und muskulös. Die helle Haut kontrastierte mit dem sorgfältig gelockten, geölten, glänzend schwarzen Haar. Die schmale, aristokratische Nase, die dunklen, ausdruckslosen Augen und die dünnen Lippen ließen einen gefühllosen, hochmütigen Mann erkennen, dem es Freude bereitete, bei der Durchsetzung seiner Ziele buchstäblich über Leichen zu gehen.

Sein reich verzierter Brustpanzer ließ Oberarme und Schultern unbedeckt. Während er zuhörte, ballte er immer wieder abwesend die Fäuste und ließ seine Muskeln unter der bleichen Haut spielen. Ganz offensichtlich achtete er nicht sonderlich auf Zalastas Worte; statt dessen war er völlig in das rhythmische Spannen und Entspannen seiner Armmuskeln vertieft. Er war in jeder Hinsicht der vollkommene Soldat, und sein durchtrainierter Körper war wie eine perfekt funktionierende Maschine. Er war kein Mann, der seine Gedanken an irgend etwas vergeudete, außer wahrscheinlich an sich selbst.

Ehlana ließ den Blick müde durchs Gemach schweifen, das sehr merkwürdig ausgestattet war. Es gab keine richtigen Sessel, nur Bänke und gepolsterte Hocker, zwar mit Armlehnen, doch ohne Rückenlehne. Offenbar waren Rückenlehnen in Cyrgai überhaupt nicht bekannt. In der Mitte stand ein unbequemer, niedriger Tisch, und die antiquierten Lampen waren kaum mehr als gehämmerte Kupferschalen voll Öl, in dem Dochte schwammen. Die grob gesägten Bodendielen waren mit Binsen bedeckt, die Wände aus Basaltquadern völlig schmucklos, und die Fenster ohne Vorhänge.

Die Tür schwang auf, und Ekatas trat ein. Ehlana bemühte sich, in ihrem erschöpften Gedächtnis zu suchen. Santheocles war König hier in Cyrgon, doch der eigentliche Herrscher war ohne Zweifel Ekatas. Cyrgons Hoherpriester trug eine schwarze Robe mit weit fallender Kapuze, die sein von Falten und Runzeln durchzogenes Greisengesicht zur Zeit nicht verbarg. Zwar war Ekatas' Ausdruck ebenso grausam und hochmütig wie der seines Königs, doch *seine* Augen blickten gerissen und skrupellos. Das Symbol, das in der Verborgenen Stadt allgegenwärtig zu sein schien, zierte die Vorderseite seiner Robe: ein weißes Quadrat, gekrönt von einer stilisierten goldenen Flamme. Zweifellos hatte es irgendeine besondere Bewandtnis damit, doch Ehlana war zu müde, sich auch nur zu fragen, um was es sich handeln mochte. »Kommt mit mir«, befahl Ekatas schroff. »Und bringt die Frauen mit!«

»Die Dienerin ist unwichtig«, entgegnete Zalasta in leicht herausforderndem Tonfall. »Laßt sie schlafen.«

»Ich bin es nicht gewöhnt, daß meine Befehle in Frage gestellt werden, Styriker!«

»Dann gewöhnt Euch daran. Die Frauen sind *meine* Gefangenen. Ich habe mit Cyrgon eine Abmachung getroffen, nicht mit Euch. Ihr seid dabei nicht mehr als ein Anhängsel. Euer Hochmut wird zum Ärgernis für mich. Laßt das Mädchen in Ruhe!«

Sie starrten einander durchdringend an, und eine beinahe greifbare Spannung erfüllte das Gemach. »Nun, Ekatas?« sagte Zalasta ruhig. »Ist es soweit? Habt Ihr endlich genug Mut aufgebracht, mich herauszufordern? Jederzeit, Ekatas. Wann immer Ihr wollt.«

Ehlana, die nun hellwach war und das Geschehen aufmerksam verfolgte, sah die Furcht in den Augen des Hohenpriesters. »Dann nehmt nur die Königin mit«, brummte er. »*Sie* ist es, nach der Cyrgon verlangt.«

»Eine kluge Entscheidung, Ekatas«, sagte Zalasta spöttisch. »Wenn Ihr weiterhin das richtige tut, lebt Ihr vielleicht sogar ein Weilchen länger.«

Ehlana nahm ihren Umhang ab und deckte Alean sanft damit zu. Dann drehte sie sich zu den drei Männern um und bemühte sich, ihre königliche Würde zu wahren. »Bringen wir es hinter uns.«

Santheocles erhob sich hölzern, setzte seinen Helm mit dem hohen Kamm auf und achtete dabei sehr darauf, sein sorgsam frisiertes Haar nicht in Unordnung zu bringen. Er brauchte eine Weile, seinen riesigen Rundschild am Arm festzuschnallen; dann zog er sein Schwert.

»Was für ein eingebildeter Esel«, bemerkte Ehlana verächtlich. »Solltet Ihr Seiner Majestät nicht lieber das Schwert wegnehmen, Ekatas? Er könnte sich verletzen, wißt Ihr.«

»Das ist Tradition«, erwiderte Ekatas steif. »Gefangene werden immer unter strenger Bewachung gehalten.«

»Ah«, murmelte sie, »und wir *müssen* natürlich den Traditionen gehorchen, nicht wahr? Wo die Tradition herrscht, ist das Denken überflüssig.«

Zalasta lächelte leicht. »Hattet Ihr nicht vor, uns zum Tempel zu führen, Ekatas? Wir wollen Cyrgon doch nicht warten lassen.«

Ekatas schluckte eine Erwiderung herunter und ging ihnen voraus auf den kalten Korridor.

Die Wendeltreppe, die vom obersten Geschoß des höchsten Turmes im königlichen Schloß in die Tiefe führte, war schmal und steil und schien sich in einer endlosen Spirale dahinzuwinden. Als sie endlich unten ankamen, zitterte Ehlana vor Erschöpfung.

Die Wintersonne schien hell auf den riesigen Schloßhof, doch sie wärmte kaum.

Sie überquerten den mit Steinplatten gepflasterten Hof zu dem bleichen Tempel: ein Bauwerk, das nicht aus Marmor, sondern aus Kalkstein errichtet war. Im Gegensatz zu Marmor besaß Kalkstein eine glanzlose Oberfläche, so daß der Tempel ein wenig aussah, als wäre er vom Aussatz befallen.

Sie stiegen die Freitreppe zum Portikus hinauf und traten durch eine breite offene Tür ein. Ehlana hatte erwartet, daß es in diesem Heiligtum dunkel sein würde, sah sich jedoch getäuscht. Voller Staunen, in das sich ein wenig Angst mischte, blickte sie auf die Lichtquelle, während Ekatas und Santheocles sich zu Boden warfen und wie mit einer Stimme riefen: *»Vanet, tyek Alcor! Yala Cyrgon!«*

Und plötzlich erkannte die Königin die Bedeutung des Sinnbilds, das hier, in der Verborgenen Stadt, praktisch überall zu finden war. Das weiße Quadrat stellte den aus einem Quader bestehenden Altar dar, der sich genau in der Mitte des Tempels befand, während die Flamme, die darüber brannte, keineswegs ein stilisiertes Sinnbild war, sondern ein wirkliches loderndes Feuer, das gierig himmelwärts leckte.

Ehlana hatte plötzlich Angst. Was dort auf dem Altar brannte, war kein Votivfeuer, sondern eine Flamme, die lebte und einen unlöschbaren Willen besaß. Hell wie die Sonne loderte Cyrgon höchstpersönlich und in alle Ewigkeit in seinem Heiligtum.

»Nein«, entschied Sperber, »lieber nicht. Rühren wir uns nicht. Auf jeden Fall solange nicht, wie Xanetia Gelegenheit hat, einige Köpfe nach deren Gedächtnis zu durchforschen. Wir können immer noch zurückkommen und uns Scarpa und seine Freunde später vornehmen. Im Augenblick ist es wichtiger zu erfahren, wohin Zalasta Ehlana und Alean bringt.«

»Das wissen wir bereits«, erinnerte Kalten ihn. »Nach Cyrga.«

»Das ist es ja gerade«, warf der jetzt unsichtbare Ulath ein, »Wir wissen nicht, wo Cyrga liegt.«

Sie waren in den noch überwucherten Teil der Ruinen zurückgekehrt und hatten sich im ersten Stock eines teilweise erhaltenen Palastes zusammengesetzt, um ihre weiteren, möglichen Schritte zu besprechen.

»Aphrael hat eine ungefähre Ahnung, was die Lage der Stadt angeht«, sagte Kalten. »Können wir uns nicht einfach auf den Weg nach Mittelcynesga machen und dort herumstöbern?«

»Ich glaube nicht, daß es uns viel nützen würde«, gab Bevier zu bedenken. »Cyrgon verbirgt diese Stadt bereits seit zehn Äonen hinter Trugbildern. Möglicherweise könnten wir durch die Straßen dieser Stadt spazieren, ohne sie zu sehen.«

»Er verbirgt sie nicht vor *jedem*«, sagte Caalador nachdenklich. »Schließlich werden Nachrichten hin und her gesandt; infolgedessen muß *irgendwer* in Natayos den Weg kennen. Sperber hat recht. Wir sollten Xanetia *hier* das Herumstöbern überlassen, statt daß wir alle in der Wüste umherirren, Skorpionen und Schlangen aus dem Weg gehen und jedes Sandkorn umdrehen.«

»Dann bleiben wir also hier?« vergewisserte sich Tynian.

»Eine Zeitlang«, antwortete Sperber. »Wir tun möglichst nichts Auffälliges, bis wir wissen, was Xanetia herausgefunden hat. Das ist in der jetzigen Lage das Beste.«

»Wir waren so *nah*!« rief Kalten wutschnaubend. »Wären wir nur einen oder zwei Tage früher hergekommen!«

»Sind wir aber nicht!« entgegnete Sperber mißmutig und unterdrückte seine eigene Enttäuschung und den Zorn. »Also versuchen wir zu retten, was zu retten ist.«

»Während Zalasta sich mit jeder Minute weiter entfernt«, fügte Kalten verbittert hinzu.

»Keine Angst, Kalten«, beruhigte Sperber ihn, und seine Stimme klang eisig. »Wenn ich erst beschlossen habe, Zalasta zu verfolgen, kann er gar nicht weit oder schnell genug vor mir davonlaufen.«

»Bist du sehr beschäftigt, Sarabian?« fragte Kaiserin Elysoun zaghaft an der Tür des blauen Gemachs.

»Eigentlich nicht, Elysoun.« Er seufzte. »Ich grüble nur. Ich habe in den letzten Tagen zu viele schlechte Nachrichten erhalten.«

»Dann komme ich ein andermal wieder. Es macht nicht viel Spaß mit dir, wenn du so viel nachzudenken hast.«

»Ist dir eigentlich nichts anderes wichtig, Elysoun?« fragte er traurig. »Nur Spaß?«

Ihr fröhliches Gesicht spannte sich ein wenig, und sie trat in das Gemach. »Darum hast du mich doch ursprünglich geheiratet, nicht wahr, Sarabian?« Sie sprach nun in klarem Tamulisch, das so ganz anders war als ihr üblicher gedehnter valesianischer Dialekt. »Unsere Verehelichung diente dazu, politische Bündnisse zu festigen. Wir sind also als Symbole hier, als Schmuck, als Zierat, keinesfalls jedoch als Teil der Regierung.«

Er staunte über ihre Einsicht und plötzliche Veränderung. Es fiel leicht, Elysoun zu unterschätzen. Die Zielstrebigkeit, mit der sie ihr

Vergnügen verfolgte und die geradezu auffordernde Offenherzigkeit ihrer in Valesien für junge Frauen üblichen Kleidung ließen auf einen Menschen schließen, der nur auf sinnliche Genüsse bedacht war. Doch das hier war eine völlig andere Elysoun. Sarabian betrachtete sie mit neuem Interesse. »Was hast du in letzter Zeit getan, meine Liebe?« erkundigte er sich voller Zuneigung.

»Das übliche.« Sie zuckte die Schultern.

Er wandte die Augen ab. »Bitte, tu das nicht!«

»Was?«

»Den Busen so hüpfen lassen.«

»Genau das soll er aber! Oder glaubst du vielleicht, ich kleide mich so, weil ich zu bequem bin, andere Gewänder anzuziehen? Nein, es soll die Männer erregen!«

»Bist du deshalb zu mir gekommen? Oder gibt es einen weniger erfreulichen Grund?« So hatten sie noch nie miteinander gesprochen, doch Elysouns unerwartete Offenheit faszinierte ihn.

»Reden wir zuerst über das weniger Erfreuliche.« Sie musterte ihn kritisch. »Du brauchst mehr Schlaf!«

»Ich weiß, aber ich komme einfach nicht zur Ruhe.«

»Dann werde ich wohl sehen müssen, was man dagegen tun kann.« Sie hielt kurz inne. »Im Frauenflügel geht irgend etwas vor, Sarabian.«

»Ach?«

»Es haben sich viele Fremde unter die Herden von Schoßtierchen und die Speichellecker gemischt, die sich auf den Korridoren herumtreiben.«

Sarabian lachte. »Was für unschöne Ausdrücke du benutzt, um Höflinge zu beschreiben.«

»Wie soll man sie denn sonst nennen? Es gibt nicht einen richtigen Mann unter diesen Kerlen. Sie sind im Kaiserinnenflügel und helfen uns, Komplotte zu schmieden. Ich nehme an, du weißt, daß wir unsere Zeit damit verbringen, gegeneinander zu intrigieren, nicht wahr?«

Er zuckte die Schultern. »Das hilft euch, eure Mußestunden zu vertreiben.«

»Wir haben *nur* Mußestunden, mein Gemahl. Unsere *gesamte* Zeit ist *freie* Zeit, das ist ja unser Problem. Wie dem auch sei – diese Fremden gehören keinem der uns bekannten Höfe an.«

»Bist du sicher?«

Sie lächelte ein wenig lasziv. »Darauf kannst du dich verlassen! Ich kenne alle männlichen Mitglieder unserer Hofgesellschaft. Sie sind kaum mehr als dressierte weiße Mäuse. Diese Fremden dagegen sind Ratten!«

Er bedachte sie mit einem erheiterten Blick. »Hast du dich wirklich mit *allen* Höflingen im Kaiserinnenflügel befaßt?«

»Mehr oder weniger.« Wieder zuckte sie die Schultern – mit voller Absicht, wie Sarabian glaubte. »Im Grunde genommen war es ziemlich langweilig. Höflinge sind bloß Maulhelden. Aber es hat mir immerhin geholfen, auf dem laufenden zu bleiben.«

»Und diese Fremden ... sind sie Tamuler?«

»Manche. Manche nicht.«

»Wie lange geht das schon so?«

»Seit wir alle zurück in den Kaiserinnenflügel gezogen sind. Als wir hier noch mit den Eleniern wohnten, sah ich keine von diesen Ratten.«

»Also erst seit ein paar Wochen?«

Sie nickte. »Ich dachte, du solltest es wissen. Vielleicht hat es nichts zu bedeuten. Aber ich habe irgendwie ein anderes ... *Gefühl* dabei. Unsere Palastpolitik ist indirekter als die eure, aber was derzeit im Kaiserinnenpalast vor sich geht, ist reine Männerpolitik.«

»Meinst du, du könntest für mich ein Auge darauf halten? Ich wäre dir sehr dankbar.«

»Selbstverständlich, mein Gemahl. Ich bin schließlich dein ergebenes Eheweib.«

»Ach, wirklich?«

»Begehe diesen Fehler nicht, Sarabian! Ergebenheit darf nicht mit ... dieser anderen Sache verwechselt werden! Sie bedeutet gar nichts. Ergebenheit hingegen sehr viel.«

»In dir steckt weitaus mehr, als man ahnt, Elysoun.«

»Ach? Ich habe nie versucht, irgend etwas zu verbergen.« Sie atmete tief ein.

Wieder lachte er. »Hast du heute abend schon etwas vor?«

»Ja, aber das alles ließe sich auf ein andermal verschieben. Hast *du* etwas vor?«

»Ich dachte, wir könnten ein bißchen miteinander reden.«

»Reden?«

»Unter anderem.«

»Laß mich erst eine Nachricht abschicken. Dann können wir so lange reden, wie du möchtest – und auch das andere tun.«

Sie waren auf der um das Westufer des Sees führenden Straße nach Arjuna, zwei Tagesritte von Tiana entfernt. Ihr Lager hatten sie am Ufer aufgeschlagen gehabt, ein Stück abseits der Straße, und Khalad hatte mit seiner Armbrust ein Reh erlegt. »Wegzehrung«, erklärte er Berit, der das Tier häutete. »Das spart Zeit und Geld.«

»Du kannst wirklich großartig mit der Armbrust umgehen!« lobte Berit.

Khalad zuckte die Schultern. »Übung.« Plötzlich riß er den Kopf hoch. »Besuch!« Er deutete mit dem Messer zur Straße.

Berit nickte. »Arjuner.« Er spähte zu den näher kommenden Reitern hinüber.

»Nicht alle«, widersprach Khalad. »Der vorderste ist Elenier – seiner Kleidung nach ein Edomer.« Er wischte seine blutigen Hände an dem hohen Gras ab, griff nach seiner Armbrust und spannte sie wieder. »Nur sicherheitshalber«, murmelte er. »Schließlich wissen sie, wer wir *wirklich* sind.«

Berit nickte düster und lockerte sein Schwert in der Scheide.

Etwa hundertfünfzig Fuß entfernt zügelten die Reiter ihre Pferde. »Ritter Sperber?« erkundigte sich der Edomer auf elenisch.

»Schon möglich«, rief Berit zurück. »Was kann ich für Euch tun, Nachbar?«

»Wir haben eine Botschaft für Euch.«

»Ich bin gerührt. Bringt sie her.«

»Kommt allein!« fügte Khalad hinzu. »Ihr werdet Eure Leibwächter nicht brauchen.«

»Ich habe gehört, was Ihr mit dem letzten Kurier gemacht habt!«

»Gut.« Khalad nickte. »Es war unsere Absicht, daß sich sein Schicksal herumspricht. Der Kerl hatte ziemliche Schwierigkeiten mit der Höflichkeit, aber ich bin sicher, Ihr habt bessere Manieren. Kommt her. Es geschieht Euch nichts – solange Ihr höflich seid.«

Der Edomer zauderte immer noch.

»Freund«, betonte Khalad, »Ihr befindet Euch innerhalb der Schußweite meiner Armbrust, also tut lieber, wozu wir Euch auffordern. Kommt allein zu uns. Wir erledigen dieses Geschäft, und dann dürft Ihr und Eure arjunischen Begleiter euch wieder auf den Weg machen. Tut Ihr es nicht, könnte sich die ganze Sache als unangenehm für Euch erweisen.«

Der Edomer besprach sich kurz mit seinen Leibwächtern, dann ritt er vorsichtig voran und hielt ein gefaltetes Pergament über den Kopf. »Ich bin unbewaffnet!« rief er.

»Das ist sehr unvorsichtig, Nachbar«, sagte Berit. »Es sind unruhige Zeiten. Gebt mir die Botschaft.«

Der Kurier senkte langsam den Arm und hielt Berit das Schreiben hin. »Die Pläne wurden überraschend geändert, Ritter Sperber«, sagte er höflich.

»Überraschend?« Berit öffnete das Pergament und nahm Ehlanas blonde Haarsträhne heraus. »Es ist ja erst zum dritten Mal. Euch Kerlen fällt es offenbar schwer, Entscheidungen zu treffen.« Er blickte auf das Pergament. »Wie zuvorkommend. Diesmal hat sogar jemand eine Karte gezeichnet.«

»Die Ortschaft ist nicht allzu bekannt«, erklärte der Edomer. »Es ist ein winziger Ort, den es ohne den Sklavenhandel gar nicht gäbe.«

»Ihr seid ein sehr guter Bote, Freund«, versicherte Khalad dem Fremden. »Wärt Ihr so freundlich, eine Nachricht von mir an Krager zu übermitteln?«

»Ich werde es versuchen, junger Herr.«

»Gut. Sagt ihm, ich bin hinter ihm her. Sagt ihm, daß ich ihn bekomme, denn egal, wie diese Sache ausgeht – eines Tages werde ich da sein.«

Der Edomer schluckte schwer. »Ich werde es ihm ausrichten, junger Herr.«

»Das weiß ich zu schätzen.«

Der Kurier lenkte sein Pferd vorsichtig mehrere Fuß rückwärts; dann wendete er das Tier und ritt zu seinen arjunischen Begleitern zurück.

»Nun?« fragte Khalad.

»Vigayo – drüben in Cynesga.«

»Nicht gerade eine Stadt.«

»Du warst schon einmal dort?«

»Flüchtig. Bhelliom hat uns mal aus Versehen dorthin gebracht, als Sperber noch mit ihm herumexperimentierte.«

»Wie weit ist es von hier?«

»Etwa dreihundert Meilen. Aber es liegt wenigstens in unserer Richtung. Aphrael sagte, daß Zalasta die Königin nach Cyrga bringt. In diesem Fall ist Vigayo näher als Arjun. Gib Bescheid, Berit. Sag Aphrael, daß wir am frühen Morgen aufbrechen. Dann kannst du mir helfen, das Reh in Portionen zu zerlegen. Bis Vigayo sind es ungefähr zehn Tage, da werden wir dankbar für das Fleisch sein.«

»Er war dort«, berichtete Xanetia. »Seine Erinnerung an die Verborgene Stadt ist klar, doch an den Weg dorthin kann er sich nicht mehr genau entsinnen. Der Wahnsinn hat seinen Gedanken den Zusammenhang geraubt, und sein Geist huscht sinnlos zwischen Wirklichkeit und Illusion hin und her.«

»Da hab'n wir wohl ein Problem«, sagte Caalador gedehnt. »Der olle Krager kennt den Weg nich', weil er zu besoffen war, richtig zuzuhören, als Zalasta erklärt hat, wie man nach Cyrga kommt. Und Scarpa is' zu verrückt, um sich zu erinnern, wie er hingekommen is'.« Er kniff die Augen zusammen und gab den Dialekt auf. »Was ist mit Cyzada?« fragte er Xanetia.

Sie schauderte. »Es ist nicht Wahnsinn, noch Betrunkenheit, welche mir den Weg ins Gedächtnis Cyzadas von Esos verwehrt«, antwortete sie voller Abscheu. »So tief hat er in die Finsternis gegriffen, welche Azash war, und die Kreaturen der Unterwelt nahmen so vollkommen Besitz von ihm, daß seine Gedanken nicht mehr menschlich sind. Zu Anfang besaß er Macht über diese grauenvollen Dämonen; dann aber beschwor er Klæl. Dadurch wurden alle Bande gesprengt und machten den Weg in das Grauen der Hölle frei. Ich flehe euch an, schickt mich nie mehr in dieses brodelnde Chaos! Wahrlich kennt er den Weg nach Cyrga, doch *diesem* Pfad könnten wir nicht folgen; denn er führt durch das Reich der Flamme und Finsternis und des unbeschreiblichen Schreckens.«

»Damit sind die Möglichkeiten dieses Ortes mehr oder weniger erschöpft, nicht wahr?« Beim Klang der vertrauten Stimme drehten sich alle rasch um. Die Kindgöttin saß sittsam auf einem Fenstersims und hielt ihre Syrinx in der Hand.

»Ist das klug, Göttin?« fragte Bevier. »Werden unsere Feinde deine Anwesenheit nicht spüren?«

»Es ist niemand mehr hier, der das vermöchte, Bevier«, beruhigte sie ihn. »Zalasta ist fort. Ich bin nur kurz hierher gekommen, um euch wissen zu lassen, daß Berit neue Anweisungen erhielt. Er und Khalad begeben sich nach Vigayo, einer kleinen Ortschaft unmittelbar vor der cynesganischen Grenze. Sobald ihr soweit seid, bringe ich euch dorthin.«

»Wozu soll das gut sein?« fragte Kalten.

»Xanetia muß so nahe am nächsten Kurier sein wie nur möglich«, antwortete sie. »Cyrga ist vollkommen verborgen – sogar vor mir. Es gibt einen Schlüssel zu dieser Illusion, und *den* müssen wir finden. Ohne diesen Schlüssel könnten wir bis ins hohe Alter in jener Wüste umherwandern, ohne auch nur zu ahnen, wo diese Stadt ist.«

»Da hast du wohl recht«, pflichtete Sperber ihr bei und blickte sie direkt an. »Könntest du noch einmal eine Zusammenkunft ermöglichen? Wir kommen dem Ende dieser Sache näher, und ich muß mit den anderen sprechen – vor allem mit Vanion und Bergsten, wahrscheinlich auch mit Betuana und Kring. Uns stehen gewaltige Heere zur Verfügung; aber sie nutzen uns nicht viel, wenn sie in drei verschiedene Richtungen marschieren oder Cyrga einzeln angreifen. Wir wissen in etwa, wo die Stadt sich befindet, und ich würde gern einen Ring aus Stahl um sie herumlegen. Aber ich möchte *nicht*, daß irgend jemand durch Zufall hineinstolpert, bevor wir Ehlana und Alean herausgeholt haben.«

»Du bringst mich in Schwierigkeiten, Sperber!« tadelte Aphrael. »Hast du überhaupt eine Ahnung, welche Versprechen ich geben muß, um die Erlaubnis für diese Art von Treffen zu bekommen? Und ich muß alle diese Versprechen auch *halten*.«

»Es ist wirklich sehr wichtig, Aphrael!«

Sie streckte ihm die Zunge heraus, verschwamm und entschwand.

»Domi Tikume hat Anweisungen geschickt, Eminenz«, berichtete der kahlgeschorene Peloi Patriarch Bergsten, als sie sich im Zelt des Kirchenmannes unmittelbar vor der Stadt Pela in Mittelastel trafen. »Wir sollen für Unterstützung sorgen, so gut wir können.«

»Euer Domi ist ein tüchtiger Mann, Freund Daiya«, antwortete der Patriarch in der Panzerrüstung.

»Seine Anweisungen waren wie ein Stich in ein Hornissennest«, entgegnete Daiya trocken. »Der Gedanke an ein Bündnis mit den Ordensrittern hat eine theologische Debatte ausgelöst, die tagelang andauerte. Die meisten Leute hier in Astel glauben, daß die Ordensritter in der Hölle geboren und aufgezogen wurden. Sehr viele von den Debattierenden tragen die Sache nun Gott höchstpersönlich vor.«

»Ich kann mir vorstellen, daß religiöse Meinungsverschiedenheiten unter den Peloi recht hitzig ausgetragen werden.«

»O ja«, bestätigte Daiya. »Die Botschaft von Erzmandrit Monsel hat die erregten Gemüter jedoch ein wenig besänftigt. Der religiöse Glaube ist nicht sonderlich tief, Eminenz. Wir vertrauen Gott, überlassen die Theologie aber den Kirchenmännern. Wenn der Erzmandrit die Sache billigt, genügt uns das. Wenn er sich täuscht, wird *er* dafür in der Hölle schmoren.«

»Wie weit ist es von hier nach Cynestra?« erkundigte sich Bergsten.

»Ungefähr fünfhundertfünfundzwanzig Meilen, Eminenz.«

»Drei Wochen«, murmelte Bergsten düster. »Ich fürchte, dagegen können wir nicht viel tun. Wir brechen im Morgengrauen auf. Gebt Euren Männern den Rat, zu schlafen, Freund Daiya. Schlaf könnte in den nächsten Wochen Mangelware werden.«

»Bergsten!« Die Stimme, die seinen Namen rief, war hell und melodisch.

Der thalesische Patriarch setzte sich rasch auf und griff nach seiner Streitaxt.

»Oh, laß das, Bergsten. Ich tue dir nichts.«

»Wer ist da?« fragte er heftig und tastete nach seiner Kerze und nach Stahl und Feuerstein.

»Da.« Aus der Dunkelheit erschien eine kleine Hand, auf deren Teller eine Flammenzunge tänzelte.

Bergsten blinzelte. Sein mitternächtlicher Besuch war ein kleines Mädchen – ein styrisches, wie er vermutete. Es war ein wunderschönes Kind mit langem Haar und großen, nachtdunklen Augen. Bergstens Hände fingen zu zittern an. »Du bist Aphrael, nicht wahr?« brachte er heiser hervor.

»Gut beobachtet, Eminenz. Sperber möchte mit dir reden.«

Bergsten wich vor diesem Wesen zurück, das nach der gängigen Kirchendoktrin nicht existierte – nicht existieren konnte!

»Beruhige dich, Eminenz. Du weißt, daß ich mich nicht mit dir unterhalten könnte, wenn ich nicht die Erlaubnis deines Gottes hätte, nicht wahr? Ohne Genehmigung könnte ich nicht einmal in deine Nähe kommen.«

»Na ja ... theoretisch«, gab er widerstrebend zu. »Du *könntest* aber ein Dämon sein, und die brauchen sich an keine Regeln zu halten.«

»Sehe ich wie ein Dämon aus?«

»Aussehen und Wirklichkeit sind zwei Paar Schuhe«, beharrte er.

Sie blickte tief in Bergstens Augen und sagte den wahren Namen des elenischen Gottes – eines der bestgehüteten Geheimnisse der Kirche. »Ein Dämon könnte diesen Namen nicht aussprechen, hab' ich recht, Eminenz?«

»Nun – nein, ich glaube nicht.«

»Wir werden gut miteinander auskommen, Bergsten.« Sie lächelte und hauchte ihm einen Kuß auf die Wange. »Ortzel hätte wochenlang über diese Frage diskutiert. Laß deine Axt bitte hier. Stahl jagt mir Schauder über den Rücken.«

»Wohin gehen wir?«

»Zu Sperber. Das sagte ich bereits.«

»Ist es weit?«

»Eigentlich nicht.« Wieder lächelte sie und öffnete die Zeltklappe.

In Pela war es noch immer Nacht, aber hinter der Zeltklappe herrschte heller Tag – doch war es eine ungewöhnliche Art von Tageslicht. Unter einem regenbogenfarbenen Himmel erstreckte sich ein unberührter weißer Strand hinab zu einem saphirblauen Meer, aus dem sich eine kleine grüne Insel mit einem schimmernden Alabastertempel erhob.

Bergsten steckte den Kopf aus dem Zelt und blickte sich verblüfft um. »Was ist das für ein Ort?«

»Ich nehme an, du könntest ihn Himmel nennen, Eminenz«, antwortete die Kindgöttin und blies die auf ihrem Handteller tanzende Flamme aus. »Jedenfalls ist es mein Himmel. Es gibt noch andere, doch dieser ist meiner.«

»Wo ist er?«

»Überall und irgendwo. Alle Himmel sind überall gleichzeitig. Genau wie die Höllen, natürlich – aber das ist eine andere Geschichte. Wollen wir gehen?«

21

Cordz von Nelan war vollkommen. Der fromme Edomer hatte es sich wahrhaftig nicht leicht gemacht, zu dieser Einsicht zu gelangen. Erst nach eingehender Gewissensprüfung und einem sorgfältigen neuerlichen Studium der heiligen Schriften seiner Religion war er bei dieser unausbleiblichen Schlußfolgerung angelangt. Er war vollkommen! Er befolgte alle Gebote Gottes, fügte niemandem ein Leid zu und tat nichts Verbotenes. Wenn das keine Vollkommenheit war, was dann?

Es war beruhigend zu wissen, so ohne Fehl und Tadel zu sein, doch Cordz beabsichtigte nicht, sich auf seinen Lorbeeren auszuruhen. Nun, da *er* in den Augen Gottes den höchsten Grad der Vollkommenheit erreicht hatte, war es an der Zeit, seine Aufmerksamkeit den Fehlern seiner Mitmenschen zuzuwenden. Sünder vergehen sich jedoch selten in aller Öffentlichkeit gegen die Gebote, deshalb sah Cordz sich gezwungen, zu allerlei Tricks Zuflucht zu nehmen. Er spähte des Nachts heimlich durch Fenster; er belauschte private Gespräche; und wenn seine sündigen Nachbarn ihre Untaten geschickt vor ihm verbargen, stellte er sich vor, welche Sünden sie wohl begehen mochten – und was er da in seiner Phantasie sah, erschreckte ihn über alle Maßen. Der Sabbat war ein ganz besonderer Tag für Cordz, aber nicht wegen der Predigten. Wozu brauchte ein vollkommener Mann Predigten? Nein, der Sabbat war deshalb ein ganz besonderer Tag für Cordz, weil er sich dann erheben und die Sünden seiner Nachbarn anprangern konnte – sowohl die Sünden, die sie wirklich begangen hatten als auch jene, die sie begehen *könnten*.

Wahrscheinlich verärgerte er den Teufel. Weiß Gott, seine Nachbarn verärgerte er ganz sicher.

Doch dann war es zu einer Krise in Edom gekommen. Die zügellose und ketzerische Kirche von Chyrellos machte sich nun daran – nach zwei Äonen der Verschwörungen und Intrigen –, über die Gerechten herzufallen. Die Ordensritter befanden sich auf dem Marsch, und unvorstellbares Grauen begleitete sie.

Cordz war unter den ersten gewesen, die sich Rebals Armee angeschlossen hatten; der vollkommene Mann überließ seine Nachbarn hilflos ihrem sündigen Leben, um sich einer heiligeren Sache zu widmen. Er wurde Rebals vertrauenswürdigster Kurier und ritt –

während er lebenswichtige Botschaften in den elenischen Königreichen von Westtamuli übermittelte – Pferde dutzendweise zuschanden.

An diesem einen Tag peitschte Cordz sein erschöpftes Tier voran, auf daß es sich beeilte, nach Süden zu gelangen, zu den korrupten Städten von Süddakonien, diesen Pfuhlen der Schande und der Ausschweifungen, wo die Bürger sich weder über ihre Sünden noch über die schrecklichen Folgen für ihr Seelenheil Gedanken machten. Schlimmer noch, eine obskure und wahrscheinlich ketzerische Tradition der dazitischen Kirche untersagte, daß Laien sich während der Sabbat-Gottesdienste zu Wort meldeten. So ward es Gottes persönlichem Sprecher, dem vollkommenen Mann, nicht gestattet, all die Sünden anzuprangern, deren er ringsum ansichtig wurde. Manchmal war er deshalb nahe daran, seinen Zorn darüber in die Welt hinauszuschreien.

Die ganze vergangene Woche war er dahingaloppiert und deshalb jetzt sehr müde. Mit Erleichterung sah er nun, daß die Hafenstadt Melek unter ihm lag.

Doch plötzlich verließen ihn alle Gedanken an die Sünden anderer. Cordz riß am Zügel seines taumelnden Pferdes und starrte entsetzt auf das Bild, das sich ihm bot.

Auf dem in der Wintersonne glitzernden Meer breitete sich eine gewaltige Flotte aus. Unzählige Schiffe segelten unter dem rot-goldenen Banner der Kirche von Chyrellos majestätisch die Küste entlang.

Der vollkommene Mann war so fassungslos vor Schrecken, daß er nicht einmal die schwermütigen Töne einer einfachen Hirtenflöte vernahm, die links von ihm eine styrische Weise in Moll spielte. Offenen Mundes starrte er eine Weile auf seinen schlimmsten Alptraum; dann stieß er seinem Pferd verzweifelt die Sporen in die Flanken und beeilte sich, Alarm zu schlagen.

General Sirada war Herzog Milanis' jüngerer Bruder und Befehlshaber der Rebellenarmee in Panem-Dea. König Rakya hatte dafür gesorgt, daß Scarpas Generale fast allesamt Arjuner waren. Sirada wußte von den Risiken, doch den jüngeren Söhnen hochgestellter Edelleute blieb gar nichts anderes übrig, als Wagnisse einzugehen, wenn sie es zu etwas bringen wollten. Sie mußten Rang und Stellung erst durch mutige Taten gewinnen. Jahrelang hatte Sirada, in der

Hoffnung auf seine Chance, die Zusammenarbeit mit dem irrsinnigen Bastard einer Schenkendirne und die Strapazen eines Dschungellagers ertragen.

Jetzt war seine Stunde gekommen. Der Wahnsinnige in Natayos hatte endlich den Marschbefehl erteilt. Der Feldzug konnte beginnen. In dieser Nacht gab es keinen Schlaf in Panem-Dea. Die Vorbereitungen für den Marsch zogen sich während der dunklen Stunden dahin, und das disziplinlose Geschmeiß, dessen Befehlshaber Sirada war, grölte und schrie in Vorfreude auf die Schlacht. Der General verbrachte die Nacht mit dem Studium seiner Karten.

Es war eine vernünftige, durchdachte Strategie, das mußte er zugeben. Er sollte sich mit seinen Streitkräften Scarpa und den anderen Rebellen bei Derel anschließen. Dann würden sie gemeinsam nordwärts zu den Tamulischen Bergen ziehen, wo die Cynesganer sich zu ihnen gesellen würden. Von dort sollten sie, als Vorbereitung für den endgültigen Angriff auf Matherion, nach Tosa marschieren.

General Siradas eigene Strategie war viel simpler. Scarpa würde in Tosa jeglichen Widerstand brutal zerschlagen, aber danach nicht mehr lange genug leben, um die schimmernden Kuppeln der Hauptstadt des Reiches zu erblicken. Sirada lächelte dünn und tätschelte das Giftfläschchen in seiner Innentasche. Nach der Eroberung Matherions würde General Sirada, Feldherr der siegreichen Armee, Kaiser Sarabian das Schwert mit eigener Hand durchs Herz stoßen. Die Erhebung in den Grafenstand war das mindeste, was Herzog Milanis' jüngerer Bruder sich von diesem Feldzug erwartete.

Die Tür flog knallend auf. Siradas Adjutant stürmte mit hervorquellenden Augen und teigig weißem Gesicht herein. »O Gott, mein General!« schrillte er.

»Was erlaubt Ihr Euch!« brüllte Sirada. »Dafür werde ich Euch auspeitschen lassen!«

»Wir stehen unter Angriff, mein General!«

Sirada konnte nun die Schreckensschreie von draußen hören. Er sprang auf und trat durch die Tür.

Der Tag war noch nicht ganz angebrochen, und aus dem Gewirr der Bäume breitete sich geisterhafter Nebel aus, der die zerfallenen Mauern und Häuserruinen von Panem-Dea verhüllte. Feuer und flackerndes Fackellicht verdrängten stellenweise die Dunkelheit mit ihrem rötlichen Schein. Doch in den unkrautüberwucherten Straßen schienen auch andere Lichter: blasse, kalte, die weder brannten, noch flackerten. Leuchtende Geschöpfe, bleich wie wandernde Monde, schlichen durch die Straßen von Panem-Dea. Grauen griff nach dem Herzen des Generals. Das war unmöglich! Die Leuchtenden waren eine Mär! Es gab sie gar nicht!

Sirada schüttelte seine Furcht ab und zückte das Schwert. »Stehenbleiben!« brüllte er seine verängstigten Männer an. »Aufstellen! Lanzen nach vorn!« Er bahnte sich einen Weg durch die kopflos umherlaufende Menge und schlug mit der flachen Klinge um sich. »Aufstellen! Reihe bilden!«

Doch über die von Panik erfüllten Männer hatte er keine Befehlsgewalt mehr. Sie machten ihm lediglich schreiend Platz und stürmten zu beiden Seiten in wilder Flucht an ihm vorbei. Da schwang Sirada sein Schwert und hieb auf die eigenen Leute ein.

Er versuchte so verzweifelt, wieder Ordnung herzustellen, daß er das Messer nicht spürte, das ihm ins Herz drang. Er verstand nicht einmal, weshalb die Knie unter ihm nachgaben, und aus welchem Grund er unter die trampelnden Füße seiner Soldaten fiel, die schreiend in den weglosen Dschungel flüchteten.

»Seid Ihr sicher, daß diese Karte stimmt, Tynian?« fragte Patriarch Bergsten und starrte auf die Miniaturwelt unter seinen Füßen.

»Es ist die genaueste Karte, die Ihr je zu Gesicht bekommen werdet, Eminenz«, versicherte Tynian ihm. »Bhlokw sprach den Zauber, und die Trollgötter steckten die Hände in den Boden und fühlten die Form des Kontinents. Das ist er – bis zum letzten Baum und Strauch. Es ist alles hier!«

»Nur Cyrga nicht, Tynian-Ritter«, berichtigte Engessa. Der atanische General war völlig genesen und sah so gesund und kraftstrotzend aus wie eh und je. Doch er machte einen besorgten Eindruck. Seine Königin hatte ihn nach ihrer Ankunft nur kurz und knapp begrüßt und mied seither offensichtlich seine Gesellschaft.

Sephrenia saß auf einer Bank in Aphraels Alabastertempel, und das Regenbogenlicht dieses jenseits allen Begriffsvermögens befindlichen Himmels spielte über ihre Züge. »Wir hatten gehofft, Schlee könnte Cyrga spüren, als er den Kontinent nachbildete, Eminenz. Doch Cyrgons Täuschung scheint vollkommen zu sein. Nicht einmal ein trollischer Zauber vermag sie zu durchschauen.«

»Was ist die wahrscheinlichste Vermutung?« fragte Bergsten.

Aphrael schritt leichtfüßig über die Miniaturwelt, die Bhlokw für sie herbeibeschworen hatte. Sie trat über die winzige Stadt Cynestra hinweg, ging nach Süden zu einem gebirgigen Gebiet in der Mitte der Wüste und deutete mit einer unbestimmten Handbewegung über die Berge. »Sie war früher irgendwo hier in dieser Gegend.«

»Früher?« fragte Bergsten scharf.

Die Kindgöttin zuckte die Schultern. »Manchmal versetzen wir bestimmte Dinge.«

»Ganze Städte?«

»Durchaus. Aber damit gesteht man schlechte Planung ein.«

Bergsten schauderte und machte sich daran, mit einem langen Stück Schnur Entfernungen auf dem Miniaturkontinent abzumessen. »Ich bin hier oben in Pela.« Er deutete auf einen Punkt in Mittelastel. »Von dort sind es fast hundertfünfzig Meilen bis in die Gegend, in der Cyrga liegen könnte, und ich muß unterwegs erst noch Cynestra einnehmen. Ihr anderen befindet euch viel näher – und das bedeutet, ihr müßt euch ein wenig zurückhalten, wenn wir in etwa alle gleichzeitig dort eintreffen wollen.«

Aphrael zuckte die Schultern. »Ich werde mich darum kümmern.«

Bergsten blickte sie verwirrt an.

»Die Göttin Aphrael hat die Möglichkeit, Zeit und Entfernung zu beeinflussen, Eminenz«, erklärte Sperber. »Sie kann ...«

»Ich will nichts davon hören, Sperber!« sagte Bergsten scharf und preßte die Hände auf die Ohren. »Ihr habt bereits meine Seele gefährdet, indem Ihr mich hierher brachtet. Bitte, macht es nicht noch schlimmer, indem ihr mir Dinge erzählt, die ich nicht zu wissen brauche.«

»Wie Ihr meint, Eminenz«, entgegnete Sperber.

Emban schritt um die Berge herum, die sich in der Mitte der cynesganischen Wüste erhoben. »Wir kommen allesamt bei diesen Bergen zusammen«, sagte er. »Ich bin kein Fachmann, aber wäre es nicht das beste, an ihrem Fuß anzuhalten und zu warten, bis alle in Stellung sind, ehe wir zum Angriff übergehen?«

»Nein, Eminenz«, widersprach Vanion entschieden. »Wir halten uns mindestens einen Tagesritt von den Ausläufern der Berge fern. Falls wir auf Klæls Kreaturen stoßen, brauchen wir Platz zum

Manövrieren. Ich möchte möglichst viel ebenes Gelände um mich, sollte es dazu kommen.«

Der wohlbeleibte Kirchenmann zuckte die Schultern. »Ihr seid der Soldat, Vanion.« Er deutete nach Süden. »Dort ist unser Schwachpunkt. Unsere Streitkräfte stoßen aus dem Osten, dem Nordosten und dem Norden vor, nicht jedoch aus dem Süden.«

»Und dem Westen«, fügte Sarabian hinzu.

»Ich werde den Westen sichern, Majestät«, warf Bergsten ein. »Ich kann meine Ritter und die Peloi so einsetzen, daß sie den gesamten Quadranten absperren.«

»Bleibt immer noch der Süden«, murmelte Emban.

»Dafür ist bereits gesorgt, Emban«, versicherte Aphrael ihm. »Stragen hat das Gerücht von einer ungeheuren Flotte der Kirchenritter vor der Südküste in die Welt gesetzt, und ich unterstütze ihn mit Trugbildern. Wie lange wird es dauern, die Trolle nördlich von Zhubay in Stellung zu bringen, Ulath?«

»Gerade so lange wir brauchen, die Trollgötter zu überzeugen, daß wir ihre Kinder dort benötigen, statt in den Tamulischen Bergen«, antwortete der hünenhafte Thalesier. »Etwa einen Tag, würde ich sagen. Sobald sie es einsehen, holen sie ihre Kinder in die Nichtzeit. Müßten wir nicht hin und wieder anhalten, um die Trolle mit Nahrung zu versorgen, könnten wir in Zhubay sein, noch ehe ihr zu zwinkern vermögt. Wüßte ich, wo Cyrga liegt, dann könnte ich bereits am nächsten Morgen fünfzehnhundert Trolle an der Schwelle absetzen.«

»Eile mit Weile!« mahnte die Kindgöttin und schaute sich um. »Niemand – und damit meine ich auch *niemand* – wird gegen Cyrga vorgehen, ehe ich nicht weiß, daß Ehlana und Alean in Sicherheit sind. Wenn es sein muß, kann ich euch da draußen in der Wüste für Generationen im Kreis herumlaufen lassen, also versucht nicht, mich hereinzulegen.«

»Ist Euch diese Königin von Elenien denn so wichtig, Göttin?« fragte Betuana sanft. »Ein Krieg ist bitter, und wir müssen mit Verlusten rechnen.«

»Das ist eine persönliche Sache, Betuana«, erwiderte Aphrael knapp. »Hier sind unsere Stellungen.« Sie deutete über den Miniaturkontinent. »Bergsten wird die Stadt vom Nordwesten her einnehmen. Ulath, Tynian und Bhlokw werden die Trolle von Zhubay herunterbringen und sich Betuanas Atanern an ihrer linken Flanke zugesellen. Vanion wird aus dem Osten kommen, und Kring und die Peloi schließen sich ihm an seiner Linken an. Stragen machte diesem widerlichen Daziter in Beresa weiß, daß eine Million Ordensritter oder mehr an der Küste um Verel und Kaftal landen werden; das dürfte den Großteil der cynesganischen Armeen ablenken. Unser gemeinsames Ziel ist Cyrga. Es gibt einige Abweichungen in der Entfernung; aber darum werde ich mich kümmern. Wenn es soweit ist, werdet ihr alle an Ort und Stelle sein – und wenn ich euch dorthin tragen muß, einen nach dem anderen.« Sie hielt abrupt inne. »Was ist mit dir, Bergsten? Lach mich nicht aus, oder ich pack' dich an der Nase und schüttle dich!«

»Ich habe nicht gelacht, Göttin«, erwiderte er. »Ich habe anerkennend gelächelt. Wo hast *du* so viel über Strategie und Taktik gelernt?«

»Seit eure Vorfahren das Feuer entdeckt haben, beobachtete ich euch Elenier beim Kriegführen. Da mußte ich ja den einen oder anderen taktischen Kniff aufschnappen.« Plötzlich wandte sie sich an Bhlokw. »Was?« fragte sie ein wenig gereizt auf Trollisch.

»U-lat hat mir erklärt, was du gesagt hast, Kindgöttin. Warum tun wir das?«

»Um die Verruchten zu bestrafen, Priester der Trollgötter.«

»*Wa-as?*« wandte sich Sperber verblüfft an Ulath. »Wie hat sie ihn genannt?«

»Was denn?« entgegnete Ulath mild. »Hast du das denn nicht gewußt? Unser zottiger Freund ist gewissermaßen von hohem Rang.«

»Die Trolle haben tatsächlich Priester?«

»Natürlich. Haben das nicht alle?«

»Es ist gut, die Verruchten zu bestrafen, die Anakhas Gefährtin verschleppt haben!« sagte Bhlokw. »Aber brauchen wir dazu so viele? Khwaj wird die Verruchten bestrafen. Jetzt ist Schlees Jahreszeit, und wir sollten auf Jagd gehen. Die Jungen müssen gefüttert werden, sonst sterben sie, und das wäre nicht gut.«

»O je«, murmelte Aphrael.

»Worum geht es, Ritter Ulath?« fragte Sarabian.

»Die Trolle sind Jäger, Majestät«, erklärte Ulath, »keine Soldaten. Sie verstehen nichts vom Kriegführen. Sie essen, was sie töten.«

Sarabian schüttelte sich.

»Das widerspricht keineswegs dem sittlichen Empfinden, Majestät«, meldete Ulath sich zu Wort. »Vom Standpunkt eines Trolls ist es eine Sünde, Fleisch verkommen zu lassen.«

Aphrael blickte den Priester der Trollgötter nachdenklich an. »Es ist gut, zu jagen und *zugleich* die Verruchten zu bestrafen. Wenn wir auf diese Weise jagen, werden wir den Verruchten Schmerz zufügen *und* den Jungen während Schlees Jahreszeit viel Fleisch bringen.«

Bhlokw dachte darüber nach. »Die Jagden der Menschendinge sind nicht-einfach«, murmelte er zweifelnd. »Aber es ist mein Gedanke, daß die Jagden der Gottdinge sogar noch *mehr* nicht-einfach sind.« Er dachte auch darüber nach. »Aber es ist gut. Eine Jagd, die mehr als Fleisch bringt, ist eine gute Jagd. Du jagst sehr gut, Kindgöttin. Vielleicht essen wir einmal zusammen und unterhalten uns über frühere Jagden. Es ist gut, das zu tun. Es bringt Rudelgefährten enger zusammen, und sie jagen besser miteinander.«

»Es würde mich freuen, Bhlokw.«

»Dann werden wir es tun. Ich werde einen Hund für uns töten. Hund ist sogar noch mehr gut-zu-essen als Schwein.«

Aphrael stieß einen leicht würgenden Laut aus.

Sperber eilte ihr zu Hilfe. »Würde es dich verärgern, wenn ich in Vogeltönen zu unseren Rudelgefährten spreche, Bhlokw? Es wird bald Zeit, die Jagd zu beginnen, und alles muß vorbereitet werden.«

»Es wird mich nicht verärgern, Anakha. U-lat kann mir sagen, was ihr sagt.«

»Also gut«, wandte Sperber sich an die Gefährten. »Wir alle wissen, auf welche Weise wir nach Cyrga kommen, aber einige von uns müssen die Stadt als erste betreten. Bitte wartet mit dem Angriff, bis wir in Stellung sind. Haltet uns den Rücken frei, und klebt uns nicht auf den Fersen.«

»Wen nehmt Ihr mit hinein, Sperber?« erkundigte sich Vanion.

»Kalten, Bevier, Talen, Xanetia und Mirtai.«

»Ich verstehe nicht recht ...«

Sperber hob eine Hand. »Aphrael hat die Auswahl getroffen, Eminenz. Falls Ihr irgendwelche Bedenken habt, tragt sie ihr vor.«

»Du mußt diese Personen unbedingt mitnehmen, Sperber!« erklärte Aphrael geduldig. »Nur mit ihnen kannst du in diesem Kampf siegen.«

»Wie du meinst, Göttin«, sagte er ergeben.

»Dann werdet Ihr also vor Berit und mir sein?« fragte Khalad.

Sperber nickte. »Die andere Seite wird damit rechnen, daß wir euch folgen. Uns *vor euch* zu sehen, wird sie möglicherweise verwirren – das hoffen wir zumindest. Aphrael wird uns direkt nach Vigayo bringen; dort werden wir uns ein wenig umsehen. Falls der Bursche mit der nächsten Botschaft bereits dort ist, wird Xanetia in Erfahrung bringen, wo ihr als nächstes hingeschickt werden sollt. Früher oder später muß jemand euch Bescheid geben, wie ihr das Trugbild durchschauen könnt, das Cyrga verbirgt – und genau *das* ist die Information, die wir brauchen. Sobald wir sie haben, ist alles andere einfach.«

»Es gefällt mir, was er unter einfach versteht«, murmelte Caalador Stragen zu.

Emban kritzelte eine weitere Bemerkung auf seine unvermeidliche Liste. Dann räusperte er sich.

»*Muß* das sein, Emban?« Bergsten seufzte.

»Es erleichtert mir das Denken, Bergsten, und hilft, uns zu vergewissern, daß wir nichts übersehen haben. Wenn es Euch so langweilt, braucht Ihr ja nicht zuzuhören.«

»Die Menschendinge reden viel, wenn sie beschließen, wie sie jagen werden, U-lat«, beklagte sich Bhlokw.

»Das liegt im Wesen der Menschendinge.«

»Es liegt daran, daß ihre Jagden zu sehr nicht-einfach sind. Es ist mein Gedanke, daß ihre Jagden nicht-einfach sind, weil sie nicht essen, was sie töten. Sie jagen und töten aus Gründen, die ich nicht verstehe. Es ist mein Gedanke, daß dieses Ding, das die Menschendinge ›Krieg‹ nennen, ein sehr großes Ärgernis ist.«

»Es ist nicht in unseren Gedanken, den Priester der Trollgötter zu verärgern«, versicherte Patriarch Bergsten ihm in einwandfreiem Trollisch. »Das Ding, welches die Menschendinge ›Krieg‹ nennen, ist wie das Ding, das passiert, wenn zwei Trollrudel im gleichen Revier jagen.«

Bhlokw dachte darüber nach. Als seine Miene verriet, daß er es schließlich verstanden hatte, brummte er: »Jetzt ist es mir klar. Dieses Ding, das die Menschendinge ›Krieg‹ nennen, ist wie das Jagen von Gedanken. Deshalb ist es nicht-einfach. Aber trotzdem redet ihr zuviel.« Der Troll blickte Emban scheel an. »Das da ist am schlimmsten. Sein Gedanken-Bauch ist so groß wie sein Bauch-Bauch.«

»Was hat er gesagt?« erkundigte Emban sich neugierig.

»Das läßt sich nicht verständlich übersetzen, Eminenz«, antwortete Ulath scheinheilig.

Patriarch Emban bedachte ihn mit einem leicht mißtrauischen Blick; dann ging er noch einmal peinlich genau ihre Aufstellung durch und hakte jeden Punkt sorgfältig ab. Als er damit fertig war, schaute er in die Runde. »Fällt jemandem noch etwas ein, das wir übersehen haben?«

»Vielleicht.« Sephrenia zog die Stirn kraus. »Unsere Feinde wissen, daß Berit nicht wirklich Sperber ist, aber sie glauben offenbar, daß Sperber keine Wahl hat, als ihm zu folgen. Meines Erachtens wäre es nicht schlecht, sie in diesem Glauben zu bestärken. Ich denke, ich kann die Geräusche und Gefühle nachahmen, die von Bhelliom ausgehen. Wenn es klappt, werden unsere Feinde annehmen, daß Sperber sich in jener Kolonne von Rittern aufhält, die Vanion in die Wüste hinausführen wird. Sie werden sich auf uns konzentrieren, statt Sperber zu suchen.«

»Du würdest dich in Gefahr bringen, Sephrenia!« wandte Aphrael ein.

»Das wäre nichts Neues für mich.« Sephrenia lächelte. »Und wenn du bedenkst, was wir versuchen werden, ist es *nirgendwo* wirklich sicher.«

»Das wär's dann?« Engessa erhob sich.

»Wahrscheinlich, Freund Engessa«, erwiderte Kring. »Nur dürfen wir bei der Zeitplanung natürlich die Stunde nicht vergessen, die wir brauchen werden, einander zu ermahnen, ja vorsichtig zu sein.«

Engessa straffte die Schultern, drehte sich um und blickte seine Königin fest an. »Wie lauten Eure Befehle, Betuana-Königin?« fragte er mit militärischer Förmlichkeit.

Sie richtete sich majestätisch auf und antwortete ebenso förmlich: »Ihr werdet mit uns nach Sarna zurückkehren, Engessa-Atan. Dort werdet Ihr wieder den Befehl über unsere Armeen übernehmen.«

»Wie Ihr befehlt, Betuana-Königin.«

»Sofort nach unserer Rückkehr werdet Ihr Kuriere zu meinem Gemahl, dem König, senden. Teilt ihm mit, daß die Gefahr für Tosa gebannt ist. Die Leuchtenden werden sich Scarpas annehmen.«

Engessa nickte steif.

»Teilt ihm außerdem mit, daß ich seine Truppen in Sarna benötige. Dort werden wir uns auf die Schlacht vorbereiten, und er sollte dort den Oberbefehl übernehmen.« Sie machte eine Pause. »Nicht, daß wir mit *Eurer* Führung unzufrieden sind, Engessa-Atan, doch Androl ist schließlich der König. Ihr habt ausgezeichnete Dienst geleistet. Das Königshaus von Atan ist Euch dankbar.«

»Ich tue nur meine Pflicht, Betuana-Königin«, erwiderte er und schlug salutierend die Faust auf den Brustpanzer, daß es krachte. »Dankbarkeit ist unnötig.«

»O je«, seufzte Aphrael. »O je, o je.«

»Was ist los?« erkundigte sich Sephrenia.

»Ach nichts.«

22

»Ohne Zweifel sind es Chacole und Torellia, Sarabian!« beharrte Elysoun einige Tage später. »Chacole hält mehr oder weniger die Zügel in der Hand. Sie ist älter und gerissener. Die Fremden begeben sich für gewöhnlich geradewegs zu ihr. Zuerst führen sie vertrauliche Gespräche; dann schickt Chacole ihre Besucher zu Torellia. Zuvor mochten sie einander gar nicht besonders; jetzt aber stecken sie ständig die Köpfe zusammen.«

»Wahrscheinlich erhalten sie Anweisungen von zu Hause«, meinte Sarabian. »König Jaluah von Cynesga ist Chacoles Bruder, und Torellia ist die Tochter König Rakyas von Arjuna. Hast du schon eine Ahnung, was sie im Schilde führen?«

Elysoun schüttelte den Kopf. »Dazu ist es noch zu früh.«

»Zu früh?«

»Es handelt sich auch hier um Frauenpolitik. Wir sind viel schlauer als Männer. Chacole will erst alles im Griff haben, ehe sie ihre nächsten Schritte plant. Torellia hat sie bereits auf ihre Seite gebracht, aber sie ist noch nicht ganz so weit, das auch bei anderen zu versuchen.«

»Du bist sicher, daß Torellia ihr blindlings gehorcht?«

Elysoun nickte. »Chacoles Diener spielen die Herren; Torellias Lakaien haben nichts mehr zu sagen. Das ist das erste Zeichen einer Veränderung der Vorrangstellung im Frauenflügel. Cieronnas gesamte Dienerschaft ist von unerträglicher Hochnäsigkeit, weil sie die erste Gemahlin ist, und wir alle sind ihr untergeordnet – außer Liatris, natürlich.«

»Natürlich.« Sarabian lächelte. »Niemand, der bei Verstand ist, legt sich mit Liatris an. Hat sie in letzter Zeit jemanden getötet?«

»Nicht, seit sie im vergangenen Jahr einen von Cieronnas Lakaien niedergemetzelt hat.«

»Hm, da kommt mir ein guter Gedanke. Sollen wir Liatris einweihen?«

Elysoun schüttelte den Kopf. »Später vielleicht, jetzt wäre es noch zu bedenklich. Atana Liatris ist zu geradeheraus. Machte ich sie auf die Lage aufmerksam, würde sie Chacole und Torellia sofort töten. Warten wir, bis Chacole sich an mich wendet, bevor wir mit Liatris reden.«

»Glaubst du denn wirklich, daß Chacole dich einbeziehen wird?«

»Ich bin mir sicher. Meine Dienstboten haben mehr Bewegungsfreiheit als ihre – meiner gesellschaftlichen Aktivitäten wegen.«

»So kann man es wohl auch nennen.«

»Du wußtest, daß ich Valesianerin bin, als du mich zur Gemahlin genommen hast, Sarabian, und unsere Sitten und Gebräuche waren dir nicht fremd. Deshalb dürfen meine Dienstboten sich innerhalb der Schloßanlage frei bewegen. Das ist von alters her so üblich.«

Sarabian seufzte. »Wie viele sind es zur Zeit, Elysoun?«

»Gar keine, um ehrlich zu sein.« Sie lächelte ihn an. »Du verstehst das nicht wirklich, oder, Sarabian? Der größte Spaß an diesen kleinen Abenteuern war immer die Intrige, und für Intrigen ist die Politik die bessere Spielwiese.«

»Fühlst du dich da nicht in anderer Hinsicht ein wenig ... benachteiligt?«

»Es ist auszuhalten ...« Sie zuckte die Schultern. »Außerdem habe ich ja immer noch dich, oder nicht?« Sie bedachte ihn mit einem kessen Lächeln.

»Also, Meister Valash«, Caalador lehnte sich auf dem Stuhl im überfüllten Speicherraum zurück, »der olle Vymer hier hat gesagt, daß Ihr bereit seid, gutes Geld für Informationen zu zahlen, und er meint, daß Ihr von dem Zeug hören wollt, das wo ich in Südwestatan höchstpersönlich geseh'n hab'.«

»Ihr zwei kennt euch wohl schon geraume Zeit?« fragte Valash.

»Und ob, Meister Valash! Wir kennen uns schon eine Ewigkeit. Wir war'n beisammen bei diesem Aufruhr in Matherion – er und ich und Fron und Reldin und noch zwei andere, wie diese Kerle von den Geheimen sich auf uns gestürzt haben. Da war was los, in jener Nacht, das dürft Ihr mir glauben. Jedenfalls, wie wir die Polizei schließlich abgehängt hatten, verschwanden wir jeder in eine andere Richtung. 's ist keine gute Idee zusammenzubleiben, wenn das Gesetz hinter einem her ist.«

Stragen lehnte sich aus dem Lichtkreis der Kerze auf dem Tisch zurück und beobachtete Valashs Gesicht. Caalador war eben erst angekommen, um Sperber und Talen bei der von ihnen begonnenen Täuschung Valashs abzulösen, und wieder beeindruckte es Stragen, wie gewandt sein Freund diese Rolle spielte. Caaladors gedehnter Dialekt hatte offenbar jedwedes Mißtrauen Valashs eingelullt. Stragen konnte diese schludrige Redeweise zwar nicht ausstehen, mußte aber zugeben, daß sie nützlich war. Sie wirkte immer so echt, so selbstverständlich.

»Wo *ist* Fron eigentlich?« erkundigte sich Valash.

»Er und Relish sind vor 'ner Woche abgehau'n.« Caalador zuckte die Schultern. »Auf 'm Weg nach hier war ich kurz in 'ner Schenke in Delo, da hat so 'n Kerl, dem man den Polizisten meilenweit anmerkte, Fron und den Jungen haargenau beschrieb'n. Sobald ich hier war, hab' ich's ihnen erzählt, und sie dachten, daß es vielleicht besser wär', wenn sie gleich weiterzieh'n. Jedenfalls hat Vymer hier mir erzählt, daß Ihr daran interessiert seid, was da und dort vorgeht. Na ja, und nachdem wir aus Matherion verschwinden mußten, hab' ich so allerhand geseh'n, was ich glaub', daß Euch es was wert sein könnt'.«

»Ich höre es mir auf jeden Fall an, Ezek.« Valash hob scharf den Kopf, als der halb bewußtlose Ogerajin im Schlaf zu murmeln begann.

»Fehlt ihm irgendwas?« fragte Stragen.

»Es hat nichts zu bedeuten«, antwortete Valash knapp. »Das macht er ständig. – Redet weiter, Ezek.«

»Also, das war vor etwa zwei Wochen, glaub' ich, und weil mir das Gesetz dicht auf'n Fersen war, war ich in Eile, Atan hinter mir zu lassen, um quer durch Astel nach Darsos zu kommen. Ich bin grad aus'n Bergen runtergekommen und hab' mich schnell versteckt, weil ich da plötzlich mehr verdammte Ataner sehen konnt', als ich gedacht hab', daß es überhaupt auf der ganzen Welt gibt – ich mein', da waren meilenweit unheimlich viele von diesen riesigen Burschen, und alle bis an die Zähne für'n Krieg bewaffnet, und sie haben verdammt entschlossen und unfreundlich ausgesehen.«

»Die ganze atanische Armee!« rief Valash.

»Mir is's mehr wie die Auswanderung der ganzen verdammten Rasse vorgekommen, Meister Valash. So viele auf ein'm Haufen hat man *nie* geseh'n!«

»Wo, genau, war das?« fragte Valash aufgeregt.

»Na ja, soweit ich's sagen kann, war ich ziemlich nah droben an der cynesganischen Grenze, nicht weit vor 'ner kleinen Stadt – Zhubay heißt sie, soviel ich weiß. Wenn Ihr vielleicht 'ne Karte habt, kann ich's Euch genau zeigen.« Caalador blickte den Daziter an. »Was, meint Ihr, is' Euch diese Information wert, Meister Valash?«

Valash zauderte nicht, als er nach seinem Beutel griff.

»Es war sehr seltsam, Domi Tikume«, berichtete Kring seinem Freund, als sie am Morgen nach ihrer Besprechung auf Aphraels Insel an der Spitze ihrer Mannschaften hinaus in die cynesganische Wüste ritten. »Die Kindgöttin sagte, daß wir träumen, aber es ist mir alles so wirklich vorgekommen. Ich konnte die Blumen und das Gras riechen, ganz bestimmt, und ich habe noch nie zuvor in einem Traum etwas gerochen!«

Tikume blickte ihn besorgt an. »Bist du sicher, daß es nicht Ketzerei war, dich dorthin zu begeben, Domi Kring?«

Kring lachte ein wenig schief. »Falls dem so sein sollte, war ich zumindest in guter Gesellschaft. Patriarch Emban war dort, und Patriarch Bergsten ebenfalls. Jedenfalls sollen du und ich diese Angriffe auf Cynesga fortsetzen und dann zu diesen Bergen in der Mitte der Wüste weiterreiten. Wir hoffen, daß es Prinz Sperber gelingt, die genaue Lage von Cyrga herauszufinden, bevor wir dort eintreffen.«

Einer der Kundschafter, die vorausgeritten waren, um sich in der sonnenverbrannten Wüste umzusehen, kam zurückgaloppiert.

»Ungefähr zwei Meilen voraus ist ein ausgetrockneter Fluß, Domi. Dort haben sie sich versteckt. Ich würde sagen, sie planen einen Hinterhalt.«

»Was sind es für Soldaten?« fragte Kring.

»Cynesganische Reiterei. Außerdem einige von diesen Riesen mit den Stahlmasken, die wir kürzlich in den Tod gehetzt haben. Fußsoldaten waren ebenfalls dort, aber ich konnte sie nicht erkennen.«

»Brustpanzer? Kurze Röcke? Helme mit hohen Kämmen, und große Rundschilde?«

»Ja, genau, Domi Kring.«

Kring rieb sich mit der Hand über den barbierten Kopf. »Wie breit ist das trockene Flußbett?«

»Gut fünfzig Schritt, Domi.«

»Krumm? Ziemlich tief?«

Der Kundschafter nickte.

»Dann ist es tatsächlich ein Hinterhalt«, meinte Kring. »Die Reiterei wird sich wahrscheinlich kurz sehen lassen und zieht sich dann ins tiefe Flußbett zurück. Wenn wir ihr folgen, stoßen wir direkt auf die Fußsoldaten. Wir haben Klæls Krieger auf offenem Terrain zu Tode gehetzt, jetzt wollen sie uns eine Falle stellen und in die Enge treiben.«

»Was sollen wir tun?« fragte Tikume.

»Wir halten uns dem Flußbett fern, Freund Tikume, und schwärmen nach rechts und links aus, um ihre Reiterei abzuschneiden, sobald sie sich von der Fußtruppe löst. Dann metzeln wir sie nieder – und das dürfte Klæls Soldaten ins Freie locken.«

»Was ist mit den Cyrgai? Gibt es ihrer noch mehr aus der Vergangenheit, mit denen wir es zu tun bekommen könnten?«

»Das glaube ich nicht. Der Hinterhalt befindet sich innerhalb der cynesganischen Grenzen. Es dürfte sich bei ihnen um lebende Krieger aus Cyrga handeln.« Kring hielt plötzlich inne, und ein Grinsen legte sich auf sein Gesicht. »Mir ist da gerade etwas eingefallen, Freund Tikume. Bring deine Leute schon mal zu beiden Seiten in Stellung. Das wird mir Zeit geben, die ganze Sache zu durchdenken.«

»Das ist aber ein besonders schadenfrohes Grinsen, Freund Kring.«

»Ich bin ja auch manchmal besonders schadenfroh, Freund Tikume«, erwiderte Kring, und sein Grinsen wurde noch breiter.

»Sklavenhändler!« erklärte Mirtai, nachdem sie den Felshang hinunter zu der Karawane gespäht hatte, die sich scheinbar unendlich langsam über den kahlen braunen Kies auf die Ortschaft um die Oase zubewegte. Der beinahe übergangslose Wechsel von der feuchten Hitze des arjunischen Dschungels zur staubtrockenen cynesganischen Wüste hatte Sperber leichte Kopfschmerzen verursacht.

»Wie könnt Ihr das aus dieser Entfernung erkennen?« fragte Bevier.

»An den schwarzen Kapuzengewändern«, antwortete Mirtai und spähte wieder über den Felsblock, hinter dem sie Sichtschutz gefunden hatten. »Sklavenhändler tragen diese Gewänder, sobald sie Cynesga betreten, damit die Gesetzeshüter sie in Ruhe lassen. Soweit bekannt ist, ist Cynesga das einzige Land, in dem Sklavenhandel offiziell erlaubt ist. Die anderen Königreiche mißbilligen ihn.«

»Das ist eine Idee, Sperber!« rief Bevier. »Wenn wir uns solche schwarzen Gewänder besorgen, könnten wir durch die Wüste ziehen, ohne Aufmerksamkeit zu erregen.«

»Aber wir sehen überhaupt nicht wie Arjuner aus«, gab Kalten zu bedenken.

»Das brauchen wir auch gar nicht«, meldete Talen sich zu Wort. »Nach allem, was ich in Beresa gehört habe, gibt es zahlreiche Räuberbanden in der Wüste, die Karawanen auflauern, um die Sklaven zu stehlen. Deshalb heuern die arjunischen Sklavenhändler ganze Scharen von Wächtern aller Rassen an, um ihre Ware zu beschützen.«

»Oh!« sagte Kalten. »Ich frage mich, wie wir zu solchen schwarzen Kapuzengewändern kommen könnten.«

»Ich sehe hundert oder mehr direkt vor unserer Nase.« Bevier deutete auf die Karawane.

»Elenier!« Xanetia verdrehte seufzend die Augen himmelwärts.

»Ihr fangt sogar schon an, wie Sephrenia zu *klingen*, Anarae«, stellte Sperber mit leichtem Lächeln fest. »Was gefällt Euch nicht an unserem Plan?«

»Kapuzengewänder *jeder* Farbe erfüllen den gleichen Zweck, Anakha«, erklärte sie. »Und zweifellos kann man sie in Vigayo kaufen, das unweit jener Oase liegt.«

»Sie müssen schwarz sein, Anarae!« wandte Bevier ein.

»Farbe ist ein Teil des Lichts, Ritter Bevier, und ich bin sehr geschickt darin, das Licht zu beeinflussen.«

»Oh!« hauchte er. »Daran hatte ich nicht gedacht.«

»Das ist mir nicht entgangen – fast von Anfang an.«

»Schon gut«, murmelte er.

Bergstens Ritter und ihre verbündeten Peloi überquerten die cynesganische Grenze an einem wolkenverhangenen, kalten Nachmittag, nach *scheinbar* mehreren Tagen anstrengenden Reitens, und schlugen eine südöstliche Richtung ein, auf Cynestras Hauptstadt zu. Peloikundschafter bildeten die Vorhut, stießen an diesem Tag jedoch auf keinen Widerstand. Sie schlugen ihr Lager auf, postierten Wachen und begaben sich früh zur Ruhe.

Nicht lange, nachdem sie ihr Lager abgebrochen hatten und am nächsten Morgen, wie es den Anschein hatte, weitergeritten waren, galoppierte Daiya herbei und schloß sich Bergsten und Heldin an der Spitze der Kolonne an. »Meine Späher melden, daß sich etwa eine Meile von hier Soldaten sammeln, Eminenz«, meldete er.

»Cynesganer?« erkundigte Bergsten sich rasch.

»Es sieht nicht so aus, Eminenz.«

»Schaut nach, Heldin«, befahl Bergsten.

Der Pandioner nickte und lenkte sein Pferd auf die Kuppe eines felsigen Hügels etwa eine Viertelmeile voraus. Sein Gesicht war düster, als er zurückkehrte. »Es gibt Schwierigkeiten, Eminenz«, meldete er. »Da sind weitere von diesen Ungeheuern, mit denen wir es schon in Ostzemoch zu tun hatten.«

Bergsten stieß eine heftige Verwünschung aus. »Ich *wußte*, daß bisher alles zu glatt gegangen ist!«

»Domi Tikume hat uns auf diese fremden Soldaten aufmerksam gemacht«, sagte Daiya. »Würde es Eure Eminenz kränken, wenn ich euch bitte, uns zu gestatten, daß wir uns ihrer annehmen? Domi Tikume und Domi Kring haben gewisse Taktiken entwickelt, die offenbar gute Erfolge erzielten.«

»Ich fühle mich nicht im geringsten gekränkt, Freund Daiya«, versicherte Bergsten ihm. »*Wir* haben uns nicht gerade mit Ruhm bekleckert, als wir auf diese Ungeheuer stießen. Deshalb würde ich sehr gern etwas miterleben, das wirkungsvoller ist, als *unsere* Taktiken es waren.«

Daiya besprach sich kurz mit seinen Stammeshäuptlingen; dann führte er Bergsten, Heldin und noch einige Ritter auf die Hügelkuppe, von wo aus sie die Auseinandersetzung beobachten konnten.

Bergsten erkannte sofort die Überlegenheit der leichten Reiterei; die gepanzerten Ritter auf ihren schweren Streitrossen hatten keine große Chance gegen diesen Gegner. Die riesenhaften Soldaten in ihren enganliegenden Rüstungen waren sichtlich verwirrt von den blitzschnellen Angriffen der mit Wurfspeeren bewaffneten Peloi. Sie versuchten verzweifelt, an diese Quälgeister heranzukommen, doch die leichtfüßigen Pferde der Peloi waren einfach zu schnell. Die Speere forderten ihren Tribut, und immer mehr von den schwerfälligen Monstren fielen in ihrem tödlichen Regen.

»Der Sinn der Sache ist, sie zum Laufen zu bringen, Eminenz«, erklärte Daiya. »Im Nahkampf sind sie sehr gefährlich, aber sie haben offenbar kein Durchhaltevermögen. Deshalb sind sie bei weitem keine so große Bedrohung, wenn sie laufen müssen.«

»Vanion hat mir schon davon erzählt«, sagte Bergsten. »Hat Domi Tikume erwähnt, wie lange es ungefähr dauern kann, bis sie außer Atem sind?«

»Nur in etwa, Eminenz.«

Bergsten zuckte die Schultern. »Ist schon gut, Freund Daiya. Hier gibt es reichlich offenes Gelände, und es ist erst Morgen. Wir können sie den ganzen Tag hetzen, wenn es sein muß.«

Wütend über die wiederholten Angriffe, setzten die riesenhaften Soldaten sich in einer Art schlurfendem Trott in Bewegung. Sie schwenkten ihre grauenvollen Waffen und brüllten heisere Schlachtrufe.

Die Peloi jedoch gingen nicht auf ihre Herausforderung ein, sondern setzten ihre Taktik der wechselnden Offensive und Defensive fort.

Über alle Maßen erzürnt und angestachelt, versuchten die Kreaturen einen schwerfälligen Sturmangriff.

»Es wäre möglich«, brummte Ritter Heldin mit seinem tiefen, grollenden Baß. »Aber wir bräuchten andere Ausrüstung.«

»Wovon redet Ihr, Heldin?« fragte Bergsten verwundert.

»Von einem Blick in die Zukunft, Eminenz«, antwortete Heldin. »Wenn diese Ungeheuer zur ständigen Einrichtung werden, müssen wir so manches ändern. Es wäre bestimmt keine schlechte Idee, einige Schwadronen Ordensritter als leichte Reiterei auszubilden und auszurüsten.«

»Heldin«, rügte Bersten ihn verärgert, »diese Riesen werden nur dann zur ständigen Einrichtung, um Eure Worte zu benutzen, falls wir diesen Krieg verlieren. Wie kommt Ihr darauf, daß es dann noch irgendwelche Ordensritter geben wird?«

»Sie geben auf, Eminenz!« rief Daiya aufgeregt. »Sie rennen davon!«

»Aber wohin laufen sie, Daiya?« fragte Bergsten heftig. »Es ist die Luft, die sie umbringt – und die Luft ist überall! Wohin könnten sie flüchten, Daiya. Wohin?«

»Wohin könnten sie laufen?« fragte Kring verblüfft, als Klæls Soldaten ihre schwerfällige Verfolgung der Peloireiter aufgaben und in die Wüste flohen.

»Wen kümmert das schon?« Tikume lachte. »Sollen sie doch laufen. Wir haben immer noch die Cyrgai im Flußbett. Sorgen wir dafür, daß sie sich in Bewegung setzen, ehe irgendein schlauer kleiner Offizier in den hinteren Reihen dazu kommt, unsere Taktik zu durchschauen.«

Die Cyrgai befolgten eine Strategie aus grauer Vorzeit. Ihre langen Speere vor sich ausgestreckt, rückten sie hinter ihren großen Rundschilden im Gleichschritt näher. Sobald die Peloi auf sie einstürmten, blieben sie stehen und bildeten ein Bollwerk aus Leibern. Die vordere Reihe kniete nieder und hielt die Speere in Angriffsposition; die hinteren Reihen schlossen mit ebenfalls gezückten Speeren auf, während die Schilde eine stählerne Wand bildeten.

Es sah sehr beeindruckend aus, konnte gegen die Reiterei jedoch nicht das geringste ausrichten.

»Wir müssen ihnen Bewegung verschaffen, Domi Tikume!« rief Kring seinem Freund zu, während sie wieder von den geballten Cyrgai-Regimentern fortritten. »Zieh deine Kinder nach dem nächsten Angriff ein Stück weiter zurück! Es bringt nichts, wenn diese veralteten Krieger sich weiterhin bloß schrittweise bewegen! Bring sie zum Laufen!«

Tikume brüllte ein paar Befehle, und seine Reiter änderten ihre Taktik. Sie zogen sich eine Viertelmeile und mehr zurück und zwangen die Cyrgai, bis zu ihnen vorzudringen.

Eine Trompete erschallte aus der Mitte eines der näher rückenden regimentgroßen Karrees, und die Cyrgai gingen in einen Trott über, wobei sie ihre Reihen immer noch perfekt ausgerichtet hielten.

»Eine vorbildliche Marschordnung, nicht wahr?« Tikume lachte.

»Vor allem, wenn das hier ein Paradeplatz wäre«, antwortete Kring. »Stacheln wir sie wieder an. Dann ziehen wir uns noch weiter zurück.«

»Wie weit ist es bis zur Grenze?« fragte Tikume.

»Keine Ahnung. Niemand, mit dem ich gesprochen habe, ist sich da sicher. Aber weit kann sie jedenfalls nicht sein. – Bring die Burschen zum Laufen, Tikume!«

Tikume richtete sich in den Steigbügeln auf. »Weitergeben!« brüllte er. »Voller Rückzug!«

Die Peloi machten kehrt und galoppierten über den knirschenden braunen Kies nach Osten.

Spärlicher Jubel stieg von den Regimentern der Cyrgai auf, und wieder erschallte die Trompete. Noch immer mit vollkommen gerade ausgerichteten Reihen, setzten die vorzeitlichen Soldaten sich wieder in Bewegung – zuerst langsam, dann immer schneller. Unteroffiziere brüllten ihre abgehackten Befehle, und die auf den harten Boden stampfenden Halbstiefel der Krieger verursachten ein Geräusch wie Trommelwirbel.

Plötzlich verdunkelte sich das strahlende Licht des winterlichen Mittags, als hätten sich riesige schwarze Schwingen vor die Sonne gelegt. Ein eisiger Wind fegte über die Wiese, und ein jammernder, klagender Laut ertönte.

Die von der Bö erfaßten Cyrgai starben lautlos mitten im Schritt und sanken zu Boden, wo sie von ihren blind nachrückenden Kameraden zertrampelt wurden, ehe diese ebenfalls tot auf die Erde fielen.

Bleich und zitternd beobachteten Kring und Tikume in erschrockenem Staunen, wie der uralte styrische Fluch auch jetzt noch seine grauenvolle Wirkung entfaltete. Ehe sich ihnen der Magen umdrehte, rissen sie ihre Pferde herum, um ostwärts zurückzureiten und nicht mehr erleben zu müssen, wie diese vollkommenen Soldaten blindlings in ihr Verderben rannten.

»Diese Umhänge mögen vielleicht gut genug für Arjuna und das Land Tamul sein«, sagte Sperber später an diesem Tag zu dem Kaufmann, »aber in einem Staubsturm nutzen sie nicht viel. Ich glaube, der letzte Sturm hat mir eimerweise Staub den Rücken hinuntergepeitscht.«

Der Kaufmann nickte verständnisvoll. »Die Angehörigen anderer Völker spotten oft über unsere übliche Gewandung, guter Meister. Aber sie spotten nur so lange, bis sie durch ihren ersten Staubsturm reiten.«

»Weht der Wind dort draußen die ganze Zeit?« fragte Talen.

»Nun ja, nicht die *ganze* Zeit, junger Herr. An den Nachmittagen ist es normalerweise am schlimmsten.« Er blickte Sperber an. »Wie viele Kapuzengewänder werdet Ihr brauchen, guter Herr?«

»Wir sind sechs, Nachbar, und keiner von uns liebt den anderen so sehr, daß wir uns ein Gewand teilen möchten.«

»Wollt Ihr bestimmte Farben?«

»Hält eine Farbe den Staub besser fern als andere?«

»Nicht, daß ich wüßte.«

»Dann spielt die Farbe keine Rolle.«

Der Kaufmann rannte in sein Lager und kehrte mit einem Stoß ordentlich zusammengefalteter Kleidungsstücke zurück. Dann lächelte er, rieb sich die Hände und nannte seinen Preis.

»Er hat Euch übervorteilt, das ist Euch doch klar?« sagte Talen, als sie wieder auf der staubigen Straße waren.

Sperber zuckte die Schultern. »Vielleicht.«

»Irgendwann werde ich Euch die Kunst des Feilschens schon noch beibringen.«

»Spielt das wirklich eine Rolle?« Sperber befestigte das Bündel cynesganischer Gewänder hinten an seinem Sattel. Er schaute sich um. »Anarae?«

»Ich bin hier, Anakha«, hörte er ihr Wispern.

»Konntet Ihr etwas entdecken?«

»Nein, Anakha. Offenbar ist der Bote noch nicht eingetroffen.«

»Berit und Khalad sind immer noch Tage entfernt, Sperber«, erinnerte Talen ihn. »Und hier ist kein so ansprechender Ort, als daß der Bote lange warten möchte, um vielleicht die Landschaft zu genießen.« Er schaute auf die jetzt, im Winter, traurig aussehenden Palmen und den schlammigen Teich in der Mitte zwischen den weiß getünchten Häusern.

»Ansprechend oder nicht, wir müssen uns eine Ausrede einfallen lassen, warum wir bleiben«, sagte Sperber. »Wir dürfen nicht aufbrechen, ehe der Bote hier eintrifft und Anarae Xanetia seinen Gedanken lauschen kann.«

»Ich könnte alleine hier bleiben, Anakha«, schlug Xanetia ihm vor. »Niemand hier kann mich entdecken; deshalb benötige ich auch keinen Schutz.«

»Wir bleiben trotzdem bei Euch, Anarae«, sagte Sperber entschlossen. »Höflichkeit, gutes Benehmen – nennt es, wie Ihr wollt. Ein elenischer Edelmann läßt nicht zu, daß eine Dame ohne Begleitung auf die Straße geht.«

Auf der schattigen Veranda einer Schenke oder eines Weinhauses oder dergleichen war ein Streit entbrannt. »Du weißt ja nicht, wovon du sprichst, Echon!« stieß ein schnaufender alter Mann in geflicktem, schmutzigem Gewand hervor. »Es sind gute hundert Meilen vom Sarna-Fluß bis nach hier, und auf der ganzen Strecke gibt es keinen Tropfen Wasser.«

»Entweder säufst du zu viel, oder du warst zu lange in der Sonne, Zagorn!« entgegnete Echon, ein dürrer Mann in dunkelblauem Gewand, höhnisch. »Auf meiner Karte sind es sechzig Meilen – und keine mehr!«

»Wie gut kennst du denn den Mann, der die Karte gezeichnet hat? Ich lebe seit meiner Geburt hier, und ich weiß, wie weit es bis zum Sarna ist! Aber zieh ruhig los! Nimm Wasser für nur sechzig Meilen mit! Dann werden deine Maultiere verrecken, und du selbst wirst die restlichen vierzig Meilen Sand saufen! Mir ist es egal. *So* sehr habe ich dich sowieso nie gemocht. Aber glaub mir, Echon. Es sind hundert Meilen von der Oase von Vigay bis zum Ufer des Sarna.« Der alte Mann spuckte in Richtung des bleichbraunen Teiches.

Talen fing plötzlich zu lachen an.

»Was ist so lustig?« fragte Sperber.

»Wir haben soeben einen Glückstreffer erzielt, hochverehrter Führer«, antwortete der Junge vergnügt. »Wenn wir hier oben mit allem fertig sind, kehren wir am besten schnell zu den anderen zurück. Wir sollten möglichst früh schlafen gehen – da wir wahrscheinlich schon im Morgengrauen aufbrechen werden.«

»Ach? Wohin?«

»Nach Cyrga, natürlich. Dorthin wolltet Ihr doch, oder?«

»Ja, aber wir wissen nicht, wo Cyrga ist.«

»Da täuscht Ihr Euch, Sperber. Wir kennen den Weg nach Cyrga – oder *ich* zumindest.«

23

»Starb er einen Heldentod?« fragte Betuana. Sie war sehr bleich, ließ sich ihr Leid aber nicht anmerken.

»Es war ein Tod, der eines Heerführers würdig ist, Betuana-Königin«, antwortete der Bote. »Wir befanden uns in einer Schlucht, und diese Klæl-Bestie zerschmetterte die Felswände und schleuderte die Trümmer auf uns herunter. Androl-König griff das Ungeheuer an. So gelang es vielen zu entkommen. Ohne den Angriff des Königs hätten sie ihr Leben verloren.«

Betuana dachte darüber nach. »Ja«, erklärte sie schließlich. »Er starb würdig und wird in der Erinnerung unseres Volkes weiterleben.«

»Wir haben viele Verwundete, Betuana-Königin, und Tausende liegen in der Klamm unter dem Geröll begraben. Wir haben uns nach Tualas zurückgezogen, um dort Eurer Befehle zu harren.«

»Es sollen einige Männer dortbleiben, um sich der Verwundeten anzunehmen. Alle anderen werden sich sofort hierher in Marsch setzen. Für Tosa besteht keine Gefahr mehr. Die Gefahr ist nun hier.«

»Ich werde Euren Befehl weitergeben, meine Königin.« Der Bote schlug salutierend mit der Faust auf den Brustpanzer.

Die Königin der Ataner erhob sich. Ihr noch immer bleiches Gesicht verriet keine Regung. »Ich möchte nun allein sein und nachdenken, Itagne-Botschafter«, sagte sie förmlich.

»Das ist verständlich, Betuana-Königin«, entgegnete er. »Ich teile Euer Leid.«

»Aber nicht meine Schuld.« Sie drehte sich um und verließ den Raum.

Itagne blickte Engessa ins düstere Gesicht. »Ich gebe den anderen Bescheid.«

Engessa nickte.

»Könntet Ihr mit dem Boten sprechen, bevor er aufbricht, Engessa?« bat Itagne. »Hochmeister Vanion muß das ungefähre Ausmaß der Verluste erfahren, ehe er seine Strategie ändern kann.«

»Ich werde die Zahl der Gefallenen und Verwundeten in Erfahrung bringen und dem Boten mitteilen, Itagne-Botschafter.« Engessa neigte den Kopf und ging.

Itagne fluchte und hämmerte die Faust auf den Tisch. »Mußte das ausgerechnet jetzt passieren!« tobte er. »Wenn dieser Narr nur noch ein wenig gewartet hätte, bevor er sich umbringen ließ!«

Betuana hatte nichts falsch gemacht, und ihre Besorgnis um Engessa hatte kein Hauch von Unehrenhaftigkeit angehaftet. Wären ihr noch ein oder zwei Wochen geblieben, darüber hinwegzukommen, wäre ihr wirklich grundlos schlechtes Gewissen vergessen gewesen, wie auch all die persönlichen Gefühle, die es verursacht hatten. Doch Androls Tod, gerade zu diesem Zeitpunkt ... Wieder fluchte Itagne. Die atanische Königin mußte klar denken und handeln können, aber diese Krise könnte ihr Urteilsvermögen beeinträchtigen. Itagne schloß nicht aus, daß Betuana sich jetzt in ihrem Gemach darauf vorbereitete, sich ihr Schwert ins Herz zu stoßen. Er erhob sich und suchte nach Papier und Federkiel. Er mußte Vanion darauf aufmerksam machen, ehe hier in Sarna alles in die Brüche ging.

»Es ergab alles einen Sinn, als ich hörte, wie der alte Mann ihren kleinen Teich ›den Brunnen von Cyrgon‹ nannte«, erklärte Talen. »Ogerajin hat genau dieselben Worte benutzt!«

»Ich weiß nicht recht, ob das soviel zu bedeuten hat«, warf Mirtai zweifelnd ein. »Die Cynesganer bezeichnen alle ihre Oasen als ›Brunnen‹.«

»Aber das Entscheidende ist, daß *dieser* hier einer der Orientierungspunkte ist, die Ogerajin erwähnt hat!« gab Bevier zu bedenken. »Wie ist es überhaupt zu diesem Thema gekommen?« fragte er Talen.

»Stragen und ich haben Valash eine unserer Lügengeschichten aufgetischt«, antwortete der Junge. »Ogerajin war gerade von Verel angekommen und saß mit langsam verrottendem Hirn in einem Sessel. Stragen berichtete Valash von irgendwas, das wir angeblich belauscht hatten – irgendein Kerl erzählte einem anderen, daß Scarpa auf Anweisungen von Cyrga wartete. Auf diese Weise haben wir versucht, Informationen aus Valash herauszulocken. Stragen fragte ihn scheinbar gleichmütig, welchen Weg man nehmen müsse, um nach Cyrga zu gelangen. Da horchte Ogerajin auf. Er fing an, vom ›Brunnen von Cyrgon‹ zu reden, und von der ›Salzebene‹ und anderen Orten mit Namen, die sich anhörten, als würden sie aus einem Märchenbuch stammen. Ich dachte, er redet nur wirres Zeug, doch Valash regte sich schrecklich auf und hat versucht, ihn vom

Reden abzuhalten. Da wurde ich hellhörig – und hatte das Gefühl, daß Ogerajin Stragen eine genaue Wegbeschreibung nach Cyrga gab, doch diese Beschreibung enthielt viele von diesen Märchennamen. Als ich dann später noch einmal die Bezeichnung ›Brunnen von Cyrgon‹ hörte, fragte ich mich, ob diese Wegbeschreibung tatsächlich so wirr war, wie ich ursprünglich geglaubt hatte.«

»Wie lauteten seine genauen Worte, junger Talen?« fragte Xanetia.

»Er sagte: ›Der Weg führt dicht am Brunnen von Cyrgon vorbei‹, da versuchte Valash, ihn vom Reden abzubringen, aber er achtete nicht darauf. Er sagte irgendwas davon, daß er Stragen den Weg weise, damit er sich nach Cyrga begeben und vor Cyrgon niederknien könne. Er sagte, er solle vom ›Brunnen von Cyrgon‹ aus nordwestwärts weiter zu den Verbotenen Bergen ziehen.«

Sperber studierte seine Karte. »Es gibt mehrere Bergketten in Mittelcynesga. Es ist das ungefähre Gebiet, auf das Aphrael auf ihrer Insel gezeigt hat. Was hat er sonst noch gesagt, Talen?«

»Na ja, es war ein wenig zusammenhanglos. Er sprach von den ›Verbotenen Bergen‹ und ›Cyrgons Säulen‹; dann stammelte er etwas über die ›Salzebenen‹, von denen aus man diese ›Verbotenen Berge‹ sehen müßte. Er sagte auch irgendwas über ›feurige weiße Säulen‹ und eine ›Ebene der Gebeine‹. Er behauptete, die Skelette wären die jener ›namenlosen Sklaven, welche sich bis zum Tod für Cyrgons Auserwählte plagen‹. Wenn so ein Sklave in Cyrgai stirbt, wird er offenbar in der Wüste ausgesetzt.«

»Dann dürfte dieser Knochenacker nicht allzu weit von der Stadt entfernt sein«, murmelte Kalten nachdenklich.

»Es paßt alles zusammen, Sperber«, meinte Bevier. »Die Cynesganer selbst sind zum Großteil Nomaden; deshalb dürften sie keine Verwendung für größere Mengen von Sklaven haben. Ogerajin sprach von ›Cyrgons Auserwählten‹. Das dürften die Cyrgai sein. Wahrscheinlich sind *sie* es, die Sklaven kaufen.«

»Das würde bedeuten, daß die Sklavenkarawane, die wir gesehen haben, auf dem Weg nach Cyrga ist, nicht wahr?« fügte Talen aufgeregt hinzu.

»*Und* sie zog nordwestwärts«, warf Mirtai ein, »genau in die Richtung, von der Ogerajin sprach.«

Wieder zog Sperber seine Karte zu Rate; er mußte sie festhalten, da der heftige Wüstenwind sie ihm zu entreißen drohte. »Wir wissen, daß Cyrga irgendwo in den Bergen von Mittelcynesga liegt«, murmelte er. »Also werden wir uns auf jeden Fall in diese Richtung halten. Falls Ogerajin nur im Wahn sprach und seine Wegbeschreibung nirgendwohin führt, gelangen wir trotzdem in die richtige Gegend, wenn wir ihr folgen.«

»Es ist jedenfalls besser, als bloß herumsitzen und auf Berit und Khalad zu warten«, sagte Kalten ungeduldig. »Ich muß *irgendwas* tun – und wenn ich nur im Kreis in der Wüste umherreite!«

Sperber legte dem alten Freund beruhigend eine Hand auf die Schulter. Seine eigene, verzweifelte Besorgnis war zumindest ebenso groß wie die Kaltens, doch er wußte, daß er nicht zuviel darüber nachdenken durfte. Verzweifelte Menschen machen Fehler, und ein Fehler könnte Ehlana in noch größere Gefahr stürzen. Seine Gefühle wühlten in seinem Innern, doch grimmig und unerbittlich verschloß er sich ihnen.

»Anakha würde sich freuen, wenn wir das tun«, sagte Ulath auf Trollisch zu den riesenhaften Erscheinungen.

Ghworg, der Gott des Tötens, beklagte sich: »Anakhas Gedanke ist wie der Wind. Einmal sagt er zu uns: ›Geht zu dem Ort, den die Menschendinge die Tamulischen Berge nennen, um die Kinder von Cyrgon zu töten.‹ Jetzt sagt er zu uns: ›Geht zu dem Ort, den die Menschendinge Zhubay nennen, um die Kinder von Cyrgon zu töten.‹ Kann er sich denn nicht entscheiden, welche Kinder von Cyrgon wir töten sollen?«

»Das ist das Wesen der Jagd, Ghworg«, erklärte Tynian. »Die Kinder von Cyrgon sind nicht wie das Rotwild, das immer im gleichen Revier äst. Sie sind wie die Rentiere, die im Laufe der Jahreszeiten von Ort zu Ort ziehen, um genug Futter zu finden. Zuvor begaben sie sich zum Fressen an den Ort, den wir Tamulische Berge nennen, doch jetzt begeben sie sich zu dem Ort Zhubay, um zu fressen. Würden wir nun in den Tamulischen Bergen jagen, fänden wir kein Wild, das wir töten und essen könnten.«

»Es spricht gut«, lobte Ghnomb, der Gott des Essens. »Es ist nicht Anakhas Gedanke, der sich ändert, sondern der Pfad der Kreaturen, die wir jagen. Das Wesen der Jagd sagt uns, daß wir dorthin gehen müssen, wo sie äsen, wenn wir sie finden und töten und essen wollen.«

»Diese Jagd wird immer mehr nicht-einfach!« brummelte Ghworg.

»Das liegt daran, daß die Menschendinge mehr nicht-einfach sind als die Wilddinge«, erklärte ihm Khwaj, der Gott des Feuers. »Der Gedanke von Tynian-von-Deira ist gut. Wer jagt, wo es kein Wild gibt, bekommt nichts zu essen.«

Ghworg dachte darüber nach. »Wir müssen dem Weg der Jagd folgen!« entschied er. »Wir bringen unsere Kinder zu dem Ort Zhubay, um die Kinder von Cyrgon zu jagen. Wenn sie zum Äsen kommen, werden unsere Kinder sie töten und essen.«

»Es würde uns freuen, wenn Ihr das tut«, bedankte sich Tynian höflich.

»Ich werde unsere Kinder in die Zeit bringen, die-sich-nicht-bewegt«, versprach Ghnomb. »Sie werden an dem Ort Zhubay sein, bevor die Kinder von Cyrgon dort ankommen.«

Schlee, der Gott des Eises, steckte einen gewaltigen Finger in den Schlamm. Die Erde erbebte leicht und verzerrte sich zu seinem Bild des Kontinents. »Zeig uns wo, Ulath-von-Thalesien«, forderte er ihn auf. »Wo ist der Ort Zhubay?«

Ulath stapfte ein Stück am Südwestrand der winzigen Berge von Atan entlang und starrte angespannt auf den Boden. Dann bückte er sich und berührte einen Punkt unweit dem nördlichen Ende der Wüste von Cynesga. »Er ist hier, Schlee.«

Ghworg, der Gott des Tötens, stand auf.

»Wir werden unsere Kinder dorthin bringen«, erklärte er. »Laßt uns Anakha froh machen.«

»Wir werden beobachtet, Vanion«, sagte Sephrenia leise.

Er lenkte sein Pferd näher zu dem ihren. »Von Styrikern?« fragte er ebenso leise.

»Sie haben nur einen dabei«, erwiderte sie. »Und er ist nicht sehr erfahren.« Sie lächelte leicht. »Um seine Aufmerksamkeit zu erregen, müßte ich ihm wahrscheinlich einen Schlag auf den Schädel versetzen.«

»Tu, was du für richtig hältst, Liebste.« Vanion blickte über die Schulter auf die Kolonne von Rittern hinter ihnen; dann schaute er nach vorn. Sie kamen die Berge herunter, und das Sarnatal vor ihnen wurde allmählich breiter. »Morgen müßten wir die Brücke erreichen«, meinte er. »Und nachdem wir den Fluß überquert haben, sind wir in Cynesga.«

»Ja, Liebes, ich habe die Karte gesehen.«

»Wie wär's, wenn du den Zauber wirkst?« schlug er vor. »Geben wir deinem unfähigen Styriker da draußen eine Chance, sich seinen Unterhalt zu verdienen.« Er blickte sie ernst an. »So langsam mache ich mir Sorgen, Sephrenia. Klæl ist immer noch irgendwo dort draußen, und wenn er glaubt, daß Sperber mit Bhelliom bei dieser Kolonne ist, müssen wir mit dem Schlimmsten rechnen.«

»In einer Situation wie dieser ist man immer gefährdet, Vanion.« Sie lächelte ihn zärtlich an. »Du hast gesagt, du würdest mich nie aus den Augen lassen. Wenn du also darauf beharrst, dich an gefährliche Orte zu begeben, muß ich dich wohl oder übel begleiten. Aber jetzt entschuldige mich. Ich werde diesen Styriker aufwecken.« Sie begann, leise in Styrisch zu sprechen und zugleich mit den Fingern den Zauber zu weben.

Verwirrt schaute Vanion ihr zu. Er war stolz darauf, daß er die meisten Zauber kannte, doch diesen hatte er noch nie gesehen oder gehört. Er beobachtete Sephrenia noch angespannter.

»Starr mich nicht so an«, sagte sie und unterbrach den Zauber. »Den hier brauchst du nicht zu kennen.«

»Aber ...«

»Schau ganz einfach da hinüber, Vanion. Ich schaffe das ohne jede Hilfe.« Sie hielt inne. »Tu mir den Gefallen, Liebster. Eine Frau braucht wenigstens *ein paar* Geheimnisse.«

Er lächelte und drehte sich um.

Etwa dreißig Fuß entfernt schien die Luft zu verschwimmen, und plötzlich sah Vanion Sperber auf seinem übelgelaunten Fuchs erscheinen. Diese Erscheinung war so wirklich, daß Fliegen von dem Pferd angelockt wurden.

»Großartig!« rief Vanion, sandte einen prüfenden Gedanken aus und stieß sogar auf das vertraute Gefühl von Sperbers Gegenwart. »Wenn ich es nicht besser wüßte, würde ich schwören, daß er wirklich hier ist. Kannst du diese Illusion aufrechterhalten?«

»Natürlich«, antwortete sie mit geradezu aufreizender Gleichmütigkeit. Dann lachte sie, streckte die Hand aus und streichelte ihm zärtlich über die Wange.

»Warum hast du so lange gebraucht?« fragte Talen die Kindgöttin, als sie am nächsten Morgen am Rand ihres Lagers bei Vigayo erschien.

»Ich hatte zu tun«, antwortete sie schulterzuckend. »Immerhin ist es eine ziemlich aufwendige Sache, weißt du. Schließlich wollen wir alle zu ungefähr derselben Zeit dort eintreffen, nicht wahr? Und was gibt es hier für ein Problem, Sperber?«

»Vielleicht hatten wir zur Abwechslung sogar einmal ein bißchen Glück«, antwortete er. »Talen und ich waren gestern im Ort. Wir hörten, wie ein Bewohner ihre Oase als ›Brunnen Cyrgons‹ bezeichnete.«

»Ja, und?«

»Erzähl du es, Talen.«

Der junge Dieb wiederholte das Gespräch, das zwischen Ogerajin und Stragen in Beresa stattgefunden hatte.

»Was hältst du davon?« fragte Kalten die Kindgöttin.

»Hat jemand eine Karte?«

Sperber ging zu seinen Sattelbeuteln, holte die fest zusammengerollte Landkarte heraus und brachte sie ihr.

Flöte breitete die Karte auf dem Boden aus, kniete sich davor und studierte sie eingehend. »Es gibt wirklich einige Salzböden da draußen«, gab sie zu.

»Und sie befinden sich an den richtigen Stellen«, warf Bevier ein.

»Ogerajin war dort«, fügte Talen hinzu. »Jedenfalls behauptet er das. Also müßte er den Weg tatsächlich kennen, nicht war?«

»Es gibt auch eine Route der Sklavenhändler, die nach Nordwesten führt«, sagte Mirtai. »Wir haben eine Karawane gesehen, die diesen Weg nahm, als wir hier ankamen. Und Ogerajin erwähnte, daß die Cyrgai Sklaven halten. Also kann man davon ausgehen, daß die Karawane nach Cyrgai unterwegs ist, stimmt's?«

»Ihr alle leitet eure Überlegungen von den wirren Worten eines dem Wahn verfallenen Kranken ab«, sagte Flöte skeptisch.

»Du hast selbst gesagt, daß Cyrga irgendwo in Mittelcynesga liegt«, erinnerte Kalten sie, »und alles, was wir beobachtet haben, deutet darauf hin. Selbst wenn Ogerajin einiges ausließ, würden wir doch in die ungefähre Gegend von Cyrga gelangen. Auf jeden Fall wären wir der Stadt bedeutend näher, als wir es jetzt sind.«

»Wenn ihr euch schon alle entschieden habt, frage ich mich, warum ihr mich überhaupt damit belästigt«, sagte Flöte ein wenig gereizt.

Talen grinste sie an. »Wir haben es als unhöflich erachtet, einfach weiterzureiten, ohne dir Bescheid zu geben, Göttin.«

»Das wirst du mir bezahlen, Talen«, drohte sie.

Sperber wandte sich an Mirtai. »Wie weit, glaubt Ihr, ist uns die Karawane inzwischen voraus?«

»Dreißig Meilen«, antwortete sie. »Fünfunddreißig im Höchstfall. Sklavenkarawanen sind nicht sehr schnell.«

»Ich glaube, das ist unsere beste Chance«, meinte er. »Schlüpfen wir in unsere schwarzen Gewänder und reiten los. Wir halten uns etwa drei Meilen hinter der Karawane. Jeder, der uns zufällig sieht, wird uns dann für Nachzügler halten.«

»Alles ist besser, als untätig herumzusitzen!« sagte Kalten.

Sperber grinste schwach. »Irgendwie wußte ich, daß du es so sehen würdest.«

»Wir sind hier kaum mehr als Gefangene im goldenen Käfig«, behauptete Kaiserin Chacole und deutete mit weit ausholenden Gesten auf die luxuriöse Ausstattung des Frauenflügels.

Chacole war eine üppige Cynesganerin Mitte dreißig. Sie sprach mit dem müßigen Tonfall der unzufriedenen, gelangweilten Ehefrau, doch ihre Augen blickten hart und verschlagen, als sie Elysoun betrachtete.

Elysoun zuckte die Schultern. »*Ich* hatte nie Schwierigkeiten, zu kommen und zu gehen, wann ich wollte.«

»Aber nur, weil Ihr Valesianerin seid«, warf Kaiserin Torellia unmutig ein. »Euch macht man Zugeständnisse, uns anderen hingegen nicht. Das halte ich nicht für gerecht.«

Wieder zuckte Elysoun die Schultern. »Gerecht oder nicht – es ist so üblich.«

»Warum solltet Ihr mehr Freiheiten haben als wir anderen?«

»Weil ich größere gesellschaftliche Verpflichtungen habe.«

»Gibt es denn im Kaiserinnenflügel nicht genug Männer für Euch?«

»Nicht so gehässig, Torellia. Ihr wärt jung genug, um Euch ebenfalls zu vergnügen.« Elysoun blickte die arjunische Kaiserin abschätzend an. Torellia war ein schlankes Mädchen Mitte zwanzig und wie alle Arjunerinnen, sehr unterwürfig, was Chacole offenbar ausnutzte.

»Niemand beschränkt Cieronnas Bewegungsfreiheit«, sagte Chacole.

»Cieronna ist die erste Gemahlin«, erinnerte Elysoun sie, »und die älteste. Wenn schon aus keinem anderen, sollten wir sie allein aus diesem Grund respektieren.«

»Ich denke nicht daran, für eine alternde tamulische Matrone die Dienerin zu spielen«, brauste Chacole auf.

»Sie will Euch gar nicht als Dienerin, Chacole«, versicherte Elysoun ihr. »Sie hat bereits mehr Dienstboten, als sie zählen kann – es sei denn, Liatris hat deren Anzahl wieder ein wenig verringert. Cieronna will nur eines von ganzem Herzen – eine prächtigere Krone, als wir anderen sie haben, und das Recht, bei einer feierlichen Prozession uns voraus an der Spitze zu schreiten. Es braucht nicht viel, sie glücklich zu machen. Sie ist nicht gerade die Klügste.«

Torellia kicherte.

»Da kommt Gahenas!« zischte Chacole.

Die bis zum Kinn in kratzige Wolle gewandete teganische Kaiserin mit den abstehenden Ohren näherte sich ihnen mit mißbilligendem Gesicht – eine Miene, die sie jedesmal aufsetzte, wenn ihr Blick auch nur flüchtig auf die knapp bekleidete Elysoun fiel.

»Meine Damen«, grüßte sie mit steifem Nicken.

»Schließt Euch uns an, Gahenas«, forderte Chacole sie auf. »Wir unterhalten uns über Politik.«

Gahenas' Froschaugen leuchteten auf. Teganer lebten und starben für Politik.

»Chacole und Torellia wollen eine Bittschrift bei unserem Gemahl einreichen«, erklärte Elysoun. Sie hob die Arme, gähnte herzhaft und reckte sich, so daß ihr nackter Busen sich Gahenas entgegenstreckte.

Die teganische Kaiserin wandte rasch den Blick ab.

»Verzeiht, meine Damen«, entschuldigte sich Elysoun, »aber ich bin in der vergangenen Nacht nicht zum Schlafen gekommen.«

»Sind vierundzwanzig Stunden am Tag nicht viel zu wenig für Eure zahlreichen Aktivitäten?« fragte Gahenas spitz.

»Das ist lediglich eine Sache der Planung, Gahenas.« Elysoun zuckte die Schultern. »Man kann alles mögliche schaffen, wenn man seine Zeit nur richtig einteilt. Warum reden wir nicht von etwas anderem, meine Liebe? Ihr mögt mich nicht, und mir ist das völlig egal.

Wir werden einander nie verstehen. Warum sollten wir da mit einem fruchtlosen Versuch unsere Zeit vergeuden?«

»Ihr könnt Euch in der kaiserlichen Schloßanlage frei bewegen, nicht wahr, Elysoun?« fragte Chacole nachdenklich.

Elysoun täuschte neuerliches Gähnen vor, um ihr Lächeln zu verbergen. Chacole war endlich zur Sache gekommen. Elysoun hatte sich bereits gefragt, wie lange sie dazu noch brauchen würde. »Ich kann mehr oder weniger kommen und gehen, wie ich will«, antwortete sie. »Ich nehme an, daß alle Spitzel es leid geworden sind, mich zu überwachen.«

»Dürfte ich Euch um einen Gefallen bitten?«

»Aber natürlich, gern, Liebste. Was kann ich für Euch tun?«

»Cieronna kann mich nicht ausstehen, und ihre Spione folgen mir auf Schritt und Tritt. Und ich befasse mich derzeit mit einer Sache, von der sie lieber nicht erfahren sollte.«

»Aber Chacole! Soll das heißen, Ihr habt Euch endlich entschlossen, mit Euren Vergnügungen ein bißchen weiterzugehen?«

Die cynesganische Kaiserin blickte sie verständnislos an. Offenbar wußte sie wirklich nicht, was Elysoun damit andeutete.

»Nur keine Scheu, Liebes«, sagte Elysoun und lächelte verschmitzt. »Wir haben doch alle unsere kleinen Vergnügungen hier im Kaiserinnenflügel – sogar Gahenas.«

»Ich ganz gewiß *nicht*!« wehrte die Teganerin entrüstet ab.

»Ach, *wirklich*, Gahenas? Ich habe Euren neuen Pagen gesehen. Er ist einfach zum Anbeißen! Wer ist denn *Euer* neuer Liebhaber, Chacole? Ein strammer junger Gardeleutnant? Soll ich ihn für euch ins Schloß schmuggeln?«

»Nichts dergleichen, Elysoun.«

»*Natürlich* nicht!« sagte Elysoun sarkastisch. »Also gut, Chacole. Ich bringe Eure Liebesbriefe hin und her – wenn Ihr sicher seid, daß Ihr mir in der Nähe Eures Liebsten traut. Aber warum wollt Ihr Euch diese Mühe machen, teure Schwester? Gahenas hat doch diesen süßen jungen Pagen, und ich bin sicher, sie hat ihm so allerlei beigebracht – nicht wahr, Gahenas?« Spöttisch zog sie eine Braue hoch. »Verratet mir doch, Liebste, war er noch unberührt? Ehe Ihr ihn in die Finger bekamt, meine ich?«

Gahenas ergriff entsetzt die Flucht, verfolgt von Elysouns spöttischem Lachen.

24

»Es müßten zwei Worte sein!« beharrte Kalten an diesem Nachmittag, einige Meilen außerhalb von Vigayo. »Widder. Horn. Zwei Worte!«

»Es ist eine Losung! Ein Kennwort, Ritter Kalten«, versuchte Talen, ihm die Sache zu erklären. »*Widderhorn*. Genau so!«

»Was sagst du, Sperber?« wandte Kalten sich an seinen Freund. »Ist es ein Wort, oder sind es zwei?« Die drei Gefährten waren gerade mit der Arbeit fertig geworden, neben dem Pfad Steine aufzuhäufen – auf eine Weise, daß es wie ein Grabhügel aussah. Nun stritt Kalten mit Talen wegen der Inschrift, die der Junge in das Stück Holz geritzt hatte, das zur Kennzeichnung des Grabes dienen sollte.

»Das ist doch egal.« Sperber zuckte die Schultern.

»Falls es falsch geschrieben ist, erkennt Berit es vielleicht nicht, wenn er vorbeireitet«, gab Talen zu bedenken.

»Er wird es erkennen«, widersprach Sperber. »Berit ist klug. Aber bringt die Anordnung der gelben Steine oben auf dem ›Grab‹ nicht durcheinander!«

»Seid Ihr sicher, daß Khalad verstehen wird, was diese Steine bedeuten?« fragte Talen skeptisch.

»Euer Vater hätte es verstanden«, antwortete Sperber, »und ich bin überzeugt, daß er Khalad alle gebräuchlichen Signale beibrachte.«

»Ich bin nach wie vor sicher, daß es zwei Worte sind!« beharrte Kalten.

»Bevier!« rief Sperber.

Der cyrinische Ritter kam mit fragender Miene zu dem falschen Grab zurück.

»Die beiden streiten sich darüber, wie man *Widderhorn* schreibt«, sagte Sperber. »Du bist der Gelehrte. Kläre *du* die Sache.«

»Ich bin nach wie vor sicher, daß er es falsch geschrieben hat!« beharrte Kalten eigensinnig. »Es müssen zwei Worte sein. Nicht wahr, Bevier?«

»Äh ...«, murmelte Bevier ausweichend. »Da gehen die Meinungen auseinander.«

»Wie wär's, wenn Ihr es ihnen beim Weiterreiten erklärt«, schlug Mirtai vor.

Sperber blickte Xanetia an. »Tut es nicht«, bat er sie leise.

»Was möchtet Ihr, das ich nicht tun soll, Anakha?« fragte sie arglos.

»Lacht nicht. Ja, lächelt nicht einmal. Ihr würdet es nur schlimmer machen.«

Es könnte drei Wochen später gewesen sein – oder auch nicht. Patriarch Bergsten hatte es aufgegeben, mit der wirklichen Zeit Schritt halten zu wollen. Er blickte in theologischer Mißbilligung mürrisch auf das von einer Lehmmauer umgebene Cynestra und die aufreizend junge und vor Gesundheit strotzende Person, die auf ihn zukam. Bergsten glaubte an eine methodisch geordnete Welt, und jegliche Verletzung dieser Ordnung machte ihn nervös.

Sie war sehr groß und hatte bronzefarbene Haut und nachtschwarzes Haar. Zudem war sie ungemein hübsch, geschmeidig und muskulös. Eine weiße Fahne schwenkend, rannte sie den Gefährten leichtfüßig aus dem Haupttor von Cynestra entgegen und blieb in einiger Entfernung von Bergsten und der Vorhut stehen. Ritter Heldin, Daiya und Neran, ihr tamulischer Dolmetscher, ritten voran, um mit der jungen Frau zu reden. Sie sprach für längere Zeit mit Neran.

»Guckt Euch nicht die Augen aus dem Kopf, Heldin!« brummte Bergsten.

»Ich habe doch bloß ...!«

»Ich weiß, was Ihr habt! Hört auf damit!« Bergsten hielt inne, rieb sich das Kinn. »Ich frage mich, weshalb sie eine Frau geschickt haben.«

Neran, ein schlanker Tamuler, den Botschafter Fontan ihnen mitgegeben hatte, kehrte gerade zurück. »Sie ist Atana Maris«, erklärte er, »Kommandant der atanischen Garnison hier in Cynestra!«

»Eine *Frau*!« rief Bergsten erstaunt.

»Das ist bei den Atanern nicht unüblich, Eminenz. Sie hat uns erwartet. Außenminister Oscagne hatte unser Kommen angekündigt.«

»Wie ist die Lage in der Stadt?« fragte Heldin.

»König Jaluah schickt seit etwa einem Monat unauffällig, nach und nach Truppen nach Cynestra«, antwortete Neran. »Atana Maris verfügt in ihrer Garnison über tausend Ataner, und die Cynesganer haben versucht, ihre Bewegungsfreiheit zu beschränken. Das hat ihre Ungeduld gesteigert. Wahrscheinlich wäre sie vor einer Woche gegen das Königsschloß vorgerückt, hätte Oscagne sie nicht angewiesen, bis zu unserer Ankunft zu warten.«

»Wie ist sie aus der Stadt gekommen?« brummte Heldin.

»Ich habe sie nicht gefragt, Ritter Heldin. Ich wollte sie nicht kränken.«

»Ich meinte damit, ob man nicht versucht hat, sie aufzuhalten.«

»Falls ja, sind die Betreffenden jetzt tot.«

»Aber sie ist eine *Frau*!« warf Bergsten ein.

»Ihr wißt wohl nicht viel über die Ataner, Eminenz?« fragte Daiya.

»Ich habe von ihnen gehört, Freund Daiya. Die Geschichten über dieses Volk erscheinen mir jedoch arg übertrieben.«

»Glaubt mir, Eminenz, das sind sie bestimmt nicht«, erwiderte Daiya. »Ich kenne den Ruf dieses Mädchens. Sie ist der jüngste Standortkommandant der gesamten atanischen Armee. Und diesen verantwortungsvollen Posten hat sie sich nicht durch besonders weibliche Eigenschaften verdient. Nach allem, was ich so gehört habe, ist sie eine Barbarin.«

»Aber sie ist so hübsch!« rief Heldin ungläubig.

»Ritter Heldin«, mahnte Neran. »Während Ihr sie weiter bewundert, solltet Ihr vielleicht besonders auf ihre Arm- und Schultermuskeln achten. Sie ist stark wie ein Stier, und wenn Ihr sie auch nur im geringsten beleidigt, egal auf welche Weise, reißt sie Euch in Stücke. Es hält sich hartnäckig das Gerücht, daß sie Itagne beinahe getötet hat.«

»Den Bruder des Außenministers?« fragte Bergsten.

Neran nickte. »Er war in einer Mission hier und beschloß, die Stadt unter Kriegsrecht zu stellen. Dazu benötigte er Atana Maris' Hilfe, also verführte er sie. Sie reagierte begeistert – und setzte dabei ihre gesamte Muskelkraft ein. Seid höchst vorsichtig im Umgang mit ihr, meine Herren! Sie ist als Freundin fast so gefährlich wie als Feindin. Sie bat mich, Euch ihre Anweisungen zu übermitteln.«

»*Anweisungen?*« brauste Bergsten auf. »Ich nehme von einer Frau keine Befehle entgegen!«

»Eminenz!« wandte Neran ein. »Genau genommen steht Cynestra noch unter Kriegsrecht; deshalb hat Atana Maris das Kommando. Sie hat den Befehl, Euch die Stadt zu übergeben, aber sie weist Euch an, außerhalb der Stadtmauer zu warten, bis sie jeglichen

Widerstand gebrochen hat. Sie möchte Euch die Stadt als Geschenk übergeben, sauber und ordentlich. Bitte, verderbt ihr nicht den Spaß daran. Lächelt sie an, dankt ihr höflich und wartet hier, bis sie die Straßen geräumt, gesäubert und die Toten in ordentlichen Haufen gestapelt hat. Dann wird sie Euch hereinbitten und Euch die Stadt übergeben – höchstwahrscheinlich mit König Jaluahs Kopf als Zugabe. Ich weiß, daß Euch die Situation unnatürlich erscheint, aber tut um Gottes willen nichts, was Atana Maris kränken könnte. Sie würde Euch sofort den Krieg erklären, und das wollen wir doch vermeiden, oder?«

»Aber sie ist so hübsch!« wiederholte Heldin ungläubig.

Berit und Khalad saßen ab und führten ihre Pferde zur Oase hinunter, um sie zu tränken.

»Kannst du erkennen, ob er hier ist?« fragte Khalad leise.

Berit schüttelte den Kopf. »Ich *glaube*, das bedeutet, er ist kein Styriker. Wir müssen einfach warten, daß er zu uns kommt.« Er ließ den Blick über die wenigen weißgetünchten Häuser schweifen, die im Schatten niedriger Palmen standen. »Ob es hier irgendeine Art von Gasthaus gibt?«

»Sehr unwahrscheinlich. Auf der anderen Seite der Oase stehen eine Menge Zelte. Ich werde mich dort umhorchen, aber schraub deine Hoffnungen nicht zu hoch.«

Berit zuckte die Schultern. »Na gut. Es wäre nicht das erste Mal, daß wir in Zelten hausen müssen. Erkundige dich, wo wir unseres aufstellen dürfen.«

Die Ortschaft Vigayo befand sich auf der östlichen Seite der Oase, und das Lager von Nomaden und Kaufleuten erstreckte sich entlang des ›Brunnens von Cyrgon‹, der im Grunde genommen ein großer Teich artesischen Wassers war. Berit und Khalad pflockten ihre Pferde an, schlugen ihr Zelt nahe dem Wasser auf und setzten sich in den Schatten, um zu warten. »Kannst du feststellen, ob Sperber irgendwo in der Nähe ist?« fragte Khalad.

Berit schüttelte den Kopf. »Möglicherweise ist er schon vor einiger Zeit durch die Oase gekommen. Oder er beobachtet sie von einem der Hügel aus. Vielleicht möchte er nicht, daß irgend jemand von seiner Anwesenheit erfährt.«

Etwa eine Stunde nach Sonnenuntergang, als es bereits dämmerte, näherte sich ein Cynesganer in weiter gestreifter Robe ihrem Zelt. »Ich soll fragen, ob einer von euch möglicherweise Sperber genannt wird«, sagte er mit leichtem Akzent.

Berit stand auf. »Ich werde möglicherweise Sperber genannt, Nachbar.«

»Möglicherweise?«

»So habt Ihr Eure Frage formuliert, Freund. Ihr habt einen Brief für mich. Wie wär's, wenn Ihr ihn mir einfach aushändigt und macht, daß Ihr weiterkommt? Wir haben sonst nichts zu besprechen, oder?«

Das Gesicht des Boten versteinerte. Er griff in seine Robe, holte ein gefaltetes und versiegeltes Pergament heraus und warf es Berit vor die Füße. Dann drehte er sich um und ging davon.

»Weißt du, Berit«, sagte Khalad beinahe sanft, »manchmal bist du sogar noch schroffer als Sperber.«

Berit grinste. »Ich weiß. Ich versuche schließlich, seinem Ruf Ehre zu machen.« Er bückte sich nach dem Pergament, brach das Siegel auf, nahm Ehlanas Haarsträhne heraus und las rasch die Botschaft.

»Nun?« fragte Khalad.

»Nichts, womit man etwas anfangen könnte. Krager schreibt, daß eine Karawanenroute nach Nordwesten führt. Wir sollen ihr folgen. Unterwegs erhalten wir weitere Anweisungen.«

»Meinst du, wir können den Zauber gefahrlos anwenden und mit Aphrael sprechen, wenn wir erst aus der Ortschaft sind?«

»Ich denke schon. Sie hätte es mir bestimmt gesagt, wenn ich ihn hier in Cynesga nicht benutzen dürfte.«

Khalad zuckte die Schultern. »Es bleibt uns sowieso nichts anderes übrig. Schließlich wissen wir nicht, ob Sperber bereits hier war, oder ob er jetzt hier ist, oder ob er noch hierher unterwegs ist. Und wir müssen ihm unbedingt die neuen Anweisungen mitteilen.«

»Was meinst du? Sollten wir heute noch aufbrechen?«

»Nein. Es hätte wenig Sinn, in der Dunkelheit umherzuirren. Wir würden vielleicht den Pfad übersehen, und da draußen ist nichts als Wüste.«

»Ich werde nichts tun, was Berit auch nur in die geringste Gefahr bringen könnte«, weigerte Elysoun sich einige Tage später. »Ich mag ihn sehr!«

»Sie haben bereits vor längerer Zeit herausgefunden, daß er sich als Sperber ausgibt«, erinnerte Baroneß Melidere. »Er *ist* bereits in höchster Gefahr. Wenn Ihr Chacole von seinem Täuschungsmanöver erzählt, wird sie überzeugt sein, daß Ihr Euch auf ihre Seite geschlagen habt – *und* daß Ihr Zugang zu wichtigen Informationen habt.«

»Vielleicht solltet Ihr sie glauben lassen, daß Euer Gemahl vollkommen vernarrt in Euch ist, Kaiserin Elysoun«, fügte Patriarch Emban hinzu. »Laßt durchblicken, daß er Euch alles erzählt.«

»Bist du vernarrt in mich, Sarabian?« fragte sie kokett.

»Und wie, mein Schatz.« Er schmunzelte. »Ich bete dich an.«

»Oh, was für ein wundervolles Kompliment.« Sie lächelte glücklich.

Melidere blickte sie in Gedanken versunken an; dann sagte sie: »Ihr könnt euch später gegenseitig anhimmeln, Kinder. Wenn Ihr Chacole von Berits Tarnung erzählt, Elysoun, dann flechtet auch einen Hinweis auf eine Flotte von Kirchenschiffen im Golf von Dakonien ein. Stragen hat dieses Gerücht sorgfältig in die Welt gesetzt; deshalb sollten wir alles tun, daß die Geschichte glaubhaft ist. Nachdem Ihr ihnen von Berits Identitätswechsel erzählt habt, werden sie Euch auch die Geschichte über die Flotte glauben.« Sie blickte den Kaiser an. »Könnte Melidere noch etwas verraten, ohne daß es uns schadet? Etwas, das die anderen nachprüfen können?«

»Muß es was Wichtiges sein?«

»Eigentlich nicht. Hauptsache, es stimmt.« Melidere lächelte. »Man nehme zwei Portionen Wahrheit und eine Portion Lüge und tische es auf. Wenn die Mischung gut ist, werden sie die ganze Sache schlucken.«

Sie waren im ersten Tageslicht aufgebrochen. Als sie einen niedrigen Kamm überquerten und die endlose weiße Salzebene vor sich sahen, in der es kein Leben geben konnte, war die Sonne noch nicht aufgegangen. Die Zeit hatte, genau wie das Klima, jegliche Bedeutung verloren.

»Im Sommer möchte ich *da* nicht durchreiten müssen«, sagte Kalten.

»Ich auch nicht«, pflichtete Sperber ihm bei.

»Der Pfad der Sklavenkarawanen biegt hier nach Norden ab«, bemerkte Bevier, »wahrscheinlich, um diese Ebene zu umgehen. Falls da draußen zufällig eine cynesganische Patrouille über uns stolpert, dürften wir einige Schwierigkeiten haben, sie zu überzeugen, daß wir zu dieser Karawane gehören, der wir gefolgt sind.«

Kalten zuckte die Schultern. »Wir werden einfach behaupten, wir hätten uns verirrt. Überlasse mir das Reden, Bevier. Ich verirre mich ständig; deshalb werde ich es ihnen auch am überzeugendsten vorschwindeln können. – Wie weit ist es bis zur anderen Seite, Sperber?«

»Nach meiner Karte etwa fünfundsiebzig Meilen.«

»Zwei Tage, selbst bei einem Gewaltritt«, schätzte Kalten.

»Und nirgendwo Deckung«, fügte Bevier hinzu. »Da draußen könnte sich nicht einmal eine Spinne verstecken ...« Er hielt inne. »Was ist das?« Er deutete auf ein blendendes Licht am gebirgigen Westhorizont.

Talen schaute blinzelnd auf das Leuchten. »Es könnte der Orientierungspunkt sein, den wir suchen.«

»Wie kommst du darauf?« fragte Kalten skeptisch.

»Er ist in der angegebenen Richtung, oder etwa nicht? Ogerajin sagte, wir sollen uns von Vigayo nordwestwärts in Richtung der Salzebenen halten. Dann sagte er: ›Am Rand der Salzwüste seht Ihr die dunklen Umrisse der Verbotenen Berge tief am Horizont vor Euch, und wenn es Cyrgon gefällt, werden seine feurigen weißen Säulen Euch zu seiner verborgenen Stadt führen.‹ Dort *sind* Berge, und das Licht kommt von rechts in ihrer Mitte. *Müssen* das nicht geradezu die Säulen sein?«

»Der Mann war nicht bei Verstand, Talen!« wehrte Kalten ab.

»Vielleicht«, widersprach Sperber, »aber bis jetzt haben seine Angaben gestimmt. Und unsere Richtung ist es auf jeden Fall.«

»Es könnte uns nur eines Schwierigkeiten bereiten: Wenn wir auf eine hilfreiche cynesganische Parouille stießen, die beschließt, uns zur Karawane zurückzubegleiten, der wir die vergangenen Tage gefolgt sind«, meinte Mirtai.

»Die Wahrscheinlichkeit, draußen auf der Ebene einer Patrouille zu begegnen, ist gering«, warf Bevier ein. »Erstens einmal meiden Cynesganer diese Wüste, und zweitens dürften wegen des Krieges die meisten Patrouillen abgezogen worden sein.«

»Und drittens«, warf Mirtai mit der Hand um den Schwertgriff ein, »eine Patrouille, die uns begegnet, hätte kaum noch die Gelegenheit, jemandem Meldung darüber zu machen.«

»Also«, fuhr Sperber fort, »die Säulen haben wir wahrscheinlich entdeckt. Und wenn Ogerajin wußte, wovon er redete, brauchen wir sie nur anzuvisieren, um die Täuschung zu durchschauen. Nun, da wir sie entdeckt haben, dürfen wir sie nicht mehr aus den Augen verlieren. Wir müssen da draußen auf den Salzebenen ganz einfach das Risiko eingehen. Wenn wir Glück haben, wird niemand uns bemerken. Falls doch, versuchen wir, uns herauszulügen, und wenn uns das nicht gelingt, haben wir immer noch unsere Schwerter.« Er ließ den Blick von einem zum anderen schweifen. »Hat noch jemand etwas hinzuzufügen?«

»Ich glaube, das wär's«, antwortete Kalten, immer noch etwas skeptisch.

»Dann wollen wir's angehen.«

»Sie haben einfach aufgehört und sind davongerannt, Freund Vanion«, erklärte Kring einen Tag später verwirrt. »Wir haben uns der Taktiken bedient, die Tikume und ich uns ausgedacht hatten, und alles verlief mehr oder weniger wie erwartet. Dann aber blies jemand in ein Horn oder etwas Ähnliches, und sie ergriffen die Flucht – aber wohin sind sie gerannt? Wenn es stimmt, was man uns gesagt hat, gibt es auf der ganzen Welt keinen Ort, wo sie Atem holen könnten.«

»Habt Ihr ihnen einen Beobachter nachgeschickt?« erkundigte sich Vanion.

»Das hätte ich wohl machen sollen, aber ich war sehr damit beschäftigt, die Cyrgai über die Grenze zu locken.« Kring lächelte Sephrenia an. »Dieser styrische Fluch hat in den letzten zehntausend Jahren offenbar nichts an Kraft verloren, Erhabene. Drei ganze Regimenter Cyrgai fielen zu Boden wie frisch geschnittener Weizen, als sie die Grenze überschritten.« Er machte eine Pause. »Besonders klug sind sie wohl nicht.«

»Die Cyrgai? Nein. Das widerspräche ihrer Religion.«

»Man sollte doch meinen, wenigstens ein *paar* hätten bemerkt, daß etwas faul ist! Aber sie rannten einfach immer weiter über die Grenze und fielen tot um.«

»Selbständiges Denken ist bei ihnen unerwünscht. Sie werden ausgebildet, Befehlen zu gehorchen – selbst den widersinnigsten.«

Kring blickte auf die Brücke über die Sarna. »Ihr werdet von hier aus vorangehen, Freund Vanion?« fragte er.

»Ich werde eine Einheit auf die andere Seite der Brücke vorausschicken«, antwortete Vanion, »aber unser Hauptlager wird sich auf dieser Seite des Flusses befinden. Die Sarna ist die Grenze zwischen dem Land Tamul und Cynesga, nicht wahr?«

»Im Prinzip, ja.« Der Domi zuckte die Schultern. »Die Grenze, an welcher der Fluch wirksam wird, liegt allerdings zwei Meilen weiter westlich.«

»Die Lage der Grenze hat sich im Laufe der Zeit mehrmals geändert«, erklärte Sephrenia.

»Tikume meinte, ich sollte hierher kommen und alles mit Euch besprechen, Freund Vanion«, wandte Kring sich wieder an den Hochmeister. »Wir möchten Sperbers Pläne nicht durchkreuzen; deshalb haben wir uns nicht sehr weit nach Cynesga hineinbegeben. Aber uns gehen die Leute aus, die wir jagen könnten.«

»Wie weit seid Ihr vorgestoßen?« wollte Vanion wissen.

»Gut zwanzig Meilen«, antwortete Kring. »Wir kommen jeden Abend nach Samar zurück – obwohl es dafür jetzt eigentlich keinen Grund gibt. Ich glaube, die Gefahr besteht nicht mehr, daß es noch zu einer Belagerung kommen könnte.«

»Das stimmt«, bestätigte Vanion. »Wir haben sie weit genug getrieben, daß sie sich jetzt nicht richtig auf Samar konzentrieren könnten.«

Er schlug seine Karte auf, bückte sich und breitete sie auf dem winterbraunen Gras aus. »Stell dich bitte auf die Ecke dort«, ersuchte er Sephrenia. »Ich möchte ihr nicht noch einmal hinterherlaufen müssen.«

Kring blickte ihn verwirrt an.

»Ein kleiner Scherz zwischen uns beiden«, erklärte Sephrenia und stellte einen zierlichen Fuß auf die Ecke von Vanions Karte. »Vanion hat eine Vorliebe für Landkarten, und vor zwei Tagen hat ein plötzlicher Windstoß aus seiner derzeitigen Lieblingskarte einen Papierdrachen gemacht.«

Vanion überging die Bemerkung großmütig. »Ich bin ebenfalls dafür, Sperber nicht zu bedrängen. Aber ich finde, wir sollten draußen in der Wüste ein paar Stellungen befestigen. Das verschafft uns beim Vormarsch auf Cyrga eine wesentlich günstigere Ausgangsposition.«

»Das war auch meine Überlegung, Freund Vanion.«

»Richten wir hinter der Grenze einstweilen ein behelfsmäßiges Lager ein«, entschied Vanion. »Ich werde Betuana Bescheid geben, daß sie es ebenfalls tut.«

»Wie weit sollen wir vordringen?« fragte Kring.

Vanion blickte Sephrenia an. »Dreißig Meilen? Das ist nicht so weit, daß wir Sperber auf die Füße treten; andererseits läßt es uns genug Spielraum und gibt dir Ellbogenfreiheit genug für deinen Zauber.«

»Den Zauber einzusetzen ist keine schlechte Idee, Freund Vanion«, meinte Kring, doch seine Stimme klang ein wenig zweifelnd. »Aber damit lockt Ihr die mächtigsten unserer Feinde direkt zu Euch – und zur erhabenen Sephrenia. Wollt Ihr das? Das soll kein Tadel sein, doch Euer Kampf gegen Klæls Soldaten hat Eure Zahl stark verringert.«

»Das ist einer der Gründe, weshalb ich draußen in der Wüste befestigte Stellungen haben möchte, Domi.« Vanion verzog das Gesicht. »Falls es zum Schlimmsten kommt, ziehen wir uns in diese Stellungen zurück. Ich kann fast sicher damit rechnen, daß uns an den Flanken einige liebe Freunde zu Hilfe eilen werden.«

»Das glaube ich auch«, pflichtete Sephrenia ihm bei.

Als sie sich ungefähr fünf Meilen von Vigayo entfernt hatten, zischte Khalad: »Halt!« Er zügelte sein Pferd.

»Was ist?« fragte Berit angespannt.

»Jemand namens Widderhorn liegt dort begraben.« Khalad streckte die Hand aus. »Ich glaube, wir sollten anhalten und ihm die letzte Ehre erweisen.«

Berit blickte auf das schlichte Grab am Wegrand. »Ich habe es doch tatsächlich übersehen«, gestand er. »Tut mir leid, Khalad.«

»Du solltest ein bißchen achtsamer sein!«

»Ich glaube, so hast du schon einmal zu mir gesprochen.«

Sie saßen ab und näherten sich dem ›Grab‹.

»Sehr schlau!« flüsterte Berit. Vermutlich war es nicht nötig, leise zu sein, doch inzwischen war es ihnen schon zur Gewohnheit geworden.

»Wahrscheinlich Talens Idee«, meinte Khalad, als sie sich beide neben den Steinhaufen knieten. »Sperber traue ich so viel Spitzfindigkeit nicht zu.«

»Sollten das nicht zwei Worte sein?« Berit wies auf die verwitterte Planke, in die ziemlich ungelenk *Widderhorn* eingeschnitzt war.

»Du bist der Gebildete, mein Freund. Vorsicht, berühr diese Steine nicht!«

»Welche Steine?«

»Die gelben. Wir werden sie ein wenig durcheinanderlegen, sobald ich sie gelesen habe.«

»Du liest *Steine*?«

»Ja. Es ist eine Botschaft von Sperber. Er und mein Vater haben sich das vor langer Zeit einfallen lassen.« Der kurzbärtige junge Mann beugte sich über die gelben Steine und betrachtete eingehend den Grabhügel. »Natürlich«, brummte er schließlich, stand auf und trat an die Kopfseite des Grabes.

»Was?«

»Sperber hat es andersherum geschrieben. Jetzt ergibt es Sinn.« Khalad studierte die scheinbar wahllos auf dem braunen Hügel angeordneten gelben Steine.

»Bete, Berit!« forderte er den Freund auf. »Sag ein Gebet für die Seele unseres armen, dahingeschiedenen Bruders Widderhorn.«

»Du redest Unsinn, Khalad.«

»Möglicherweise beobachtet uns jemand. Also los, spiel den Frommen!«

Der stämmige junge Knappe ergriff den Zügel seines Pferdes und führte das Tier ein Stück von dem schlecht erkennbaren Pfad weg. Dann bückte er sich, nahm Farans linken Vorderfuß in beide Hände und untersuchte sorgfältig den Huf.

Faran bedachte ihn mit einem unfreundlichen Blick.

»Tut mir leid«, entschuldigte Khalad sich bei dem übelgelaunten Tier, »ist nichts Wichtiges.« Er ließ den Huf wieder auf den Boden sinken. »Gut jetzt, Berit. Sag Amen, dann reiten wir weiter.«

»Was sollte das eigentlich?« erkundigte Berit sich leicht verärgert, als er wieder aufsaß.

»Sperber hat uns eine Nachricht hinterlassen«, erwiderte Khalad, nachdem er sich in den Sattel geschwungen hatte. »Die Anordnung der gelben Steine verriet mir, wo ich sie finden kann.«

»Und? Wo ist sie?« erkundigte Berit sich aufgeregt.

»Zur Zeit in meinem linken Stiefel. Ich hab' sie aufgehoben, als ich scheinbar Farans Huf untersuchte.«

»Ich habe gar nicht gesehen, daß du überhaupt etwas aufgehoben hast.«

»Das solltest du auch nicht!«

Der Lärm gellender Schreie riß Krager aus unruhigem Schlaf. Schon lange verschwammen Tage und Nächte in seinem Bewußtsein, und vermischten sich, doch die grelle Sonne auf seinen Lidern versicherte ihm, daß es Vormittag war – ein schrecklicher Vormittag. Er hatte vergangene Nacht gar nicht so viel saufen wollen, doch die Erkenntnis, daß er dem Boden seines letzten arzischen Rotweins nahe war, hatte ihm in gesteigertem Maße zu schaffen gemacht, je mehr er getrunken hatte. Und die schreckliche Gewißheit, daß bald der letzte Tropfen des edlen Trankes durch seine Kehle rinnen würde, hatte seinem benommenen Verstand geradezu den Zwang auferlegt, auch den letzten Rest Wein zu trinken, ehe er ihm irgendwie verlorengehen könnte.

Jetzt mußte er für diese Dummheit bezahlen. Sein Schädel schien jeden Augenblick bersten zu wollen, sein Magen stand in Flammen und er hatte einen scheußlichen Geschmack im Mund. Dazu zitterte er heftig am ganzen Leib, und Dolche schienen in seine Leber zu stechen.

Er setzte sich an den Rand seines zerwühlten Bettes und vergrub den Kopf in den Händen. Das Gefühl bevorstehenden Unheils lastete schwer auf ihm. Er ließ die brennenden Augen geschlossen und tastete mit einer bebenden Hand nach einer unter der Matratze versteckten Flasche, die er für den Notfall stets dort aufbewahrte. Ihr Inhalt war weder Wein, noch Bier, sondern eine gräßliche Mischung lamorkischen Ursprungs, die dadurch entstand, daß man bestimmte minderwertige Weine im Winter der Kälte aussetzte und sie gefrieren ließ. Das bißchen Flüssigkeit, die dabei nicht gefror und emporstieg, war fast reiner Alkohol und schmeckte gräßlich, vertrieb jedoch die quälenden Träume und Trugbilder. Schaudernd trank Krager einen Becher von dem ekligen Gesöff und plagte sich auf die Füße.

Die Sonne blendete schmerzhaft, als Krager hinaus auf die Straßen von Natayos wankte, um dem Grund für die schrecklichen Schreie nachzugehen, die ihn aus dem Schlaf gerissen hatten. Er gelangte auf einen größeren Platz und fuhr entsetzt zusammen. Mehrere Männer wurden mit beinahe systematischer Grausamkeit zu

Tode gefoltert, und Scarpa schaute zufrieden zu. Er war in seine schäbige, nachgeahmte Monarchenrobe gewandet, trug die zusammengestümperte Krone auf dem Kopf und saß auf einem geschnitzten Sessel, seinem ›Thron‹.

»Was geht hier vor?« wollte Krager von Cabah wissen, einem heruntergekommenen dazitischen Räuber, mit dem er sich häufig bis zur Bewußtlosigkeit betrank.

Cabah drehte sich rasch um. »Oh, du bist es, Krager! Soviel ich verstanden habe, sind die Leuchtenden über Panem-Dea hergefallen!«

»Unmöglich!« entgegnete Krager knapp. »Ptaga ist tot. Es gibt niemanden mehr, der den Tamulern mit Illusionen Angst und Schrecken einjagen könnte.«

»Wenn man glauben kann, was einige dieser Sterbenden behaupteten, waren die Leuchtenden, die in Panem-Dea einfielen, *keine* Trugbilder«, versicherte Cabah ihm. »Mehrere Offiziere, die mutig genug waren, ihnen entgegenzutreten, haben sich vor den Augen ihrer entsetzten Kameraden in ihre Bestandteile aufgelöst.«

»Und was soll das hier?« Krager zeigte auf die Schreienden, die an Pflöcke in der Mitte des Platzes gefesselt waren.

»Scarpa zeigt aller Welt, was er mit jenen macht, die davongelaufen sind. Er läßt sie in Stücke hauen. Ah, da kommt Cyzada!« Er deutete auf den Styriker, der aus Scarpas Hauptquartier gerannt kam.

»Was *macht* Ihr da?« brüllte der hohläugige Cyzada den Wahnsinnigen auf seinem behelfsmäßigen Thron an.

»Die Kerle sind Deserteure!« erklärte Scarpa. »Dafür werden sie bestraft.«

»Ihr braucht jeden Mann, Idiot!«

»Ich habe diesen Burschen befohlen, nach Norden zu marschieren, um sich meinen Armeen anzuschließen.« Scarpa zuckte die Schultern. »Sie haben mir Lügen aufgetischt, um ihre Feigheit zu vertuschen. Sie müssen bestraft werden. Ich verlange Gehorsam!«

»Ihr werdet sofort aufhören, Eure eigenen Soldaten niederzumetzeln! Befehlt Euren Schlächtern, von den Männern abzulassen!«

»Das ist völlig unmöglich, Cyzada. Ein kaiserlicher Befehl kann nicht zurückgenommen werden! Ich habe befohlen, daß jeder Deserteur aus Panem-Dea zu Tode gefoltert wird. Ich kann mich nicht über mein Gesetz stellen.«

»Ihr Wahnsinniger! Ihr werdet schon morgen keinen einzigen Soldaten mehr übrig haben! Sie werden *alle* desertieren!«

»Dann rekrutiere ich neue und lasse sämtliche Deserteure einfangen. Meine Befehle *müssen* ausgeführt werden!«

Cyzada von Esos unterdrückte seine Wut mit größter Mühe. Krager sah, wie die Lippen des Styrikers sich bewegten und wie seine Finger komplizierte Muster in die Luft zeichneten. »Verschwinden wir rasch, Cabah!« drängte er.

»Das geht nicht. Der Irre hat uns befohlen, zuzuschauen!«

»Du willst doch bestimmt nicht sehen, was als nächstes passiert«, entgegnete Krager. »Cyzada führt eine Beschwörung durch. Eine zemochische, vermutlich. Er ruft einen Dämon herbei, der unseren ›Kaiser‹ die wahre Bedeutung des Wortes *Gehorsam* lehrt.«

»Das darf er nicht. Zalasta hat seinem Sohn den Befehl hier übertragen.«

»Nein, Cyzada hat das Kommando. Ich habe persönlich gehört, wie Zalasta diesem Styriker sagte, daß er Scarpa in dem Augenblick töten soll, sobald der sich wieder von seiner schwachsinnigen Seite zeigt und verrückte Befehle und Anordnungen erteilt. Es könnte natürlich sein, daß Cyzada etwas anderes vorhat – doch was auch immer es sein mag, angenehm wird es bestimmt nicht. Ich weiß nicht, was du jetzt tun wirst, mein Freund, aber *ich* suche mir ein gutes Versteck. Ich habe früher schon jene Sorte von Kreaturen gesehen, die Azash unterstanden, und ich möchte mir diesen Anblick ersparen. Erst recht heute, da ich mich gar nicht wohl fühle.«

»Wir bekommen gewaltige Schwierigkeiten, Krager!«

»Nicht, wenn der Dämon, den Cyzada jetzt ruft, Scarpa bei lebendigem Leibe verschlingt.« Krager atmete tief durch. »Es liegt bei dir, Cabah. Bleib, wenn du möchtest, aber ich habe von Natayos mehr als genug gesehen.«

»Du willst desertieren?« hauchte Cabah entsetzt.

»Die Lage hat sich geändert. Wenn Sperber sich mit den Delphae verbündet hat, möchte ich so weit wie möglich von hier weg sein, ehe sie leuchtend aus dem Dschungel kommen. Weißt du, ich habe plötzlich Heimweh nach Eosien. Komm mit oder bleib, Cabah. *Ich* jedenfalls verschwinde – sofort!«

25

Zalastas Gesicht war seltsam verändert, als Ekatas die Tür zu der kleinen, moderigen Zelle im Obergeschoß des Turmes aufschloß und öffnete. Der Zweifel und die Reue, die sein Antlitz geprägt hatten, als er Ehlana und Alean nach Cyrga brachte, waren einem Ausdruck der Selbstbeherrschung und der inneren Ruhe gewichen. Mit einem einzigen kurzen Blick erfaßte er alle Einzelheiten des gräßlichen Verlieses. Ehlana und Alean waren an die Wand gekettet und saßen auf verfaulenden Strohhaufen, die ihnen als Liegestätten dienen sollten. Primitive Tonschalen mit kaltem Haferschleim standen unberührt auf dem Boden. »So geht das nicht, Ekatas«, sagte Zalasta mit abweisender Stimme.

»Es ist nicht Eure Angelegenheit«, entgegnete der Hohepriester. »Hier in Cyrga werden Gefangene sicher verwahrt.« Wie immer, wenn Ekatas zu Zalasta sprach, schwang Hohn in seiner Stimme mit.

»Nicht *diese* Gefangenen.« Zalasta trat in die Zelle, packte die Ketten, welche die beiden Frauen an die Wand banden, und zermalmte sie ohne sichtliche Regung zu rostigem Staub. »Die Lage hier hat sich geändert, Ekatas!« sagte er hart und half Ehlana auf die Füße. »Befehlt, diesen Saustall auszuräumen!«

Ekatas richtete sich auf. »Ich lasse mich von Styrikern nicht herumkommandieren. Ich bin der Hohepriester Cyrgons!«

»Ich bedauere dies außerordentlich, Majestät«, entschuldigte sich Zalasta bei Ehlana. »Vergangene Woche war ich zu sehr anderweitig beschäftigt. Offenbar habe ich den Cyrgai meine Wünsche nicht deutlich genug klar gemacht. Bitte, entschuldigt mich einen Moment, dann werde ich diesen Unterlassungsfehler bereinigen.« Er wandte sich wieder Ekatas zu. »Ich habe Euch einen Befehl erteilt«, sagte er in drohendem Tonfall. »Worauf wartet Ihr noch? Fangt an!«

»Kommt heraus, Zalasta, oder ich schließe Euch mit ein.«

»Ach, wirklich?« sagte Zalasta mit dünnem Lächeln. »Ich hatte Euch für klüger gehalten. Für solche Späße habe ich keine Zeit, Ekatas! Seht sofort zu, daß diese Kammer gesäubert wird. Ich muß unsere Gäste wieder zum Tempel führen.«

»Ich habe keine Anweisung dieser Art erhalten.«

»Warum solltet Ihr auch?«

»Durch mich spricht Cyrgon.«

»Eben. Die Anweisungen kamen nicht von Cyrgon.«

»Cyrgon ist hier Gott.«

»Nicht mehr.« Zalasta bedachte ihn mit einem fast mitleidigen Blick. »Ihr habt es nicht einmal gespürt, stimmt's, Ekatas? Der Boden hob sich und bebte rings um Euch, und Ihr habt es nicht einmal bemerkt! Wie könnt Ihr nur so beschränkt sein? Cyrgon wurde von einem Mächtigeren verdrängt. Klæl herrscht nun in Cyrga – und ich spreche für Klæl.«

»Das ist nicht möglich! Ihr lügt!«

Zalasta trat aus der Zelle und packte den Hohenpriester an seiner Robe. »Schaut mich an, Ekatas«, befahl er. »Schaut mich gut an, und sagt dann noch einmal, daß ich lüge!«

Ekatas wehrte sich flüchtig; dann konnte er nicht anders, als Zalasta in die Augen zu blicken. Das Blut wich ihm langsam aus dem Gesicht. Plötzlich schrie er durchdringend und versuchte, sich aus dem eisernen Griff des Styrikers zu befreien. »Ich flehe Euch an«, rief er voller Entsetzen. »Nicht noch einmal! Nicht noch einmal!« Dann erschlaffte er und schlug die Hände vor die Augen.

Verächtlich ließ Zalasta den Hohenpriester los. Hilflos weinend sank Ekatas zu Boden.

»Versteht Ihr jetzt?« fragte Zalasta ihn beinahe sanft. »Cyzada und ich haben versucht, Euch und Euren kleinen Gott vor den Gefahren zu warnen, die eine Beschwörung Klæls mit sich bringen würde, aber ihr wolltet ja nicht hören! Cyrgon hatte die Absicht, Bhelliom zu versklaven, und jetzt ist er der Sklave von Bhellioms Widersacher. Und da ich für Klæl spreche, macht Euch das zu *meinem* Sklaven! Steht auf, Ekatas! Auf die Füße mit Euch, wenn Euer Gebieter zu Euch spricht!«

Der jämmerliche Priester plagte sich auf die Beine. Unbeschreibliches Entsetzen sprach aus seinem tränenüberströmten Gesicht.

»Sagt es, Ekatas!« wies Zalasta ihn unerbittlich an. »Ich möchte hören, wie Ihr es sagt! Oder wollt Ihr lieber den Tod eines weiteren Sternes miterleben!«

»G-g-gebieter«, würgte der Hohepriester hervor.

»Noch einmal! Aber diesmal ein bißchen lauter!«

»Gebieter!« Es klang fast wie ein Kreischen.

»Viel besser, Ekatas. Weckt jetzt diese faulen Dummköpfe in der Wachstube nebenan und sorgt dafür, daß sie diese Zelle säubern. Wir müssen Vorbereitungen treffen, wenn ich aus dem Tempel zurückkehre. Anakha bringt Bhelliom nach Cyrga, und wir möchten doch bereit sein, wenn er kommt, nicht wahr?« Er drehte sich um. »Bringt Eure Magd mit, Ehlana. Klæl möchte euch ansehen ...« Zalasta machte eine Pause und begutachtete sie kritisch. »Ich weiß, daß wir Euch schlecht behandelt haben«, erklärte er beinahe reumütig, »aber laßt Euch von unseren schlechten Manieren nicht unterkriegen. Denkt daran, wer Ihr seid, und hüllt Euch in Eure Würde. Klæl achtet die Macht – wie auch jene, die sie ausüben.«

»Was soll ich zu ihm sagen?«

»Nichts. Er findet selbst heraus, was er wissen möchte, indem er Euch anschaut. Er versteht das Wesen Eures Gemahls nicht, doch Euer Anblick wird ihm einige Hinweise auf Anakhas Natur geben. Anakha ist die unbekannte Größe in dieser Sache. Das war er wohl immer, nehme ich an. Klæl versteht Bhelliom, doch Bhellioms *Geschöpf* verwirrt ihn.«

»Ihr habt Euch verändert, Zalasta.«

»Ja, ich glaube, da habt Ihr recht«, gab er zu. »Ich habe das Gefühl, daß ich nicht mehr lange leben werde. Klæls Berührung hat eine eigentümliche Wirkung auf Menschen. Lassen wir ihn lieber nicht warten.« Er richtete den Blick wieder auf Ekatas, der heftig zitterte. »Ich will, daß diese Kammer sauber ist, wenn wir zurückkommen.«

»Ich kümmere mich darum, Gebieter«, versprach Ekatas mit grotesker Unterwürfigkeit.

»Wie findet man sie wieder?« erkundigte Itagne sich neugierig. »Ich meine, wenn die Trolle in dieser ›Nichtzeit‹ sind, Ihr und Tynian jedoch in die echte Zeit zurückkehren mußtet, um euch in Sarna umzusehen, dann hat die Zeit sich doch für euch bewegt. Wie kommt ihr da zu dem Augenblick zurück, an dem ihr die Trolle verlassen habt?«

»Bitte, stellt keine metaphysischen Fragen, Itagne«, stöhnte Ulath mit gequälter Miene. »Wir begeben uns einfach wieder zu der Stelle, an der wir die Trolle verließen, und dort sind sie. Wir kümmern uns um das *Wo* und überlassen das *Wann* den Trollgöttern. Offensichtlich sind sie in der Lage, in der Zeit umherzuspringen, ohne groß auf die Regeln zu achten.«

»Ist da etwas, das wir wissen sollten, Tynian-Ritter?« fragte Engessa.

Ulath lehnte sich auf seinem Stuhl zurück. »Cyrgon hat die Verhaltensweise der Trolle empfindlich gestört, als er nach Thalesien ging und sich als Ghworg ausgab«, erklärte er düster. »Zalasta erzählte ihm von den Trollen, doch Cyrgon kennt sich kaum noch mit der Jetztzeit aus und hat die Trolle mit den Urmenschen verwechselt. Die Urmenschen waren Herdenwesen, während die Trolle in Rudeln zusammengeschlossen sind. Herdentiere akzeptieren jedes Mitglied ihrer Gattung; doch Rudeltiere sind da wählerischer. Es ist momentan ein Vorteil für uns, daß sich die Trolle wie eine Herde verhalten. So können wir zumindest dafür sorgen, daß sie alle in die gleiche Richtung laufen. Aber zweifellos wird es zu irgendwelchen Problemen kommen. Die Rudel beginnen sich aufzulösen, und es gibt bereits eine Menge Geknurre und Geschnaufe.«

Tynian warf einen verstohlenen Blick auf Königin Betuana, die ganz in Schwarz ein wenig abseits von ihnen saß. Leise fragte er Engessa: »Ist doch alles in Ordnung mit ihr, oder?«

»Betuana-Königin ist in ritueller Trauer«, erwiderte Engessa mit ebenfalls gesenkter Stimme. »Der Verlust ihres Gemahls hat sie sehr tief getroffen.«

»Waren sie einander wirklich so eng verbunden?«

»Es hatte nicht den Anschein«, gab Engessa zu. Er wirkte besorgt, als er seine schwermütige Königin ansah. »Das alte Trauerritual wird heutzutage selten gepflegt. Ich passe gut auf sie auf. Sie darf keine Gelegenheit bekommen, sich etwas anzutun.« Engessas Schultermuskeln spannten sich.

Tynian fragte erschrocken: »Besteht denn eine solche Gefahr wirklich?«

»Bis vor einigen Jahrhunderten war so etwas nicht ungewöhnlich«, antwortete Engessa.

»Wir haben euch schon früher erwartet«, sagte Itagne zu Ulath. »So, wie ich es verstehe, bedeutet *Nichtzeit*, daß die Trolle sich praktisch ohne Zeitverlust von einem Ort zum anderen begeben können.«

»Nicht ganz, Itagne. Wir haben ungefähr eine Woche gebraucht, um von den Tamulischen Bergen hierher zu gelangen. Wir mußten immer wieder anhalten und in die wirkliche Zeit zurückkehren, damit die Trolle jagen konnten. Hungrige Trolle sind keine angenehmen Reisegefährten. Aber berichtet Ihr uns doch jetzt einmal, was sich getan hat. Wir können uns in der Nichtzeit nicht mit Aphrael in Verbindung setzen.«

»Sperber hat einige Hinweise auf die geographische Lage Cyrgas gefunden«, antwortete Itagne. »Sie sind nicht allzu genau, aber er versucht trotzdem, diesen Spuren zu folgen.«

»Wie kommt Patriarch Bergsten zurecht?«

»Er hat Cynestra erobert – oder besser gesagt, es wurde ihm auf einem silbernen Tablett serviert.«

»Ach?«

»Erinnert Ihr Euch an Atana Maris?«

»Das hübsche Mädchen, das die Garnison in Cynestra befehligt? Das Euch so sehr mochte?«

Itagne lächelte. »Genau die. Sie ist ein ziemlich impulsives Geschöpf. Als sie Bergsten mit den Ordensrittern kommen sah, beschloß sie, ihm die Stadt als Präsent zu verehren. Sie ließ die cynesganischen Truppen von den Straßen jagen, und öffnete das Stadttor. Sie wollte Bergsten sogar König Jaluahs Kopf überreichen, doch das konnte er ihr ausreden.«

»Wie schade«, brummte Ulath. »Aber das ist wohl zu erwarten, wenn ein guter Krieger es plötzlich mit der Religion hält.«

»Vanion hat Stellung bezogen«, fuhr Itagne fort. »Er und Kring haben in Cynesga Befestigungen errichtet – etwa einen Tagesritt von der Grenze entfernt. Wir werden hier ihrem Beispiel folgen. Wir wollten damit nur bis zu Eurer Ankunft warten.«

»Ist irgend jemand auf heftigen Widerstand gestoßen?« erkundigte sich Tynian.

»Schwer zu sagen«, murmelte Itagne nachdenklich. »Wir marschieren auf Mittelcynesga zu, doch Klæls Soldaten scheinen aus jedem Spalt zwischen zwei Steinen zu springen. Je weiter wir sie zurückdrängen, desto geschlossener werden dann ihre Streitkräfte sein. Wenn uns nichts einfällt, wie wir diese Truppen lahmlegen können, müssen wir uns einen Weg durch sie hindurchhauen, und nach allem, was ich von Vanion weiß, dürfte das ein schwieriges Unterfangen werden. Krings Taktiken sind zwar einwandfrei aufgegangen, aber sobald wir nahe an Cyrga herankommen ...« Er spreizte hilflos die Hände.

»Uns wird schon etwas einfallen«, meinte Ulath. »Gibt es sonst noch was?«

»Es hängt sozusagen noch einiges in der Luft, Ritter Tynian«, antwortete Itagne. »Durch die Lügengeschichten, die Stragen und Caalador sich in Beresa ausdenken, wird der Großteil der cynesganischen Reiterei von der Ostgrenze abgezogen. Die eine Hälfte begibt sich südwärts zur Küste in der Gegend von Kaftal, die andere nordwärts zu einer kleinen Ortschaft namens Zhubay. Caalador hat Stragens angebliche Flotte dort oben an der Südküste durch eine vorgetäuschte Heerschar schwerbewaffneter Ataner verstärkt. Diese beiden Gerüchte haben die gesamte cynesganische Armee in zwei Hälften geteilt, die nun eifrig Trugbildern nachjagen.«

»Habt Ihr gesagt, daß die eine Hälfte gen Norden zieht?« fragte Tynian betont arglos.

»Nach Zhubay, ja. Weil sie aus irgendeinem Grund vermuten, daß die Ataner sich dort sammeln.«

»Erstaunlich!« sagte Ulath mit unbewegtem Gesicht. »Zufällig waren Tynian und ich in ungefähr dieser Richtung unterwegs. Meint Ihr, es würde die Cynesganer sehr enttäuschen, wenn sie statt auf Ataner auf Trolle stießen?«

»Ihr könntet Euch ja auch dort hinaufbegeben und sie fragen, nehme ich an«, antwortete Itagne mit ebenfalls betont ausdrucksloser Miene. Sie alle wußten, was sich in Zhubay tun würde.

»Versichert ihnen, daß wir uns dafür entschuldigen möchten, Ulath-Ritter«, sagte Betuana mit einem traurigen kleinen Lächeln.

»Oh, das *werden* wir, Majestät«, versicherte Ulath ihr. »*Falls* wir noch welche in einem Stück finden, nachdem sie mit den Trollen herumgetollt haben.«

»Verschwindet!« brüllte Kalten und galoppierte auf die hundeähnlichen Geschöpfe zu, die sich um irgend etwas auf dem Wüstenboden geschart hatten. Die Tiere rannten mit einem lauten Heulen davon, das sich wie höhnisches Gelächter anhörte.

»Sind das Hunde?« fragte Talen voller Ekel.

»Nein«, antwortete Mirtai knapp. »Hyänen.«

Kalten kam zurückgeritten. »Es ist ein Mann«, erklärte er düster, »oder vielmehr, was von ihm übrig ist.«

»Wir müssen ihn begraben«, sagte Bevier.

»Die Biester würden ihn bloß wieder ausscharren«, wehrte Sperber ab. »Außerdem«, fügte er hinzu, »wenn du sie alle begraben wolltest, hättest du hier mehrere Lebzeiten zu tun.« Er deutete auf die mit Gebeinen übersäte Ebene, die sich zu der niedrigen Kette schwarzer Berge im Westen erstreckte. Dann blickte er Xanetia an. »Es war ein Fehler, Euch mitzunehmen, Anarae«, entschuldigte er sich. »Es könnte noch schlimmer werden.«

»Das ist nicht unerwartet, Anakha«, erwiderte sie.

Kalten blickte zu dem Schwarm Aasgeier hinauf, die hoch über ihnen kreisten. »Gräßliche Vögel!« murmelte er.

Sperber richtete sich in den Steigbügeln auf, um nach vorn zu spähen. »Wir haben noch etwa zwei Stunden, ehe die Sonne untergeht. Aber vielleicht sollten wir uns schon jetzt ein oder zwei Meilen zurückziehen und unser Lager heute früher aufschlagen. Wir müssen *eine* Nacht da draußen zubringen. Zwei Nächte wären entschieden zuviel.«

»Außerdem brauchen wir diese Säulen als Orientierungshilfen«, fügte Talen hinzu, »und bei Sonnenaufgang leuchten sie stärker.«

»Sofern dieses Leuchten, dem wir gefolgt sind, *tatsächlich* von diesen Säulen ausgeht«, warf Kalten zweifelnd ein.

»Es hat uns hierher gebracht, oder? Das hier *muß* die Ebene der Gebeine sein, meint Ihr nicht? Ich gebe ja zu, daß ich anfangs ebenfalls meine Zweifel hatte. Ogerajin redete so wirres Zeug, daß ich überzeugt war, er würde zumindest einige Hinweise durcheinanderbringen, aber bis jetzt hat er uns noch nicht in die Irre geführt.«

»Wir haben die Stadt noch nicht gesehen, Talen«, erinnerte Kalten ihn. »Ich würde also abwarten, bevor ich ein Dankschreiben verfaßte!«

»Ich habe mehr Geld, als ich je ausgeben kann, Orden«, erklärte Krager, der sich in mitteilsamer Stimmung befand. Er blickte durchs Fenster auf die Häuser und den Hafen von Delo. Dann trank er einen weiteren Schluck Wein.

»Das würde ich an Eurer Stelle für mich behalten, Krager«, riet ihm der füllige Orden, »erst recht hier im Hafenviertel.«

»Ich habe mir einige Leibwächter angeworben, Orden. Könnt Ihr Euch umhören, ob im Laufe der Woche ein schnelles Schiff nach Zenga in Cammorien ausläuft?«

»Was wollt Ihr ausgerechnet in Zenga?«

»Ich bin dort aufgewachsen und habe Heimweh«, antwortete Krager schulterzuckend. »Außerdem möchte ich es ein paar Leuten dort zeigen – allen, die mir prophezeit haben, daß es kein gutes Ende mit mir nimmt.«

»Seid Ihr zufällig einem Burschen namens Ezek über den Weg gelaufen, während Ihr in Natayos wart?« fragte Orden. »Ich glaube, er ist Deiraner.«

»Der Name kommt mir bekannt vor. Soviel ich weiß, hat er für den Kerl gearbeitet, der dort eine Schenke betrieb.«

»Ich habe Ezek dorthin geschickt«, erklärte Orden, »ihn und die zwei anderen – Col und Shallag. Sie wollten sich Narstils Räuberbande anschließen.«

»Vielleicht haben sie's. Doch als ich wegging, arbeiteten sie noch in der Schenke.«

»Es geht mich ja nichts an, aber wenn Ihr in Natayos so großen Profit gemacht habt, warum seid Ihr dann fort?«

»Instinkt, Orden. Sobald ich diese Kälte im Nacken spüre, weiß ich, daß es an der Zeit ist, die Füße in die Hand zu nehmen. Habt Ihr je von einem Mann namens Sperber gehört?«

»Ihr meint Prinz Sperber? Wer hat nicht von ihm gehört? Er ist eine Berühmtheit.«

»O ja, das ist er allerdings. Wie dem auch sei – Sperber sucht seit etwa zwanzig Jahren nach einer Gelegenheit, mich zu töten. So etwas schärft einem den Instinkt, das könnt Ihr mir glauben.« Krager nahm einen weiteren tiefen Schluck.

»Ihr solltet Euch vielleicht überlegen, ob Ihr nicht besser eine Weile die Finger vom Wein laßt.« Orden blickte bedeutungsvoll auf Kragers mit arzischem Rotwein gefüllten Krug. »Ich bin Wirt und habe gelernt, die Anzeichen zu erkennen. Eure Leber rebelliert bereits, mein Freund, und Eure Augäpfel werden gelb!«

»Ich werde mich einschränken, sobald ich auf See bin.«

»Ich fürchte, Ihr werdet Euch mehr als nur einschränken müssen, Krager. Wenn Ihr weiterleben wollt, müßt Ihr das Trinken ganz aufgeben. Ihr wollt bestimmt nicht sterben wie die meisten Säufer. Ich kannte einen, der schrie ganze drei Wochen lang, ehe er endlich starb. Es war furchtbar!«

»Mit meiner Leber ist alles in Ordnung!« beteuerte Krager. »Es liegt nur an der seltsamen Beleuchtung hier. Wenn ich draußen auf See bin, werde ich weniger trinken. Es geht mir gut.« Doch sein Gesicht hatte einen gequälten Ausdruck, und allein schon der Gedanke, das Saufen aufgeben zu müssen, hatte seine Hände heftig zum Zittern gebracht.

Orden zuckte die Schultern. Er hatte jedenfalls versucht, den Mann zu warnen. »Ihr müßt selbst wissen, was Ihr tut, Krager. Ich jedenfalls sehe mich nach einem Schiff um, das Euch aus Prinz Sperbers Reichweite bringt.«

»So rasch wie nur möglich, Orden.« Krager streckte ihm den Krug entgegen. »Wie wär's, wenn wir uns inzwischen noch einen gönnen?«

Ekrasios und seine Schar Delphae erreichten Norenja am Spätnachmittag eines trüben Tages: die Wolken hingen so tief, daß sie die Baumkronen verhüllten, und nicht das leiseste Lüftchen rührte sich. Ekrasios bedeutete seinem Jugendfreund Adras, ihm zu folgen, und kroch durch das Dickicht aus Büschen und Ranken zum Rand der Lichtung, um zu den Ruinen zu spähen.

»Meinst du, sie werden Widerstand leisten?« flüsterte Adras.

»Schwer zu sagen«, erwiderte Ekrasios. »Anakha und seine Gefährten erwähnten, daß diese Rebellen nicht für den Kampfeinsatz ausgebildet wurden. Meines Erachtens hängt die Reaktion auf unser Erscheinen von der Denkweise ihrer Offiziere ab. Lassen wir ihnen einen Fluchtweg zum Dschungel. Denn würden wir sie lückenlos umzingeln, sähen sie sich zum Kampf gezwungen.«

Adras nickte. »Sie haben sich zumindest bemüht, ihr Tor zu reparieren.« Er wies auf den Eingang zur Stadt.

»Das Tor ist kein Problem. Ich werde dich und unsere Gefährten den Zauber lehren, der den Fluch Edaemus' abändert. Dieses neue Tor ist aus Holz, und Holz verrottet ebenso wie Fleisch.« Er blickte zu den schmutzig grauen Wolken empor. »Kannst du in etwa die Tageszeit abschätzen?«

»Es dürften nicht mehr als zwei Stunden bis Sonnenuntergang sein«, erwiderte Adras.

»Dann wollen wir es angehen. Zuerst müssen wir ein zweites Tor finden, das jenen eine Fluchtmöglichkeit bietet, denen wir uns heute Nacht zeigen.«

»Und wenn es nur das eine Tor gibt?«

»Dann müssen diejenigen, die fliehen wollen, einen eigenen Weg finden. Ich möchte nicht gern die volle Kraft von Edaemus' Fluch einsetzen. Doch sollte es sich als notwendig erweisen, werde ich mich dieser schrecklichen Pflicht nicht entziehen. Wenn sie fliehen, schön und gut. Entschließen sie sich jedoch, zu bleiben und zu kämpfen, werden wir tun, was wir tun müssen. Eines versichere ich dir, Adras: Wenn morgen früh die Sonne aufgeht, wird innerhalb der Mauern von Norenja kein Lebender mehr weilen.«

»Großer Gott!« rief Berit und spähte über den Rand der ausgetrockneten Klammsohle auf die riesenhaften Soldaten, die in ihren hautengen Rüstungen über den glühenden, von Steinen übersäten Boden nach Westen stürmten. »Das sind Ungeheuer!«

»Nicht so laut!« warnte Khalad. »Wir wissen schließlich nicht, wie gut sie hören können!«

Die seltsamen, tierhaften Soldaten waren noch größer als Ataner, und ihre glänzenden Brustpanzer lagen so dicht an, daß jeder Muskel sich darunter abzeichnete. Ihre Helme waren mit phantastischen Hörnern oder Flügeln verziert, und kein Visier war wie das andere, so, als wären sie für jeden Krieger einzeln geschmiedet worden. Die ungeheuren Wesen rannten in gebrochener Formation westwärts, und ihr heftiges Keuchen war selbst aus dieser Entfernung deutlich zu vernehmen.

»Wohin wollen sie?« fragte Berit. »Die Grenze liegt in der entgegengesetzten Richtung!«

»Sieh mal, da vorn. Dem einen dort, der den anderen Kriegern hinterherhinkt, ragt ein abgebrochener Speerschaft aus dem Rücken. Das bedeutet wahrscheinlich, daß sie eine Begegnung mit Tikumes Peloi hatten«, meinte Khalad. »Sie waren bereits an der Grenze und kommen jetzt zurück.«

»Wohin zurück?« Berit blickte seinen Freund verwirrt an. »Wohin können sie sich denn retten? Sie können hier doch gar nicht atmen.«

Vorsichtig streckte Khalad den Kopf über den Rand der Klamm und spähte auf die steinige Wüste. »Sie sind offenbar zu der Berggruppe unterwegs, etwa eine Meile im Westen von hier.« Er machte eine Pause. »Was meinst du, Berit, wie groß ist unsere Neugier heute?«

»Was hast du im Sinn?«

»Die Klamm führt durch diese Berge. Wenn wir ihr folgen und die Köpfe einziehen, werden die Burschen uns nicht sehen. Wie wär's, wenn wir einen kleinen Ausflug nach Westen unternehmen? Vielleicht stoßen wir auf etwas Interessantes, indem wir diesen Kerlen nachschleichen.«

Berit zuckte die Schultern. »Warum nicht?«

»Das ist aber keine sehr logische Antwort, Berit. Mir würden ein halbes Dutzend Gründe einfallen, warum wir es *nicht* tun sollten.« Mit zusammengekniffenen Augen spähte Khalad zu den keuchenden Soldaten hinüber, die über den Wüstenboden taumelten. »Aber tun wir es trotzdem.«

Sie rutschten die Klammwand hinunter und führten ihre Pferde den ausgedörrten Wasserlauf entlang nach Westen.

Als sie etwa eine Viertelstunde so leise wie möglich dem Flußlauf gefolgt waren, flüstere Berit: »Sind sie noch da draußen?«

»Ich werde nachsehen.« Khalad kletterte das jetzt etwas steilere Ufer noch einmal hinauf und streckte den Kopf empor; dann rutschte er wieder hinunter. »Sie taumeln immer noch auf die Berge zu. Das Flußbett wird allmählich seichter! Lassen wir die Pferde lieber hier.«

Um nicht gesehen zu werden, schlichen sie nun geduckt weiter. Als die Klamm schließlich bergauf verlief, sahen sie sich gezwungen, auf Händen und Knien zu kriechen.

Khalad richtete sich flüchtig auf, um wieder einen Blick auf den Gegner zu werfen. »Anscheinend wollen sie jetzt um den anderen Berg herum.«

Die Freunde krochen aus dem nunmehr vollkommen flachen Bachbett und stiegen zum Kamm hinauf, bis sie sehen konnten, was sich hinter dem Berg befand, auf den Khalad gedeutet hatte.

Ein niedriges Becken verbarg sich hinter den drei Erhebungen, die aus der Wüste ragten. Das Becken war leer.

»Wohin sind sie verschwunden?« flüsterte Berit.

»Dieses Becken war ihr Ziel«, antwortete Khalad stirnrunzelnd. »Warte! Da kommt der mit dem Speer im Rücken.«

Sie beobachteten den Verwundeten, der in das Becken stolperte, stürzte, sich wieder aufraffte und weiterschleppte. Schließlich hob er sein maskiertes Gesicht und brüllte irgend etwas.

Berit und Khalad warteten angespannt.

Da traten zwei Soldaten aus einer schmalen Öffnung in einer Bergflanke, stiegen zum Beckengrund hinunter und zogen ihren verwundeten Kameraden den Hang hinauf und durch die Höhlenöffnung.

»Jetzt wissen wir es«, murmelte Khalad. »Sie sind meilenweit durch deckungslose Wüste gerannt, um zu dieser Höhle zu gelangen.«

»Aber warum? Was nutzt ihnen das?«

»Ich habe nicht die leiseste Ahnung, Berit, aber die Antwort auf diese Frage ist bestimmt von großer Bedeutung.« Khalad richtete sich auf. »Kehren wir zu unseren Pferden zurück. Wir können noch ein paar Meilen schaffen, ehe die Sonne untergeht.«

Ekrasios kauerte am Rand des Dschungels und wartete darauf, daß die Fackeln in Norenja niederbrannten und die von den Menschen verursachten Geräusche erstarben. Die Ereignisse in Panem-Dea hatten die Einschätzung bestätigt, die Hochmeister Vanion in Sarna geäußert hatte. Diese schlecht ausgebildeten Soldaten würden bei der ersten sich bietenden Gelegenheit fliehen. Ekrasios war es recht – sehr recht. Er schreckte immer noch davor zurück, sich Edaemus' Fluch zu bedienen, und Menschen, die davonrannten, brauchten nicht vernichtet zu werden.

Adras kehrte durch den nächtlichen Nebel geisterhaft zum Dschungelrand zurück.

»Es ist alles bereit, Ekrasios«, meldete er leise. »Das Tor wird bei der geringsten Bewegung zerfallen.«

»Gut. Dann los«, erwiderte Ekrasios. Er stand auf und lockerte die eiserne Kontrolle, die sein inneres Licht dämpfte. »Hoffen wir, daß alle jenseits dieser Mauer fliehen werden.«

»Und wenn nicht?«

»Dann gibt es nur den Tod für sie. Das Versprechen, das wir Anakha gaben, verpflichtet uns. Wir *werden* diese Ruinen von allen Menschen leeren – auf die eine oder andere Weise.«

»Hier ist es nicht so schlimm«, sagte Kalten, als sie absaßen. »Schon deshalb nicht, weil diese Gebeine bereits seit längerer Zeit hier liegen.«

Sie waren gezwungen gewesen, ihr Lager letzte Nacht hier aufzuschlagen, und nun versuchte jeder auf seine Weise, das Grauen zu vergessen, das sie in den vergangenen Tagen erlebt hatten.

Sperber brummelte irgend etwas vor sich hin und blickte über das Wüstengebiet zu dem zerklüfteten Basaltfelsen, der offenbar den Ostrand der Verbotenen Berge darstellte. Die Sonne war soeben aufgegangen, und ihr Licht spiegelte sich auf den beiden von Quarz durchzogenen Gipfeln, die aus den rostig dunklen Bergen unmittelbar im Westen emporragten.

»Warum halten wir hier an?« erkundigte sich Mirtai. »Die Berge sind noch gut eine Viertelmeile entfernt.«

»Ich glaube, wir sollen diese zwei Gipfel anpeilen«, antwortete Sperber. »Talen, erinnerst du dich an Ogerajins genaue Worte?«

»Hm, laßt mich überlegen.« Der Junge runzelte angestrengt die Stirn. Dann nickte er. »Jetzt hab' ich's.«

»Wie machst du das?« fragte Bevier ihn interessiert.

Talen zuckte die Schultern. »Es ist ein Trick. Man denkt nicht an die genauen Worte, sondern konzentriert sich darauf, wo man war, als man sie hörte.« Er hob das Gesicht ein wenig, schloß die Augen und rezitierte:

»›Habt Ihr die Ebene der Gebeine hinter Euch, gelangt Ihr zum Tor der Täuschung, welches Cyrga bewacht, die Verborgene Stadt. Das Auge eines Sterblichen vermag dieses Tor nicht zu erblicken. Grell erhebt es sich vor den Verbotenen Bergen, wie eine von Rissen durchzogene Mauer, um den Weg dorthin zu versperren. Doch Ihr braucht nur den Blick auf Cyrgons weiße Säulen zu richten und den Schritt zu der Leere dazwischen zu lenken. Trauet nicht dem Bild, das Euer Auge Euch vorgaukelt; denn die scheinbar feste Mauer ist wie Dunst und wird Euch den Weg nicht verwehren.‹«

»Das hat sich ja nicht einmal wie deine Stimme angehört«, stellte Bevier verwundert fest.

»Das ist ein Teil dieses Tricks«, erwiderte der Junge. »Es war – gewissermaßen – Ogerajins Stimme.«

»Also gut«, warf Sperber ein. »Stellen wir fest, ob er wirklich wußte, wovon er redete.« Blinzelnd schaute er zu den zwei Punkten widergespiegelten Lichts. »Dort sind die Säulen.« Er trat ein paar Schritte nach rechts; dann schüttelte er den Kopf. »Von hier aus gesehen, verschmelzen sie zu einem Licht.« Dann trat er nach rechts.

»Hier ist es nicht anders.« Er kehrte zu seinem ursprünglichen Beobachtungspunkt zurück. »Das hier ist die richtige Stelle!« erklärte er fast ein wenig aufgeregt. »Diese beiden Gipfel stehen dicht beisammen. Bewegt man sich ein paar Fuß nach links oder rechts, kann man nicht einmal den Spalt zwischen ihnen wahrnehmen. Wenn man nicht bewußt danach Ausschau hält, könnte man es ganz übersehen.«

»Einfach großartig, Talen«, sagte Kalten spöttisch. »Wenn wir noch ein Stück näher kommen, wird der Felsen uns den Blick auf die Gipfel versperren!«

Talen verdrehte die Augen himmelwärts.

»Was soll das?« fragte Kalten.

»Geht einfach nur auf den Felsen zu, Kalten, ja? Sperber kann hier stehenbleiben und den Spalt im Auge behalten. Er wird Euch sagen, ob Ihr links oder rechts herumgehen müßt.«

»Oh!« Kalten blickte die anderen an. »Vergeßt, was ich vorher gesagt habe.« Dann ging er auf den Felsen zu.

»Nach rechts!« rief Sperber ihm nach.

Kalten nickte und änderte die Richtung.

»Zu weit. Ein bißchen zurück nach links!«

Der blonde Pandioner schritt wieder auf den Felsen zu und änderte die Richtung stets nach Sperbers gerufenen Anweisungen. Als er den Felsen erreichte, schlug er mit den Händen auf das Gestein. Dann zog er seinen schweren Dolch, stieß ihn in den Boden und kehrte um.

»Nun?« rief Sperber ihm entgegen, als er ungefähr den halben Weg zurückgelegt hatte.

»Ogerajin hat wirres Zeug geredet!« brüllte Kalten.

Sperber fluchte.

»Soll das heißen, es gibt keine Öffnung?« rief Talen.

»Das nicht«, antwortete Kalten, »aber sie befindet sich mindestens fünf Fuß links von der Stelle, die dein Verrückter angegeben hat.«

»Bitte laß das, Talen!« sagte Bevier. »Steig entweder ganz hinein oder bleib draußen! Es ist erschreckend, deine untere Hälfte so aus dem festen Stein ragen zu sehen.«

»Der Stein ist nicht fest, Bevier.« Als Beweis steckte der Junge die Hand in den Fels und zog sie wieder heraus.

»Na ja, er *sieht* zumindest fest aus. Bitte, Talen – rein oder raus, aber nicht dazwischen!«

»Spürst du irgend etwas, wenn du den Kopf hindurchstreckst?« wollte Mirtai wissen.

»Im Innern ist es ein bißchen kühler«, antwortete Talen. »Es ist eine Art Höhle oder Tunnel. Am hinteren Ende scheint ein Licht.«

»Ist genug Platz, die Pferde hindurchzuführen?« fragte Sperber.

Talen nickte. »Das müßte sich machen lassen, wenn wir hintereinander gehen. Vermutlich wollte Cyrgon das Risiko, daß jemand die Öffnung durch Zufall entdeckt, so gering wie möglich halten.«

»Dann gehe ich als erster«, entschied Sperber. »Am anderen Ende könnte es Wächter geben.«

»Ich werde dir dichtauf folgen.« Kalten steckte seinen Dolch zurück und zog sein Schwert.

»Das ist eine beinahe vollkommene Illusion.« Xanetia berührte das Gestein links von der Öffnung. »Fugenlos und von wirklichem Fels nicht zu unterscheiden.«

»Die Täuschung war gut genug, Cyrga zehntausend Jahre zu verbergen«, meinte Talen.

»Gehen wir hinein«, sagte Sperber. »Ich möchte mich umsehen.«

Mit den Pferden gab es Schwierigkeiten, wie nicht anders zu erwarten. So gut man einem Pferd auch zuredet – es ist nicht bereit, in eine *Steinmauer* zu steigen. Bevier löste das Problem, indem er den Tieren die Augen verband. Dann führten die Gefährten ihre Reittiere in den Tunnel; Sperber ging an der Spitze.

Der Tunnel war etwa hundert Fuß lang, und da sich die Öffnung am hinteren Ende noch im Schatten befand, blendete das Licht nicht. »Halte mein Pferd«, flüsterte Sperber Kalten zu. Dann schlich er mit gesenktem Schwert auf diese Öffnung zu. Als er sie erreichte, straffte er die Schultern; dann trat er rasch hindurch und schwang die Waffe, um einem möglichen Angriff zuvorzukommen.

»Und?« wisperte Kalten heiser.

»Nichts. Es ist niemand da.«

Die anderen führten vorsichtig ihre Pferde herbei und heraus aus dem Tunnel.

Sie gelangten in eine von Bäumen beschattete Mulde, die mit trockenem Gras bedeckt und mit unzähligen, aufrecht stehenden weißen Steinen übersät war.

»Das Tal der Helden«, murmelte Talen.

»Was?« fragte Kalten.

»So hat Ogerajin es genannt. Ich würde sagen, es klingt besser als ›Totenacker‹. Offenbar gehen die Cyrgai mit ihren Toten menschlicher um als mit ihren Sklaven.«

Sperber ließ den Blick über den riesigen Friedhof schweifen. Dann wies er zur Westseite, wo ein ansteigender Hang das Ende des Friedhofs markierte.

»Gehen wir«, forderte er seine Gefährten auf. »Ich möchte feststellen, womit wir es zu tun haben.«

Sie durchquerten den Friedhof bis zum Fuß des Hanges, banden ihre Pferde an die dort wachsenden Bäume, und stiegen leise und vorsichtig den Hang hinauf.

Die Mulde lag um ein gutes Stück niedriger als der Boden der Wüste rundum; in ihrer Mitte befand sich ein verhältnismäßig großer See, der dunkel in den Morgenschatten lag. Winterlich brachliegende Felder umgaben das Gewässer, und ein Wald dunkler Bäume wuchs an den Hängen der Mulde. Das ganze vermittelte den Eindruck strenger Ordnung, als wäre die Natur zu geraden Linien und präzisen Winkeln gezwungen worden. Jahrhunderte brutaler Sklavenarbeit hatten einen ursprünglich zweifellos idyllischen Ort zu einem strengen Abbild des Geistes Cyrgons geformt.

Das verborgene Tal war ungefähr fünf Meilen breit, und an seinem Ende stand die Stadt, die zehn Äonen lang verborgen geblieben war. Die Berge ringsum hatten das Baumaterial für ihre Gebäude geliefert. Die Stadtmauer und die Häuser waren aus dem gleichen, bräunlich schwarzen, vulkanischen Basalt errichtet. Die Außenmauern waren hoch und massiv, und ein steiler, kegelförmiger Berg, dessen Seiten dicht mit Häusern bedeckt waren, erhob sich innerhalb der Mauer. Diesen Berg noch überragend trutzte eine weitere steinerne Einfriedung mit schwarzen Rundtürmen auf der einen und –

in überraschendem Kontrast zum Rest der Stadt – weißen Rundtürmen auf der anderen Seite.

»Das ist wirklich nicht besonders einfallsreich«, bemerkte Bevier kritisch. »Offenbar war der Baumeister nicht gerade mit einem Übermaß an Phantasie gesegnet.«

»Phantasie war keiner der besonderen Wesenszüge der Cyrgai, Herr Ritter«, erklärte Xanetia.

»Wenn wir uns dicht an die Muldenseiten halten, könnten wir näher herankommen«, meinte Kalten. »Die Bäume würden uns verbergen. Unten am See wären wir möglichen Blicken ausgesetzt.«

»Wir können uns Zeit lassen«, sagte Sperber. »Entfernen wir uns fürs erste einmal von der Öffnung des Tunnels. Wenn es der einzige Zugang ins Tal oder heraus ist, müßte es doch einigen Verkehr hindurch geben. Ich sehe auf den Feldern dort unten Leute arbeiten – wahrscheinlich Sklaven. Gewiß werden sie von Cyrgai beaufsichtigt, und es könnte auch Patrouillen geben. Versuchen wir erst einmal, uns ein wenig mit dem hiesigen Umfeld vertraut zu machen, ehe wir irgendwelche Fehler begehen, weil wir uns nicht auskennen oder überstürzt handeln.«

Berit und Khalad errichteten zwei Tagesreisen westlich von der Stelle, wo sie die fremdartigen Soldaten gesehen hatten, ihr Lager. Sie gaben den Pferden nur wenig zu saufen, verzichteten auf ein Feuer und aßen kalte Notverpflegung. Khalad sprach kaum und starrte grübelnd hinaus auf die Wüste.

»Hör auf, dir den Kopf zu zerbrechen, Khalad!« ermahnte Berit den Freund.

»Ich sehe es vor mir, Berit, aber ich bekomme es einfach nicht zu fassen.«

»Möchtest du darüber reden? Keiner von uns wird viel Schlaf bekommen, wenn du dich die ganze Nacht damit herumschlägst.«

»Ich denke stumm nach!«

»Nein, tust du nicht. Wir sind schon zu lange beisammen, mein Freund. Ich kann dich denken hören.«

Khalad lächelte schwach. »Es hat etwas mit diesen Kreaturen zu tun.«

»Das hätte ich gar nicht vermutet«, spöttelte Berit freundschaftlich. »Du hast die letzten zwei Tage an nichts anderes gedacht.

Was willst du denn noch über sie wissen, außer daß sie riesenhaft sind, häßlich, furchterregend und daß gelbes Blut durch ihre Adern fließt?«

»Genau das läßt mir keine Ruhe – dieses gelbe Blut. Aphrael sagt, daß es diese Farbe hat, weil die Kreaturen mit ihrer Leber atmen. Und das wiederum kommt daher, daß sie für gewöhnlich keine Luft atmen. Sie kommen hier eine Zeitlang ohne Atemluft aus, doch größere körperliche Anstrengungen erschöpfen sie rasch. Jene Kreaturen, die wir vorgestern gesehen haben, rannten nicht einfach orientierungslos in der Wüste herum. Sie hatten ein ganz bestimmtes Ziel vor Augen.«

»Die Höhle? Du meinst, die Höhle könnte ein rettender Ort für sie sein?«

»Jetzt kommen wir der Sache schon näher«, sagte Khalad angespannt. »Die Peloi sind vermutlich die beste leichte Reiterei der Welt, doch Klæls Soldaten sind fast so groß wie Trolle und können offenbar Verwundungen ertragen, die für uns tödlich wären. Ich glaube nicht, daß sie vor den Peloi davonlaufen.«

»Nein. Sie versuchen, vor der Luft wegzulaufen.«

Khalad schnippte mit den Fingern. *»Das ist es!«* rief er. *»Deshalb* rennen sie so unvermittelt zu diesen Höhlen zurück. Sie verstecken sich nicht vor den Peloi. Sie verstecken sich vor der Luft.«

»Luft ist Luft, Khalad – ob im Freien oder in einer Höhle.«

»Das glaube ich nicht, Berit. Ich bin sicher, Klæl hat diese Höhle mit jener Art von Luft gefüllt, die seine Soldaten zu atmen gewohnt sind. Er kann nicht die Luft der ganzen Welt verändern; denn das würde die Cyrgai ebenso wie uns töten, und das würde Cyrgon nicht zulassen. Er kann jedoch eine *Höhle* mit dieser anderen Art von Luft füllen. Es wäre der perfekte Ort! In sich geschlossen und mehr oder weniger luftdicht. Sie bietet diesen Ungeheuern eine Zuflucht, in die sie sich begeben können, wenn sie Atembeschwerden bekommen. Sie können sich in der Höhle erholen, wieder zu Kräften kommen und sich dann wieder in den Kampf stürzen. Gib das rasch weiter, Berit. Aphrael kann den anderen mitteilen, weshalb Klæls Soldaten sich in diesen Höhlen verstecken.«

»Ich weiß zwar nicht, was es uns nutzen sollte, aber ich gebe ihr Bescheid«, versprach Berit skeptisch.

Khalad lehnte sich mit einem breiten Grinsen auf die Ellbogen zurück. »Du denkst nicht mit, Berit! Wenn einem irgendwas Probleme macht und dieses irgendwas sich in einer Höhle verkriecht, muß man es nicht hinein verfolgen. Man braucht bloß dafür zu sorgen, daß der Eingang zusammenkracht. Sobald diese Kreaturen darin in der Falle sitzen, können wir sie vergessen. Wie wär's, wenn du Aphrael das berichtest. Schlag vor, daß sie den anderen rät, jede Höhle zum Einsturz zu bringen, auf die sie stoßen. Aphrael braucht es nicht einmal selbst zu tun.« Wieder runzelte er die Stirn.

»Was hast du jetzt wieder?«

»So wird es nicht gehen«, antwortete Khalad nachdenklich. »Diese Bestien haben so gewaltige Kräfte, daß man einen ganzen Berg über ihnen einstürzen lassen könnte, und sie könnten sich trotzdem immer noch einen Weg hinaus graben. Und da ist noch etwas ... aber ich kann es in Gedanken noch nicht richtig greifen.« Er hob eine Hand. »Ich komme schon noch darauf«, versprach er, »und wenn ich die ganze Nacht dazu brauche.«

Berit stöhnte.

»Ich habe beschlossen, mit Euch zu kommen, Bergsten-Priester«, sagte Atana Maris stockend in holprigem Elenisch. Sie war zur Spitze ihrer Kolonne gerannt, als sie sich etwa fünf Tagesreisen südlich von Cynestra befanden.

Bergsten unterdrückte eine Verwünschung. »Wir sind eine Armee auf dem Vormarsch, Atana Maris«, versuchte er ihr auf diplomatische Weise zu erklären. »Wir wären nicht in der Lage, Euch geziemende Behaglichkeit und Sicherheit zu bieten, wenn wir für die Nacht anhalten.«

»Behaglichkeit? Sicherheit?« Sie blickte Neran, den Dolmetscher, verwirrt an.

Neran erklärte es ihr offenbar ausführlich auf Tamulisch, woraufhin das Mädchen in schallendes Lachen ausbrach.

»Was ist so komisch, Atana?« erkundigte Bergsten sich mißtrauisch.

»Daß Ihr Euch *darüber* Sorgen macht, Bergsten-Priester. Ich bin Kriegerin. Ich kann mich durchaus gegen jeden Eurer Soldaten verteidigen, die mich zu sehr bewundern.«

»Warum habt Ihr Euch entschlossen, uns zu begleiten, Atana Maris?« fragte Heldin.

»Mir ist etwas eingefallen, nachdem ihr Cynestra verlassen hattet, Heldin-Ritter«, antwortete sie. »Seit Wochen steht mir der Sinn danach, Itagne-Botschafter zu suchen. Ihr begebt Euch zu dem Ort, an dem er sein wird; deshalb komme ich mit Euch!«

»Wir könnten ihm eine Botschaft von Euch übermitteln, Atana. Ihr braucht wirklich nicht die Strapazen des langen Weges auf Euch zu nehmen.«

Sie schüttelte den Kopf. »Nein, Heldin-Ritter. Es geht um etwas Persönliches zwischen Itagne-Botschafter und mir. Als er in Cynestra gewesen ist, war er sehr freundlich zu mir. Dann mußte er fort, aber er sagte, er würde mir schreiben. Er hat es nicht getan. Nun muß ich zu ihm, um mich zu vergewissern, daß es ihm gut geht.« Ihre Augen wurden plötzlich hart. »Und *wenn* es ihm gut geht, muß ich wissen, ob er nicht mehr freundlich zu mir sein will.« Sie seufzte. »Ich hoffe sehr, daß sich seine Gefühle für mich nicht geändert haben. Ich möchte ihn nicht töten müssen.«

»Ich will nichts damit zu tun haben!« sagte Gahenas abrupt. Sie erhob sich und bedachte die anderen mit mißbilligendem Blick. »Ich wäre bereit gewesen, mich euch anzuschließen, wäre es darum gegangen, Cieronna auf ihren Platz zu verweisen, aber ich lasse mich nicht in einen Hochverrat hineinziehen!«

»Wer sagt etwas von Hochverrat, Gahenas?« versuchte Chacole sie zu beruhigen. »Unser Gemahl wird nicht *wirklich* in Gefahr geraten. Wir sollen nur so *tun*, als gäbe es ein Komplott gegen ihn – und wir werden für genügend Hinweise sorgen, die Cieronna als Urheberin hinstellen. *Falls* Sarabian etwas zustoßen sollte, käme der Kronprinz auf den Kaiserthron, und Cieronna würde Regentin – worüber wohl keine von uns erfreut wäre. Nein, wir werden ihr Komplott aufdecken, bevor wirklich etwas passiert. Dann werden Cieronnas Ränkespiele endlich durchschaut. Sie wird zur Verantwortung gezogen, und wir brauchen nie mehr vor ihr auf die Knie zu fallen.«

»Es ist mir egal, *wie* Ihr es entschuldigen wollt«, stellte die teganische Kaiserin kategorisch fest, »für mich ist das Aufwiegelung zum Hochverrat. Ich werde Euch im Auge behalten, Chacole! Zieht sofort Eure Spitzel zurück und gebt Euren schändlichen Plan auf! Wenn nicht ...« Gahenas ließ den Rest des Satzes auf drohende Weise ungesagt, drehte sich um und schritt davon.

»Ihr seid das sehr ungeschickt angegangen, Chacole.« Elysoun wählte eine kandierte Frucht aus der Silberschale auf dem Tisch. »Sie hätte vielleicht mitgemacht, hättet Ihr die Einzelheiten für Euch behalten. Sie brauchte wirklich nicht zu wissen, daß Ihr tatsächlich Eure Meuchler ausschicken würdet. Ihr wart Euch ihrer noch nicht ganz sicher und seid zu schnell vorgegangen.«

»Mir läuft die Zeit davon, Elysoun!« Chacoles Tonfall verriet Verzweiflung.

»Ich verstehe diese Eile nicht«, entgegnete Elysoun. »Wieviel Zeit habt Ihr denn heute gespart? Die teganische Vettel wird von jetzt an jeden Eurer Schritte überwachen! Ihr habt einen großen Fehler begangen, Chacole! Jetzt bleibt Euch nichts anderes übrig, als sie zu töten!«

»Töten?« Chacole wurde kreidebleich.

»Es sei denn, es beunruhigt Euch nicht sonderlich, einen Kopf kürzer gemacht zu werden. Ein Wort von Gahenas kann Euch auf den Richtblock bringen. Ihr seid nicht für die Männerpolitik geschaffen, Liebes. Ihr redet zuviel!« Elysoun erhob sich lässig. »Wir können später darüber diskutieren. Jetzt wartet erst einmal ein eifriger Gardist auf mich, und ich möchte nicht, daß sein Feuer abkühlt.« Sie schwebte davon.

Elysouns scheinbare Gleichmütigkeit verbarg ihre Besorgnis und ihre große Eile. Chacoles cynesganische Erziehung hatte sie allzu durchschaubar gemacht. Sie hatte sich des Hasses von Sarabians anderen Gemahlinnen gegenüber Kaiserin Cieronna bedient. Dieser Teil ihres Planes war durchaus klug und durchdacht, doch die gekünstelte, ein wenig verwickelte Geschichte, einen Anschlag vorzutäuschen, war auf lächerliche Weise zu übertrieben vorgetragen worden. Ganz offensichtlich war nicht beabsichtigt, das Attentat fehlschlagen zu lassen, wie Chacole und Torellia so scheinheilig behaupteten. Elysoun beschleunigte ihre Schritte. Sie mußte sofort ihren Gemahl aufsuchen, um ihn zu warnen, daß sein Leben sich in unmittelbarer Gefahr befand.

»Xanetia!« Kalten fuhr erschrocken zurück, als die Anarae an diesem Abend urplötzlich in ihrer Mitte erschien. »Könnt Ihr nicht wenigstens hüsteln oder Euch anderweitig bemerkbar machen, bevor Ihr so unerwartet auftaucht?«

»Es lag nicht in meiner Absicht, Euch zu erschrecken, mein Beschützer«, entschuldigte sie sich.

»Meine Nerven sind zur Zeit nicht die besten«, gestand er.

»Hattet Ihr Glück?« erkundigte sich Mirtai.

»Ich konnte viel erfahren, Atana Mirtai.« Xanetia machte eine Pause, um ihre Gedanken zu sammeln. »Die Sklaven werden nicht sehr streng bewacht«, begann sie. »Cynesganische Aufseher sind für sie zuständig; denn so niedrige Arbeiten sind unter der Würde eines Cyrgai. Die Wüste selbst hält die Sklaven gefangen. Jene, die so töricht sind, einen Fluchtversuch zu wagen, verschmachten unweigerlich in dieser kahlen Öde.«

»Wie sieht es mit dem hier üblichen Ablauf aus, Anarae?« fragte Bevier.

»Die Sklaven verlassen ihre Pferche im Morgengrauen und eilen, von niemandem dazu angetrieben oder bewacht, aus der Stadt, um ihre Arbeit aufzunehmen. Bei Sonnenuntergang, immer noch unbeaufsichtigt, ja, kaum bemerkt, kehren sie zum Essensempfang zur Stadt und ihren Pferchen zurück. Anschließend werden sie für die Nacht gekettet, in ihren Pferchen eingesperrt und beim ersten Tageslicht wieder losgemacht.«

»Einige arbeiten hier in diesen Wäldern«, bemerkte Mirtai und spähte zwischen den Bäumen hindurch, hinter denen die Gefährten sich versteckt hatten. »Aber was tun sie da eigentlich?«

»Sie schneiden für ihre Herren Brennholz in diesen Wäldern«, erklärte Xanetia. »In der Kälte des Winters wärmen die Cyrgai sich an Feuern. Die eingepferchten Sklaven dagegen müssen das Wetter ungeschützt ertragen.«

»Konntet Ihr irgend etwas aus der Anordnung der Stadt ablesen, Anarae?« fragte Bevier.

»Ein wenig, ja, Herr Ritter.« Xanetia bedeutete den Gefährten, sie zum Rand des Waldes zu begleiten, so daß sie über das Tal zur schwarzummauerten Stadt blicken konnten. »Die Cyrgai wohnen an den Hängen des Hügels, der sich innerhalb jener Mauer erhebt«, erklärte sie, »und sie halten sich dem unteren Teil der Stadt fern. Es gibt noch eine zusätzliche Mauer innerhalb der äußeren, und diese innere Mauer beschützt Cyrgons Auserwählte vor einer Berührung mit minderwertigen Rassen. Die untere Stadt enthält die Sklavenpferche, die Lagerhäuser für Nahrungsmittel und die Kaserne der

Cynesganer, welche die Sklaven beaufsichtigen und die Außenmauer bemannen. Wie ihr sehen könnt, gibt es da noch jene letzte Mauer, welche die Kuppe des Hügels umschließt. Innerhalb *dieser* Mauer befinden sich König Santheocles' Schloß und der Tempel Cyrgons.«

Bevier nickte. »Das ist das übliche Schema für eine befestigte Stadt.«

»Wenn Euch das alles bekannt war, warum habt Ihr dann danach gefragt, Herr Ritter?« fragte Xanetia spitz.

»Einer Bestätigung wegen, Erhabene.« Er lächelte. »Die Stadt ist zehntausend Jahre alt. Man hätte in so alter Zeit, vor der Erfindung moderner Waffen, andere Vorstellungen über den Bau von befestigten Städten haben können.« Er kniff die Augen zusammen und spähte über das Tal zur Stadt. »Sie sind offenbar durchaus bereit, im Notfall die Unterstadt zu opfern. Wäre das nicht der Fall, wäre die Außenmauer von Cyrgai bemannt. Die Tatsache, daß sie diese Aufgabe den Cynesganern übertragen haben, bedeutet, daß sie keinen großen Wert auf diese Lagerhäuser und die Sklavenpferche legen. Die Mauer am Fuß des Cyrgonberges ist gewiß besser verteidigt, und falls erforderlich, werden die Cyrgai sich den Berg hinauf bis hinter die letzte Mauer zurückziehen, die Schloß und Tempel umgibt.«

»Das ist ja alles schön und gut, Bevier«, meldete Kalten sich zu Wort, »aber wo sind Ehlana und Alean?«

Bevier blickte ihn erstaunt an. »Ganz oben, natürlich. Entweder im Schloß oder im Tempel.«

»Wieso bist du dir da so sicher?«

»Sie sind Geiseln, Kalten. Geiseln behält man in seiner Nähe, um sie bedrohen zu können, wenn Feinde zu nahe rücken. *Unser* Problem besteht darin, in die Stadt zu gelangen.«

»Uns wird bestimmt etwas einfallen«, meinte Sperber zuversichtlich. »Kehren wir ein Stück in den Wald zurück und richten uns für die Nacht ein.«

Sie zogen sich weiter zwischen die Bäume zurück und aßen kalte Notverpflegung.

»An unserem Problem hat sich nichts geändert, Sperber«, sagte Kalten, als die Dämmerung sich über das verborgene Tal senkte. »Wie werden wir hinter all diese Mauern gelangen?«

»Die erste Mauer ist kein Problem«, behauptete Talen. »Wir gehen einfach durchs Tor.«

»Und wie willst du das anstellen, ohne angehalten zu werden?« fragte Kalten.

»Jeden Morgen verlassen Leute die Stadt und kehren jeden Abend zurück, oder etwa nicht?«

»Das sind Sklaven!«

»Genau.«

Kalten starrte ihn an.

»Wir sollen schließlich in die Stadt, nicht wahr? So geht es am leichtesten.«

»Und was ist mit den übrigen Mauern?« fragte Bevier.

»Eine Mauer nach der anderen, Herr Ritter.« Talen grinste. »Bringen wir erst mal die unterste hinter uns. *Dann* können wir uns Gedanken über die anderen machen.«

Daiya, der Peloi, kam am Vormittag des nächsten Tages im Galopp über die kiesige Wüste zurück. »Wir haben sie gefunden, Eminenz«, meldete er Bergsten, während er sein Pferd zügelte. »Die cynesganische Reiterei hat versucht, uns von ihrem Versteck wegzulocken, aber wir haben es trotzdem gefunden. Sie befinden sich in den Bergen direkt vor uns.«

»Sind auch welche von den Riesen mit den Gesichtsmasken dabei?« erkundigte sich Heldin.

»Ein paar, Freund Heldin«, antwortete Daiya. »Aber da waren auch noch andere, die altmodische Helme und Speere trugen.«

»Cyrgai!« brummte Bergsten. »Vanion hat sie erwähnt. Ihre Taktiken sind dermaßen veraltet, daß wir kaum große Probleme mit ihnen haben werden.«

»Wo, genau, sind sie, Freund Daiya?« fragte Heldin.

»In einer großen Schlucht an der Ostseite jener Berge, Freund Heldin. Meine Späher haben sie vom Schluchtrand aus gesehen.«

»Wir sollten sie auf keinen Fall in dieser Schlucht verfolgen, Eminenz«, warnte Heldin. »Sie sind Fußsoldaten und für den Nahkampf ausgebildet. Wir müssen uns etwas einfallen lassen, um sie ins Freie zu locken.«

Atana Maris stellte Neran eine Frage auf Tamulisch, die er offenbar sehr eingehend beantwortete. Sie nickte, sagte einige Worte zu ihm und rannte nach Süden.

»Was hat sie vor?« fragte Bergsten heftig.

»Sie sagte, daß eure Feinde euch in einen Hinterhalt locken wollen, Eminenz.« Neran zuckte die Schultern. »Nun stellt sie ihnen eine Falle, in der sie sich selber fangen werden.«

»Haltet sie auf, Heldin!« sagte Bergsten scharf.

Zu Ritter Heldins Ehre sei gesagt, daß er wirklich versuchte, die flinke Atanerin einzuholen. Doch sie blickte nur über die Schulter, lachte und rannte noch schneller, so daß er immer weiter zurückblieb, so sehr er sein Pferd auch fluchend antrieb.

Bergstens Verwünschungen waren noch lauter und unfeiner als die Heldins. »Was, verdammt, *macht* sie?« brüllte er Neran an.

»Die Feinde planen einen Hinterhalt, Eminenz«, antwortete Neran ruhig. »Es nutzt ihnen nichts, wenn jemand sie in ihrem Versteck in der Schlucht entdeckt. Atana Maris wird in diese Schlucht laufen, sich von ihnen sehen lassen und dann wieder hinausstürmen. Der Feind wird versuchen, sie zu erwischen, und dazu muß er ins Freie kommen. Ihr solltet vielleicht ein wenig schneller reiten. Atana Maris wäre bitter enttäuscht, wenn Ihr nicht Stellung bezogen hättet, sobald sie den Feind ins Freie lockt.«

Patriarch Bergsten blickte über die Wüste zu der bronzehäutigen Atanerin, die mit fliegendem Haar geschmeidig in Richtung Süden rannte. Dann fluchte er erneut, richtete sich in den Steigbügeln auf und rief resignierend: »Folgt mir, Männer!«

Ekrasios und seine Brüder erreichten Synaqua am Spätnachmittag, gerade als die Sonne durch die dicke Wolkendecke brach, die den Himmel seit Tagen verborgen hatte.

Die Ruinen von Synaqua waren noch verfallener als die von Panem-Dea und Norenja. Die gesamte Ostmauer war von einem der zahllosen Nebenflüsse des Arjun, die träge durch sein schlammiges Delta strömten, unterspült worden und irgendwann in früheren Zeiten zusammengebrochen. Als Scarpas Rebellen hier eingezogen waren, um sich in den Ruinen einzurichten, hatten sie die Mauer durch einen Palisadenzaun ersetzt. Es war eine Stümperarbeit; die Palisade würde keinen Gegner von einem Sturmangriff abhalten.

Ekrasios überdachte die Lage, als er düster beobachtete, wie die Sonne in einer Wolkenbank im Westen versank. Nach dem unheilvollen Sturm auf Norenja war es zu einem ernsten Problem gekommen. Die Stadt hatte *scheinbar* viele Tore gehabt, durch welche die von Panik getriebenen Rebellen sich hätten in Sicherheit bringen können, doch ihr Kommandant hatte diese Tore, als Teil seines Verteidigungsplans, mit Schutthaufen versperrt. Die völlig verstörten Rebellen saßen innerhalb der Mauer in der Falle und hatten keine andere Wahl gehabt, als zu kämpfen. Hunderte waren in unbeschreiblichen Qualen gestorben, ehe es Ekrasios gelungen war, seine Männer in die unbewohnten Teile der Ruinenstadt abzuziehen, damit der Fluchtweg durch das Haupttor frei war. Viele Delphae weinten offen über das Grauen, das sie Menschen hatten antun müssen, die im Grunde genommen nur irregeführte Bauern waren. Es hatte Ekrasios zwei Tage und seine ganze Beredsamkeit gekostet, gut die Hälfte seiner Männer davon abzuhalten, den Kampf aufzugeben und sofort nach Delphaeus zurückzukehren.

Adras, Ekrasios' Jugendfreund und nunmehr sein Stellvertreter, gehörte zu jenen, denen die Geschehnisse unendlich nahegingen. Adras wich seinem Vorgesetzten nun aus, wo er nur konnte, und die wenigen Worte, die sie miteinander redeten, waren rein dienstlich. So kam es, daß Ekrasios sich wunderte, als Adras im dunklen Glühen des feurigen Sonnenuntergangs unaufgefordert zu ihm kam.

»Darf ich mit dir sprechen, Ekrasios?« fragte er zögernd.

»Aber natürlich, Adras. Du weißt doch, daß diese Förmlichkeit nicht nötig ist.«

»Ich möchte dir mitteilen, daß ich heute nacht nicht mitmache.«

»Wir sind durch das Versprechen gebunden, das wir Anakha gegeben haben, Adras«, erinnerte Ekrasios ihn. »Unser Anari hat es ihm geschworen, und dieser Eid ist uns heilig.«

»Ich kann es nicht, Ekrasios!« rief Adras, und plötzlich strömten ihm Tränen übers Gesicht. »Ich *ertrage* es nicht, was ich getan habe und wieder tun müßte, würde ich diese Stadt betreten. Gewiß hat Edaemus nicht beabsichtigt, daß wir seine schreckliche Gabe derart benutzen.«

Es gab viele Argumente, die Ekrasios hätte vorbringen können, doch tief im Herzen wußte er, daß sie alle Augenwischerei gewesen wären. »Ich werde nicht darauf beharren, Adras, denn das wäre keine Freundschaftstat.« Er seufzte. »Ich muß gestehen, daß es mir nicht weniger zu schaffen macht als dir. Wir sind nicht für den Kampf und den Krieg bestimmt, Adras, und Edaemus' Fluch macht unsere Art von Kriegsführung viel grauenvoller als das Blutvergießen anderer

Rassen. Und da wir nicht zu Kriegern geschaffen sind, leiden wir auch eher darunter als andere.« Er machte eine Pause. »Du bist nicht der einzige, der nicht mehr kämpfen will, nicht wahr, Adras? Es gibt noch weitere, habe ich recht?«

Adras nickte stumm.

»Wie viele?«

»Nahezu einhundertfünfzig, mein Freund.«

Ekrasios war erschüttert. Fast ein Drittel seiner Kräfte kündigte ihm den Gehorsam auf, um nicht weitere Blutschuld auf sich zu laden. »Ihr bereitet mir Sorgen, Adras. Ich werde euch nicht zwingen, gegen euer Gewissen zu handeln, aber wenn du nicht an meiner Seite bist und die anderen ihrer inneren Stimme folgen, zweifle ich am erfolgreichen Ausgang dieser Auseinandersetzung. Laß mich darüber nachdenken.« Er begann, auf der schlammigen Dschungellichtung auf und ab zu stiefeln, wobei er sich mehrere Möglichkeiten durch den Kopf gehen ließ. »Wir könnten heute nacht vielleicht trotzdem noch einen gewissen Sieg erringen«, sagte er schließlich. »Laß mich das Maß deines Widerstrebens erforschen, mein Freund. Ich sehe ein, daß du nicht gegen dein Gewissen diese Ruinen vor uns betreten kannst, aber würdest du mich ganz im Stich lassen?«

»Niemals, Ekrasios.«

»Ich danke dir, Adras. Vielleicht könnt ihr, du und deine Gleichgesinnten, unseren Plan fördern, auch ohne eure Gefühle zu verletzen. Wie wir in Norenja feststellten, erstreckt Edaemus' Fluch sich auch auf nichtfleischliche Dinge.«

»Das stimmt«, bestätigte Adras. »Das Tor jener armseligen Ruine zerfiel bei unserer kleinsten Berührung.«

»Die Ostmauer von Synaqua ist aus Stämmen errichtet. Dürfte ich dich und deine Gleichgesinnten bitten, sie zu vernichten, während ich und die anderen, die weiterkämpfen möchten, die Stadt betreten?«

Adras' Verstand war hellwach. Sein plötzliches Lächeln vertrieb die Entfremdung, die ihre Freundschaft in den vergangenen Tagen auf eine harte Probe gestellt hatte. »Du bist zum Befehlen geboren, Ekrasios!« sagte er glücklich. »Meine Freunde und ich werden diese Aufgabe gern übernehmen. Betritt mit deinen Kohorten Synaqua durch das Haupttor, während ich und meine Gruppe im Osten einige

Hintertüren öffnen, damit jene, die sich in dieser Stadt aufhalten, sie ohne Schaden verlassen können. So ist beiden Seite geholfen.«

»Wohl gesprochen, Adras!« lobte Ekrasios. »Wohl gesprochen.«

27

»Sie sind jetzt außer Sichtweite«, zischte Talen. »Schnell, holt ihr die Karre!«

Kalten und Sperber sprangen aus den Büschen, schnappten sich die halb mit Brennholz beladene Karre und zogen sie außer Sicht. Es war gegen Mittag.

»Ich finde immer noch, daß es eine vollkommen verrückte Idee ist!« brummte Kalten. »Angenommen, man hält uns tatsächlich nicht auf, wenn wir versuchen durchs Tor zu gehen – dann bleibt immer noch die Frage, wie wir unsere Waffen und Kettenhemden abladen sollen, ohne gesehen zu werden? Und wie wollen wir aus den Sklavenpferchen kommen, um sie uns zu holen?«

»Vertraut mir.«

»Dieser Junge wird noch mein Sargnagel!« stöhnte Kalten.

»Es könnte uns durchaus gelingen, den Plan in die Tat umzusetzen, Kalten«, meinte Bevier. »Xanetia sagte, daß die cynesganischen Aufseher kaum auf die Sklaven achten. Aber jetzt sollten wir erst einmal zusehen, daß wir diese Karre wegschaffen, bevor die Burschen, denen sie gehört, zurückkehren und feststellen, daß sie verschwunden ist.«

Sie zogen die wacklige, zweirädrige Karre den schmalen Pfad entlang zu der Stelle, wo Xanetia und Mirtai sich im Gebüsch versteckt hatten. »Seht, seht«, sagte Mirtai trocken in ihrem Versteck, »unsere Helden kehren mit der Kriegsbeute zurück.«

»Ich liebe Euch, kleine Schwester«, entgegnete Sperber, »aber Ihr habt eine zu spitze Zunge! Kalten hat vielleicht nicht ganz so unrecht. Die cynesganischen Aufseher mögen vielleicht zu dumm sein, zu bemerken, was wir tun, doch den Sklaven fällt es wahrscheinlich auf. Und der erste, der den Mund auftut, erntet womöglich eine Menge Aufmerksamkeit.«

»Ich arbeite schon dran, Sperber«, erklärte der Junge in der gedehnten Sprechweise Caaladors. Er kniete nieder und begutachtete die Unterseite der Karre. »Kein Problem«, sagte er zuversichtlich, stand wieder auf und bürstete sich den Schmutz von den nackten Knien. Die Gefährten hatten die cynesganischen Roben ein wenig umgeändert, indem sie die Ärmel und Kapuzen entfernt und die Gewänder über den Knien abgeschnitten hatten. Die so entstandenen Kleidungsstücke ähnelten den Kitteln der Sklaven, die auf den Feldern und in den Wäldern um Cyrga arbeiteten.

Während die anderen sich im Wald verteilten, um von den Sklaven gehauenes Brennholz zu stehlen, blieb Talen zurück und werkelte an der Unterseite der Karre herum. Bis er damit fertig war, hatten die anderen einen beachtlichen Haufen Holz zusammengetragen. Als Sperber wieder einmal mit einem Armvoll Brennholz zurückkehrte, beendete der Junge gerade seine Arbeit. »Möchtet Ihr Euch das ansehen, Sperber?« fragte er unter der Karre hervor.

Sperber kniete nieder, um des jungen Diebes Werk zu begutachten. Talen hatte die Enden geschmeidiger Gerten zwischen den Bodenbrettern der Karre verkeilt und sie dann zu einem flachen Korb geflochten, der nun an der Unterseite des Fuhrwerks hing und kaum zu sehen war. »Bist du sicher, daß er sich nicht löst oder auseinanderfällt, wenn die Karre zu sehr holpert?« erkundigte Sperber sich skeptisch. »Es könnte sehr peinlich werden, falls unsere Waffen und Kettenhemden sich selbständig machen, wenn wir die Karre gerade durchs Tor ziehen.«

»Ich setze mich selbst hinein, wenn Ihr möchtet«, sagte Talen.

Sperber brummte: »Binde die Schwerter zusammen, damit sie nicht klappern, und stopf Gras in und zwischen die Kettenhemden, um zu verhindern, daß sie rasseln.«

»Jawohl, glorreicher Führer. Und wie viele weitere Dinge, um die ich mich bereits gekümmert habe, wollt Ihr mich noch erledigen lassen?«

»Tu ganz einfach alles, was du davon noch nicht getan hast, Talen, und halte keine schlauen Reden!«

»Versteht es nicht falsch, Mirtai!« sagte Kalten, »aber Eure Beine sind nun mal schöner als die meinen.«

Mirtai hob ganz leicht einen Zipfel ihres Kittels, betrachtete kritisch ihre langen, bronzefarbenen Beine und dann Kaltens behaarte Gehwerkzeuge. »Na ja«, meinte sie.

»Ich will damit sagen, daß die Beine nicht so auffällig wären, würdet Ihr sie ein bißchen mit Schlamm bestreichen. Ich glaube nicht, daß die Torwächter blind sind, und wenn einer Eure hübschen Knie mit den netten Grübchen sieht, wird ihm wahrscheinlich klar, daß Ihr kein Mann seid. Und dann entschließt er sich vielleicht, der Sache nachzugehen.«

»Das soll er besser bleibenlassen!« sagte sie eisig.

»Es sind nicht so viele Baue von Menschendingen an diesem Ort, wie es in dem Ort Sopal oder dem Ort Arjun gewesen waren«, bemerkte Bhlokw, als er und Ulath auf das Dorf Zhubay hinunterblickten. Es hatte den *Anschein* gehabt, daß sie mehrere Tage unterwegs gewesen waren, doch sie alle wußten es besser.

»Stimmt«, bestätigte Ulath. »Es ist ein kleinerer Ort mit weniger Menschendingen.«

»Aber es gibt viele Baue aus Stoff auf der anderen Seite vom Wasserloch.« Der Troll deutete auf die große Zeltstadt auf der gegenüberliegenden Seite der Oase.

»Dort sind jene, die wir jagen«, erklärte Ulath.

»Bist du sicher, daß wir diese Menschendinge töten und essen dürfen?« vergewisserte sich Bhlokw. »Du und Tin-jan habt es mich weder an dem Ort Sopal noch dem Ort Arjun tun lassen, nicht einmal an dem Ort Nat-os.«

»Hier ist es erlaubt. Wir haben Köder ausgelegt, um sie zu diesem Ort zu locken, damit wir sie als Futter jagen können.«

»Was für Köder nimmst du, um Menschendinge anzulocken?« fragte Bhlokw interessiert. »Wenn der Verstand der Götter je wieder gesund wird und sie uns wie früher Menschendinge jagen lassen, wäre es gut, das zu wissen.«

»Die Köder sind Gedanken, Bhlokw. Die Menschendinge in den Bauen-aus-Stoff sind zu diesem Ort gekommen, weil einige unserer Rudelkameraden es ihren Gedanken eingaben, daß die großen Menschendinge mit der gelben Haut hier sein werden. Jene in den Bauen-aus-Stoff sind hierher gekommen, um gegen die Großen mit gelber Haut zu kämpfen.«

Bhlokws Gesicht verzog sich zu einem gräßlichen Grinsen. »Das ist ein guter Köder, U-lat«, lobte er. »Ich werde jetzt Ghworg und Ghnomb rufen und ihnen sagen, daß wir jagen werden. Wie viele von ihnen dürfen wir töten und essen?«

»Alle, Bhlokw. Alle.«

»Das ist kein guter Gedanke, U-lat. Wenn wir sie alle töten und essen, können sie sich nicht fortpflanzen, und es wird keine neuen zum Jagen geben. Der gute Gedanke ist immer, genügend weglaufen zu lassen, damit sie neue gebären können und die Zahl ihrer Herde gleichbleibt. Wenn wir sie jetzt alle essen, wird es bald gar keine mehr geben.«

Ulath dachte über Bhlokws Worte nach, während dieser die kurze Trollbeschwörung rief, mit der er Ghworg und die anderen herbeiholte. Er beschloß, nicht darauf einzugehen. Die Trolle waren Jäger, keine Krieger, und hatten von ihrem Standpunkt aus recht.

Im grauen Licht der Nichtzeit hielt Bhlokw eine längere Rücksprache mit den gewaltigen Erscheinungen seiner Götter. Dann hob er sein grobschlächtiges Gesicht und rief die Trolle.

Während Ulath und Tynian im stahlgrauen Licht der gefrorenen Zeit von der Hügelkuppe zuschauten, schien die riesige zottige Masse vom Berg hinunterzufließen, auf die Ortschaft und den Wald aus Zelten jenseits der Oase zu. Die Trolle bildeten zwei Gruppen und ließen die Ortschaft zwischen sich liegen, um zu den cynesganischen Zelten zu gelangen. Dort schwärmten sie einzeln aus, und jede der mächtigen Bestien erwählte seine Beute. Dann, offenbar auf ein Zeichen Bhlokws, flackerte das kalte Licht, und die Sonne kehrte zurück.

Natürlich gellten Schreie; aber das war zu erwarten gewesen. Auf der ganzen Welt gab es wohl kaum jemanden, der *nicht* schreien würde, wenn ein ausgewachsener Troll plötzlich aus dem Nichts vor ihm erscheint.

Das Gemetzel auf dem riesigen Schlachtplatz jenseits der Oase war grauenvoll, da die Trolle nicht die Absicht hatten, gegen die Cynesganer zu kämpfen, sondern sie – in Vorfreude auf das nachfolgende köstliche Mahl – zu zerreißen.

»Einige entkommen«, bemerkte Tynian und deutete auf eine größere Schar panikerfüllter Cynesganer, die ihre Pferde verzweifelt peitschten und nach Süden trieben.

Ulath zuckte die Schultern.

»Zuchttiere«, brummte Ulath.

»Wie bitte?«

»Das ist bei Trollen so üblich, Tynian. Es ist für sie die Garantie, daß die Nahrungskette nicht unterbrochen wird. Würden die Trolle sie heute alle verzehren, wären keine übrig, wenn morgen der Magen knurrt.«

Tynian schüttelte sich angewidert. »Was für eine *grauenhafte* Vorstellung, Ulath!«

»Ja, ein wenig schon. Aber es zeugt von vornehmer Gesinnung, wenn man die Sitten und Gebräuche seiner Verbündeten achtet, findest du nicht?«

Nachdem auch das letzte Zelt niedergetrampelt und für die Arterhaltung gesorgt war, ließen die Trolle sich zu ihrem Festmahl nieder. Die cynesganische Bedrohung im Norden war beseitigt, und die Trolle konnten sich nun satt und zufrieden dem Marsch auf Cyrga anschließen.

Khalad setzte sich plötzlich auf und schlug seine Decken zurück. »Berit!« rief er scharf.

Berit erwachte sofort und griff nach dem Schwert.

»Nicht nötig!« versicherte Khalad ihm. »Es wird jetzt nicht gebraucht. Weiß du, was Schlagwetter ist?«

»Nie gehört.« Berit gähnte und rieb sich die Augen.

»Dann werde ich selbst mit Aphrael reden müssen. Wie lange wird es dauern, bis du mir den Zauber beigebracht hast?«

»Kommt darauf an. Kannst du Aphrael nicht durch mich übermitteln, was du ihr zu sagen hast?«

»Nein. Ich habe ein paar Fragen an sie, und du würdest nicht verstehen, wovon ich rede. Ich muß persönlich mit ihr sprechen. Es ist sehr wichtig, Berit! Ich brauche die Sprache doch nicht zu verstehen, um die Worte nachzusprechen, oder?«

Berit runzelte die Stirn. »Ich bin mir nicht sicher.«

»Versuchen wir's. Dann sehen wir schon, ob ich sie erreichen kann.«

Sie brauchten fast zwei Stunden. Berit, dem die Lider immer schwerer wurden, weil er dringend mehr Schlaf brauchte, wurde zuletzt ziemlich gereizt.

»Ich werde die Worte nie richtig aussprechen«, sagte Khalad schließlich. »Ich kann tun was ich will, ich schaffe es nie, meine Zunge so zu verdrehen, daß solche Laute herauskommen. Laß es uns einfach so versuchen und hoffen, daß es klappt.«

»Du wirst sie verärgern!« warnte Berit.

»Sie wird es überleben. Ich probier' es jetzt!« Khalad begann zögernd, den Zauber zu sprechen, und seine Finger vollführten stockend die begleitenden Gesten.

»Was, in aller Welt, soll das, Khalad?« Aphraels Stimme flüsterte fast in seinem Ohr.

»Tut mir leid, Flöte«, entschuldigte er sich, »aber es ist wirklich sehr dringend.«

»Berit ist doch nichts zugestoßen, oder?« fragte sie besorgt.

»Nein, es geht ihm gut. Aber ich muß unbedingt selbst mit dir reden. Weißt du, was Schlagwetter ist?«

»So etwas geschieht in Kohlebergwerken, wenn Grubengas sich mit Luft mischt.«

»Du hast gesagt, daß Klæls Soldaten so etwas Ähnliches wie Sumpfgas atmen.«

»Stimmt. Aber warum willst du das wissen? Ich bin zur Zeit sehr beschäftigt.«

»Hab Geduld, Göttin. Mir ist es selbst noch nicht ganz klar. Berit hat dir doch mitgeteilt, daß wir einige von diesen Fremden in eine Höhle laufen sahen, nicht wahr?«

»Ja, aber ich weiß trotzdem nicht, was ...«

»Ich dachte, Klæl hätte diese Höhle mit Sumpfgas gefüllt, damit seine Soldaten darin atmen können. Aber jetzt bin ich mir nicht mehr so sicher. Vielleicht war das Gas bereits darin.«

»Würdest du *bitte* zur Sache kommen!«

»Wäre es möglich, daß Grubengas und Sumpfgas ziemlich ähnlich sind?«

Aphrael stieß einen ihrer aufreizend übergeduldigen Seufzer aus. »*Sehr* ähnlich, Khalad – was nur zu verständlich ist, da es sich um ein und dasselbe Gas handelt.«

»Ich *liebe* dich, Aphrael!« Er lachte erfreut.

»Womit habe ich das denn verdient?«

»Ich *wußte*, daß es irgendeine Verbindung gibt! Das hier ist eine Wüste, in der es wahrhaftig keine Sümpfe gibt. Ich hab' mir den Kopf darüber zerbrochen, woher Klæl das Sumpfgas nahm, um diese Höhle zu füllen. Aber das mußte er gar nicht, habe ich recht? Wenn Sumpfgas dasselbe ist wie Grubengas, brauchte er nur eine Höhle mit einer Kohleader zu finden.«

»Na also. Darf ich mich jetzt, da ich deine Fragen beantwortet und deine wissenschaftliche Neugier befriedigt habe, endlich zurückziehen?«

»Eine kleine Frage noch, Göttin Aphrael.« Khalad rieb sich zufrieden die Hände. »Könntest du nicht ein bißchen von *unserer* Luft in diese Höhle pusten, damit die Luft sich mit dem Grubengas vermischt, das diese Soldaten einatmen?«

Nach einer langen Pause rief Aphrael bestürzt. »Das wäre ja *entsetzlich*, Khalad!«

»Und was Hochmeister Abriel und Hochmeister Vanions Rittern widerfuhr – war das etwa *nicht* entsetzlich?« erwiderte er unbeirrt. »Wir führen einen Krieg, Aphrael, den wir unbedingt gewinnen *müssen*! Wenn Klæls Soldaten in solche Höhlen fliehen können, um Luft zu holen, werden sie wieder herausstürmen und unsere Freunde angreifen, kaum daß wir abgezogen sind. Das wäre jetzt eine Möglichkeit, sie unschädlich zu machen! Kannst du uns zu der Höhle zurückbringen, in der wir die Soldaten gesehen haben?«

»Wenn es unbedingt sein muß«, antwortete sie.

»Worüber hast du mit ihr gesprochen?« wollte Berit wissen.

»Über eine Möglichkeit, den Krieg zu gewinnen, Berit. Packen wir unsere Sachen zusammen. Aphrael wird uns zur Höhle zurückbringen.«

»Kommen sie immer noch?« rief Vanion Ritter Endrik zu, der ein Stück hinter den anderen ritt.

»Ja, Eminenz!« brüllte Endrik. »Aber einige fallen bereits zurück.«

»Gut. Offenbar verläßt sie schon die Kraft.« Vanion blickte über die vor ihnen liegende steinige Öde. »Wir haben genug Platz«, versicherte er Sephrenia. »Wir führen sie hinaus auf die Ebene und hetzen sie eine Weile herum.«

»Das ist grausam, Vanion«, schimpfte sie.

»Sie müssen uns ja nicht folgen, Liebste.« Er richtete sich in den Steigbügeln auf. »Etwas schneller, meine Herren!« forderte er seine Ritter auf. »Ich möchte, daß diese Teufel ordentlich ins Schwitzen kommen!«

Die Ritter trieben ihre Pferde zum Galopp an und lenkten sie hinaus auf die weite Ebene.

»Sie halten an!« rief Ritter Endrik, der noch immer die Nachhut bildete, nach einer guten halben Stunde.

Vanion befahl mit erhobener Hand, ebenfalls anzuhalten. Dann zügelte er sein Pferd und blickte sich um.

Die maskierten Riesen hatten die Verfolgung aufgegeben und rannten nun stolpernd nach Westen auf Felsen zu, die einige Meilen entfernt waren.

»*Das* ist es, was bisher alle verwirrte«, erklärte er Sephrenia. »Wie wir von Aphrael wissen, haben die anderen die gleiche Erfahrung gemacht. Klæls Soldaten nehmen eine Zeitlang die Verfolgung auf, brechen sie plötzlich ab und stürmen auf die nächsten Berge zu. Welche Hilfe erwarten sie, dort zu finden?«

»Ich habe keine Ahnung, Liebster.«

»Das ist ja alles schön und gut«, sagte Vanion stirnrunzelnd, »aber wenn wir unseren Marsch auf Cyrga beginnen, werden wir keine Zeit haben, die Ungeheuer hinter uns herzulocken, bis sie erschöpft sind. Und nicht nur das – Klæl wird sie wahrscheinlich zu größeren Einheiten zusammenziehen, als wir bisher gesehen haben. Wenn uns nicht bald etwas einfällt, wie wir sie auf Dauer unschädlich machen können, stehen unsere Chancen nicht sehr gut, Cyrga lebend zu erreichen.«

»Hochmeister Vanion!« rief ein Ritter erschrocken. »Da kommen noch mehr von diesen Ungeheuern!«

»Wo?« Vanion schaute sich um.

»Aus dem Westen.«

Vanion blickte den Fliehenden nach. Da sah er sie! Auf der Ebene befanden sich *zwei* Regimenter von Klæls Soldaten! Das erste, das sie hinter sich hergelockt hatten, taumelte stolpernd auf die Berge am Horizont zu. Das andere jedoch kam ihnen von jenen Bergen *entgegen* und zeigte keine Spur von Erschöpfung.

»Das ist geradezu lächerlich!« murmelte Talen, während er mit geschickten Fingerspitzen das Vorhängeschloß an seiner Kette betastete.

»Du hast behauptet, daß du sie aufkriegst!« flüsterte Kalten bestürzt.

»Kalten, die würdet sogar *Ihr* aufkriegen. Das sind die lächerlichsten Schlösser, die mir je untergekommen sind!«

»Es genügt, wenn du sie öffnest, Talen«, flüsterte Sperber. »Du brauchst keinen Vortrag zu halten. Wir müssen ja auch noch aus diesen Pferchen rauskommen!«

Sie hatten sich unter die echten Holzfäller gemischt und waren in dem Moment, da die Sonne unterging, ohne den geringsten Verdacht zu erregen, durchs Tor von Cyrga gekommen.

Sie hatten die Sklaven zu einem freien Platz in der Nähe des Tores begleitet, ihre Karre auf einen der Holzhaufen entleert, die dort standen, und sie dann, wie die anderen, an eine steinerne Wand gelehnt. Anschließend waren sie wie fügsame Ochsen in den großen Sklavenpferch getrottet und hatten sich von cynesganischen Aufsehern an rostige Eisenringe an der hinteren Pferchwand ketten lassen.

Die Gefährten hatten eine dünne, wäßrige Suppe gegessen und sich dann, um auf die Dunkelheit zu warten, in Haufen schmutzigen Strohs gelegt, das entlang der Mauer aufgehäuft war. Xanetia war nicht bei ihnen. Lautlos und ungesehen streifte sie inzwischen durch die Stadt.

»Haltet Euer Bein ruhig, Kalten!« zischte Talen. »Ich kann die Kette nicht entfernen, wenn Ihr so herumzappelt.«

»Entschuldige.«

Der Junge konzentrierte sich kurz, und schon schnappte das Schloß auf. Sofort kroch er durch das raschelnde Stroh zum nächsten Gefährten.

»Nimm dir keine Freiheiten heraus«, murmelte Mirtai in der Dunkelheit.

»Verzeiht, ich habe nur nach eurem Fußgelenk getastet.«

»Es ist am anderen Ende des Beins!«

»Ja, das ist mir inzwischen auch aufgefallen. Es ist dunkel, Atana. Ich kann nicht sehen, was ich tue!«

»He, was macht ihr da?« Es war eine winselnde, beinahe unterwürfige Stimme, die aus dem Stroh irgendwo hinter Kalten kam.

»Das geht dich nichts an«, knurrte Kalten. »Schlaf weiter!«

»Ich will wissen, was ihr treibt. Wenn ihr es mir nicht sagt, ruf' ich die Aufseher!«

»Ihr bringt ihn besser zum Schweigen, Kalten!« murmelte Mirtai. »Es ist ein Spitzel!«

»Ich kümmere mich darum«, versprach Kalten finster. Er schlich durch das raschelnde Stroh.

»Was machst du da?« fragte der Sklave mit der winselnden Stimme. »Wie bist du ...« Seine Stimme erstarb, und plötzlich waren nur noch ein heftiges Umsichschlagen im Stroh und ein röchelndes Keuchen zu hören, das in einem würgenden Gurgeln endete.

»Was geht da draußen vor?« ertönte eine barsche Stimme aus den Unterkünften der Aufseher. Die Tür wurde aufgerissen, und Licht fiel auf den Hof.

Es erfolgte keine Antwort; nur noch ein heftiges Rascheln im Stroh erklang. Kalten atmete schwer, als er zu seinem Platz zurückkehrte, rasch die Kette um sein Fußgelenk wickelte und es mit Stroh bedeckte.

Sie warteten angespannt, doch der cynesganische Aufseher hatte offenbar nicht vor, wirklich nachzusehen. Er schloß die Tür hinter sich und tauchte den Hof dabei wieder in Dunkelheit.

»Passiert so was oft? Unter Sklaven, meine ich?« flüsterte Bevier Mirtai zu, während Talen sein Schloß öffnete.

»Ständig«, murmelte sie. »Unter Sklaven gibt es keinen Zusammenhalt. Für eine zusätzliche Scheibe Brot verrät einer den anderen.«

»Traurig.«

»Sklaverei? ›Traurig‹ ist wohl kaum das richtige Wort für diese Barbarei!«

»Gehen wir«, forderte Sperber die Gefährten auf.

»Wie finden wir Xanetia?« flüsterte Kalten, während sie durch den Pferch schlichen

»Wir sie gar nicht, aber sie uns.«

Talen hatte das Tor im Handumdrehen offen; dann schlichen sie alle auf die dunkle Straße hinaus bis zu dem großen Platz, wo das Brennholz aufgestapelt war. Dort hielten sie an, ehe sie ins Freie traten.

»Sieh dich um, Talen«, forderte Sperber ihn auf.

»Mach' ich.« Der junge Dieb verschmolz mit der Dunkelheit. Die anderen warteten angespannt.

»Die Luft ist rein«, hörten sie wenige Minuten später Talens Flüstern. »Die Karren stehen hier drüben.«

Sie folgten dem Klang seiner leisen Stimme und erreichten alsbald die Reihe der an der Wand lehnenden Holzkarren.

»Hast du irgendwelche Wächter gesehen?« fragte Kalten.

»Wer würde schon die ganze Nacht aufbleiben, nur um Holzstöße zu bewachen?« Talen legte sich auf den Bauch und schlängelte sich unter die Karre. Ein schwaches Knarren der dicht geflochtenen Gerten des behelfsmäßigen Korbes war zu hören. »Da!« murmelte Talen, und eine Schwertspitze schlug gegen Sperbers Schienbein.

Sperber griff nach dem Schwert und gab es Kalten; dann beugte er sich hinunter. »Reich es mit dem Knauf voraus an«, sagte er zu Talen. »Stich mich nicht noch mal mit der Spitze.«

»Tut mir leid.« Talen nahm die restlichen Waffen heraus; anschließend verteilte er die Kettenhemden und Kittel. Alle fühlten sich gleich besser, als sie wieder bewaffnet waren.

»Anakha?« Die Stimme war weich und sehr hell.

»Seid Ihr es, Xanetia?« Die Worte waren noch nicht ganz über Sperbers Lippen, als ihm bewußt wurde, wie dumm diese Frage war.

»Wahrlich«, antwortete sie. »Sehen wir zu, daß wir von hier wegkommen. Wer Heimliches im Sinne hat, der flüstert, und Flüstern ist des Nachts weithin zu vernehmen. Wir wollen fort sein, ehe jene, die diese schlafende Stadt bewachen, dem Ursprung unseres unvorsichtigen Gesprächs nachgehen.«

»Wir müssen ein Weilchen warten«, erklärte Khalad. »Aphrael bläst erst Luft in diese Höhle.«

»Bist du sicher, daß das etwas nutzen wird?« fragte Berit zweifelnd.

»Nein, eigentlich nicht. Aber einen Versuch ist es wert, nicht wahr?«

»Du weißt ja nicht einmal, ob sie sich überhaupt noch in der Höhle aufhalten.«

»Das spielt keine so große Rolle. Ob ja oder nein – sie werden sich in Zukunft nicht mehr in der Höhle verstecken können.« Khalad wickelte vorsichtig einen mit Öl getränkten Lappen um einen Armbrustbolzen. Dann stellte er sich so, daß sein Körper die aufsprühenden Funken verbergen würde, und machte sich daran, Feuerstein und Stahl zusammenzuschlagen. Als sein Zunder Feuer gefangen hatte, brachte er eine Kerze zum Brennen und stellte diese vorsichtig hinter einen größeren Stein.

»Aphrael scheint nicht sehr glücklich darüber zu sein, Khalad«, sagte Berit, als ein kühler Wind aufkam.

»Ich war auch nicht sehr glücklich über das Schicksal Hochmeister Abriels«, entgegnete Khalad düster. »Ich hatte große Hochachtung vor dem alten Ritter, und diese gelbblütigen Ungeheuer haben ihn in Stücke gerissen.«

»Dann handelst du aus Rache?«

»Nein, eigentlich nicht. Das ist nur die einfachste Methode, diese Bestien loszuwerden. Sag Aphrael, sie soll mir bitte Bescheid geben, wenn sich genug Luft in der Höhle befindet.«

»Wie lange wird das etwa dauern?«

»Ich habe keine Ahnung. Alle Bergleute, die damit in Berührung kamen, sind tot.« Khalad kratzte sich am Kopf. »Ich weiß nicht so recht, was da drinnen passiert, Berit. Wenn Sumpfgas Feuer fängt, brennt es einfach weg, und die Flammen verlöschen. Grubengas ist ein bißchen wirkungsvoller.«

»Wozu eigentlich Luft in die Höhle blasen?« wollte Berit wissen.

Khalad zuckte die Schultern. »Feuer ist etwas Lebendiges. Es muß atmen können.«

»Du vermutest das alles nur, oder? Du weißt nicht, ob es funktionieren wird oder nicht – und wenn, was geschehen wird, nicht wahr?«

Khalad lächelte dünn. »Na ja, praktisch habe ich mich mit diesem Problem noch nicht auseinandergesetzt.«

»Ich glaube, du bist verrückt. Du könntest mit diesem verrückten Experiment die ganze Wüste in Brand setzen.«

»Oh, dazu wird es vermutlich nicht kommen.«

»Vermutlich?«

»Es ist ziemlich unwahrscheinlich. Ich kann die Höhlenöffnung von hier gerade noch sehen. Ich werde es mal versuchen.«

»Und wenn du daneben triffst?«

Wieder zuckte Khalad die Schultern. »Dann schieße ich noch einmal.«

»Das habe ich nicht gemeint. Ich ...« Berit unterbrach sich und lauschte angespannt. »Aphrael sagt, daß die Mischung jetzt stimmt. Du kannst schießen, wenn du soweit bist.«

Khalad hielt die Spitze des Armbrustbolzens in die Kerzenflamme und drehte ihn bedächtig, bis der ölgetränkte Lappen gleichmäßig brannte. Dann führte er den brennenden Bolzen in die Rinne, legte die Säule seiner Armbrust auf einen Stein und zielte sorgfältig. »Jetzt!« Langsam preßte er den Drücker.

Der brennende Pfeil schoß durch die Dunkelheit und verschwand in der schmalen Höhlenöffnung.

Nichts tat sich.

»Soviel zu Theorie und Praxis«, sagte Berit spöttisch.

Khalad fluchte und hieb die Faust auf den Kies. »Es *muß* funktionieren, Berit! Ich habe alles genau ...«

Der Lärm war ohrenbetäubend, als der Berg explodierte und ein Feuerball mit einem Durchmesser von Hunderten von Fuß himmelwärts aus dem Krater schoß, der plötzlich anstelle des Berges zu sehen war. Ohne zu überlegen warf Khalad sich über Berits Kopf und bedeckte seinen eigenen Nacken mit den Händen.

Glücklicherweise fielen nur kleine Kieselsteine auf sie herab. Die größeren Steine und Felsbrocken stürzten weit entfernt in die Wüste.

Mehrere Minuten lang hagelte es Kies, während die beiden jungen Männer arg mitgenommen und erschüttert auf dem Boden lagen und die kataklysmischen Ergebnisse von Khalads Experiment über sich ergehen ließen.

Allmählich ließ der Steinhagel nach.

»Du Idiot!« schrie Berit. »Du hättest uns beide umbringen können!«

»Ich hab' mich wohl ein kleines bißchen verrechnet!« gab Khalad zu und schüttelte den Schmutz aus seinem Haar. »Ich werde ein wenig daran arbeiten müssen, bevor wir es noch einmal versuchen.«

»*Noch einmal versuchen?* Was redest du da?«

»Schließlich funktioniert es, Berit! Einige winzige Kleinigkeiten müssen noch verbessert werden ... Feinabstimmung, sozusagen. Experimente müssen nun mal wiederholt werden, ehe es zu einem perfekten Ergebnis kommt.« Er stand auf und schlug sich mit dem Handballen an die Kopfseite, in der Hoffnung, daß das Klingeln in seinen Ohren aufhören möge. »Ich bekomme das schon hin, Berit«, versprach er und half dem Freund auf die Füße. »Das nächste Mal wird es nicht halb so schlimm. So, und jetzt bitte Aphrael, daß sie uns zum Lager zurückbringt. Vermutlich werden wir beobachtet – da sollten wir keinen Verdacht erregen.«

»Wir sind jetzt in der Stadt, Aphrael«, meldete Sperber stumm, nachdem er den Zauber gewirkt hatte.

»Wie habt ihr das fertiggebracht?« klang es erstaunt zurück.

»Das ist eine lange Geschichte. Richte Khalad bitte aus, daß ich den Eingang ins Tal markiert habe. Er wird wissen, wonach er suchen muß.«

»Konntest du herausfinden, wo Mutter festgehalten wird?«

»Wir können es uns in etwa denken.«

Nach einer langen Pause beschloß sie: »Ich komme zu euch.«

»Wie willst du uns finden?«

»Ich nehme dich als Orientierungspunkt. Du mußt nur weiterreden.«

»Ich halte das für keine besonders gute Idee. Wir befinden uns hier direkt im Zentrum von Cyrgons Macht. Wird er da nicht von deiner Anwesenheit wissen?«

»Xanetia ist doch bei euch, oder nicht?«

»Ja.«

»Dann wird Cyrgon keine Ahnung davon haben. Deshalb habe ich sie euch ja mitgegeben.« Wieder machte Aphrael eine Pause. »Wer hatte die Idee, wie ihr in die Stadt gelangen konntet?«

»Talen.«

»Siehst du! Und du wolltest es mir ausreden, ihn mitzunehmen! Wann wirst du endlich lernen, mir zu vertrauen, Vater? – Rede weiter. Ich habe dich fast schon ausgemacht. Erzähl mir, wie es Talen gelungen ist, euch in die Stadt zu schaffen.«

Sperber beschrieb eingehend Talens geschicktes Täuschungsmanöver.

»Gut!« lobte Aphrael dicht hinter ihm. »Das reicht.« Sperber drehte sich um und sah sie in Xanetias Armen. Sie schaute sich um. »Die Cyrgai haben das Feuer offenbar immer noch nicht entdeckt. Hier ist es ja dunkler als in einem alten Stiefel! Wo, genau, sind wir?«

»In der äußeren Stadt, Göttin«, antwortete Bevier leise. »Ich nehme an, man könnte es das Arbeiterviertel nennen. Die Sklavenpferche und verschiedene Lagerhäuser befinden sich hier. Es wird von den Cynesganern bewacht; aber die nehmen ihre Pflichten offenbar nicht sehr ernst.«

»Gut. Trotzdem sollten wir nicht auf der Straße herumstehen.«

Talen tastete sich an einem der scheunenähnlichen Lagerhäuser entlang, bis er auf eine Tür stieß. »Hierher!« flüsterte er.

»Ist es denn nicht abgeschlossen?« fragte Kalten.

»Jetzt nicht mehr.«

Sie schlichen zu ihm und betraten das Lagerhaus.

»Wärst du so nett, Liebes?« wandte Aphrael sich an Xanetia. »Es ist stockdunkel hier!«

Xanetias Gesicht begann zu glühen und verbreitete ein sanftes Licht, das ihre Umgebung schwach beleuchtete.

»Was wird denn hier gespeichert?« Kalten schaute sich in dem Dämmerlicht um. »Nahrungsmittel?« fragte er hoffnungsvoll. »Der Fraß, den man uns im Pferch vorgesetzt hat, war nicht gerade schmackhaft, und satt wurde man schon gar nicht.«

»Ich glaube nicht, daß hier Lebensmittel gelagert werden«, meinte Talen. »Danach riecht es nicht.«

»Du kannst dich ein andermal umsehen«, rügte Aphrael Kalten. »Wir haben jetzt wichtigeres zu tun.«

»Wie kommen die anderen zurecht?« fragte Sperber die Kindgöttin.

»Bergsten hat Cynestra eingenommen und zieht jetzt mit den Ordensrittern weiter südwärts. Ulath und Tynian brachten die Trolle nach Zhubay, wo diese gut die Hälfte der cynesganischen Reiterei gefressen haben. Betuana und Engessa marschieren mit den Atanern nach Südwesten. Vanion und Sephrenia täuschen in der Wüste mit falschen Spuren vor, daß Ihr bei ihnen seid. Und westlich von Sarna lassen sich Kring und Tikume von Cyrgai, cynesganischer Reiterei und Klæls Monstersoldaten in der Wüste herumjagen. Ich glaube übrigens nicht, daß diese Gelbblütigen noch lange eine Bedrohung sein werden. Khalad hat sich etwas ausgedacht, sie unschädlich zu machen.«

»Er ganz alleine?« Talen staunte.

»Klæl hielt sich für besonders schlau. Er hat Höhlen entdeckt, in denen seine Soldaten atmen können und in denen sie sich versteckt hielten, bis sie uns angriffen. Khalad kam auf den Einfall, in den Höhlen Feuer zu legen. Es macht allerdings sehr viel Lärm.«

»Das ist mein Bruder!« sagte Talen stolz.

»Ja«, tadelte die Kindgöttin. »Er denkt sich bei jeder Gelegenheit neue Scheußlichkeiten aus. Aber weiter. Stragen und Caalador konnten diesen Daziter in Beresa davon überzeugen, daß sich eine mächtige Invasionsflotte der Südküste nähert ...«

Sie unterbrach sich. »Du weißt das alles doch bereits, Sperber. Weshalb läßt du mich meine Zeit vergeuden, indem ich es noch einmal aufzähle?«

»Es verläuft also alles nach Plan?« vergewisserte er sich. »Keine Rückschläge? Keine neuen, unangenehmen Überraschungen?«

»Nicht für *uns*! Cyrgon hat da allerdings weniger Glück. Die Delphae haben Scarpas Armee fast völlig aufgerieben. Ich habe einige meiner Familienmitglieder eingespannt, uns zu helfen. Sie ziehen Zeit und Entfernung zusammen. Sobald Ehlana in Sicherheit ist, gebe ich das Zeichen. Dann werden ganze Heerscharen an Cyrgas Tor hämmern.«

»Konntest du den anderen von Khalads Erfindung berichten?« fragte Talen.

»Das hat mein Vetter Setras für mich übernommen. Setras ist manchmal zwar ein bißchen begriffsstutzig, aber ich habe es ihm mehrmals genau erklärt. Ich glaube nicht, daß er *zuviel* durcheinanderbringt. Alles ist bereit. Die anderen warten nur noch auf ein Wort von uns, um loszuschlagen. Also, kommen wir zur Sache. Hatte jemand bereits Gelegenheit, sich hier ein wenig umzusehen?«

»Ich habe einen Streifzug durch die äußere Stadt gemacht, Göttin Aphrael«, antwortete Xanetia. »Anakha hielt es nicht für angebracht, mich mit den anderen im Sklavenpferch einsperren zu lassen.«

Die Kindgöttin reichte Talen einen großen Bogen steifes, knisterndes Pergament und einen Bleistift. »Da«, forderte sie ihn auf. »Verdiene dir deinen Unterhalt.«

»Woher hast du das genommen?« fragte er neugierig.

»Ich hatte es in einer meiner Taschen.«

»Du hast überhaupt keine Taschen, Flöte!«

Sie bedachte ihn mit einem ihrer übertrieben nachsichtigen Blicke.

»Oh!« murmelte er. »Irgendwie vergesse ich das ständig. Also gut, Anarae, beschreibt mir die Stadt, dann zeichne ich sie.«

Die auf diese Art entstehende Skizze war ziemlich detailliert und gab alles wieder, das Xanetia von der Stadt hatte sehen können. »In die innere Stadt konnte ich leider keinen Einblick nehmen«, sagte sie schließlich. »Das Tor ist stets verschlossen, da die Cyrgai sich zu erhaben über ihre cynesganischen Untergebenen dünken und zu den Sklaven, von deren Arbeit sie leben, Abstand wahren.«

»Das müßte für unser Vorhaben einstweilen genügen.« Flöte schürzte die Lippen und betrachtete Talens Zeichnung. »Bevier, du bist der Fachmann, wenn es um Befestigungen geht. Wo ist die Schwachstelle?«

Bevier beschäftigte sich mehrere Minuten mit der Skizze. »Habt Ihr irgendwelche Brunnen gesehen, Anarae?« fragte er Xanetia.

»Nein, Herr Ritter.«

»Es gibt einen See unmittelbar vor dem Außentor, Bevier«, erinnerte Kalten ihn.

»Im Fall einer Belagerung würde ihnen das wenig nützen«, erwiderte Bevier. »Es muß irgendwo innerhalb der Mauern Wasser geben, entweder eine Quelle oder eine Zisterne. Eine Belagerung endet sehr rasch, wenn den Verteidigern das Wasser ausgeht.«

»Wieso glaubt Ihr, Bevier, daß diese Stadt unter dem Gesichtspunkt einer möglichen Belagerung erbaut wurde?« warf Mirtai ein. »Schließlich wurde sie so gut versteckt, daß nicht mit ihrer Entdeckung zu rechnen war.«

»Die Mauern sind ein wenig zu hoch und zu dick, als daß sie nur als Zier dienen könnten, Atana. Cyrga ist eine befestigte Stadt; das bedeutet, sie wurde erbaut, um einer Belagerung standhalten zu können. Die Cyrgai sind zwar nicht sehr schlau, aber niemand ist *so* dumm, daß er eine Festung errichtet, in der es kein Wasser gibt! Dort müssen wir ansetzen, Göttin Aphrael. Findet heraus, wie die Cyrgai zu ihrem Wasser kommen – sowohl in der äußeren wie der inneren Stadt. Das könnte ein Schwachpunkt sein. Falls nicht, müssen wir uns möglicherweise einen Weg unter der inneren Mauer hindurchgraben oder versuchen, darüber zu klettern.«

»Hoffen wir, daß es nicht dazu kommt«, sagte Aphrael. »Wir befinden uns in der Stadt des Feindes, und je länger wir hier umherirren, desto größer ist die Gefahr, daß wir entdeckt werden. Wenn es irgendwie möglich ist, dann sollten wir versuchen, Ehlana und Alean heute nacht zu befreien. Ich gebe den anderen Bescheid, daß sie sich in Marsch setzen. Niemand wird in dieser Nacht viel zum Schlafen kommen, doch das läßt sich nicht ändern. – Xanetia und ich werden jetzt nach Wasser Ausschau halten. Ihr anderen bleibt hier.

Wir möchten euch nicht erst suchen müssen, wenn wir zurückkommen.«

»Habt Ihr den Verstand verloren, Gardas?« fuhr Bergsten den in eine schwere Plattenrüstung gekleideten alzionischen Ritter an. Der thalesische Patriarch weigerte sich, dem sympathisch aussehenden jungen Mann neben dem Ritter auch nur einen Blick zu gönnen. »Ich darf seine Existenz nicht anerkennen! Viel weniger darf ich mich mit ihm zusammensetzen und reden!«

»Aphrael erwähnte schon, daß es in dieser Hinsicht Schwierigkeiten mit dir geben wird, Bergsten«, bemerkte die Person, die von Gardas zum Zelt des Patriarchen geführt wurde. »Könnte ich es dir vielleicht leichter machen, wenn ich ein Wunder wirke?«

»Um Gottes willen!« rief Bergsten. »Tut das ja nicht! Vermutlich stecke ich sowieso schon tief im Schlamassel.«

»Dolmant hatte auch einige Probleme, als ich ihn besuchte«, bemerkte Aphraels Vetter. »Ihr Diener des elenischen Gottes habt einige seltsame Vorstellungen! *Er* regt sich nicht über uns auf. Warum tut ihr es dann? Wie dem auch sei – die üblichen Regeln müssen hintan gestellt werden, bis diese Krise vorbei ist. Wir haben sogar Edaemus und den atanischen Gott für unsere gute Sache gewonnen – und sie haben seit Äonen zu keinem von uns mehr gesprochen. Aphrael bat mich, dir etwas auszurichten, das mit den Soldaten zu tun hat, die Klæl mitbrachte. Jemand namens Khalad hat sich etwas ausgedacht, sie unschädlich zu machen.«

»Beschreibt es Gardas. Er kann es dann an mich weitergeben, und ich komme nicht in Schwierigkeiten.«

»Bedauere, Bergsten, aber ich mußte Aphrael versprechen, daß ich es dir selbst mitteile! Rede dir doch einfach ein, ich wäre dir in einem Traum erschienen.« Setras' Gesicht wirkte leicht verwirrt, und seine großen leuchtenden Augen verrieten, daß dies alles über sein Begriffsvermögen ging. »Ich muß gestehen, es ist mir gar nicht klar. Aphrael ist viel klüger als ich – aber wir lieben einander, deshalb wirft sie mir meine Dummheit auch nicht oft vor. Sie ist wirklich sehr taktvoll. Sogar zu *eurem* Gott ist sie sehr nett, obwohl auch er manchmal sehr schwerfällig ist – aber wo war ich?«

»Ihr wolltet seiner Eminenz von Klæls Soldaten erzählen, Gott Setras«, sagte Ritter Gardas freundlich.

»Ach, wirklich?« Die großen leuchtenden Augen verrieten jetzt eine gewisse Langsamkeit des Denkens. »Ja, stimmt. Das wollte ich, nicht wahr? Ihr dürft mich nicht einfach so daherreden lassen, Gardas. Ihr *wißt* doch, wie leicht ich mich ablenken lasse!«

»O ja, Gott Setras. Das ist mir nicht entgangen.«

»Na ja, wie auch immer, dieser Khalad – offenbar ein schrecklich gescheiter junger Mann – erkannte, daß es eine Ähnlichkeit zwischen dem grauenvollen Zeug geben muß, das Klæls Soldaten atmen, und etwas anderem, das Khalad ›Grubengas‹ nennt. Hast du eine Ahnung, wovon er da redet, Bergsten?« Setras zögerte. »Soll ich dich auch mit ›Eminenz‹ anreden, wie Gardas es getan hat? Diese Bezeichnung wird dir gerecht. Ich finde, du siehst eminent wichtig aus – und eminent umfangreich!«

»Bei uns gehören förmliche Anreden zum guten Umgangston, Gott Setras«, erklärte Gardas.

»Oh. Aber untereinander brauchen wir doch nicht förmlich zu sein, oder, Bergsten? Wir sind doch jetzt schon fast alte Freunde, nicht wahr?«

Der Patriarch von Emsat schluckte. Dann seufzte er. »Ja, Gott Setras«, antwortete er schließlich. »Ich glaube, das sind wir. Wie wär's, wenn Ihr mir nun von dieser Strategie erzählt, die Sperbers Knappe sich ausgedacht hat?«

»Ja, natürlich. Oh, da ist noch etwas. Wir müssen gleich am frühen Morgen vor den Toren Cyrgas sein.«

»Bitte, Atana Liatris«, sagte Baronesse Melidere geduldig zu Sarabians atanischer Gemahlin. »Wir *wollen*, daß sie es versuchen.«

»Es ist zu gefährlich!« beharrte Liatris uneinsichtig. »Wenn ich Chacole und Torellia sogleich töte, werden die anderen davonlaufen, und damit ist die Sache ausgestanden!«

»Nein«, widersprach Patriarch Emban, »denn in diesem Fall würden wir nie erfahren, wer sonst noch mitmischt. Und wir können nicht sicher sein, daß sie es nicht noch einmal versuchen.«

Prinzessin Danae saß ein wenig abseits, und Murr hatte sich auf ihrem Schoß zusammengerollt. Sie sah zwei Bilder gleichzeitig, eines hinter dem anderen – die dunklen Straßen Cyrgas schienen als Kulisse für jene Personen zu dienen, die sich hier im Salon besprachen.

»Deine Sorge um mich ist rührend, Liatris«, sagte Sarabian. »Aber ich bin bei weitem nicht so wehrlos, wie es vielleicht den Anschein hat.« Er tätschelte den Griff seines Degens.

»Und wir haben heimlich Wachen aufgestellt«, fügte Außenminister Oscagne hinzu. »Es ist so gut wie sicher, daß Chacole und Torellia Unterstützung von jemandem in Regierungskreisen haben – höchstwahrscheinlich jemand, der bei dem versuchten Coup übersehen wurde.«

»Ich werde seine Identität aus ihnen herausquetschen, bevor ich sie töte!« versprach Liatris.

Sarabian zuckte bei dem Wort *herausquetschen* zusammen.

»Wir müssen ganz in der Nähe sein, Göttin Aphrael.« Xanetias Stimme schien weit entfernt und gleichzeitig sehr nahe zu sein. »Mir deucht, ich rieche Wasser.« Die dunkle, schmale Straße, der die beiden folgten, führte zu einem freien Platz, etwa hundert Fuß weiter.

»Wir wollen sie *alle* fangen, Liatris«, redete Elysoun ihrer Mitkaiserin zu. »Es würde Euch vielleicht gelingen, einen oder zwei Namen aus Chacole und Torellia herauszuquetschen, doch wenn wir die Meuchler auf frischer Tat ertappen und sofort festnehmen können, wären wir in der Lage, die gesamte Schloßanlage zu säubern. Wenn nicht, muß unser Gemahl den Rest seines Lebens mit gezogenem Degen herumlaufen.«

»Horcht!« flüsterte Xanetia in jener anderen Stadt. »Ich höre das Plätschern fließenden Wassers.«

Danae konzentrierte sich. Es war sehr anstrengend, beide Geschehnisse, hier und dort, gleichzeitig zu verfolgen.

»Ich bedauere aufrichtig, daß ich dir das jetzt sagen muß, Liatris«, sprach Sarabian eindringlich. »Aber ich verbiete dir, Chacole oder Torellia zu töten. Wir kümmern uns um sie, *nachdem* ihre Meuchler versucht haben, mich zu töten.«

»Wie mein Gemahl befiehlt«, antwortete Liatris schulterzuckend.

»Ich möchte wohl, daß du Elysoun und Gahenas beschützt«, fuhr er fort. »Gahenas befindet sich zur Zeit wahrscheinlich in größerer Gefahr. Elysoun kann den Verschwörern noch von Nutzen sein, während Gahenas mehr weiß, als sie nach Ansicht der anderen wissen dürfte. Ich bin sicher, sie werden versuchen, Gahenas zu töten. Bringen wir sie heute nacht aus dem Kaiserinnenflügel.«

»Es ist unter der Straße, Göttin«, sagte Xanetia. »Mir dünkt, unter unseren Füßen bewegt sich eine große Wassermenge.«

»Ich spüre es ebenfalls«, erklärte die Kindgöttin. »Folgen wir dem Plätschern zurück zu seinem Ursprung. Es *muß* eine Möglichkeit geben, hier, von der äußeren Stadt aus, an das Wasser zu gelangen.«

»Wie seid Ihr in diese Sache verwickelt worden, Elysoun?« fragte Liatris.

Elysoun zuckte die Schultern. »Ich habe mehr Bewegungsfreiheit als ihr anderen«, antwortete sie. »Chacole hat jemanden gebraucht, dem sie Botschaften nach draußen mitgeben konnte. Ich tat so, als wäre ich mit ihrem Plan einverstanden. Es war nicht schwer, Chacole zu täuschen. Sie ist Cynesganerin.«

»Es ist hier, Göttin!« wisperte Xanetia. Sie legte eine Hand auf eine große eiserne Platte, die im Kopfsteinpflaster eingelassen war. »Man kann das schnelle Fließen des Wassers durch das Eisen spüren.«

»Ich verlasse mich da ganz auf dich, Anarae«, erwiderte Aphrael, die allein vor dem Gedanken zurückschreckte, Eisen zu berühren. »Wie öffnen sie die Platte?«

»Diese Ringe lassen darauf schließen, daß man sie hochheben kann.«

»Kehren wir um und holen die anderen. Ich glaube, dies könnte die Schwachstelle sein, nach der Bevier gesucht hat.«

Danae gähnte. Hier schien alles unter Kontrolle zu sein. Sie kuschelte sich in ihrem Sessel zusammen, hob Murr behutsam auf die Arme und war Augenblicke später eingeschlafen.

»Hättest du nicht ganz einfach ...?« Talen bewegte die Finger wie zu einer Beschwörung.

»Es ist Eisen, Talen!« sagte Aphrael mit belehrendem Gleichmut.

»Na und? Was hat das damit zu tun?«

Aphrael schüttelte sich. »Die Berührung von Eisen verursacht mir Schmerzen.«

Bevier blickte sie nachdenklich an. »Bhelliom geht es nicht anders«, bemerkte er.

»Ja. Und?«

»Das deutet auf eine gewisse Verwandtschaft hin.«

»Deine Erkenntnis des Offensichtlichen ist geradezu brillant, Bevier.«

»Benimm dich!« rügte Sperber.

»Was ist an Eisen so unangenehm?« wollte Talen nun wissen. »Es ist kalt, es ist hart, man kann es in verschiedene Formen schmieden, und es wird rostig.«

»Das ist eine schöne und gelehrte Beschreibung. Weißt du, was ein Magnet ist?«

»Ein Stück Eisenerz, das an anderem Eisen haftet, nicht wahr? Ich erinnere mich, daß Platime mal von einer Sache sprach, die er Magnetismus nannte.«

»Und du hast wahrhaftig zugehört? Erstaunlich.«

»*Deshalb* mußte Bhelliom zum Saphir werden!« rief Bevier. »Es ist das Kraftfeld des Eisens, nicht wahr? Bhelliom kann es nicht ertragen – und du auch nicht. Richtig?«

»Bitte, Bevier!« sagte Aphrael schwach. »Mich schaudert, wenn ich nur daran denke. Jetzt wollen wir aber nicht mehr von Eisen reden, sondern von Wasser! Unter den Straßen hier in der äußeren Stadt strömt ein Wildbach oder ein Fluß, und zwar genau in die Richtung der inneren Mauer. In der Mitte der Straße, unweit von hier, ist eine große Eisenplatte eingelassen; man kann das Wasser darunter plätschern hören. Ich glaube, das ist die Schwachstelle, die du gesucht hast. Das Wasser fließt durch eine Art Tunnel, und dieser Tunnel führt unter der Mauer zur inneren Stadt hindurch – zumindest hoffe ich das. Ich werde mich vergewissern, sobald ihr, meine Herren, diese Eisenplatte für mich hochhebt.«

»Habt ihr irgendwelche Patrouillen auf den Straßen gesehen?« erkundigte sich Kalten.

»Nein, Herr Ritter«, antwortete Xanetia. »Jahrhunderte der Gewohnheit haben offenbar die Aufmerksamkeit der Cynesganer abgestumpft, die für die Bewachung und Verteidigung der äußeren Stadt verantwortlich sind.«

»Der Traum eines jeden Einbrechers«, murmelte Talen. »In dieser Stadt könnte ich reich werden.«

»Was würdest du denn stehlen?« fragte Aphrael. »Die Cyrgai halten nichts von Gold und Silber.«

»Was benutzen sie dann als Geld?«

»Nichts. Sie brauchen kein Geld. Die Cynesganer versorgen sie mit allem, was sie brauchen. Also kommt ihnen der Gedanke an Geld überhaupt nicht.«

»Das ist ja unvorstellbar!«

»Wir können uns ein andermal über Volkswirtschaft unterhalten. Jetzt möchte ich mir ein Bild von ihrer Wasserversorgung machen.«

»Idiot!« schrie Königin Betuana ihren General wütend an.

»Wir mußten uns vergewissern, Betuana-Königin!« erklärte Engessa. »Und ich werde niemand an einen Ort schicken, zu dem ich mich nicht selbst begeben würde!«

»Ich bin sehr ungehalten über Euch, Engessa-Atan!« Betuanas Zuflucht in rituelle Trauer war vergessen. »Hat Euch die letzte Begegnung mit den Klæl-Bestien nichts gelehrt? Sie hätten unmittelbar hinter dem Höhleneingang lauern können, und Ihr wärt ihnen wieder allein gegenübergestanden!«

»Das wäre ziemlich unwahrscheinlich gewesen«, entgegnete Engessa steif. »Aphraels Bote erklärte uns, daß die Klæl-Bestien Zuflucht in Höhlen suchen, damit sie andere Luft atmen können. Die Luft am Eingang zu dieser Höhle wird die gleiche sein wie die im Freien. Aber das ist jetzt unwesentlich. Es ist nun einmal geschehen, und es gab keine Zwischenfälle irgendwelcher Art.«

Betuana konnte ihren Zorn offensichtlich nur mit größter Selbstbeherrschung unterdrücken. »Und was habt Ihr mit Eurem törichten Unternehmen bewiesen, Engessa-Atan?«

»Die Klæl-Bestien haben die Höhle versiegelt, Betuana-Königin«, erwiderte er. »Einige hundert Schritt vom Eingang entfernt befindet sich eine Stahlwand. Es ist anzunehmen, daß sie irgendwie geöffnet werden kann. Die Klæl-Bestien ziehen sich hinter jene Barriere zurück, schließen sie hinter sich, und können eine Zeitlang frei atmen. Dann kommen sie wieder heraus und greifen uns aufs neue an.«

»War diese Erkenntnis es wert, Euer Leben aufs Spiel zu setzen?«

»Das muß sich erst noch herausstellen, meine Königin. Die von Kring-Domi erdachte Taktik hält uns der Reichweite dieser Ungeheuer fern, aber es gefällt mir nicht, immer die Flucht vor ihnen zu ergreifen!«

Betuanas Augen wurden hart. »Auch mir nicht«, gestand sie. »Jedesmal, wenn ich fliehe, entehre ich das Andenken meines heldenhaften Gemahls!«

»Wie uns Aphraels Vetter mitteilte, hat Khalad-Knappe herausgefunden, daß die Luft, welche die Klæl-Bestien atmen, zu brennen beginnt, wenn sie mit *unserer* Luft gemischt wird!«

»Ich habe noch nie Luft brennen sehen!«

»Ich auch nicht. Aber wenn die Falle funktioniert, die ich den Klæl-Bestien gestellt habe, sehen wir es vielleicht beide.«

»Was ist das für eine Falle, Engessa-Atan?«

»Eine Laterne, meine Königin – gut versteckt.«

»Eine Laterne? Das ist alles?«

»Wenn Khalad-Knappe recht hat, müßte es genügen. Ich habe die Laterne geschlossen, damit die Klæl-Bestien das Licht nicht sehen, wenn sie ihre Stahltür öffnen, um die Höhe wieder zu verlassen. Ihre Luft wird sich völlig unbemerkt mit der unseren vermischen und ihren Weg zur Kerze finden, die im Innern der Laterne brennt. Dann werden wir feststellen, ob Khalad-Knappe recht hat. Wir müssen nur noch warten, bis die Ungeheuer die Höhle wieder verlassen wollen. Ich werde hierbleiben, bis ich ohne Zweifel weiß, ob diese Luftverbrennung sie tötet. Wie Ulath-Ritter sagt, läßt nur ein Narr lebende Feinde hinter sich.«

Sie verbargen sich hinter einem Felsvorsprung und blickten angespannt auf die im Sternenlicht schwach erkennbare Höhlenöffnung.

»Es mag einige Zeit dauern, bis sie ihre Tür öffnen, meine Königin«, gab Engessa zu bedenken.

»Engessa-Atan«, sagte Betuana fest. »Ich finde schon seit langem, daß Eure förmliche Anrede fehl am Platze ist. Wir sind Soldaten und Kameraden. Bitte redet mich auch entsprechend an!«

»Euer Wunsch ist mir Befehl, Betuana-Atan.«

Sie warteten geduldig und beobachteten den hohen Felsen und die dunkle Höhlenöffnung. Dann erschütterte ein tiefer, unterirdischer Donner die Stille. Der Boden erbebte, und ein ungeheurer Feuersturm schoß aus der Höhlenöffnung und versengte die wenigen in der Nähe wachsenden, kargen Dornbüsche. Die Flammen tosten lange Zeit, bis das Feuer allmählich erstarb.

Bestürzt über diesen heftigen Ausbruch starrten Engessa und seine Königin beinahe ungläubig auf das Geschehen. Schließlich erhob sich Betuana. »Jetzt habe ich Luft brennen sehen«, bemerkte sie schließlich gefaßt. »Es war des Wartens wert, glaube ich.« Dann lächelte sie ihren noch immer erschütterten Kameraden an. »Ihr stellt gute Fallen, Engessa-Atan. Aber jetzt müssen wir uns beeilen, zu den Trollen zurückzukehren. Ulath-Ritter sagt, daß wir am Morgen vor Cyrga sein müssen!«

»Wie Ihr befehlt, Betuana-Atan«, erwiderte er.

»Alle zusammen, wenn ich ›hoch!‹ sage«, wies Sperber die Gefährten an und legte die Hände um den Ring. »Paßt gut auf, wenn wir ihn absetzen, er darf nicht das leiseste Geräusch machen. Also, jetzt ›hoch!‹«

Kalten, Bevier, Mirtai und Sperber erhoben sich langsam und mühten sich, die rostige Eisenplatte aus ihrer Metallfassung zwischen den abgetretenen Kopfsteinen zu heben.

»Seid vorsichtig«, ermahnte Talen Mirtai. »Fallt nicht hinein!«

»Möchtest du vielleicht meinen Platz einnehmen?« keuchte sie.

Die vier verlagerten ihr Gewicht, und es gelang ihnen, die schwere Platte ein wenig nach einer Seite zu kippen, so daß das große, eckige Loch teilweise unbedeckt war.

Langsam ließen sie den Deckel hinunter.

»Es wäre leichter, ein Haus hochzuheben!« schnaufte Kalten.

»Dreht euch um!« befahl Flöte.

»Muß das sein?« jammerte Talen. »Ist es wie Fliegen?«

»Dreh dich einfach um, Talen!«

»Vergiß nicht, etwas anzuziehen!« erinnerte Sperber die Göttin.

»Kleidung wäre mir nur im Weg. Wenn es dir nicht gefällt, dann schau einfach nicht her!« Ihre Stimme war bereits volltönender.

Bevier hatte die Augen fest zusammengepreßt und bewegte die Lippen. Offenbar betete er – was ihm im Augenblick gerade leicht fiel.

»Ich bin gleich zurück«, versprach die Göttin. »Lauft nicht weg.«

Die Gefährten warteten Stunden, wie es ihnen schien. Dann hörten sie von tief unten ein schwaches Plätschern sowie ein unterdrücktes Lachen.

Talen kniete sich an den Rand des rechteckigen Schachtes. »Alles in Ordnung?« flüsterte er.

»Mir geht es gut.«

»Was findest du so komisch?«

»Die Cyrgai. Ihr könnt euch gar nicht vorstellen, *wie* dumm sie sind!«

»Was haben sie denn jetzt schon wieder getan?«

»Das Wasser kommt von einem artesischen Brunnen ganz in der Nähe der Außenmauer. Die Cyrgai haben eine Art Zisterne rundherum gebaut. Sie führt unter der inneren Mauer hindurch, um Wasser zu einem sehr großen Becken unter dem Berg zu bringen, auf den sie ihre eigentliche Stadt gebaut haben.«

»Was ist daran so verkehrt?«

»Wie schon Bevier, haben auch die Cyrgai offenbar erkannt, daß ihre Wasserzuführung eine Schwachstelle ist. Sorgfältig haben sie ein steinernes Gitterwerk am Eingang des Tunnels errichtet. Von der Zisterne aus kann niemand in den Tunnel gelangen.«

»Ich verstehe immer noch nicht, was daran so lustig ist.«

»Dazu komme ich gleich. Dieser Schacht hinunter zum Tunnel wurde offensichtlich erst später angelegt – wahrscheinlich, damit sie zum Tunnel konnten, um ihn sauberzuhalten.«

»Das scheint mir auch nicht gerade eine schlechte Idee zu sein. Immerhin handelt es sich um Trinkwasser.«

»Ja. Aber als sie den Schacht aushoben, haben sie etwas vergessen. Das andere Ende des Tunnels – jenes innerhalb ihrer zweiten Mauer – steht völlig offen. Es befinden sich dort weder Eisen- noch Holzgitter, auch keine Ketten oder sonstigen Absperrungen.«

»Das gibt's doch nicht!«

»Das wird einfacher, als ich zu hoffen gewagt hatte«, warf Kalten ein. Er beugte sich vor und spähte hinab in die Dunkelheit. »Ist die Strömung sehr stark?« rief er leise hinunter.

»Stark genug«, antwortete Aphrael. »Aber das ist recht hilfreich. Sie trägt einen schnell hindurch, so daß man den Atem nicht lange anhalten muß.«

»Den – was?« würgte Kalten hervor.

»Den Atem anhalten. Man muß unter Wasser schwimmen.«

»Ich ganz bestimmt nicht!«

»Du *kannst* doch schwimmen, oder etwa nicht?«

»Ich kann in voller Rüstung schwimmen, wenn es sein muß.«

»Wo liegt dann das Problem?«

»Ich kann nicht *unter* Wasser schwimmen! Ich bekomme panische Angst!«

»Das stimmt, Aphrael«, versicherte Sperber ihr. »Sobald Kaltens Kopf unter Wasser gerät, fängt er zu schreien an.«

»Da ertrinkt er ja!«

»Eben. Als wir noch Kinder waren, mußte ich mich auf seine Brust stellen, um das Wasser aus ihm herauszuquetschen. Und das nicht nur einmal!«

»O je!« seufzte Aphrael. »Damit hatte ich nicht gerechnet.«

29

Der Mond ging auf und tönte den östlichen Horizont mit seinem fahlen Licht silberweiß. Fast sah es aus, als würde nicht die Nacht hereinbrechen, sondern ein bleiches, kaltes Morgengrauen. Die weiße Scheibe erschien und warf ihr gespenstisches Licht über die endlose, öde Salzebene.

»Großer Gott!« entfuhr es Berit, der sich bestürzt umschaute. Was im schwachen Sternenlicht wie runde weiße Steine ausgesehen hatte, entpuppte sich nun als gebleichte Totenköpfe. Sie ruhten zwischen Gebeinen und starrten in stummer Anklage zum Himmel.

»Sieht aus, als wären wir richtig«, bemerkte Khalad. »Die Nachricht, die Sperber für uns hinterließ, erwähnte eine *Ebene der Gebeine.*«

»Die ist ja schier unendlich!« krächzte Berit.

»Hoffentlich nicht. Wir müssen sie durchqueren.« Khalad hielt an und schaute angespannt nach Westen. »Dort ist er!« Er deutete auf einen schimmernden Punkt widergespiegelten Lichtes in der Mitte einer niedrigen, dunklen Bergkette, die sich ein Stück hinter der gespenstischen Ebene erhob.

»Wovon redest du?«

»Unser Orientierungspunkt! Sperber nannte ihn ›Cygons Säulen‹: Irgend etwas dort drüben spiegelt das Mondlicht. Wir sollen auf diesen Punkt zureiten.«

»Wer ist das?« zischte Berit. Jemand schritt aus der mit Knochen übersäten Ebene auf sie zu.

Khalad lockerte sein Schwert in der Scheide. »Vielleicht eine weitere Nachricht von Krager«, murmelte er. »Von jetzt an sollten wir besonders vorsichtig sein. Ich glaube, wir nähern uns dem Zeitpunkt, da wir unsere Schuldigkeit getan haben und nicht mehr gebraucht werden.«

Die aus der Wüste kommende Gestalt schien müßig herbeizuschlendern. Als sie näher war, konnten die Freunde die Züge des Fremden erkennen.

»Vorsicht, Khalad!« zischte Berit. »Er ist kein Mensch.«

Khalad hatte es bereits selbst gespürt. Es war nichts Greifbares, lediglich das Gefühl einer übermächtigen Präsenz, eine Aura, wie kein Mensch sie besaß.

Die Gestalt sah wie ein ungewöhnlich schöner junger Mann aus. Sie hatte krauses Haar, klassische Züge und sehr große, fast strahlende Augen.

»Ah, da seid ihr ja, meine Herren«, sagte er höflich in makellosem Elenisch. »Ich habe euch überall gesucht.« Er schaute sich um. »Das ist ja ein abscheulicher Flecken, findet ihr nicht? Genau einen solchen Ort stellt man sich als Lebensraum der Cyrgai vor, nicht wahr? Cyrgon ist schrecklich verschroben. Er liebt Häßlichkeit. Seid ihr ihm je begegnet? Ein gräßlicher Bursche! Absolut kein Gefühl für Schönheit!« Er lächelte; es war ein bezauberndes, leicht abwesendes Lächeln. »Meine Base Aphrael hat mich geschickt. Sie wäre gern selbst gekommen, doch sie ist zur Zeit sehr beschäftigt – aber das ist sie eigentlich *immer*, nicht wahr? Untätigkeit macht sie nervös.« Er runzelte die Stirn. »Sie bat mich, euch etwas auszurichten.« Sein Stirnrunzeln vertiefte sich. »Was war es doch gleich? Ich bin in letzter Zeit ziemlich vergeßlich.« Er hob eine Hand. »Nein«, wehrte er ab. »Sagt es mir nicht. Es wird mir gleich wieder einfallen. Es ist allerdings schrecklich wichtig, und wir sollen uns beeilen ... Ich werde mich bestimmt gleich daran erinnern, wenn wir uns einstweilen schon auf den Weg machen.« Er blickte sich um. »Meine Herren, habt ihr vielleicht eine Ahnung, wohin wir uns begeben sollen?«

»Es wird nicht funktionieren, Aphrael«, brummte Kalten mürrisch. »Ich habe es sogar versucht, als ich stockbesoffen war, aber da war es auch nicht anders. Ich werde verrückt, sobald ich spüre, wie das Wasser sich über meinem Kopf schließt.«

»Versuch es trotzdem, Kalten«, drängte ihn die sehr knapp bekleidete Göttin. »Es wird dich ganz bestimmt entspannen.« Sie drückte ihm den Krug in die Hand.

Er roch argwöhnisch daran. »Es *riecht* gut. Was ist es?«

»Wir trinken es auf unseren Festen.«

»Das Bier der Götter?« Seine Augen leuchteten auf. »Wenn das nichts ist!« Er nahm einen vorsichtigen Schluck. *»Hmmm!«* murmelte er begeistert. »Köstlich!«

»Trink es aus!« wies sie ihn an und beobachtete ihn aufmerksam.

»Mit Vergnügen.« Er leerte den Krug und wischte sich die Lippen ab. »Das ist *wirklich* gut! Wenn man das Rezept hätte, könnte man ...« Er hielt abrupt inne, und seine Augen wurden glasig.

»Legt ihn nieder«, wies Aphrael die anderen an. »Rasch, bevor er steif wird. Ich möchte nicht, daß er verdreht wie eine Brezel ist, wenn ich ihn durch den Tunnel ziehe.«

Talen krümmte sich und hatte beide Hände fest auf den Mund gepreßt, um sein Lachen zu unterdrücken.

»Was ist denn mit *dir* los?« fragte die Göttin scharf.

»Nichts«, japste er. »Gar nichts.«

»Mit dem werde ich noch so manches erleben«, murmelte Aphrael Sperber zu.

»Geht das wirklich?« fragte Sperber, ohne auf ihre Worte einzugehen. »Mit Kalten, meine ich. Kannst du einen Bewußtlosen tatsächlich durch das Wasser ziehen, ohne daß er ertrinkt?«

»Ich halte seine Atmung an.« Sie ließ den Blick über die Gefährten schweifen. »Und daß mir keiner auf die Idee kommt, mir helfen zu wollen!« mahnte sie. »Konzentriert euch darauf, selbst hindurchzutauchen. Im Gegensatz zu euch brauche ich nicht zu atmen, und ich möchte nicht eine Stunde oder länger in dem Becken herumfischen, sobald wir drüben sind, um euch einzeln herauszuholen. Hat sonst noch jemand irgendwelche Probleme, die er mir verschwiegen hat? Gesteht sie mir jetzt – *bevor* wir alle unter Wasser sind.« Sie blickte Bevier eindringlich an. »Möchtest *du* mir nicht etwas sagen? Dir macht doch etwas zu schaffen.«

»Nichts von Bedeutung, Göttin«, murmelte er. »Ich komme schon hindurch. Ich schwimme wie ein Fisch.« Doch er vermied es, sie dabei anzusehen.

»Was ist es dann?«

»Ich möchte nicht darüber sprechen.«

Sie seufzte. »Männer!« Dann stieg sie in den Schacht, der sie zu dem unterirdischen Fluß und der inneren Mauer bringen würde. »Hebt Kalten herunter«, befahl sie. »Wir wollen es angehen.«

»Ich würde wirklich gern etwas dagegen tun«, murmelte Sephrenia Vanion zu, als sie über den Kieshügel am Lager der Sklavenjäger spähten.

»Ich auch, Liebste«, entgegnete der Hochmeister. »Aber ich glaube, wir sollten damit bis später warten. Wenn alles planmäßig verläuft, werden wir sie bereits erwarten, wenn sie in Cyrga anlangen.« Vanion stemmte sich ein wenig höher auf die Ellbogen. »Ich glaube, das da drüben, hinter dem Karawanenpfad, ist die Salzebene.«

»Sobald der Mond aufgegangen ist, werden wir es erkennen«, erwiderte sie.

»Hast du von Aphrael gehört?«

»Schon, aber ich werde nicht schlau daraus. Die Echos sind sehr verwirrend, wenn sie an zwei Orten zugleich ist. Soweit ich es deuten kann, spitzt die Lage in Matherion sich zu. Und noch etwas – sie und Sperber schwimmen.«

»Schwimmen? Das hier ist eine Wüste, Sephrenia!«

»Das ist mir nicht entgangen. Sie fanden jedenfalls *irgendwas*, worin sie schwimmen.« Sie hielt kurz inne. »Kann Kalten eigentlich schwimmen?«

»Er planscht ziemlich unbeholfen herum. Aber es gelingt ihm so einigermaßen, sich durchs Wasser zu bewegen. Ein anmutiger Anblick ist es jedenfalls nicht. Warum fragst du?«

»Aphrael hat ein Problem mit ihm ... ein Problem, das mit Schwimmen zu tun hat. Komm, kehren wir zu den anderen zurück, Liebster. Schon der Anblick dieser Sklavenhändler bringt mein Blut in Wallung.«

Sie glitten den kiesigen Hügel wieder hinunter und schritten eine schmale Klamm entlang zu ihren gepanzerten Soldaten.

Der Cyriniker, Ritter Launesse, stand sichtlich eingeschüchtert neben einer wohlbeleibten, kunstvoll gelockten Person mit buschigen Augenbrauen, wuchtigen Schultern und von geradezu furchteinflößender Erhabenheit.

»Sephrenia!« donnerte das offensichtlich nichtmenschliche Wesen mit einer Stimme, die wahrscheinlich noch in Thalesien zu hören war. »Schön, dich wiederzusehen!«

»Schön, dich wiederzusehen, Gott Romalic«, säuselte Sephrenia mit dem Anflug eines Lächelns.

»Liebes«, murmelte Vanion, »bitte ihn, die Stimme zu senken.«

»Außer uns kann niemand ihn hören«, entgegnete Sephrenia. »Die Götter reden laut – doch nur zu bestimmten Ohren.«

»Deine Schwester läßt dir Grüße ausrichten«, verkündete Romalic mit Donnerstimme.

»Zu gütig, daß du sie mir überbringst, Gott Romalic.«

»Lassen wir Güte und Höflichkeit einmal beiseite, Sephrenia«, donnerte der massige Gott und strich sich mit gewaltigen Fingern durch den Bart. »Bist du nun bereit, uns allen zu dienen und deinen dir geziemenden Platz einzunehmen?«

»Ich bin unwürdig, Gott Romalic«, erwiderte sie bescheiden. »Gewiß gibt es weisere und besser geeignete Anwärter.«

»Worum geht es?« fragte Vanion.

»Oh, die Sache zieht sich schon lange hin, Liebster«, antwortete sie. »Ich weiche der Entscheidung seit Jahrhunderten aus. Aber Romalic muß es natürlich immer wieder zur Sprache bringen.«

Da fiel es Vanion wie Schuppen von den Augen.

»Sephrenia!« stieß er hervor. »Sie wollen dich als Oberpriesterin haben, stimmt's?«

»Es geht mehr um Aphrael, Vanion, weniger um mich. Die Götter hoffen, sie brauchen sich nicht mehr mit ihr auseinanderzusetzen, wenn sie mir dieses Angebot machen. Ich lege gar keinen Wert auf diesen Titel, und sie wollen ihn mir auch nicht wirklich geben. Aber sie haben Angst vor Aphrael, und auf diese Weise versuchen die Götter, sie zu besänftigen.«

»Aphrael mahnt euch zur Eile!« grollte Romalic nun. »Im Morgengrauen müßt ihr allesamt vor den Toren Cyrgas sein, denn dies ist die Nacht der Entscheidung, da wir Cyrgon und sogar Klæl gegenübertreten und sie, so hoffen wir, besiegen werden. In diesem selben Moment bewegt Anakha sich geistgleich durch die Straßen der Verborgenen Stadt, seiner Bestimmung entgegen. Laßt uns eilen!« Er hob die Stimme und donnerte: »Auf nach Cyrga!«

»Ist er immer so?« flüsterte Vanion.

»Romalic?« fragte Sephrenia. »O ja. Paßt er nicht wunderbar zu den cyrinischen Ordensrittern. Komm, mein Liebster. Eilen wir nach Cyrga!«

Schwache Lichter zuckten hoch am Himmel, doch das Becken lag in tiefer Dunkelheit, als Sperber auftauchte und endlich wieder tief aus- und einatmen konnte.

»Kalten!« hörte er Aphrael. »Wach auf!«

Ein Schreckensschrei ertönte, dann ein wildes Platschen.

»Oh, hör auf!« wies die Göttin Sperbers Freund zurecht. »Es ist überstanden, und du bist großartig durchgekommen! – Xanetia-Liebes, dürften wir ein bißchen Licht haben?«

»Selbstverständlich, Göttin Aphrael.« Das Gesicht der Anarae begann zu glühen.

»Sind wir alle hier?« erkundigte Aphrael sich leise und schaute sich um. Als Xanetias Leuchten allmählich stärker wurde, sah Sperber, daß die Göttin in scheinbar nur hüfthohem Wasser stand, und daß sie Kalten an seinem Kittel am Nacken hochhielt.

»Sperber, würdest du mir bitte helfen?« flüsterte Bevier.

»Ich komme.« Sperber schwamm zu dem Cyriniker hinüber. Dann holten sie gemeinsam den Strick ein, den Bevier durch den Tunnel hinter sich hergezogen hatte. Am anderen Ende des Strickes waren ihre zusammengebundenen Kettenhemden und Schwerter befestigt. »Einen Moment!« warnte Bevier, als der Strick sich plötzlich straffte. »Er ist irgendwo hängengeblieben.« Er nahm ein paar tiefe Atemzüge, tauchte und hangelte sich unter Wasser zurück.

Sperber wartete. Unwillkürlich hielt er ebenfalls den Atem an. Dann kam der Strick frei, und Sperber zog ihn rasch zu sich. Bevier schoß an die Wasseroberfläche und stieß den Atem aus.

»Bist du sicher, daß du nicht von Fischen abstammst?« fragte Sperber.

Bevier lachte. »Oh, ich habe schon immer eine kräftige Lunge gehabt. Meinst du, wir sollten unsere Schwerter heraushoIen?«

»Fragen wir Aphrael«, entschied Sperber und schaute sich um. »Ich sehe hier nirgendwo eine Möglichkeit, aus dem Wasser zu steigen.«

»Was jetzt?« fragte Talen die Göttin. »Wir schwimmen hier am Grund eines Brunnens herum!« Er blickte die glatten Seiten des Brunnenschachts hinauf. »Da oben sind ein paar Ausbuchtungen, aber ich sehe keine Möglichkeit, wie wir zu ihnen gelangen könnten.«

»Hast du es mitgebracht, Mirtai?« erkundigte sich Aphrael.

Die Riesin nickte. »Entschuldigt mich für einen Moment«, bat sie; dann sank sie unter die Wasseroberfläche und zog ihren Kittel über den Kopf.

»Was tut sie da?« Talen spähte durch das klare Wasser.

»Sie zieht sich aus«, antwortete Aphrael. »Und sie braucht deine Hilfe nicht. Also halte deine Augen im Zaum.«

»*Du* läufst die ganze Zeit nackt herum! Warum macht es dir da was aus, wenn wir zusehen, wie Mirtai sich entkleidet?« beklagte er sich.

»Das ist etwas ganz anderes!« erwiderte sie von oben herab. »Also, tu schon, was ich dir gesagt habe!«

Talen strampelte im Wasser herum, bis sein Rücken Mirtai zugewandt war. »Ich werde sie nie verstehen!« brummelte er.

»O doch, das wirst du, Talen«, versicherte sie ihm in geheimnisvollem Tonfall. »Aber jetzt noch nicht. In ein paar Jahren werde ich dir das alles erklären.«

Mirtai tauchte wieder auf und hielt das zusammengerollte Seil in die Höhe, das sie sich unter ihrem Kittel über die Schulter geschlungen hatte. »Ich brauche etwas, worauf ich stehen kann, Aphrael«, sagte sie und hob den Enterhaken, der an einem Ende des Seils befestigt war. »Ich kann den Haken nicht werfen, solange ich im Wasser keinen festen Boden unter den Füßen habe.«

»Also dann, meine Herren«, mahnte Aphrael sittsam. »Blickt nach vorn!«

Sperbers Lächeln blieb in der Dunkelheit verborgen. Talen hatte recht. Aphrael schien sich ihrer eigenen Blöße kaum bewußt zu sein, doch Mirtais Nacktheit war etwas völlig anderes für sie. Er hörte, wie Wasser von der glatten Haut der bronzefarbenen Riesin rann, als sie sich erhob, um unmittelbar auf der Wasseroberfläche zu stehen, wie er vermutete.

Dann vernahm er das Pfeifen des Enterhakens, als Mirtai ihn in immer weiteren Kreisen schwang. Dann verstummte das Pfeifen für einen endlos scheinenden Augenblick. Das Klirren von Stahl auf Stein war von hoch oben zu vernehmen, gefolgt von einem Scharren, als die Hakenspitzen sich eingruben.

»Guter Wurf«, lobte Aphrael.

»Zufall«, entgegnete Mirtai. »Normalerweise brauche ich zwei oder drei Würfe.«

Sperber spürte flüchtig eine Hand auf der Schulter. »Da!« sagte Mirtai und drückte ihm das Seil in die Hand. »Haltet es, bis ich mich angezogen habe. Dann klettern wir hinauf und suchen Eure Gemahlin.«

»Was, in aller Welt, tust du da, Bergsten?«

Der Patriarch von Emsat fuhr heftig zusammen. Er riß den Kopf herum und starrte den Gott an, der soeben lautlos hinter ihn getreten war.

»Ihr sollt euch doch beeilen, oder habt ihr das vergessen?« rügte Setras ihn. »Aphrael will, daß am Morgen alle an Ort und Stelle sind!«

»Wir sind auf einige von Klæls Soldaten gestoßen, Gott Setras«, grollte Ritter Heldin. »Sie befinden sich in jener Höhle.« Er zeigte auf die gerade noch erkennbare Öffnung auf der gegenüberliegenden Seite der Klamm.

»Warum seid ihr nicht gegen diese Ungeheuer vorgegangen? Ich habe euch doch gesagt, wie ihr es anstellen müßt!«

»Wir haben eine Laterne hineingestellt, aber innerhalb der Höhle befindet sich eine Tür, Setras-Gott«, erklärte Atana Maris.

»Dann *öffnet* sie, teure Dame!« forderte Setras sie ungeduldig auf. »Wir *müssen* am frühen Morgen vor Cyrga sein. Aphrael wäre sehr erzürnt über mich, wenn wir zu spät kommen.«

»Wir würden die Tür zu gern öffnen, wenn wir wüßten, wie es geht, Gott Setras«, versicherte Bergsten. »Aber ob wir uns verspäten oder nicht – ich werde *nicht* von hier wegreiten und diese Ungeheuer hinter mir zurücklassen. Wenn es Aphrael erzürnt, kann ich's auch nicht ändern!« Der gutaussehende, jedoch nicht mit großen Geistesgaben gesegnete Gott war für Bergsten aus irgendeinem Grund ein Ärgernis.

»Warum muß ich alles selber tun?« Setras seufzte. »Wartet hier. Ich kümmere mich darum, dann können wir endlich weiterziehen. Wir sind wirklich schon spät dran.« Er schlenderte über die felsige Klammsohle und betrat die Höhle.

»Dieser junge Bursche raubt mir wirklich den letzten Nerv«, murmelte Bergsten. »Ihm etwas erklären zu wollen ist so, als würde man gegen eine Wand reden. Wie *kann* er nur so ...« Bergsten hielt inne, ehe er sich auch noch der Ketzerei schuldig machte.

»Er kommt schon zurück«, rief Atana Maris.

»Das hatte ich mir fast gedacht«, brummte Bergsten mit einer gewissen Befriedigung. »Also hatte er mit dieser Tür auch nicht mehr Glück als wir.«

Setras kehrte, eine styrische Weise summend, zu ihnen zurück, als der ganze Berg plötzlich in einer ungeheuren Explosion verschwand, welche die Erde erschütterte. Mit einem erschreckenden Brüllen schossen riesige Flammen hervor, und die Urgewalt schmetterte Bergsten und die anderen zu Boden, während das Feuer tosend nach Aphraels Vetter griff und ihn zu verschlingen schien.

»Du lieber Himmel!« stieß Bergsten hervor und starrte auf die alles verschlingenden, lodernden Flammen.

Da trat Setras völlig unversehrt aus der Feuersbrunst. »Na also«, sagte er sanft, »das war doch gar nicht so schwierig, stimmt's?«

»Wie ist es Euch gelungen, die Tür zu öffnen, Gott Setras?« fragte Ritter Heldin neugierig.

»Das brauchte ich nicht.« Setras lächelte. »Die Bestien haben sie für mich geöffnet.«

»Wie ist das möglich?«

»Ich habe angeklopft, mein Junge. Einfach geklopft. Selbst Kreaturen wie diese haben einen *Rest* von Benehmen und Anstand. Aber, wollen wir jetzt nicht endlich aufbrechen?«

»Sie sind von den anderen Cyrgai sehr gefürchtet«, berichtete Xanetia. »Und alle machen ihnen Platz.«

»Das wäre wirklich sehr nützlich – gäbe es nicht die Unterschiede in der Rasse«, meinte Bevier.

»Solche Unterschiede sind keine unüberwindlichen Hindernisse, Herr Ritter«, versicherte Xanetia ihm. »Sollte es sich als erforderlich erweisen, können Eure Gesichtszüge und die Eurer Gefährten noch einmal verändert werden. Zweifellos kann Göttin Aphrael an ihrer Schwester Stelle die beiden Zauber vereinen, welche euch ein anderes Aussehen verleihen.«

»Wir können uns in wenigen Augenblicken darüber unterhalten«, versprach Flöte. »Zuerst aber sollten wir uns ein Bild davon machen, wie dieser Teil der Stadt angelegt ist.« Die Göttin hatte ihre vertrautere Gestalt angenommen, und zumindest Bevier schien sehr erleichtert darüber zu sein.

»Mir deucht, dieser Berg ist keines natürlichen Ursprungs, Göttin«, sagte Xanetia. »Die Seiten sind von vollkommen gleicher Neigung, eine völlig gleichmäßige Straße windet sich um diese Anhöhe, und die Zugänge zur Kuppe gleichen steinernen Treppen.«

»Sie sind sehr phantasielos, findet ihr nicht?« fragte Mirtai. »Spazieren viele ihresgleichen da draußen herum?«

»Nein, Atana. Es ist spät, und die meisten liegen längst in ihren Betten.«

»Wir *könnten* es versuchen«, murmelte Kalten. »Wenn Flöte und Xanetia uns wie Cyrgai aussehen lassen, bräuchten wir nur den Berg hinaufzuspazieren!«

»Nicht in *dieser* Kleidung!« gab Sperber zu bedenken.

Talen schlich aus den Schatten und verschwand in dem Durchgang, der zurück zum mittleren Brunnenschacht führte. In vielerlei Hinsicht vermochte der behende junge Dieb sich fast so unsichtbar zu machen wie die Anarae. »Da kommen schon wieder Soldaten«, flüsterte er.

»Diese Patrouillen können sehr lästig werden«, schimpfte Kalten.

»Diese Streife hier ist nicht wie die anderen«, erklärte Talen. »Sie patrouilliert nicht durch die Seitenstraßen. Die Männer steigen zielstrebig die Treppe zur Oberstadt hinauf. Sie tragen auch nicht die gleiche Art von Rüstung.«

»Beschreibt sie, junger Herr Talen«, ersuchte Xanetia ihn mit angespannter Stimme.

»Sie tragen Umhänge«, antwortete Talen, »und sie haben eine Art Wappen auf ihrem Brustpanzer. Selbst ihre Helme sind anders.«

»Dann dürften es Tempelwachen sein«, meinte Xanetia. »Jene, von denen ich vor einer Weile sprach. Ich entnahm den Gedanken der wenigen, denen ich begegnete, daß die anderen Cyrgai ihnen aus dem Weg gehen, soweit es möglich ist, und daß sich alle vor ihnen verbeugen müssen, wenn sie ihnen begegnen.«

Sperber und Bevier wechselten einen langen Blick. »Da hast du die Kleidung, die du wolltest, Sperber«, sagte Bevier.

»Wie viele sind es?« wandte Sperber sich an Talen.

»Ich habe zehn gezählt.«

Sperber überlegte kurz. »Dann sollten wir es versuchen«, erklärte er. »Seid so leise wie möglich!« Er führte die Gefährten aus dem Durchgang auf die Straße.

»Himmel, Ulath!« entfuhr es Itagene. »Tut so was nie wieder! Mir wäre fast das Herz stehengeblieben!«

»Verzeiht, Itagne«, entschuldigte sich der thalesische Hüne. »Es gibt leider keine würdevolle Weise, aus der Nichtzeit zu erscheinen. Aber sprechen wir gleich mit Betuana und Engessa.«

Sie ritten zurück, um sich der Königin und ihrem General anzuschließen.

»Ritter Ulath ist soeben mit Neuigkeiten eingetroffen, Majestät«, verkündete Itagne höflich.

»Ah! Gute oder schlechte, Ulath-Ritter?« erkundigte sie sich.

»Ein bißchen von beidem, Majestät«, erwiderte er. »Die Trolle befinden sich zwei Meilen östlich von hier.«

»Und was ist die gute Neuigkeit?«

Er lächelte leicht. »Das *ist* die gute Neuigkeit. Die schlechte ist, daß eine weitere große Einheit von Klæls-Soldaten in einem Hinterhalt südlich von hier lauert. Wahrscheinlich werden sie euch in der nächsten Stunde zu überfallen versuchen. Sie sind uns im Weg – und wir müssen uns beeilen. Sperber und die anderen wollen Ehlana und ihre Kammermaid heute nacht befreien, und Sperber möchte, daß wir uns zur Morgenstunde alle vor der Stadt versammeln.«

»Dann müssen wir also gegen die Klæl-Bestien kämpfen«, stellte Betuana fest.

»Das könnte ein ziemlich schwieriges Unterfangen werden«, murmelte Itagne.

»Tynian und ich haben uns eine mögliche Lösung ausgedacht«, fuhr Ulath fort. »Aber wir möchten Majestät nicht übergehen, deshalb beschlossen wir, daß ich kurz bei Euch Halt mache und es erst mit Euch bespreche. Klæls Soldaten bereiten sich darauf vor, *Euch* in einen Hinterhalt zu locken. Ich weiß, Ihr würdet es vorziehen, selbst etwas zu unternehmen, doch wärt Ihr um der Zweckdienlichkeit willen bereit, Euch dieses Vergnügen ausnahmsweise nicht zu gönnen?«

»Ich wäre bereit, *zuzuhören*, Ulath-Ritter.«

»Es gäbe Möglichkeiten, einfach einen Bogen um diesen Hinterhalt zu machen, doch Klæl ist höchstwahrscheinlich imstande, Zeit und Entfernung ebenso zu beeinflussen wie Aphrael und ihre Vettern, und ich glaube nicht, daß wir diese Bestien auf den Fersen haben möchten.«

»Wie sieht dann Eure Lösung aus, Ulath-Ritter?«

»Mir steht eine zahlenmäßig sehr starke Streitmacht zur Verfügung, Majestät, und sie ist sehr hungrig. Da wir derzeit zu beschäftigt für einen ausgedehnten Ausflug durch die Wüste sind, könnten wir den Trollen Klæls Soldaten zum Frühstück überlassen.«

Ritter Anosian wirkte erschüttert, als er nach vorn ritt, um mit Kring und Tikume zu reden.

»Was ist los, Freund Anosian?« fragte Tikume den schwarz gepanzerten Pandioner. »Ihr seht aus, als wäre Euch gerade ein Geist erschienen.«

»Schlimmer, Freund Tikume«, erwiderte Anosian. »Ich wurde soeben von einer Gottheit getadelt. Die meisten Menschen überleben so etwas nicht.«

»Wieder Aphrael?« fragte Kring.

»Nein, Freund Kring. Diesmal war es ihr Vetter Hanka. Er ist sehr schroff. Die genidianischen Ritter wenden sich an ihn, wenn es um ihre Zauber geht.«

»Wie ist es Euch denn gelungen, ihn zu verärgern?« fragte Tikume. »Was habt Ihr jetzt schon wieder falsch gemacht?«

Anosian verzog das Gesicht. »Meine Zaubersprüche lassen manchmal ein bißchen an Genauigkeit zu wünschen übrig«, gestand er. »Aphrael ist meist so großzügig, mir diesen Fehler nachzusehen. Ihr Vetter leider nicht.« Er schauderte. »Gott Hanka wird unseren Vormarsch ein bißchen beschleunigen.«

»Ach.«

»Wir müssen morgen früh an den Toren Cyrgas sein.«

»Wie weit ist es denn bis dorthin?«

»Ich habe keine Ahnung«, gestand Anosian. »Und unter den gegebenen Umständen hielt ich es nicht für ratsam, zu fragen. Hanka will, daß wir von hier aus nach Westen reiten.«

Tikume runzelte die Stirn. »Wenn wir nicht wissen, wie weit die Stadt entfernt ist, wie können wir da sicher sein, daß wir am Morgen dort sind?«

»Oh, wir werden schon rechtzeitig eintreffen, Freund Tikume«, versicherte Anosian ihm. »Aber wir sollten jetzt lieber aufbrechen. Gott Hanka ist bekannterweise sehr hitzköpfig. Wenn wir nicht bald westwärts reiten, ist ihm zuzutrauen, daß er uns einfach beim Schlafittchen packt und uns von hier nach Cyrga *wirft*.«

Der Tempelwächter nahm eine kriegerische Haltung an – eine ziemlich steife, förmliche Pose, wie man sie mitunter auf dem Fries eines nicht sonderlich begabten Bildhauers sehen mag. Kalten schlug dem Mann das Schwert aus der Hand und schmetterte ihm die Faust an die Seite des Helmes. Der Wächter taumelte nach hinten und fiel schwer auf die Kopfsteine. Er plagte sich, wieder aufzustehen, als Kalten ihm ins Gesicht trat.

»Nicht so grob, Kalten!« rügte Sperber ihn heiser.

»Tut mir leid. Es überkam mich wohl plötzlich.« Kalten bückte sich und zog ein Lid des liegenden Wächters zurück. »Er wird bis mittags schlafen.« Dann richtete er sich auf und schaute sich um. »Sind das alle?«

»Das war der letzte«, wisperte Berit. »Sie liegen mitten auf der Straße. Schaffen wir sie weg. Bald geht der Mond auf, und dann wird es in diesem Becken taghell!«

Es war ein kurzer, grausamer Kampf gewesen. Sperber und seine Freunde hatten sich von einer dunklen Seitenstraße aus von hinten auf den ahnungslosen Trupp gestürzt. Sie hatten ihren Erfolg zu einem großen Teil dem Überraschungseffekt zu verdanken. Hinzu kam, daß die Soldaten für feierliche Zeremonien ausgebildet waren und nicht für den Nahkampf. Sperber fand, daß die Cyrgai zwar beeindruckend aussahen, daß ihre Ausbildung im Laufe der Jahrhunderte aber so in Ritualen erstarrt und wirklichkeitsfern geworden war, daß es eher eine Art Tanz glich, als der Vorbereitung auf eine bewaffnete Auseinandersetzung. Da die Cyrgai die Grenze nicht überschreiten konnten, die der styrische Fluch gezogen hatte, waren sie seit zehntausend Jahren nicht mehr in einen richtigen Kampf verwickelt gewesen und daher hoffnungslos unvorbereitet auf sämtliche gemeinen kleinen Kniffe, zu denen es im Nahkampf von Zeit zu Zeit unweigerlich kommt.

»Ich verstehe immer noch nicht, wie wir das durchziehen wollen«, keuchte Talen, während er einen reglosen Wächter zurück in den Schatten zog. »Ein Blick wird den Torwächtern zeigen, daß wir keine Cyrgai sind.«

»Das haben wir bereits besprochen, während du die Lage ausgekundschaftet hast«, entgegnete Sperber. »Xanetia und Aphrael werden ihre Zauber vereinen, so wie die Anarae und Sephrenia es in Matherion getan haben. Dann werden wir so sehr wie Cyrgai aussehen, daß man uns durchs Tor läßt – erst recht, wenn die übrigen Cyrgai so große Angst vor diesen Tempelwächtern haben, wie Xanetia gesagt hat.«

»Da dieses Thema gerade zur Sprache kommt«, warf Kalten ein, »sollt ihr wissen, daß ich mein eigenes Gesicht zurückhaben will, sobald wir uns an diesen Torwächtern vorbeigeschwindelt haben! Die Wahrscheinlichkeit, daß wir heute nacht den Heldentod sterben, ist groß, und ich möchte meinen eigenen Namen auf dem Grabstein! Und sollten wir durch einen glücklichen Zufall doch Erfolg haben, will ich Alean nicht erschrecken, wenn ich mich ihr mit dem Gesicht eines Fremden nähere. Nach allem, was sie durchgemacht hat, steht ihr zu, mein richtiges Ich zu bewundern.«

»Ich habe nichts dagegen einzuwenden«, erklärte Sperber sich einverstanden.

30

Hauptmann Jodral kehrte kurz nach Anbruch der Dunkelheit zurück. Seine wallende Robe flatterte; er hatte die Augen angstvoll aufgerissen und peitschte verzweifelt auf sein Pferd ein. »Wir sind verloren, mein General!« kreischte er.

»Reißt Euch zusammen, Jodral!« schnaubte General Piras. »Was habt Ihr gesehen?«

»Es sind Millionen und Abermillionen, General!« keuchte Jodral, immer noch von Entsetzen erfüllt.

»Jodral, Ihr habt in Eurem ganzen Leben noch nie Millionen von irgend etwas gesehen! Also – was ist da draußen?«

»Sie kommen über die Sarna, General!« Jodral gab sich alle Mühe, seine Stimme zu beruhigen. »Die Kundschafterberichte über diese Flotte stimmen. Ich habe die Schiffe gesehen!«

»Wo? Die Küste ist dreißig Meilen entfernt!«

»Sie sind die Sarna hinaufgesegelt, General Piras! Sie haben ihre Schiffe Seite an Seite zusammengebunden, um Brücken zu bilden!«

»Absurd! Die Sarna ist hier unten fünf Meilen breit! Reißt Euch zusammen, Mann!«

»Ich weiß, was ich gesehen habe, General! Die anderen Späher werden bald hier sein und es bestätigen. Kaftal steht in Flammen.

Man kann den Feuerschein von hier aus sehen!« Jodral drehte sich um und deutete südwärts auf ein gewaltiges, flackerndes, orangefarbenes Glühen am Himmel über den niedrigen Küstenbergen, die sich zwischen cynesganischen Truppen und dem Meer erstreckten.

General Piras fluchte. Dies war das dritte Mal in dieser Woche, daß seine Späher eine Überquerung der unteren Sarna oder des Verrels meldeten. Doch er hatte noch immer keine Anzeichen feindlicher Kräfte gesehen. Unter normalen Umständen hätte er seine Kundschafter einfach auspeitschen lassen oder Schlimmeres mit ihnen angestellt, aber hier konnte man nicht von normalen Umständen reden. Die feindlichen Kräfte, welche die Küste im Süden in Aufregung versetzten, waren Ordensritter der Kirche von Cyrellos – jeder einzelne ein Zauberer –, die durchaus fähig waren, zu verschwinden, um gleich darauf Meilen hinter der Nachhut der feindlichen Armee wieder aufzutauchen.

Immer noch Verwünschungen ausstoßend, befahl der General seinen Adjutanten zu sich. »Sallat!« knirschte er. »Weckt die Truppen. Sie sollen sich in Alarmbereitschaft halten. Wenn diese verfluchten Ritter tatsächlich hier die Sarna überqueren sollten, müssen wir gegen sie vorgehen, bevor sie auf dieser Flußseite einen Brückenkopf errichten können.«

»Es ist bloß eine weitere Finte, General«, versicherte sein Adjutant ihm und bedachte Hauptmann Jodral mit verächtlichem Blick. »Jedesmal, wenn irgendein Narr mehr als zwei Fischer in einem Boot sieht, meldet er einen feindlichen Einfall!«

»Ich *weiß*, Sallat!« entgegnete Piras. »Aber ich *muß* der Meldung nachgehen! König Jaluah läßt mich einen Kopf kürzer machen, falls ich nicht verhindere, daß diese Ritter die Flüsse überqueren.« Der General zuckte resigniert die Schultern. »Was könnte ich sonst tun?« Er fluchte aufs neue. »Laßt zum Sturm blasen, Sallat. Vielleicht stoßen wir diesmal *wirklich* auf einen Gegner, wenn wir am Fluß sind!«

Alean zitterte heftig, als Zalasta nach einer weiteren furchtbaren, stummen Befragung durch Klæl, den grauenvollen Dämon mit den Fledermausflügeln, mit den zwei Gefangenen zu der kleinen, aber jetzt immerhin peinlich sauberen Zelle zurückkehrte. Ehlana dagegen fühlte sich jeglicher Gefühlsregung beraubt. Es glich einer perversen Verführung, wenn der böse Geist in ihre Gedanken eindrang und von ihren Sinnen Besitz ergriff. Jedesmal fühlte Ehlana sich anschließend geschändet und besudelt.

»Das dürfte das letzte Mal gewesen sein, Ehlana«, entschuldigte sich Zalasta. »Falls es Euch ein Trost ist, kann ich Euch versichern, daß er Eures Gemahls wegen immer noch verwirrt ist. Er kann nicht verstehen, wie ein Geschöpf mit solcher Macht sich so freudig und bereitwillig unterwirft ... vor einer ...« Er zögerte.

»Vor etwas so Unwichtigem wie einer Frau?« fragte sie müde. »Meint Ihr das?«

»Nein, Ehlana, das ist es nicht. Einige der von Klæl beherrschten Welten werden ausschließlich von Frauen regiert; Männer werden nur zu Zuchtzwecken gehalten. Nein, Klæl begreift ganz einfach die Beziehung zwischen Euch und Sperber nicht.«

»Vielleicht solltet Ihr ihm das Wesen der Liebe erklären, Zalasta.« Sie machte eine Pause. »Aber das versteht Ihr wohl selbst nicht, oder?«

Seine Miene wurde eisig. »Gute Nacht, Majestät«, sagte er tonlos. Dann drehte er sich um und verschloß die Tür hinter sich.

Ehlana drückte das Ohr dagegen, noch ehe der Klang des einschnappenden Schlosses verhallt war.

»Ich fürchte sie nicht«, hörte sie König Santheocles behaupten.

»Dann seid Ihr ein größerer Narr, als ich dachte«, entgegnete Zalasta unverblümt. »Alle Eure Verbündeten wurden systematisch vernichtet, und Eure Feinde haben Euch umzingelt.«

»Wir sind Cyrgai!« erklärte Santheocles mit schwülstigem Pathos. »Wir sind unbesiegbar!«

»Das mag vor zehntausend Jahren der Fall gewesen sein, als eure Feinde noch mit Fellen bekleidet und ihre Waffen Speere mit Feuersteinspitzen waren. Aber jetzt seht Ihr Euch mit Stahl bewaffneten und gerüsteten Ordensrittern gegenüber; atanischen Kriegern, die Eure Soldaten mit den Fingerspitzen töten können; Peloi, die wie der Wind durch eure Reihen reiten werden und riesigen Trollen, die eure Soldaten nicht nur töten, sondern auch fressen. Und wenn Euch das noch nicht schlimm genug erscheint – da ist auch noch Aphrael, die imstande ist, die Sonne anzuhalten oder Euch in Stein zu verwandeln. Das Schlimmste aber ist, daß Ihr Anakha und Bhelliom gegen Euch habt, womit Euer Untergang besiegelt ist.«

»Der mächtige Cyrgon wird uns beschützen!« erklärte Santheocles nun in kindischem Trotz.

»Wie wär's, wenn Ihr Euch mit Otha von Zemoch unterhaltet, Santheocles?« riet Zalasta höhnisch. »Er wird Euch erzählen, wie der Ältere Gott Azash gewinselt hat, als Anakha ihn zerstörte.« Plötzlich hielt Zalasta erschrocken inne. »*Er kommt!*« stieß er hervor. »Er ist näher, als wir es für möglich gehalten hätten!«

»Wovon redet Ihr?« fragte Ekatas heftig.

»Anakha ist hier!« rief Zalasta. »Begebt Euch zu Euren Generalen, Santheocles. Befehlt ihnen, ihre Truppen zu sammeln und die Straßen von Cyrga zu säubern; denn Anakha befindet sich innerhalb der Mauern! Beeilt Euch, Mann! Anakha ist hier, und der alles vernichtende Tod geht an seiner Seite durch die Straßen! – Folgt mir, Ekatas! Cyrgon muß gewarnt werden, ebenso der unsterbliche Klæl. Die Nacht der Entscheidung ist gekommen!«

Des Himmels Blau vertreibt das Grau
von Leid und Schmerz
Und entführet weit in die Ewigkeit
der Sterblichen verwundetes Herz.

Elron zählte den Takt an den Fingern ab und fluchte. Egal, wie er die Worte der letzten Zeile zusammenzog, es blieben immer Silben zuviel. Er schleuderte seinen Federkiel durchs Zimmer und vergrub in einer kunstvollen Geste schöpferischer Verzweiflung das Gesicht in den Händen. Wenn er Verse schmiedete, tat Elron das gern.

Plötzlich fiel ihm etwas ein, und er hob hoffnungsvoll das Gesicht. Immerhin näherte er sich den letzten Zeilen seines Meisterwerks, und ein Alexandriner würde dem Ganzen den letzten poetischen Schliff geben. Was würden die Kritiker dazu sagen?

Elron quälte sich mit der Entscheidung. Er verfluchte den Tag, da er sich entschlossen hatte, das bedeutendste Werk seines Dichterlebens in heroischen Reimpaaren zu verfassen. Er haßte diese Jamben mit ihren unerbittlichen Regelmäßigkeiten. Und Pentameter waren wie eine Kette um den Hals, die ihn am Ende jeder Zeile würgte. *Ode an Blau* stand auf des Messers Schneide, als ihr Schöpfer sich mit der Unnachgiebigkeit von Form und Versmaß plagte.

Elron hatte keine Ahnung, wie lange das Geschrei schon zu hören war oder wann genau es begonnen hatte. Er war so sehr von seiner kreativen Verzückung gefangen, daß ihn ausschließlich diese widerspenstige Zeile beschäftigte, so daß er für alles, was von außen kam, vollkommen taub war. Der Poet erhob sich gereizt und trat ans Fenster, um auf die mit Fackeln beleuchteten Straßen von Natayos zu schauen. Was hatte dieses Geschrei ausgelöst?

Scarpas Soldaten – zum größten Teil dumme, unwissende, ungewaschene Leibeigene – flohen durch die Straßen. Ihr Geschrei hörte sich wie das vielstimmige Gebölke von Schafen an. Was war diesmal die Ursache?

Elron beugte sich aus dem Fenster, um die Straße hinaufschauen zu können. Eine andere Art von Licht schien von dem Teil der Ruinenstadt auszugehen, die noch von Dickicht und Kletterpflanzen überwuchert war. Elron runzelte die Stirn. Fackellicht war es bestimmt nicht. Es war ein bleiches weißes Glühen, vollkommen gleichmäßig, ohne auch nur im geringsten zu flackern, das offensichtlich von Dutzenden verschiedener Stellen zugleich kam.

Dann hörte Elron Scarpas Stimme über die Schreie hinwegschallen. Der verrückte Scharlatan hielt sich immer noch für den Herrscher der Welt und brüllte irgendwelche Befehle, doch der Pöbel auf den Straßen beachtete ihn überhaupt nicht. Die Armee floh in Panik durch die Kopfsteinstraßen zum Haupttor. Die Soldaten schoben, stießen und drängten sich aneinander, um durch das hoffnungslos verstopfte Tor zu gelangen. Auf der anderen Seite des Tores sah Elron flackernde Fackeln im Dschungel ringsum verschwinden. Was, in Gottes Namen, ging hier vor?

Plötzlich stockte ihm das Blut in den Adern. Voller Entsetzen starrte er auf die leuchtenden Gestalten, die aus den Seitenstraßen der Ruinenstadt auftauchten und unerbittlich die breite Straße entlangschritten, die zum Tor führte. Die Leuchtenden, die Panem-Dea, Norenja und Synaqua entvölkert hatten, waren nun auch nach Natayos gekommen!

Für einen Moment stand der Dichter wie erstarrt; dann reagierte sein Verstand schneller, als er es für möglich gehalten hätte. Flucht kam nicht in Frage. Das Tor war dermaßen verstopft, daß selbst jene, die es bereits erreicht hatten, kaum eine Chance hatten, sich hindurchzuzwängen. Elron rannte zu seinem Schreibpult und drückte die Flamme der Kerze rasch mit der Handfläche aus, um das Zimmer in Dunkelheit zu tauchen. Wenn die Fenster des Obergeschosses dunkel waren, würden diese durch die Straßen pirschenden Schrecken keinen Grund haben, hier nachzusehen. In der Dunkelheit stolpernd, rannte er verzweifelt von Zimmer zu Zimmer und vergewisserte sich, daß nirgendwo mehr Kerzen brannten, die seine Anwesenheit verraten könnten.

Als schließlich die Hoffnung bestand, daß er zumindest für den Augenblick in Sicherheit war, kroch der in Astel als *Säbel* bekannte Mann zu seinem Zimmer zurück und spähte furchtsam um die Kante des Fensterrahmens auf die Straße hinunter.

Scarpa stand auf einer teilweise zerfallenen Mauer und erteilte Regimentern, die offenbar nur er sehen konnte, einander widersprechende Befehle. Seinen fadenscheinigen Samtumhang hatte er sich um die Schultern geschlungen, und seine zusammengebastelte Krone saß ihm ein wenig schief auf dem Kopf.

Unweit von ihm rief Cyzada irgend etwas mit seiner hohlen Stimme – eine Beschwörung, vermutete Elron –, und seine Finger schrieben komplizierte Zeichen in die Luft. Immer schneller sprach er in rauhen Kehllauten und beschwor Gott weiß welche Grauen auf die stummen, leuchtenden Gestalten herab, die auf ihn zukamen. Seine Stimme hob sich zum Kreischen, und er schrieb in seiner Verzweiflung übertriebene Gesten in die Luft.

Dann erreichte ihn einer der leuchtenden Eindringlinge. Cyzada schrillte und fuhr zurück, als wäre die beinahe sanfte Berührung ein heftiger Schlag gewesen. Taumelnd drehte er sich, als wollte er fliehen. Da sah Elron sein Gesicht.

Der Poet würgte. Er preßte die Hände auf den Mund, um jeden Laut zu ersticken, der seine Anwesenheit verraten mochte. Cyzada von Esos löste sich auf. Sein bereits unkenntliches Gesicht glitt die Vorderseite seines Kopfes hinab, als wäre es geschmolzenes Wachs, und ein sich rasch ausbreitender Fleck färbte die Brust seines weißen styrischen Gewandes. Er taumelte ein paar Schritte auf den immer noch wirre Befehle ausstoßenden Scarpa zu und streckte die Arme gierig nach dem Irren aus, während sich bereits das Fleisch von seinen Händen löste. Dann brach der Styriker blubbernd und schäumend auf dem Kopfsteinpflaster zusammen, und sein verwesender Körper sickerte durch den Stoff seines Gewandes.

»Bogenschützen nach vorn!« befahl Scarpa mit klangvoller Bühnenstimme. »Deckt sie mit Pfeilen ein!«

Elron rutschte auf den Boden und entfernte sich auf Händen und Knien vom Fenster.

»Reiterei an die Flanken!« hörte er Scarpas nächsten Befehl. »Zieht die Schwerter!«

Elron kroch zu seinem Schreibpult und tastete sich durch die Dunkelheit.

»Leibgarde!« brüllte Scarpa. »Auf, marsch, marsch!«

Elron fand ein Tischbein, langte hinauf und griff verzweifelt nach den Papierbogen, die auf der Platte des Schreibpults lagen.

»Erstes Regiment! Zum Angriff!« donnerte Scarpa.

Elron kippte den Tisch um und wimmerte in seiner verzweifelten Eile.

»Zweites Reg ...« Scarpas Stimme verstummte mitten im Wort, und Elron hörte ihn schreien.

Der Poet mühte sich, in der Dunkelheit die unersetzlichen Seiten seiner *Ode an Blau* einzusammeln.

Scarpas Stimme war jetzt schrill. »Mutter!« gellte er. »Bitte-bitte-bitte!« Die klangvolle Stimme war zu einem gleichmäßigen Kreischen geworden. »Bitte-bitte-bitte!« Nun hörte es sich beinahe so an, als würde jemand versuchen, unter der Wasseroberfläche zu schreien. »Bitte-bitte-bitte!« Und dann folgte ein wortloses Gurgeln.

Säbel umklammerte die bislang gefundenen Seiten und gab die Suche nach weiteren auf. Er hastete, wieder auf Händen und Knien, durchs Zimmer und versteckte sich unter dem Bett.

Bhlokw schlurfte mit vorwurfsvoller Miene über den Kies zurück durch die nächtliche Dunkelheit. »Gemeinheit, U-lat!« sagte er anklagend. »Wir sind Rudelgefährten, trotzdem hast du Unwahres zu mir gesagt!«

»So etwas würde ich nie tun!« wehrte sich Ulath.

»Du hast meinen Geist-Bauch mit dem Gedanken gefüttert, daß die großen Dinge mit Eisen auf den Gesichtern gut-zu-essen sind. Sie sind *nicht*-gut-zu essen!«

»Waren sie schlecht-zu-essen, Bhlokw?« fragte Tynian mitfühlend.

»*Sehr* schlecht-zu-essen, Tin-in! Nie zuvor habe ich etwas so schlecht-zu-essen gekostet.«

»Das wußte ich nicht, Bhlokw«, versuchte Ulath sich zu entschuldigen. »Es war mein Gedanke, daß sie groß genug sind, daß du mit einem oder zweien den Bauch füllen kannst.«

»Ich habe nur eines gegessen«, entgegnete Bhlokw. »Es war so schlecht-zu-essen, daß ich kein zweites wollte. Nicht einmal Oger würden sie essen, obwohl Oger alles essen. Es macht mich nicht-froh, daß du das zu mir gesagt hast, U-lat.«

»Es macht auch mich nicht-froh«, gestand Ulath im umständlichen Troll-Kauderwelsch. »Ich sagte etwas, das ich nicht wußte. Es war falsch von mir, das zu tun.«

Königin Betuana zog Tynian zur Seite. »Wie lange werden wir bis zur Verborgenen Stadt brauchen, Tynian-Ritter?« fragte sie.

»Möchtet Ihr wissen, Majestät, wie lange wir wirklich brauchen werden, oder wie lange es uns vorkommt?«

»Beides.«

»Es wird uns wie Wochen vorkommen, Betuana-Königin, tatsächlich aber vergehen nur Augenblicke. Ulath und ich haben Matherion vor nur wenigen Wochen in der Echtzeit verlassen, doch es kommt uns so vor, als wären wir bereits ein Jahr unterwegs. Es ist sehr eigenartig, doch nach und nach gewöhnt man sich daran.«

»Wir müssen aufbrechen, wenn wir Cyrga morgen früh erreichen wollen.«

»Ulath und ich müssen mit Ghnomb darüber reden. Er ist derjenige, der die Zeit anhält. Aber er ist auch der Gott des Essens und vielleicht nicht sehr erfreut über uns. Der Gedanke, die Trolle Klæls Soldaten töten zu lassen, war zwar gut, aber Ghnomb erwartet, daß sie essen, was sie töten, und sie mögen den Geschmack ganz und gar nicht.«

Betuana schüttelte sich. »Wie haltet Ihr es nur bei den Troll-Bestien aus, Tynian-Ritter? Sie sind gräßliche Kreaturen!«

»Sie sind gar nicht so schlimm, Majestät«, entgegnete Tynian. »Sie haben einen hohen Moralbegriff. Sie sind unerschütterlich in der Treue zu ihren Rudeln. Sie sind nicht einmal fähig zu lügen, und sie würden nie etwas töten, was sie nicht auch zu fressen gedenken – es sei denn, sie werden angegriffen. Sobald Ulath fertig ist, sich bei Bhlokw zu entschuldigen, werden wir Ghnomb rufen und ihn bitten, die Zeit anzuhalten, damit wir nach Cyrga kommen.« Tynian verzog das Gesicht. »Das wird ziemlich umständlich. Man muß viel Geduld haben, wenn man den Trollgöttern etwas erklären will.«

»Ist es das, was Ulath-Ritter gerade tut?« fragte Betuana gierig. »Sich entschuldigen?«

Tynian nickte. »Aber das ist bei weitem nicht so leicht, wie man glauben möchte. In der Trollsprache gibt es keine Worte, mit denen man ›es tut mir leid‹ ausdrücken könnte. Wahrscheinlich deshalb nicht, weil Trolle nie etwas tun, dessen sie sich schämen müßten.«

»Würdet Ihr *still* sein?« zischte Liatris Gahenas an, die über dieses unbotmäßige Verhalten höchst verärgert war. »Sie sind zur Zeit im Nebenraum.«

Die drei Kaiserinnen verbargen sich in einem dunklen Vorzimmer, das an die privaten Gemächer der Teganerin angrenzte. Liatris stand mit dem Dolch in der Hand an der Tür.

Sie warteten angespannt.

»Sie sind jetzt weg!« murmelte Liatris schließlich. »Aber wir sollten noch ein Weilchen warten.«

»Würdet Ihr mir *bitte* sagen, um was es hier geht?« ersuchte Gahenas sie.

»Chacole hat einige Meuchler geschickt, Euch zu töten«, erklärte ihr Elysoun. »Liatris und ich erfuhren davon und kamen, Euch davor zu bewahren.«

»Warum sollte Chacole das tun?«

»Weil Ihr zuviel über ihre Pläne wißt.«

»Ihr meint den lächerlichen Plan, Cieronna mit irgendeinem erfundenen Attentat in Verbindung zu bringen?«

»Diese Komplott ist durchaus nicht erfunden, aber Cieronna hat nicht das geringste damit zu tun. Chacole und Torellia haben die Absicht, unseren Gemahl zu ermorden.«

»Hochverrat!« krächzte Gahenas.

»Das wahrscheinlich nicht. Chacole und Torellia sind Mitglieder von Königshäusern, die sich zur Zeit im Kriegszustand mit dem Tamulischen Imperium befinden, und sie bekommen ihre Anweisungen von zu Hause. Der Anschlag auf Sarabian könnte genaugenommen als Notwendigkeit dieses Krieges betrachtet werden.« Elysoun unterbrach sich, als ihr plötzlich übel wurde. »O je«, murmelte sie.

»Was habt Ihr?« fragte Liatris.

»Ach, nichts. Es wird gleich vergehen.«

»Seid Ihr krank?«

»Eigentlich nicht. Ich hätte nur etwas essen sollen, als Ihr mich geweckt habt.«

»Ihr seid ja weiß wie Linnen! Was habt Ihr denn?«

»Ich bin in anderen Umständen, wenn Ihr es unbedingt wissen müßt.«

»Es mußte ja mal so kommen, Elysoun«, sagte Gahenas selbstgefällig. »Erstaunlich, daß es Euch nicht schon längst passiert ist ... so, wie Ihr Euch aufführt! Habt Ihr eine Ahnung, wer der Vater ist?«

»Sarabian«, antwortete Elysoun schulterzuckend. »Meint Ihr, wir könnten die Gemächer nun verlassen, ohne Gefahr zu laufen, ermordet zu werden, Liatris? Ich glaube, wir sollten uns so rasch wie möglich zu unserem Gemahl begeben. Chacole hätte keine Meuchler zu Gahenas gesandt, wäre dies nicht die Nacht, in der sie den Anschlag auf Sarabian beabsichtigt.«

»Sie wird alle Türen von ihren Leuten bewachen lassen«, sagte Liatris.

»Nicht alle, meine Liebe.« Elysoun lächelte überlegen. »Ich weiß von mindestens dreien, von denen Chacole keine Ahnung hat. Glaubt mir, Gahenas, ein aktives gesellschaftliches Leben zu führen hat seine Vorteile. Seht Euch auf den Gängen um, Liatris. Wir müssen Gahenas von hier wegbringen, bevor Chacoles Meuchler zurückkommen.«

Der Cyrgai am Bronzetor wich furchtsam zurück, als Sperber die Gefährten die letzten paar Stufen hinaufführte. »Yala Cyrgon!« salutierte der wachhabende Offizier und schmetterte die Faust dröhnend auf den Brustpanzer.

»Erwidert den Gruß, Anakha!« flüsterte Xanetias Stimme in Sperbers Ohr. »Das ist so üblich.«

»Yala Cyrgon!« Auch Sperber schlug die Faust auf die Brust, achtete jedoch darauf, daß sich der Umhang nicht öffnete, den er sich von dem bewußtlosen Tempelgardisten ausgeliehen hatte, und dabei enthüllte, daß sich statt eines kunstvoll geschmiedeten Brustpanzers ein Kettenhemd darunter befand.

Der Offizier bemerkte es offenbar gar nicht. Sperber und die anderen marschierten durch das Tor und folgten einer breiten Straße zu einem großen zentralen Platz. »Beobachtet er uns noch?« murmelte Sperber.

»Nein, Anakha«, antwortete Xanetia. »Er und seine Männer sind zur Wachstube neben dem Tor zurückgekehrt.«

Von unten aus hatte es den Anschein gehabt, daß die einzigen Gebäude innerhalb der Mauer um die Bergkuppe das festungsähnliche Schloß und der Tempel wären, doch das stimmte nicht ganz. Es gab noch weitere Bauten – niedrige Lagerhäuser zum größten Teil«, vermutete Sperber. »Talen«, flüsterte er über die Schulter. »Lauf unbemerkt zur Straßenseite und such eine Tür, die du schnell öffnen kannst. Ziehen wir uns zurück, während Xanetia sich umschaut.«

»Wird gemacht!« Talen tauchte in die Schatten. Gleich darauf hörten sie sein Wispern und eilten zu der Tür, die er ihnen offenhielt.

»Was nun?« wollte Kalten wissen.

»Xanetia und ich werden Ehlana und Alean suchen«, antwortete Aphrael aus der Dunkelheit.

»Wo wart ihr denn?« fragte Talen neugierig. »Während wir den Berg hinaufkamen, meine ich.«

»Da und dort. Meine Familie bringt alle anderen in Stellung, und ich wollte sichergehen, daß alles nach Plan verläuft.«

»Und?«

»Es läuft bestens. Es gab ein paar Probleme, aber die habe ich inzwischen behoben. – Gehen wir es jetzt an, Xanetia. Wir haben vor Tagesanbruch noch eine Menge zu tun.«

»Ah, dort sind sie ja!« sagte Setras. »So weit lag ich mit meiner Einschätzung gar nicht daneben, stimmt's?«

»Seid Ihr Euch diesmal sicher?« fragte Bergsten ein wenig heftig.

»Du versuchst immer, irgendwas an mir auszusetzen, nicht wahr, Bergsten?«

Bergsten seufzte und beschloß nachzugeben. »Nein, Gott Setras. Wir alle machen Fehler, nehme ich an.«

»Das ist sehr anständig von dir, alter Junge«, dankte ihm Setras. »Im großen ganzen war es ja die genaue Richtung. Ich war lediglich ein paar Grad davon abgekommen.«

»Seid Ihr sicher, daß es diesmal die richtigen Berge sind, Gott Setras?« grollte Heldin.

»Oh, absolut!« versicherte Setras ihm zufrieden. »Sie sind genau, wie Aphrael sie beschrieben hat! Seht ihr, wie sie im Mondschein glühen?«

Heldin spähte über die Wüste auf die zwei Gipfel, die sich aus dem zerklüfteten dunklen Gestein erhoben. »Zumindest sehen sie in etwa richtig aus«, sagte er, insgeheim immer noch zweifelnd.

»Ich muß jetzt das Tor suchen«, erklärte Setras. »Angeblich liegt es an einer direkten Linie vom Spalt zwischen zwei Gipfeln.«

»Seid Ihr sicher?« Bergsten konnte nicht umhin, diese Frage zu wiederholen. »So ist es an der Südseite. Aber können wir davon ausgehen, daß sich hier ebenfalls ein Tor befindet?«

»Du hast Cyrgon nie kennengelernt, nicht wahr, alter Junge. Er ist der phantasieloseste Bursche, den man sich vorstellen kann. Wenn es im Süden ein Tor gibt, wird es im Norden ebenfalls eines geben, das darfst du mir glauben! Geht nicht weg, ich bin gleich zurück.« Er drehte sich um und schlenderte durch die Wüste auf die zwei im Mondschein schimmernden Gipfel zu.

Heldin stand an einer Seite Bergstens, Atana Maris mit leicht besorgter Miene an der anderen.

»Was habt Ihr denn, Atana?« erkundigte sich Heldin.

»Ich fürchte, da ist etwas, das ich nicht verstehe, Heldin-Ritter«, gestand sie und bemühte sich, ihre Gedanken auf elenisch auszudrücken. »Diese Setras-Person ist ein Gott?«

»Ein styrischer Gott, ja.«

»Wenn er ein Gott ist, wieso konnte er sich da verirren?«

»Da sind wir uns nicht sicher, Atana Maris.«

»Genau das kann ich nicht verstehen. Wenn Setras-Gott ein Mensch wäre, würde ich sagen, er ist dumm. Aber da er ein Gott ist, kann er doch nicht dumm sein, oder?«

»Es ist wohl besser, wenn Ihr Euch darüber mit seiner Eminenz hier unterhaltet«, riet Heldin ihr. »Ich bin nur ein Soldat, er dagegen ist Fachmann auf dem Gebiet der Theologie.«

»Danke, Heldin«, murmelte Bergsten ein wenig ungehalten.

»Wenn er dumm *ist*, Bergsten-Priester, wie wollen wir dann wissen, daß er uns zum richtigen Ort gebracht hat?«

»Wir müssen uns auf Aphrael verlassen, Atana. Setras mag sich zwar mit gewissen Dingen nicht so recht auskennen, Aphrael dagegen sehr wohl, und soweit ich mich erinnere, hat sie geraume Zeit mit ihm geredet.«

»Und dabei sehr langsam gesprochen«, fügte Heldin hinzu. »Außerdem hat sie sich dabei schlichter Worte bedient.«

Maris ließ nicht locker. »Ist es möglich, Bergsten-Priester, daß ein Gott dumm sein *kann*?«

Bergsten blickte sie hilflos an. »*Unserer* ist es nicht«, erwiderte er ausweichend, »und ich bin sicher, eurer ist es auch nicht.«

»Ihr habt meine Frage nicht beantwortet, Bergsten!«

»Das stimmt, Atana«, gestand er. »Ich werde es auch nicht. Wenn Euer Wissensdurst in dieser Beziehung wirklich so groß ist, nehme ich Euch gern nach Chyrellos mit, sobald hier alles vorbei ist. Dann könnt Ihr Dolmant fragen.«

»Ihr habt Euch gut aus der Affäre gezogen, Patriarch Bergsten«, murmelte Heldin.

»Haltet den Mund, Heldin!«

»Jawohl, Eminenz.«

Sperber, Bevier und Kalten standen an einem kleinen, vergitterten Fenster in dem muffigen Lagerhaus und blickten hinaus auf das befestigte Schloß, das hoch über die Stadt aufragte. »Das ist wirklich altertümlich!« stellte Bevier kopfschüttelnd fest.

»Ich finde es trutzig genug«, meinte Kalten.

»Sie haben den Hauptteil des Schlosses als Teil der Außenmauer errichtet, Kalten. Das erspart zwar den Bau einer zweiten Mauer, macht aber die ganze Anlage wesentlich anfälliger für Angriffe. Mit ein paar guten Katapulten könnte ich die gesamte Befestigung in nur zwei Monaten dem Erdboden gleichmachen.«

»Ich glaube nicht, daß zu der Zeit, als sie das Schloß errichteten, Katapulte bereits erfunden waren, Bevier«, warf Sperber ein. »Vor zehntausend Jahren war sie wahrscheinlich die trutzigste Festung der Welt.« Er ließ den Blick über das emporragende Bauwerk schweifen. Wie Bevier bemerkt hatte, bildete die Rückseite des Schlosses einen Teil der Außenmauer, die diesen Abschnitt Cyrgas von der übrigen Stadt trennte. Niedrigere Türme schienen in ihrer unterschiedlichen Höhe wie Stufen zum riesigen Hauptturm zu führen, dessen untere Rückwand ebenfalls Teil der Außenmauer war. Das Schloß war offenbar nicht erbaut worden, um die Stadt zu überblicken, sondern um auf den weißen Kalksteintempel zu schauen. Das wies darauf hin, daß die Cyrgai sich ihrem Gott zuwandten und dem Rest der Welt den Rücken kehrten.

Die Tür, durch welche Talen sich Einlaß verschafft hatte, um den

Gefährten Zutritt in dieses Lagerhaus zu ermöglichen, knarrte, als sie sich öffnete und sogleich wieder schloß. Dann beleuchtete das weiche Glühen von Xanetias Gesicht wieder schwach die Umgebung.

»Wir haben sie gefunden!« sagte die Kindgöttin, als die Anarae sie auf den Steinboden stellte.

Sperbers Herz schlug plötzlich heftig. »Geht es ihnen gut?«

»Sehr zuvorkommend wurden sie nicht behandelt. Sie sind müde, hungrig und haben große Angst. Zalasta hatte sie kurz zu Klæl gebracht, um sie ihm zu zeigen – und das genügt, jedem Furcht einzuflößen.«

»Wo sind sie?« erkundigte Mirtai sich angespannt.

»Im Obergeschoß des höchsten Turmes auf der Rückseite des Schlosses.«

»Habt ihr mit ihnen gesprochen?« fragte Kalten aufgeregt.

Aphrael schüttelte den Kopf. »Das hielt ich für keine gute Idee. Über etwas, das sie nicht wissen, können sie auch nichts sagen.«

»Anarae«, meinte Bevier nachdenklich, »würden die Soldaten im Schloß den Tempelwachen ungehinderten Zugang und Bewegungsfreiheit erlauben?«

»Nein, Herr Ritter. Die Cyrgai halten sich an alte Bräuche. Für Tempelwachen gibt es nur wenige Gründe, das Schloß zu betreten.«

»Dann können wir das wohl ablegen.« Kalten nahm den kunstvollen Bronzehelm ab und zog den dunklen Umhang aus, die er sich beide in der unteren Stadt ›ausgeliehen‹ hatte. Er berührte seine Wange. »Wir sehen immer noch wie Cyrgai aus. Wie wär's, wenn wir andere Uniformen stehlen und einfach hineinmarschieren?«

Xanetia schüttelte den Kopf. »Die Soldaten im Schloß sind allesamt Angehörige der königlichen Sippe und kennen einander. Es wäre viel zu gefährlich.«

»Aber wir *müssen* eine Möglichkeit finden, in diesen Turm zu kommen!« sagte Kalten verzweifelt.

Mirtai blickte ihn an. »Ich habe mir bereits etwas ausgedacht. Es ist gefährlich, aber ich fürchte, eine andere Chance gibt es nicht.«

»Sprecht!« forderte Sperber sie auf.

»Vielleicht würde es uns glücken, ins Schloß zu gelangen und den Turm hinaufzuschleichen. Aber würde man uns entdecken, müßten wir kämpfen, und das brächte Ehlana und Alean in große Gefahr.«

Sperber nickte düster. »Das Risiko wäre zu groß«, bestätigte er.

»Also gut. Wenn wir nicht durch das Schloß schleichen können, müssen wir es außen versuchen.«

»Ihr meint, den Turm erklimmen?« fragte Kalten bestürzt.

»Es ist nicht so schwierig, wie Ihr vielleicht glaubt, Kalten. Die Außenwände sind nicht aus Marmor erbaut und deshalb auch nicht glatt. Sie bestehen aus groben Steinblöcken mit vielen Unebenheiten und Löchern, an denen man sich festklammern und Halt für die Füße finden kann. Ich könnte dort wie an einer Leiter hinaufklettern, wenn es sein muß.«

»Ich bin in dieser Hinsicht leider nicht sehr geschickt, Mirtai«, gestand Kalten. »Ich würde alles tun, um Alean zu befreien, aber ich würde ihr wenig nützen, wenn ich fünfhundert Fuß in die untere Stadt hinabstürze.«

»Wir haben Seile, Kalten. Ich kann Euch halten. Talen klettert jede Wand wie ein Eichhörnchen hinauf, und ich kann es fast so gut wie er. Würden Stragen und Caalador zu unserer Gruppe gehören, hätten sie den Turm inzwischen bis zur Hälfte erklommen.«

»Mirtai«, erinnerte Bevier sie mit gequälter Miene, »wir tragen Kettenhemden. Eine steile Wand zu erklimmen, wenn einem siebzig Pfund Stahl auf die Schultern drücken, könnte sich als recht schwierig erweisen!«

»Dann zieht das Kettenhemd doch einfach aus, Bevier!«

»Ich werde es aber vielleicht brauchen, wenn wir erst oben angekommen sind!«

»Kein Problem«, beruhigte Talen ihn. »Wir bündeln die Hemden und ziehen sie hinter uns hoch. Ich muß sagen, das gefällt mir, Sperber. Es ist leise und geht verhältnismäßig schnell. Außerdem werden vermutlich keine Wachen außen am Turm herumklettern, um nach Eindringlingen Ausschau zu halten. Mirtai hat durch Stragen und Caalador eine gute Ausbildung genossen, und ich bin zum Einbrecher geboren! Sie und ich unternehmen die eigentliche Kletterpartie. Wenn wir genug Halt finden, lassen wir Seile für euch hinunter, und ihr könnt die Kettenhemden und Schwerter hinter euch hochziehen. Wir werden ganz schnell oben sein! Wir schaffen es schon, Sperber! Mit Leichtigkeit!«

Sperber blickte zweifelnd drein. »Mir fallen auch keine anderen Möglichkeiten ein«, mußte er gestehen.

»Dann machen wir es so!« sagte Mirtai. »Holen wir Ehlana und Alean heraus. Und sobald sie in Sicherheit sind, können wir anfangen, diese Stadt auseinanderzunehmen.«

»Erst wenn ich mein eigenes Gesicht wiederhabe!« sagte Kalten hartnäckig. »Soviel Rücksicht bin ich Alean schuldig!«

»Dann machen wir es doch gleich, Xanetia«, forderte Aphrael die Anarae auf. »Wenn wir es nicht tun, wird Kalten uns mit seiner Meckerei die ganze Nacht auf die Nerven gehen.«

»Meckerei?« empörte sich Kalten.

»Welche Farbe hatte dein Haar, Kalten? Purpur, nicht wahr?« fragte Aphrael mit spitzbübischem Lächeln.

31

Die Westseite des Kaiserinnenflügels lag in tiefen Schatten, als Elysoun, Liatris und Gahenas aus der wenig benutzen Tür traten und durch die Dunkelheit eilten, um in einem Hain kunstvoll geschnittener immergrüner Zierbüsche Schutz zu suchen. »Jetzt kommt der gefährliche Teil«, warnte Liatris flüsternd. »Chacole weiß inzwischen, daß ihre Meuchler Gahenas nicht finden konnten, und bestimmt hat sie ihre Leute ausgesandt, um zu verhindern, daß wir in Ehlanas Burg Zuflucht finden.«

Elysoun blickte über den mondbeschienenen Rasen. »Unmöglich«, seufzte sie. »Es ist einfach zu hell. Ein Pfad führt durch diesen Hain und kommt beim Innenministerium heraus.«

»Das ist die falsche Richtung, Elysoun!« wehrte Gahenas ab. »Die elenische Burg ist in der entgegengesetzten!«

»Ja, ich weiß. Aber da haben wir nirgends Sichtschutz. Zwischen hier und der Burg gibt es nur offenen Rasen. Wir müssen uns in den Schatten halten. Wenn wir um die andere Seite des Innenministeriums herum und durch die Anlage des Außenministeriums gehen, sind es nur noch etwa hundertfünfzig Fuß bis zur Zugbrücke der Burg.«

»Und wenn die Brücke hochgezogen ist?«

»Darüber machen wir uns Sorgen, wenn wir dort sind, Gahenas. Sehen wir erst einmal zu, daß wir in die Grünanlage des Außenministeriums gelangen.«

»Dann wollen wir mal, meine Damen!« sagte Liatris entschlossen. »Es bringt nichts, wenn wir hier nur herumtrödeln und reden. Finden wir heraus, wie die Dinge stehen!«

»Hier hinten«, flüsterte Talen den Gefährten zu, als er aus der engen Gasse kam. »Die Außenwand des Schlosses reicht bis zu der Stelle, wo sie in die Stadtmauer am Ende der Gasse übergeht. Der rechte Winkel dort ist zum Klettern am besten geeignet.«

»Wirst du das hier brauchen?« Mirtai streckte ihm ihren Enterhaken entgegen.

»Nein, ich schaffe es ohne das Ding dort hinauf. Und wer weiß, ob sich nicht Posten in der Nähe aufhalten, die hören könnten, wenn der Haken gegen Stein schlägt.« Er führte die anderen zum Ende der Sackgasse, wo die Schloßwand von der beeindruckend befestigten Mauer aufstieg, welche den oberen Stadtteil vom Rest der Stadt trennte.

»Was meinst du, wie hoch das ist?« fragte Kalten und spähte blinzelnd hinauf. Es war schon ein besonderes Gefühl, nach so langer Zeit der Tarnung Kaltens vertrautes Gesicht wiederzusehen. Sofort strich Sperber mit der Hand über seine Züge und spürte die vertrauten Umrisse der gebrochenen Nase.

»Ungefähr dreißig Fuß«, beantwortete Bevier Kaltens Frage leise.

Mirtai begutachtete den Winkel, der durch das Zusammentreffen der beiden Mauern entstanden war. »Das wird nicht sonderlich schwierig«, flüsterte sie.

»Das Ganze ist eine Fehlkonstruktion«, meinte Bevier.

»Ich klettere als erster hinauf!« erklärte Talen.

»Stell da oben nichts Törichtes an«, warnte Mirtai.

»Verlaßt Euch auf mich.« Talen setzte den Fuß auf einen kleinen Vorsprung der Außenmauer und tastete an der Schloßwand nach Halt für die Hände. Dann stieg er rasch in die Höhe.

»Wir sehen uns nach Wächtern um, sobald wir oben sind«, wandte Mirtai sich leise an die anderen. »Dann lassen wir ein Seil zu euch hinunter.« Sie langte empor und folgte dem jungen Dieb.

Bevier lehnte sich zurück. »Der Mond steht jetzt am Himmel«, sagte er.

»Meint Ihr, er könnte unsere Anwesenheit verraten?« fragte Xanetia.

»Nein, Anarae. Wir klettern an der Nordseite des Turmes hinauf. Deshalb werden wir die ganze Zeit im Schatten sein.«

Sie warteten angespannt und beobachteten mit zurückgelegtem Kopf, wie die beiden Fassadenkletterer vorankamen.

»Jemand nähert sich!« zischte Kalten. »Oben auf dem Wehrgang!«

Talen und Mirtai hielten inne und drückten sich in den Schatten zwischen den zwei Mauern.

»Er hat eine Fackel!« wisperte Kalten. »Wenn er sie über die Brü ...«

Sperber hielt den Atem an.

»Alles in Ordnung!« flüsterte Bevier. »Er ist umgekehrt.«

»Wir sollten uns seiner vielleicht annehmen, sobald wir oben sind«, meinte Kalten.

»Nicht, wenn wir es vermeiden können!« widersprach Sperber. »Wir wollen doch nicht, daß jemand ihn suchen kommt!«

Talen hatte derweil die Brustwehr erreicht. Er klammerte sich kurz an die rauhen Steine und lauschte; dann stemmte er sich über die Balustrade und verschwand aus dem Blickfeld der anderen. Kurz darauf folgte ihm Mirtai.

Sperber und die anderen warteten in der Dunkelheit.

Augenblicke später glitt Mirtais Seil die Wand hinunter.

»Folgen wir ihnen!« sagte Sperber angespannt. »Einer nach dem anderen.«

Die Steine waren aus quaderförmig gebrochenem Basalt und roh behauen aneinandergefügt, was das Klettern viel leichter machte, als es von unten den Anschein gehabt hatte. Sperber benutzte nicht einmal das Seil. Oben angekommen, schwang er sich über die Brustwehr. »Patrouillieren die Wachen hier oben in bestimmten Bereichen oder festgelegten zeitlichen Abständen?« fragte er Mirtai.

»Wie es aussieht, ist jedem Posten ein bestimmter Abschnitt des Wehrgangs zugeteilt«, erklärte Mirtai. »Der an diesem Ende läßt sich Zeit. Ich schätze, es dürfte mindestens eine Viertelstunde vergehen, ehe er wieder herkommt.«

»Gibt es hier irgendeine Stelle, an der wir uns bis dahin verstecken können?«

»In dem ersten Turm dort ist eine Tür.« Talen zeigte auf den gedrungenen Bau, der am Ende der Brustwehr in die Höhe ragte. »Sie führt zu einer Treppe.«

»Hast du dir die Außenwand bereits angesehen?«

Talen nickte. »An der Seite gibt es keinen Wehrgang, aber da ist ein etwa zwei Fuß breiter Sims, wo die Außenmauer an die Rückseite des Schlosses anschließt. Wir können dort entlanggehen, bis wir zum Hauptturm kommen. Dann müssen wir wieder klettern.«

»Sieht der Posten sich dort um, wenn er dieses Ende des Wehrgangs erreicht?«

»Beim letzten Mal hat er es nicht getan«, antwortete Mirtai.

»Dann erkunden wir jetzt einmal den Treppenaufgang«, entschied Sperber. »Sobald die anderen ebenfalls oben sind, verstecken wir uns dort, bis der Posten dieses Ende erreicht hat und wieder zurückgeht. Das dürfte uns eine halbe Stunde Zeit verschaffen, auf den Sims zum Hauptturm zu klettern. Selbst wenn der Wächter beim nächsten Mal um die Ecke schaut, müßten wir bis dahin außer Sichtweite für ihn sein.«

»Er hat das Unternehmen fest im Griff, nicht wahr?« Talen grinste Mirtai an.

»Was ist mit dem Jungen los?« fragte Sperber die bronzehäutige Riesin.

»'s ist ein so wahnsinnig aufregendes Abenteuer, Schätzchen«, antwortete Mirtai. »'s Herz hüpft vor Freud', s' Blut kommt ins Kochen und d' Finger kribbeln.«

»›Schätzchen‹?«

»Ein kleiner Spaß unter Freunden, Sperber. Ihr würdet es vermutlich nicht verstehen.«

Vanions Kundschafter kehrten bei Sonnenuntergang zurück und meldeten, daß die Verbindung mit Kring im Süden und mit Königin Betuanas Atanern im Norden hergestellt war. Der Ring aus Stahl um die Verbotenen Berge zog sich unerbittlich zusammen. Als Betuana und Engessa von Vanions rechter Flanke herbeigelaufen und Kring mit Tikume von der linken angeritten kamen, ging über der Wüste der Mond auf.

»Tynian-Ritter wird ebenfalls bald hier sein, Vanion-Hochmeister«, berichtete Engessa. »Er und Ulath-Ritter haben mit Bergsten-Priester zu *ihrer* Rechten gesprochen. Ulath-Ritter bleibt bei den Trollen, um mögliche Zwischenfälle zu verhindern.«

»Zwischenfälle?« fragte Sephrenia.

»Die Trolle sind hungrig. Ulath-Ritter gab ihnen ein Regiment der Klæl-Bestien zu fressen, aber die Trolle mochten deren Geschmack nicht. Ulath-Ritter versuchte sich zu entschuldigen, aber ich bin nicht sicher, daß die Trolle das verstanden.«

»Habt Ihr Berit und Khalad schon gesehen, Freund Vanion?« erkundigte sich Kring.

»Nein, aber Aphrael sagte, daß sie unmittelbar vor uns sind. Ihr Vetter führte sie zu der Stelle, wo das verborgene Tor sein soll.«

»Wenn sie wissen, wo das Tor ist, könnten wir doch hindurchgehen«, schlug Betuana vor.

»Wir warten besser noch, Liebe«, entgegnete Sephrenia. »Aphrael wird mir Bescheid geben, sobald Sperber Ehlana und Alean befreit hat.«

Tynian kam über den riesigen Totenacker herangeritten. »Bergsten ist in Stellung«, meldete er, als er sich aus dem Sattel schwang. Er blickte Itagne an. »Ich habe eine Botschaft für Euch, Exzellenz.«

»Ach? Von wem?«

»Atana Maris ist bei Bergsten. Sie möchte mit Euch reden.«

Itagnes Augen weiteten sich. »Was macht *sie* denn hier?« rief er laut.

»Sie sagte, daß Eure Briefe an sie unterwegs wohl verlorengegangen sein müssen. Kein einziger hat sie erreicht. Ihr *habt* ihr doch geschrieben, Exzellenz, oder?«

»Nun – ich hatte es vor.« Itagne wirkte verlegen. »Aber irgendwie kam ständig was dazwischen.«

»Ich bin sicher, Atana Maris wird das verstehen«, sagte Tynian mit ausdruckslosem Gesicht. »Jedenfalls, nachdem sie Bergsten die Stadt Cynestra übergeben hatte, beschloß sie, Euch aufzusuchen.«

Itagnes Miene verriet nun leichte Besorgnis. »Damit hatte ich nicht gerechnet«, gestand er.

»Um was geht es?« erkundigte Betuana sich interessiert.

»Botschafter Itagne und Atana Maris wurden während seines Aufenthalts in Cynestra gute Freunde, Majestät«, erklärte Sephrenia. »*Sehr* gute Freunde sogar.«

»Ah«, sagte Betuana. »Es ist ein bißchen ungewöhnlich, aber es kommt hin und wieder vor, und Maris war schon immer ein impulsives Mädchen.« Obwohl die atanische Königin auch jetzt noch tiefe Trauer trug, hatte sie doch ihr rituelles Schweigen aufgegeben.

»Einen guten Rat gebe ich Euch, Itagne-Botschafter – falls Ihr ihn hören möchtet.«

»Selbstverständlich, Majestät.«

»Es ist sehr unklug, mit der Zuneigung einer Atanerin zu spielen. Auch wenn es vielleicht nicht den Anschein hat, sind wir doch sehr gefühlsbestimmt. Manchmal setzen wir uns über Vorurteile und Standesunterschiede hinweg, um eine Bindung einzugehen.« Sie vermied es, Engessa anzuschauen, als sie sprach. »Doch wie dem auch sei – es sind große, alles überwältigende Gefühle, und wir können kaum etwas dagegen tun.«

»Ich verstehe«, murmelte Itagne. »Ich werde ganz bestimmt darauf achten, Majestät.«

»Möchtet Ihr, daß ich Berit und Khalad suche und hierherbringe, Freund Vanion?« fragte Kring.

Vanion überlegte. »Wir halten uns lieber von diesem Tor fern«, entschied er. »Die Cyrgai könnten uns möglicherweise entdecken. Berit und Khalad sollen dort sein, wir dagegen nicht. Bringen wir nichts ins Rollen, bevor Sperber uns Bescheid gibt, daß seine Gemahlin in Sicherheit ist. Dann begeben wir uns *alle* in die Stadt. Es gibt da einige Rechnungen, die schon viel zu lange offen sind, und ich glaube, heute ist Zahltag!«

Über den Sims, der die Rückseite des Schlosses entlang verlief, war es kaum mehr als ein bequemer Spaziergang zum Hauptturm. Trotzdem kostete es natürlich Zeit, und Sperber war sich nur allzu bewußt, daß bereits mehr als die halbe Nacht vergangen war. Mirtai und Talen kletterten behende die Turmseite hinauf, während die anderen, sicherheitshalber mit einem Seil verbunden, viel langsamer vorankamen.

Sperber spähte wieder einmal in die Höhe, als Kalten zu ihm aufschloß.

»Sperber, wo ist Aphrael?« fragte der blonde Pandioner leise.

»Überall. Hat sie dir das nicht gesagt?«

»Sehr komisch!« Kalten blickte nach Osten. »Werden wir es schaffen, ehe es hell wird?«

»Es könnte knapp werden. Über uns ist so etwas wie ein Balkon, und ich sehe beleuchtete Fenster.«

»Müssen wir einen Bogen um sie herum machen?«

»Ich werde Talen hinaufschicken. Er soll nachsehen. Falls sich nicht zu viele Cyrgai in dem Zimmer dahinter aufhalten, könnten wir unsere Kletterpartie vielleicht im Innern fortsetzen.«

»Gehen wir lieber kein Risiko ein, Sperber! Wenn es sein müßte, würde ich für Alean sogar bis zum Mond klettern. Steig schon weiter!«

»In Ordnung.« Sperber tastete sich weiter in die Höhe. Ein schwacher Wind war aufgekommen und strich kaum merklich über den Basalt. Noch stellte er keine Gefahr dar, doch Sperber hoffte inbrünstig, daß er nicht stärker würde.

»Ihr habt keine Kondition, Sperber!« kritisierte Mirtai, als er unmittelbar unter der Stelle angelangt war, wo sie und Talen sich an die Wand klammerten.

»Niemand ist vollkommen. Könnt ihr schon irgendwelche Einzelheiten dieses Balkons erkennen?«

»Ich wollte mich gerade darüber schwingen und mich umsehen«, antwortete Talen. Er löste das Seil um seine Taille und arbeitete sich vorsichtig die Wand zum Balkon hinauf.

Du machst mich zornig, Sperber. Aphraels Stimme klang in der Stille seines Bewußtseins sehr laut. *Ich habe Pläne mit diesem jungen Mann. Dazu gehört aber nicht, ihn von einer Straße abzukratzen, die fünfhundert Fuß unter ihm liegt.*

Er weiß, was er tut. Du machst dir zu viele Sorgen. Aber da du gerade hier bist, könntest du mir eigentlich ein paar Einzelheiten über das Obergeschoß dieses Turmes verraten!

Auf dem Dach steht ein Anbau. Möglicherweise wurde er nach Fertigstellung des Turms errichtet. Er enthält drei Räume: eine Wachstube für die Gardisten, die Zelle, in der Mutter und Alean eingesperrt sind, und ein großes Gemach davor. Santheocles verbringt die meiste Zeit darin.

Santheocles?

Der König der Cyrgai. Er ist ein Schwachkopf. Das sind sie zwar alle, aber er ist noch schlimmer als die meisten seiner Untertanen.

Gibt es ein Fenster in Ehlanas Zelle?

Ein kleines. Es ist vergittert. Aber selbst ohne die Gitterstäbe könntest du dich nicht hindurchwinden. Dieser Anbau hat eine kleinere Bodenfläche als die Turmgeschosse. Eine Art Brustwehr führt rundherum.

Gehen die Gardisten auf dieser Brustwehr Streife?

Nein, dazu besteht keine Notwendigkeit. Der Anbau ist der höchstgelegene Ort der Stadt, und die Vorstellung, daß jemand den Turm erklimmen könnte, ist den Cyrgai nie gekommen.

Ist Santheocles zur Zeit da oben?

Als ich zuletzt durchs Fenster spähte, war er dort, aber inzwischen könnte er gegangen sein. Zalasta war bei ihm – und Ekatas. Irgendein Treffen stand kurz bevor, an dem sie teilnehmen wollten.

Ein leises Pfeifen erklang, und Sperber blickte zum Balkon. Talen winkte ihm. »Ich werde mich umsehen«, flüsterte Sperber Mirtai zu.

»Laßt Euch nicht zuviel Zeit«, ermahnte sie ihn. »Die Nacht neigt sich bald ihrem Ende zu.«

Er brummte etwas und kletterte quer zum Balkon hinauf.

Die Zugbrücke war heruntergelassen, und niemand stand Wache. »Gut für uns«, sagte Elysoun, als sie, Liatris und Gahenas die Brücke zum Burghof überquerten. »Chacole denkt doch wirklich an alles, nicht wahr?«

»Ich dachte, hier sollten Ordensritter postiert sein«, wunderte sich Gahenas. »Chacole könnte doch sie nicht bestechen, oder?«

»Hochmeister Vanion hat die Ritter mitgenommen«, erklärte Liatris. »Die Verantwortung für die Bewachung der Burg wurde einstweilen der kaiserlichen Leibgarde übertragen. Zweifellos ist jetzt irgendein Offizier um vieles reicher, als er gestern noch war. – Ihr kennt Euch hier aus, Elysoun. Wo können wir unseren Gemahl finden?«

»Er hält sich für gewöhnlich im zweiten Stock auf, wo es eine kaiserliche Zimmerflucht gibt.«

»Dann sollten wir uns beeilen, hinauf zu kommen. Dieses unbewachte Brückentor macht mich ganz nervös. Ich bezweifle, daß wir in der gesamten Burg auch nur einen einzigen Leibgardisten finden würden – und das bedeutet, daß Chacoles Meuchler ungehindert zu Sarabian vordringen können.«

Der Balkon schien seit mindestens einer Generation nicht mehr benutzt worden zu sein. Staub lag tief in den Ecken, und die dicke Schicht aus Vogelexkrementen war unberührt. Talen kauerte neben dem Fenster und spähte um die Ecke, als Sperber sich über die steinerne Brüstung schwang.

»Jemand in dem Zimmer?« flüsterte der große Pandioner.

»Mehr als genug«, wisperte Talen zurück. »Zalasta ist soeben mit zwei Cyrgai hereingekommen.«

Sperber schloß sich seinem jungen Freund an und blickte nun ebenfalls durch das Fenster.

Der mit Fackeln beleuchtete Raum schien eine Art Thronsaal zu sein. Der Balkon, auf dem Sperber und Talen kauerten, befand sich über dessen Fußbodenhöhe und konnte von diesem Saal aus über eine steinerne Treppe erreicht werden. Am hinteren Saalende stand auf einem Podest ein Thron, der aus einem einzigen Stein gehauen war. Ein muskulöser, gutaussehender Mann in kunstvoll gehämmertem Brustpanzer und einem kurzen Lederkilt saß darauf und blickte majestätisch um sich. Zalasta stand neben ihm, und ein runzliger Mann in festlich verzierter schwarzer Robe hatte vor dem Thronpodest Aufstellung genommen und redete in seiner eigenen, Sperber fremden Zunge. Sperber fluchte und sandte rasch den Zauber aus, der die Kindgöttin auf ihn aufmerksam machen würde.

Was ist denn jetzt? hörte er Aphraels Stimme im Kopf.

Kannst du für mich übersetzen?

Ich kann noch mehr!

Sperber glaubte ein schwaches Summen zu vernehmen, und für einen Augenblick fühlte er sich schwindelig.

»... schon in diesem Moment umzingeln jene Streitkräfte die heilige Stadt«, sagte der Alte in einer Sprache, die Sperber nun verstand.

Ein Mann mit eisengrauem Haar und strotzenden Armmuskeln löste sich von den anderen vor dem Podest und trat noch näher heran. »Was gibt es da zu befürchten, Ekatas?« grollte er mit tiefer Stimme. »Der mächtige Cyrgon blendet die Augen unserer Feinde, wie bereits seit hundert Jahrhunderten! Sollen sie doch unter den Gebeinen jenseits unseres Tales kauern und vergeblich das Tor der Täuschung suchen. Sie sind blind und keine Gefahr für die Verborgene Stadt!«

Die anderen, die vor dem Thronpodest standen, murmelten zustimmend.

»General Ospados hat recht!« bestätigte ein anderer Mann in Rüstung und trat ebenfalls näher. »Laßt uns diese jämmerlichen Fremden gar nicht beachten! So war es schon immer, und so soll es auch jetzt sein.«

»Schändlich!« warf ein anderer brüllend ein. Auch er trat vor, hielt jedoch betont Abstand von den beiden, die eben gesprochen hatten. »Wollen wir uns vor minderwertigen Völkern verstecken? Daß sie sich vor unserem Tor befinden, ist eine Beleidigung, die bestraft werden muß!«

»Könnt Ihr verstehen, was sie sagen?« flüsterte Talen.

»Sie streiten«, antwortete Sperber.

»Ach, wirklich?« sagte Talen sarkastisch. »Könntet Ihr ein bißchen genauer sein, Sperber?«

»Offenbar ist es Aphraels Vettern gelungen, alle hierherzubringen. Nach dem, was der Kerl in der schwarzen Robe sagte, ist die Stadt umzingelt.«

»Es ist ein beruhigendes Gefühl, Freunde in der Nähe zu wissen. Was beabsichtigen diese Leute dagegen zu unternehmen?«

»Genau darüber sind sie sich nicht einig. Manche wollen die Fremden gar nicht beachten, andere wollen gegen sie kämpfen.«

Nun trat Zalasta auf dem Podest nach vorn. »Hört, was der Ewige Klæl spricht: ›Die Streitkräfte jenseits des Tores der Täuschung sind unbedeutend. Die wahre Gefahr befindet sich hier, innerhalb der Mauern der Verborgenen Stadt. Anakha ist bereits in diesem Augenblick in Hörweite meiner Stimme!‹«

Sperber fluchte.

»Was ist los?« erkundigte sich Talen.

»Zalasta weiß, daß wir hier sind!«

»Wie hat er *das* herausgefunden?«

»Ich habe keine Ahnung. Er behauptet, daß er für Klæl spricht, und Klæl kann Bhelliom wahrscheinlich spüren.«

»Sogar durch das Gold?«

»Das Gold mag Bhelliom vielleicht vor Cyrgon verbergen, doch Bhelliom und Klæl sind Brüder. Möglicherweise können sie einander durch das halbe Universum spüren – selbst wenn Sonnen zwischen ihnen brennen.« Sperber hob eine Hand. »Er sagt noch etwas.« Er lehnte sich dichter ans Fenster.

»Ich weiß, daß Ihr mich hören könnt, Sperber!« rief Zalasta auf elenisch. »Ihr seid Bhellioms Geschöpf, und das verleiht Euch gewisse Kräfte. Aber *ich* bin das Geschöpf Klæls, und das gibt mir ebensoviel Macht, wie Ihr sie besitzt.« Zalasta verzog spöttisch das Gesicht. »Eure Tarnungen waren sehr schlau, doch Klæl hat sie auf

Anhieb durchschaut. Ihr hättet tun sollen, was man Euch auftrug. Nun aber habt Ihr Eure beiden jungen Freunde ins Verderben gestürzt, und Ihr könnt nichts, *gar nichts* dagegen tun!«

Etwa ein halbes Dutzend Männer in unauffälliger Kleidung hielten sich auf dem Korridor vor der Tür des Gemachs auf, in dem Elysoun den Kaiser das letzte Mal besucht hatte. »Sarabian!« rief sie, ohne zu überlegen. »Verschließ deine Tür!«

Das tat der Kaiser natürlich nicht. Nach einem Augenblick des Schocks, während die Meuchler scheinbar mitten im Schritt erstarrten und Liatris ihren Dolch zog und wilde Verwünschungen ausstieß, schwang die Tür auf, und Sarabian, in elenischer Beinkleidung, puffärmeligem Linnenhemd, das lange schwarze Haar im Nacken zusammengebunden, stürmte mit gezücktem Degen auf den Korridor.

Sarabian war groß für einen Tamuler, und sein erster Ausfall heftete einen Meuchler an die Wand gegenüber der Tür. Rasch und mit theatralischer Gebärde riß der Kaiser die Klinge aus der zu Boden sinkenden Leiche.

»Laß die Angeberei!« zischte Liatris ihren Gemahl an, während sie den Rumpf eines Meuchlers fein säuberlich von unten nach oben aufschlitzte. »Gib lieber acht!«

»Jawohl, meine Teuerste«, entgegnete Sarabian, dem die Situation sichtlich Spaß machte, und ging wieder in Fechtposition.

Elysoun hatte lediglich ein kleines scharfes Messer, mit dem sie jedoch geschickt zu kämpfen verstand. Ein arjunischer Meuchler mit einem gut einen Fuß langen Dolch parierte Sarabians nächsten Stich und machte sich mit gehässigem Lachen daran, dem Kaiser seine nadelspitze Klinge in die Augen zu stoßen. Doch ehe ihm das gelang, schrie er plötzlich kurz auf und sank tot zu Boden. Elysouns kleines Messer, scharf wie die Klinge eines Barbiers, war mühelos durch sein Kreuz in die Niere gedrungen.

Es war jedoch Gahenas, die alle am meisten überraschte. Ihre Waffe war ein dünnes sichelförmiges Messer. Mit einem schrillen Schrei warf die teganische Kaiserin sich mitten ins Getümmel und schlitzte den von Chacole angeworbenen Meuchlern die Gesichter auf. Immer wieder hackte sie kreischend nach den entsetzten Angreifern, und Sarabian nutzte jeden Schwachpunkt seiner Gegner und ließ seine dünne Klinge pfeifen. Offenbar bereitete ihm dieser

Tanz des Todes sogar Spaß. Damit soll nicht gesagt werden, daß der Kaiser von Tamuli ein meisterlicher Fechter war. Er war ziemlich geschickt, doch Stragen hätte bestimmt allerlei auszusetzen gehabt. Tatsächlich waren es seine Gemahlinnen, die den Tag – oder, in diesem Fall, vielmehr die Nacht – retteten.

»Rasch hinein, meine Lieben!« rief Sarabian und schob die Berserkerinnen zur Tür, während er über den gefallenen Meuchlern hinweg durch die leere Luft hieb.

»O je!« murmelte Liatris Elysoun und Gahenas zu. »Er ist so ein Kind!«

»Allerdings, Liatris«, pflichtete Elysoun ihr bei und schlang liebevoll einen Arm um ihre teganische Schwester. »Aber unseres.«

»Kring kommt!« Khalad deutete auf den im Mondschein schattenhaft erkennbaren Reiter, der auf dem mit Gebeinen bestreuten Kies herbeigaloppierte.

Berit runzelte die Stirn. »Das ist unvorsichtig! Jemand könnte ihn von der Stadt aus sehen!«

Der Domi erreichte die anderen und riß am Zügel. »Schnell, fort von hier!«

»Was ist denn los?« fragte Berit.

»Die Kindgöttin sagt, ihr sollt mit mir zurück zu den anderen reiten! Die Cyrgai kommen heraus, um euch zu töten!«

»Ich hab' mich schon gefragt, wann sie das versuchen.« Khalad stemmte sich in den Sattel. »Komm, Berit!«

Berit nickte und griff nach Farans Zügel. »Wird Hochmeister Vanion etwas unternehmen, wenn die Cyrgai angreifen?« fragte er Kring.

Der Domi grinste wölfisch. »Freund Ulath hat eine kleine Überraschung für sie parat, wenn sie durchs Tor kommen«, erwiderte er.

Berit blickte sich um. »Wo ist er? Ich sehe ihn nicht.«

»Die Cyrgai werden ihn ebensowenig sehen.«

»Entfernen wir uns von diesem Felsen. Wir zeigen uns den Cyrgai, sobald sie herauskommen. Sie haben den Befehl, euch zu töten; deshalb werden sie hinter uns herjagen. Freund Ulath hat sieben oder acht sehr hungrige Trolle bei sich. Sie werden sich auf die Cyrgai stürzen, sobald sie zu sehen sind.«

»Wußte er, wo du warst?« fragte Kalten angespannt, während sie sich an die Wand drückten.

»Das glaube ich nicht«, antwortete Sperber. »Er weiß, daß ich irgendwo in der Stadt bin, aber es gibt verschiedene Möglichkeiten, ihn zu belauschen. Meines Erachtens hatte er keine Ahnung, *wie* nahe ich war, als er seine Drohungen ausstieß.«

»Werden Berit und Khalad sich rechtzeitig in Sicherheit bringen können?«

Sperber nickte. »Aphrael war bei mir, als Zalasta seine kleine Rede hielt. Sie kümmert sich darum.«

»Paßt auf, Sperber«, rief Mirtai über ihnen, »ich lasse jetzt das Seil herunter.«

Das freie Seilende glitt aus dem Grau über ihnen, und Sperber kletterte rasch hinauf. »Wie weit noch?« erkundigte er sich leise, als er neben Mirtai stand.

»Nur noch ein kleines Stück«, antwortete sie. »Talen ist bereits ganz oben.«

»Er hätte warten sollen!« brummte Sperber zornig. »Ich werde mit diesem Jungen ein ernstes Wort reden müssen!«

»Das wird nichts nützen. Talen geht gern Wagnisse ein. Zieht Kalten noch unsere Ausrüstung hinter sich her? Ich möchte da oben gar nicht gern feststellen, daß ich nur meine Fingernägel als Waffen habe.«

»Ja, er zieht sie hoch – von einem Halt zum anderen.« Sperber spähte die Wand hinauf. »Wie wär's, wenn Ihr diesmal mich vorausklettern laßt? Seht zu, daß die anderen so schnell wie möglich heraufkommen. Wir haben noch eine Menge zu tun, und diese Nacht dauert nicht ewig.«

Mirtai zeigte auf die unebene Wand. »Macht schon!«

Sperber blickte sie an. »Ich weiß nicht, ob ich Euch das schon mal gesagt habe, aber Ihr sollt wissen, daß ich sehr froh bin, Euch an unserer Seite zu wissen. Ihr seid wahrscheinlich der beste Soldat, den ich je gekannt habe.«

»Werdet nicht rührselig, Sperber. Ihr macht mich verlegen. Hattet Ihr nicht vor, die Wand hinaufzuklettern? Oder wollt Ihr warten, bis die Sonne aufgeht?«

Vorsichtig begann er den Aufstieg. Es war zwar zu ihrem Vorteil, daß die Nordseite des Turmes im Schatten lag, doch die noch tiefe

Dunkelheit hier erforderte, daß Sperber mit Fingern und Zehen nach jedem Halt tasten mußte, da er hier so gut wie nichts sehen konnte. Er konzentrierte sich auf das Klettern und widerstand der Versuchung, sich zurückzulehnen, um nach der Wand über ihm und der gut erkennbaren, noch mehr als fünfzig Fuß entfernten Brüstung zu sehen.

»Warum habt Ihr so lange gebraucht?« wisperte Talen, als der große Pandioner sich über die Balustrade am Rand der Brustwehr schwang.

»Ich habe unterwegs angehalten, um an den Blumen zu schnuppern«, antwortete Sperber bissig. Er schaute rasch nach Osten, wo die Umrisse der Berge sich bereits ganz leicht gegen den grauen Himmel abhoben. Ihnen blieb höchstens noch eine Stunde Dunkelheit. »Keine Posten, nehme ich an?« wisperte Sperber.

»Nein«, antwortete Talen leise. »Die Cyrga glauben wahrscheinlich, daß sie sich ihren Schlaf verdient haben.«

»Sperber?« Kaltens Wispern war von unten zu hören.

»Hier oben!«

»Übernimm das Gepäck!«

Ein Seilende schlängelte sich aus der Dunkelheit.

»Hilf mir, Talen!« Sperber lehnte sich über die steinerne Balustrade. »Paß auf!« rief er leise zu Kalten hinunter. »Wir ziehen es jetzt hoch.«

Kalten brummte, und sie konnten hören, wie er an der Wand zur Seite wich. Dann zogen Sperber und Talen das riesige, unförmige Bündel langsam zu sich herauf und gaben acht, daß es nicht gegen die Steine prallte. Sperber zog rasch sein Schwert heraus; dann tastete er im Bündel der Kettenhemden nach dem seinen.

Kalten schnaufte schwer, als er über die Balustrade kletterte. »Warum hast du zugelassen, daß ich so gar nichts mehr für meine körperliche Verfassung getan habe, Sperber?« keuchte er.

Sperber zuckte die Schultern. »Hab' wohl nicht darauf geachtet. – Ah, da ist es ja!« Er zog sein Kettenhemd zwischen den anderen hervor.

»Wie könnt Ihr so sicher sein, daß es Eures ist?« fragte Talen interessiert. »Im Dunkeln, meine ich.«

»Ich trage es seit über zwanzig Jahren. Glaub mir, ich täusche mich nicht! Sieh nach, ob die anderen kommen.«

Talen trat an die Balustrade und half Xanetia auf die Brustwehr, während Bevier und Mirtai es allein schafften.

Die Ritter brauchten nur wenige Minuten, sich wieder zu rüsten. »Wohin ist Talen verschwunden?« flüsterte Kalten und schaute sich um.

»Er schnüffelt herum«, murmelte Mirtai, während sie ihren Schwertgürtel zurechtrückte.

»Man nennt das kundschaften!« verbesserte Bevier sie.

Sie zuckte die Schultern. »Egal.«

Da kam Talen bereits zurück. »Ich glaube, ich habe gefunden, wonach wir suchen«, erklärte er leise. »Es gibt da ein kleines vergittertes Fenster. Es ist ziemlich hoch oben; deshalb habe ich nicht hindurchgeschaut.«

»Kommt Aphrael zurück?« fragte Bevier. »Sollten wir auf sie warten?«

Sperber schüttelte den Kopf. »Es wird bald hell. Aphrael weiß, was wir tun. Sie kümmert sich darum, daß die anderen alle an Ort und Stelle sind.«

Talen führte die Gefährten zur Ostseite des Turms. »Dort oben!« Er deutete auf eine kleine vergitterte Öffnung über ihnen.

»Haben irgendwelche Fenster an der Vorderseite Gitter?« fragte Sperber.

»Nein. Außerdem sind sie alle größer und nicht halb so hoch vom Boden.«

»Dann ist es das richtige!« Sperber hätte seine Begeisterung am liebsten laut herausgeschrien. »Aphrael hat mir dieses Fenster beschrieben.«

Kalten blickte blinzelnd zu dem vergitterten Fenster hoch oben in der Wand hinauf. »Vergewissern wir uns lieber, ehe wir in einen Freudentaumel verfallen!« Er stemmte die Hände an die Wand und spreizte die Beine. »Steig hoch, Sperber, und sieh nach!«

»Gut.« Sperber legte die Hände um die Arme seines Freundes und kletterte dessen breiten Rücken hinauf. Dann setzte er die Füße auf Kaltens Schultern, richtete sich vorsichtig auf und langte nach dem rostigen Gitter vor dem Fenster. Er streckte den Kopf empor und spähte in die Dunkelheit hinter dem Fenster. »Ehlana?« rief er leise.

»*Sperber*?« antwortete sie verblüfft.

»Bitte, sprich leise. Ist alles in Ordnung mit dir?«

»Jetzt schon. Wie bist du hierher gekommen?«

»Das ist eine lange Geschichte. Ist Alean bei dir?«

»Ja, Prinz Sperber!« ertönte die glockenklare Stimme des Mädchens. »Ist Kalten bei Euch?«

»Ich stehe auf seiner Schulter. Könnt ihr irgendwie Licht machen?«

»Auf gar keinen Fall!« sagte Ehlana entsetzt.

»Was ist los?«

»Sie haben mir das ganze Haar abgeschnitten, Sperber!« wimmerte sie. »Ich möchte nicht, daß du mich so siehst!«

32

Talen ließ sich vorsichtig von dem kleinen Fenster zurück auf die Brustwehr fallen. »Ich kann mich hindurchzwängen!« flüsterte er zuversichtlich.

»Und was ist mit dem Eisengitter?« fragte Kalten skeptisch.

»Reines Zierwerk, und noch dazu mindestens zwei Jahrhunderte alt. Ist ein Kinderspiel für mich, das Gitter abzunehmen.«

»Warten wir noch, bis Xanetia zurück ist«, entschied Sperber. »Wir können erst dann etwas tun, wenn wir die Lage im Griff haben und wissen, was hier vor sich geht.«

»Ich möchte dich ja nicht kränken«, wandte Mirtai sich leise an Talen, »aber ich weiß wirklich nicht, was du uns nutzen kannst, wenn du dich bei Beginn der Kampfhandlungen in der Zelle befindest und ein halbes Dutzend Cyrgai hineinstürmen, um Ehlana und Alean zu töten.«

»'s nutzt insoweit, als sie gar nicht in die Zelle *kommen*, Schätzchen«, antwortete er mit breitem Grinsen. »Weil nämlich die Tür zugesperrt ist!«

»Sie haben einen Schlüssel!«

»Ich brauche etwa eine halbe Minute mit dem Schloß, dann nutzt ihnen ihr Schlüssel gar nichts mehr. Sie kommen nicht hinein, glaubt es mir!«

»Gibt es irgendwelche anderen Möglichkeiten?« fragte Bevier.

»Nicht in der kurzen Zeit, die uns vor Tagesanbruch noch bleibt«, antwortete Sperber mit einem besorgten Blick zum östlichen Horizont. »Kalten, steig hoch und sieh dir das Gitter an.«

»Mach' ich.« Der blonde Pandioner kletterte zu dem kleinen Fenster hinauf, legte beide Hände um das alte Schmiedeeisengitter und zog daran. Steinchen und kleine Mörtelbrocken hagelten auf die anderen hinunter.

»Psst!« zischte Mirtai mahnend zu ihm hinauf.

»Es ist bereits locker!« flüsterte Kalten zurück. »Der Mörtel ist zerbröckelt.« Er ließ das Gitter los und drückte sich ans Fenster. »Ehlana möchte mit dir sprechen, Sperber!« rief er leise hinunter.

Sperber stieg wieder zum Fenster hinauf. »Ja, Liebste?« flüsterte er in die Dunkelheit.

»Was hast du vor, Sperber?« fragte Ehlana raunend. Es klang so nahe, daß er vermeinte, sie berühren zu können.

»Wir werden das Gitter entfernen. Dann klettert Talen durchs Fenster und sorgt dafür, daß die Burschen von draußen nicht in die Zelle hinein können. Anschließend werden wir uns auf die Wachen stürzen. Ist Zalasta irgendwo in der Nähe?«

»Nein. Er und Ekatas haben sich zum Tempel begeben. Zalasta weiß, daß ihr hier seid, Sperber. Irgendwie hat er deine Nähe gespürt. Santheocles läßt jetzt die Stadt nach euch absuchen.«

»Ich glaube, wir sind ihnen voraus. Wahrscheinlich ahnen sie nicht, daß wir bereits hier oben sind.«

»Wie *seid* ihr denn heraufgekommen, Sperber? Alle Treppenaufgänge werden bewacht!«

»Wir sind an der Außenseite des Turmes hinaufgeklettert. Wann treten die Wachen ihren Dienst wieder an?«

»Für gewöhnlich, sobald es hell wird. Sie kochen hier oben in der Wachstube irgendein scheußliches Essen. Dann bringen zwei von ihnen Alean und mir einen Fraß, den sie Frühstück nennen.«

»Auf euer Frühstück werdet ihr heute wohl ein bißchen länger warten müssen, Liebling«, flüsterte Sperber grinsend. »Die Köche werden bald mit etwas anderem beschäftigt sein.«

»Sei vorsichtig, Sperber!«

»Selbstverständlich, meine Königin.«

»Sperber!« rief Mirtai leise hinauf. »Xanetia ist zurück.«

»Ich muß jetzt wieder hinunter, Liebste«, flüsterte er in die Dunkelheit. »Wir holen euch bald da raus. Ich liebe dich!«

»Wie wundervoll, das wieder zu hören!«

Sperber stieg rasch zur Brustwehr zurück. »Schön, daß Ihr zurück seid, Anarae«, begrüßte er Xanetia.

»Eure gute Laune verwundert mich, Anakha.«

»Ich habe mich soeben mit meiner Gemahlin unterhalten, Anarae«, entgegnete er. »Das hebt stets meine Stimmung. – Mit wie vielen Wachen werden wir es zu tun haben?«

»Ich fürchte, sie zählen nahezu zwei Dutzend, Anakha.«

»Das könnte sich als Problem erweisen, Sperber«, meinte Bevier. »Es sind Cyrgai. Sie sind zwar nicht sonderlich klug, aber zwei Dutzend könnten uns doch Schwierigkeiten machen.«

»Vielleicht nicht«, widersprach Sperber. »Aphrael sagte, daß es hier oben nur drei Räume gibt: den Saal, die Zelle, in der Ehlana und Alean gefangengehalten werden, und die Wachstube. Hatte sie recht, Anarae?«

»Wahrlich«, bestätigte Xanetia. »Die Zelle und die Wachstube befinden sich hier an der Nordseite. Der Saal erstreckt sich an der Südseite, oberhalb von Cyrgons Tempel. Aus den schläfrigen Gedanken der Cyrgai, die noch wach sind, konnte ich entnehmen, daß König Santheocles sich gern auf diesen Hauptturm zurückzieht, um sich von diesem Wehrgang aus am Anblick seines Reiches zu erfreuen – und in allem genießt er die Verehrung seiner Untertanen in der Stadt unter ihm.«

»Verrückt«, brummte Mirtai. »Hat er nichts Besseres zu tun?«

Xanetia lächelte leicht. »Für alles andere fehlte ihm der Verstand, Atana. Sogar seine Gardisten, so beschränkt sie selbst auch sind, halten ihren König nicht für sehr klug. Doch seine Intelligenz – oder vielmehr der Mangel daran – ist nicht von großer Bedeutung. Santheocles ist von königlichem Geblüt und hat nur eine Aufgabe: festlich gewandet und mit der Krone auf dem Haupt standesgemäß aufzutreten.«

»Das könnte ein Hut- oder Kleiderständer auch«, bemerkte Talen.

»Wahrlich.«

»Halten die Wachen sich an einen festen Ablauf?« wollte Bevier wissen.

»Nein, Herr Ritter. Sie halten sich lediglich in Bereitschaft, die Befehle ihres Königs zu befolgen. Ihre Hauptbeschäftigung besteht darin, dem Volk mit Fanfarengeschmetter anzukündigen, daß Santheocles sich an der Brustwehr zeigen wird, um gnädigst die Huldbezeugungen der Cyrgai entgegenzunehmen.«

»Ansonsten sitzen sie wartend in der Wachstube herum?« erkundigte sich Sperber.

»Von jenem Paar abgesehen, das Wache vor der Zelle der Königin hält, und dem anderen Paar, welches die Treppe zu den unteren Geschossen dieses Turmes bewacht.«

»Können sie von der Wachstube aus in die Zelle der Königin gelangen?« fragte Bevier angespannt.

»Nein. Es gibt nur diese eine Tür.«

»Und wie breit ist die Türöffnung zwischen der Wachstube und dem Saal?«

»Sie erlaubt nur jeweils einer Person Zugang, Ritter Bevier.«

»Kalten und ich werden uns mit dieser Tür beschäftigen, Sperber.«

»Gibt es sonst noch Möglichkeiten, in die Wachstube zu gelangen?« fragte Kalten.

Xanetia schüttelte den Kopf.

»Irgendwelche großen Fenster?«

»Nein, es gibt nur eines, und das ist nicht größer als jenes da oben, doch ohne Gitter.«

»Das beschränkt die Zahl unserer direkten Gegner also auf jene vier Wachen im Saal«, stellte Kalten fest. »Bevier und ich wären allein imstande, die anderen eine ganze Woche in der Wachstube gefangenzuhalten, wenn es sein müßte.«

»Und Sperber und ich können uns die übrigen vor der Zellentür und am Kopfende der Treppe vornehmen«, fügte Mirtai hinzu.

Sperber blickte wieder nach Osten, wo sich bereits ein leichtes Grau am Himmel ausbreitete. »Sehen wir zu, daß wir Talen in die Zelle kriegen!«

Kalten kletterte wieder die Wand zum Fenster hinauf und bohrte seinen schweren Dolch in den Mörtel.

»Seht Euch noch ein wenig um und haltet Wache, Anarae«, flüsterte Sperber. »Gebt uns Bescheid, falls jemand die Treppe heraufkommen sollte.«

Sie nickte und verschwand um die Turmecke.

Sperber stieg nun zu Kalten hinauf und machte sich am Mörtel der linken Gitterverankerung zu schaffen, während sein Freund weiterhin an der rechten arbeitete. Nach kurzer Zeit zerrte Kalten an dem rostigen Eisen. »Die untere Befestigung hat sich gelöst«, raunte er. »Machen wir oben weiter.«

»Ist gut.« Sie hackten und bohrten im Mörtel der oberen Verankerung. »Paß auf, sobald das Zeug sich löst«, mahnte Sperber. »Es wäre nicht ratsam, wenn es auf die Brustwehr klappert.«

»Meine Seite ist frei!« wisperte Kalten. »Ich halte das Gitter fest, bis auch deine Seite lose ist.« Er langte nach innen, fand mit der Rechten einen guten Halt, und packte das Gitter mit der Linken.

Sperber bohrte tiefer, und es hagelte kleine Mörtelstücke auf die Brustwehr unter ihnen. »Ich glaube, das wär's!« flüsterte er.

»Versuchen wir es mal!« Kaltens Schultern strafften sich, und ein knirschendes Geräusch war zu hören, als das uralte Ziergitter sich aus der Wand löste. Mit einer weit ausholenden Bewegung schleuderte Sperbers kräftiger Freund das schwere Hindernis über die Brustwehr hinweg.

»Was *machst* du?« stieß Sperber erschrocken hervor.

»Ich schaffe uns das Ding vom Hals!«

»Hast du eine Ahnung, was für einen Krach das Gitter machen wird, wenn es unten aufschlägt?«

»Na und? Es sind gut fünfhundert Fuß bis nach unten! Soll es doch so viel Krach machen, wie es nur will. Falls gerade irgendein Cyrgai oder ein cynesganischer Sklavenaufseher darunter steht, wird es eine schlimme Überraschung für ihn geben. Aber wir können damit leben, stimmt's?«

Sperber streckte den Kopf durch die nun freie Fensteröffnung. »Ehlana?« flüsterte er. »Bist du da?«

»Wo sollte ich *sonst* sein, Sperber?«

»Entschuldige. Dumme Frage. Wir haben das Gitter entfernt und schicken jetzt Talen zu euch hinein. Schrei oder tu sonst irgendwas, sobald er das Schloß zerstört hat und die Wachen nicht mehr aufschließen können.«

»Geht mir aus dem Weg, Sperber!« zischte Talen direkt unter ihm. »Wie soll ich hineinkommen, wenn Ihr das Fenster versperrt!«

Sperber bewegte sich zur Seite, und der behende junge Bursche wand sich durch die Öffnung. Plötzlich hielt er inne. »Es geht nicht«, murmelte er. »Zieht mich raus!«

»Was ist los?« fragte Kalten bestürzt.

»Fragt nicht, zieht mich einfach raus, Kalten. Für Erklärungen reicht die Zeit nicht!«

Sperbers Herz wurde schwer, als er und Kalten den jungen Einbrecher zurückzogen.

»Haltet mal kurz!« Talen drehte sich um, bis er auf der Seite war; dann streckte er die Arme hoch über den Kopf. »Schiebt jetzt!«

»Du wirst bloß wieder steckenbleiben!« protestierte Kalten.

»Dann müßt ihr eben fester schieben! Das hat man nun von diesem nahrhaften Essen, den Körperübungen und dem geregelten Leben, das Ihr mir aufdrängt, Sperber. Ich bin so in die Länge und Breite gegangen, daß ich meine Schultern nicht mehr durchkriege!« Wieder begann er, sich durch die Öffnung zu winden. »Schiebt, meine Herren!« wies er sie an.

Die beiden stemmten die Hände gegen Talens Fußsohlen.

»Fester!« ächzte er.

»Du schabst dir die ganze Haut ab!« warnte Kalten.

»Ich bin jung. Bei mir heilt alles rasch. Schiebt!«

Nach einiger Mühe und mit vielen heftigen Verwünschungen gelang es Talen schließlich, sich in die Zelle zu schlängeln.

»Alles in Ordnung?« flüsterte Sperber heiser durch die Fensteröffnung.

»Mir geht's gut, Sperber«, wisperte Talen zurück. »Macht ihr euch jetzt lieber an die Arbeit. Ich werde nicht lange brauchen.«

Sperber und Kalten ließen sich zurück auf die Brüstung fallen. »Los!« zischte Sperber, und die drei Ritter sowie die atanische Riesin eilten auf der schmalen Brustwehr zur Südseite des Turmes.

»Leise, Anakha!« Xanetias Stimme schien aus dem Nichts zu kommen.

»Rühren die Posten sich bereits, Anarae?« wisperte Bevier.

»Einige Geräusche sind aus der Wachstube zu vernehmen«, antwortete ihre Stimme leise.

Auf der Vorderseite des Turmes befanden sich zwei große Lichtluken, eine zu jeder Seite der breiten Tür. Vorsichtig hob Sperber den Kopf über den Sims der linken Luke und spähte hindurch. Wie Aphrael gesagt hatte, war der Raum dahinter sehr groß, jedoch nur spärlich mit zwei Bänken, einigen Hockern und zwei niedrigen Tischen möbliert. Primitive Öllampen spendeten flackerndes, trübes Licht. An der rechten Seite der hinteren Wand befand sich eine kleine

Tür, an der zwei statuengleiche Cyrgai Wache hielten. Die ebenfalls bewachte Treppe auf der linken Seite des Saales war an drei Seiten von einer niedrigen Wand umgeben. Die zweite Tür, die zur Wachstube führte, befand sich ebenfalls links, unweit des Kopfendes der Treppe.

Sperber beobachtete die Wachen und blickte prüfend auf ihre Waffen und Rüstung. Es waren muskulöse Männer in archaischem Brustpanzer, Kammhelm und kurzem Lederkilt. Jeder hielt einen großen Rundschild mit der linken Hand, mit der rechten einen acht Fuß langen Speer. Von ihren Gürteln hingen Schwerter und schwere Dolche.

Sperber wandte den Kopf vom Fenster ab. »Ihr solltet euch das lieber auch einmal anschauen!« forderte er seine Freunde leise auf.

Einer nach dem anderen richteten sich Kalten, Bevier und Mirtai leicht auf und spähten in den Saal.

»Ist diese Tür verschlossen, Anarae?« wisperte Sperber und deutete auf die, welche zum Wehrgang führte.

»Ich hielt es nicht für klug, das festzustellen, Anakha. Cynesganer sind keine geschickten Handwerker. Ich glaube, in der ganzen Stadt gibt es keine Türen, die sich lautlos öffnen ließen.«

»Da habt Ihr vermutlich recht«, flüsterte Sperber. »Ziehen wir uns um die Ecke zurück«, wies er die anderen an und führte sie zur Ostseite.

»Es wird heller.« Kalten deutete zum Horizont.

Sperber zuckte die Schultern. »Wir steigen durch die Fenster«, entschied er. »Um einen Überraschungsangriff durch die Tür zu wagen, sind wir zu viele. Wir würden dabei wertvolle Zeit verlieren. Bevier, Ihr und Mirtai steigt durch das Fenster, das sich gegenüber der Tür befindet. Kalten und ich nehmen das Fenster auf dieser Seite. Seid vorsichtig. Diese Speere sind offenbar ihre Hauptwaffen. Das bedeutet, sie haben viel Übung damit. Geht schnell vor, und verschließt die Tür zur Wachstube. Wir müssen ihnen aber auch den Weg über die Treppe versperren.«

»Das erledige ich, Sperber«, erklärte Mirtai. »Konzentriert Ihr Euch darauf, unsere Freunde aus der Zelle zu holen.«

»Gut«, bestätigte er. »Sobald sie frei sind, kommt Bhelliom zum Einsatz. Das dürfte unsere Chancen hier oben beträchtlich erhöhen.«

Da vernahmen sie eine klare Stimme in einem sehnsuchtsvollen Lied, das durch die Dämmerung zu ihnen klang.

»Das Signal!« erklärte Kalten. »Das ist Alean! Talen ist fertig! Gehen wir es an!«

»Ihr habt es gehört!« sagte Sperber. Er trat zur Seite, um Bevier und Mirtai vorbeizulassen. »Ich gebe das Zeichen, dann steigen wir alle gleichzeitig hinein.«

Bevier und Mirtai duckten sich, während sie am vorderen Fenster vorbeirannten, um dann unter den Fenstern jenseits der Tür abzuwarten. »Haltet Ihr Euch heraus, Anarae«, murmelte Sperber der unsichtbaren Xanetia zu. »Das ist nicht Eure Art von Kampf.« Dann runzelte er die Stirn, denn er spürte ihre Anwesenheit nicht. »Also gut, Kalten«, sagte er schließlich. »Gehen wir es an.«

Die beiden schlichen mit dem Schwert in der Hand lautlos vorwärts und duckten sich unter das breite Fenster. Sperber richtete sich flüchtig auf, um die Brustwehr entlangzublicken. Bevier und Mirtai warteten angespannt auf seinen Befehl. Sperber holte tief Luft und wappnete sich. »Jetzt!« brüllte er, stemmte die Hand auf den Fenstersims und schwang sich in den Saal.

Zuvor hatten sich vier Cyrgai im Saal aufgehalten. Jetzt waren es zehn!

»Wachwechsel, Sperber!« rief Bevier und schwang seine tödliche Lochaber mit beiden Händen.

Sie hatten zwar immer noch den Überraschungseffekt auf ihrer Seite, doch die Lage hatte sich drastisch geändert. Sperber fluchte und hieb einen Cyrgai nieder, der einen Eimer trug – vermutlich das Frühstück der Gefangenen. Dann stürmte er auf die vier Wachen los, die vor der Zellentür standen und offenbar nicht wußten, was sie tun sollten. Einer plagte sich mit dem Schloß ab, während die anderen drei sich mühten, Verteidigungsstellung zu beziehen. Obwohl sie nicht die besten Soldaten zu sein schienen, stellten ihre langen Speere tödliche Probleme dar.

Sperber stieß eine wilde Verwünschung aus und holte mit seinem schweren Breitschwert zu einem heftigen Hieb auf die Speere aus. Kampfgeräusche drangen auch von der anderen Saalseite herüber, doch Sperber war zu sehr darauf bedacht, zu dem Cyrgai vorzudringen, der die Zellentür mit Gewalt öffnen wollte, als daß er sich umgedreht hätte, um nachzusehen, woher die Geräusche stammten.

Zwei Speere waren inzwischen zerbrochen, und die Cyrgai hatten sie fortgeschleudert und ihre Schwerter gezückt. Der dritte Soldat, dessen Speer noch unversehrt war, wich ein Stück zurück, um seinen Gefährten zu schützen, der sich fieberhaft mit dem Schloß abplagte.

Sperber riskierte einen raschen Blick zur anderen Saalseite und sah, wie Mirtai in diesem Moment einen zappelnden Soldaten über den Kopf hob und ihn die Treppe hinunterwarf, wo er krachend aufschlug. Zwei weitere Cyrgai lagen tot oder sterbend in der Nähe. So, wie damals in Othas Thronsaal in Zemoch, hielt Sperber vor der Tür zur Wachstube die Stellung, während Mirtai wie eine riesige goldene Wildkatze unter den anderen Soldaten am Kopfende der Treppe wütete. Sperber wandte seine Aufmerksamkeit rasch wieder seinen unmittelbaren Gegnern zu.

Die Cyrgai waren mittelmäßige Schwertkämpfer, und ihre übergroßen Schilde behinderten sie in der Bewegung. Sperber fintierte rasch nach dem Kopf des einen; der Mann riß sofort seinen Schild hoch, und Sperber duckte sich und stieß sein Schwert nach oben in den glänzenden Brustharnisch. Der Cyrgai schrie auf und stürzte nach hinten, während Blut aus der Wunde unter dem aufgeschlitzten Harnisch quoll.

Doch damit war der Kampf in diesem Raum noch nicht zu Ende. Der Cyrgai an der Zellentür, der sich mit dem Schloß abgeplagt hatte, warf sich nun mit der Schulter gegen die Tür. Das Splittern von Holz war deutlich zu hören. Verzweifelt wollte Sperber sich auf ihn stürzen, denn wenn die Tür erst aufgebrochen war ...

Plötzlich schwang das Türblatt wie von selbst nach innen. Triumphierend riß der Cyrgai, der die Tür hatte aufbrechen wollen, sein Schwert aus der Scheide.

Aus dem Triumphgeschrei wurde ein Schrei des Entsetzens, als sich in der Zelle helles Licht ausbreitete.

Leuchtend wie die Sonne stand Xanetia an der Tür und streckte eine Hand aus.

Der Cyrgai schrie aufs neue, wich zurück und stolperte über seine verwundeten Kameraden. Als er wieder auf die Füße kam, rannte er zum Fenster und tauchte hindurch.

Er rannte immer noch, als er die Brustwehr erreichte und mit einem langen, verzweifelten Schrei in den Abgrund sprang.

Die beiden anderen Cyrgai an der Zellentür ergriffen ebenfalls die Flucht und stürmten wie verschreckte Mäuse umher. »Mirtai!« brüllte Sperber. »Macht Platz. Laßt sie laufen!«

Die Atana hatte soeben einen weiteren zappelnden Krieger über den Kopf gehoben. Sie warf ihn die Treppe hinunter und wirbelte herum. Dann sprang sie zur Seite, um die entmutigten, verzweifelten Cyrgai entkommen zu lassen.

»Tretet zur Seite, Herr Ritter«, wies Xanetia Bevier an. »*Ich* werde diese Tür versperren, und seid versichert, niemand wird an mir vorbeikommen!«

Bevier warf einen Blick auf ihr leuchtendes Gesicht und wich zur Seite.

Die Cyrgai in der Wachstube starrten Xanetia an und knallten hastig die Tür zu.

»Jetzt könnt ihr unbesorgt herauskommen, Ehlana«, rief Sperber.

Talen trat als erster durch die Tür. Er war bleich und sichtlich erschüttert. Der Kittel des Jungen war an mehreren Stellen zerrissen, und eine lange, blutende Schürfwunde an einem Arm verriet, welche Schwierigkeiten er gehabt hatte, sich durch das enge Fenster zu winden. Er starrte Xanetia ehrfürchtig an. »Sie ist in einer Rauchwolke durchs Fenster gekommen, Sperber!«

»Dunst, junger Talen«, verbesserte Xanetia ihn. Immer noch glühend, stand sie der Wachstubentür zugewandt. »Rauch wäre unpassend für menschliches Fleisch.«

Aus der Wachstube war nun lautstarker Lärm zu hören. »Sie rücken da drinnen Möbelstücke herum, Sperber.« Bevier lachte. »Bestimmt wollen sie die Tür verbarrikadieren.«

In diesem Moment kam Alean aus der Zelle gerannt und warf sich in Kaltens Arme, und unmittelbar hinter ihr trat Ehlana aus ihrem Gefängnis. Sie war noch bleicher als sonst und hatte dunkle Ringe um die Augen. Ihre Kleidung hing in Fetzen von ihrem Körper, und sie hatte sich eine Art Nonnenschleier um den Kopf gewickelt. »O Sperber!« rief sie leise und streckte ihm die Arme entgegen. Er eilte zu ihr und drückte sie heftig an sich.

Von tief unten erschallte wildes Gebrüll.

Anakha! donnerte Bhellioms Stimme in Sperbers Kopf. *Cyrgon ist erwacht! Er ist sich der Gefahr für ihn bewußt! Laß mich heraus!*

»Was ist das für ein Aufruhr dort unten?« fragte Talen.

»Cyrgon weiß, daß wir Ehlana befreit haben!« erwiderte Sperber angespannt, während er Kuriks Schatulle aus dem Beutel zog. »Öffnen!« befahl er.

Der Deckel sprang auf, und das blaue Leuchten Bhellioms erstrahlte. Behutsam nahm Sperber den Stein heraus.

»Sie kommen die Treppe herauf, Sperber!« warnte Mirtai.

»Geht zur Seite!« forderte er sie auf. »Blaurose«, sagte er dann, »kannst du unseren Feinden, die in diesem Augenblick jene Treppe heraufeilen, den Weg verwehren?«

Bhelliom antwortete nicht, doch die hüfthohe Mauer um das Kopfende der Treppe stürzte ein, und die Trümmer polterten krachend und in einer gewaltigen Staubwolke die Stufen hinunter.

Gib Aphrael Kunde, daß ihre Mutter in Sicherheit ist! befahl Bhelliom knapp. *Gib das Zeichen zum Angriff!*

Sperber wirkte den Zauber. *Aphrael!* sagte er scharf. *Wir haben Ehlana! Gib den anderen Bescheid, in die Stadt zu kommen!*

Kann Bhelliom Cyrgons Täuschung aufheben, damit Aphrael und ihre Gefährten ihre Kräfte gegen diesen verfluchten Ort einzusetzen vermögen?

Es wird geschehen, wie du es sagst, mein Sohn.

Nach einer flüchtigen Pause schien die Erde leicht zu erbeben, und ein gewaltiges Schimmern zog wie Wellen über den Himmel.

Aus dem schorfigen weißen Tempel tief unten gellte ein schmerzhaftes Kreischen.

»Meine Güte!« hauchte Flöte, als sie plötzlich mitten im Saal erschien. »Ich habe noch nie die Aufhebung eines zehntausend Jahre alten Zaubers erlebt. Ich wette, es ist unvorstellbar schmerzhaft! Es muß eine durch und durch *grauenvolle* Nacht für den armen Cyrgon sein!«

»Die Nacht ist noch nicht vorüber, Kindgöttin«, ließ Bhelliom sich aus Kaltens Mund vernehmen. »Spar dir deine unziemliche Schadenfreude auf, bis alle Gefahr überstanden ist!«

»Also *wirklich*!«

»Schweig Aphrael! – Wir müssen nach unserer Verteidigung sehen, Anakha. Was Cyrgon weiß, weiß auch Klæl. Die große Auseinandersetzung steht bevor. Wir müssen uns wappnen!«

»So ist es«, bestätigte Sperber. Er ließ den Blick über seine Gefährten schweifen. »Gehen wir's an! Wir verteilen uns entlang der

Brustwehr. Und haltet die Augen offen. Klæl kommt, und ich möchte nicht, daß er sich von hinten anschleicht. Ist der Treppenschacht völlig blockiert?«

»Nicht einmal eine Maus könnte einen Weg durch all den Schutt finden«, versicherte Mirtai ihm.

»Um die Wachen brauchen wir uns nicht zu sorgen!« Bevier nahm das Ohr von der Wachstubentür. »Sie rücken immer noch die Möbelstücke umher.«

»Gut.« Sperber stieß die Tür auf, die zur Brustwehr führte. »Keine falsche Tapferkeit!« warnte er seine Freunde. »Der Kampf findet zwischen Bhelliom und Klæl statt. Verteilt euch und haltet Wache!«

Der östliche Horizont war bleich vom nahenden Tag, als sie auf die Brustwehr hinaustraten. Cyrgons qualvolles Kreischen hallte in der Verborgenen Stadt wider.

»Dort!« Talen deutete auf den Basalthang jenseits des Sees im Süden.

Eine große Anzahl Personen, winzig klein wegen der Entfernung und im Morgengrauen erst schemenhaft erkennbar, strömten aus dem Tal der Helden in Richtung von Cyrgas Tor.

»Wer sind sie?« Ehlana umklammerte plötzlich Sperbers Arm.

»Vanion«, antwortete Sperber, »mit fast allen anderen – Betuana, Kring, Ulath mit den Trollen, Sephrenia ...«

»*Sephrenia?*« rief Ehlana. »Aber sie ist tot!«

»Du hast doch nicht ernsthaft geglaubt, ich würde zulassen, daß Zalasta meine Schwester tötet, Ehlana?« entrüstete sich Flöte.

»Aber er sagte doch, er habe ihr den Dolch ins Herz gestoßen!«

Die Kindgöttin zuckte die Schultern. »Das hat er auch. Doch Bhelliom heilte die Wunde. Und mach dir keine Sorgen – Vanion läßt Zalasta nicht ungestraft davonkommen!«

Talen kam von der Rückseite des Turmes auf der Brustwehr herbeigerannt. »Bergsten marschiert von der anderen Seite ein!« meldete er. »Seine Ritter haben soeben drei Regimenter Cyrgai niedergeritten, ohne dabei ihren Vormarsch zu unterbrechen.«

»Müssen wir uns hier auf eine Belagerung gefaßt machen?« fragte Kalten mit besorgter Miene.

»Das ist unwahrscheinlich«, antwortete Bevier. »Die Verteidigungsanlagen sind lächerlich schwach, und Patriarch Bergsten ist ein sehr ungeduldiger Mann.«

Tief unten war es zu einer plötzlichen Explosion gekommen. Das Dach des bleichen Tempels flog in die Luft, und Kalksteinblöcke wurden in alle Richtungen davongeschleudert, als sich die unendliche Schwärze Klæls einen Weg aus dem Hause Cyrgons brach. Seine gewaltigen ledrigen Schwingen breiteten sich weit aus, und seine feurigen Schlitzaugen blickten wild umher.

»Bitte heb mich hoch, Anakha, auf daß mein Bruder mich erblickt.« Die Stimme aus Kaltens Mund klang gleichmütig.

Sperbers Hand zitterte, als er die Saphirrose über den Kopf hielt.

Mit ein wenig hölzernen Bewegungen befreite Kalten sich sanft aus Aleans Umarmung und trat zur steinernen Balustrade vor der Brustwehr. Er rief etwas in einer Sprache, die keine menschliche Zunge zu formen imstande wäre, und seine Worte hätten vermutlich selbst in Chyrellos gehört werden können, eine halbe Welt entfernt.

Langsam erhob sich der ungeheure Klæl aus den Ruinen von Cyrgons Tempel und wandte seinem Widersacher die spitzwinkelige Fratze zu. Seine Antwort donnerte in unverständlichen Geräuschen aus dem mit Fängen bewehrten, flammenspeienden Maul.

Höre, was ich zu sagen habe, Anakha! Bhellioms Stimme in Sperbers Kopf war völlig ruhig. *Ich werde meinen vom Wege abgekommenen Bruder höhnen, und wutschnaubend wird er zum Kampfe gegen mich antreten. Bleibe du standhaft im Angesicht dieses nahenden Scheusals, denn unser Erfolg oder Mißerfolg beruht einzig auf deinem Mut und der Kraft deines Armes.*

Ich verstehe nicht, was du damit sagen willst, Blaurose. Soll ich *mich Klæl zum Zweikampf stellen?*

Nein, Anakha. Deine Aufgabe ist, mich zu befreien!

Die Bestie der Finsternis trat heftig die Kalksteintrümmer zur Seite, kam mit erderschütternden Schritten und ausgestreckten Armen auf das Schloß zu und wischte das schwere Tor mit einer Geißel aus Blitzen aus dem Weg, die sie mit ihrer ungeheuren Pranke umklammerte.

Kalten setzte seine ohrenbetäubende Verhöhnung fort, und Klæl brüllte seine Wut hinaus, während er auf seinem unaufhaltsamen Weg zum Turm die tieferliegenden Nebengebäude in Trümmer legte und eine Spur der Verwüstung hinterließ.

Dann hatte er den Turm erreicht. Er packte die rauhen Steine mit beiden gewaltigen Pranken und begann ihn zu erklimmen. Seine mächtigen Schwingen durchschnitten die Morgenluft, während er höher und höher kletterte.

Wie kann ich dich befreien, Blaurose? fragte Sperber eindringlich.

Mein Bruder und ich müssen flüchtig wiedervereint werden, mein Sohn, antwortete Bhelliom, *um eins zu werden, wie wir es einstens waren. Wenn das nicht glückt, werde ich für immer und alle Zeit in diesem blauen Kristall gefangen bleiben – so, wie Klæl seine derzeitige monströse Gestalt beibehalten muß. Durch eine zeitweilige Wiedervereinigung werden wir beide befreit.*

Vereinigung? Wie?

Sobald Klæl diese nicht unbeträchtliche Höhe erreicht hat und sein ohrenbetäubendes Triumphgebrüll ausstößt, mußt du mich geradenwegs in seinen klaffenden Rachen werfen!

Was soll ich tun?

Er möchte mich mit ganzer Seele verschlingen! Ermögliche es ihm! Im Augenblick unserer Vereinigung werden Klæl und ich von unseren derzeitigen Gestalten befreit – dann wird unser Zweikampf beginnen. Enttäusche mich nicht, mein Sohn, denn dies ist deine Bestimmung, für die ich dich erschuf.

Sperber holte tief Atem. *Ich werde dich nicht enttäuschen, Vater!* gelobte er inbrünstig.

Wutschnaubend kletterte Klæl an der Vorderseite des Schloßturmes höher und höher empor und versuchte dabei, seine ledrigen Schwingen vor den Gewalten des immer stärker werdenden Sturmes zu schützen. Sperber spürte plötzlich, wie jedes Gefühl der Angst von ihm abfiel. Er blickte dem Höllenfürsten ungerührt voll ins Gesicht. Seine Aufgabe könnte nicht einfacher sein. Er brauchte lediglich die Saphirrose in den klaffenden Rachen der Bestie zu werfen. Sollte sich keine geeignete Gelegenheit dazu ergeben, würde er sich selbst hineinstürzen, mit Bhelliom in der ausgestreckten Hand. Er empfand kein Bedauern, ja, nicht einmal eine Spur von Traurigkeit, als sein Entschluß nun unabänderlich feststand. Besser so, als in einer bedeutungslosen, schnell vergessenen Schlacht in irgendeinem zweifelhaften Krieg zu fallen, wie bereits so viele seiner Freunde. Dies hier war von gewaltiger Bedeutung; besseres konnte ein Soldat sich nicht erhoffen.

Und immer näher kam Klæl, immer höher kletterte er und streckte gierig die Klaue nach seinem verhaßten Bruder aus. Nur noch wenige Fuß unter ihm war die Bestie. Klæls Schlitzaugen leuchteten in grausamem Triumph, und von seinen schartigen Fängen troff Feuer, als er seine Herausforderung hinausbrüllte.

Da sprang Sperber auf die uralte Brustwehr und hob Bhelliom in seiner Faust. »Für Gott und meine Königin!« rief er trutzig.

Klæl langte mit furchterregender Pranke hinauf.

Sperber schlug blitzschnell zu. Sein Arm peitschte hinab. »Geh!« schrie er, als er den leuchtenden Edelstein losließ.

Im gleichen Moment, als Klæl den Rachen noch weiter aufriß, schoß Saphirrose wie ein Pfeil aus Sperbers Hand und verschwand in dem feurigen Rachen.

Der Turm erbebte, als ein Schauder die glänzende Schwärze des Ungeheuers durchzog, und Sperber kämpfte auf der Brustwehr um sein Gleichgewicht, während Kalten nach hinten auf den Wehrgang stürzte.

Klæls Schwingen erstarrten in ihrer ganzen Breite und zuckten unter schrecklichen Qualen. Die ungeheure Bestie schwoll an, wurde noch größer. Dann zog sie sich schrumpfend zusammen.

Und explodierte!

Die Detonation erschütterte die Erde. Sperber wurde von der Brustwehr geschleudert und prallte neben Kalten auf den Wehrgang. Er rollte sich herum, kam auf die Füße und stürmte zurück zur Brustwehr.

Keine zehn Fuß entfernt rangen zwei Lichtwesen in der leeren Luft, eines von glühendem Blau, das andere von rußigem Rot. Es war ein elementarer Kampf, ein wildes Aufeinanderprallen von Willen und Kraft. Die Wesen besaßen keine Gesichter, und die Form ihrer Körper war nur annähernd menschlich. Aneinandergeklammert schwankten sie hin und her wie zwei Ringer auf einem Volksfest. Jeder trachtete mit aller ihm innewohnenden Kraft, seinen vollkommen gleichwertigen Gegner zu bezwingen.

Sperber und seine Freunde standen wir erstarrt entlang der Brustwehr und ließen keinen Blick von diesem urtümlichen Kampf.

Da lösten sich die zwei unsterblichen Brüder voneinander und standen sich mit gebeugtem Rücken und halb ausgestreckten Armen in stummer, unbegreiflicher Zwiesprache gegenüber.

Nun ist es an dir, Anakha. Bhellioms Stimme in Sperbers Kopf war vollkommen ruhig. *Sollten Klæl und ich weiterkämpfen, würde diese*

Welt gewiß zerstört, wie viele Welten zuvor. Du bist von dieser Welt und mußt deshalb mein Streiter sein. Dir sind Grenzen gesetzt, die für mich keine Gültigkeit haben. Auch Klæls Streiter ist von dieser Welt; so wie du unterliegt auch er diesen Beschränkungen.

Es wird geschehen, wie du gesagt hast, mein Vater, antwortete Sperber. *Ich werde dein Streiter sein. Gegen wen muß ich kämpfen?*

Ein gewaltiger Wutschrei erschallte in der Tiefe, und eine lebende Flamme schoß aus den Trümmern des zerfallenen kreideweißen Tempels.

Dort ist dein Gegner, mein Sohn, erwiderte der blaue Geist. *Klæl hat ihn herbeigerufen, auf daß er gegen dich kämpfe.*

Cyrgon!

Kein anderer.

Aber er ist ein Gott!

Bist du das nicht?

In Sperbers Kopf drehte sich alles.

Schaue in dein Inneres, Anakha: Du bist mein Sohn, und ich habe dich zum Gefäß meines Willens gemacht. Ich übertrage diesen Willen nun dir, auf daß du der Streiter dieser Welt sein mögest. Spüre, wie seine Macht dich erfüllt!

Es war, als öffnete sich eine Tür, die bisher immer verschlossen gewesen war. Sperber spürte, wie sein Wille und sein Geist ins Unendliche wuchsen, und eine unbeschreibliche Ruhe überkam ihn.

Nun bist du wahrlich Anakha, mein Sohn, frohlockte Bhelliom. *Dein Wille ist jetzt mein Wille. Nun ist dir alles möglich. Es war* dein *Wille, der Azash bezwang. Ich war nur dein Werkzeug. Jetzt aber wirst* du meines *sein! Setze deinen unbezwingbaren Willen für die Aufgabe ein. Nimm ihn in die Hände und forme ihn. Schmiede Waffen mit deinem Geist und stelle dich Cyrgon entgegen. Wenn dein Herz rein ist, kann er dir nichts anhaben. Geh jetzt! Cyrgon wartet auf dich.*

Sperber holte tief Atem und blickte hinunter auf den nun von Trümmern übersäten Platz. Die Flamme, die aus der Ruine aufgestiegen war, hatte sich zu einer leuchtenden menschlichen Gestalt verdichtet, die vor der Tempelruine stand.

»Komm, Anakha!« donnerte sie. »Unser Zweikampf wurde schon vor Anbeginn der Zeit vorhergesagt! *Dies* ist deine Bestimmung! Dir wird die unübertreffliche Ehre zuteil, durch *meine* Hand den Heldentod zu sterben.«

Mit voller Absicht enthielt Sperber sich der bombastischen Schwülstigkeit, auf archaische Art zu reden. »Feiere den Sieg nicht, bevor du ihn in der Tasche hast, Cyrgon!« erwiderte er. »Lauf nicht fort, ich bin gleich bei dir!« Dann stemmte er eine Hand auf die Brustwehr und schwang sich darüber.

Mitten in der Luft blieb er hängen. »Laß los, Aphrael!« stieß er hervor.

»Was *tust* du?« rief sie.

»Nun mach schon! Tu, was ich sage! Laß los!«

»Du wirst fallen!«

»Nein, werde ich nicht. Ich weiß, was ich tue. Misch dich nicht ein! Cyrgon wartet auf mich, also laß mich bitte los!«

Es war kein richtiges Fliegen, wenngleich Sperber sicher war, daß er *könnte*, wenn es erforderlich gewesen wäre. Er verspürte eine eigentümliche Leichtheit, während er zu der Ruine des Hauses von Cyrgon schwebte. Er war nicht schwerelos; es war eher so, daß sein Gewicht keine Bedeutung mehr hatte. Sein Wille triumphierte über die Schwerkraft. Mit dem Schwert in der Faust schwebte er wie ein Racheengel in die Tiefe.

Cyrgon wartete unten. Die brennende Gestalt des antiken Gottes zog sein Feuer um sich und ließ die weißglühende Flamme zur antiken Rüstung erstarren, wie sie ansonsten von seinen Anbetern getragen wurde: glänzender stählerner Harnisch, Kammhelm, großer Brustschild und ein Schwert in der Hand.

Während Sperber in die Tiefe schwebte, kam ihm eine seltsame Erkenntnis. Cyrgon war nicht unbedingt dumm, er hielt bloß hartnäckig an den alten Überlieferungen fest. Es war die Veränderung, die er haßte, die er fürchtete. Deshalb hatte er seine Cyrgai auf ewig in der Zeit erstarren lassen und aus ihren Köpfen jegliche Möglichkeit getilgt, Veränderungen vorzunehmen oder Neuerungen zu ersinnen. Unberührt vom Fluß der Zeit würden die Cyrgai für immer so bleiben, wie ihr Gott sie einst in die Welt gesetzt hatte. Dieserart hatte Cyrgon nach seiner Vorstellung ein Ideal geschaffen, hatte den Cyrgai seine Vorliebe für Rituale und seine Abneigung gegen Veränderungen aufgezwungen – und hatte sie derart in alten Bräuchen erstarren lassen, daß sie dem Untergang geweiht waren, seit der erste Cyrgai den Fuß auf die sich ständig wandelnde Welt gesetzt hatte.

Sperber lächelte schwach. Cyrgon brauchte ganz offensichtlich Unterricht, was die Vorteile von Veränderungen betraf, und seine erste Lektion war eine Einführung in die Vorzüge moderner Ausrüstung, Bewaffnung und Taktik. Sperber dachte: *Panzer*, und steckte augenblicklich in einer schwarz emaillierten Plattenrüstung. Gleichmütig entledigte er sich seines schlichten Alltagsschwerts, und schon hielt er seine schwerere und längere Paradeklinge in der Faust. Jetzt war er ein vollständig gerüsteter pandionischer Ritter, ein Soldat Gottes – *mehrerer* Gottheiten, verbesserte er diesen Gedanken ein wenig verlegen. Und zwangsläufig war er nicht nur der Streiter seiner Königin, seiner Kirche und seines Gottes, sondern auch – wenn er Bhellioms Gedanken richtig deutete – seiner schönen und mitunter eitlen Schwester, der Welt.

Er schwebte weiter in die Tiefe und landete zwischen den Trümmern des zerstörten Tempels.

»Sei gegrüßt, Cyrgon!« sagte er höflich.

»Sei gegrüßt, Anakha«, erwiderte der Gott. »Ich hatte dich falsch eingeschätzt. Nunmehr bist du würdig, mein Gegner zu sein. Ich hatte an dir gezweifelt, hatte befürchtet, du würdest dein wahres Wesen nie erkennen. Deine Lehrjahre waren lange und, wie mir deucht, durch deine unziemliche Verbindung zu Aphrael behindert.«

»Wir vergeuden Zeit, Cyrgon!« unterbrach Sperber die gezierten Höflichkeiten. »Laß uns beginnen. Ich möchte mein Frühstück nicht noch länger hinausschieben.«

»So sei es denn, Anakha!« Cyrgons klassische Züge drückten Zustimmung aus. »Verteidige dich!« Er hieb sein Schwert mit gewaltigem Schwung nach Sperbers Kopf.

Doch Sperber hatte bereits zum Schlag ausgeholt, und so schmetterten ihre Waffen wie bei einem Vorgeplänkel klirrend aufeinander.

Es tat gut, wieder zu kämpfen. Hier war keine Staatskunst erforderlich, keine verwirrende Wortfechterei, keine verlogenen Versprechungen, nur das Klirren von Stahl auf Stahl und das geschmeidige Dehnen und strecken von Muskeln und Sehnen.

Cyrgon war behende – so flink und geschickt, wie Martel es in seiner Jugend gewesen war. Und ungeachtet seines Hasses auf Neuerungen lernte er schnell. Die komplizierten Bewegungen von Handgelenk und Arm und Schulter, die den Meister des Schwertes auszeichneten, schienen wie von selbst und beinahe gegen seinen

Willen zu diesem Gott der Antike zu kommen. »Sehr erfrischend, nicht wahr«, keuchte Sperber grinsend und verpaßte dem Gegner einen blitzschnellen Stich in die Schulter. »Es gibt noch viel zu lernen, Cyrgon. Überraschende kleine Dinge wie diese.« Seine Klinge zuckte vor, und ihre Spitze biß in Cyrgons Schwertarm.

Der Unsterbliche stürmte auf Sperber ein, rammte den gewaltigen runden Schild gegen ihn und versuchte, den erfahreneren Gegner mit wuchtigen Hieben in die Knie zu zwingen.

Sperber blickte in das makellose Gesicht und sah Bedauern und Verzweiflung darin. Er schob die Schulter vor, wie Kurik es ihn gelehrt hatte, und fing den Hagel von Hieben mit seinem Schild und leichten Parierstreichen mit der Klinge ab. »Gib auf, Cyrgon«, rief er, »wenn du leben willst. Ergib dich. Wir werden Klæl für immer vertreiben. Es ist *unsere* Welt, Cyrgon. Mögen Klæl und Bhelliom sich um andere Welten streiten. Wähle das Leben und zieh mit deinem Volk ab. Dann wird dein Blut nicht vergossen.«

»Dein beleidigendes Angebot verlangt nach einer angemessenen Antwort, Anakha!« brüllte Cyrgon.

»Ich glaube, damit ist den Anforderungen der Ritterlichkeit Genüge getan«, murmelte Sperber mit einer gewissen Erleichterung zu sich selbst. »Der Himmel mag wissen, was ich getan hätte, wärst du auf den Handel eingegangen.« Er hob die Klinge. »Dann also Kampf, Bruder. Es scheint, daß für uns beide ohnehin nicht genug Platz auf dieser Welt ist.« Er sammelte alle Kraft. Körper und Wille wurden eins. »Paß auf, Bruder«, zischte er mit schmalen Lippen. »Paß gut auf! Zeit, dir eine Lektion zu erteilen.«

Der fünfhundertjährigen Waffenerfahrung und dem gewaltigen Zorn Sperbers war dieser arme ohnmächtige Gott, der die Welt um den Frieden gebracht hatte, nicht gewachsen. Der Grimm um diesen verlorenen Frieden, nach dem er sich seit seiner Rückkehr aus dem rendorischen Exil gesehnt hatte, führte Sperbers Klinge. Mit dem klassischen *Vierpas* schlug er Cyrgon eine tiefe Wunde in den Schenkel. Mit Martels genialem *Neunerparadepas* zerschnitt er ihm das makellose, klassische Gesicht, und mit Vanions Täuschungsmanöver *Drei* durchhieb er die obere Hälfte von Cyrgons übergroßem runden Schild. Unter allen Ordensrittern waren die Pandioner im Umgang mit den Waffen unerreicht, und von allen Pandionern war Sperber der Beste. Bhelliom hatte ihn gottgleich genannt, doch Sperber focht den Kampf eines Sterblichen – perfekt ausgebildet, ein wenig aus der Übung vielleicht und allmählich zu alt für diese Dinge, doch ganz und gar zuversichtlich, daß das Schicksal der Welt noch immer gut in seinen Händen aufgehoben war.

Sein Schwert blitzte im Schein der aufgehenden Sonne, zuckte schimmernd durch die Luft – in immer neuen Figuren, die der Gott aus uralter Zeit verzweifelt zu parieren suchte.

Dann bot sich die Gelegenheit, und sie hätte in Sperbers Augen nicht passender sein können. Cyrgon, der nie mit dem Schwert zu kämpfen gelernt hatte, bot dem schwarzgerüsteten Pandioner dieselbe Blöße wie Martel einst in Azashs Tempel. Martel war sich über den Ausgang dieser Kombination von Hieben im klaren gewesen. Nicht so Cyrgon. Der Stoß, der ihn durchbohrte, kam für ihn völlig unerwartet. Der Gott erstarrte, und das Schwert entfiel seiner kraftlosen Faust, als er zurückschwankte.

Sperber richtete sich auf und hob salutierend die blutige Klinge. »Neue Technik, Cyrgon«, sagte er scheinbar gleichmütig. »Du bist wirklich nicht schlecht, aber man muß stets auf dem neuesten Stand sein, verstehst du.«

Cyrgon sank auf den gepflasterten Hof, und sein unsterbliches Leben floß aus dem klaffenden Schnitt in seinem Harnisch. »Wirst du dir nun die Welt nehmen, Anakha?« keuchte er.

Sperber kauerte sich neben den niedergestreckten Gott. »Nein, Cyrgon«, antwortete er müde. »Ich will die Welt nicht. Nur ein ruhiges, kleines Fleckchen davon.«

»Warum hast du dich mir dann in den Weg gestellt?«

»Weil ich auch nicht wollte, daß du sie bekommst. Denn hättest du sie gehabt, wäre mir mein kleines Stück nicht sicher gewesen.« Er griff nach der bleichen Hand des Gegners. »Du hast gut gekämpft, Cyrgon. Sei meiner Achtung gewiß. Heil dir!«

Cyrgons Stimme war nur noch ein Wispern, als er erwiderte: »Heil dir, Anakha.«

Ein ohrenbetäubendes, verzweifeltes Wutgeheul erschallte. Sperber schaute auf und sah einen rußigroten menschenähnlichen Schemen zum morgengrauen Himmel emporschießen, als Klæl seine endlose Reise zum fernsten Stern und darüber hinaus fortsetzte.

Irgendwo wurde gekämpft – deutlich waren das Klirren von Stahl auf Stahl und Schreie zu hören –, doch Ehlana vernahm diese Geräusche kaum, als sie auf den Platz hinunterstarrte, der zwischen der Tempelruine und dem kaum weniger zerstörten Schloß lag.

Die Sonne stand nun hoch am östlichen Horizont und füllte die antiken Straßen Cyrgas mit hartem Licht. Die Königin von Elenien war erschöpft, doch ihre Gefangenschaft hatte ein Ende, und mit ihr alle Not. Nun verspürte sie nur noch den Wunsch, sich in der Umarmung ihres Gemahls zu verlieren. Ehlana begriff nicht viel von dem, was sie eben gesehen hatte, und sie wußte auch nicht, ob es von Bedeutung für sie war. Sie stand an der Brustwehr, die Kindgöttin auf den Armen, und blickte auf ihren unbesiegbaren Streiter tief unten hinab.

»Meinst du, wir könnten es jetzt unbeschadet wagen, uns hinunterzubegeben?« fragte sie die kleine Göttin.

»Die Treppe ist verschüttet, Ehlana«, meldete Mirtai sich zu Wort.

»Das kann ich in Ordnung bringen«, versicherte Flöte.

»Vielleicht sollten wir lieber hier oben bleiben«, meinte Bevier mit besorgter Miene. »Cyrgon und Klæl sind zwar verschwunden, aber Zalasta ist immer noch irgendwo da draußen. Er könnte versuchen, der Königin wieder habhaft zu werden, um sich mit ihr als Geisel die Freiheit zu erkaufen.«

»Das soll er lieber nicht versuchen!« sagte die Kindgöttin mit unheilvoller Stimme. »Ehlana hat recht. Gehen wir hinunter.«

Sie kehrten in den Saal zurück und durchquerten ihn, um zur Treppe zu gelangen. Staubwolken wirbelten auf. Talen blickte Flöte fragend an. »Was hast du getan? Wo sind all die Trümmer?«

Sie zuckte die Schultern. »Ich habe sie zu Staub zerfallen lassen.«

Die Wendeltreppe schlängelte sich an der inneren Turmwand entlang in die Tiefe. Kalten und Bevier, die Schwerter in den Fäusten, stiegen voraus und vergewisserten sich beim Erreichen eines jeden Stockwerks, daß ihnen niemand auflauerte. Die oberen drei oder vier Geschosse waren leer, doch kurz bevor die Gefährten bei einem Stockwerk etwa auf halber Höhe des Turmes anlangten, zischte Xanetia plötzlich scharf: »Da kommt jemand!«

»Wo?« erkundigte sich Kalten. »Wie viele?«

»Zwei. Sie kommen uns auf der Treppe entgegen.«

»Ich kümmere mich um sie!« murmelte Kalten und packte den Schwertgriff noch fester.

»Tu nichts Törichtes!« mahnte Alean.

»Töricht sind die Burschen, die jetzt diese Treppe heraufkommen, Liebste. Bleib bei der Königin.« Er ging leise voraus.

»Ich komme mit!« erklärte Mirtai. »Bevier, Ihr seid jetzt an der Reihe, Ehlana zu bewachen.«

»Aber ...«

»Psst!« befahl sie. »Tut, was ich sage!«

»Jawohl, Herrin.« Mit leichtem Lächeln gab er nach.

Stimmengemurmel war zu vernehmen.

Ehlana erkannte einen der Männer, die näher kamen. »Santheocles!« flüsterte sie.

»Und der andere?« fragte Xanetia.

»Ekatas.«

»Ah!« hauchte Xanetia und zog angespannt die Stirn kraus. »Es ist nicht genau zu erkennen«, entschuldigte sie sich, »aber mir deucht, sie ahnen nicht, daß Ihr frei seid, Königin von Elenien. Sie eilen zu Eurer ehemaligen Zelle – in der Hoffnung, sich freien Abzug durch die Reihen ihrer Feinde zu verschaffen, indem sie Euer Leben bedrohen.«

Ungefähr zwanzig Stufen weiter unten befand sich ein Treppenabsatz. Kalten und Mirtai hielten dort und traten ein Stück auseinander, um sich mehr Bewegungsfreiheit zu verschaffen.

Santheocles, der seinen spiegelnden Brustpanzer und den Kammhelm trug, stürmte mit dem Schwert in der Hand herauf, nahm mit jedem Satz zwei Stufen auf einmal. Abrupt hielt er bei Erreichen des Absatzes inne und starrte Mirtai und Kalten verblüfft an. Er fuchtelte mit dem Schwert und stieß hochmütig einen Befehl in seiner Sprache aus.

»Was hat er gesagt?« fragte Talen.

»Daß sie ihm Platz machen sollen«, antwortete Aphrael.

»Ist ihm denn nicht klar, daß sie seine Feinde sind?«

»Das kann ein Mann wie Santheocles sich nicht vorstellen«, erklärte Ehlana. »Er war nie außerhalb von Cyrgas Mauern, und ich bezweifle, daß er in seinem ganzen Leben mehr als zehn Personen gesehen hat, die keine Cyrgai waren. Die Cyrgai gehorchen ihm, ohne zu denken. Infolgedessen hat Santheocles keine Erfahrung in offener Feinseligkeit.«

Ekatas kam hinter Santheocles schnaufend die Treppe herauf. Seine Augen weiteten sich vor Schreck, und sein runzliges Gesicht wurde aschfahl. Mit scharfer Stimme sagte er etwas zu seinem König, woraufhin Santheocles gelassen zur Seite trat. Ekatas richtete sich hoch auf, bewegte die Hände in der Luft und begann, mit klangvoller Stimme irgend etwas zu rufen.

»Haltet ihn auf!« warnte Bevier. »Er wirkt einen Zauber!«

»Er *versucht*, einen Zauber zu wirken«, verbesserte Aphrael den Ordensritter. »Er wird sein blaues Wunder erleben.«

Die Stimme des Hohenpriesters hob sich in einem langen Crescendo; dann zeigte er plötzlich mit einer Hand auf Kalten und Mirtai.

Nichts geschah.

Ekatas hob die leere Hand vors Gesicht und starrte sie ungläubig an.

»Ekatas«, rief Aphrael ihm mit süßer Stimme zu, »ich mache ungern den Unglücksboten, aber du mußt wissen, daß du nun, da Cyrgon tot ist, keine Zauber mehr wirken kannst.«

Er starrte sie an, und allmählich verriet seine Miene, daß er sie erkannte und verstand. Dann wirbelte er herum, schoß durch die Tür links am Treppenabsatz und schmetterte sie hinter sich zu.

Mirtai folgte ihm rasch, warf einen flüchtigen Blick auf die Tür, wich einen Schritt zurück und trat sie ein.

Kalten näherte sich dem höhnenden König der Cyrgai. Santheocles bot sich mit dem ausgestreckten Schild, dem erhobenen Schwert und dem zurückgeworfenen Kopf in Heldenpose dar.

»Er hat keine Chance gegen Kalten«, stellte Bevier fest. »Warum ergreift er nicht die Flucht?«

»Er hält sich für unbesiegbar, Ritter Bevier«, erklärte Xanetia. »Er hat auf dem Übungsplatz viele seiner eigenen Soldaten getötet. Deshalb bildet er sich ein, der größte Krieger der ganzen Welt zu sein. Doch in Wahrheit haben seine Untergebenen nicht zurückgeschlagen, ja, sie *durften* sich gar nicht verteidigen, da Santheocles ja ihr König war.«

Mit grimmigem Gesicht stürzte Kalten sich rachsüchtig auf den schwachsinnigen Monarchen. Empörung und Entsetzen erfüllten

Santheocles' Antlitz, als es zum ersten Mal in seinem Leben tatsächlich jemand wagte, eine Waffe gegen ihn zu erheben.

Es war ein kurzer, unschöner Kampf, dessen Ausgang von vornherein festgestanden hatte. Kalten schmetterte den übergroßen Schild zu Boden und parierte ein paar ungelenke Hiebe nach seinem Kopf; dann stieß er sein Schwert bis zum Griff genau in die Mitte des brünierten Brustpanzers. Santheocles starrte seinen Bezwinger ungläubig an; dann seufzte er, stürzte nach hinten von der Klinge und polterte leblos die Stufen hinunter.

»Ja!« rief Ehlana begeistert, als der widerwärtigste ihrer Peiniger starb.

Von der anderen Seite der zersplitterten Tür ertönte ein langer, verzweifelter Schrei, der auf erschreckende Weise immer leiser wurde. Dann kam Mirtai mit einer Miene düsterer Befriedigung zu den anderen zurück.

»Was habt Ihr mit ihm gemacht?« fragte Kalten neugierig.

»Ihn defenestriert«, antwortete sie schulterzuckend.

»Mirtai!« krächzte Kalten. »Das ist ja *furchtbar*!«

Sie blickte ihn verwundert an. »Was redet Ihr da?«

»Einem Mann so etwas anzutun ist entsetzlich!«

»Ihn aus dem Fenster zu werfen? Mir sind da eine Menge viel schrecklicherer Dinge eingefallen.«

»Bedeutet ›defenestrieren‹ aus dem Fenster werfen?«

»Natürlich. Stragen hat diesen Begriff in Matherion benutzt.«

»Oh!« Kalten war leicht errötet.

»Was habt Ihr denn gedacht, was das Wort bedeutet?«

»Äh – schon gut, Mirtai. Vergeßt einfach, daß ich überhaupt etwas gesagt habe.« Er blickte die anderen an. »Gehen wir hinunter«, schlug er vor. »Ich glaube nicht, daß sich uns noch irgend jemand in den Weg stellen wird.«

Ehlana brach plötzlich in Tränen aus. »Ich kann nicht!« jammerte sie. »*So* kann ich mich vor Sperber nicht sehen lassen!« Sie legte eine Hand auf das Tuch, das ihr geschändetes Haupt bedeckte.

»Machst du dir deshalb immer noch Gedanken?« fragte Aphrael.

»Ich sehe einfach *grauenvoll* aus!«

Aphrael verdrehte die Augen himmelwärts. »Gehen wir da hinein.« Die Kindgöttin blickte zum Saal. »Ich bringe es wieder in Ordnung, wenn es dir so wichtig ist.«

»Kannst du das denn?« fragte Ehlana aufgeregt.

»Selbstverständlich.« Aphrael blickte sie an und überlegte. »Soll ich die Farbe ändern? Oder möchtest du es lieber lockig?«

Die Königin schürzte die Lippen. »Vielleicht sollten wir uns darüber noch unterhalten«, meinte sie.

Die Cynesganer, welche die Außenmauer der Verborgenen Stadt bemannten, waren von vornherein keine sonderlich guten Krieger, und als die Trolle aus der Nichtzeit auftauchten und die Mauer zu ihnen hinaufkletterten, vergaßen sie ihre Pflicht und flohen.

»Habt Ihr den Trollen aufgetragen, das Tor für uns zu öffnen?« wollte Vanion von Ulath wissen.

»Jawohl, Hochmeister«, antwortete der Genidianer. »Aber es könnte eine Zeitlang dauern, bis sie sich daran erinnern. Sie sind jetzt sehr hungrig und werden erst einmal frühstücken.«

»Wir *müssen* hinein, Ulath!« drängte Sephrenia. »Wir müssen die Sklavenpferche beschützen!«

»O Gott!« stieß er hervor. »Daran habe ich gar nicht gedacht. Die Trolle können die Sklaven nicht von den Cynesganern unterscheiden!«

»Ich sehe mich um!« erbot sich Khalad. Er schwang sich von seinem Pferd und rannte zu dem schweren Holztor. Schon Augenblicke später kam er zurück. »Das dürfte kein großes Problem sein, erhabene Sephrenia«, versicherte er. »Das Tor wird auseinanderfallen, wenn Ihr bloß niest.«

»Ich verstehe nicht.«

»Das Holz ist uralt, Erhabene, und völlig morsch. Mit Eurer Erlaubnis, Hochmeister Vanion, suche ich ein paar Männer aus und fertige einen Widder an. Damit rammen wir das Tor.«

»Tut das«, erwiderte Vanion.

»Komm mit, Berit!« forderte Khalad seinen Freund auf.

»Dieser junge Mann schafft es immer wieder, mir ein Gefühl der Unzulänglichkeit zu vermitteln«, brummte Vanion, während sie dem Paar nachblickten, das zu den wartenden Rittern zurücktrabte.

»Wenn ich mich recht entsinne, hatte schon sein Vater diese Wirkung auf dich«, sagte Sephrenia.

Kring kam um die Mauer zurückgaloppiert. »Freund Bergsten bereitet sich darauf vor, das Nordtor zu stürmen«, meldete er.

»Gebt ihm Nachricht, daß er vorsichtig sein soll, Freund Kring«, riet Betuana. »Die Trolle sind bereits in der Stadt – und sie sind sehr hungrig. Vielleicht wäre es besser, Bergsten würde mit dem Angriff noch eine Weile warten.«

Kring nickte bestätigend. »Eine Zusammenarbeit mit Trollen verleiht den Dingen ganz neue Perspektiven, findet Ihr nicht auch, Betuana-Königin? Im Kampf sind sie sehr gute Verbündete, aber man darf sie auf keinen Fall hungrig werden lassen.«

Etwa zehn Minuten später zogen Khalad und mehrere Dutzend Ritter einen gewaltigen Baumstamm vor das Tor, schoben ihn in Seile, die an mehreren behelfsmäßigen Dreibeinen befestigt waren, und rammten ihn gegen das morsche Holz. Roter Staub löste sich aus dem Tor; es begann zu wanken und fiel dann in sich zusammen.

»Los!« erteilte Vanion seiner bunt zusammengewürfelten Armee den Befehl zum Sturm und führte sie in die Stadt. Auf Sephrenias Drängen eilten die Ritter sofort zu den Pferchen, befreiten die geketteten Sklaven und brachten sie aus der Stadt in Sicherheit. Dann erst wandten sich Vanions Streitkräfte der inneren Mauer zu, die den steilen Berg in der Mitte Cyrgas beschützte.

»Wie lange wird das dauern, Ritter Ulath?« Vanion deutete auf eine Schar gierig fressender Trolle.

»Schwer zu sagen, Hochmeister Vanion«, antwortete Ulath. »Ich glaube aber nicht, daß wir viel Unterstützung von ihnen erwarten können, solange hier in der äußeren Stadt noch Cynesganer straßauf und straßab rennen.«

»Das ist vielleicht ganz gut so«, meinte Vanion. »Wir sollten zu Sperber und den anderen, bevor die Trolle sich zu ihnen gesellen.« Er schaute sich um. »Khalad!« rief er. »Weise deine Männer an, den Widder hier heraufzuziehen. Schlagen wir das Tor zur inneren Stadt ein und suchen Sperber.«

»Jawohl, Eminenz«, erwiderte Khalad.

Das Tor zur inneren Stadt war viel stabiler, und Khalads Widder verursachte ein gewaltiges donnerndes Krachen, gerade als Patriarch Bergsten die Mauer entlanggeritten kam, begleitet von dem pandionischen Veteranen Ritter Heldin, einem Peloi, den Vanion nicht erkannte, und einem hochgewachsenen, kämpferisch aussehenden atanischen Mädchen.

Vanion stellte verwundert fest, daß sich auch der styrische Gott

Setras bei der Gruppe befand. »Was erlaubt Ihr Euch hier, Vanion?« rief Bergsten verärgert.

»Wir rammen das Tor, Eminenz«, antwortete Vanion.

»Das meine ich nicht! Was, in Gottes Namen, ist in Euch gefahren, daß Ihr die Trolle mit dem Angriff habt beginnen lassen?«

»Das war nun wirklich keine Frage von *lassen*, Eminenz. Sie haben nicht gerade um Erlaubnis ersucht.«

»In der äußeren Stadt herrscht das vollkommene Chaos! Meine Ritter können sich nicht auf diese innere Mauer konzentrieren, weil sie immer wieder auf Trolle stoßen! Diese Kreaturen fressen wie verrückt. Zur Zeit verschlingen sie alles, was sich bewegt!«

»Müßt Ihr das so drastisch ausdrücken?« Sephrenia schüttelte sich.

»Oh, hallo, Sephrenia«, grüßte Bergsten. »Ihr seht gut aus. – Wie lange werdet Ihr noch für dieses Tor brauchen, Vanion? Sehen wir zu, daß wir unsere Leute in die innere Stadt schaffen, wo wir uns nur um die Cyrgai sorgen müssen. Eure Verbündeten machen meine Leute sehr nervös.« Er blickte zur Brustwehr der inneren Mauer hinauf, die sich scharf gegen den Morgenhimmel abzeichnete. »Ich dachte, die Cyrgai wären Krieger. Weshalb bemannen sie diese Mauer nicht?«

»Sie sind momentan ein wenig ... entmutigt«, erklärte Sephrenia. »Sperber hat soeben ihren Gott getötet.«

»*Er*? Ich dachte, Bhelliom würde das übernehmen.«

Sephrenia seufzte. »In gewisser Weise hat er das auch. Es ist zwar nicht so ganz leicht zu begreifen, aber zu diesem Zeitpunkt mußte man die beiden als Einheit betrachten.«

Bergsten schauderte. »Ich glaube, ich will lieber nichts darüber wissen«, gestand er. »Ich stecke bereits in genügend theologischen Schwierigkeiten. Was ist mit Klæl?«

»Er ist fort. Er wurde verbannt, kaum daß Sperber Cyrgon getötet hatte.«

»Großartig, Vanion«, sagte Bergsten sarkastisch. »Ihr veranlaßt, daß ich im tiefsten Winter dreitausend Meilen reite, doch noch ehe ich angelangt bin, ist der Kampf schon vorüber!«

»Das bißchen Bewegung hat Euch gewiß gut getan, Eminenz.« Vanion hob die Stimme. »Wie lange braucht ihr noch, Khalad?«

»Nur noch ein paar Minuten, Eminenz«, antwortete Sperbers Knappe. »Das Holz gibt bereits nach.«

»Gut«, sagte Vanion düster. »Ich will Zalasta finden! Ich habe ihm so allerlei zu sagen!«

»Sie sind alle getürmt, Sperber«, berichtete Talen, als er von einer raschen Durchsuchung des zerstörten Schlosses zurückkam. »Die Tore stehen weit offen, und wir sind hier oben die einzigen!«

Sperber nickte müde. Es war eine lange Nacht gewesen, und er war körperlich und geistig ausgelaugt. Doch er konnte noch immer die unendliche Ruhe spüren, die sich seiner bemächtigt hatte, nachdem er die wahre Bedeutung seines Verwandschaftsverhältnisses zu Bhelliom erkannte. Flüchtig verspürte er Neugier und die Versuchung, zu experimentieren und die Grenzen seiner neuen Fähigkeiten zu erkunden. Doch er wollte das Schicksal nicht herausfordern und verwarf diese Gedanken.

Mach schon, Sperber! Flötes Stimme in seinem Innern klang leicht herausfordernd. Er drehte den Kopf ein wenig, um zu dem niemals alternden Kind neben seiner Gemahlin zu blicken. Ehlanas Gesicht war von friedlicher Heiterkeit, als sie mit den Fingern durch ihr langes aschblondes Haar strich.

Was wolltest du denn, das ich tue? sandte Sperber den Gedanken zurück.

Was dir gerade in den Sinn kommt.

Warum?

Bist du denn gar kein bißchen neugierig? Würde es dich nicht interessieren, herauszufinden, ob du einen Berg umstülpen kannst?

Ich kann es, versicherte er ihr, *aber ich sehe wahrhaftig keinen Grund, so etwas zu tun.*

Du bist abscheulich, Sperber! brauste sie plötzlich auf.

Wo liegt dein Problem, Aphrael?

Du bist ein so schrecklicher Langweiler!

Er lächelte sie zärtlich an. *Ich weiß. Aber du liebst mich trotzdem, nicht wahr?*

»Sperber!« rief Kalten von dem kunstvollen Bronzetor. »Vanion kommt den Berg herauf. Bergsten ist bei ihm!«

Vanion kannte Sperber seit seinem Noviziat, doch der müde aussehende Mann in der schwarzen Panzerrüstung schien ihm fremd zu sein. Irgend etwas war an seinem Gesicht und seinen Augen, das zuvor nicht dagewesen war. Beinahe ehrfürchtig kam der Hochmeister mit Patriarch Bergsten und Sephrenia auf seinen alten Freund zu.

Sobald Ehlana Sephrenia sah, rannte sie mit einem Aufschrei zu ihr und umarmte sie heftig.

»Ich sehe, Ihr habt eine weitere Stadt in Trümmer gelegt, Sperber«, sagte Bergsten mit einem breiten Grinsen. »Das kann zur Gewohnheit werden, wißt Ihr.«

»Guten Morgen, Eminenz«, grüßte Sperber. »Wie schön, Euch wiederzusehen.«

»Habt Ihr das alles allein fertiggebracht?« Bergsten zeigte auf den zerfallenen Tempel und das halb zerstörte Schloß.

»Das meiste ist Klæls Werk, Eminenz.«

Der ungeschlachte Kirchenmann straffte die Schultern. »Ich habe von Dolmant Order für Euch«, sagte er. »Ihr sollt mir den Bhelliom übergeben. Wie wär's, wenn Ihr das gleich tut – bevor wir's vielleicht beide vergessen?«

»Ich fürchte, das ist unmöglich, Eminenz.« Sperber seufzte. »Ich habe ihn nicht mehr.«

»Was habt Ihr mit ihm gemacht?«

»Es gibt ihn nicht mehr – jedenfalls nicht mehr in der vorherigen Form. Er wurde aus seiner Gefangenschaft befreit, um seine Reise fortzusetzen.«

»Ihr habt ihn freigelassen, ohne dies vorher mit Eurer Kirche abzusprechen? Wißt Ihr, in welche Schwierigkeiten Ihr Euch damit gebracht habt?«

»Seid doch vernünftig, Bergsten!« sagte Aphrael kopfschüttelnd. »Sperber hat getan, was getan werden mußte. Ich werde es Dolmant später erklären.«

Vanion hingegen war mit seinen Gedanken anderswo. »Das ist ja alles sehr interessant«, sagte er düster. »Aber ich bin jetzt viel mehr daran interessiert, Zalasta zu finden. Hat jemand eine Ahnung, wo er sein könnte?«

»Er könnte unter diesen Trümmern liegen, Vanion.« Ehlana zeigte auf die Tempelruine. »Er und Ekatas wollten dorthin, als sie entdeckten, daß Sperber sich bereits in Cyrga aufhielt. Ekatas entkam, und Mirtai tötete ihn. Zalasta aber könnte von den Trümmern zerschmettert worden sein, als Klæl den Tempel niedertrampelte.«

»Nein«, warf Aphrael ein. »Er ist nirgendwo in der Stadt.«

»Ich möchte ihn *wirklich* finden, Göttin!« sagte Vanion.

»Setras, mein Lieber«, sagte Aphrael lächelnd zu ihrem Vetter, »würdest du bitte zusehen, daß du Zalasta für mich findest? Es gibt sehr viele Dinge, für die er sich rechtfertigen muß!«

»Ich werde sehen, was ich tun kann, Aphrael«, versprach der gutaussehende Gott, »aber ich müßte wirklich in mein Atelier zurück. Meine ganze eigene Arbeit ist liegengeblieben!«

»Bitte, Setras!« Sie bedachte ihn mit ihrem unwiderstehlichen Lächeln.

Er lachte hilflos. »Verstehst du nun, wovon ich sprach, Bergsten?« sagte er zu dem hünenhaften Patriarchen. »Sie ist das gefährlichste Wesen des ganzen Universums!«

»Das habe ich gehört.« Bergsten nickte. »Macht Euch lieber gleich daran, zu tun, worum sie Euch gebeten hat, Setras. Letztendlich bleibt Euch ja sowieso nichts anderes übrig.«

»Ah, da bist du ja, Itagne-Botschafter«, hörte Vanion Atana Maris mit trügerisch freundlicher Stimme sagen. Er drehte sich um und sah die anmutige junge Kommandantin der Garnison von Cynestra auf den sichtlich verstörten tamulischen Diplomaten zugehen. »Ich habe dich überall gesucht«, fuhr sie fort. »Wir haben viel zu besprechen. Aus irgendeinem Grund hat mich kein einziger von deinen Briefen erreicht. Ich finde, du sollst deinen Boten rügen!«

Itagnes Miene war die einer in die Falle gegangenen Maus.

Kurz vor Mittag, nachdem der letzte der völlig am Boden zerstörten Cyrgai kapituliert hatte, sandte Betuana Läufer nach Matherion. Ritter Ulath wies darauf hin, daß das Schicksal der Cynesganer in der äußeren Stadt ihren Entschluß wahrscheinlich in großem Maße beeinflußt hatte. Patriarch Bergsten betrachtete seinen Landsmann seither wesentlich kritischer und distanzierter. Bergsten war ein rauher Kirchenmann und als solcher nicht gerade rücksichtsvoll und durchaus bereit, um einer Sache willen alle möglichen Regeln zu beugen, doch bei Ulaths geradezu ungehemmtem Ökumenismus schluckte sogar er. »Er ist ein bißchen zu enthusiastisch, Sperber!« klagte der riesenhafte Patriarch. »Gut, ich gebe ja zu, daß die Trolle auf gewisse Weise nützlich waren, aber ...« Er suchte nach mildernden Redewendungen, um seine angeborenen Vorurteile in Worte zu fassen.

»Zwischen Ulath und Bhlokw herrscht eine ganz besondere Art von Kameradschaft, Eminenz.« Sperber wechselte rasch das Thema. »Was gibt es für uns hier noch zu tun? Ich würde meine Gemahlin gern in die Zivilisation zurückbringen.«

»Ihr dürft ruhig jetzt schon aufbrechen, Sperber.« Bergsten zuckte die Schultern. »Wir übernehmen das Aufräumen hier. Ihr habt ohnehin nicht viel für uns zu tun übriggelassen. Ich bleibe mit den Rittern hier, um die restlichen Cyrgai zusammenzutreiben. Tikume wird seine Peloi nach Cynestra zurückbringen, um Itagne und Atana Maris zu helfen, die Besatzungstruppen zusammenzustellen, und Betuana wird ihre Ataner nach Arjuna senden, um die Imperiumshoheit wiederherzustellen.« Er verzog das Gesicht. »Es ist wirklich so gut wie nichts mehr übrig, als die Einzelheiten der Verwaltung auszutüfteln. Ihr habt mich um einen guten Kampf betrogen, Sperber!«

»Ich kann nach weiteren von Klæls Soldaten schicken, wenn Ihr möchtet, Eminenz.«

»Schon gut, Sperber«, entgegnete Bergsten rasch. »Ohne *diese* Art von Kämpfen kann ich recht gut auskommen! Werdet Ihr auf direktem Weg nach Matherion zurückkehren?«

»Nein, Eminenz. Die Höflichkeit erfordert, daß wir Anarae Xanetia nach Delphaeus zurückgeleiten.«

»Sie ist eine sehr ungewöhnliche Dame«, bemerkte Bergsten nachdenklich. »Ich ertappe mich jedesmal gerade im letzten Augenblick, daß ich dabei bin, mich vor ihr auf den Boden zu werfen, wenn sie ein Zimmer betritt.«

»Ja, diese Wirkung hat sie auf uns alle, Eminenz. Wenn Ihr uns hier wirklich nicht mehr braucht, rede ich mit den anderen, und wir machen uns zum Aufbruch bereit.«

»Was ist eigentlich tatsächlich passiert, Sperber?« fragte Bergsten gerade heraus. »Ich muß dem Erzprälaten Bericht erstatten, und aus dem, was die anderen mir erzählt haben, werde ich nicht so recht schlau.«

»Ich bin mir nicht sicher, daß ich es erklären kann, Eminenz«, antwortete Sperber. »Bhelliom und ich waren gewissermaßen eine Zeitlang miteinander verbunden. Er brauchte meinen Arm, nehme ich an.«

Es war eine einfache Antwort, die nicht auf die eigentliche Frage einging, über die auch nur nachzudenken Sperber noch nicht bereit war.

»Dann wart Ihr also nur ein Werkzeug?« Bergsten blickte ihn durchdringend an.

Sperber zuckte die Schultern. »Sind wir das nicht alle, Eminenz? Werkzeuge Gottes? Dafür werden wir bezahlt.«

»Sperber, Ihr bewegt Euch am Rande der Ketzerei! Werft nicht so leichtfertig mit dem Wort Gott um Euch!«

»Das tue ich nicht, Eminenz. Es ist nur einer Beschränkung der Sprache zuzuschreiben. Es gibt Dinge, die wir nicht verstehen und für die wir keine Namen haben. Wir nehmen sie einfach alle zusammen, nennen sie Gott und belassen es dabei. Ihr und ich, wir sind Soldaten, Patriarch Bergsten. Wir werden dafür bezahlt, loszustürmen, wenn die Trompete erschallt. Überlassen wir Dolmant die theologischen Fragen. Dafür wird *er* bezahlt!«

Sperber und seine Freunde – von Kring, Betuana und Engessa begleitet – verließen kurz nach dem Morgengrauen des nächsten Tages das zerstörte Cyrga, um nach Sarna zu reiten. Sperber hatte seit seinem Zweikampf mit Cyrgon nichts mehr von Bhelliom gehört und empfand eine eigenartige Enttäuschung darüber. Die Trollgötter waren mit ihren Kindern ebenfalls schon aufgebrochen – nur Bhlokw war geblieben und schlurfte zwischen Ulath und Tynian dahin. Er wich einer Antwort auf die Frage, weshalb er sie begleitete, geflissentlich aus.

Sie ritten nordostwärts durch die kahle Wüste Cynesgas und ließen sich Zeit dabei. Es gab keine zwingende Eile mehr. Sephrenia und Xanetia, die nun wieder zusammenarbeiteten, hatten allen ihre eigenen Gesichter zurückgegeben, und allmählich verlief alles wieder im alten Trott.

Am Vormittag des zehnten Tages nach ihrem Aufbruch von Cyrga, als sie nur noch etwa zwanzig Meilen von Sarna entfernt waren, ritt Vanion nach vorn, um sich Sperber an der Spitze der Kolonne anzuschließen.

»Darf ich Euch mal stören, Sperber? Ich würde gern mit Euch sprechen.«

»Selbstverständlich.«

»Es ist privat.«

Sperber nickte, überließ Bevier die Führung der Kolonne und stupste Faran zum bequemen Kanter an. Als sie sich etwa eine Viertelmeile vor den anderen befanden, ließen Sperber und Vanion ihre Pferde in den Schritt übergehen. »Sephrenia will, daß wir heiraten«, sagte Vanion abrupt.

»Wollt Ihr meine Erlaubnis?«

Vanion blickte ihn durchdringend an.

»Verzeiht«, entschuldigte sich Sperber. »Ihr habt mich überrascht. Es dürfte einige Probleme aufwerfen, wißt Ihr. Die Kirche wird es nie billigen – ebensowenig wie die Tausend von Styrikum. Wir sind zwar nicht mehr ganz so sittenstreng wie früher, doch die Vorstellung einer Ehe zwischen Personen verschiedener Herkunft oder unterschiedlichen Glaubens wird die Gemüter in Wallung bringen.«

»Ich weiß«, murmelte Vanion düster. »Dolmant persönlich hätte wahrscheinlich nichts dagegen, doch ihm sind durch Kirchenrecht und Doktrin die Hände gebunden.«

»Wer soll die Trauung dann vornehmen?«

»Dieses Problem hat Sephrenia bereits gelöst. Xanetia wird uns vermählen.«

Sperber verschluckte sich beinahe.

»Sie *ist* Priesterin, Sperber!«

»Na ja ... im Grund genommen schon.« Plötzlich fing Sperber zu lachen an.

»Was findet Ihr daran so komisch?« fragte Vanion verärgert.

»Könnt Ihr Euch Ortzels Gesicht vorstellen, wenn er erfährt, daß ein Hochmeister der vier Orden von einer delphaeischen Priesterin mit einem Mitglied der Tausend von Styrikum getraut wurde?«

»Es verstößt *tatsächlich* gegen ein paar von den alten Spielregeln, nicht wahr?«

»Ein *paar*? Vanion, ich bezweifle, daß man irgendeine einzelne Handlung finden könnte, die gegen mehr Regeln verstößt!«

»Seid Ihr auch dagegen?«

»Ich doch nicht, alter Freund! Wenn Ihr und Sephrenia es wünscht, unterstütze ich euch bis zur höchsten Instanz.«

»Würdet Ihr denn auch mein Trauzeuge sein?«

Sperber klopfte ihm auf die Schulter. »Es ist mir eine Ehre, mein Freund.«

»Gut, dann bleibt ja alles in der Familie. Sephrenia hat bereits mit Eurer Gemahlin darüber gesprochen. Ehlana wird ihre Trauzeugin sein.«

Sperber lachte. »Das habe ich mir doch fast gedacht.«

Sie ritten durch Sarna, dann nordwärts auf einem schneebedeckten Bergpfad nach Dirgis in Südatan. Hinter Dirgis bogen sie wieder nach Westen ab und ritten tiefer in die Berge.

»Wir hinterlassen einen breiten Pfad, Sperber!« gab Bevier eines schneereichen Spätnachmitttags zu bedenken. »Und dieser Pfad führt geradenwegs nach Delphaeus.«

Sperber drehte sich um und schaute zurück. »Du hast recht. Ich sollte vielleicht mit Aphrael reden. Die Lage hat sich zwar ein wenig verändert, aber ich glaube nicht, daß die Delphae so *ganz* bereit für Reisende sind, die mal kurz vorbeischauen.« Er wendete Faran und lenkte ihn zu den Damen zurück. Wie üblich ritt Aphrael mit Sephrenia. »Ein Vorschlag, Göttin«, sagte er zögernd.

»Du hörst dich ja genauso an wie Tynian!«

Sperber ging nicht darauf ein. »Wie gut kannst du das Wetter beeinflussen?« fragte er.

»Möchtest du lieber Sommer?«

»Nein, einen kleineren Schneesturm. Wir hinterlassen Spuren im Schnee, die geradenwegs nach Delphaeus weisen.«

»Was macht das schon?«

»Die Delphae legen vielleicht keinen Wert auf unangemeldete Besucher.«

»Es wird keine geben – weder angemeldet noch unangemeldet. Du hast doch versprochen, ihr Tal zu versiegeln, oder nicht?«

»O Gott!« entfuhr es ihm. »Das hatte ich ganz vergessen. Das dürfte zum Problem werden. Ich habe Bhelliom nicht mehr!«

»Dann sieh zu, daß du dich mit ihm in Verbindung setzt! Ein Versprechen ist ein Versprechen. Xanetia hat ihren Teil der Abmachung erfüllt; deshalb bist du moralisch verpflichtet, den deinen zu erfüllen!«

Sperber nickte nachdenklich. Dann entfernte er sich von den anderen und ritt in ein dichtes Wäldchen junger Kiefern. Dort saß er ab. »Blaurose!« rief er, ohne ernsthaft mit einer Antwort zu rechnen. »Blaurose!«

Ich höre dich, Anakha, vernahm er sofort Bhellioms Stimme im

Kopf. *Ich hatte schon gedacht, du wärst auf irgendeine Weise unzufrieden mit mir.*

Keineswegs, Blaurose. Du hast alles getan, um das ich dich bat und was notwendig war, ja, mehr noch. Unsere Feinde sind geschlagen, und ich bin zufrieden. Ich habe allerdings den Delphae mein Ehrenwort gegeben, als Gegenleistung für ihre Hilfe ihr Tal zu versiegeln, auf daß niemals mehr jemand ihren Frieden stört.

Ich erinnere mich daran, Anakha. Du hast wohl getan, dieses Versprechen zu geben. Doch bald wird es nicht mehr nötig sein.

Ich begreife den Sinn deiner Worte nicht.

Geh in dich, mein Sohn, und du wirst verstehen. Nach einer längeren Pause fügte Bhelliom hinzu: *Es ist nicht meine Absicht, dich zu kränken, doch weshalb wendest du dich damit an mich?*

Ich habe mein Wort gegeben, das Tal zu versiegeln, Vater.

Dann tu es!

Ich wußte nicht, ob es mir noch möglich sein würde, mit dir zu reden, um deine Hilfe zu erbitten.

Du bedarfst keiner Hilfe, Anakha – nicht meiner, noch der anderer. Hat dein Kampf mit Cyrgon dich nicht überzeugt, daß dir alles möglich ist? Du bist Anakha und mein Sohn, und es gibt keinen zweiten wie dich im ganzen sternenübersäten Universum. Es war nötig, dich so zu erschaffen, wie du bist, auf daß mein Wille Erfüllung finde. Was immer du durch mich tun konntest, hättest du ebenso mühelos auch allein zu tun vermocht. Die Stimme hielt kurz inne. *Doch ich bin erfreut, daß du dir deiner Fähigkeiten nicht bewußt warst, denn es gab mir die Möglichkeit, dich kennenzulernen. Oft werde ich auf meiner weiteren Reise an dich denken. So wollen wir uns denn nun nach Delphaeus begeben, wo dein Kamerad Vanion und unsere geliebte Sephrenia vereint werden und wo du ein Wunder erschauen wirst.*

Was für ein Wunder, Blaurose?

Es wäre wohl kaum noch ein Wunder für dich, würdest du es vorher schon wissen, mein Sohn. Leichte Belustigung schwang in der Stimme mit, als Bhelliom wieder entschwand.

Es war früh an einem schneereichen Abend, als sie einen Kamm erreichten und zu dem Tal hinabblickten, in dem der glühende Schnee dunstig in den wirbelnden Schneeflocken, in einem Licht schien, das dem des Mondes ähnelte. Cedon, der greise Anari, erwartete sie an dem schlichten Tor dieser anderen verborgenen Stadt. Neben ihm stand Itagnes Freund Ekrasios.

Sie unterhielten sich bis spät in die Nacht; denn es gab von beiden Seiten viel zu erzählen. So kam es, daß Sperber erst am späten Vormittag in dem auf seltsame Weise tiefliegenden Schlafzimmer erwachte, das er mit seiner Gemahlin teilte. Es war eine der Eigenarten delphaeischer Bauweise, daß die meisten Räumlichkeiten sich unterhalb des Erdbodens befanden. Sperber verschwendete kaum einen Gedanken daran, doch Khalad schien davon fasziniert zu sein.

Sperber küßte sanft seine noch schlafende Gemahlin, glitt behutsam aus dem Bett und machte sich auf die Suche nach Vanion.

Er erinnerte sich an seinen eigenen Hochzeitstag und war ziemlich sicher, daß sein Freund Unterstützung brauchen könnte.

Er fand den silberhaarigen Hochmeister mit Talen und Khalad im behelfsmäßigen Pferdestall. Khalads Gesicht war düster. »Was ist denn los?« erkundigte sich Sperber, als er sich zu den anderen gesellte.

»Mein Bruder grämt sich«, erklärte Talen. »Er hat sich mit Ekrasios und den anderen Delphae unterhalten, die Scarpas Truppen drunten in Arjuna versprengten, aber niemand konnte ihm sagen, was aus Krager geworden war.«

»Ich gehe davon aus, daß er noch lebt!« erklärte Khalad. »Er ist ganz einfach zu wendig, als daß er nicht hätte fliehen können.«

»Wir haben Pläne mit dir, Khalad«, sagte Vanion. »Bei deinen Fähigkeiten hast du Wichtigeres zu tun, als dein Leben lang hinter einem wieseligen Suffkopf herzujagen, der vielleicht gar nicht lebend aus Natayos entkommen konnte.«

»So lange wird er gar nicht brauchen, Hochmeister Vanion«, warf Talen ein. »Sobald Stragen und ich wieder in Cummura sind, reden wir mit Platime, und der wird nach ihm suchen lassen. Falls Krager noch lebt – egal wo auf der Welt –, werden wir es erfahren.«

»Was machen die Damen?« fragte Vanion nervös.

»Ehlana schläft noch«, antwortete Sperber. »Werdet Ihr und Sephrenia mit uns nach Matherion zurückkehren?«

»Nur für eine kurze Weile«, antwortete Vanion. »Sephrenia möchte sich mit Sarabian über verschiedene Dinge unterhalten. Anschließend begleiten wir Betuana und Engessa bis Atan. Von dort ist es dann nicht mehr weit bis Sarsos. Übrigens, ist Euch aufgefallen, was sich zwischen Betuana und Engessa entwickelt hat?«

Sperber nickte. »Betuana ist offenbar zu der Einsicht gelangt, daß die Ataner einen König brauchen. Engessa ist der geeignete Mann – und er ist wahrscheinlich um vieles intelligenter, als Androl gewesen ist.«

»Das besagt kaum etwas, Sperber.« Talen grinste breit. »Androl war nicht viel intelligenter als ein Mauerstein.«

Der Tag zog sich dahin. Die Damen waren natürlich eifrig mit Vorbereitungen beschäftigt, während die Ritter ihr möglichstes taten, Vanion auf andere Gedanken zu bringen.

Ein obskurer Grundsatz des delphaeischen Glaubens bestimmte, daß die Zeremonie genau bei Anbruch der Dunkelheit am Ufer des glühenden Sees zu beginnen hatte. Sperber konnte sich in etwa denken, weshalb dies so passend für die Leuchtenden war, doch die Hochzeit von Vanion und Sephrenia hatte, falls überhaupt, nur wenig mit dem Abkommen zwischen den Delphae und ihrem Gott zu tun. Doch die Höflichkeit erforderte, daß Sperber seine Meinung für sich behielt. Er erbot sich allerdings, Vanion in die traditionelle schwarze Paraderüstung der Pandioner zu kleiden. Doch der Hochmeister entschied sich für eine weiße styrische Robe. »Ich habe meinen letzten Krieg gefochten, Sperber«, erklärte er ein wenig betrübt. »Dolmant wird gar keine Wahl haben, als mich zu exkommunizieren und anschließend aus der Ritterschaft auszustoßen. Das macht mich wieder zum Zivilisten. Ich habe ohnehin nie besonders gern Rüstung getragen.« Er blickte neugierig auf Ulath und Tynian, die vor der Stalltür angestrengt auf Bhlokw einredeten. »Was geht da draußen vor?«

»Sie versuchen ihrem Freund klarzumachen, was eine Hochzeit ist. Aber sie haben offenbar ihre Schwierigkeiten damit.«

»Ich kann mir auch nicht vorstellen, daß Trolle viel von feierlichen Zeremonien halten.«

»Da habt Ihr allerdings recht. Wenn ein Trollmann Liebesgefühle für eine Trollfrau entwickelt, bringt er ihr etwas – oder jemanden – zu essen. Wenn sie tüchtig zulangt, sind sie verheiratet.«

»Und wenn sie gerade keinen Hunger hat?«

Sperber zuckte die Schultern. »Dann versuchen sie für gewöhnlich, einander zu töten.«

»Habt Ihr eine Ahnung, weshalb Bhlokw nicht mit den anderen Trollen fortgezogen ist?«

»Nicht die leiseste, Vanion. Wir konnten keine vernünftige Antwort aus ihm herausbekommen. Offenbar haben die Trollgötter ihm irgendeinen Auftrag erteilt.«

Der Nachmittag schien kein Ende zu nehmen, und Vanion wurde immer gereizter. Unaufhaltsam glitt der Tag in einen grauen Abend, und die Dämmerung senkte sich auf das verborgene Tal von Delphaeus herab.

Der Weg vom Stadttor zum Seeufer war alter Tradition gemäß säuberlich geräumt worden, und Aphrael, die sich nichts dabei dachte, hin und wieder einmal ein bißchen zu schwindeln, hatte ihn mit Blütenblättern übersät. Die leuchtenden Delphae standen zu beiden Seite des Weges und sangen eine Hymne. Vanion wartete mit Sperber am Seeufer; die anderen Gefährten befanden sich in der Nähe und lächelten erwartungsvoll, als Sephrenia, Ehlana an ihrer Seite, aus der Stadt kam, um zum See hinunter zu schreiten.

»Nur Mut, mein Sohn«, murmelte Sperber seinem alten Freund zu.

»Wollt Ihr witzig sein?«

»Heiraten tut nicht weh, Vanion.«

Es geschah, als die Braut und ihr Gefolge etwa die Hälfte des Weges zum See zurückgelegt hatten. Eine Wolke von tintiger Schwärze erschien plötzlich am Rand der schneebedeckten Wiese, und eine gewaltige Stimme brüllte: *»Nein!«* Ein Funke weißglühenden Lichts, umgeben von einem flackernden Ring aus purpurnem Glühen, löste sich aus der Mitte der Wolke und schwoll bedrohlich an. Sperber erkannte dieses Phänomen.

»Ich verbiete diese Ungeheuerlichkeit!« donnerte die gewaltige Stimme.

»Zalasta!« entfuhr es Kalten, der zu der rasch wachsenden Kugel hinaufstarrte.

Der Styriker wirkte ausgemergelt; Kopf- und Barthaar waren verfilzt. Er trug seine übliche weiße Robe und hielt seinen polierten Stab in den zitternden Händen. Er stand innerhalb der glühenden Scheibe, umgeben von ihrem schützenden Strahlenkranz. Sperber spürte, wie ihn eine eisige Ruhe überkam, während sein Geist und seine Seele sich für den unvermeidlichen Kampf wappneten.

»Ich habe dich verloren, Sephrenia!« rief Zalasta. »Aber ich werde *nicht* dulden, daß du diesen Elenier heiratest!«

Aphraels langes schwarzes Haar flatterte, als sie zu ihrer Schwester rannte. Ihr kleines Gesicht verriet unerbittliche Entschlossenheit.

»Fürchte dich nicht, Aphrael«, sprach Zalasta nun in förmlichem Styrisch. »Ich bin nicht zu diesem verfluchten Ort gekommen, um mich gegen dich oder deine wankelmütige Schwester zu stellen. Ich spreche in dieser Sache für Styrikum, und ich bin erschienen, um diese ungeheuerliche Zeremonie zu verhindern, die eine Schmach für unser gesamtes Volk ist.« Er richtete sich auf und deutete anklagend auf Sephrenia. »Ich fordere dich auf, Weib, diesem widernatürlichen Schauspiel eine Ende zu bereiten! Hebe dich hinweg, Sephrenia von Ylara! Diese Hochzeit wird nicht stattfinden!«

»Sie *wird* stattfinden!« erschallte Sephrenias Stimme. »Du kannst sie nicht verhindern! Hebe du dich hinweg, Zalasta. Du hast in meinem Innern jedes Gefühl für dich gelöscht, als du versucht hast, mich zu töten!« Sie hob das Kinn. »Bist du gekommen, es noch einmal zu versuchen?«

»Nein, Sephrenia von Ylara. Der Wahnsinn, der mich überkommen hatte, war daran schuld. Doch es gibt noch eine andere Möglichkeit, diese Abscheulichkeit zu verhindern.« Rasch drehte er sich um und richtete seinen tödlichen Stab auf Vanion. Ein greller Funke schoß aus der Stabspitze. Er knisterte im bleichen Abendlicht und zuckte todbringend und pfeilgerade auf Vanion zu, geladen mit Zalastas ganzem Haß.

Doch Anakha, der Wachsame, war bereit. Er wußte sofort, wem Zalastas Angriff gelten würde. Anakha, der Behende, streckte die Hand aus, packte den Funken und schleuderte ihn zurück, wie ein kleiner Junge, mit einem Stein nach einem Vogel wirft. Der Funke explodierte an der Oberfläche der glühenden Kugel.

Gut gemacht, mein Sohn! lobte Bhellioms Stimme.

Im Innern der schützenden Kugel zuckte Zalasta heftig zusammen. Bleich und erschüttert starrte er auf die furchterregende Gestalt von Bhellioms Kind.

Anakha, der Methodische, hob die Hand und begann mit Blitz um Blitz jener Art von Kraft, welche Sonnen erschafft, die feurige Hülle zu zerstören, die den verzweifelten Styriker schützte. Beinahe abwesend bemerkte er, daß die Hochzeitsgäste sich verstreuten und Sephrenia an Vanions Seite eilte. Während Anakha immer wieder mit dieser fürchterlichen Kraft zuschlug, studierte er sie, probierte sie aus und bemühte sich, ihre Grenzen zu erkennen.

Er fand keine.

Anakha, der Unerbittliche, näherte sich dem hinterlistigen Styriker, der letztendlich der Grund für ein Leben voller Leid und Gram gewesen war. Er wußte, daß er den nun völlig verängstigten Zauberer mit einem Gedanken töten könnte.

Er entschied sich dagegen.

Anakha, der Rachsüchtige, schritt vorwärts, zerstörte eine nach der anderen von des Styrikers letzten, verzweifelt errichteten Verteidigungen und wischte Zalastas jämmerliche Bemühungen zur Seite.

»Anakha! Das ist nicht recht!« Die Stimme sprach auf Trollisch.

Verwundert drehte Anakha sich um. Es war Bhlokw, und Bhellioms Kind empfand Achtung vor dem zottigen Priester der Trollgötter.

»Das ist der letzte der Verruchten!« erklärte Bhlokw. »Es ist der Wunsch von Khwaj, ihm weh zu tun. Wird das Kind des Blumensteins auf die Worte von Khwaj hören?«

Anakha, der Besorgte, dachte über die Worte des Priesters der Trollgötter nach. »Ich werde auf die Worte von Khwaj hören«, versprach er. »Es ist recht, daß ich das tue, denn Khwaj und ich sind Rudelgefährten.«

Der ungeheuerliche Feuergott erschien und ließ den Schnee auf der Wiese um ihn herum verdampfen. »Wird Bhellioms Kind das Wort seines Rudelgefährten, Ulath-von-Thalesien, ehren?« fragte er mit einer Stimme, die donnerte und prasselte wie ein Schmelzofen.

»Das Wort von Ulath-von-Thalesien ist auch mein Wort, Khwaj«, versicherte ihm Anakha, der Ehrenhafte.

»Dann ist der Verruchte mein!«

Anakha, der Mitleidige, zügelte seinen Zorn. »Die Worte von Khwaj stimmen«, bestätigte er. »Wenn Ulath-von-Thalesien Khwaj jenen Verruchten versprochen hat, werde ich nicht sagen, daß es nicht so ist.« Er blickte den zu Tode erschrockenen Styriker an, der sich verzweifelt um eine Verteidigungsmöglichkeit bemühte. »Er ist dein, Khwaj. Er hat mir viel Schmerz bereitet, und ich würde ihm dafür viel Schmerz bereiten. Doch wenn Ulath-von-Thalesien gesagt hat, daß es Khwajs Recht ist, ihm weh zu tun, dann sei es so.«

»Bhellioms Kind spricht weise. Du hast Ehre, Anakha.« Der Feuergott blickte Zalasta anklagend an. »Du hast große Schlechtigkeit getan, Zalasta-Genannter.«

Zalasta starrte Khwaj entsetzt und verständnislos an.

»Sag ihm, was ich gesagt habe, Anakha«, bat Khwaj. »Es muß wissen, warum es bestraft wird.«

Anakha, der Höfliche, sagte: »Das werde ich, Khwaj.« Er blickte den arg mitgenommenen Styriker streng an. »Ihr habt mir viel Schmerz verursacht, Zalasta!« sagte er mit furchteinflößender Stimme auf Styrisch. »Ich wollte Euch heimzahlen, was Ihr meinen Freunden angetan habt, doch Khwaj hat seinen Anspruch auf Euch geltend gemacht, und dies werde ich achten. Ihr hättet nicht hierherkommen sollen, Zalasta. Vanions Rache wäret Ihr nie und nirgendwo entgangen. Doch der Tod ist unbedeutend. Mit ihm verschwindet jeder Schmerz. Was Khwaj mit Euch zu tun beabsichtigt, wird in aller Ewigkeit nicht enden.«

»Versteht es?« fragte Khwaj.

»In gewissem Maße, Khwaj.«

»Mit der Zeit wird es mehr verstehen, und es hat viel Zeit. Es hat immer Zeit.«

Der schreckliche Feuergott trat auf Zalasta zu und blies dessen armselige Verteidigung in den Wind, ehe er dem sich duckenden Styriker eigenartig sanft eine Hand auf den Kopf legte. »Brenn!« befahl er. »Laufe und brenne bis zum Ende aller Tage.«

Anakha, der Mitleidige, seufzte, als er dem Brennenden nachsah, der über die schneebedeckte Wiese rannte und mit wachsender Entfernung immer kleiner wurde. Bald waren auch seine Schreie, die Schmerz und Gram und unbeschreibliche Einsamkeit ausdrückten, nicht mehr zu vernehmen. Zalastas erster Augenblick seiner ewig währenden Strafe hatte begonnen.

EPILOG

Klar und kalt brach der nächste Morgen an. Die Sonne blitzte auf den Schneefeldern der umliegenden Berge, und der See in der Mitte des verborgenen Tales von Delphaeus dampfte. Natürlich war die Trauung verschoben worden; sie sollte nunmehr am kommenden Abend stattfinden.

Verständlicherweise waren Fragen nicht ausgeblieben, und Sperber hatte sie damit beantwortet, daß alles Bhellioms Werk und er nur sein Werkzeug gewesen sei; also sprach er keine Lüge.

Sie verbrachten den Tag friedlich und kamen wieder zusammen, als die Sonne unterging und die abendlichen Schatten sich im Tal ausbreiteten. Schon den ganzen Tag hatte Sperber einen prickelnde Erwartung verspürt. Irgend etwas würde hier geschehen. Bhelliom hatte ihm ein Wunder versprochen – und das war bestimmt kein Wort, das er leichthin benutzte.

Die Dämmerung nahm zu. Sperber und die anderen Männer geleiteten Vanion zum Ufer des glühenden Sees hinab, um dort auf die Braut und deren Begleitung zu warten, während die Leuchtenden auch jetzt die alte Hymne sangen, die am Abend zuvor so abrupt unterbrochen worden war.

Dann erschien am Tor die Braut mit Königin Ehlana an der Seite und den übrigen Damen dicht hinter ihnen. Die Kindgöttin wirbelte und tanzte vor der Gruppe in der Luft; ihre klare Stimme war im Flötengesang erhoben, und wieder streute sie Blütenblätter auf den Weg zum See.

Sephrenias Gesicht war friedlich und heiter, während sie den Pfad hinabschritt. Als die zierliche styrische Braut sich dem Mann näherte, den zu heiraten ihr zwei der großen Religionen verboten hatten, zeigte ihre persönliche Göttin durch ein allen sichtbares Symbol, daß zumindest *sie* diese Vereinigung billigte. Die ersten Gestirne strahlten am Firmament, und ein Stern erweckte den Eindruck, als hätte er sich verirrt. Einer Sternschnuppe gleich fiel ein leuchtender Funke auf die strahlende Sephrenia hinab und ließ sich als glühender Kranz Frühlingsblumen sanft auf ihrem Kopf nieder.

Sperber lächelte leicht. Die Ähnlichkeit mit der Bekränzung Mirtais bei ihren Initiationsriten war offensichtlich.

Kritikaster! rügte Aphrael ihn.

Ich hab' doch gar nichts gesagt!

Laß es auch besser!

Als die delphaeische Hymne zum Höhepunkt anschwoll, reichten Sephrenia und Vanion einander die Hände. Und dann schritt die glühende Xanetia in Begleitung von zwei weiteren leuchtenden Gestalten – die eine weiß, die andere blau – über den See. Ein sehnsuchtsvolles Murmeln ging durch die Reihen der Delphae, und alle zugleich sanken auf die Knie.

Die Anarae umarmte ihre styrische Schwester und küßte Vanion züchtig auf die Wange. »Ich habe unseren geliebten Edaemus angefleht, uns die Ehre seiner Anwesenheit zu geben und diese glückliche Vereinigung zu segnen«, wandte sie sich an die Versammelten, »und er brachte diesen weiteren Gast mit, der ebenfalls einiges Interesse an unserer Zeremonie hat.«

»Ist dieser Blaue ... ist das nicht ...?« flüsterte Kalten Sperber stockend zu.

»O ja!« antwortete Sperber. »Jedenfalls ist das die Gestalt, die er in Cyrga annahm, nachdem ich ihn Klæl in den Schlund gestopft hatte. Erinnerst du dich?«

»Ich war zu dem Zeitpunkt ziemlich abgelenkt. Sieht er *wirklich* so aus? Nachdem man sämtliche Saphirschichten abgeschält hat, meine ich?«

»Das glaube ich eigentlich nicht. Bhelliom ist ein Geist, keine Gestalt. Ich vermute, daß diese Form hier reine Höflichkeit ist – uns gegenüber.«

»Ich dachte, er wäre längst fort.«

»Nein, noch nicht ganz.«

Die glühende Gestalt Edaemus' richtete sich auf. Irgendwie wirkte er verlegen. Xanetias Miene wurde streng, und fast drohend kniff sie die Augen zusammen.

»Ich hatte Schlechtes von dir gedacht, Sephrenia von Ylara«, gestand der Gott der Delphae. »Meine Anarae hat mich überzeugt, daß ich irrte. Ich flehe Euch an, mir zu verzeihen.« Offenbar konnte die sanfte Anarae sich sehr wohl durchsetzen, wenn ihr der Sinn danach stand.

Sephrenia lächelte milde. »Natürlich vergebe ich Euch, Gott Edaemus. Ich muß zugeben, daß ich selbst nicht ganz schuldlos daran war.«

»So laßt uns denn beten, jeder zu seinem eigenen Gott, auf daß er die Vereinigung dieses Mannes und dieser Frau segnen möge«, sagte

Xanetia in förmlichem Tonfall, »denn mir deucht, sie ist der Vorbote eines neuen Zeitalters von Verständnis und Vertrauen zwischen allen Menschen.«

Sperber war da zwar etwas skeptisch, doch wie die anderen senkte er den Kopf. Allerdings richtete er seine Worte nicht an seinen elenischen Gott. *Blaurose*, sandte er statt dessen seine Gedanken aus.

Betest du, mein Sohn? Die antwortende Stimme klang leicht amüsiert.

Ich will Rat einholen, Blaurose, berichtigte Sperber. *Andere werden unsere Bitte an den elenischen Gott richten, ich aber spüre, daß die Zeit unserer Trennung nicht mehr fern ist.*

Wahrlich.

Deshalb möchte ich die Gelegenheit nutzen, dich um einen Gefallen zu bitten.

Nur zu.

Ich habe all deine Macht gesehen, Blaurose – und diese Macht auf gewisse Weise mit dir geteilt. Diese Macht ist grenzenlos. Es wäre nicht ehrlich, würdest du dies leugnen.

Sei nett! murmelte Bhelliom. Er hatte sich diese Phrase angewöhnt und war offenbar sehr davon angetan. *Was ist das für ein Gefallen, mein Sohn?*

Ich flehe dich an, all meine Macht mit dir zu nehmen, wenn du weiterziehst. Sie ist eine Last, die auf mich zu nehmen ich nicht bereit bin. Ich bin dein Sohn, Blaurose, aber ich bin auch ein Mensch. Ich habe weder die Geduld noch die Weisheit, die Verantwortung dafür zu übernehmen, was du mir zuteil werden ließest. Diese Welt, die du erschaffen hast, hat Götter genug. Sie braucht keinen weiteren!

Überlege gut, mein Sohn! Bedenke, was du aufzugeben beabsichtigst.

Das habe ich bereits, mein Vater. Ich war Anakha; denn die Notwendigkeit erforderte es. Sperber plagte sich, seine Gedanken in die richtigen Worte zu kleiden. *Als Anakha trat ich dem Styriker Zalasta gegenüber und empfand eine große innere Ruhe, eine Ruhe, die mich immer noch erfüllt. Mir dünkt, diese Gabe hat mich verändert, hat mich zu mehr – oder weniger – als einem Menschen gemacht. Wenn du die Güte hättest, möchte ich nicht mehr ›Anakha, der Geduldige‹, ›Anakha, der Neugierige‹, ›Anakha, der Unerbittliche‹ sein. Anakhas Aufgabe ist erfüllt. Von ganzem Herzen möchte ich jetzt wieder einfach nur Sperber sein! ›Sperber, der Liebende‹, oder sogar ‹Sperber, der Ge-*

reizte‹ würde mich viel mehr freuen als diese furchtbare Leere, die Anakha ist!

Eine lange Pause trat ein. *Wisse, mein Sohn, daß du mir große Freude bereitest.* Stolz lag in der stummen Stimme in Sperbers Kopf. *Dieser Augenblick deines Lebens ehrt dich mehr denn je einer zuvor. Lebe wohl, Sperber.* Und dann war die Stimme verschwunden.

Die Trauungszeremonie war in mancherlei Hinsicht fremdartig, und auf andere Weise doch sehr vertraut. Die Lobpreisung der Liebe zwischen Vanion und Sephrenia fand statt, doch es fehlte die Predigt, die zum elenischen Ritual gehörte. Zum Schluß legte Xanetia in liebevollem Segen sanft die Hände auf die Köpfe des Paares, das sie soeben zusammengeführt hatte. Diese Geste sollte offenbar verkünden, daß die Zeremonie beendet war.

Doch das war sie nicht.

Die zweite der beiden Gestalten, die Xanetia über das leuchtende Wasser des Sees begleitet hatte, trat ganz in glühendem Blau herbei, um ebenfalls ihren Segen zu geben. Sie hob die Hände über den Mann und über die Frau, und für einen flüchtigen Augenblick ward auch ihnen ihr blaues Glühen zuteil.

Als dieses Licht schwand, hatte Sephrenia sich auf subtile Weise verändert. Die Sorgen und Müdigkeit, die ihr Gesicht auf vielerlei, wenn auch kaum merkliche Weise gezeichnet hatten, waren verschwunden, und sie schien nicht älter als Alean zu sein. Die Veränderungen, welche Bhillioms glühende Berührung bei Vanion bewirkt hatte, waren ausgeprägter und sichtbarer. Seine Schultern, die sich im Laufe der Jahre gekrümmt hatten, waren nun wieder gerade. Sein Gesicht war faltenlos, und das Silber seines Kopf- und Barthaares war dem Kastanienbraun gewichen, an das sich Sperber nur vage aus der Zeit seines Noviziats erinnerte. Dies war Bhillioms Abschiedsgeschenk, und nichts hätte Sperber mehr Freude bereiten können.

Aphrael klatschte begeistert in die Hände und warf sich in die Arme der zarten glühenden Gestalt, die soeben ihre Schwester und Vanion verjüngt hatte.

Sperber bemühte sich, sein Lächeln zu unterdrücken. Die Kindgöttin hatte Bhelliom endlich in eine Lage manövriert, in der er die überwältigende Wirkung ihrer Küsse erfahren konnte. Die Küsse *könnten* natürlich reine, überschwengliche Dankbarkeit gewesen sein – aber sie waren es vermutlich nicht.

Die Hochzeit war zu Ende, doch die leuchtenden Delphae kehrten nicht in ihre leere Stadt zurück. Xanetia legte stützend einen Arm um Anari Cedons gebrechliche Schultern und führte ihn auf die glühende Oberfläche des Sees, und die Delphae folgten und stimmten eine andere Hymne an, während Edaemus strahlend über ihnen schwebte. Das Licht des Sees wurde noch heller, und das erdentrückte Leuchten der Delphae schien zu verschmelzen, bis sie nicht mehr als einzelne Gestalten erkennbar waren. Dann schoß Edaemus wie die Spitze eines Speeres himmelwärts, gefolgt von allen seinen Kindern. Als Sperber und seine Gefährten zum ersten Mal nach Delphaeus gekommen waren, hatte Anari Cedon ihnen erzählt, daß die Delphae dem Licht entgegenreisten, und daß sie zu Licht *würden*, doch daß es auf diesem Weg zur Vollkommenheit Hindernisse gab. Offenbar hatte Bhelliom diese Hindernisse beseitigt. Die Delphae zeichneten sich wie ein Komet vom Sternenhimmel ab, als sie nun gemeinsam den ersten Schritt ihrer unvorstellbaren Reise ins Licht unternahmen.

Das bleiche, klare Glühen des Sees war verschwunden, doch es war nicht dunkel. Ein blauer Funke schwebte darüber, während Bhelliom überdachte, was er getan hatte und fand, daß es gut war. Dann erhob auch er sich von der Erde, um zu den ewigen Sternen zurückzukehren.

Diese Nacht verbrachten sie noch im verlassenen Delphaeus. Sperber erwachte früh wie üblich. Er zog sich leise an, warf noch einen Blick auf seine zerzauste, schlafende Gemahlin und ging ins Freie, um nach dem Wetter zu sehen.

Flöte schloß sich ihm an, als er das Stadttor erreichte. »Warum schlüpfst du nicht in Schuhe?« fragte er, als er bemerkte, daß ihre kleinen nackten Füße mit den Grasflecken immer wieder im Schnee versanken.

»Was sollte ich mit Schuhen, Vater?« Sie streckte die Arme aus, und er hob sie hoch.

»Na, das war vielleicht eine Nacht, nicht wahr?« Er blickte zum wolkigen Himmel empor.

»Warum hast du das getan, Sperber?«

»Was getan?«

»Du weißt schon, was ich meine! Ist dir klar, was du alles zu tun vermocht hättest? Du hättest die Welt in ein Paradies verwandeln können! Aber nein, du mußtest ja alles von dir weisen!«

»Ich glaube nicht, daß es eine gute Idee gewesen wäre, Aphrael. Meine Vorstellung vom Paradies unterscheidet sich wahrscheinlich von der anderer Leute.« Er schnupperte in die kalte Luft. »Ich glaube, wir bekommen ein Unwetter.«

»Wechsle nicht das Thema. Du hattest die vollkommene Macht! Weshalb hast du sie aufgegeben?«

Er seufzte. »Es gefiel mir nicht besonders. Sie war zu mühelos – und wenn einem etwas einfach so in den Schoß fällt, ohne daß man auch nur einen Finger dafür rühren muß, kann man es nicht richtig würdigen. Außerdem gibt es Menschen, die Ansprüche geltend machen könnten.«

»Was hat das damit zu tun?«

»Eine Menge! Was hätte ich denn tun können, wäre es Ehlana in den Sinn gekommen, Arzium zu erobern? Oder wenn Dolmant den Entschluß gefaßt hätte, Styrikum zu bekehren – oder ganz Tamuli? Ich muß Vereinbarungen einhalten, und ich habe Verpflichtungen, Aphrael, und deshalb hätte ich früher oder später falsche Entscheidungen treffen *müssen*. Glaub mir, Aphrael, so jedenfalls habe ich die richtige getroffen!«

»Du wirst es noch bereuen!«

»Ich habe schon vieles bereut. Man lernt, damit zu leben. Kannst du uns nach Matherion bringen?«

»Du hättest es selbst tun können, das ist dir doch klar.«

»Mußt du darauf herumreiten, Aphrael? Wenn du es nicht tun willst, plagen wir uns eben durch den Schnee. Es wäre ja nicht das erste Mal.«

»Du bist gemein, Sperber! Du weißt genau, daß ich euch das nicht zumuten würde!«

»Verstehst du jetzt, was ich mit der Macht von Vereinbarungen und Verpflichtungen meine?«

»Hör auf, mir Lektionen zu erteilen, dazu bin ich nicht in Stimmung! Geh schon und weck die anderen auf, dann gehen wir's an.«

»Wie du meinst, Göttin.«

Sie entdeckten die ziemlich große Gemeinschaftsküche, in der die Delphae ihre sämtlichen Mahlzeiten zubereitet hatten, und die Lagerräume mit den Nahrungsmitteln. Trotz ihrer Äonen langen Feindschaft gab es kaum einen Unterschied zwischen den Eßgewohnheiten von Styrikern und Delphae. Sephrenia war sehr angetan von dem Frühstück, wogegen Kalten eine Menge daran auszusetzen hatte, was ihn allerdings nicht hinderte, sich dreimal zu bedienen.

»Was ist eigentlich mit Freund Bhlokw?« erkundigte sich Kring, als er seinen Teller von sich schob. »Mir fällt erst jetzt auf, daß ich ihn nicht mehr gesehen habe, seit Zalasta brennend davonlief.«

»Bhlokw hat sich mit seinen Göttern verabschiedet, Domi«, antwortete Tynian. »Er tat, was sie ihm aufgetragen hatten. Und nun sind er und alle anderen Trolle auf dem Heimweg nach Thalesien. Er wünschte uns noch eine gute Jagd. Das kommt einem Lebewohl so nahe, wie Trolle es nur ausdrücken können.«

»Es hört sich vielleicht ein bißchen merkwürdig an, aber ich mochte ihn«, gestand Kring.

»Er ist ein feiner Rudelgefährte«, sagte Ulath. »Er jagt gut und ist bereit, seine Beute mit den anderen im Rudel zu teilen.«

»O ja«, bestätigte Tynian schaudernd. »Wenn es kein frisch getöteter Hund war, dann der Schenkel eines rohen Cyrgai.«

»Das war nun mal seine Jagdbeute, Tynian«, verteidigte Ulath seinen zottigen Freund, »und er war bereit, sie zu teilen. Kann man mehr verlangen?«

»Ritter Ulath«, sagte Talen. »Ich habe gerade gegessen. Könnten wir uns vielleicht über etwas anderes unterhalten?«

Sie sattelten ihre Pferde und ritten aus Delphaeus.

Beim Verlassen der Stadt zügelte Khalad sein Pferd und schloß das Tor.

»Warum, in aller Welt, hast du das getan?« fragte Talen. »Die Delphae werden nicht zurückkommen.«

»Das gehört sich so«, antwortete Khalad, als er wieder aufsaß. »Das Tor offenzulassen wäre respektlos gewesen.«

Da alle wußten, wer sie wirklich war, machte Flöte gar keine Anstalten, ihre Beeinflussung der Zeit zu verbergen. Die Pferde trotteten dahin, wie Pferde es eben tun, wenn sie nicht zur Eile angetrieben werden, doch alle paar Minuten zuckte der Horizont und veränderte sich. Einmal, ein Stück östlich von Dirgis, stellte Sperber sich in den Steigbügeln auf, um zurückzublicken. Ihre deutlich sichtbaren Spuren erstreckten sich bis zur Mitte einer freien Wiese, wo sie übergangslos endeten, beinahe so, als wären Pferde und Reiter aus dem Himmel gefallen.

Als sich der Abend näherte, erreichten sie die inzwischen vertraute Hügelkuppe oberhalb des schimmernden Matherion und seines Hafens und ritten dankbar zur Stadt hinunter. Sie alle waren lange Zeit unterwegs gewesen und es tat gut, wieder zu Hause zu sein. Hastig berichtigte Sperber diesen Gedanken. Matherion war nicht wirklich ihr Zuhause. Ihr Daheim war eine klamme, häßliche Stadt am Cimmura, eine halbe Welt entfernt.

Am Tor der Schloßanlage ernteten die Gefährten erstaunte Blicke – und noch erstauntere an der Zugbrücke von Ehlanas Burg. Vanion hatte sich geweigert, dem Drängen seiner Gemahlin zu folgen, Kopf und Gesicht unter der Kapuze seines Umhangs zu verbergen; er machte sogar mit voller Absicht darauf aufmerksam, daß – wie auch immer – gut dreißig Jahre von ihm abgefallen waren. Vanion war eben manchmal so.

Auch in der Burg waren einige Veränderungen unübersehbar. Sie fanden Kaiser Sarabian im blauen Salon im ersten Stock. Bei ihm waren Baroneß Melidere, Emban, Oscagne und drei seiner Gemahlinnen: Elysoun, Gahenas und Litatris. Elysoun fiel am meisten auf, da einige ihrer hübschesten Blößen nun bedeckt waren.

»Großer Gott, Vanion!« entfuhr es Emban, als er den pandionischen Hochmeister sah. »Was ist mit Euch geschehen?«

»Ich habe mich verheiratet, Eminenz«, antwortete Vanion. Er strich sein kastanienbraunes Haar zurück. »Das war eines der Hochzeitsgeschenke. Gefällt es Euch?«

»Ihr seht lächerlich aus!«

»Das möchte ich nicht behaupten«, widersprach Sephrenia. »*Mir* gefällt es!«

»Ich schätze, daß Glückwünsche angebracht sind«, sagte Sarabian erfreut.

Der tamulische Kaiser hatte sich ebenfalls merklich verändert. Von ihm gingen ein Selbstbewußtsein und eine Autorität aus, die ihm früher gefehlt hatten. »Darf ich in Anbetracht der riesigen religiösen Hindernisse fragen, wer euch getraut hat?«

»Xanetia, Majestät«, antwortete Vanion. »Die delphaeische Doktrin ließ sich großzügiger auslegen.«

Sarabian blickte sich um. »Wo *ist* Xanetia denn?«

Sephrenia deutete mit einem Finger in die Höhe. »Dort draußen«, erwiderte sie ein wenig traurig, »mit den anderen Delphae.«

»Wie meint Ihr das?« fragte der Kaiser verwirrt.

»Edaemus nahm sie mit, Sarabian«, erklärte Flöte. »Offenbar haben er und Bhelliom eine Abmachung getroffen.« Sie schaute sich um. »Wo ist Danae?«

»In ihrem Gemach, Göttin Aphrael«, antwortete Baroneß Melidere. »Sie war ein wenig müde und begab sich deshalb früh zu Bett.«

»Dann werde ich sie besuchen und ihr berichten, daß ihre Mutter zurück ist.« Die Kindgöttin ging zu der Tür, die zu den übrigen Räumlichkeiten der Gemächerflucht führte.

»Wir haben sehr viele Meldungen empfangen«, sagte nun Außenminister Oscagne, »aber sie waren sehr allgemein formuliert. ›Der Krieg ist zu Ende, wir haben gesiegt‹ und so ähnlich. Das soll keine Beleidigung sein, Königin Betuana. Eure Ataner sind hervorragende Kuriere, aber es ist schwierig, ihnen Einzelheiten zu entlocken.«

Sie zuckte die Schultern. »Das ist vielleicht eine Eigenheit meines Volkes, Oscagne-Exzellenz.« Betuana stand, wie jetzt immer, dicht neben dem schweigsamen Engessa. Offenbar widerstrebte es ihr, ihn zu weit von ihrer Seite zu lassen.

»Was mich am meisten verwirrt, ist die etwas unverständliche Nachricht, die ich von meinem Bruder erhielt«, gestand Oscagne.

»Itagne-Botschafters Gefühle sind derzeit in großem Aufruhr«, erklärte Betuana, ohne eine Miene zu verziehen.

»Ach?«

»Er und Atana Maris wurden sehr enge Freunde, als er im vergangenen Herbst seiner Mission in Cynestra nachging. *Er* nahm es nicht allzu ernst, ganz im Unterschied zu *ihr*. Sie suchte ihn. Nachdem sie ihn in Cyrga schließlich gefunden hatte, nahm sie ihn mit sich nach Cynestra zurück.«

»Ach, wirklich?« Auch Oscagnes Miene war unbewegt. Dann zuckte er die Schultern. »Was soll's? Es ist ohnedies an der Zeit, daß Itagne eine Familie gründet. Wenn ich mich recht entsinne, ist Atana Maris eine sehr energische junge Frau.«

»Das stimmt, Oscagne-Exzellenz, und sehr entschlossen! Ich

glaube, die Tage Eures schlauen Bruders als Junggeselle sind gezählt.«

»Wie bedauerlich.« Oscagne seufzte. »Entschuldigt mich bitte einen Augenblick.« Er begab sich hastig ins Nebengemach, und sogleich hörten alle von dort unterdrücktes Lachen.

Da kam Danae mit fliegendem schwarzen Haar in den blauen Salon gestürmt und warf sich in die Arme ihrer Mutter.

Sarabians Gesicht verdüsterte sich. »Wer hat Zalasta endlich getötet?« fragte er. »Wenn man es recht bedenkt, war er die Ursache allen Unglücks.«

»Zalasta ist nicht tot«, sagte Sephrenia bedrückt und hob Flöte auf den Schoß.

»*Nein*? Wie ist ihm die Flucht gelungen?«

»Wir haben ihn laufen lassen, Majestät«, antwortete Ulath.

»Habt ihr den Verstand verloren? Ihr alle wißt doch, zu was dieser Mann fähig ist!«

»Von ihm hat niemand mehr etwas zu befürchten, Majestät«, versicherte Vanion. »Es sei denn, er verursacht einige Steppenbrände.«

»Das kann er nicht, Vanion«, warf Flöte ein. »Es ist ein geistiges Feuer, kein wirkliches.«

»Würde mir *bitte* jemand erzählen, was passiert ist?« fragte Sarabian ungehalten.

»Zalasta ist zu Sephrenias Hochzeit erschienen, Majestät«, berichtete Ulath. »Er hat versucht, Vanion zu töten, doch Sperber verhinderte es. Dann wollte unser Freund sich Zalasta vornehmen, als Khwaj sein Vorrecht anmeldete. Sperber bedachte den politischen Aspekt der Situation und überließ Zalasta dem Trollgott. Daraufhin steckte Khwaj ihn in Brand.«

»Welch grauenvolle Vorstellung!« Sarabian schüttelte sich. Dann blickte er Sephrenia an. »Ihr sagtet doch, er wäre nicht tot? Ulath dagegen erklärt nun, daß er verbrannt ist.«

»Nein, Majestät«, berichtigte Ulath. »Ich sagte, daß Khwaj ihn in Brand steckte. Das gleiche ist übrigens auch Baron Parok passiert.«

»Die trollische Vorstellung von Gerechtigkeit gefällt mir.« Sarabian lächelte finster. »Wie lange werden sie brennen?«

»Für immer, Majestät«, antwortete Tynian ernst. »Das Feuer ist ewig.«

»Großer Gott!«

»So weit wäre ich nicht gegangen«, sagte Sperber. »Aber wie Ulath erwähnte, sind da politische Überlegungen im Spiel.«

Sie unterhielten sich bis spät in die Nacht und berichteten Einzelheiten über das gesamte Unternehmen, über Ehlanas und Aleans Befreiung, Bhellioms Erlösung und den Zweikampf zwischen Sperber und Cyrgon. Sperber betonte seine Rolle als Werkzeug beziehungsweise Stellvertreter in dieser Angelegenheit und ließ keinen Zweifel daran, daß er nicht mehr Anakha war. Er wollte dieses Kapitel seines Lebens für immer beendet wissen und machte es allen unmißverständlich klar, daß nichts mehr daran zu ändern war.

Im Laufe dieser ausgedehnten Unterhaltung erzählte Sarabian auch von dem versuchten Anschlag auf sein Leben durch Chacole und Torellia. »Wäre Elysoun nicht gewesen, hätten sie wahrscheinlich sogar Erfolg gehabt«, schloß er und blickte zärtlich auf seine nunmehr sittsame valesianische Gemahlin.

Mirtai blickte Elysoun mit einer fragend hochgezogenen Braue an. »Warum diese ungewohnte Kleidung?« fragte sie unverblümt.

Elysoun zuckte die Schultern. »Ich bin guter Hoffnung. Meine Zeit wechselnder Liebschaften ist vorbei.« Sie bemerkte Mirtais verwunderte Miene. »Es ist eine valesianische Sitte«, erklärte sie. »Uns sind in bestimmtem Umfang persönliche Freiheiten erlaubt – bis zu unserer ersten Schwangerschaft. Danach erwartet man Sittsamkeit von uns.« Sie lächelte. »Ich hatte die Möglichkeiten der Schloßanlage ohnedies bereits so gut wie erschöpft. Jetzt ist es an der Zeit, zu mir zu finden – und mich richtig auszuschlafen.«

»Hat jemand von Stragen und Caalador gehört?« erkundigte sich Talen.

»Vicomte Stragen und Herzog Caalador sind vor einer Woche in Matherion eingetroffen«, berichtete Sarabian.

»Neue Titel?« fragte Ehlana ein wenig überrascht.

»Belohnungen für geleistete Dienste, Ehlana.« Sarabian lächelte. »Sie schienen mir angemessen. Herzog Caalador nahm einen Posten im Innenministerium an und hat sich deshalb nach Lebas zurückbegeben, um seine Angelegenheiten zu ordnen.«

»Und Stragen?«

»Er ist auf dem Weg nach Astel, Majestät«, antwortete Baroneß Melidere mit düsterem Lächeln. »Er sagte, er habe ein ernstes Wort mit Elron zu reden.«

»Ist es Elron denn gelungen, lebend aus Natayos rauszukommen?« fragte Kalten staunend. »Ekrasios sagte, die Leuchtenden hätten die Ruinenstadt restlos zerstört.«

»Caalador erfuhr, daß Elron sich irgendwie versteckt hatte, als die Leuchtenden Scarpa und Cyzada auflösten. Nachdem sie weitergezogen waren, kroch er aus der Ruine und floh nach Hause. Stragen wird ihn dort aufsuchen.« Die Baroneß blickte Khalad an. »Krager ist ebenfalls entkommen. Caalador fand heraus, daß er nach Zenga in Ostcammorien unterwegs ist. Etwas solltest du aber noch über Krager wissen.«

»Ja?«

»Erinnerst du dich, auf welche Weise König Wargon starb?«

»Seine Leber hat irgendwann nicht mehr mitgespielt, nicht wahr?«

Sie nickte. »Das gleiche passiert jetzt Krager. Caalador hat sich in Delo mit einem Mann namens Orden unterhalten. Krager war nicht mehr zurechnungsfähig, als sie ihn an Bord eines nach Zenga segelnden Schiffes brachten.«

»Aber er lebt noch?« fragte Khalad.

»Wenn man es so nennen kann.« Sie seufzte. »Vergiß es, Khalad. Er würde es nicht einmal spüren, wenn du ihm dein Schwert durch die Brust stichst. Er würde nicht wissen, wer du bist oder weshalb du ihn tötest.«

»Danke, Baroneß«, sagte Khalad. »Aber ich glaube, daß Berit und ich einen Abstecher nach Zenga machen werden, sobald wir in Eosien zurück sind, nur um sicherzugehen. Krager ist uns viel zu oft entwischt, als daß wir noch irgendwelche Risiken eingehen wollen. Ich will ihn im Grab sehen!«

»Darf ich mitkommen?« bat Talen aufgeregt.

»Nein«, antwortete Khalad.

»Was heißt nein?«

»Daß es für dich an der Zeit ist, mit deinem Noviziat zu beginnen.«

»Das kann warten.«

»Nein, kann es nicht! Du bist sowieso schon ein halbes Jahr zu spät dran. Wenn du nicht jetzt anfängst, ist es schon bald zu spät für deine Ausbildung.«

Vanion blickte Sperbers Knappen zufrieden an. »Vergeßt nicht, worüber wir uns unterhalten haben, Sperber. Und übermittle Dolmant meine Empfehlung.«

»Worum geht es?« fragte Khalad.

»Ich erzähle es dir später«, vertröstete Sperber ihn.

»Ach, übrigens, Ehlana«, sagte Sarabian, »da dieses Thema ohnehin zur Sprache kam – wärt Ihr sehr verärgert über mich, wenn ich Eurem niedlichen Singvogel hier einen Titel verleihen würde?« Er blickte Alean herzlich an. »Ich hoffe nicht, meine Liebe, denn ich werde es auf jeden Fall tun – wegen hervorragender Dienste für das Imperium, wenn schon sonst nichts.«

»Was für eine wundervolle Idee, Sarabian!« rief Ehlana.

»Zuviel der Ehre. Sie stammt eigentlich nicht von mir«, gestand er bedauernd. »Um ehrlich zu sein, hat Eure Tochter es veranlaßt. Ihre königliche Hoheit ist ein sehr energisches kleines Mädchen und versteht es, ihren Willen durchzusetzen.«

Sperber warf einen flüchtigen Blick auf seine Tochter, dann auf Flöte. Ihre Mienen waren völlig identisch und spiegelten absolute Selbstzufriedenheit. Göttin Aphrael sorgte dafür, daß ihrer Kuppelei nichts im Wege stand. Sperber lächelte flüchtig; dann räusperte er sich. »Äh – Majestät«, wandte er sich an den Kaiser. »Es ist schon ziemlich spät, und wir alle sind müde. Ich schlage vor, wir unterhalten uns morgen weiter.«

»Selbstverständlich, Prinz Sperber.« Sarabian erhob sich.

»Habt Ihr noch einen Augenblick Zeit für mich, Sperber?« bat Emban, als die anderen den Salon verließen.

»Natürlich.« Sie warteten, bis sie allein waren.

»Was unternehmen wir wegen Vanion und Sephrenia?« fragte Emban.

»Ich verstehe nicht ganz, Eminenz.«

»Die sogenannte Heirat wird Dolmant in eine sehr schwierige Lage bringen, wißt Ihr.«

»Es ist keine ›sogenannte Heirat‹, Emban!« entgegnete Sperber ein wenig zornig.

»Ihr wißt schon, was ich meine. Die Konservativen in der Hierokratie werden wahrscheinlich versuchen, Sarathis Position zu schwächen.«

»Warum sollte man sie überhaupt darauf aufmerksam machen? Es geht die Herren nichts an. Vieles von dem, was unsere Theologie nicht erklären kann, ist hier in Tamuli geschehen, Eminenz. Das Imperium befindet sich außerhalb der Zuständigkeit der Kirche. Weshalb der Hierokratie etwas davon erzählen?«

»Ich kann sie nicht belügen, Sperber!«

»Das habe ich ja auch nicht gesagt. Redet einfach nicht darüber!«

»Ich *muß* es Dolmant berichten.«

»Dagegen ist ja auch nichts einzuwenden. Dolmant ist flexibel.« Sperber überlegte. »Das ist wahrscheinlich sowieso die beste Vorgehensweise für Euch. Wir nehmen Dolmant zur Seite und erzählen ihm alles, was hier passiert ist. Dann lassen wir *ihn* entscheiden, wieviel die Hierokratie davon erfahren soll.«

»Ihr legt ihm da eine schreckliche Bürde auf, Sperber!«

Sperber zuckte die Schultern. »Dafür wird er schließlich bezahlt, oder nicht? – Wenn Ihr mich jetzt entschuldigen würdet, Eminenz. Wir haben da eine Familienwiedervereinigung, an der ich eigentlich teilnehmen sollte.«

Während der nächsten Wochen herrschte eine melancholische Abschiedsstimmung. Sobald das Wetter es gestattete, würde der allgemeine Aufbruch beginnen; das war allen klar. Und alle wußten, daß sie einander wahrscheinlich nie mehr wiedersehen würden. Sie genossen die Zeit, die ihnen noch blieb, und immer wieder kam es an den unwahrscheinlichsten Orten zu kleinen Treffen zwischen zwei oder drei Gefährten, bei denen sie sich lang und breit über völlig Unwichtiges unterhielten. Doch im Grunde genommen taten sie nichts weiter, als den Versuch zu unternehmen, sich für immer Gesichter, Stimmen und sehr persönliche Eigenheiten einzuprägen, sowie natürlich die Erlebnisse, die sie miteinander verbanden.

Eines stürmischen Morgens betrat Sperber den blauen Salon und fand Sarabian und Oscagne Kopf an Kopf über ein größeres Buch mit festem Einband gebeugt. Beider Mienen verrieten Empörung. »Probleme?« erkundigte sich Sperber.

»Politik«, brummte Sarabian verärgert, »macht immer Probleme.«

»Die Fakultät für Zeitgeschichte der Universität von Matherion hat soeben ihre Version der kürzlichen Ereignisse veröffentlicht, Prinz Sperber«, erklärte Oscagne. »Sie hält sich jedoch so gut wie gar nicht an die Wahrheit – vor allem, was Pondia Subat betrifft, unseren ehrenwerten Premierminister, der als großer Held dargestellt wird.«

»Ich hätte Subat gleich absetzen sollen, nachdem ich von seinen Machenschaften erfahren hatte«, brummte Sarabian. »Wer wäre der beste Mann, diesen Schwachsinn richtigzustellen, Oscagne?«

»Mein Bruder, Majestät«, antwortete der Außenminister prompt. »Er gehört der Fakultät an und hat einen gewissen Ruf. Bedauerlicherweise ist er jetzt in Cynestra.«

»Schickt nach ihm, Oscagne! Holt ihn hierher, ehe die Kerle von der Zeitgeschichte das Denken ganzer Generationen vergiften.«

»Maris wird gewiß mitkommen wollen, Majestät.«

»Gut! Euer Bruder ist ohnehin zu selbstherrlich. Sorgen wir dafür, daß Atana Maris sich stets in seiner unmittelbaren Nähe aufhält. Vielleicht gelingt es ihr, ihn ein wenig Demut zu lehren.«

»Was machen wir mit den Cyrgai, Majestät?« fragte Sperber. »Sephrenia sagt, der Fluch, der sie gefangenhielt, wurde mit Cyrgons Tod aufgehoben. Es ist zwar eigentlich nicht ihre Schuld, aber in der modernen Welt gibt es wirklich keinen geeigneten Platz für sie.«

»Darüber habe ich mir selbst schon den Kopf zerbrochen«, gab der Kaiser zu. »Ich glaube, wir sollten sie von normalen Sterblichen fernhalten. Etwa fünfzehnhundert Meilen östlich von Tega gibt es eine Insel, die verhältnismäßig fruchtbar ist und ein mehr oder weniger erträgliches Klima hat. Da die Cyrgai so sehr von Abgeschiedenheit angetan sind, würde es ihnen dort vermutlich gefallen. Wie lange, meint Ihr, werden sie brauchen, Schiffe zu erfinden?«

»Mehrere tausend Jahre, Majestät. Die Cyrgai sind nicht sehr einfallsreich.«

Sarabian grinste ihn an. »Ich würde sagen, das ist genau der richtige Ort für sie!«

Sperber grinste zurück. »Hört sich gut an«, pflichtete er ihm bei.

Der Frühling hatte es in diesem Jahr eilig, nach Osttamuli zu kommen. Ein plötzlicher warmer Wind blies vom Tamulischen Meer herbei und schmolz in einer einzigen Nacht den Schnee von den Hängen der nahen Berge. Die Bäche und Flüsse führten dadurch Hochwasser, und so war an den Antritt der Rückreise noch nicht zu denken. Sperbers Ungeduld wuchs mit jedem Tag, den sie bleiben mußten. Das lag nicht so sehr daran, daß er etwas Dringendes erledigen wollte, als daß dieser so lange währende Abschied außerordentlich schmerzvoll war.

Ehlana bestand obendrein zunächst auch noch darauf, daß sie alle nach Atan reisten, um die Hochzeit von Mirtai und Kring zu feiern.

»Ihr seid wirklich wieder einmal vorschnell, Ehlana«, rügte Mirtai sie wie üblich, ohne ein Blatt vor den Mund zu nehmen. »Ihr habt schon an anderen Hochzeiten teilgenommen, und Ihr habt ein Reich zu regieren! Kehrt nach Cimmura zurück, wohin Ihr gehört!«

»Möchtet Ihr denn nicht, daß ich dabei bin?« Ehlanas Augen füllten sich mit Tränen.

Mirtai umarmte sie. »Ihr *werdet* dabei sein, Ehlana«, tröstete Mirtai sie. »Ihr seid jetzt für immer in meinem Herzen. Kehrt nach Cimmura zurück. Ich besuche Euch, sobald Kring und ich uns in Pela eingerichtet haben – oder wo immer wir uns zu leben entscheiden.«

Vanion und Sephrenia beschlossen, Königin Betuanas Gruppe bis nach Atana zu begleiten und von dort nach Sarsos weiterzureisen. »Dort zu leben, ist wahrscheinlich das beste für uns«, erklärte Sephrenia Sperber. »Ich genieße dort einen gewissen Status, der es mir ermöglicht, die Fanatiker, denen es nicht gefällt, daß Vanion und ich jetzt verheiratet sind, in ihre Schranken zu weisen.«

»Gut gesagt.« Sperber seufzte. »Ihr werdet mir sehr fehlen, kleine Mutter. Euch ist doch klar, daß Ihr und Vanion nie wieder nach Eosien zurückkommen könnt, nicht wahr?«

»Das glaubt Ihr doch nicht im Ernst, Sperber.« Sie lachte. »Ich habe mich immer und überall hinbegeben, wohin ich wollte, und daran wird sich nichts ändern. Es gibt stets Möglichkeiten, Vanions Gesicht – und das meine – zu verändern, wie Ihr wißt. Wir werden euch also ganz gewiß hin und wieder besuchen. Ich möchte eure Tochter im Auge behalten, wenn schon sonst nichts.« Sie küßte ihn. »Aber geht jetzt, Lieber. Ich muß mit Sarabian über Betuana reden.«

»Ach?«

»Sie murmelt irgendwelchen Unsinn von wegen Abdankung, um Engessa heiraten zu können. Die Ataner sind Untertanen des Kaisers; deshalb werde ich Sarabian überreden müssen, daß er sie davon abhält, etwas Törichtes zu tun. Engessa wird einen sehr guten Mitregenten abgeben, und schließlich braucht Sarabian in Atan innere Festigkeit.«

Als die Schneeschmelze endete, das Frühlingswasser zurückging und die aufgeweichten Felder zu trocknen begannen, schaute Sperber sich im Hafen nach Kapitän Sorgi um. Es schaukelten weniger mitgenommene und luxuriösere Schiffe in dem überfüllten Hafen vor Anker, doch Sperber vertraute Sorgi blind; mit ihm heimzusegeln würde er als beruhigenden, aber auch würdigen Abschluß dieses Abenteurers betrachten. Er entdeckte den kraushaarigen Kapitän in einer sauberen, hell beleuchteten Hafenschenke, die offensichtlich von einem elenischen Wirt geführt wurde.

»Wir sind dreizehn Personen, Käpt'n«, sagte Sperber, »und sieben Pferde.«

»Das dürfte ziemlich eng werden, Meister Cluff.« Sorgi blickte blinzelnd zur Decke. »Aber ich glaube, es läßt sich machen. Werdet Ihr die Passage selbst bezahlen müssen?«

Sperber grinste. »Der Kaiser hat sich huldvoll erboten, die Kosten zu übernehmen.« Er blickte Sorgi warnend an. »Er ist ein Freund, also treibt ihn nicht in den Bankrott!«

Sorgi grinste zurück. »So etwas würde ich doch nie tun, Meister Cluff!« Er lehnte sich auf seinem Stuhl zurück. »Es war eine interessante Zeit, und das tamulische Imperium ist ein interessanter Ort; trotzdem freue ich mich darauf, wieder nach Hause zu kommen.«

Sperber nickte bestätigend. »Manchmal habe ich das Gefühl, mein ganzes Leben mit dem Versuch verbracht zu haben, wieder nach Hause zu kommen.«

»Ich werde den Preis für Eure Passage ausrechnen und Euch die genauen Zahlen von meinem Bootsmann zur Burg bringen lassen. Ich hätte ihn unten in Beresa übrigens fast verloren, wißt Ihr.«

»Euren Bootsmann?«

Sorgi nickte. »Zwei Straßenräuber überfielen ihn in einer Gasse. Er kam gerade noch mit dem Leben davon.«

»Nicht zu glauben!« sagte Sperber. Offenbar hatte Valash beim Anwerben der Meuchler genauso gespart wie bei allem anderen.

»Wann wollt Ihr denn in See stechen, Meister Cluff?«

»Das wissen wir noch nicht genau – irgendwann in der nächsten Woche. Ich gebe Euch noch rechtzeitig Bescheid. Einige unserer Freunde werden bald auf dem Landweg nach Atan aufbrechen. Es wäre vielleicht das beste, wenn wir am selben Tag ausliefen.«

»Gute Idee.« Sorgi nickte. »Es ist immer anzuraten, das Abschiednehmen nicht zu sehr auszudehnen. Seeleute haben gelernt, schnell Lebewohl zu sagen. Wenn die Zeit zum Aufbruch kommt, müssen wir stets die nächste Flut nehmen, und die wartet nicht.«

»Wohl gesprochen, Sorgi.« Sperber lächelte.

Es überraschte niemanden, daß Betuana die Entscheidung traf. »Wir brechen morgen auf«, erklärte sie eine Woche später beim abendlichen Schmaus.

»So bald schon?« fragte Sarabian bestürzt.

»Der Schnee ist geschmolzen und die Wiesen sind trocken, Sarabian-Kaiser. Warum sollten wir noch länger warten?«

»Nun ...«

»Ihr seid zu sentimental, Sarabian«, sagte sie unverblümt. »Ihr wißt, daß wir nach Hause müssen! Warum es aufschieben? Kommt im Herbst nach Atan, dann gehen wir zusammen auf Wildschweinjagd. Ihr verbringt viel zuviel Zeit hier in Matherion im Schloß!«

»Es ist sehr schwierig für mich, von hier wegzukommen«, sagte er unschlüssig. »Jemand muß schließlich hierbleiben und die Stellung halten.«

»Überlaßt das Oscagne. Er ist ein ehrenwerter Mann und wird nicht allzu viel stehlen.«

»Majestät!« entrüstete sich Oscagne.

Sie lächelte ihn an. »Ich wollte Euch doch nur ein bißchen ärgern, Oscagne. Freunde dürfen das, meint Ihr nicht auch?«

In dieser Nacht gab es für keinen von ihnen viel Schlaf. Natürlich wurde gepackt, und eine Unmenge von Vorbereitungen waren zu treffen, doch den Großteil der Nacht verbrachte man damit, die Korridore mit wichtigen Botschaften auf und ab zu laufen, die im Grunde genommen alle ziemlich gleich lauteten: »Versprecht, daß wir in Verbindung bleiben!«

Und natürlich versprachen es alle, und alle meinten es ehrlich. Es würde auch mindestens ein Jahr, wenn nicht länger dauern, bis dieses Versprechen allmählich in Vergessenheit geriet.

Als sich über dem Tamulischen Meer das erste Grau des Morgens bemerkbar machte, sammelten sie sich im Burghof. Es gab die üblichen Küsse und Umarmungen und festen Händedrücke.

Schließlich war es Khalad, der gute, unerschütterliche, verläßliche Khalad, der prüfend zum östlichen Horizont blickte, sich räusperte und feststellte: »Wir sollten jetzt wirklich aufbrechen, Sperber. Sorgi wird uns einen Tag mehr berechnen, wenn wir schuld daran sind, daß er nicht mit der ersten Flut auslaufen kann!«

»Stimmt«, bestätigte Sperber. Er hob Ehlana in die offene Karosse, die Sarabian zur Verfügung gestellt hatte und in der bereits Emban, Talen, Alean und Melidere saßen. Dann blickte er sich um und sah, daß Danae und Flöte leise miteinander sprachen. »Danae!« rief er seiner Tochter zu. »Zeit, loszufahren!«

Die Kronprinzessin von Elenien küßte die Kindgöttin von Styrikum ein letztes Mal und kam gehorsam über den Hof zu ihrem Vater.

»Danke, daß Ihr vorbeigekommen seid, Sperber«, sagte Sarabian schlicht und streckte die Hand aus.

Sperber ergriff sie. »Es war mir ein Vergnügen, Sarabian«, erwiderte er. Dann schwang er sich in Farans Sattel und ritt voraus über die Zugbrücke und durch die noch im Dunkeln liegenden Grünanlagen.

Sie benötigten etwa fünfzehn Minuten zum Hafen: dann dauerte es noch ungefähr eine halbe Stunde, die Pferde in den vorderen Laderaum zu bringen. Sperber kehrte an Deck zu den anderen zurück und blickte zum Osthorizont, wo die Sonne noch nicht aufgegangen war.

»Bereit, Meister Cluff?« rief Sorgi vom Achterdeck am Heck des Schiffes.

»Alles bereit, Käpt'n Sorgi«, rief Sperber zurück. »Wir haben erledigt, was wir uns vorgenommen hatten. Bringt uns heim!«

Der wichtigtuerische Bootsmann stolzierte das Deck auf und ab und überwachte unnötigerweise das Loswerfen der Trossen und das Setzen der Segel.

Die Flut war bereits hereingebrochen, und ein guter Rückenwind hatte sich erhoben. Sorgi manövrierte sein arg mitgenommenes Schiff geschickt durch den Hafen aufs offene Meer.

Sperber hob Danae auf einen Arm und legte den anderen um Ehlanas Schultern. So standen sie an der Backbordreling und blickten zurück zur Stadt der Tamuler, die als der Mittelpunkt der Welt bezeichnet wurde. Sorgi schwang die Ruderpinne zum Südostkurs um die Halbinsel herum, und gerade als die Segel sich in der Brise blähten, glitt die Sonne über den Osthorizont.

Matherion war in den Schatten des Morgengrauens bleich gewesen, doch nun, da die Sonne aufging, schienen die opalisierenden Kuppeln Feuer zu fangen, und schillerndes, regenbogenfarbenes Licht spielte über die schimmernden Dächer und Mauern. An der Reling des alten Schiffes blickten Sperber, seine Gemahlin und seine Tochter mit staunenden Augen auf die glühende Stadt, die ihnen ihr eigenes Lebewohl sagte und eine gute und sichere Heimfahrt zu wünschen schien.

Hier endet
die Geschichte von Sperbers Abenteuern
im Tamulischen Imperium.

Wie alles begann …

David Eddings

E L E N I U M

Ein Zauber liegt über dem Lande Elenien.
Eingeschlossen in unzerstörbarem Kristall wartet die junge Königin Ehlana, befallen von einer tödlichen Krankheit, gegen die es kein Heilmittel gibt.
Sperber, der Ritter vom Rubin, zieht aus, das Unmögliche zu wagen, um seine Königin zu retten und mit ihr die ganze Welt.
Seine einzige Hoffnung liegt in der Legende von der blauen Rose, einem magischen Edelstein von unvorstellbarer Kraft, den selbst die Götter fürchten.

Der Thron im Diamant

Der Ritter vom Rubin

Die Rose aus Saphir

Die große Roman-Trilogie
von Amerikas erfolgreichstem Fantasy-Autor
vollständig und ungekürzt in einem Band.

Aus dem Amerikanischen von Lore Straßl
1055 Seiten, gebunden mit Schutzumschlag

Gustav Lübbe Verlag

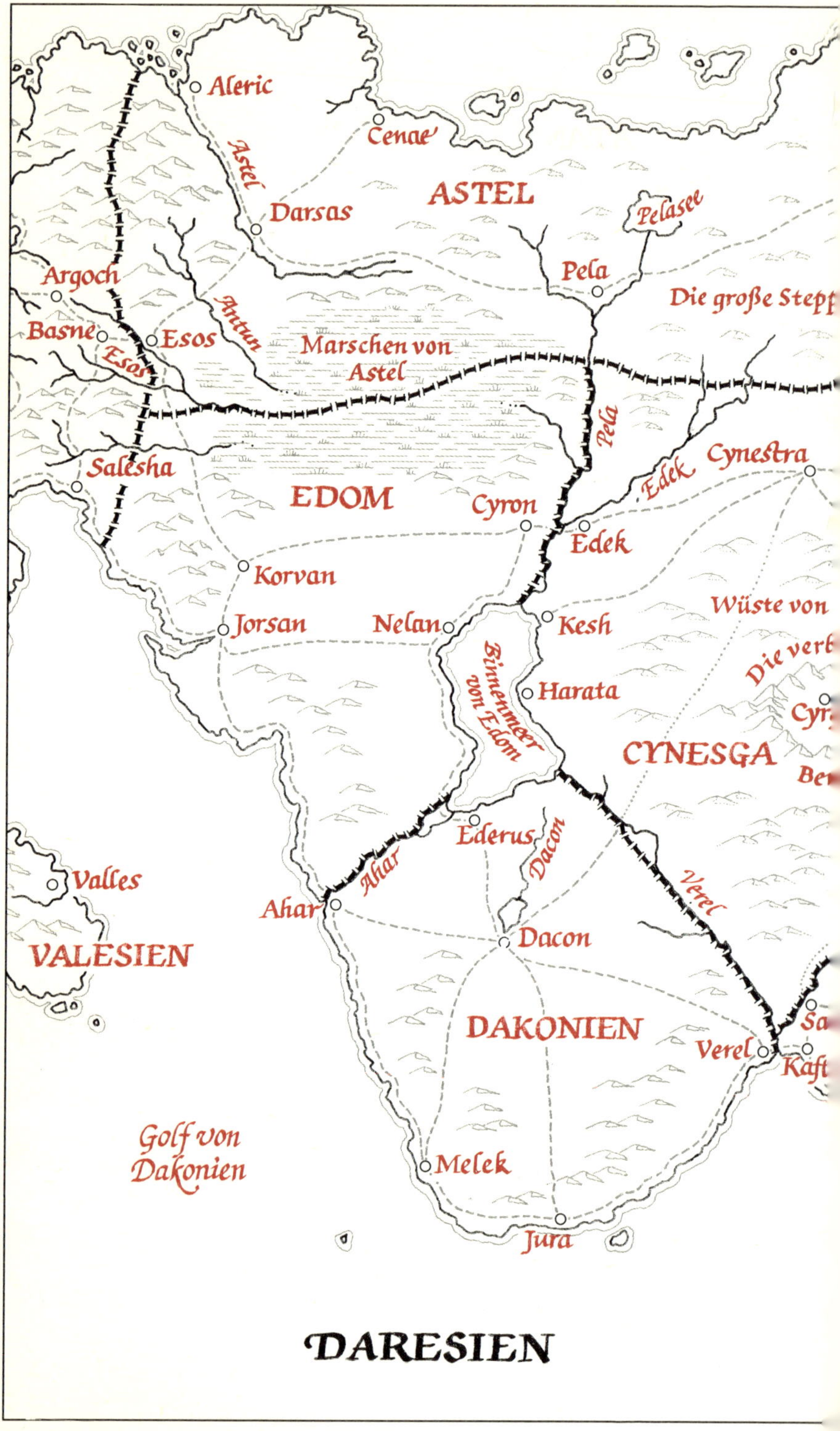
Aleric
Cenae
Astel
ASTEL
Darsas
Pelasee
Pela
Die große Stepp
Argoch
Antun
Basne
Esos
Esos
Marschen von Astel
Pela
Salesha
EDOM
Cyron
Edek
Cynestra
Edek
Korvan
Wüste von
Jorsan
Nelan
Kesh
Binnenmeer von Edom
Harata
Die verb
Cy
CYNESGA
Be
Ederus
Dacon
Ahar
Verel
Valles
Ahar
Dacon
VALESIEN
DAKONIEN
Sa
Verel
Kaft
Golf von Dakonien
Melek
Jura
DARESIEN